楚文学史

蔡靖泉　著

楚學文庫

张正明　主编
刘玉堂　执行主编

長江出版传媒
湖北教育出版社

图书在版编目（CIP）数据

楚文学史 / 蔡靖泉著. -- 武汉 : 湖北教育出版社,
2024.5
（楚学文库）
ISBN 978-7-5564-4390-1

Ⅰ. ①楚… Ⅱ. ①蔡… Ⅲ. ①中国文学－古代文学史
－楚国(?-前223) Ⅳ. ①I209.26

中国国家版本馆CIP数据核字(2023)第112171号

楚文学史 CHU WENXUESHI

出品人	方　平	责任编辑	何　昀　李晋阳
封面设计	蔡立国	责任校对	李庆华
美术编辑	李　枫　何亦明	责任督印	刘牧原

出版发行	长江出版传媒	430070　武汉市雄楚大道 268 号
	湖北教育出版社	430070　武汉市雄楚大道 268 号
经　　销	新　华　书　店	
网　　址	http://www.hbedup.com	
印　　刷	湖北新华印务有限公司	
地　　址	武汉市硚口区长风路 31 号	
开　　本	787mm×1092mm　1/16	
印　　张	33.75	
字　　数	464 千字	
版　　次	2024 年 5 月第 1 版	
印　　次	2024 年 5 月第 1 次印刷	
书　　号	ISBN 978－7－5564－4390－1	
定　　价	178.00 元	

总　序

光阴荏苒，岁月不居，弹指间《楚学文库》初版问世已近三十个春秋。蓦然回首，当年的盛况仍历历在目：《楚学文库》甫一亮相，即在北京召开了出版座谈会与楚学研讨会，著名学者季羡林、张岱年、何兹全、任继愈、邹衡、庞朴、黄展岳、俞伟超、黄景略、瞿林东、刘梦溪、王渝生、徐敏、白翠琴和主编张正明等先生欣然赴会，畅所欲言，对《楚学文库》给予了高度评价，称其“是本世纪楚文化研究成果的一次重要总结和集中展示”，为“区域文化研究树立了里程碑”，“对其他地域文化的研究必将产生强大的推动作用”，《光明日报》以《光彩神州，丰润中华》为题，整版刊发了与会学者的精彩发言。李学勤先生因故未能莅临盛会，特意致函主编张正明先生，盛赞《楚学文库》“不愧为楚文化研究的集大成之作”。社会反响异常强烈，文化史学界更是好评如潮，虽多次重印，某些专著仍一书难求。

然而，自《楚学文库》出版以来，有关楚文化的考古发现层出不穷，出土文献联翩而至，相关研究成果亦如雨后春笋，学术界对楚文化的认知已由量的积累上升到质的飞跃，加之初版《楚学文库》已难以购全，因此，增补、修订《楚学文库》成为学术界和广大读者的共同心愿。湖北教育出版社审时度势，毅然决然对《楚学文库》进行增修，堪称远见卓识之举！

相较于原版《楚学文库》，增修版至少有如下优长。

一是体量增大，即所收专著数量增加。初版《楚学文库》共有专著18部，除《楚人的纺织与服饰》尊重作者意愿未纳入外，其他17部全部纳入增修版，并在此基础上增加了3部专著，即张正明先生的《楚文化史》，刘彬徽、刘长武先生的《楚系金文汇编》和宋公文先生的《楚令尹制研究》，共计20部。其中，《楚系金文汇编》弥补了初版有简帛文字研究而无铜器铭文研究的缺憾，与原《楚系简帛文字编》可谓珠联璧合，便于人们在一套丛书中得窥楚文字之全豹；《楚令尹制研究》不仅填补了楚令尹制度研究的空白，还为楚官制研究向纵深推进提供了有益的借鉴，二书的重要意义不言而喻。尤其值得关注的是张正明先生《楚文化史》的收入，该书堪称海内外第一部全面、系统、深入研究楚文化的精品力作，不仅在楚学界具有开榛辟莽之功，而且在中国区域文化乃至中华传统文化研究领域享有盛誉，其影响力并未因时光流逝而消减。回想起1987年《楚文化史》横空出世，旋即在历史文化学界掀起一股先睹为快的热潮，书中锦句如“从楚文化形成之日起，华夏文化就分成了北南两支：北支为中原文化，雄浑如触砥柱而下的黄河；南支即楚文化，清奇如穿三峡而出的长江……”等，一时为楚文化研究者和爱好者广泛征引传诵，几近“有井水处皆歌柳词”之情状。正是由于《楚文化史》一书思接千载，视通万里，新意纷披，文采斐然，故虽屡屡再版，依然洛阳纸贵。此次其被纳入增修版，与初版中的《楚史》相映生辉，更利于人们对楚国历史文化的全面认识和整体把握。

二是内容增加，即每部专著都增添了新的内容。近30年间，随着湖北枣阳九连墩楚墓、河南新蔡葛陵楚墓、湖北宜昌万福垴遗址等的发掘，尤其是湖北荆门郭店楚简和上海博物馆、清华大学、安徽大学珍藏的战国竹简等出土文献陆续问世，极大地丰富了楚文化的内容。各位作者秉持精益求精的态度，对新资料悉心梳理、精细甄别，进而充实到原书相关部分，从而使原著更加丰满。

三是精度更高，即匡谬正误，推陈出新。随着新材料的出现、新方法的运用和新技术手段的推广，楚文化研究高潮迭起。增修版各位作者在充分吸收最新研究成果的基础上，提出了一系列新的见解，纠正了原著中存在的谬误，廓清了初版中某些模糊的认识，调整了不甚合理的结构，文字表述也更加准确、精炼和畅达。

人们常常以章太炎先生的“前修未密，后出转精”来形容作品的初版和修订版的差别，我们虽不敢如此自诩，但增修版的质量超越初版则是毋庸置疑的。时值《楚学文库》初版问世 29 周年和主编张正明先生仙逝 18 年之际，湖北教育出版社历经 9 年艰苦细致的工作，郑重推出《楚学文库》增修版，充分体现出该社对学术的尊崇、对事业的执着和对楚文化研究一如既往的关心与支持，其中也饱含着对张正明先生的敬重和缅怀。

作为忝列张正明先生门墙的弟子，我承蒙湖北教育出版社真诚而盛情的邀请，有幸主持了《楚学文库》的增修工作。受命之日，我即摒弃其他琐务，全身心恭奉其事，未敢有丝毫懈怠。因为从某种意义上说，我把这项工作当作是恩师张正明先生布置的一次特殊作业，只不过评判这次作业的不再是恩师，而是广大热心的读者。

因我学识浅陋和能力有限，各位作者增修的时间也较为仓促，增修版错讹之处在所难免，诚望读者诸君不吝指正。

刘玉堂

2024 年 4 月 28 日

于武汉东湖之滨

编者献辞 *

楚学是一个正在开拓中的学术园地，从初辟草莱到蔚成气象，还不满半个世纪。

楚学的任务是对楚国的历史和文化做多层面的、全方位的研究，需要众多志士仁人为它献出智慧和辛劳。

楚学的对象自成一个博大精深的体系，从神话、传说到信史，从石器时代、铜器时代到铁器时代，从天文、历法到地理，从物质形态的、精神形态的到制度和风俗，从民族、语言到文字，到玉帛到干戈，从科学到巫术，从老、庄的“玄览”到屈、宋的“流观”，从事象到模式，等等，凡上古文化涉及的一切，无所不包。只靠一个学科或者几个学科的力量，断难窥其堂奥而得其神髓。

中国的古代文化是多元复合的，它的主体华夏文化是二元耦合的。所谓二元，就方位来说是北方与南方，就流域来说是黄河与长江，就代表性的始祖来说是黄帝与炎帝，就象征性的灵物来说是龙与凤，就学术的主流来说是儒家与道家，就风格的基调来说是雄浑、谨严与清奇、灵巧。早在先秦，就形成了这样的格局。春秋战国时代的华夏文化，北方以晋（韩、赵、魏）为表率，南方则由楚独领风骚。近数十年来，学术界论及中国古代文化，大抵重北轻南，重河轻江，重黄轻炎，重龙轻凤，重儒轻道，总之，不免失之偏颇。要全面地认识中国古代文化，不可不研究楚学。

世界的古代文化更是多元复合的，它的主体即旧大陆的古代文化也是二元耦合的。这个二元，简单地说来，就是西方与东方。从公元

* 本文系 1995 年版《楚学文库》编者献辞。

前6世纪中到公元前3世纪中，西方的希腊与东方的楚竞辉齐光，宛如太极的两仪。然而，近百余年来，学术界论及世界古代文化，往往重西轻东，也不免有偏颇之失。要全面地认识世界古代文化，也不可不研究楚学。

我们奉献给读者的这套《楚学文库》，结集了晚近的楚学专著，总计有书18部。出齐之后，则非仅一斑，而足使读者获睹楚国历史文化的全豹。

对于学术问题，见仁见智是正常的现象。我们的编纂宗旨是择善而取，不拘流派，不分门户，不求千口一腔。各部专著分开来看，都自成一家言。整套文库合起来看，则可谓："纷总总其离合兮，斑陆离其上下。"

《楚学文库》编委会

目　录

中编　神话

下编　历程

绪论　楚文学概说

人类的一切活动都可以归之于“文化”，人类的一切活动又都可以见之于“文学”。

与其说文学是文化的重要组成部分，莫如说文学是文化的直接观照和集中体现。尤其是文学所描写的“感性的东西是经过心灵化了的，而心灵的东西也借感性化而显现出来了”①，故文学可以既概括又细致地体现文化的核心内容和深层结构——人类的社会意识。

文学的这一特殊性质决定了文学的特殊作用，文学作品因而“可以兴，可以观，可以群，可以怨”②。伟大的文学家则能够“在自己的卓越的、描写生动的书籍中向世界揭示的政治和社会真理，比一切职业政客、政论家和道德家加在一起所揭示的还要多”③。每个民族、每个国家都非常珍惜自己的文学遗产，并且将其伟大的文学家视为自己的文化代表。

倘若要了解一个地区、一个国家或一个民族的文化概貌，那么首先读一读这个地区、国家或民族的文学作品，则不失为一条便捷的途径。要想了解荷马时代的古希腊历史文化的发展，就不能不读荷马的《伊利亚特》和《奥德赛》；要想了解 19 世纪前期法国历史文化的状况，也不可不读巴尔扎克的《人间喜剧》。因此，意欲了解中国楚文化，乃有必要首先了解中国楚文学。

发生和发展在辽阔地域里的中国古代文化，呈现出丰富的形态和复杂的状况。尽管其发展的总趋势是始于多元发生、继为二元耦合、终

① 黑格尔 . 美学：第 1 卷［M］. 北京：商务印书馆，1979：46.

② 《论语 · 阳货》。

③ 马克思恩格斯全集：第 10 卷［M］. 北京：人民出版社，1958：686.

至一元演进，但事实上，中国境内虽然早就实现了政治上的统一，却始终没有实现文化上的彻底整合。浇灌着中国文化花朵的主要甘泉，是由西向东并肩横贯中华大地的长江与黄河。她们的不同性格及其流域的不同风貌，使得中国文化大体上形成为南北两大板块。无论中国古代的政治是南北分裂还是南北统一，中国古代的文化却一直是在南北的碰撞和交融、并峙与互补中发展的。这种文化格局早在春秋战国时代就已形成了，其时南北文化的代表就是楚文化和中原文化。

楚文学，就是随楚文化的发生和发展而形成和演变的南方楚地文学。它既鲜明地反映了楚文化的基本风貌，又集中地体现了楚文化的基本精神。

人们对成就辉煌的楚文化的认识，始自半个多世纪以前。但人们对成就伟大的楚文学的认识，则始自二十多个世纪以前。楚文学的代表——《庄子》和楚辞，冠绝于先秦时期的中国文坛。汉代以来，人们始终对其高度推崇，人们也一直深受其陶冶。因此，楚文学的概念虽然长期未被明确提出，但楚文学的观念实际上早已深入人心。今天，人们论述楚文化的要素和标志，都少不了要特别举出楚文学。

从空间上说，楚文化是周代的楚国所据地域的文化。楚地的范围，在周代又是随着楚国的兴衰而有着大小不同的变化。当楚人在江汉流域的荆睢山区建立起一个方圆不过百里的蕞尔小邦时，楚文化便在这狭小地域里滥觞了。当楚国“南卷沅、湘，北绕颍、泗，西包巴、蜀，东裹郯、邳”①时，楚文化也达到鼎盛并且几乎覆盖了其时的中国南土半天下。严格说来，楚文学就是随楚文化在这广大地域里发生、发展而形成和演变的文学。不过，楚文学的最终形成，则是楚文化发展至鼎盛时期的结果，是鼎盛时期的楚国领土里的文学长期发展的结果。故考察楚文学，便不能拘泥于楚国疆域的变化，而只应以鼎盛时期的楚国疆域里的所有文学遗产为据，尤其是应以其时的楚国腹地，即江汉流域、江淮流

① 《淮南子·兵略训》。

域和沅湘流域的文学遗产为据，否则就无法清楚地说明它的历史形成和独特风格。

从时间上说，楚文化是在中国文明史早期的一段时间里形成的地域文化。自西周初年熊绎受封于楚蛮之地而奠都立国，到战国末年楚国被秦国灭亡，历时约八百年之久，楚文化就是这段时间里楚人改造自然和社会的一切活动及其创造的物质文化成果与精神文化成果的总和。楚文学的发展始末，严格说来也相应只有几百年时间。可是，楚国历史的起点虽然是在西周初年，但楚文化的渊源却十分遥远；楚国历史的终点虽然是在战国末年，但楚文化的余绪却甚为久长。学者早已指出："真正从文化的长期继承性方面来说，楚文化存在的时间就不仅仅是八百年，而是要更长一些，即西周以前就已发生，汉代初年还实际上继续存在着。"①尽管西周以前的楚文化渊源和汉初的楚文化余绪并非严格意义上的楚文化，但其却是楚文化不能割舍的前身后体。所以，考察楚文学，当然也就不能只限定在这几百年里，而必须上溯至楚文学开始萌发的荒古岁月，下观至楚文学全面转化的西汉前期，否则就无法清楚地说明它的演变过程和历史地位。

以《庄子》和楚辞为代表的楚文学，是中国上古文学中显示出浓厚地方色彩和独特艺术风格的文学，也是中国先秦文学中显示出丰富的艺术表现和高度的艺术成就的文学。楚文学的"楚味"和"楚风"的形成，楚文学的艺术发展和成就取得，则都是与楚文学形成和发展的文化背景分不开的。只有深入探讨其文化背景，才能够突出楚文学的个性和意义，揭示楚文学的形成原因和发展规律。

应该看到，楚文学所具有的特质和特色，都主要是与中国先秦文学中的北方文学相比较而存在、相对照而显现的。又由于先秦时期南北两地的文明进程不同步，楚文学的发展是长期在中原文学的影响之下茁长

① 俞伟超．关于楚文化发展的新探索［M］// 楚文化新探．武汉：湖北人民出版社，1981.

的，是通过师法中原文学艺术、借鉴其他地域的文学艺术、并且在此基础上自主创造和推陈出新而臻于繁盛的。在楚文学的形成和发展中，文化背景有着决定性影响。对其进行探讨，就应该是联系到上古的整个中国文化背景的探讨。

影响楚文学形成和发展的背景，包含有自然的和社会的、历史的和现实的诸多因素。楚文学就是在诸多因素的交合作用之下形成和发展的，而且其中各种因素对不同时期的楚文学或作者的影响又有所不同，甚至很难说清楚这些因素作用的主次或大小。不过，一般来说，地理环境、经济生活、社会风习、文化传统等因素对楚文学的影响比较直接和强烈。

文学以其作品为具体内容。描述楚文学的形成和发展，只能以楚文学作品的客观存在为前提。从某种意义上说，这样的描述也就是对楚文学作品的逻辑性编排和历史性评介。诚然，这样描述容易流为当今学术界所忌讳的“文学史资料长编”，但也不能顾忌于此而忽略对文学作品的介绍、分析和评论，否则一切所云当为凿空之谈。

先秦时期乃中国文学的形成期，严格意义上的文学作品不多，其时的一切成篇章的文字资料皆可归之于广义的文学。楚文学中除了传世的作品之外，还有20世纪以来陆续出土的一些铭于钟鼎、书于简帛上的作品，加之随考古发现而证实了其真实性的一些过去被视为伪作的楚人之作，它们一起构成了楚文学的丰富内容和发展系列。描述尚未被全面评介和系统考察过的楚文学，当然既需要对它作微观的作品介绍和艺术分析，又需要对它作宏观的历史总结和理论概括。

张正明先生的《楚文化史》，在根据大量的考古资料和文献资料作出综合研究的基础上，将楚文化的发展历史分为五个阶段，即滥觞期、茁长期、鼎盛期、滞缓期和转化期。不过，纵观楚文学的发展历史，却不宜作与之完全对应的分期。因为其一，楚文学作品尽管丰富，但早期的楚文学作品则几乎亡佚殆尽，故不可能对楚文学的发展阶段作出比较精细的划分。其二，存在决定意识，属于精神文化的楚文学，也只能在物态的楚文化发展到相当程度之后才会最终形成，而且形成之后的楚文学又具有相对的独立性，有着其发展的特殊规律。

审视现存的楚文学作品，鸟瞰楚文学的发展历程，可以将楚文学史大体划分为形成期、繁盛期、演化期和嬗变期。

一、形成期

楚文学的形成期，截止于春秋末年。这段时间，对于楚文化来说，已从滥觞期经茁长期而入鼎盛期；但就楚文学而言，却是一个漫长的形成过程。

在西周时代的楚文化滥觞期里，楚人尚未建成伦比华夏诸侯国的文明国家，尚未具备独创自成系统的地域文化的诸种条件，楚文化也尚且在模仿华夏文化和吸收荆蛮文化的过程中发生和兴起。这期间的楚文学，则在原有的南方文学基础上汲取中原文学的营养、仿效中原文学的模式而发育成长。

楚文化进入茁长期之后，随着楚国的日益强盛而师夷夏之长技以求创新，逐渐成为独具特色、自成系统的南方华夏文化，最终在春秋晚期跨进了楚文化发展的鼎盛时期。其时的楚文学，尽管在春秋中叶以前依然受中原文学的影响很大，但自春秋中叶以后便逐渐摆脱了中原文学的制约而自主发展。至楚文化进入其鼎盛期之初的春秋末年，楚文学便形成了鲜明的地方色彩和独特的艺术风格，从而结束了其形成期。

由于历史的缘故，原始社会形成的巫文化曾长期在楚地占据主导地位。即使是在理性精神高扬的春秋战国时代，浓烈的巫风依然弥漫于楚国社会。因此，作为巫文化内核的神话，也就在楚地大量产生和经久流传。楚地不仅产生了大量属于南方系统的神话，而且汇聚了从中原传播而来的大量属于北方系统的神话；不仅保存了我国丰富的原始神话，而且衍生了许多在原始神话基础上踵事增华的新神话。神话虽然不是纯粹的文学，而是上古先民世界观的综合反映，但神话折光地反映了上古先民的社会生活，且其反映方式与文学相通相似，故具有文学的基质和特征，富有文学的韵味，诚然为文学的前身。神话在楚地的大量存在和高度发展，也就成了楚文学产生和发展的土壤和摇篮、前提和基础。

民间歌谣是这个时期楚文学创作的主体。歌谣的创作，始于原始社会。现存最古老且十分完整的《弹歌》，在史前诗歌发展史上具有里程碑意义的《候人歌》都产生在南方楚地，反映了我国史前诗歌的基本面貌、发展状况和最高成就。夏、商两代的遗文罕见，楚地歌谣也未能保存下来。周代是楚歌大盛之时。《诗经·国风》中的《周南》和《召南》所收的歌谣，即多为江汉流域的民歌，反映了春秋中叶以前南方楚歌的基本面貌和发展状况。像《江有汜》《桃夭》等楚歌，已较为鲜明地反映了江汉流域的民情风俗，展现了南方楚歌的风格特色。《汉广》一诗，则以其地方色彩、舒缓节奏、深婉情调、浪漫风格和奇丽境界，显示出楚歌的鲜明特征和巨大魅力。孔子十分推崇“二南”，历代文人学士也大都将它们视为必学的典范，这表明它们可以代表其时中国诗歌创作的最高成就。“二南”中的楚歌之所以有这样的成就，正是与其产生在源远流长的楚歌创作基础上和借鉴了中原诗歌的创作经验分不开的。这些楚歌基本上都是四言诗，表明其时的楚文学创作仍奉中原文学为样板。至春秋中叶，楚地便出现了《优孟歌》这样在形式上突破了四言体的歌谣，从而显露出楚歌创作的革新尝试和发展趋向。不言而喻，这是楚歌创作主动适应反映日益丰富复杂的社会生活、表达日益丰富复杂的思想感情的需要所致。迄于春秋晚期，除了居于庙堂之上的贵族文人因奉中原文化为正统而依然作出《河上歌》《申包胥歌》这样的四言体诗歌之外，产生于民间的《接舆歌》《孺子歌》等则全为句式长短相兼的南方民歌体诗歌。尤其是据越人所歌内容和情调、以民间楚歌的艺术形式和表现方式而作的《越人歌》，在语言形式和艺术表现上与后世楚辞作品几乎毫无二致。这些被前人称为“已开楚辞体格”“类于楚辞格调”的楚歌，以其抒情达意自由而富于变化、语言形式多样而匀称统一、韵律节奏和谐而缓急有致、艺术表现深婉而含蓄蕴藉的风格特色，显示出楚文学中诗歌的发展已臻成熟。值得重视的是，这些形态成熟的楚歌，大都是文人、主要为隐匿民间的文人借鉴民歌之作，由此表明文人对楚歌的发展和楚辞的产生的贡献颇大。对照观之，中原诗歌在春秋中叶以后停滞不前，显然在很大程度上即因文人冷落诗歌而转为热衷于散文创作所致。楚地诗歌在春秋中叶以后别开生面，正与文人青睐诗歌而在借鉴和雕琢民歌的基础上予以发展的关系至大。

散文是楚文学在形成期里出现的又一个类别。与歌谣不同的是，散文自产生之日起就不是口头文学，而是书面文学。它是文字被发明并且被用于记言记事之后的产物，又随着记言记事的需要日益增加而发展。楚地通用的文字，是从中原移植而来的华夏古文字。楚地的散文创作，自然也较中原散文创作的起步要晚。就已知的文字资料来看，尚未见到与商代甲骨卜辞和《尚书》《周易》这些中原散文同时产生的楚地散文。但在春秋时代，由于楚人积极努力地汲取中原文化，中原的文化典籍也大量流往楚地；由于楚人的文化开放政策和文化创造的恢宏气度，楚地也就形成了学术文化兴盛的局面。楚人饱读诗书而能下笔成文，楚地学者众多也就著作繁荣。尤其是在处士横议、百家争鸣之风方兴的春秋晚期，由楚地特殊的文化传统熏陶出来的一批道家学者纷纷著书立说，为楚文学增添了更多的散文作品。据文献记载，其时楚国已有与中原的《春秋》同类的历史散文。另外，楚庄王太子所用教科书中的《世》《故志》等，也很有可能是楚人所作的历史散文。楚人所作的诸子散文，则有《老子》。迄今面世的书写于简帛，铭刻于铜器上的楚文字资料已达10多万字，其中或许有产生这一时期而可视为广义散文的楚人佚籍。铭刻于钟鼎、书写于简帛上的一些叙事完整和记言清楚的较长文字，也即简单质朴的散文篇章。河南淅川春秋楚墓中出土的“王子午升鼎”上的铭文，长达84字，行文颇具文学韵味。

流传下来的春秋楚散文著作，唯有一部堪称精妙之美文的《老子》。这部产生于春秋末年而以“对字协韵”形式写成的诗化散文著作，在产生过程中受到了发展成熟的楚歌的很大影响。它以丰富的想象、鲜明的形象、抒情强烈的特性、“书楚语、作楚声”的特色，较为全面地反映了楚文学的艺术风格和艺术成就。在它前后产生的中原散文《春秋》和《论语》，显然不能与它媲美。在中国哲学史上，它首次确立了“道”为最高哲学范畴，从而否定了传统的天命神学，实现了“哲学的突破”，可谓总结南北思想文化的理论结晶。在中国文学史上，它首次阐述了丰富而深刻的文艺美学思想，显示了文学艺术的巨大作用，可谓陶铸南北文学艺术而推陈出新的产物，代表了春秋时代的楚文学乃至中国文学的最高成就。它又是中国第一部文人的和个体的大型文学作品，可谓作家文学的发端。它的产生，与同时出现的成熟形态的楚歌一起，标志着楚文学的基本形成。同时，它也标志着中国文学真正进入了形成阶段。

二、繁盛期

楚文学的繁盛期，虽然与楚文化的鼎盛期大致相合，却又不完全同步。楚文化的鼎盛期，始自春秋晚期中叶，终于秦将白起攻陷楚国郢都的公元前 278 年。楚文学的繁盛期，则始自战国初年，终于楚国伟大诗人屈原投江殉国的公元前 277 年。

鼎盛期的楚文化，在物质文化和精神文化诸方面的创造都达到了周代的最高水平，总体成就超过了其他任何区域的文化，与大致同时辉耀世界的西方文化代表——古希腊文化难分上下，登上了世界上古文明的顶峰。[①] 繁盛期的楚文学，充分地展现了楚文化的鼎盛风貌。它在《老子》和春秋楚歌奠定的基础上，继续陶铸南北文学艺术而推陈出新，不仅以丰富多彩的作品光耀于世，而且在诗歌和散文两个领域都独领先秦的中国文学之风骚。

“古今一大变革之会”的战国时代，是天下由分至合的时代，是天帝黯然失色的时代，也是思想空前解放的时代。顺应结束天下大乱的民

① 张正明．古希腊文化与楚文化比较研究论纲［J］．江汉论坛，1990（4）．

心和走向天下统一的趋势，诸子蜂起以寻求匡救乱世的方略、阐发治理天下的学说，于是形成了百家争鸣的文化繁荣局面，引发了思想流派的大量涌现和诸子散文的大量产生。自春秋末年楚人老聃以所撰博大精深的《老子》创建道家学说之后，道家思想便在战国之世始终成为楚地学术文化的主导。楚地道家学者纷纷本《老子》、因世情而著书立说，不仅形成了道家的黄老之学和老庄之学这两大学术流派，而且贡献了一批诸子散文著作。传世的和出土的战国楚地的诸子散文著作，大都是道家学者的作品。

成书于战国早期的《文子》，是楚文学在繁盛期的第一部诸子散文著作。它在思想上祖述《老子》之言而发挥之，同时又糅合南北诸家之学而申论之，从学以致用的角度、抱着匡定天下的目的而致力阐发了道家的“无为而无不为”的政治思想和“君人南面之术”的策略思想，因而形成了新的思想体系，发黄老之学的先声。在艺术上，它则师法《老子》而振扬其风，继承了《老子》的艺术精神和表现方式而有所发展，并且在《老子》基础上进一步散文化，使楚散文演变为含有论说文因素的语录体散文，可谓楚文学史上第一部体裁比较规范的诸子散文著作。它与大致同时产生的中原散文《墨子》的文体近似，反映出南北散文的发展步伐在战国早期已基本一致，但它更注重文章的审美化、更追求文辞的艺术化，显示出楚文学的演进特征和楚散文的发展趋向，也对中国文学的发展在战国中期以后形成高潮起到了促进作用。

20 世纪 70 年代在湖南长沙马王堆汉墓里出土的大量帛书中，有许多都是战国时代的楚散文著作。被今日学者视为黄老之学代表作的帛书《黄帝书》，就是继《文子》之后产生于楚地的一部重要著作。《黄帝书》虽与《文子》的基本思想一致，但已不像《文子》那样对《老子》的“道论”作深入阐发，而是着重于阐发适应现实需要的新理论。在《黄帝书》产生的战国中期，天下归于一统的大势日益明朗，列国诸侯都卷入到争王天下的激烈的兼并战争中，统治阶级出于王天下的需要而迫切企求致用于现实的理论学说，于是《黄帝书》应运而生。它明确地主张统一天下，标榜为世人公认的天下共祖黄帝以阐发王天下之术，根据《老子》的“道论”以陈述治天下之策，又兼采百家学说以论说定天下之方，从而较为全面地提出了黄老之学的基本理论，较为鲜明地反映了黄老之学的思想特征。它不仅有着较高的思想价值，而且有着较高的文学价值。它既有《老子》那种韵散结合的行文特点，又有《文子》那种对话形式的行文方式，而且还在《文子》基础上有更大的拓展，以结构完整、逻辑严密、论说充分的专题议论文篇章而显示出楚散文的新发展和新成就。另外，它是较多地借用神话以言理达意的第一部楚文学著作，比较鲜明地反映了楚文学的特色。战国后期之所以产生代表先秦议论文最高水平的《荀子》和《韩非子》，当与《黄帝书》的铺垫之功分不开。

楚文化发展至繁盛期的战国中晚期，楚地便产生了令“晚周诸子之作，莫能先也”的散文巨著《庄子》。十万余言的《庄子》，也与《文子》和《黄帝书》一样，“其要本归于《老子》之言”。但是，其作者庄周因为有着由贵族沦为平民而长期隐居、织屦度日的特殊生活经历，有着长期经受战乱之世的痛苦生活体验，故不同于《文子》和《黄帝书》的作者那样站在统治阶级的立场而致力阐发“君人南面之术”，而是主要着眼于个体生命的生存方式和生存意义，倾心描绘所向往的超越黑暗现实的人生境界，所著《庄子》也就“别为一宗”，以此构成了独自的思想体系和创立了道家的老庄学派。

由于庄周所持的人生态度实质上是一种审美态度，故《庄子》对社会生活的描写便带有明确的审美评价，对哲学思想的阐述也包含丰富的美学思想。《庄子》所表达的美学思想，将《老子》的美学思想进一步丰富化和系统化，从而形成了完整的道家美学体系，真正从哲学的高度揭开了中国美学发展史的序幕。此后，道家美学便始终主导着中国古代文艺美学和文艺创作的发展。

由于庄周所描绘的人生境界实质上是一种审美理想，故《庄子》对理想的那种在丰富奇伟的想象和幻想基础上、混融现实世界与幻想世界而作的纵恣不傥的充分表现，也就体现出强烈的浪漫主义创作精神。由于庄周持审美态度以看待现实、据审美理想以观照人生，故《庄子》所描述和表现的一切也都审美化、艺术化了。它采用高度文学化的语言，运用象征手法，创造出由一系列审美意象构成的形象世界。因此，《庄子》虽然是一部哲学著作，但它又是彻头彻尾的审美创造的产物，很难说清它是文学附丽于哲学还是哲学附丽于文学。从文学的角度看，它是一部完全蜕化为文学的散文著作，是楚文学以及中国先秦文学中散文创作的丰碑，反映了先秦散文创作的最高成就。

迄今面世的多批楚简文献中，有不少当是这一时期的楚国文士著作。其内容涉及历史、哲学等诸多学科，也是广义的历史散文和诸子散文。

这一时期散文创作的繁荣，不仅是因为楚地诸子踊跃著书，而且还因为楚地巫觋也竞相撰文。楚地盛行巫风，楚国的巫官地位崇高、学识渊博。早期的楚散文想必大都为巫觋所作，只不过没有流传下来而已。传世的楚之巫书，则唯有一部《山海经》，其著作年代始自战国初年，终于汉代初年，但其大部分当在这一时期里撰成。它显然是许多无名巫觋集体编撰的一部著作，虽然不及同时期的诸子散文富有文采，但也斐然可观，不乏瑰玮奇丽的艺术描写。除此之外，中华人民共和国成立前在湖南长沙的战国中晚期楚墓中还出土了一幅帛书，所述内容皆为巫觋应知之事，当亦为巫觋之作。它的文辞较之《山海经》更为古奥质朴，但所叙神话却也有较清晰的层次和较完整的故事。

巫风长盛，巫歌巫舞也大行于世。且不计其他诗歌创作，仅此即可推知这一时期的楚地诗歌创作十分繁荣，否则楚辞就不会凭空产生。实际上，《楚辞·招魂》中便描述了楚人大造新歌的盛况。郁起于战国中晚期的楚辞，正是在楚歌创作盛极的南土艺术氛围中孕育而成的。然而，流传下来的这一时期的楚地民歌却极少。旧称所谓虞舜之作的《南风歌》，具有清丽圆熟的楚歌形态，据考当为这一时期的楚歌，反映了从春秋后期发展成熟的楚歌到楚辞形成之间的承接关系。

楚简文献中已经发现一些战国早中期的楚辞类作品。这些作品显现了楚辞在春秋晚期“已开楚辞体格”的楚歌基础上，于战国早中期初兴的状况和初成的面貌。上博楚简中的《桐颂》，就是一篇类同屈原《橘颂》、形态较为成熟的楚辞作品。

“逸响伟辞，卓绝一世”的屈原楚辞作品的崛起，则如《庄子》将楚散文推上了中国先秦文学的顶峰那样，乃将楚诗歌推上了中国先秦文学的顶峰。屈原生活的时代，是楚、秦两国争王天下而达到你死我活的白热化阶段，也是楚国内有党人苟苟营私而使国家路隘途险之忧、外有强秦咄咄相逼而使国家兵挫地削之患的时期。屈氏宗族在楚王族中的特殊地位及其世职的特殊作用、特殊要求所形成的传统影响，加之其他方面的条件和因素，使得屈原形成了将自己的命运与国家的命运密切联系在一起的高度自觉性，继承了楚人在历史创造过程中凝结的民族精神，具有“博闻强志，明于治乱”的才能，并且在楚国处于兴衰存亡的关键时刻为振兴国家而成了贵族统治集团中的改革者和叛逆者。当屈原“恐皇舆之败绩”而“竭忠诚以事君”、立法度以强国时，却“信而见疑，忠而被谤”，以致被昏庸的楚王一疏再放。遭疏见放之后的屈原，眼见国家大厦将倾而不能上前扶持、社会危机四伏而不能身体力行地实现理想的“美政”，郁于胸中那强烈的忧患意识和巨大悲愤情感便好似狂躁涌动的炽热岩浆，一旦喷泻出来便咏成“发愤以抒情”的诗歌杰作。诚如学者所说：“他在诗域内的成功是时代玉成了他。”① 没有多方面交织的矛盾在他心灵上引起的巨大震荡，没有悲剧性的生活遭际在他精神上造成的巨大痛苦，也就没有“情动于中而形于言”、一篇之中三致其存君兴国之志的《离骚》之作。不过，屈原之所以有楚辞问世，还有许多主观和客观的原因和条件。没有对南北历史文化、文学艺术，尤其是楚地民歌的熟悉，没有融会南北文化而至全盛的楚文化之背景，屈原也不

① 郭沫若 . 屈原时代［M］// 郭沫若古典文学论文集 . 上海：上海古籍出版社，1985：307.

可能创造出楚辞这种将先秦诗歌发展到极致的新体诗歌。正是既有抒发内心忧愤的迫切需要，又有深厚的文化素养和文学根底，还有文艺创作的适宜土壤，屈原才能为了充分地表达情感和表现理想而突破原有的束缚思想感情表达的旧诗体，自如地变革和发展南北诗歌形式，尤其是楚地民间长篇巫歌形式而奠立令人耳目一新的骚体楚辞，成功地借鉴和融会南北诗歌艺术而创作出博大精深又惊采绝艳的旷世伟辞。传统看法以为楚辞的兴起是突如其来的，实际上并非如此。倘若果真是“自《风》《雅》寝声，莫或抽绪”①，倘若先秦诗歌发展果真有着从春秋中叶至战国中晚期的数百年的缺环，楚辞这种高度成熟的诗歌形态是不可能不经充分酝酿而“奇文郁起”②的。战国时代的楚地诗歌创作之盛以及楚辞在战国早中期的初兴，则已如上述。其时中原民歌的创作恐怕也不至于“寝声”，只是因周室辍采、文人阙录而早已失传罢了。显而易见，没有民间的《九歌》和“招魂词”之作，也不会有屈原的《九歌》和《招魂》出现。

由于屈原在作品中充分表达的“美政”理想实质上是他抱着审美态度审视现实而形成、按照美的规律和原则而建构的审美理想，故他在对现实的描写和对理想的表现中也充分地表达了他的美学思想。其思想虽不如庄周在散文中表达的美学思想阐述得那样详尽，但也有几乎与之同样丰富的内容。其思想因与老聃、庄周的美学思想有不同的审美价值取向，故形成了与之有别的体系。但它们又都从一个方面深化和发展了楚人和华夏诸族的审美意识和审美观点，从而形成了对后世影响巨大的楚文化的美学思想系统。在一些方面，屈原的美学思想比起老、庄的美学思想来，对后世美学思想的发展和审美创造的实践更具有直接的启迪和指导作用。

同《庄子》一样，屈骚因是以表现审美理想为主旨，故其作品所体现的浪漫主义创作精神十分鲜明。屈骚大量地糅合神话故事、历史传

①② 刘勰：《文心雕龙·辨骚》。

说、现实事件和自然物象，借助不受现实束缚、超越时空限制的新奇奔放的艺术想象而作变化多端的艺术表现，从而构成了神奇瑰丽的艺术境界，具有浓重的浪漫色彩。与《庄子》浪漫主义有别的是，屈骚所表现的审美理想由于具有现实性，故其浪漫主义与现实主义是密切结合在一起的，而不像《庄子》浪漫主义那样与其现实主义有所分离。屈骚的艺术成就除了开拓了诗歌形式、发展了诗歌表现手法等之外，最为突出的则是塑造了诗人自我形象这一始终屹立在中国历史上、活跃在中国人民心中、并且影响了中华民族精神形成的不朽典型。这一鲜明而丰满的典型环境中的典型人物的成功塑造，充分显示了文学的巨大社会功能和审美效应，也意味着先秦诗歌发展的登峰造极和中国文学发展的特立独成。一代有一代之文学，“楚之骚”乃被公认为先秦文学的代表。

《庄子》和屈骚，分别在散文和诗歌两个领域里取得了冠绝先秦诗文而具有划时代意义的伟大成就，犹如彪炳于先秦文坛的两颗巨星而互相辉映。它们的艺术成就充分体现了文学的巨大社会价值和审美价值，因而在整体上宣告了中国文学的形成阶段的结束，标志着中国文学从此进入了独立发展和自觉创造的时代。

三、演化期

“楚，大国也。其亡也，以屈原鸣。”[①] 屈原之不再鸣，楚也无以再称大。郢都的沦陷，是楚国走向穷途末路的开端，楚文化随之由鼎盛期转入滞缓期。公元前223年，楚国被秦国灭亡，楚文化的滞缓期也即结束。由于国势有如江河日下而终难复兴，楚文化在这一时期失去了往日的恢宏气魄和夺目光彩，虽然也偶显大国气派，但毕竟因再无大风凭借而难以奋翮高举了。

屈原的沉江寝声，也结束了楚文学史上的一个成就最为辉煌的时

① 韩愈:《送孟东野序》。

期，楚文学的发展因此而转入演化期。与楚文化滞缓期的终结之日相应，楚文学的演化期也结束于楚国消亡之时。演化期的楚文学就再无屈骚这样惊天地、泣鬼神的诗歌鸿篇和《庄子》这样汪洋恣肆、苞裹六极的散文巨著产生了。这个时期的文人之作，受历史条件的制约和世情时序的影响，虽然对“庄骚”精神有所继承，但已失其九死未悔之概、弱其剽剥浊世之志，多寄哀以思之感而含悲以伤之情，具有不同于“庄骚”的绮靡色彩和孱弱面貌。不过，楚文学在其演化期，由于因随了其在繁盛期发展的巨大惯性，更重要的是已使得中国文学开始成为独立的社会意识形态并且进入了独立发展的自觉时代，故并没有因国势衰落而创作萧条，而是伴随着文学的社会价值的显示和社会需求的增大而维持了相对繁荣的局面。被楚王罗致身边而主要让其以文学助欢娱的宋玉、唐勒、景差等人，实际上成了这个时期的专业作家，也成了中国历史上第一批专业作家。他们的出现，正是中国文学开始进入自觉时代的重要表征，也是中国文学开始得以独立发展的主要条件。他们的作品，大都是出于审美需要并追求审美愉悦的产物。

这个时期的代表作家是宋玉。他既是楚辞的振扬者，又是楚赋的主要奠立者。他师法屈骚而作的《九辩》，虽无屈骚的境界和气概，但也承袭了屈骚的精神和传统，尤其是对屈骚那种借悲秋以言情的抒写方式的大力发展，使得先秦诗歌中情景交融的传统表现方式达到了前所未有的高度，并且因此而开我国“悲秋”之作的先河。主要由其社会地位和其时的历史条件所决定，他不得不以文学创作侍奉君王以满足君王的“声色”之需。他的这类秉承王命或取悦君上之作，也就适应世情时序的变化而着意夸饰、精心雕琢以突出文学的声之和美与色之艳丽，以致拓宇于楚辞而将战国中期滥觞的赋体发展为形态成熟的楚赋。传世的《风赋》《高唐赋》《神女赋》等宋玉赋作，已经都不是屈骚那样的“志思蓄愤”“发愤以抒情”之作，而主要是致力于显示文学的审美特征和审美功能的作品。尽管宋玉也在其中流露了不遇之感，表达了高洁之志，寄寓了讽谏之意，但终为其华艳所淹没，不具有屈骚那样震撼人心的艺术魅力。宋赋的文学成就虽然不及屈骚，宋赋的出现却在中国文学发展史上具有非常重要的意义。因为宋赋在一定意义上就是为文学而文学、为艺术而艺术的作品，可谓真正脱离了其他社会意识形态的审美创造，显示了文学发展进入自觉时代的全新面貌，预示了今后一个时期文学独立发展的演变趋向。就楚文学的发展而言，《老子》以其诗文相兼的艺术创造开辟了楚文学发展的新天地，庄、骚分拓其体而在散文和诗歌两个领域将楚文学推上了顶峰，宋赋则又在庄、骚基础上融诗文于一体而使楚文学接近于达到呈螺旋式向上发展的终点。就中国文学的发展而言，集语言形式之大成以创新、显示了楚文学的巨大创造性和强大生命力的宋赋，已具备了汉赋的基本特征，为中国文学在汉代的发展奠其基而开其端，从而预告了新的文学时代的来临。因此，宋玉在中国文学史上占有相当重要的地位，而且在文学之为“文学”这一审美创造的具体方面、以及影响于后世的“文学”方面甚至有超过屈原的出蓝之处。前人之所以将他与屈原并称，其原因也正在于此。

唐勒、景差是与宋玉同时以赋见称于战国晚期文坛的作家，但两人的作品都未能流传下来。1972 年，在出土简书中发现了唐勒的《御赋》残篇，因而使人得以大致了解唐勒的创作情况和文学地位。从文学的角度看，唐勒此赋的艺术价值显然不及宋赋，由此足证司马迁在《史记·屈原列传》中将年长的唐、景两人列于年幼的宋玉之后诚然有理，这一排列正表明了他们的文学地位之高低。唐勒此赋的文学价值虽不甚高，但此赋面世的意义却十分重大。此赋印证了传世宋赋的真实性，使得学术界对赋的源流与演变、宋玉的文学贡献和文学地位、中国文学的形成及分期等许多重大问题都能够有比较明确的认识。

赋是这一时期时兴和盛行的文学样式，故楚人甚至流寓楚地的文人也都竞相作赋。传世的楚赋还有庄辛的《庄辛说襄王》、无名氏的《卜居》和《渔父》。另外，北方鸿儒荀况身临楚邦也作有《成相辞》、《赋篇》和“实亦赋”的《佹诗》。庄辛之作，虽与宋玉、唐勒的赋作具有相同的格调，但又显示出独具的特征，形式上更接近汉大赋的体制。

《卜居》和《渔父》，大概都是楚人根据屈原的生平事迹和思想人品写成的赋作。在中国文化史上，它们对于树立屈原这位诗魂和民族之魂的伟人形象具有较大作用；在中国文学史上，它们则是由楚辞演变为汉赋的过渡性作品。荀况的辞赋虽因“居移其气”而带有较浓厚的楚风，但终究不类楚人辞赋的格调，保持了较为鲜明的中原文学的特征，可谓剪取南方文学之枝以嫁接北方文学之树的创制，亦以其独标一格的成就而对汉赋的兴盛有一定影响。

流传下来的这个时期的楚散文著作，只有一部楚人言理论道的《鹖冠子》。它与《文子》一样，过去长期被人看作伪书而不屑一顾，近些年来才由考古发现的文字材料最终证明了它和《文子》的真实性。在思想内容方面，它与所有传世的楚国诸子之作一样同属道家，但又与《文子》《黄帝书》的学术思想一脉相承，是战国晚期黄老之学的重要著作。它的产生，完整地反映了道家思想风行于楚地和黄老之学大盛于战国的文化面貌。在艺术特征方面，它也直接因承了《文子》和《黄帝书》而有所发展，显示了楚散文由语录体向论说体发展的演进过程和最终成就。同时，它又继承了楚文学的传统和受到了兴盛于当时的辞赋和纵横家说辞的影响，因而有着多方面的艺术表现，为秦汉散文和汉代辞赋的发展都提供了可资借鉴的经验。

演化期的楚文学，既显示了其代表中国文学跨入自觉时代之初的创作实绩，又反映了其在楚文学发展临近终结之际随世情时序之变而发生的重大演化；既掀开了中国文学独立发展的序幕，又为中国文学未来在新的起点上自主发展而开拓了道路。

四、嬗变期

楚国灭亡之后，由于楚文化的创造主体和辉煌成就依然存在，由于楚人推翻了短命的秦朝而建立了汉朝并在汉初复兴和弘扬楚文化，故楚文化不仅没有消失，反而成了新时代文化创造的主要基础，而且在新的历史条件下融会其他地域文化以向汉文化转变。至西汉社会进入全盛时期的武帝时代，统一而成熟的汉文化最终形成，自成体系而独具特色的楚文化也才真正不复存在了。因此，从楚国灭亡到汉武帝时代的这段时间，是楚文化向汉文化转化的时期。与之相应，也是楚文学向汉文学嬗变的时期。其时楚文化向汉文化的转化，尤其为楚文学向汉文学的嬗变所鲜明地反映出来。

秦灭楚后不过两年，便扫清六合，统一天下。然而，秦王朝实行的文化专制主义政策扼杀了战国时代那百家争鸣、百花齐放的文化创造生机，以致造成“秦世不文”的文化萧条局面，在文学方面当然也没有多少成就可言。尽管秦灭楚之时便力图摧毁楚文化，在灭楚之后也大力排斥楚文化，但终究难以抵制成就辉煌的楚文化，且更不能抗拒光芒万丈的楚文学的影响。加之楚人李斯出任秦朝丞相，秦之文章大都出自其手。故无甚成就的秦代文学，也可以说是楚文学的余绪和嬗变。文献记载秦世“颇有杂赋”，当是受楚赋影响而成。流传下来的一点秦代作品，几乎全为李斯之作。李斯为秦国客卿时所作的《谏逐客书》，就尤具楚风；在统一后所作的一些为秦始皇歌功颂德的刻石之文，虽然明显模仿商周颂诗之体，但仍有楚赋影响的痕迹，不妨说是化楚为秦的产物。总之，“由现存者而言，秦之文章，李斯一人而已”①；秦代文学，楚风流变而已。

失去了南土半天下的楚人，在短短 17 年后便从秦人手中夺得了天下。随着楚人刘邦、项羽率军北捣秦宫、逐鹿中原，楚歌楚声便响彻大江南北、黄河上下。项羽被困垓下，夜闻“四面皆楚歌”，于是感慨伤怀而唱，他所唱的《垓下歌》，正是其时的楚歌佳作。刘邦建立汉朝，定都长安，乐楚声而擅楚歌，于是汉宫楚声不绝，天下楚歌盛传。刘邦的一曲《大风歌》，则可谓楚歌之翘楚、帝王之绝唱。

出于治理天下的需要，刘家王朝乃“政承秦制”；出于楚文化传

① 鲁迅 . 汉文学史纲要［M］// 鲁迅全集 . 北京：人民文学出版社，1981：382.

统的影响和社会发展的需要，刘家王朝乃“文尚楚风”。由于楚文学的高度成就和楚文化的主导作用，汉初的朝野上下、京城内外蔚然形成读楚辞、作辞赋的风气。师法屈骚的骚体诗创作，便成了汉初诗歌创作的主流，并且至汉武帝时代达到极盛。皇家子弟多好楚辞，但所作之骚体诗，实以武帝之作独绝。脍炙人口的《秋风辞》，仿效《九歌》而借鉴《九辩》，在中国文学史上再次兴起了“悲秋”之作的波澜。名重一时的著名文士如严忌、司马相如、东方朔、董仲舒、司马迁等等，无不雅好楚辞而热衷于骚体诗创作，骚体诗作因而蔚为大观。其中最能代表西汉前期骚体诗创作之成就者，是才华和遭际与屈原相似、情志和意气与屈原相投的贾谊之作。贾谊的《惜誓》、《吊屈原赋》和《鵩鸟赋》，可谓师法屈骚而冠于一代的名篇。《惜誓》可谓深得屈骚遗韵的拟骚之作，《吊屈原赋》和《鵩鸟赋》则又显示出在新的历史条件下“拓宇于楚辞”、比照于楚赋而向汉赋过渡的特点和转化的倾向。除此之外，淮南小山的《招隐士》、司马相如的《长门赋》、司马迁的《悲士不遇赋》等，也是历来为人称誉的佳作。产生时代较晚而师法屈骚却并非模拟屈骚的作品，如董仲舒和司马迁之作，就更加明显地体现出变辞为赋的特征。骚体诗在西汉前期独擅诗坛的创作盛况，既是楚辞在特定历史条件下的复兴，又是楚辞在新的历史条件下的复兴之中的嬗变。虽然它的复兴并没有达到楚辞艺术成就的高度，但它在复兴之际便衍生出了取而代之并成为西汉后期文学创作主要样式的乐府诗和汉大赋。

源出于民间的乐府诗，其句式长短不拘、丰富多样的特征早已见诸楚歌、楚辞，只是它不带作为楚歌、楚辞的语言形式之鲜明特征的语助词“兮”，又显得更加口语化而更富生活气息。这表明它显然是在楚歌和骚体诗基础上适应社会生活变化和语言发展而形成的。两者的不同主要表现为：由楚语楚声到汉语汉声的嬗变。史籍中关于乐府诗《安世房中歌》和《郊祀歌》产生过程的记载，较清楚地揭示了乐府诗脱胎于楚歌、楚辞的形成方式。它实际上是在汉初大兴于世的骚体诗创作的影响下，在南北各地歌谣相互传播和融通的过程中，自然而然地扩楚声而变之、易楚声而成之的产物，并且又经文人援俗入雅、推陈出新而盛行一时。

汉大赋是适应人们的审美需要而拓宇于楚辞、弘体于楚赋的产物。汉初社会凋敝、民生艰难，人们无心于以文字赏心悦目，社会也不具备孕育楚赋形成的那种经济发达、文化繁荣而令楚辞勃兴的条件，故因承楚赋而“竞为侈丽闳衍之词”的赋作便不昌，因承楚辞而抒写己情己性的骚体诗作乃大盛。逮至“文景之治”的年代，经济得到全面恢复，文化也随之趋于繁荣。人们衣食足而求艺文，文学的社会价值日益受到重视，文人的社会地位逐渐得以提高。好辞爱赋的藩国诸侯竞相延揽文士，依附的文士也投其所好，并且欲以文章求通达而致力于造赋，加之其时骚体诗的兴盛和演化又为拓辞成赋创造了条件，于是汉赋便适时应运而形成。枚乘《七发》的出现，即标志了汉赋的正式形成。进入西汉社会全盛时期的武帝时代，富足的经济生活和丰富的文化生活激发了人们的审美欲望、增强了人们的审美意识，满足人们审美愉悦之需要的汉赋便适应这一客观要求而昌盛。加之武帝感染世风、一反前代帝王尚朴就简作风而多欲好文，罗致天下著名辞赋家入宫畜之，使其成为主要以文学娱人和润色鸿业的专业作家，也就更快地促成了汉赋的昌盛和成熟。司马相如献给武帝的《子虚赋》和《上林赋》(合称《子虚上林赋》或《天子游猎赋》)，以其所反映的大汉帝国空前统一和强盛的气象，以其所体现的雄豪踔厉、昂扬奋发的时代精神，以其所融会诗文的多种文体因素和表现技巧的艺术特征，确立了汉赋在文学史上的地位。它高度地突出了楚文学“以大为美”和“以丽为美”的审美特征，因而比较充分地显示了文学的社会价值和审美功用。它的出现，是楚文学终结和汉文学形成的主要标志。嗣后，汉人大都以它为准绳而同其风、骋其势，使得汉赋成了有汉一代之文学的代表。

与诗赋相比，西汉前期的散文虽然没有那么鲜明地显示出楚文学之遗风，但也比较清楚地体现出楚文学之遗意。汉朝初立，社会甫定，反思历史、总结经验势在必然，述古今而言治道的政论散文便适时而兴，并且成为汉初散文的主体。楚人陆贾首先开其风气，所著《新语》也不失楚人本色。文景之世，贾山、贾谊、晁错、枚乘等人振其绪，使得政论散文大行于世、缤纷可观，其中又尤以贾谊之作堪称鸿文。贾谊的代表作《过秦论》和《陈政事疏》，文情乃与屈骚磊落相望，文风也与楚文学一脉相承，同时又显示出楚文学在汉初与中原文学融会发展的嬗变。武帝时代，散文创作与诗赋创作一起臻于繁盛，并且不再是政论散文一花独艳，而是政论散文、哲理散文和历史散文等多花齐放而异彩纷呈。当时的著名文士如刘安、董仲舒、司马相如、司马迁、东方朔、吾丘寿王、主父偃、严安等都有作品传世。而最有楚文学的遗意和遗风者，是刘安与众门客所撰《淮南子》以及司马迁所著《史记》。文博思深的《淮南子》，因产生于故楚之地又以弘扬楚文化精神为主旨，楚风尤为浓郁。不过，尽管它奇伟宏富、瑰玮绚丽，却因内容庞杂、文出多人而失之于散漫疏阔。皇皇巨著《史记》，虽然不具有《淮南子》那种颇肖先秦楚文学的形色，却因全面地继承和发扬了先秦楚文学的精神而能熔铸前代散文艺术，成为“史家之绝唱，无韵之《离骚》”。“发愤之所为作”的《史记》，不仅以其“兼括六艺百家之旨”、融会六艺百家之文而纵述古今、横记南北的伟大成就，使得散文真正显示出了能够反映人类社会生活全貌的艺术功能；而且以其描写人物故事、塑造人物形象的高度成就，使得文学充分显示出了它的本质特征和社会价值。因此,《史记》是散文发展到一个新高度的丰碑，也是汉代文学最终形成的标志和高度成熟的表现。它的产生进一步巩固了文学的独立地位，它的成就则展现了文学的发展前景，它因而成了中国文学的不朽典范。

可以说，司马相如赋主要是得楚文学之“辞”扩而变之以成，司马迁文主要是得楚文学之“情”弘而扬之以成。正由于两司马在辞与情两个方面、在诗赋与散文两个领域全面地继承了楚文学传统并且大有发展创造，才使得楚文学完全嬗变为汉文学。楚文学以此为终点而画上了光荣的句号，汉文学以此为起点而开始了自主的发展，中国文学也以此为标志进入了新的发展时代。得楚文学之辞的汉赋，因突出了文学的审美特征而彪炳一代；得楚文学之情的汉文，因突出了文学的根本特性而垂范百世。其后的中国古典文学，实际上也主要是在楚文学传统的影响之下发展。因此，正如可以说“道家的审美理论代表了中国艺术的真精神”[①]一样，也可以说楚文学的审美创造形成了中国文学的基本传统。

① 叶朗. 现代美学体系［M］. 北京：北京大学出版社，1988：92.

上编

背　景

第一章　地理环境与楚文学

广谷大川异制，民生其间者异俗。[1]

不同地区、不同国家的文化之所以具有不同的风貌，与其赖以发生和发展的不同地理环境有着直接而密切的关系，这是毋庸置疑的。考察和描述形成和发展在中国南方楚地的文学，也就应该首先分析楚地的地理环境特点，揭示楚地的地理环境与文学的关系。由此，即可以从一个方面比较清楚地说明楚文学的特点、特质及其成因。

楚地是一历史的地域概念，其范围本是随着春秋战国时代楚国的兴衰强弱变化而时大时小的，小时仅据江汉流域之一隅，大时则几乎奄及当时中国南土半天下，但一般则指楚国较长时间领有的长江中游地区。这一地区，由纵向看，从中国地形的第二阶梯过渡到了第三阶梯，即从山地过渡到了平原，是中国南来北往的要道；由横向看，则处在巴蜀地区和吴越地区的中间，是中国西去东还的枢纽。楚地境内既有嵚崟崎岖的崇山峻岭，又有一望无际的平陆莽原；既有纵横交错而滚滚奔涌的大江长河，又有星罗棋布而静静无语的深泽阔湖，林木蓁蓁，芳草萋萋，鸟鸣喈喈，猿啼啾啾。复杂的地形、多样的地貌、丰富的物产，构成了光怪陆离、仪态万方的自然景观。又由于楚地属于亚热带季风气候，故季风适时，雨量充沛，节候转换分明。春日的和风惊雷，夏时的热浪暴雨，秋季的丽日爽气，冬天的白霜皓雪，更给楚地的自然景观带来了无穷的变化和奇丽的色彩。楚文学就是在这一特殊的自然环境和地理条件中形成和发展的。

---

① 《礼记·王制》。

对于楚文学与楚地自然环境的关系，前人已有所论及。南朝著名文学批评家刘勰在《文心雕龙·物色》中指出：

> 若乃山林皋壤，实文思之奥府；略语则阙，详说则繁。然屈平所以能洞鉴风骚之情者，抑亦江山之助乎？

《物色》是刘勰创作论的重要篇章之一，文中通过对文学的发生过程和文学的创作心理的阐述，揭示了文学与自然环境和地理条件的关系，强调了文学创作必然受到自然环境和地理条件的影响和制约。此文虽然没有专门论述楚文学与楚地自然环境的关系，但在很大程度上却是借楚文学来展开论述的。文中首先说明，自然现象的不同，会使人的情感也随之变化，而文学创作正是人们在为自然现象所感召的情意催动和支配下进行的：

> 物色相召，人谁获安？是以献岁发春，悦豫之情畅；滔滔孟夏，郁陶之心凝；天高气清，阴沉之志远；霰雪无垠，矜肃之虑深。岁有其物，物有其容；情以物迁，辞以情发。

这里描述的四季景色，正与楚地春秋代序、冬夏嬗递的景色相合，而且所用的一些文字也直接取自楚文学作品。如“献岁发春”出自《楚辞·招魂》，“滔滔孟夏”出自《楚辞·九章·怀沙》，“霰雪无垠”出自《楚辞·九章·涉江》。刘勰在文中进而以《诗经》为例，说明文学是“应物斯感”之作，是对情意中所感受到的物貌的反映，即所谓“写气图貌，既随物以宛转；属采附声，亦与心而徘徊”。在此基础上，他特别指出，楚辞之所以继《诗经》而兴起，之所以有瑰丽的文辞和丰富的表现，就在于它所反映的楚地之物貌丰繁而难尽：

> 及《离骚》代兴，触类而长；物貌难尽，故重沓舒状；于是嵯

峨之类聚，葳蕤之群积矣。

最后，他又在篇末强调，自然界的山林皋壤，确实是文思之奥府。此理虽然一言难尽，却也无须详说而甚明，最能充分说明此理的就是楚人屈原的作品。屈原就是因为生活在楚地这一特殊的地理环境中，受到楚地山川景物的感发，才形成较之他人更为强烈的文情、更为葱茏的文思，从而“自铸伟词”，得以“轩翥诗人之后，奋飞辞家之前”[①]的。对此，现代文豪郭沫若也有同感，他在《屈原研究》中说：“屈原是产在巫峡邻近的人，他的气魄的宏伟、端直而又委婉，他的文辞的雄浑、奇特而又清丽，恐怕也是受了些山水的影响。”

第一节　书楚语、作楚声、纪楚地、名楚物——楚文学特色的成因

一个地区的文学特色的形成，是与这个地区的地理环境的特点以及在其影响和制约下形成的社会生活的特点分不开的。前人论述楚文学的特色，也主要从这个方面着眼。如宋人黄伯思在《新校楚辞序》中说：

> 盖屈、宋诸骚，皆书楚语、作楚声、纪楚地、名楚物，故可谓之“楚辞”。

楚辞是地方色彩最为鲜明的楚文学代表作，黄伯思对它的界说，比较全面地概括了它的外部特色，比较明确地突出了它的形式特点，故向来被视为解说“楚辞”得名及其特征的经典之论。实际上，楚文学作品都不同程度地体现了这一特征。

“书楚语”是楚文学的特色之一。

---

① 刘勰：《文心雕龙·辨骚》。

楚语是楚人的口语，是楚地的方言。方言的不同，本是地理环境所决定的，正所谓“居楚而楚，居越而越，居夏而夏”[1]，异地之民，各操其语。楚地由于位处江汉及汉淮之间，北方的华夏语、西方的藏缅语、南方的苗瑶语和东南的壮侗语都在楚地接触和交流，所形成的楚语自然是吸收了多种语言成分而词汇丰富多彩、音声别具一格的方言。

楚文学的写作虽然是用的华夏文字，但采用的楚地方言却十分可观。如《老子》第四十二章“吾将以为教父”，《方言》六：“凡尊老，南楚谓之父。”《老子》第四十五章“躁胜寒”，《诗经·周南·汝坟》释文：“楚人名火曰躁。”又如《老子》第五十五章的“终日号而不嗄”，《庄子·庚桑楚》的“终日嗥而嗌不嗄”，司马彪注：“楚人谓唬极无声曰嗄。”据今人李永海《老子〈道德经〉楚语考论》求证，《老子》中共用有 51 个楚地方言。至于楚辞中所用的楚语，就不胜枚举了。前人指出的就有纷、扈、搴、阰、莽、凭、羌、謇、篿、蹇、轪、邅、灵、褋、咍、款、悼、篍、诧、娃、泭、闬、蔽、爽、瀛、谇、些、只、侘傺、阊阖、婵媛等。

在句首采用楚人的习惯用语，是楚文学“书楚语”的明显特点。这种习惯用语的语法作用十分灵活，既可作发语词以协调音节，又可寓含实义以达情表意。如《老子》第十五章的“夫唯不可识”和“夫唯不盈”句中的“夫唯”，就兼有连词作用，义同“正因为”以表示强调；《离骚》“夫唯捷径以窘步”和“夫唯灵修之故也”句中的“夫唯”，则兼有实词之义。钱杲之《离骚集传》注前句云：“夫，犹彼也。桀纣失道，彼唯捷行邪路，而自窘急其步。”又注后句云：“言己指天以正此心，唯以吾君灵修，可与有为之故。”另外，楚文学作品中还广见以方言作为状语置于句首来强调所言之事的情状和程度，如《离骚》的“汩余若将不及兮”“纷独有此姱节”“溘吾游此春宫兮”“忳郁邑余侘傺兮”等，这也是楚地方言的特殊使用方法。清人吴世尚在《楚辞疏》中指出：

---

① 《荀子·儒效》。

> 楚辞中凡施于句首之字，如纷、汩、忽、羌、謇、耿、溘、时云者，大抵多属方言。而其意之或承上，或总下，或发端，或继事，或转语，或正言，或正疏，或反仆……

由此可知，楚方言在楚文学作品中的大量使用，不仅仅是楚人习惯为之而使其作品增添了浓郁的地方色彩，而且还因为它具有丰富而灵活的表意能力而为楚人有意为之，从而使其作品具有朗丽委婉、含蓄蕴藉的艺术成就。

“书楚语”也必“作楚声”，楚语和楚声自然是密切相关的。楚文学作品中的“楚声”，主要表现为在楚地特殊的地理环境中形成的特殊韵律和声调。《汉书·地理志》说：

> 凡民函五常之性，而其刚柔缓急，音声不同，系水土之风气，故谓之“风”。

诚如斯言，楚音楚声的形成，正是系于楚地水土之风气所致。先秦楚地，或山高林深，或泽广水阔。俯仰其间的楚人，习惯于长言以相呼唤、永歌以相赠答。所形成的土风歌谣，虽不乏刚急短促之声，但多为柔缓绵长之音。主要产生于北方平陆的《诗经》，其“风”基本上是“二二”节奏而言短声急的四言诗，但产生于南方泽国的楚歌，其“风”则多为“三二”或“三三”节奏而言长声缓的杂言诗。因此，南风楚歌便较前者更具有咏叹意味和抒情功能。

语助词“兮”在韵文中的大量而灵活的运用，是楚文学“作楚声”的重要特点。[①]《老子》《文子》中都有将“兮”字置于句末以增强咏叹和抒情效果的文句。在楚地民歌和楚人辞赋中，“兮”字的用法就更加

① 传世本楚文学作品中的语助词“兮”，在出土简帛本楚文学作品中多写作“可”或“呵”。

丰富多彩了，既被用于句中以调和节奏、分解音程，又被用于句末以拖长腔调、统一韵律，“楚声”变化多端、优美动听的特点更加突出。相形之下，中原文学中虽然也有用“兮”字作为语助词的作品，但远不如楚文学的运用这样富于变化，因此也不如楚文学的音乐性强。

楚文学“作楚声”还表现在其作品多用楚方音而用韵较为统一，如：

> 载营魄抱一，能无离乎？……爱民治国，能无知乎？①
> 同乎无知，其德不离。②
> 悲莫悲兮生别离，乐莫乐兮新相知。③

句中的“离”“知”都是合韵的楚方音。清代学者顾炎武曾不察，在《唐韵正》中将“离”误解为“古音罗”。江永在《古韵标准》中指出其误，张畊在《古韵发明》中又特别强调说：“江氏所举《少司命》之‘离’韵，当从楚方音。老、庄皆楚人，故与楚声合，诸韵皆当如此分别读之。”关于楚文学的用韵，前辈学者如朱谦之、王力等人已有深入的研究。朱谦之在《老子校释·老子韵例》中比较研究了《老子》与楚辞的用韵后认为：“老子为楚人，故又与楚声合。尚论世次，屈在老后。《经》文中‘兮’字数见，与《骚》韵殆无二致，‘五千言’其楚声之元祖乎！”楚声之元祖，当为南风楚歌。但楚辞用韵有沿袭《老子》之处，则是大有可能的。楚文学用韵的一致性，反映出楚文学始终保持着音乐性强的特征，同时也反映出楚地自然环境对楚文学影响的巨大和持久。

楚地的自然环境为楚文学创作提供了取之不尽、用之不竭的表现内容，“纪楚地、名楚物”也更加直接地反映出楚文学受楚地自然环境

① 《老子》第十章。
② 《庄子·马蹄》。
③ 《九歌·少司命》。

的制约而形成的特色。《老子》是哲理著作，只重阐发抽象哲理而无意于描述楚地楚物，但也成于楚而表现楚，自然而然地借用楚地景物以喻理。如楚地多水，《老子》也习惯于通过对形象鲜明的水的赞美以表达其思想。《文子》在这方面则有过于《老子》，不仅既摹山又范水，而且对水的形象描绘要较《老子》具体和生动得多。大量地借外物以喻己意的《庄子》，在这方面就独占楚哲理著作的鳌头了：

> 楚之南有冥灵者，以五百岁为春，五百岁为秋。①
> 南方有鸟，其名为鹓鸰。②
> 庄周游于雕陵之樊，睹一异鹊自南方来者。③

类似这样的记述，在《庄子》中屡见不鲜。《庄子》所记的草木，基本上都是盛产于楚地的草木，如榆、樗、栎、枸、棘、楠、樟、瓠、蓬蒿、迷阳等。当然，最为鲜明地反映出“纪楚地、名楚物”特色的楚文学作品，还是楚人睹物兴感、随物赋形和移地动情、因地抒怀的辞赋。楚地许许多多的山川、地名和草木鸟兽等物产，都出现在楚人体物言志、借景抒情的辞赋中，如巫山、九疑、北山、江、汉、沅、湘、澧、云梦、洞庭等山川；夏首、鄂渚、辰阳、溆浦、涔阳等地名；木兰、江离、宿莽、杜蘅、菉葹、薜荔、留夷、揭车等草木；鹈鴂、鶤鸡、楚鸠、青兕、猿狖、蟋蟀、蝉以及虎豹豺兕、雕鹗鹰鹞、鼋鼍鳣鲔等鸟兽虫鱼。可谓楚地之大，楚物之多，由楚辞楚赋则可知可识。尤其是像《橘颂》《山鬼》《高唐赋》这样的作品，更是将楚地的奇丽景观和奇美物产表现得充分而鲜明。

---

① 《庄子・逍遥游》。
② 《庄子・秋水》。
③ 《庄子・山木》。

第二节　想象、审美、情感、性格——楚文学素质的成因

文学的内在素质，指的是文学创造主体的人所赋予文学的素质。文学是主体对客体的艺术再现和艺术表现，而主体在对客体作艺术的再现和表现过程中，也必然将其本质力量对象化到客体身上，故文学的内在素质实际上就是人的本质力量的体现。就文学的内在素质而概言之，就是想象、审美、情感和性格。

一、想象

阅读楚文学作品，首先令人惊叹的就是其所反映出的楚人那种伟大丰富而奔放无羁的想象力。一代学术大师王国维指出：

> 南人想象力之伟大丰富，胜于北人远甚。彼等巧于比类，而善于滑稽：故言大则有若北溟之鱼，语小则有若蜗角之国；语久则大椿冥灵，语短则蟪蛄朝菌；至于襄城之野，七圣皆迷；汾水之阳，四子独往；此种想象，决不能于北方文学中发见之。[①]

楚人何以会有远甚于北方人的伟大丰富的想象力呢？这当然不能归结于天生所成，而应是自然和社会的多种因素造成的，故首先可以从楚人所处的地理环境中去探寻。

“楚，泽国也。其南沅、湘之交，抑山国也。叠波旷宇，以荡遥情，而迫之以崟嵚戌削之幽苑，故推宕无涯，而天采矗发，江山光怪之气，莫能掩抑。”[②] 因此，生活其间的楚人，对于楚地丰富多彩的自然物象、光怪陆离的自然景象和变幻莫测的自然现象有着大量的观感和深刻的体

① 王国维：《屈子文学之精神》，收入《静庵文集续编》。

② 王夫之：《楚辞通释》。

验，并由此形成了强烈的印象，往往会随“物色之动，心亦摇焉”①、玄思不已而遐想无穷，久而久之，便培养出勃郁葱茏的想象力，一旦刻意为文，也就自然地和自觉地“流连万象之际，沉吟视听之区”④。王国维说楚人为文巧于比类，首先是由于楚人在楚地的生活中积累了所感知到的大量表象，故独运神思时就能够“联类无穷”。

风是楚地最为常见、最为生动和最富有变化的自然现象之一，楚人对风的感受和体验也十分丰富和深刻，楚文学中因此便多有对风的形象描绘。在楚文学里，除了随处可见对风的简笔勾画之外，庄周还不惜文墨地刻意表现风，宋玉则专门作有中国文学史上第一篇咏风名作《风赋》。这里摘录其文字与《庄子》对照一观，即可略知楚人想象力的特点及一大成因：

> 夫大块噫气，其名为风。是唯无作，作则万窍怒号。而独不闻之翏翏乎？山林之畏佳，大木百围之窍穴，似鼻，似口，似耳，似枅，似圈，似臼，似洼者，似污者。激者、謞者、叱者、吸者、叫者、譹者、宎者、咬者，前者唱于而随者唱喁，泠风则小和，飘风则大和，厉风济则众窍为虚。而独不见之调调之刁刁乎？②
>
> 夫风生于地，起于青苹之末，侵淫溪谷，盛怒于土囊之口，缘太山之阿，舞于松柏之下。飘忽淜滂，激扬熛怒，耾耾雷声，回穴错迕，蹶石伐木，梢杀林莽。至其将衰也，被丽披离，冲孔动楗，眴焕灿烂，离散转移。③

这两段文字都非常细致而生动地描绘了风作用于山林的种种情状，显示出作者丰富而惊人的想象力。不言而喻，如此丰富而惊人的想象，乃建立在作者对风的消长变化、力量作用的细微观察、真切感受和深刻体验

①④ 刘勰：《文心雕龙·物色》。
② 《庄子·齐物论》。
③ 《风赋》。

的基础上。如前所述，楚地既有春夏秋冬四季风的明显变化，又有东南西北四面风的交替侵袭，因此，楚人对于微风摇曳青萍、冷风侵淫溪谷、飘风怒号于万窍、厉风溯滂于木石的观感便明晰而强烈。在撰文作赋之际，其在生活环境中形成的关于风的印象和感受便会浮现于脑海，一旦将这些印象和感受按其意愿联缀组合、加工改造而付诸文字之后，就构成具体而真切的艺术画面，既现风之形，又传风之神，让人在其提供的广阔空间里，似乎看到了风的消长过程，似乎感到了风的变化特征，似乎听到了风的怒号，似乎受到了风的侵淫……庄周和宋玉都不是纯为写风而表现风，《齐物论》是借写风以喻道，而《风赋》是借写风以谲谏，它们全属“巧于比类”之作，也全是“伟大丰富”的想象的艺术创造。

相对而言，北方中原地区以延缓的高原和开阔平坦的平原为主，山地和水泽都较少。它没有楚地这样复杂的地形，也就没有楚地这样丰繁的物貌；没有楚地这样壮美的江山，也就没有楚地这样奇丽的景色；没有楚地这样多变的气候，也就没有楚地这样幻化的风光；没有楚地这样分明的季节，也就没有楚地这样缤纷的物产……居于其间的北方人，大概也就不容易直接获得如楚人这样有关自然景物的丰富表象，也不容易形成联类无穷的想象力。在先秦时期，交通发达程度和信息传播能力很低，以形象反映生活的文学尚在形成之中，故人们想象力的提高和发展，便在较大程度上要依赖于生活环境中直接获取的大量表象。北人的想象力之所以逊于南人，其原因之一恐怕就与其地未能提供给北人以充分发展想象力的自然条件有关。北方文学多为直叙其事、直言其理的艺术再现，既罕见楚文学那种联类无穷的比喻，更少有楚文学那种寓意深远的象征，这又正是北人想象力不及南人的表现。

二、审美

不同的地理环境，会影响到生活其间的人们产生不同的审美感受、形成不同的审美趣味，这是一个无须详加说明的问题，中外美学家对此已有大量论述。例如，论者一般认为，生活在贫瘠的山地、恶劣的气候条件下的古希腊人，为了摆脱狭小而不自由的内陆的束缚，为了改善和美化生活，乃主动积极地投向周围壮阔的大海，当他们头顶明净的天空、沐浴灿烂的阳光、面对潋滟的大海时，便体验到了纯净、明朗而和谐的美感，于是在其他因素的综合影响下逐渐形成了表现“和谐”的审美趣味。古希腊的文学和艺术，无不体现出以“和谐”为审美原则的“优美”风格。而生于海中的美丽绝伦的爱之神阿芙洛狄忒，就是古希腊人审美理想的充分表现和审美文化的鲜明象征。又如，浪迹求生的古希伯来人，在巴勒斯坦一带的旷野里，从自然的空间、日光和声音中体验到一种令人震颤的崇高美感，于是逐渐形成了表现“崇高”的审美追求，并且由此导致了以“崇高”为审美原则的哥特式艺术曾在欧洲兴盛颇久。①

楚人的审美意识的发展和审美趣味的形成，也自然而然地受到了所处地理环境的影响和陶冶。生活在山峻峰险、江阔湖广、林木蓊郁、叠波荡漾的地理环境中的楚人，物产丰饶而食物常足，不忧冻饿而安居乐业，于是朝朝暮暮，岁岁年年，心旌随五彩缤纷的山光水色摇荡，心扉随化出万象的奇石怪岩启开，心情随变化莫测的晓岚暮气牵动，心灵随清澈澄滢的溪流净化，在自觉或不自觉的审美体验中强化其审美意识，形成其审美趣味。

楚人尤好言“奇”。老聃论用兵之道，强调“以奇用兵”；庄周谈万物之理，强调“其所美者为神奇”；屈原述人生之求，强调“余幼好此奇服兮，年既老而不衰”。可见在楚人心目中，“奇”是一种理想的审美标准。楚人这种“以奇为美”的审美观的形成，当与楚地千奇百怪、千变万化的自然景色对楚人的陶冶有关系。宋玉《高唐赋》描述：

昔者楚襄王与宋玉游于云梦之台，望高唐之观，其上独有云

① 叶朗．现代美学体系［M］．北京：北京大学出版社，1988.

气，崒兮直上，忽兮改容，须臾之间，变化无穷。

下面，宋玉细致地描绘了“朝云”之气腾挪变化给人的种种新奇感受。此后，宋玉又具体描绘了游高唐观所见的种种奇特、奇怪、奇丽的自然景象，并在文中不断发出“珍怪奇伟，不可称论”“谲诡奇伟，不可究陈”的感叹。宋玉极力表现自然景象的“珍怪奇伟”和“谲诡奇伟”，反映出他有着天下所美者在于奇的明确而强烈的意识。他笔下的奇景异物当然有夸饰之嫌，但的确又是基于他对楚地奇谲诡怪的自然景象的丰富细致的观感而作出的艺术表现。因为他在“应物斯感”的过程中体验到“谲怪奇伟”带来的兴奋和愉悦，他才在审美回味中容易形成“以奇为美”的审美观念。在艺术表现中，他力图借助审美想象来描绘出自然景象的“谲怪奇伟”，却依然叹息辞不足以言奇、文不足以示美。楚人的文化创造也都显示出变化多端以求奇、不拘一格以见奇的特征。楚地出土的青铜器和漆木器等文物，其造型之奇特、制作之奇巧，令人叹为观止。如“四不象”的铜盏、玲珑剔透的尊盘、诡异神秘的辟邪、谲怪凶煞的镇墓兽等，都鲜明地体现了楚人在文化创造上的求新精神和反映出楚人在艺术创作上的好奇风尚。当然，最为充分地体现这种精神和反映这种风尚的，还是作为楚文化之集中表现的楚文学了。楚文学的代表作品，无一不是以“奇”著称的杰作。清人吴世尚《庄子解》说：“庄文无问长短，皆必有至情、至理、奇气、奇句。”清人吴景旭《历代诗话》则说：“楚山川奇，草木奇，(屈)原更奇。”因此，《庄子》被称为“意出尘外、怪生笔端”[①]的天下奇文，屈骚被誉作“酌奇而不失其真”[②]的天下至文。

楚文学中还充分地反映了楚人“以大为美”、“以丽为美”和“以秀为美”等审美观念。这些审美观念的形成，同样也多少是受楚地雄伟的

① 刘熙载：《艺概·文概》。
② 刘勰：《文心雕龙·辨骚》。

山势、浩瀚的江河、鲜丽的物色、秀雅的景致的陶冶。这些审美观念一旦形成之后，又变为楚人文艺创作中的审美追求，故楚文学即鲜明地反映出宏大、艳丽和清秀的艺术特色。这里就不再详加叙说了，后面论述楚文学中的文艺美学思想时还要涉及。

三、情感

情感是文学产生和发展的主要动力，又是文学具有震撼人心的艺术感染力的关键所在。刘勰在《文心雕龙·知音》中说得好："夫缀文者情动而辞发，观文者披文以入情。"楚文学的艺术特征和艺术成就，一个重要方面就在于它充分且强烈地表达了楚人的真情实感。阅读楚文学作品，令人惊叹的不仅是它所反映的楚人那伟大丰富的想象力，还有它所反映的楚人那丰富强烈的情感。《老子》那愤世之情的高度抒发，《庄子》那嫉俗之感的强烈表达，屈骚那爱国之情的充分宣泄，无不令读者的心灵感到震撼。老聃、庄周、屈原在其作品中抒发的情感，固然主要是为其所处的特殊时代、所遇的特殊遭际等社会原因直接激发而成，但其情感所表现出来的敏感性、炽热性和丰富性，则也与其在楚地这一特殊的地理环境的长期陶冶分不开。丰富多彩而变化无穷的自然景象，必然会使人产生敏锐的感受和多变的情绪，前面所引的刘勰之语已对此作了清楚的阐明。楚文学都是"情以物迁，辞以情发"的艺术创作，其中明显为在特定的地理环境下"应物斯感"的作品甚多。如屈原《九章·怀沙》开篇即写道：

> 滔滔孟夏兮，草木莽莽。伤怀永哀兮，汩徂南土。眴兮杳杳，孔静幽默。郁结纡轸兮，离慜而长鞠。

显然，这是屈原流放江南时于初夏之季、南行途中因物色之召而不得获安的因景生情之作。景色的丰富和深幽，牵动了屈原郁积心底的丰富和深沉的情感，于是他写出了这情景交融的优美诗句。再如宋玉《九辩》，也是“应物斯感”、托物言情的绝妙好辞。物色丰富多彩的楚地造就了情感丰富深厚的楚人，楚人的文学作品也就尤其善于描绘情景交融的艺术境界，而这一点正是中原文学所不及和楚文学对中国文学的巨大贡献之处。

前面说到的想象和审美，就是以情感为动力，受情感支配，并且表现为移情活动的心理体验过程。没有情感作为基础，想象和审美就无以展开和深入。

四、性格

“文以气为主”[①]，文学作品的风格与作者的气质、性格有很大的关系，古今中外因此都有“文若其人”“风格即人”之说。可是，人的气质和性格的形成，很大程度上又受其所处的地理环境的影响。

古希腊名医希波克拉底（约前460—前377）在《论空气、水和环境的影响》一书中明确指出，人的体形、体质和性格，在很大程度上都是受其所处的地理环境的影响而形成的。几乎与之同时，东方的中国人也在《管子·水地》篇中强调了地理环境对人性形成的决定性作用：

> 地者，万物之本原、诸生之根菀也，美恶、贤不肖、愚俊之所生也。水者，地之血气，如筋脉之通流者也。……故水一，则人心正；水清，则民心易。

今天看来，《管子》此说似乎失之偏颇，因为在科学高度发展的现代，人们越来越明确地认识到，不仅是环境创造人，而且人也创造环境，人性的形成是地理环境与人文环境共同作用的结果。不过，在人类征服自然的能力尚弱的先秦时期，人的发展就不能不受到地理环境的很大制约。所以，《管子》之说在当时也称得上是真知灼见了。

① 曹丕：《典论·论文》。

关于文学、性格与地理环境之关系的阐述，则是在文艺理论研究发展到一定程度之后才出现的。在18世纪的西方启蒙运动中，著名的思想家和文学家伏尔泰在《论史诗》中指出，欧洲各民族的文学都有其不同的风格，“从写作的风格来认出一个意大利人、一个法国人、一个英国人或一个西班牙人，就像从他面孔的轮廓、他的发音和他的行动举止来认出他的国籍一样容易”。法国19世纪浪漫主义文学的早期代表作家斯达尔夫人，在她重要的文艺理论著作《论文学》中进而强调，欧洲各民族的特性和习俗，主要是由其所处地理和气候的条件形成的，这因此也决定了欧洲各民族文学的特征。她将欧洲文学分为南、北两大类，认为“希腊人、拉丁人、意大利人、西班牙人和路易十四时代的法兰西人属于我称之为南方文学这一类型。英国作品、德国作品、丹麦和瑞典的某些作品应该列入由苏格兰行吟诗人、冰岛寓言和斯堪的纳维亚诗歌肇始的北方文学”。她指出，北方各民族“由于土壤的硗瘠和天气的阴沉而产生的心灵的某种自豪感以及生活乐趣的缺乏，使他们不能忍受奴役”，他们便富有战斗的精神和意志的力量，北方文学也因此具有丰富的想象、深刻的哲理和热烈的情感；相对而言，南方各民族所处的地理环境比北方各民族优越，“他们周围如此生动活泼的自然界在他们身上所激起的活动超过在他们心中所激起的思想”，南方文学因此洋溢着乐观的情调，耽于安逸，没有充满忧伤情调的北方文学那种对人的命运和性格以深刻影响的力量。斯达尔夫人的结论当然未必正确，她是有感于法国文学“紧紧追随着古人的足迹”之弊而赞扬北方文学的，其意在于反对古典主义、呼唤文学变革以适应时代要求，虽然失之片面和偏激，但在当时却颇具进步意义。人们因此将她的《论文学》看作法国积极浪漫主义的先声。她的研究角度和方法，则很有可取之处，反映了她在文艺理论研究上的开拓性贡献，给人们以莫大启迪。其后，19世纪的法国著名文艺理论家丹纳便进一步强调说，文学艺术的根源在于种族、种族生存的自然环境及其所处的历史时代。

在中国，当批判宋明理学、宣扬个性解放的启蒙思潮磅礴于神州大地时，文坛上高举“独抒性灵”大旗、为启蒙思潮推波助澜的楚人袁宏道，就在《叙小修诗》中论述楚文学时涉及了文学、性格与地理环境的关系：

> 且《离骚》一经，忿怼之极，党人偷乐，众女谣诼，不揆中情，信谗赍怒，皆明示唾骂，安在所谓怨而不伤者乎？穷愁之时，痛哭流涕，颠倒反覆，不暇择音。怨矣，宁有不伤者？且燥湿异地，刚柔异性，若夫劲质而多怼，峭急而多露，是谓楚风，又何疑焉？

袁宏道生在楚地而长于楚地，又受时代风雷的激荡，对屈原这位异代乡贤的理解尤深，对楚文学精神的领悟也尤深。他的这段话，毫不含糊地肯定了屈骚的风格是“劲质而多怼，峭急而多露”，也就是率直而大胆、充分而强烈地表现个性、抒发情感，既没有“发乎情，止乎礼义”[①]的节制，更没有“怨而不伤”的效果。他认为，“楚风”就是楚人特异的性格的外化，是楚人丰富强烈的情感的自然流露而形成的；楚人之所以具有特异的性格，则又与楚人所处的特殊地理环境有很大关系，即“燥湿异地”，自然也就“刚柔异性”。当然，袁宏道还只是直觉地意识到地理环境与楚人性格的关系，因而阐发未深。但是，他已明确地认识到“楚风”与楚人性格的关系，故较前人的阐述却是一个很大的进步。首先，他强调了屈骚是“忿怼之极”的真情抒发。在他看来，“大抵物真则贵”[②]，“从自己胸臆流出”[③]的作品，才具有文学的真正价值。这实际上彻底否定了以往儒者批评屈原“露才扬己”[④]“轻薄”[⑤]“过于中庸而不可以为法……怨怼激发而不可以为训”[⑥]等种种不实之词，深

① 《毛诗序》。
② 袁宏道：《与丘长孺书》。
③ 袁宏道：《叙小修诗》。
④ 班固：《离骚序》。
⑤ 颜之推：《颜氏家训・文章》。
⑥ 朱熹：《楚辞集注》。

刻地揭示了屈骚的本质特征，高度地肯定了屈原“发愤以抒情”的伟大创作。接着，他便强调了“楚风”即楚人性格的直接表现，并且指出了性格之异与地理环境的不同密切相关。自魏晋以降，文论家品评作品时，已注重从作者个性的角度去解释其作品的风格。刘勰在《文心雕龙·体性》中明确指出：“然才有庸俊，气有刚柔，学有深浅，习有雅郑，并情性所铄，陶染所凝，是以笔区云谲、文苑波诡矣。……吐纳英华，莫非情性。是以贾生俊发，故文洁而体清；长卿傲涎，故理侈而辞溢……”不过，尽管刘勰通过对贾谊、司马相如、扬雄、王粲等十几人的分析而清楚说明了个性与风格的关系，但他只强调了性格对风格的决定作用，却没有论及性格的成因；他只强调性格为主观因素，却未指明性格的形成是主、客观因素交合作用的结果，也未提到影响性格形成的重要客观因素是地理环境。因此，袁宏道的阐述，就比刘勰进了一步，更具有理论上的全面性和深刻性，这显然与晚明思想解放思潮对袁的影响有关系。

近代以来，在异质的西方文明的冲击下，国人的眼界更开阔了。“五四”新文化运动前后，一些有识之士在探讨中西文化差异时，也注重从地理环境的差异上予以说明，梁启超、杜亚泉、李大钊等人都有这方面的论述。这样的探讨也波及文学研究，刘师培即专门作有《南北文学不同论》。其中阐述说：

> 大抵北方之地，土厚水深，民生其间，多尚实际；南方之地，水势浩洋，民生其间，多尚虚无。民崇实际，故所著之文，不外记事、析理二端；民尚虚无，故所作之文，或为言志、抒情之体。

此语就已不同于袁宏道的泛泛而论了，而是明确指出了南、北两地自然环境的不同特性，进而说明南北地理环境的不同决定了南北两地人之习性的不同，最终又决定了南北文学的特征不同。这不仅论说得较为具体，而且清楚地揭示了地理环境、性格及文学三者之间的逻辑关系。袁宏道的论述虽然也反映出这种逻辑关系，但却是含糊而笼统的。就南北文学之不同而言，古人也早有论及，并且也追溯了其原因，但大都认为南北文风之异是南北社会习俗和社会风气所造成的，却未能进一步追溯到地理环境。刘师培在前人之论的基础上进而指出其重要原因还在于地理环境，也就较前人的认识更为全面深刻。

诚然，刘师培也还只是“大抵”言之，没有详细说明地理环境是怎样影响人之性格的形成的，也没有具体说明除了崇尚实际和虚无之外，南北不同的地理环境还影响到南北两地人形成了哪些不同的习性，它们又与文学的关系如何等。不过，若要这样苛求刘师培，则是不应该的。因为地理环境对人性的影响并不是简单的、直接的，而是复杂的、潜移默化的。并且，随着人类社会的发展，这种影响更多的是通过在特定的地理环境中形成的特殊的社会生活、风俗习惯等来起作用的。因此，想要十分细致和确切地说明地理环境、人性和文学三者的关系，实在是比较困难的，还是只能大抵言之。

孔子曾说：

> 知者乐水，仁者乐山。知者动，仁者静。知者乐，仁者寿。[①]

此语虽然是意在指出“仁者”与“智者”的区别，却是借他们对自然山水的不同态度来说明的，故实际上也就间接地道出了南北的地理环境、人们的习性和文化的风格的差异，并且在一定程度上反映了三者的关系。尽管孔子可能并未意识到这一点，但他指出的客观现象本身则表明了这一点。

北方中原“土厚水深”，居于其间之民以耕植为生，以粟粱为食，得到土的恩赐极大，故尤亲于土。而“夫山，土之聚也”[②]，中原之民

---

① 《论语·雍也》。
② 《国语·周语下》。

也就特别喜爱山、尊崇山。山在中原文学中，大都是被歌颂的对象，如《诗经》赞美嵩山说：“崧高维岳，骏极于天。维岳降神，生甫及申。”[①]又称扬终南山云：“信彼南山，维禹甸之。畇畇原隰，曾孙田之。”[②]于是，山在中原人的生活中，也就成了隆重祭祀的对象。中原王朝最重要的祭典之一，便是祭祀名山。《周礼·春官，大宗伯》载：“以血祭祭社稷、五祀、五岳。”《诗经·周颂》中保存有数首周王朝祭祀山川的乐歌，其中祭祀岐山的《天作》即云：

天作高山，大王荒之。彼作矣，文王康之。彼徂矣，岐有夷之行，子孙保之！

孔子是中原文化的代表，以“仁者”自命，一生孜孜不倦地宣扬“仁”、追求“仁”。他称“仁者乐山”，则清楚地表明了中原人对自然山水的态度。山的秉性是沉静、稳重、刚毅、宽厚、坚定不移等等，这些秉性至今还体现在北方中原人的身上。不过，在山的众多秉性之中，最为突出的特性就是“静”，故孔子说“仁者”的本性就是“静”，也就是说“仁者”集中体现了山的秉性。“吐纳英华，莫非情性。”故在一定程度上，中原文化在内容和形式上都追求“静”，追求“天下有道”的稳定统一，追求“天不变，道亦不变”的循旧守常。中原文学也追求“温柔敦厚”和稳定统一的风格。

相形之下，南方楚地土薄水广，“民食鱼稻”[③]。生于“水势浩洋”之地而颇得滋润万物之便和鱼虾蠃蛤之惠的楚人，也就特别喜爱水、尊崇水，水在楚文学中，往往都是被赞美的对象：

① 《诗经·大雅·崧高》。
② 《诗经·小雅·信南山》。
③ 《汉书·地理志》。

上善若水，水善利万物而不争。[①]

秋水时至，百川灌河。泾流之大，两涘渚崖之间，不辨牛马。于是焉河伯欣然自喜，以天下之美为尽在己。[②]

于是，水在楚人的生活中，也就成了隆重祭祀的对象。楚国的主要祭典，就是祭祀境内的名川。《左传·哀公六年》载楚昭王说：

三代命祀，祭不过望。江、汉、睢、漳，楚之望也。

长江、汉水、睢水、漳水全为河川，楚人的望祭竟然全是河川而没有一座名山！楚人甚至祭祀其肇兴之地、今鄂西北的睢水和漳水，却不祭祀其地的荆山和睢山，这足见楚人喜爱水而漠视山。楚、晋邲之战，楚庄王在大胜后祭了黄河，却未祭河南的中岳嵩山。楚人的祭祀乐歌《九歌》中，只《山鬼》一篇祭祀山神的乐歌，却有《湘君》《湘夫人》《河伯》三篇祭祀水神的乐歌。而且，山在楚文学中，往往被描绘得高峻险恶、幽杳深邃得令人望而生畏、思而心瘁、处而身危。如《涉江》中写道："山峻高以蔽日兮，下幽晦以多雨。霰雪纷其无垠兮，云霏霏而承宇。哀吾生之无乐兮，幽独处乎山中。"《高唐赋》中描绘的巫山，也同样给人以心惊肉跳之感。楚人这种对待山水的好恶不同的态度，大概是因其曾长期困居在穷山杳林之中艰苦跋涉而形成的。

夫水者，大象无形，动静有时，其秉性则无一定之规；忽尔潺潺流淌而柔弱之极，忽尔滚滚奔涌而劲直之甚；忽尔"清且涟漪"而沉静异常，忽尔浊浪滔天而峭急无比；忽尔无声无息而尤显内向，忽尔怒吼狂呼而特别外露……不过，尽管水的秉性丰富而复杂，但它主要的、突出的特性就是"动"。孔子说："智者"的本性就是"动"，那么"智者"

① 《老子》第八章。

② 《庄子·秋水》。

便集中体现了水的秉性。“智者”，是南方楚文化的代表。先秦伟大的智者老聃高度赞美水，认为水的秉性就是具有最高道德的人所应该具有的品性。他所创立的、凝结了楚文化精神的道家哲学，就是典型的智者文化。道家哲学不似北方“仁者”所创立的儒家哲学那样，主要为一览无余的道德说教，而是既有浩瀚之水的博大，又具莫测之水的高深，还涵好动之水的变化。学者们因此认为：“如果说儒家文化居于中国传统文化的表层结构，那么道家则居于其深层结构，它具有思辨和深邃的特色，最能体现民族的智慧。”①

楚人好动而多智、灵活而多变，这在先秦时期几乎就有了定论。《左传·襄公二十六年》载蔡国大夫声子说“楚材实多”“晋卿不如楚”，又载其借析公之语说“楚师轻佻”。由此可知，楚地的才智之士在春秋时代就超出了中原的三晋之地。“轻佻”之说，本是站在中原人的立场对楚人的鄙薄之语，但从另一方面却又恰恰说明了楚人与中原人之沉稳性格形成鲜明对照的好动而善变、不固持一端的性格。因此，楚文化从内容到形式也都追求“动”，追求丰富多样、恢诡谲怪和穷新极变。楚文学则集中体现了楚文化的这一风格和特性。

南北之民对山水各有所乐，山水也必然影响其性格的形成。当然，山水对人性的影响也不是那么直接和简单的，而且山水的秉性原本就是人所感觉到的和人所赋予的。但是，人们之所以能够感觉到山水具有这样而不是那样的秉性，也正是由于它们在客观上的确具有这样而不是那样的特性，故人们在“乐山”或者“乐水”时，自然而然地就移情于山水、比德于山水、齐性于山水，山水因而就在这一过程中影响到人的情性和品格的形成。老聃说“上善若水”，即表明了楚人与水的关系，表明了楚人以为修身养性应该向水看齐的意识。随着人类社会的发展，随着人类征服客观世界的能力的提高，自然也越来越人化，山水对人性的影响也显得越来越小。然而，不仅人类在过去所受地理环境的影响而形

① 道家文化研讨会观点综述［J］. 江西社会科学，1989（6）.

成的人性特征会作为传统而被承袭下来，而且人类始终也难以彻底摆脱地理环境的影响。今天生活在我国南北不同地区的人们的性情差异，就说明了这一点。

影响人性形成的自然因素，当然不仅仅是山水，但在这里就难以一一详说了。不过，在古人看来，对人性影响最大的自然因素还是水。前面引述的《管子》之论，就表示了这一看法。明人王士性在《广志绎》中更是强调："人性之禀多与水推移也。"楚地多川泽，楚人的性格也确实多有与水性相合之处。楚文学"劲质而多怼""峭急而多露"以及汪洋恣肆、气势磅礴、奔放无羁、波澜起伏、恢宏诡异、变化多端的特性，可不正是与楚人的情性相合、与川泽的秉性相通么！

第二章　经济生活与楚文学

人类社会的发展尽管呈现出繁复的形态，人类文化的创造尽管具有着丰富的内容，却存在“一个简单事实：人们首先必须吃、喝、住、穿，然后才能从事政治、科学、艺术、宗教等等”[①]。当然，精神生产与物质生产并不总是成正比例的，而且文学艺术的生产与物质生产的关系更是往往显示出其不平衡性。但宏观地看，“经济关系……归根到底还是具有决定意义的”[②]。因此，考察楚文学的形成和发展，也只有结合其形成和发展的楚地的经济条件和楚人的文化生活才能认识清楚。

第一节　中原经济生活与文学艺术

在先秦时期，楚文学与中原文学的差异是明显的。这种差异的产生，在很大程度上又是由南北两地人民在不同的地理环境中形成的不同的经济生活所决定的。前一节已对南北地理环境的不同及其对南北文学的不同影响有所论述，这里则对南北经济生活的不同及其对南北文学的不同影响也略作分析，首先简述中原的经济生活与文学艺术。

《尚书·禹贡》对先秦时期南北的土地肥瘠状况和优劣程度作有明确的记载，学者们大都认为其记载基本上真实地反映了先秦时期的南北农业生产的自然条件。据其所述，中国九州之中，黄河中下游诸州的土地多为上等或中等。正因为处于黄土地带的北方中原地区有着松疏肥

---

① 恩格斯．在马克思墓前的讲话［M］// 马克思恩格斯选集：第 3 卷 .3 版．北京：人民出版社，2012：1002.

② 恩格斯．恩格斯致瓦尔特·博尔吉乌斯［M］// 马克思恩格斯选集：第 4 卷 .3 版．北京：人民出版社，2012：649.

沃、易于耕植的优良土壤，而且其气候在先秦时期也温暖湿润，故早在公元前6000年左右就形成了较为发达的原始农业文化，并且主要是随着农业经济的较快发展和出于治水灌溉以发展农业的需要而促进了氏族社会组织的发展，从而在特殊历史条件下率先跨入文明时代。先后主宰中原的夏人、殷人和周人，建立的都是农业经济处于支配地位的国家。在夏、商、西周三代，手工业基本上只限于为王室和贵族服务，商业因此不够发达。所谓“工商食官”①，正说明手工业和商业在西周社会经济中的作用尚不很大。

一般来说，日出而作、日入而息、周而复始、变化不多的农业经济生活，缺乏刺激人们去探讨新问题、认识新事物、创造新文化的内在动力。夏、商、西周三代的思想文化和文学艺术，之所以显得不如其物质文明的成就那样高，恐怕与此有较大关系。

夏、商、西周三代的十多个世纪里，以农业文化和青铜文化为代表的中原物质文明的发展，取得了辉耀当时世界的巨大成就。但是，中原思想文化的最高成就是周初形成的、旨在维护建立在农业社会基础上之宗法制度的天命神学，却“始终没有创造出可以称之为哲学的东西来”②。中原文学艺术的最高成就，则是《诗经》中所保存的诗歌。而其中的西周早期诗歌与西周晚期诗歌的产生时代尽管已相去数百年之久，但在语言形式和艺术表现上的变化却并不很大。不仅如此，由于中原人在西周受到日益强化的宗法观念和理性精神的束缚，求实尚朴的功利要求成了中原人心目中占主导地位的审美取向，中原艺术甚至还出现了衰落的趋势，这比较明显地反映在青铜器造型艺术的演变上。商代的青铜器造型艺术已取得了高度成就，其器物造型新奇、制作巧妙、雕饰缛丽；西周早期铜器基本上因袭了商代铜器风格，其“器形制作凝重结实，花纹造型庄严典重”，“纹饰崇尚繁缛”；“西周中期铜器有简朴的

① 《国语·晋语四》。

② 任继愈.中国哲学发展史［M］.北京：人民出版社，1983：110.

趋势”；“西周晚期铜器以简朴为主，在铸造上也有粗陋苟简的迹象”。[①]另外，夏、商两代的大量乐歌，如传说中的夏乐《九歌》《九辩》之类，也很可能在西周或被视为迷心荡志的巫音、或被看作“夏康娱以自纵”[②]的淫声，于是为中原人所摈弃。商、周之时，“国之大事，在祀与戎”[③]。其时铜器中除兵器之外，就是主要用于祭祀的礼器以及与礼器在用途上相辅相成的乐器，礼乐器的造型和纹饰往往带有浓厚的宗教因素。夏、商时代的乐歌乐舞，也基本上都是因宗教活动的需要而作。因此，剔除宗教性的造型纹饰，摈弃宗教性的乐歌乐舞，这无疑是理性认识提高的结果，是社会进步的表现。不过，这对于文学艺术的发展来说，又不能不说是一种悲剧，因为其时的文学艺术还不可能独立，还只能附丽于宗教而存在和发展。

降至春秋战国时代，社会出现了王权式微、诸侯崛起、礼崩乐坏、天下纷争的动荡和变革。私田、私营手工业和个体手工业的大量出现，带来了农业和商业的大发展。社会生活的巨大变化，又带来了思想文化和文学艺术的大发展。中原地区于是出现了诗歌创作和历史散文、诸子散文的创作代兴并盛的繁荣局面。《诗经》中的东周诗歌，在艺术表现技巧和艺术美感效应上都远远超过了西周诗歌。《左传》《国语》的叙事达意能力，已不是《尚书》能够与之相提并论的了。而《论语》《墨子》《孟子》《韩非子》等一大批诸子散文的产生，更使得中原文学盛况空前、斐然可观。

然而，由于中原地区始终是以农业经济为主导，更重要的是由于中原地区源远流长的农业文化传统的影响太大，以致中原人往往习惯于因循守旧而不善于自由大胆地进行文化创造。中原思想家孔子和墨子，虽然都从迷信天命转向重视人事，却终究难以跳出天命神学的樊篱。他们并没有积极主动地去剔除天神、打倒天国、完成将哲学从宗教中分离出来的历史任务，而是或回避天神，或既非命又信天明鬼。因此，他们的

① 中国大百科全书·考古学［M］. 北京：中国大百科全书出版社，1986：566.
② 屈原《离骚》：“启《九辩》与《九歌》兮，夏康娱以自纵。”
③ 《左传·成公十三年》。

学说也主要为政治伦理说教，缺乏形而上的哲学思维。“孔子出，以修身齐家治国平天下等实用为教”[①]，以维护传统的制度和观念为使命，中原的文学艺术受此影响极大。中原诗歌在春秋中叶以前繁盛一时之后，竟出现了所谓“《风》《雅》寝声，莫或抽绪”的状况。当然，这并非意味着中原诗歌就沉寂消歇了。从文献反映的实际情况看，中原的民间歌谣创作在整个春秋战国时代都是十分活跃的。可是，这些土风歌谣之所以未能流传下来，并且在当时就被儒者所无视而称“王者之迹熄而诗亡，诗亡然后《春秋》作”[②]，其中一个重要原因恐怕就是，这些风诗已经更加直率地表达生活情感，特别是男女恋情，故被儒者视为有悖“思无邪”的“淫乐”而嗤之以鼻，不仅不予以收集整理，反而极力贬斥。儒者认为其时是“太平道衰、王迹止熄”[③]之世，无由亦无心去作“雅”“颂”乐章，只是以匡时救世为“天降大任”，致力于总结历史、针砭现实而谈论治国之道。由此而导致的中原的历史散文和诸子散文的创作虽然一直较为繁荣，但由于存在崇尚简朴、讲究实用、注重功利、奉行“绘事后素”[④]“辞达而已矣”[⑤]的原则以及其他多种原因，中原人士缺乏对辞令作刻意的艺术化修饰这一审美创造的自觉意识和积极要求，其辞令也就始终未能“蜕化成文学”。中国文学真正形成这一历史性的突破，也始终未能在先秦时期的中原实现。

第二节　楚地经济生活与文学艺术

南方楚地的农耕历史并不晚于中原地区，今湖南道县就已发现距今约一万两千年的人工栽培稻谷遗存。然而，南方楚地之所以在东周以前没

① 鲁迅．中国小说史略［M］//鲁迅全集：第9册．北京：人民文学出版社，1981：22.
② 《孟子·离娄下》。
③ 《孟子·离娄下》赵岐注。
④ 《论语·八佾》
⑤ 《论语·卫灵公》。

有发展出中原那样发达的农业文明，一个重要原因或许是楚地发展农业的自然条件不及中原优越。当长期跋涉在今鄂西北荆睢山区的楚人，借春秋天下动乱之机入主江汉平原，建立了文明的楚国，创造出楚地活跃而富足的经济生活之后，楚地竟在几百年内，就出现了由数量众多、制作精美的出土楚文物所反映出的高度物质文化，就出现了以老聃、庄周、屈原的著作为代表的高度精神文化，这的确是值得人们反复回味的文化现象。

据《禹贡》所述，楚国地处的荆州和扬州的土地分别属于下中和下下等。因此，仅靠发展农业，楚国是无论如何也不可能在短期内强盛起来的。可是，楚国有着极为丰富的物产和资源，特别是当时“百分之九十以上的青铜皆产于楚国”[①]，又是当时唯一出产黄金的诸侯国，中原列国出于生活及战争的需要必须与楚国进行贸易，这样一来，楚国就顺应自然而通工商之业以强国、便物产之利以富民。春秋中期，贤相孙叔敖治楚，“秋冬则劝民山采，春夏以水，各得其所便，民皆乐其生”[②]。《左传·宣公十二年》载晋随武子说，楚国“商农工贾不败其业，而卒乘辑睦，事不奸矣”。由此可知，楚国社会是一个多种经济成分并存的社会，而庶民之中以商为首，又足见商品经济在楚国居于重要的地位。文献中记载楚人的生活是“一人之身而百工之所为备”[③]，记载楚国郢都的街市是“车毂击，民肩摩，市路相排突，号为朝衣鲜而暮衣敝”[④]。考古发现证实，楚国不仅是最早使用金属货币的国家，而且还是当时唯一齐备金、银、铜三种货币的国家，这表明楚国商品经济的交换活力与发展水平已处诸国前列。正因为楚人倚重商品经济，楚国才会在立国后很短的时间里，成为列国之中的强国。楚国的采矿业、冶炼业、铜器和铁器铸造业、漆器制作业、丝织业、建筑业等等，都在战国时代的中国以及当时的世界居于领先地位。

① 徐中舒 . 论巴蜀文化［M］. 成都：四川人民出版社，1982：182.
② 《史记·循吏列传》。
③ 《孟子·滕文公上》。
④ 桓谭：《新论》，引自《太平御览》卷七七六。

活跃的、日新月异的商品经济，客观上会使人们的思想弃旧维新、敏锐开放。楚国商品经济的不断扩大和发展，也不断地促进着楚人思想的解放，刺激着楚人去认识新事物、思考新问题，推动着楚人进行不拘一格的文化创造。诚然，总的来说，商品经济在楚国社会并没有超过农业经济而占主导地位，而且楚国的商品经济或许也并不如中原的某些国家、某些地区发达，但由于楚人不像中原人那样深受在发达的农业社会里形成的传统观念的束缚，且又因地利之便、历史渊源和现实需要而汲取了中原文化的精华，楚人在商品经济的促发下更容易形成创造新文化的主体意识和变革精神。随着楚国社会乃至整个东周社会的物质生产向广度和深度发展，随着中原文化的理性认识成果被楚人汲取和消化，楚人也就不像中原人那样多只关注社会和人生，而是将眼光拓展到整个客观世界。同时，一些楚国哲人既受楚地源远流长的巫文化传统的影响而将思绪升腾到整个宇宙，又高扬中原的理性精神而摈弃巫文化的荒谬世界观。这样，玄想宇宙、思辨人生、崇尚自然、反对异化的道家哲学，便在楚地诞生了。《老子》在楚人普遍问天求道的认识基础上，糅合南北思想文化的成果，扬弃了传统的天命观，首次将哲学概念的“道”凌驾到了宗教神学的“天”之上；《文子》《庄子》具体发挥了《老子》的宇宙本体论和宇宙生成论，阐明“道”就是气；屈原《天问》又全面而系统地清算了传统的天命观；由此便完成了打倒天国、剔除天神的任务，确立了朴素唯物主义的天道观，实现了中国哲学的历史性突破。

楚国经济的发展，不仅增加了物质生活资料，也为文学艺术的发展提供了良好的条件。楚人“不忧冻饿”[①]进而丰衣足食，便也自觉地、积极地美化生活、表现生活，楚文学和楚艺术因而得到了迅速发展。

楚国的青铜文化，代表了东周青铜文化的最高成就。楚地出土的东周青铜器，大都制作精巧细致、造型新奇生动、纹饰繁缛富丽，反映出楚人对艺术美的追求。河南淅川下寺楚墓出土的铜禁、湖北随州曾侯乙

① 《汉书·地理志》。

墓出土的尊盘，都是采用失蜡法熔模铸造工艺制成的，造型玲珑剔透、清奇秀美。尤其是出土在当年楚国腹地的曾侯乙尊盘，更是体现了出神入化的造型艺术和揉金如泥的铸造技术的完美结合，堪称我国商周时代的青铜器中最为精美的器物，也堪称人类青铜文化的创造中最为珍奇的作品。失蜡法熔模铸造工艺被称为是古代青铜器铸造的绝技，今日所见采用此工艺铸造的最早和最好的青铜器，全都出土在南方楚地，这表明此工艺大概首先是楚人发明和熟练掌握的，而且很可能就是楚人在对青铜器造型艺术的不懈追求中的发明创造。铜禁和尊盘，既反映了楚人在物质生产活动中追求艺术美的执着精神，又反映了艺术的追求对物质生产技术发展的推动作用。

先秦的丝织品和刺绣品的实物，多数出土于楚地。湖北江陵马山的一座小型楚墓中，因出土了大量精美的楚国丝绸而被称为“丝绸宝库”。这些丝绸都是楚国鼎盛时期的产品，色彩绚烂、花纹繁富、构图新奇、造型生动。张正明先生因此在《楚文化史》中指出：“在楚文化的鼎盛期，楚人的艺术情思主要萦绕在丝织品上。凭着鲜丽的经线、纬线和针线，楚国的织工和绣工为中华民族的艺术宝库增添了不少珍品。”丝绸是楚人的日常生活用品，精美绝伦的丝织品和刺绣品的大量生产，正是楚人极力发展经济的结果，正是楚人极力美化生活的结果，也正是楚人的艺术冲动空前强烈和艺术情思空前浓郁的结果。

今日所见到的东周漆器，大部分也出自楚墓。楚国漆器的数量之多、种类之繁，表明漆器在楚人的生活中占有重要地位。漆器轻巧而华美，但制作工艺复杂，因此价格昂贵。据桓宽《盐铁论》记载：“夫一文杯得铜杯十。”汉代尚且如此，那么东周漆器的价值就可想而知了。楚人能够大量使用漆器，其经济生活的富裕程度是不言而喻的。在日常生活中，漆器除了使用起来比铜器更为方便之外，还因为漆器可以随心所欲地作艺术化的造型和装饰，故深受楚人青睐。出土的楚国漆器，虽然在地下埋藏了两千多年，但其色彩大都依然缤纷艳丽。器表的那些繁富而奇异、斑斓而驳杂的纹饰，令人目眩神迷。它们充分体现了楚人好奇尚丽的审美情趣和艺术表现力。

“夫乐者，乐也，人情之所必不免也，故人不能无乐。……夫声乐之入人也深，其化人也速，故先王谨为之文。”[①] 在先秦时期，教育没有普及，文字也没有被广泛使用而成为教化的工具，统治阶级便十分重视乐，利用深感人心、深动人情的乐作为移风易俗的教化工具。有乐也有歌，有歌亦有舞，先秦时期的乐、歌、舞往往是三位一体地结合在一起的。而且，乐舞之所以能够深感人心和深动人情，就在于它在先秦时期最为直接、最为充分地反映了人们的精神和情感，最为集中、最为强烈地表现了人们的艺术冲动和艺术理想。因此，人们对乐舞的喜爱程度，也反映了对艺术的追求程度。楚人对乐舞的喜爱程度，可就称得上如痴如醉、如迷如狂了，祭祀必歌舞以娱神，宴享也必歌舞以助兴，而且乐队庞大、舞者众多，场面极为壮观。《九歌》生动地描绘了祭祀乐舞的盛大场面：

> 扬枹兮拊鼓，疏缓节兮安歌，陈竽瑟兮浩倡。灵偃蹇兮姣服，芳菲菲兮满堂。五音纷兮繁会，君欣欣兮乐康。[②]

《招魂》则详细地描绘了宫廷宴享乐舞的盛大场面：

> 肴羞未通，女乐罗些。陈钟按鼓，造新歌些。《涉江》《采菱》，发《扬荷》些。……二八齐容，起郑舞些。衽若交竿，抚案下些。竽瑟狂会，搷鸣鼓些。宫廷震惊，发《激楚》些。吴歈蔡讴，奏大吕些。……《激楚》之结，独秀先些。……铿钟摇簴，揳梓瑟些。

《大招》中也有类似的描述。它们都形象地展示了钟鼓齐鸣、五音繁会、满堂美人齐舞的盛况。

关于楚国宫廷里击钟奏乐的宏大音响和磅礴气势，从《左传·成公

① 《荀子·乐论》。
② 《九歌·东皇太一》。

十二年》记述的一个故事里也能有所了解：

> 晋郤至如楚聘，且莅盟。楚子享之，子反相，为地室而县焉。郤至将登，金奏作于下，惊而走出。

郤至是中原强国晋国的大夫，尚且从未听见过像楚宫地下乐室奏出的这样强大的乐声，竟然被惊吓得逃了出去，可知楚宫钟乐的音响确实是“宫廷震惊”了，而且其乐队的庞大和音乐艺术的发达，在春秋时期就已首屈一指了。如果说文字的描述尚且不够直观的话，那么看到了出土的楚国乐器之后，恐怕就没人会怀疑了。楚地出土的东周乐器，无论是数量还是种类，无论是造型还是音质，都令人叹为观止。现已出土的楚国乐器约有千件之多，钟、磬、鼓、瑟、琴、竽、筝、篪、筑、律管、排箫（参差）等应有尽有，可谓“八音”俱全，而且还不乏当时的中国和世界的乐器之最。下寺楚墓出土的一套 26 件的编钟，已具备 7 声音阶，可以旋宫转调，其规模和音质都为春秋时代的天下之最。曾侯乙墓出土的一套 65 件编钟，总重量竟达 2500 多公斤。它一钟双音，音域宽度仅比现代钢琴少两端的各一个 8 度音程，是世界上已知最早的具有 12 个半音、能够演奏古今中外多种乐曲的乐器，为古代乐器的世界之最。湖北江陵楚墓出土的彩绘石磬一套 25 件，尽管不及曾侯乙墓中的那套 32 件的石磬之规模大，但保存完好，仍能演奏成章的乐曲，是现有的先秦编磬之最。湖北当阳楚墓出土的最大一件漆瑟，长 2.10 米，宽 0.38 米，也可谓先秦的瑟之最。……单件的一一难计，那么就整体而言，曾侯乙墓的中室共陈放 8 类乐器共 124 件，俨然是一座大型的地下音乐厅。存于楚国腹地的一个附庸国诸侯尚且如此，据有南土半天下的楚王又该有多么丰繁的乐器和多么庞大的乐队呵！曾侯乙编钟架正中悬挂的那件楚惠王赠送的巨型镈钟，便显示了楚王乐器的气派。与相形见绌的中原出土的东周乐器相比较来看，这些乐器想必为当时中原诸侯望而兴叹、羡慕不已。至于楚人的音乐艺术的发展程度如何，则已由楚乐器的演奏能力所清楚地反映出来了。另外，曾侯乙编钟上关于乐律的铭文，被今日国内音乐家称为先秦的“乐律大全”，其中一些铭文则与江陵楚墓中出土的律管上的墨书文字完全一样。由此可知楚地在当时存在同一地域的音乐体系，而且代表了先秦时期我国的音乐水平。音乐水平高，歌舞水平自然也不会低。楚文学中的描述以及楚国漆画中的描绘，就清楚地反映了其时楚歌层出不穷和楚舞丰富多样的实际状况。楚人之所以会有如此之高的乐舞水平，当然是其因文化传统和风俗习惯所致而狂热地醉心于乐舞的结果，但同时也更是其因有了优越的经济条件而极力地追求精神文化生活的结果。

经济生活的发展带来了文化生活的丰富。有了优越的经济条件这一基础，楚人便肆意追求以文艺为主要内容的精神文化生活，以致楚国社会形成了浓郁的艺术氛围，这便给语言艺术的文学提供了良好的发育环境。“陈钟按鼓，造新歌些”，就清楚地说明了楚文学伴随楚乐舞而同时发展的状况。在这种艺术氛围中，在各类艺术相互影响和相互促进之下，楚人的辞令、楚人的语言表达方式也逐渐地、自觉地艺术化了。充分体现了楚人的主体意识和创造精神的哲学著作，同时也是具有高度艺术性的文学著作。《老子》以“对字协韵”的行文方式阐述哲理，形成艺术特征鲜明突出的诗化散文，与大致同时产生在中原的语录体散文《论语》的风格迥异。《论语》的行文显然无意作艺术化的修饰，而《老子》的行文则显然有意追求辞令的美富，故被前人称为精妙之美文。《庄子》的风格也与同时代的中原诸子散文大相径庭。北方诸子尚且仍只把文字作为表达思想的工具，庄周则刻意运用语言作表现审美理想的艺术创作，从而使辞令正式蜕化为文学。屈原的楚辞作品，乃以其“惊采绝艳”的艺术表现和“金相玉质”的艺术成就，使得楚诗歌最终脱离楚乐舞而成为独立的文学样式，也使得中国先秦诗歌发展至顶峰而显示出文学的巨大社会价值。楚文学的代表作，都体现有表现自我的主体意识和推陈出新的创造精神。《庄子》和屈骚，则以其成熟的文学形态实现了中国文学的历史性突破。

第三章　历史传统与楚文学

一个地区、一个民族的文学艺术，都是在其历史文化背景下产生和发展的。只有了解了楚人创造历史的特殊道路并由此形成的文化传统，才能理解楚文学何以会具有特殊的思想内涵和精神面貌。

第一节　历史传统

楚人主体源出于上古的祝融部族，《国语·郑语》《史记·楚世家》对此都有明确的记载。屈原《离骚》开篇次句“朕皇考曰伯庸”，就是屈原自陈先祖为祝融之语。“皇考”指有嘉功成德的远祖。《诗经·周颂·雍》的“假哉皇考”句中的“皇考”，即指周族的太祖。孔颖达疏：“皇，君也。此太祖宜为一代始王，故知嘉哉。……考者，成德之名，可以通其父祖故也。”“伯庸”即“祝融”。“伯”“祝”可同训为“大”，义近字通；“庸”“融”同为一音，音同而字通。湖南长沙子弹库战国楚墓出土的“楚帛书”所记“祝融”即作“祝蛹”。清人王引之《经义述闻》卷二十乃云“庸与融同”。据史籍记载，祝融正是古史传说中有嘉功成德的著名人物：

> 夫黎为高辛氏火正，以淳耀敦大，天明地德，光照四海，故命之曰“祝融”，其功大矣。[1]

祝融为火官，司火祭天，观象授时，恪尽职守，故“甚有功，能光融天

① 《国语·郑语》记周太史史伯语。

下”[1]，后人因此追颂其功业。屈原在《离骚》开篇就自陈其先祖祝融，即表达了对这位功莫大焉的先祖的崇敬之意，对自己身为“伯庸（祝融）之末胄”[2]的自豪之感。楚人崇拜祖先祝融，对祝融的奉祀尤勤。湖北荆门包山和河南新蔡葛陵等战国楚墓出土的竹简上，就有墓主祭祷祝融的记载。春秋中期，与楚同姓的楚国别封之君“夔子不祀祝融与鬻熊，楚人让之”，视为大逆不道，竟然不念嫡亲之情，兴师灭夔。[3]

“郑，祝融之虚也。”[4]祝融部族起初居于中原腹地，依附华夏先民。祝融为高辛氏火正的传说，就反映了祝融酋邦与华夏酋邦联盟的主从关系。一说高辛氏即帝喾，“帝喾名俊，也就是传说中的帝舜”[5]。帝舜是华夏族尊奉的远古圣王，或许是有着帝舜能够善待祝融这一原因，所以祝融的苗裔楚人始终对帝舜怀有敬仰之情。屈原在《离骚》中说：“济沅湘以南征兮，就重华而陈词。”这便表明帝舜在屈原暨楚人心目中有着崇高的地位。楚文学中较多地描述了帝舜的故事，尤其是帝舜与南方的故事，如关于帝舜南巡狩而死于苍梧、二妃从征不及而溺于湘江且为湘水女神的传说，《山海经》中就有所描述。《九歌》中的《湘君》和《湘夫人》，则是直接以此为题材而创作的祭祀乐歌。

不过，当华夏先民在中原建立文明王朝之后，因实力大增而积极开拓，大概也容不得“非我族类”[6]的祝融酋邦酣睡其侧了。在北方强邻的打击下，祝融酋邦终至解体，分化而成八支，而且在夏、商、西周三代中被消灭了近半数，残存的也大都一蹶不振。《国语·郑语》记载：“祝融……其后八姓。……董姓鬷夷、豢龙，则夏灭之矣。彭姓彭祖，豕韦，诸稽，则商灭之矣。秃姓舟人，则周灭之矣。”八姓中的芈

① 《史记·楚世家》。
② 刘向：《九叹》。
③ 《左传·僖公二十六年》。
④ 《左传·昭公十七年》。
⑤ 郭沫若．中国史稿：第一册［M］．北京：人民出版社，1976：116.
⑥ 《左传·成公四年》记鲁国季文子说：“史佚之《志》有之，曰：‘非我族类，其心必异。’楚虽大，非吾族也。”

姓一支，在商代不得不南徙至今豫西南，与世居南土的荆楚蛮夷部族杂处，故被称作荆人或楚人。《诗经·商颂·殷武》描述："挞彼殷武，奋伐荆楚。罙（深）入其阻，裒荆之旅。……维女荆楚，居国南乡。"从这首殷人遗民追颂祖先南征功业的诗歌中可以看出，荆楚在商代尚是令中原王朝不敢等闲视之的南土蛮族集合体，并且始终是在反抗强暴的斗争中顽强地生存着。商末，芈楚君长鬻熊为生存、图发展而明智地依附周文王。周初，鬻熊曾孙熊绎受封"于楚蛮"，"号为子男五十里"[①]，芈楚在西周南土才有了立国的合法性和率服荆楚蛮夷的权势威性。然而，周王朝封楚仅为政治需要而承认楚人居于楚蛮之地的既成事实，本就怀有画地为牢的谋虑，故对楚人始终是歧视、排斥和打击的，既不允许楚人与诸夏平起平坐，更不允许楚人发展壮大。《国语·晋语》记载："昔成王盟诸侯于岐阳，楚为荆蛮，置茅蕝，设望表，与鲜卑守燎，故不与盟。"周康王时，楚与齐、晋、鲁、卫同事周王朝，可是周王朝颁赐宝器，四国皆有，独不予楚。[②]周王朝一直视"楚为荆蛮"，时时加以剪伐。周昭王还亲率大军南征楚荆。因此，楚人被迫局促在今鄂西北荆睢山区的穷乡僻壤里，长期生活在"土不过同（方圆百里）"[③]的狭小天地中。恶劣的自然环境和巨大的社会压力，使楚人在求生存和求发展的坎坷历史过程中产生了强烈的忧患意识。与此同时，经久的民族歧视，又大大激发了楚人独立自主的民族观念和发愤图强的斗争精神。楚人在改善生存条件和反抗民族压迫的斗争中，形成了不屈不挠的民族性格和自立自强的光荣传统。周昭王南征荆楚，遭到以楚人为首的江汉地区诸多蛮夷方国和部落的顽强抵抗，结果"丧六师于汉"[④]，自己也溺亡于汉水。《诗经·小雅·采芑》是描写周宣王大臣方叔伐楚的诗，其中"蠢尔蛮荆，大邦为雠"的诗句，既反映了中原王朝对楚人的鄙视和憎

① 《史记·孔子世家》。
② 《左传·昭公十二年》。
③ 《左传·昭公二十三年》。
④ 《竹书纪年》。

恶的态度，又反映了楚人不畏强暴、勇于反抗的精神。楚人虽然被西周王朝限制在荆雎山区，却始终保持着“筚路蓝缕，以启山林”的艰苦创业精神，积蓄力量而图谋发展。周夷王时，楚君熊渠便乘西周王朝衰弱之机，率领楚人闯出荆雎山区，直下东鄂之地，并且宣称：“我蛮夷也，不与中国之号谥”，“乃立其长子康为句亶王，中子红为鄂王，少子执疵为越章王”。[①]这是楚人在中国政治舞台上首次亮相，虽然很短暂，至周厉王时就因感到自己毕竟羽翼未丰、力量未强、畏周征伐而去其王号。但是，楚人其言其行，却一鸣惊人、一举骇世，吐露了楚人因长期受压而郁积在胸的不平之气，显示了力争平等的民族自信心，表现了傲视天下、自尊自强的大无畏精神。西周末东周初，楚人加快了社会发展的步伐，终于在若敖、蚡冒之际，建成差可比拟诸夏的文明国家。

“融之兴者，其在芈姓乎！”[②]文明之楚国一旦建成，其发展势头就如破三峡而出的滚滚长江，莫可遏止。继蚡冒之后的熊通，便公开“僭号称王”，在征伐汉东大国随国时，豪迈地向中原诸夏宣告：

> 我蛮夷也。今诸侯皆为叛相侵，或相杀。我有敝甲，欲以观中国之政，请王室尊吾号。[③]

楚人借春秋大乱之天时，因江上楚蛮之地利，靠上下同心之人和，“抗衡中国”，“抚有蛮夷”，辟土拓疆，日益强盛，从此结束了被困厄、受欺凌的时代。中原诸侯对楚国的强盛十分惊恐和仇视，齐桓公于是打着“尊王攘夷”的旗号纠集诸侯伐楚，唯恐“夷狄也，而亟病中国”[④]，但在进军召陵（今河南郾城东）后，认识到楚国的强大，感受到楚人“方城以为城，汉水以为池”的卫国意志，终究未敢用兵，只得与楚结盟而还。至一代雄杰楚庄王立，楚国北却三晋，南服诸蛮，“并国二十六，

①③ 《史记·楚世家》。
② 《国语·郑语》。
④ 《左传·僖公四年》。

开地三千里”[1]，进而观兵周郊，问鼎中原，成为称霸天下的泱泱大国，楚国的历史，从此也进入了一个新的发展阶段。

由于楚人是在长期的生存危机中坚挺下来的，楚人因此形成了强烈的忧患意识；由于楚国家是楚人在长期的艰苦奋斗中独立创建的，楚人因此形成了深厚的爱国感情。忧患意识和爱国感情，构成了楚人的优良传统。正因为有着深厚的爱国感情，才会产生出强烈的忧患意识；正因为有着强烈的忧患意识，才会形成深厚的爱国感情。

丹阳是楚人的肇基之地，本在今豫西南的丹江北岸。楚人迁居荆雎山区后，熊绎仍称居地为丹阳，不改旧名。郢都是楚国的国都，楚文王“始都郢”[2]。其后随着楚国的强弱变化，楚都也一再迁移，但不管迁往何地，基本上不改其名。这种不改旧名的习惯，显然出于一种唯恐族灭国亡的忧患心理和追缅旧国旧都的怀旧心理。如此强烈的忧患心理和如此执着的怀旧心理，也表明楚人在自己的光荣的历史创造中巩固了一种对自己国家的深厚感情。楚人把都城视为自己国家的象征，国家未亡，都名也不变。

楚国历史上，热爱自己的国家，为国家的命运和前途而担忧和奋斗的事例不胜枚举。上至王公贵族，下及庶民百姓，有不少这方面的可歌可泣的事迹。

《左传·宣公十二年》记述晋人栾武子说：

> 楚自克庸以来，其君无日不讨国人而训之：于民生之不易，祸至之无日，戒惧之不可以怠；在军无日不讨军实而申儆之：于胜之不可保，纣之百克而卒无后。训之以若敖、蚡冒，筚路蓝缕，以启山林；箴之曰：“民生在勤，勤则不匮。”

---

① 《韩非子·有度》。

② 《史记·楚世家》。

这段话可以说将楚人的忧患意识、爱国感情以及楚国之所以能够由小变大、由弱变强的根本原因等，都充分地揭示出来了。正是如此，楚国有着许多能够以社稷为重、励精图治、发愤图强的君王。楚共王在楚、晋鄢陵（今河南鄢陵西北）之战中失败，深以“失先君之业，覆楚国之师”[①]而自责，临终前要求大夫给他谥以恶号。忧国忧民、爱国爱民、保先君之业、卫民族之国，也就始终成了楚君的治国准则和楚人的传统精神。即使是愚昧的壅君，也深知不可丧权辱国。忠奸不分的楚怀王，虽然身陷秦国，却宁为囚徒，也不肯出卖国土而屈膝求生，因此受到几代楚人的怀念，死后“楚人皆怜之，如悲亲戚”[②]。楚人在秦末举行反秦大起义，就拥立“怀王”以相号召。君主既有如此，臣民中更不乏忠贞爱国、以身许国者。楚国大臣，若有失职之过，往往自尽以向国君和国人谢罪。成王时的令尹子玉、共王时的司马子反，都因失职覆军而自尽。康王时的令尹子囊伐吴失败，自尽于还师途中，临终遗言仍叮嘱司马子庚修筑郢都城郭，保卫国家。《左传·襄公十四年》记述“君子谓”：

> 子囊忠。……将死不忘卫社稷，可不谓忠乎？忠，民之望也。

《国语·楚语》又载，楚大夫伍举因事受牵连而亡奔晋，遇蔡大夫声子。声子谓以伍举之才，入晋必能得到重用而建立功业，可伍举则凄然相告：“非所愿也。若得归骨于楚，死且不朽。”这诚然是“鸟飞反故乡兮，狐死必首丘”[③]的哀鸣，其恋乡爱国的忠贞之心，离乡背国的感伤之情，溢于言表。楚昭王有吴师入郢之难，复国后嫌恶曾弃他而走的大夫蓝尹亹，蓝尹亹即申明先前所为是对他“坠其国，当君而亡之”过失的儆戒，并从爱国的高度劝谏他“鉴前恶”：“庶忆惧而鉴前恶乎？

① 《国语·楚语上》。
② 《史记·楚世家》。
③ 屈原：《九章·哀郢》。

君若不鉴而长之，君实有国而不爱，臣何有于死？死在司败矣！惟君图之！”[1]《左传·成公九年》记载的楚囚钟仪南冠而絷、乐操土风而不忘旧背本的故事，在历史上一直为人颂不绝口。昭王之所以能够复国兴楚，亦与楚人高昂的爱国激情和英勇的为国捐躯精神分不开。《淮南子·泰族训》记述：

> 昭王奔随，百姓父兄携幼扶老而随之，乃相率而为致勇之寇，皆方命奋臂而为之斗。当此之时，无将卒以行列之，各致其死，却吴兵，复楚地。

如此楚人的爱国事迹，可谓不胜枚举。

第二节　文学精神

楚文学是楚人和楚国历史的形象反映。楚人在其艰难而曲折、悠久而光荣的历史创造中形成的优良传统，也由楚文学作为其基本精神而鲜明突出地体现出来。

《楚人为诸御己歌》，歌颂了诸御己忧国忧民、爱国爱民的可贵精神和高尚行为。据《说苑·正谏》记载，诸御己是楚都郊外躬耕自养的“草茅之人”，闻知“楚庄王筑层台，延石千里，延壤百里”，百姓不堪其苦，“大臣谏者七十二皆死矣”，便毅然挺身而出，不顾同伴劝阻，冒死入郢都进谏，结果说服了庄王，“遂解层台而罢民”，楚人因而作歌颂扬之。这首楚歌反映了楚人先国家之兴亡和百姓之苦乐而忧，后个人之生死和自身之得失而计的精神品质。

《申包胥歌》，是申包胥入秦乞师救国时所唱。春秋末年，吴军攻入郢都，楚大夫申包胥即入秦国求救，但秦哀公起初未肯出兵，申包胥便

① 《国语·楚语下》。

“立依于庭墙而哭，日夜不绝声，勺饮不入口，七日”[①]，哭毕作歌自唱。秦哀公因而深受感动说：“楚虽无道，有臣若是，可无存乎！”[②]楚国终于得到秦国的救兵而转危为安。楚王返回郢都后论功行赏，申包胥则表示“辅君安国，非为身也”，逃走而拒不受赏。申包胥其人，无疑是楚国历史上的一位行廉志洁的爱国英雄；申包胥之歌，当然也是楚文学史上的一篇激昂慷慨的爱国诗作。

《老子》《文子》《庄子》等楚国诸子之作，都表达了对现实社会戕害人性、危害民生的极大忧虑和深刻批判，其愤世嫉俗之情、憎上悯下之感十分强烈，这也是其忧患意识的强烈表现。《老子》和《文子》大讲祸与福之关系，大讲如何免祸得福、避害趋利，显然正是为其忧患意识所驱使而作出的哲学思考。《庄子》更是强调“今世之仁人，蒿目而忧世之患”[③]，甚至认为“人之生也，与忧俱生”[④]。其言论可谓更加充分地表达出楚人那种形成于历史又产生于现实的沉重忧患感。同时，《庄子·则阳》还真切地描述了楚人的乡土之恋和故国之情：

> 旧国旧都，望之畅然。虽使丘陵草木之缗入之者十九，犹之畅然，况见见闻闻者也，以十仞之台县众间者也。

在文中，庄周借用人们见到故国旧都的兴奋之情，来比喻悟出本性的欢悦感受，可见他对于人们怀乡恋国的人之常情体会至深。这种人之常情，不言而喻是庄周在楚地所深有体会的，是他所耳濡目染的楚人常情。屈原《九章·哀郢》中“去故乡而就远兮，遵江夏以流亡。出国门而轸怀兮，甲之鼂吾以行”的诗句，正好与这段文字相映衬。两者一来一去，一喜一悲，互参互证，淋漓尽致地表达出楚人恋乡爱国

① 《左传·定公四年》。
② 《史记·伍子胥列传》。
③ 《庄子·骈拇》。
④ 《庄子·至乐》。

的深厚情感。

最为突出和最为集中地体现出楚人的优良传统和基本精神的楚文学作品，不用说是屈原的诗歌了。屈原的《离骚》《九章》等作品，都是忧患意识、爱国感情的强烈表达和充分抒发。尽管他的诗作看似表达他个人之思与个人之情，但全然不是他因为个人或家庭的生活不幸而产生出的思想感情，而是他因为国家不幸而激发出的思想感情。可以说，屈原作品中的思想感情，是楚人的优良传统在屈原时代的高度体现，也是屈原在特定时代对楚人的优良传统的高度弘扬。

相比较而言，中原文学中也有表达忧患意识和爱国感情的作品，如《诗经》中的《小雅·正月》云："忧心惨惨，念国之为虐。"又如《小雅·六月》云："猃狁孔炽，我是用急。王于出征，以匡王国。"再如《秦风·无衣》《鄘风·载驰》等，都是较为有名的爱国诗篇。但总的说来，中原文学发展至春秋战国时代，其所表达的忧国忧民和爱国爱民的思想感情就不如同时代的楚文学那样深沉和强烈了。在春秋战国时代的中原文学里，几乎看不到像屈骚所表达的"岂余身之惮殃兮，恐皇舆之败绩"和"惟郢路之辽远兮，魂一夕而九逝"这样强烈的忧国之思和恋乡之情。南北文学的这种精神差异，主要就是由中原列国与楚国的历史特点、文化传统的不同所造成的。

中原之民在夏、商、西周三代已融合为统一的华夏族，有着共同的政治生活与经济生活，形成了共同的民族文化心理。西周分封的中原列国，虽然至东周时因王纲解纽而获得了政治上的独立，但它们并不是独立的民族国家，始终都视自己为"诸夏"（华夏族诸侯国）、为"中国"（华夏族居住的中原地区）的一部分。因此，它们实质上是"民族分裂型"的地方割据政权。华夏族的国家虽然在一定意义上分裂了，但华夏族的文化心理却是共同的。"溥天之下，莫非王土"[①]。这天下一统的华夏族传统观念，在中原人士的心目中是根深蒂固的。春秋时代，中

① 《诗经·小雅·北山》。

原列国都在名义上奉周王为天下共主，虽然也为各自利益而相互争夺，但在涉及到民族利益时，往往就联合起来一致讨伐。齐桓公打着“尊王攘夷”旗号联合诸侯北击戎狄、南伐荆楚，便是明显的例证。孔子因此赞扬辅佐齐桓公“九合诸侯，一匡天下”的管仲说：“微管仲，吾其被发左衽矣。”[①]可见，中原人士的民族意识是共同的。战国时代，周王的旗号虽然已失去号召力而不宜再打了，但由于中原周边的诸多民族主动地或被迫地融入华夏这一民族大家庭中，华夏族天下一统的传统观念则转化为不可抗拒的历史潮流。正是如此，周游列国、干谒诸侯以谋取卿相之尊和实现政治抱负，早已在中原形成为时代风尚。且不说孔子去鲁居卫和孟子游说齐、梁，就是阻止燕将乐毅破齐的齐国英雄田单，虽贵为齐之安平君，也不惜去齐入赵，出任赵相。他们离乡背国，既没有伍举不忘“归骨于楚”的眷念之情，更没有屈原“陟升皇之赫戏兮，忽临睨夫旧乡，仆夫悲余马怀兮，蜷局顾而不行”[②]的难别之感，而是以为无论去往哪国，也都不出华夏之中国。他们由于巩固了千百年来形成的对华夏族的统一中国的深厚感情，便对所处的诸夏乡国或君国就爱得不是那么生死难别了。因此，中原文学中虽也有“人无远虑，必有近忧”[③]和“生于忧患”[④]这种忧患意识的充分表达，但其忧患意识多为忧人生之忧和忧天下之忧，而没有楚文学中所表达的那样强烈的忧乡国之忧和忧君国之忧；中原文学中虽也有“迟迟吾行也，去父母国之道也”[⑤]这种眷念乡国之情的明确抒发，但其乡国之情仅为一般的人之常情，而没有楚文学中所抒发的那样“受命不迁，生南国兮”的执着爱国感情。

由上所述可知，楚人在周初建立的国家是别于“诸夏”的“荆蛮”诸侯国，有着从小到大、从弱到强的光荣历史，有不同于中原列国的特

① 《论语·宪问》。
② 《离骚》。
③ 《论语·卫灵公》。
④ 《孟子·告子下》。
⑤ 《孟子·万章下》。

性和特点。因此，楚人对自己“筚路蓝缕，以启山林”所建的国家就爱得特别深沉，对自己国家的不幸就忧得特别强烈。尽管在春秋中期以后，楚人就基本上华夏化了，但其时的楚人华夏化尚且只是楚人主动地加入先进的华夏民族大家庭之中，而不是至汉代的那种完全的民族融合，故其早期形成的国家观念、忧患意识和爱国感情，都一直作为传统而被继承下来，每至国家有难时就往往被发扬光大，这样也就构成了和决定了楚文学有别于中原文学的基本精神。

第四章　夷夏文化与楚文学

赫赫楚国，而君临之，抚有蛮夷，奄征南海，以属诸夏。

这段话见于《左传·襄公十三年》。《国语·楚语》也有同样的记载，只是字句稍异。这段话实际上是对楚国之所以能够成为赫赫大国的发展路线的总结，概括地说明了楚国发展的最终目的和实现途径。其最终目的，就是要“以属诸夏”，也就是华夏化和建立华夏化的国家；其实现途径，则是安抚南方的蛮夷各族，兼并南方各族割据的广大领土，使之与楚人融合而共同华夏化以建成统一的华夏化国家。华夏是当时中国境内文明程度最高的民族，华夏文明乃为当时中原四裔的蛮夷戎狄诸族所心仪神往，民族的大融合与国家的大统一则是当时中国历史发展的总趋势。因此，楚国的这条混一夷夏的发展路线，是一条符合楚国建成赫赫大国的需要和历史发展潮流的进步路线。这条路线，不仅反映了楚人的民族思想，实际上也反映了楚人的政治、经济、军事和文化发展的总的指导思想。这条路线虽然是春秋后期才由楚人明确总结和提出来的，但却是楚人在长期的艰苦奋斗中逐渐形成的，是楚人在为求得民族的兴旺和国家的强盛而长期奉行的。通观楚国约八百年的历史，楚人在物质文化和精神文化创造的各个方面，基本上都是以此为纲领，主动地学习华夏文化、追效华夏文化，同时又开放地容纳蛮夷文化、糅合蛮夷文化，可谓会四海文化为一体而铸之，熔天下文化为一炉而冶之。张正明先生因此指出：“楚文化之所以能迅速成长，主要就是因为楚王国长期奉行了一条混一夷夏的路线。”[①] 还可以进而强调，楚文化之所以能够

① 张正明．楚文化史［M］．上海：上海人民出版社，1987：64.

取得登上当时世界文明顶峰的辉煌成就，也主要在于楚人长期奉行了这条混一夷夏的路线。

奉行这条路线而创造出来的楚文化，其特性就必然是具有浓厚的蛮夷文化色彩的华夏文化。作为楚文化的直接观照和集中体现的楚文学，也就具有丰厚的华夏文化内涵和鲜明的蛮夷文化色彩。

第一节　“以属诸夏”与楚文学的华夏文化内涵

“华”者，荣也；“夏”者，大也；意谓“中国有文章光华礼义之大”①。华夏，即指居于中原的有文化的民族。她是戎狄蛮夷诸族从古史传说中的炎黄时代到周代在中原长期融合、发展而成的，是周代中原人无比自豪的自称。在远古时期，居于中原的华夏先民率先创造出灿烂的原始农业文化，其文化发展水平总体上高于四裔各族，因而为中原四裔的戎狄蛮夷所钦羡。

楚人祖先祝融部族由于居住中原南部而与华夏先民睦邻相处，并且心悦诚服地追随华夏先民。祝融部族所处的特殊位置也形成了她的特殊身份：文明程度低于华夏又高于其他蛮夷，正所谓“立乎东西南北之中，介乎华夏、蛮夷之间，可以说是非夏非夷”②。因此，她有着“以属诸夏”的迫切愿望和积极要求，她的文化当也属华夏系统。嗣后，华夏先民跃入文明社会，建立了中原王朝，逐渐将她视为蛮夷而大加剪伐。幸存下来的芈楚进一步认识到，只有学习华夏文明，使自己达到与华夏同等的文明程度，才能够生存下去和兴旺起来。所以，尽管芈楚被中原王朝“令居楚”之蛮荒之地，她也从来没有割断与中原王朝的联系，而是既保持了桀骜不驯的独立性，又在立国之初俯首纳贡而谨事周室，在与华夏的交往中汲取华夏先进文化。楚人袭用了华夏的文字之

① 《尚书·舜典》孔颖达疏。
② 张正明．先秦的民族结构、民族关系和民族思想［J］．民族研究，1983（5）．

后，就能够更加直接地受到华夏文化的熏陶，其民族文化心理也在这一过程中自觉或不自觉地逐渐与华夏族接近了。

降至春秋大乱之世，楚人乘机利用长期积蓄的力量，公开争取与诸夏的同等地位，明确表示自己“以属诸夏”的愿望。楚武王首次大动干戈，就是征伐与周王同姓的诸夏之一随国，并向世人宣告：自己不甘被歧视为“蛮夷”，如今已有了同诸夏平起平坐的实力，且“欲以观中国之政”，故要求周“王室尊吾号”。可是，“随人为之周，请尊楚，王室不听”，一如既往地鄙视楚人而不肯加位封号，被激怒的熊通便僭号自立为武王。[①] 这种“僭号称王”之举，在春秋早期的确是藐视诸夏的骇世行为，显示了楚人的自信心和大无畏精神。诸夏既然不肯承认和接纳楚人，楚人就只能依靠自身的强大而以“敝甲”逼得诸夏承认和接纳。从武王到共王的近两百年里，楚人都致力于在中原争霸，其主要目的就在于“观中国之政”并且迫使中原诸夏承认和接纳自己。

楚人在中原的争霸过程，也是楚人观“中国”之政、习“中国”之文的过程，也是楚人自觉地促使自身华夏化的过程。楚人在其间极力引进华夏文明，努力学习华夏文化。据《国语·楚语》记载，楚庄王曾命大夫士亹为太子师傅，士亹在向庄王说明“太子欲善，善人将至”的道理时，引述的全是尧、舜、夏启、商汤、周文王这些华夏圣王的事迹，显示出对华夏历史文化的高度熟悉。士亹为了教好太子，向贤大夫申叔时请教，申叔时所告知的教育内容，是学习《春秋》、《世》（韦昭注：“先王之世系也”）、《诗》、《礼》、《乐》、《令》（韦注：“先王之官法、时令也”）、《语》（韦注：“治国之善语”）、《故志》（韦注：“记前世成败之书”）、《训典》（韦注：“五帝之书”）；所告知的教育目的，是要求达到忠、信、义、礼、孝、事（敬戒于事）、仁、文、武、罚、赏、临（临事齐肃）。由此可见，楚人之所读，主要是华夏的文化典籍；楚人之所学，主要是华夏的文化内容；楚人所教的子弟，也基本上是以华夏的

① 《史记·楚世家》。

伦理道德标准培养的。这其中除了一些对治国君主的特殊要求之外，与其后孔子培养弟子的教育内容和教育目的并没有很大差别。正是如此，自春秋中期始，楚人在与诸夏交往时，已能够熟练地运用华夏语言，自如地引述华夏典籍，似乎完全没有异族之间交往的语言不通、对话不畅之感了。

历经武王、文王时代，江汉小国或被楚所灭，或畏服于楚，诸夏对楚也刮目相看了。周王室于是改变态度向成王“赐胙，曰：‘镇尔南方夷越之乱，无侵中国’”[①]。不过，诸夏此时虽在表面上将楚人与南方蛮夷区别看待，但在心理上还并未接纳楚人。直至成王争霸中原取得胜利，庄王继前王之踵武而成了无可争议的天下霸主，诸夏不得不与楚人结盟，承认了楚国的强大，也看到了楚文化的成就，心理上才逐渐转过弯来。春秋后期，诸夏在心理上已经完全接纳了楚人，楚人也心安理得地厕身于诸夏之列。申包胥入秦乞师救楚时，就称楚为“上国”。孔子应昭王之聘而入楚一事，则可以看成楚人已经华夏化的标志。因为孔子是华夏的代表人物，深以华夏的“文章光华礼义之大”而自豪，对不开化的蛮夷十分鄙视，曾说：“夷狄之有君，不如诸夏之亡也。”[②]他欣然而至楚国，欲在楚国推行其道，无疑没有半点视楚人为“非我族类”之意。他还盛赞“楚昭王知大道矣”[③]，显然是将楚人看作是诸夏中的佼佼者。

尽管如此，楚人依然尽一切可能汲取华夏的文化精华。《左传·昭公二十六年》记有“王子朝……奉周之典籍以奔楚”一事。王子朝是周景王宠爱的儿子，几乎被立为太子。周景王死后，他在争夺王位中失败而奔楚。他奔楚之所以要“奉周之典籍”，除了是想据此以证明自己继承王位的合法性之外，恐怕也是因为楚人需要华夏典籍、热爱华夏文化。他将周朝典籍随身携带至楚，对自己无疑是一份重要财产，对楚人

① 《史记·楚世家》。
② 《论语·八佾》。
③ 《左传·哀公六年》。

又不啻一份贵重礼物。此事在楚文化发展史上的意义，古人已多有论及。王应麟《困学纪闻》说：“《易象》在鲁，《三坟》《五典》在楚，周不能有其宝矣。……及王子朝以典籍奔楚，于是观射父、倚相皆通古训，以华其国，以得典籍故也。”洪亮吉《春秋左传诂》也引惠栋语：“周之典籍，尽在楚矣。《三坟》《五典》《八索》《九丘》，左史倚相、观射父读之。而楚《梼杌》之书颇可观，《国语》采之，流及屈宋。而楚‘骚’比于周‘雅’，书之益人如是！”另外，“楚昭王兴师迎孔子”①，也正在于孔子能“述三、五之法，明周、召之业”②，深通华夏文化，故为楚人所敬重。而楚人对他的隆重聘迎，则表明了楚人渴求掌握全部华夏文化的迫切愿望和积极态度。

由于楚人与华夏的上述关系及其对待华夏文化的上述态度，楚人创造的文化，也主要是在学习和追效华夏文化的基础上发展而成的。春秋中期以前，楚文化基本上是步华夏文化的后尘，尚未能形成自身的体系。春秋中期以后，楚文化才在汲取华夏文化成果的基础上大有创新，因而形成了自身的体系，显示出自身的鲜明特征，并且通过熔冶天下文化以趋鼎盛。由此可以说，楚文化实际上是楚人以华夏文化为主导而创造出的别开生面的文化，是楚人将华夏文化移植到南方楚地之后的新发展。不仅文献的记载清楚地说明了这一点，出土的楚国文物资料也充分证实了这一点。既然如此，楚文化那丰厚的华夏文化内涵，便在楚文学中得到了清楚和充分的反映。

华夏族崇拜龙，视龙为其文化精神的象征。华夏先民进入农耕阶段以后，最为关心和希望的就是风调雨顺而能够获得好的收成。每逢干旱之时，他们便翘盼上天降雨。从下雨时的电闪雷鸣中，他们看到了“能幽能明、能细能巨、能短能长”③而变化多端的奇异形象，听到了轰轰隆隆的巨大雷声，以为这就是超自然的兴云布雨的神物，于是借助表象

①② 《史记·孔子世家》。

③ 《说文解字》。

联想方式的原始思维，综合多种动物的特征附会而成这一神物的形象，并且循其声而名之为“龙”。“龙”者，隆也，状雷声之词。故龙是雷神、云神、水神的三位一体：

> 雷泽中有雷神，龙身而人头，鼓其腹。①
>
> 实者雷龙同类，感气相致，故《易》曰：“云从龙。”……云雨感龙，龙亦起云而升天。②
>
> 龙，被五色而游，故神。欲小则化如蚕蠋，欲大则藏于天下；欲上则凌于云气，欲下则入于深泉。变化无日，上下无时，谓之神。③

在华夏先民的想象中，龙可以上天凌云、下地入水，是自然界威力无比的神物。因此，华夏先民乞求降雨必祭龙，困于洪水也必祀龙，龙就成为人们社会生活中不可分离的神物。当华夏先民进入文明社会以后，宗教意识增强了，天帝观念形成了，便以为龙是唯一可以沟通天人关系的神物：人生时可以通过龙上传民众之意于天，下达天帝之旨于民；人死后又可以通过龙引导灵魂升天，驮载灵魂见神，于是，龙也就更加令人顶礼膜拜了。当帝王因极端迷信龙、以为自己就是龙的化身之后，龙也就君临天下，无所不在又无所不能。夏王朝的奠基者禹，据说“自身是龙”。夏禹之子、夏代开国君主启，则“珥两青蛇，乘两龙”④。出土的商代和西周的青铜礼器，都大量饰以龙纹。礼器主要用于祭祀，而祭祀是其时首要的“国之大事”，故在礼器上大量以龙为装饰纹样，就表明了祭祀者对龙的崇拜心理及其希冀龙达意于天、传心于神的愿望。东周时，华夏族的理性精神大大增强，龙在华夏人士的心目中已逐渐失去昔

① 《山海经·海内东经》。
② 《论衡·龙虚》。
③ 《管子·水地》。
④ 《山海经·大荒西经》。

日神秘的宗教色彩，人们对龙也不那么迷信和敬畏了，但龙却永久地成为华夏社会生活中的一员，成为华夏文化的象征符号。

受华夏文化的影响，楚文学中、尤其是楚文学的代表作中，也大量地描写龙、表现龙，借龙的形象抒情达意。《庄子·天运》中写道，孔子见了老子之后，将老子比作龙，并且描绘龙的形象说："龙，合而成体，散而成章，乘云气而养乎阴阳。"闻一多认为，"龙是夏人的、也是楚人的象征，说老子是龙，等于说他是楚人、或夏人的本家"，因为"原始楚人也当是一个龙图腾的族团"①。此说未必准确，楚人似乎更加喜爱凤、尊崇凤，而且孔子将老子比作龙，也似乎是站在中原文化的立场上赞美老子。但《庄子》述孔子其事其语，则表明楚人是接受龙和喜爱龙的。《庄子》还描述了楚人好龙的故事：

> 叶公子高之好龙，雕文画之，于是天龙闻而示之，窥头于牖，拖尾于堂。叶公见之，失其魂魄，五色无主。②

这段《庄子》佚文，是意在借"叶公好龙"的故事讽刺鲁哀公并非真正尚贤好士。虽然"叶公好龙"之事未必真，但此故事由楚人生发出来，则楚人的好龙习俗必真。楚国宫殿即大量地雕画龙。《招魂》记述："仰观刻桷，画龙蛇些。"随着楚人自身的华夏化以及一些尚龙的部族成员（如越人）被纳入楚籍，龙文化也就汇进尊凤的楚文化里，龙的形象自然也鲜明地出现在楚人的社会生活中和文学艺术里。

倘若说《庄子》描述的龙还并不算多的话，那么，龙在楚辞中就多处可见了。如"驾八龙之蜿蜿兮，载云旗之逶蛇"③，"驾飞龙兮北征，邅吾道兮洞庭"④。如此等等，不一而足。粗略统计，屈骚中语及龙就

① 神话与诗·龙凤［M］// 闻一多全集：第1册．北京：三联书店，1982：71.

② 《艺文类聚》卷九十六引《庄子》。

③ 《离骚》。

④ 《九歌·湘君》。

有近 20 次之多。假如再把属于龙家族的蛟、虬、螭等也算进去的话，就远远不止此数了。相形之下，楚人钟爱的凤，在屈骚中语及次数竟然还没有龙多，由此可见楚人对龙的重视程度。屈原笔下的龙，大都为龙驾龙舟以上天下地。祭祀乐歌《九歌》，是语及龙最多的作品，有的学者即据此认为其本夏代乐歌，其中的龙基本上就是载神以来往于天上人间。《离骚》中出现龙的次数仅少于《九歌》，龙的主要作用也是驮载屈原“周流观乎上下”。龙的这种神力与神职，当是华夏族所首先赋予的。屈原正是借助对龙的大量表现，充分抒写了他的理想和他对理想的执着追求。

楚文学大量表现龙，正是龙在楚人的社会生活中大量存在的反映，这亦为出土文物所证实。楚国漆器的造型和纹饰、丝绸的刺绣图案等等，无不鲜明突出地表现龙。尤其是在作为楚国物质文化的代表的青铜器上，龙更是被刻意表现的主角。河南淅川下寺楚墓中出土的青铜礼器，身上大都密布着蟠龙纹或蟠螭纹，有许多器体周围还攀附着浮雕夔龙，楚人最为看重的、也为楚地所特有的首位礼器——升鼎，从春秋到战国都始终以浮雕夔龙为装饰。对照观之，中原青铜器自西周晚期以后，受日益增强的理性精神的支配，龙形纹饰已逐渐减少了。另外，楚墓中出土的两幅著名的战国帛画，也都描绘有龙。其中《人物御龙图》的画意，则与《离骚》和《九歌》里有关乘龙升天的描绘如出一辙。不言而喻，楚人社会生活中所显示的如此浓重的龙文化色彩，表明楚人的文化创造受华夏文化的影响至深；楚文学如此大量地表现龙、描述龙，也正表明华夏文化的内涵在楚文学中至厚。

华夏有着丰富的历史传说和生动的历史故事，有着复杂的文明进程和感人的人物事迹，这些便成了楚文学大量利用的素材和采用的题材，并且因此而构成了楚文学的重要内容。这也主要为楚文学的代表作所鲜明突出地反映出来。

《庄子》中写到的华夏人物有七八十位之多，远到三皇五帝，近至列国诸侯，时间跨度数千年；东有齐国贤君，西有秦国雄主，空间跨度全天下。其中既有尧、舜、禹、周文王、周武王等历代圣王，又有夏桀、商纣等历代暴君；既有关龙逢、比干、箕子这样的忠臣，又有恶来这样的奸佞；既有管仲、鲍叔牙、子产、惠施这样的贵族，又有工倕、离朱这样的庶人；还有孔子、墨子、列子、杨朱等诸子。有颜渊、子路、冉求、子思等孔门后学，有大弢、伯常骞、狶韦等太史，有许由、秦失等隐士，有曾参、史鳅等孝子，有颜阖、蘧伯玉等贤士，甚至有跖这样的造反者……真可谓各个阶层、各种类型的人物都有。他们活跃在《庄子》一书中，其音容笑貌历历可见。在某种意义上，甚至可以说《庄子》就是一部先秦华夏人物的画廊。当然，这些人物在《庄子》中大抵是寓言故事里的人物，庄周旨在借其事其语以托己意。不过，庄周既然用真名真姓，所写其人其事也不完全是无影无踪的向壁虚造，多少还是有其真实事迹作为根据的。至于对他们评价以及由此得出的结论，则是另外一回事了。如《外物》篇的开头数语：

外物不可必，故龙逢诛，比干戮，箕子狂，恶来死，桀、纣亡。

庄周本意在于阐明凡事不可强求，强求则物极必反、事与愿违，而所举夏桀杀关龙逢、商纣戮比干等事例，就都是史籍明载的真人真事。又如《让王》中描写的伯夷、叔齐耻食周粟而饿死首阳山的故事，描写的孔子困于陈、蔡之际而依然弦歌不衰的故事，也都符合史实。因此，在一定程度上，《庄子》可以说是华夏历史文化的概括反映。

屈骚也同样如此。《离骚》除了开篇的自陈祖考之语以外，其中历述尧、舜、禹、汤、周文王等华夏圣君，历数挚、咎繇、武丁、吕望、宁戚等华夏贤臣，历斥夏桀、商纣等华夏暴君，还言及西皇、宓妃等华夏神话人物，却没有提到一位有名有姓的楚国历史人物。长篇奇文《天问》，提出了170多个关于天地万物和古往今来的各种问题，但其中所涉及的神话，绝大多数是华夏神话；所涉及的历史，绝大多数是华夏历史；所涉及的人物，也绝大多数是华夏人物。较为具体地记录了屈原的生活经历和思想历程的《九章》，也叙及了大量的人和事，但其中除了“接舆髡首”“伍子逢殃”这两件楚人楚事之外，其余的也全为华夏的人和事。比较而言，《庄子》虽然是以记述华夏的人和事为主，却也记述了不少楚人楚事，如孙叔敖、叶公子高、司马子期、老莱子、接舆等，都是楚国历史上的著名人物。《让王》中记述了“楚昭王失国，屠羊说走而从于昭王”的全过程，歌颂了屠羊者说爱国有功而不贪爵禄的高贵品质。此事又见于《韩诗外传》记载，两者仅有详略之别，全无牴牾之处，故被后人看作楚国信史。可是，这些在楚国历史上影响重大的人和事，屈骚却一字未提。由此看来，在反映华夏历史文化方面，屈骚显得比《庄子》更为集中。再说，屈原描述华夏的人和事，主要是为其“美政”理想作论证，是为其国家的前途而总结历史经验，故其描述是严肃的、认真的。庄周则不然，他描述的华夏的人和事，主要在于借助其人其事以表达他的人生哲学，故带有不少寓言化的“荒唐之言”、夸饰之语和增华之辞。这样看来，在反映华夏历史文化方面，屈骚又显得比《庄子》更加真实。

楚文学中所体现的文化传统，除了上一章所述的楚人传统有其独特之处以外，其他也与华夏文化传统基本上是一致的，而且可以说大都是对华夏文化传统的继承和发展、汲取和改造。如仁爱精神、民本思想、德政主张、大一统观念、天人合一意识等，既是华夏的传统文化精神，也是楚文学中鲜明而突出地体现的文化精神。《老子》《文子》《庄子》《黄帝书》等都在某些方面和某种程度上体现了这些精神。屈骚则比较全面地体现了这些精神，其所表现的“美政”理想，可以说是对华夏文化精神的弘扬。

总而言之，华夏历史文化构成楚文学的基本思想内容的状况，充分反映了楚人“以属诸夏”的事实。因为在华夏化了的楚人看来，描述华夏的人和事，也就是描述自己民族大家庭的人和事；反映华夏的历史文化，也就是反映自己民族大家庭的历史文化。华夏化的楚人所创造的楚文化，虽然相对于中原文化而言形成了独自的体系并取得了突出的成就，但还是与中原文化同属于华夏文化系统，是华夏文化的南支。楚文学与中原文学的关系，当然也应作如是观。

就楚文学中所反映的楚人的历史意识和文化观念来看，战国时代的楚人，已经具有十分明确的“以属诸夏”的历史意识和文化观念。战国时代的历史发展总趋势，就是民族的大融合与“天下”的大统一。“以属诸夏”的四方各族，都顺应历史潮流而认定了共同的祖先——以黄帝居中的五帝；都认定了共同的地域——以冀州为首的九州。《文子》《黄帝书》《庄子》都大力称颂黄帝，屈骚则不仅称颂以黄帝为首的五帝，而且特别崇敬其时据五帝配五方观念而认定为南方古帝的炎帝，说明楚人是炎帝的后裔。《离骚》开篇即“上陈氏族”说：“帝高阳之苗裔兮。”旧注谓：“高阳，颛顼有天下之号也。”[①]但揆诸先秦典籍，楚人从未明确表示过“楚之先祖出自帝颛顼高阳”[②]。颛顼在神话与传说中为司冬尚黑的北方古帝，所谓“北方水也，其帝颛顼”[③]，似乎不可能号为“高阳”并成为处于炎热的南方且司夏尚红的楚人先祖。屈原所称的“高阳”，当指在神话传说中与黄帝一母所生、又主宰南方的炎帝。所谓“南方火也，其帝炎帝”[④]，“炎帝者，太阳也”[⑤]。高阳也即炎帝的尊称。屈原在《远游》中将高阳与轩辕并称，表示了“指炎神而直驰兮，吾将往乎南疑”的向往之情，并且将“其帝炎帝，其神祝融”[⑥]所司的南方描绘为歌舞不绝的乐土，但对颛顼却并未表示什么特别的感情，对其所司的北方只表示有畏葸之感。实际上，楚地在战国时代已广泛流传着楚先祖祝融出自炎帝的神话，这在《山海经·海内经》中就有记述。长沙子弹库战国楚墓中出土的帛书，也记述有炎帝与祝融的传说。

① 王逸：《楚辞章句》。

② 《史记·楚世家》。

③④ 《淮南子·天文训》。

⑤ 《白虎通·五行》。

⑥ 《吕氏春秋·孟夏纪》。

楚人为炎帝后裔的说法，在《左传》和《国语》中都不见提及，看来大概主要是楚人在“以属诸夏”而重新认定祖先的过程中，在将自己的历史文化与华夏历史文化相整合的过程中，逐渐形成并且于战国时代最终确定的。由于黄帝不仅是华夏的文化超人和血亲祖先，而且在五帝之中地位最高；由于传说中“黄帝之孙”瑞顼在“五帝”中的地位特殊，而且祝融在颛顼、帝喾时代依附于华夏酋邦联盟，故楚人又有其祖先祝融为颛顼后裔之说。《山海经·大荒西经》即述：“颛顼生老童，老童生祝融。”这显然与《楚辞》“帝高阳之苗裔”相抵牾，但这种歧说异辞的出现又是民族大融合所致，反映了民族文化相整合而未经梳理的原始状态，也反映了楚人并尊炎、黄的历史意识。概而言之，楚人的血亲始祖是祝融；根据历史传统和文化心理，楚人视炎帝为人文始祖；在战国时代的历史文化背景下，颛顼又被说成是黄帝之孙、楚人之祖。至社会实现统一、文化得以整合的汉代，“楚之先祖出自帝颛顼高阳”乃成古代定论[①]。至于“九州”的地域观念，战国时代的楚人业已巩固地形成了。《庄子》中有“游乎九州”的语句，《离骚》中有“思九州之博大兮”的诗句，“楚帛书”中也说到九州。楚文学大颂炎、黄，同述九州，也就表明楚人的历史意识与文化观念已与华夏完全同一了，统一天下的条件在战国后期已经成熟了。

还应指出的是，作为楚王族成员的屈原之所以在其作品中罕言楚人楚事而专述华夏历史文化，除了如前所述的因楚人已将九州看作自己的祖国，将华夏历史文化视为自己的历史文化的缘故之外，还因为楚人在国家长期强盛之后，在楚文化长期领先于诸夏列国之后，特别是“周之典籍，尽在于楚”之后，心理上自然就发生了变化，在诸夏面前早无自卑之心而已怀优越之感了，并且将自己视为华夏的正统与合法的代表了。于是，适逢天下统一的条件已经成熟的时候，面临“横则秦帝、从

① 蔡靖泉．炎帝·颛顼·祝融——楚人始祖论［J］．江汉论坛，2014（12）．

(纵)则楚王"[①]的形势，楚人便不再将目光局限于南方楚国一地，而是放眼天下、寄意九州，言必称天下共主，语必及华夏历史，形成了包举宇内的胸怀和气魄。郭沫若说，屈原"生在楚国，因而热爱楚国。但他对于祖国的热爱，是超过了楚国的范围的"，屈原"生出了由楚国来统一中国的抱负"。[②]此话确实言之有理。

楚文学在思想内容上与华夏文化的渊源至深，在艺术形式、创作精神、表现手法等各方面也与华夏文化的组成部分——中原文学有至深的渊源关系。春秋中期以前的楚文学，基本上是在中原文学的影响下发展。春秋后期出现的《老子》，是多用三言和四言成句且韵散结合的诗化散文，显然受到了《诗经》的较大影响。《文子》的语录体形式，与《论语》《墨子》都有联系。《庄子》多借寓言以达意，而寓言在中原文学中就已出现。《墨子》和《孟子》中就有不少寓言。《庄子》中的寓言，之所以比中原文学里的寓言更生动、更风趣和更深刻，除了借助了新奇奔放的想象之外，也在于借鉴了中原文学中的记言、记事散文的创作经验。楚辞无疑最具有鲜明的南方文学特色，但有些楚辞作品仍是采用比较整齐的四言句式写成的，如《橘颂》《天问》《招魂》《大招》，这表明它们并没有完全排斥中原文学形式，而是在借鉴中原文学形式的基础上有所变化和发展。至于《离骚》《九章》《九歌》《九辩》这些典型的楚辞体作品，虽然主要是脱胎于楚地民歌，却也不应忽略它们与中原古民歌的关系。《九歌》与《九辩》都是传说中的夏乐名，它们或许很早就传到了南方，以致楚人得以根据它们的形式和情调创作新歌。楚辞体这一新诗体在形成过程中，也必然受到了中原文学的影响。《大招》云：

代秦郑卫，鸣竽张只。伏羲《驾辩》，楚《劳商》只。讴和

① 刘向：《战国策书录》。

② 郭沫若．伟大的爱国诗人屈原［N］．人民日报，1953-06-16.

《扬阿》，赵箫倡只。……二八接武，投诗赋只。叩钟调磬，娱人乱只。四上竞气，极声变只。

类似这种宫廷歌舞场面的描写，在《招魂》中也有。这些描写反映出，由于楚国经济的富庶和文化的开放，各国的乐舞都被引进了楚国，而楚辞就诞生在这种东西南北歌舞大荟萃的艺术氛围中。中原诸夏之国的配乐诗歌，相对而言当然是其中最多又最雅的了，因此对楚辞形成的影响也会很大。只可惜楚辞中提及的代、秦、郑、卫诸国的诗赋并未流传下来，今天也无法将它们与楚辞作比较了。战国后期，天下统一的形势明朗，南北的民族融合与文化整合的步伐加快，楚文学也在这一文化背景下更广泛地借鉴了中原文学的创作经验，汲取了中原兴盛的纵横家说辞的表达方式，并且“拓宇于楚辞”而发展出又一新的文学样式——楚赋。另外，楚文学还继承和发展了中原文学真实地反映社会生活的创作精神，创造性地借鉴了赋、比、兴等表现手法。

第二节　“抚有蛮夷”与楚文学的蛮夷文化色彩

蛮者，南蛮也，是周代中原人对南方诸族的称呼；夷者，东夷也，是周代中原人对东方诸族的称呼。“蛮夷”合称，就泛指中原之外的非华夏之族，含有对居于蛮荒之地而不开化之族的轻视之意。在先秦时期，蛮夷与华夏并非一成不变的民族概念，而是随着民族的历史发展而始终处于夷夏之变中，因为夷夏之别的标准首要的是文明程度而不是血统关系。从民族学的角度看，一部先秦史，就是蛮夷与华夏的冲突史、交流史和融合史。

“抚有蛮夷”是楚人兴族强国的基本出发点。楚先民由中原南徙至江汉蛮荒之地，存身于土著荆蛮之间，为生存计而必须与当地的荆蛮和相邻的蛮夷友好相处。长期的共同生活，使楚人与蛮夷建立了和睦的关系，甚至在文化心理上也与荆楚蛮夷通合而自称“我蛮夷也”。楚人

“抚有蛮夷”“以属诸夏”的发展路线，就是在与蛮夷杂处的现实环境中和服事中原王朝的现实需要下逐渐形成的。《史记·楚世家》载楚武王熊通说：“成王举我先公，乃以子男田令居楚，蛮夷皆率服。”由此可知，自熊绎受封于周室开始，楚人利用中原王朝给予的合法地位和合法权利在南方积极开拓，实行“抚有蛮夷”的政策，蛮夷因而“皆率服”。同书又载，熊绎曾孙熊渠“甚得江汉间民和，乃兴兵伐庸、杨粤，至于鄂”。可见，楚人在江汉地区一直是深孚众望的。熊渠的“奄征南海”的行动，得到了江汉间蛮夷的拥护和支持，颇有顺乎民意之举。揆诸史籍，楚人几乎从来没有表露出像诸夏那样对蛮夷的极端鄙视和仇恨的态度，也从不像诸夏那样大量俘掠蛮夷的人口为奴隶。征之以考古资料，楚国贵族的墓葬中少有陪葬和人殉的现象，表明楚国的奴隶制既不发达也不流行。不言而喻，正是由于楚人能够开明地、人道地“抚有蛮夷”，也才能够顺利地、迅速地“奄征南海”，将一个方圆不过百里的蕞尔小邦发展成为几乎囊括南土半天下的赫赫大国。

“抚有蛮夷”，意味着尊重蛮夷文化；“奄征南海”，意味着包容蛮夷文化。大量的考古资料显示，不同时期和不同地区的楚墓中，都有蛮夷文化与楚文化并存和糅合的迹象，兼收并蓄蛮夷文化并且取其精而弘其长，正是楚文化得以形成和发展的一个重要原因。如此形成和发展的楚文化，自然就融会了大量的蛮夷文化成分，具有着浓厚的蛮夷文化色彩。作为楚文化的直接观照和集中体现的楚文学，则鲜明地反映了楚文化的这一特征。楚辞是楚文学的代表，所反映的蛮夷文化色彩也尤为浓重。

“南海”之域蛮夷众多，但为楚文化吸取较多的则是三苗遗裔、巴人、越人和淮夷的文化，楚文学特色的形成也明显受到这几个大族文化的影响。

一、三苗遗裔（荆蛮）文化与楚文学

三苗是传说中尧、舜、禹之世的南方大族暨酋邦联盟，又称“有苗”“苗民”，《战国策·魏策》记吴起语：“昔者三苗之居，左彭蠡之

波，右有洞庭之水。”学者们考证三苗的活动区域大致在今河南南部及洞庭湖至鄱阳湖一带，而以江汉间地为中心。尧之时，“三苗在江淮、荆州数为乱”[①]，于是“尧与有苗战于丹水之浦”[②]，“尧战于丹水之浦以服南蛮”[③]，并且“迁三苗于三危，以变西戎”[④]。不过，尧并没有尽迁也不可能迁尽三苗。当舜之时，“叛入南海”的“有苗之民”[⑤]又不惮生死地与华夏部落联盟抗争，于是“舜却苗民，更易其俗”[⑥]，并且在晚年“南征三苗，道死苍梧”[⑦]。当禹之时，“三苗大乱……禹亲把天之瑞令，以征有苗……苗师大乱，后乃遂几”[⑧]。经过中原华夏酋邦联盟的世代征伐，三苗终于解体而衰微，其中一部分散居原地而化为荆蛮，另一部分可能南往山林而成了今日苗族的祖先。

南蛮三苗在江汉流域的遗裔，大概在夏、商之世就被称为荆蛮。荆蛮者，荆地之蛮夷也。因其所居之地多有丛生的灌木牡荆而得名。夏代，荆蛮一蹶未振。商代，荆蛮又始复兴。周代，随着“荆及衡阳惟荆州”[⑨]的地域概念的逐渐形成，荆蛮便也逐渐成为居住在荆州地域里的蛮夷的泛称，即所谓“蛮荆，荆州之蛮也”[⑩]。尽管如此，周代的荆蛮中，三苗遗裔占有相当一部分。

作为南方大族的三苗抗衡中原华夏酋邦联盟而活跃在中国原始社会的时期，大致相当于考古时代的新石器时代晚期，这个时期在三苗活动中心区域的江汉地区，有与尧、舜、禹时代的中原龙山文化大致对应的、因承屈家岭文化而演变的石家河文化。今日的学者多认为，江汉地区大量发现的这类文化遗存，就是当年三苗的遗物和遗迹。夏、商以至

①④ 《史记·五帝本纪》。
② 孙同元辑《六韬逸文》，收入《平津馆丛书》。
③⑥ 《吕氏春秋·召类》。
⑤ 《山海经·海内南经》郭璞注。
⑦ 《淮南子·修务训》。
⑧ 《墨子·非攻》。
⑨ 《尚书·禹贡》。
⑩ 《诗经·小雅·采芑》毛传。

西周，源于龙山文化而在中原盛行的中国上古文明的典型器物——鬲，在江汉地区也逐渐流行起来，只是江汉鬲与中原鬲在形制、风格上有着明显的不同。两者最直观的区别是，中原鬲瘪裆矮足，江汉鬲弧裆高足。这种具有独特个性和鲜明地方色彩的江汉鬲，是江汉地区化为荆蛮的三苗遗裔根据自己的需要和情趣变夏为夷的文化创造，因而被学者称为“苗式鬲”或“蛮式鬲”[①]，并且被学者视为商周的江汉地区考古学文化的代表。

三苗及其遗裔世居江汉地区，芈楚则在周代兴盛于江汉地区，两者的民族关系和文化关系就可谓至亲至密、似难说清了。不少学者根据一些神话传说和江汉地区土著文化与楚文化的近似风格，认为“三苗与楚同源”[②]、屈家岭—石家河文化即先楚文化、“蛮式鬲”就是“楚式鬲”。不过，就文献的有关记载予以综合分析，楚人的血亲祖先祝融本居中原当是没有疑问的，而三苗则应为世居南方的族群，故很难确证两者同源。尽管如此，当芈楚在江汉地区兴族强国、“奄征南海”之后，作为三苗遗裔的荆蛮便随着世居之地尽入楚国版图而基本上融为楚人，成为楚人的重要组成部分，荆蛮文化也几乎全部为楚人所因承吸收，并且成为楚文化形成的重要因素和发展的重要基础。不妨说，楚人的壮大，是以融合荆蛮而开始的；楚文化的发展，是以融会荆蛮文化而起步的。

当三苗与中原华夏酋邦联盟抗衡时，祝融酋邦所居之地正处于两大酋邦联盟的居地之间，不可避免地会卷入两者的冲突并成为两者文化交流的媒介。夏时，楚先民在中原王朝的压迫下不断南迁。商代，楚先民已迁至伏牛山以南的汉水流域，始与荆蛮杂处。西周，正式以“楚”为国名的楚人南居“楚蛮之地”，也入乡随俗地在一定程度上蛮夷化了。熊渠自称“我蛮夷也”[③]，表明楚人与荆蛮在文化心理上已能相通，在

① 张正明 . 楚文化史［M］. 上海：上海人民出版社，1987：64.

② 俞伟超 . 楚文化的渊源与三苗文化的考古学推测［M］// 先秦两汉考古学论集 . 北京：文物出版社，1985.

③《史记 · 楚世家》。

文化习俗上已经交合。熊渠“甚得江汉间民和”，当主要是得到江汉间荆蛮的拥戴。降至春秋中叶，楚国囊括江汉而争霸中原，并且创造出具有鲜明地域特色的楚文化。这时大为增加的楚国国民，当主要是融入芈楚的江汉间土著荆蛮；这时形成的楚文化之地方特色，也当主要是因承荆蛮文化而形成的特色。

“苗式鬲”或“蛮式鬲”与“楚式鬲”的关系，十分清楚地反映了楚文化与荆蛮文化的关系。自西周晚期开始，成熟型的楚式鬲就出现了，其发展在南方一直延续到战国时代。楚式鬲尽管也糅合了华夏鬲文化，但其基本形态却明显是因承蛮式鬲并有所改造而成，其发展趋向也“主要是足由较高变得更高，与周式鬲的足由较矮变得更矮恰好相反”[①]。足高而显器秀，这种“以秀为美”的风尚正是屈家岭—石家河文化和荆蛮鬲文化所体现出的三苗及其遗裔的情趣。缘此可以推及，楚文化所体现的“以秀为美”的审美追求，楚辞对“小腰秀颈”的赞美，都因承三苗及其遗裔的情趣而来。另外，楚人独有的陶器，如长颈壶、高领罐、圈足豆等等，也如学者所指出的那样，是由屈家岭—石家河文化的同类遗物衍变而来。[②]

正因为楚文化与三苗及其遗裔的文化有着如此水乳交融、因承发展的关系，楚文化与今日三苗后裔——苗族的文化有许多相同之处，楚文学与今日苗文学有许多相通之处，也就不足为怪了。

楚辞的特色，前人概括为“书楚语、作楚声、纪楚地、名楚物”，其中又以楚语、楚声是楚辞最为突出的特色。楚语的形成，至晚不过春秋早期，《左传·庄公二十八年》记载楚令尹子元伐郑，入郑都外郭门后以为郑人有备，乃“楚言而出”。楚语、楚声最初当是楚人与荆蛮杂处后居其地而通其语、和其人而应其声，以致逐渐将本族语言与荆蛮语言糅合衍变而成的。楚语、楚声的方言特征，更多的当是荆蛮语言的特

① 张正明．楚文化史［M］．上海：上海人民出版社，1987：43.

② 王劲．楚文化渊源初探［C］// 中国考古学会第二次年会论文集．北京：文物出版社，1982.

征。因此，楚语、楚声与今日的苗语、苗声自然是有亲缘关系，已有许多学者对楚语和苗语的关系作了深入研究，指出了它们的若干相同或相似之处。

以语助词“兮”置于句中或句末来谐调韵律、增强抒情效果和表意功能，是楚辞的一大特征。今日苗族的古老民歌、尤其是祭歌，句中或句末也用有类似“兮”的语助词。“黔东南苗族的古歌‘加’（译音）中，句尾也带有类似兮的音，句句如此，句式也与楚辞相似。”[①]

苗族有一首《古歌》，歌唱关于开天辟地、人类起源、民族迁徙的神话和传说，分四部十三章，长达八千行四万字，与《楚辞·天问》在内容、结构及表现方式上都颇有近似之处。它们的明显不同则在于：《天问》只问不答，《古歌》亦问亦答；《天问》博大精深，书写的是对宇宙生成和人类历史的哲理思考；《古歌》通俗浅显，表达的是对自然万物和人类自身的感性想象。因此，可以揣测，或许楚地在战国时代尚流传有三苗遗裔的类似《古歌》而为屈原所知，以致屈原在创作《天问》时不自觉地借鉴了它。

“女娲有体，孰制匠之？”《天问》中叙及的女娲神话，以及《山海经》和出土“楚帛书”中叙录的“女娲化生万物”“伏羲女娲齐天育人”的神话，在先秦的中原文献里几乎不见记述，显然是产生于南方楚地的神话，而且很有可能最初就是三苗的神话。以女娲、伏羲为人类始祖的神话，世代流传在苗族及南方其他少数民族中。清人陆次云所著《峒谿纤志》即载：“苗人腊祭曰报草。祭用巫，设女娲、伏羲位。”闻一多综合运用多学科的理论和多种研究方法，论证了“伏羲女娲确是苗族的祖先”[②]。

楚辞与苗文化的种种类比，都说明楚辞的地方色彩和文化内涵在相当程度上因袭和融会了三苗遗裔的文化。

① 王慧琴．楚族与苗族关系初探［M］// 楚史研究专辑．

② 神话与诗·伏羲考［M］// 闻一多全集：第 1 册．北京：三联书店，1982：52.

二、巴文化与楚文学

巴人是商、周的南方大族，起源于汉水上游，徙居峡江地带及渝东、蜀中。[①]商末，巴人与楚人都亲附周人。史籍记载巴人曾随周武王伐纣："巴师勇锐，歌舞以凌，殷人前徒倒戈……"[②]周初，巴人也受封于周，成为楚人的西邻。《左传·昭公九年》记周人语："及武王克商……巴、濮、楚、邓，吾南土也。"

楚人与巴人的交往，大概自芈楚在商代后期定居于江汉地区西北部的丹阳就开始了，而且延至战国时代，一直交往频繁、关系密切。楚人的兴族强国，楚文化的茁长昌盛，都与和巴兼巴、纳巴融巴分不开。

西周初年，楚人在江汉地区立足方稳，受封于周时仅"号为子男五十里"[③]，其力量想必远不及巴人。上面所引周人语及的南土四国的排列次序，即表明巴人为南土首强。整个西周时期，楚与巴各自守土而居，虽有交往却恐怕没有多少冲突。降至春秋，楚人大举开疆。"楚蚡冒始启濮"[④]，楚武王熊通又"始开濮地而有之"[⑤]，从而巩固和扩展了楚国在江汉西部的基地。武王挥兵东进，一度因实力不够而未能得志，于是结好也欲向东发展的巴人，借巴师之力以征江汉地区诸国。公元前703年，"楚使斗廉帅师及巴师围鄾"，致使"邓师大败，鄾人宵溃"[⑥]。"及文王即位，与巴人伐申"[⑦]。庄王时，巴人又从楚师灭庸。[⑧]不过，楚国自武、文之世始强，志在独据江汉而北争中原。巴人从楚征伐，则意欲抢割东土以自大。故楚、巴在合盟同征江汉诸国的过程中，不可避

① 张正明. 巴人起源地综考［J］. 华中师范大学学报，2004（6）；蔡靖泉. 巴人流徙与文明的传播［J］. 华中师范大学学报，2005（4）.

② 《华阳国志·巴志》。

③ 《史记·孔子世家》。

④ 《国语·郑语》。

⑤ 《史记·楚世家》。

⑥ 《左传·桓公九年》。

⑦ 《左传·庄公十八年》。

⑧ 《左传·文公十六年》。

免地会有利己之谋和利益之争。巴人从文王伐申时，因受楚军惊吓便叛楚南下，攻占楚国郢都的门户那处（今湖北荆门东南），进而攻打郢都城门，大有灭楚而占之的企图。尽管如此，楚、巴关系在春秋的大部分时间里还是较好的，而且互通婚姻。楚共王的夫人即为巴姬。春秋末年，巴人大举伐楚，才导致楚、巴关系完全恶化。这次战争以巴人的彻底失败而告终，巴人也因此一蹶莫振。战国时代，“巴楚数相攻伐”[①]，但其大势则是楚胜巴败、楚进巴退。楚人不仅占有了巴人在鄂西南的世居之地，且将国境西界拓至今渝东的涪陵，形成“楚自汉中，南有巴、黔中”[②]的局面。楚、巴通婚的传统则沿袭不断。《华阳国志·巴志》记载，巴在“战国时尝与楚婚”。

楚、巴的民族关系既然如此，二者之间的文化关系也就可想而知了。早在西周时期，巴文化就被楚人所积极汲取，楚人在西周后期振军兴武以拓土扩境，所使用的兵器当多为巴式兵器。迄今所见最早的楚国青铜器，是熊渠使用的一件“楚公豢秉戈”。就现有实物资料而言，这件戈可谓楚国青铜文化的先导，但它正是完全仿照巴式戈制成的。由此可证，楚文化的发展，一开始便伴随着对巴文化的引进和消化。春秋伊始，巴师深入楚国腹地，巴土纳为楚国疆域，巴人成了楚国居民，巴文化也随之大量地汇入和消融到楚文化中。春秋楚墓出土的青铜器，尽管其礼器一以贯之地反映出中原文化的巨大影响，但其兵器依然可见巴文化的色彩。尤其是青铜剑，多见柳叶形的巴式风格。直至战国时代，楚国腹地仍有典型的巴式青铜器流行。如湖北荆门的一座战国楚墓中，就出土了巴式戈和巴式剑。峡江地带的战国楚墓中，往往可见楚、巴遗物共存和亦楚亦巴风格的遗物。

文化的交往突出表现为语言的通用，楚语中就涵容了许多巴语成分。如《左传·宣公四年》记载：“楚人谓乳‘谷’，谓虎‘於菟’。”楚

① 《华阳国志·巴志》。
② 《史记·秦本纪》。

成王的令尹子文因传说出生后被弃诸野外，得到了虎的哺乳，“故命之曰斗谷於菟”。这“於菟”一词，据学者考证即本为巴语。[①]

楚文化带有巴文化色彩的最为鲜明的体现，楚文化融会巴文化的最为直接的证明，就是巴人的图腾——虎，它不仅成了楚文化中着意而突出表现的形象，而且还成了象征着楚文化的典型楚器的重要组成部分。楚国丝绸上有凤龙虎戏斗的刺绣图案，楚国漆木器有虎座立凤、虎座凤架鼓、虎头“辟邪”等等。当年的楚郢都所在地江陵的楚墓中出土的虎座立凤，其凤“昂其首而振其翅，集壮、美、奇于一身……可视之为楚文化达到鼎盛期的象征”[②]，但这只凤却站在一只色彩斑斓、昂首翘尾而匍匐于地的老虎的背上。虎以厚实的脊背托起凤，使凤显得更加高大；虎以绚烂的毛色映衬着凤，使凤显得更加美丽。仔细观赏虎座立凤的特异造型，感觉到它似乎有着楚文化是立足于巴文化基础上兴盛起来的寓意。至少，它形象地反映了楚、巴文化的密切关系。

巴人能歌善舞，从周武王伐纣即“歌舞以凌”殷人。汉初，巴人别部板楯蛮“俗喜歌舞，高祖观之，曰：‘此武王伐纣之歌也。’”[③]荆门楚墓出土的巴式铜戈，两面都铸有身披重鳞、头插长羽、耳珥双蛇、手操龙兽、足踏日月的同一神人形象，上有铭文“大武闢兵”四字。据《吕氏春秋》《周礼》等书记载，“大武”是周武王伐纣后所制的乐舞。《礼记·祭统》：“朱干玉戚，以舞大武。”由此看来，周代乐舞“大武”应是仿巴人之舞而作，“大武闢兵”戈实为表演“大武”的道具——戚。楚国也有“大武”，《左传·庄公二十八年》记载，令尹子元“振万”。“万也者，干戚舞也。”[④]可知此戚即楚人表演“大武”的道具，而楚国的“大武”当是直接引入的巴人乐舞。一斑可窥全豹，巴人的乐舞在楚地传播之盛，影响之大，也就不难想见了。

---

① 张正明.楚文化史［M］.上海：上海人民出版社，1987.

② 张正明.楚文化史［M］.上海：上海人民出版社，1987：139.

③ 《后汉书·南蛮西南夷列传》。

④ 《大戴礼记·夏小正》。

楚辞的形成所受到的巴文化的直接影响，自然是莫过于与巴人乐舞相伴相生、相辅相成的巴歌了。巴人歌谣在楚地十分流行，甚至在战国后期的郢都也风靡里巷。宋玉《对楚王问》中写道：

> 客有歌于郢中者，其始曰《下里》《巴人》，国中属而和者数千人；其为《阳阿》《薤露》，国中属而和者数百人；其为《阳春》《白雪》，国中属而和者，不过数十人。

文中提及的《下里》《巴人》，显然当是巴人之歌。由宋玉所叙可知，巴人歌谣通俗易唱，想必也达意真切、抒情自然，有若今日流行的通俗歌曲，故深为楚国民众喜爱，其普及程度和影响范围远远超过了曲高调雅的楚歌。物为世所尚，人必争制之；歌为世所好，人必竞造之。楚人创作的民间歌谣，也就难免不受流行的巴歌的影响，以至于成为带有巴韵的楚歌。楚辞正是脱胎于楚地民歌、融会南北诗歌艺术而成的新诗体。屈原创作楚辞之际正是巴人歌谣在“国中属而和者数千人”之时，糅合巴歌的情调韵律以入楚辞则为自然之事。唐代诗人刘禹锡贬在楚地为朗州（今湖南常德）司马达十年，熟知楚地歌舞，所作《洞庭秋月行》即云：“荡桨巴童歌竹枝。”[①] 他后来被迁为夔州（治今奉节）刺史，聆听巴歈而有感于屈原作《九歌》，乃仿效之而依巴歌曲调作《竹枝词》九篇。刘禹锡之所以会闻巴歈而感怀《九歌》，正说明其时的巴歈与楚歌在情调韵律上近似。

宋玉在《高唐赋》中描述的巫山神女故事，当与《后汉书·南蛮西南夷列传》所载巴人传说中的盐水神女故事有渊源关系。宋玉笔下楚人传说的巫山神女故事，比巴人的盐水神女故事优美得多。尤其是它根据巫山美丽的自然景观，根据巫山变化无常、绚丽多姿的清晨云雾和时来时去、爽身沁心的傍晚细雨的情状，借助想象而描绘出巫山神女那美艳

① 诗句中的“巴童”当指“巴陵（今岳阳）童子”。

无比、来去无踪、虚幻缥缈的形象，令人梦而可会，求之不得，怅然若失，回肠荡气，从而产生无穷的艺术魅力。楚人的巫山神女故事明显袭取了巴人的盐水神女故事的基本内容，动人的巫山神女故事，可谓楚人在巴人盐水神女故事基础上的加工和改创、丰富和发展。有赖于楚人对盐水神女故事的改创和对巫山神女故事的传扬，使得宋玉知晓这个故事并取用为文学创作素材。经宋玉在《高唐赋》和《神女赋》中对巫山神女故事的描述和对巫山神女形象的摹绘，巫山神女故事成了中国文化史上一个蕴意丰厚、令人着迷的美味佳果，巫山神女则成了中国文学史上一位艳丽无双、令人倾倒的不朽典型。巴人的盐水神女故事与楚人的巫山神女故事之间的关系，典型地反映了巴、楚文化的关系。由巴人的盐水神女故事到楚人的巫山神女故事演变，典型地反映了楚文学的繁荣和辉煌在相当程度上有赖于巴文化的铺垫。[①]

三、越文化与楚文学

在长江中下游的南方广大地区，先秦时期泛居着“百越”诸族。当楚人由汉西向汉东及江南发展时，越文化也伴随着楚、越的冲突和楚人向越地的推进而为楚人所吸收；待楚人最终南抵五岭、东至于海以后，古越族便大量地被纳入楚籍，越文化也大量地被消融在楚文化中。

西周中期后段，楚君熊渠兴兵开疆，征服西北强邻庸国之后，随即挥师南下，沿江东伐“杨粤，至于鄂”。“杨粤”即“扬越”，为“百越”的一支，当居扬水附近而得名。据《水经注》记载，古杨水是江北自今荆州东流入汉的一条汉水支流。扬越先民或许本为生活于杨水附近的三苗遗裔，在夏代被视为南方蛮夷泛称的“越族”一支而被称为楚蛮“杨越”。就史籍有关扬越的记载来看，今鄂东南、赣西北、湘东北乃至湘中、湘南这片地方，大概就是周代扬越的居地。《史记·楚世家》记熊渠东征扬越后所封的“长子康为句亶王，中子红为鄂王，少子执疵为越

① 蔡靖泉．盐水神女与巫山神女略说［J］．社会科学动态，1999（6）．

章王，皆在江上楚蛮之地”。考古资料证明，春秋早期，楚人已沿沮、漳河流域南下，渡江而将势力深入到今湘东北的洞庭湖区域。春秋中期，楚成王得周天子“赐胙”及“镇尔南方夷越之乱”的合法权利[①]，于是无所顾忌地挥兵东向、纵马南下，使鄂东南、赣西北和湘东北这片原扬越故地几乎尽入楚境。“夷越”当是对被周人视为南方蛮夷的越人的泛称，楚人其时所镇的夷越主要就是扬越。春秋末年，长江下游的吴、越两个越族大国始兴，楚与吴则比邻交争。吴国在楚人伍子胥的佐治下一度强国制越、攻楚破郢，但很快为越国所灭。战国中期，楚悼王任用吴起“南并蛮越，遂有洞庭、苍梧”[②]，并使楚界直抵五岭。不久，楚怀王又灭掉亡吴的越国。[③]于是，文献记载的“自交趾至会稽七八千里，百越杂处”[④]之地，基本上都纳入了楚国版图。

越人是具有悠久而杰出的文化的古老民族。其最为突出的文化贡献，则是与长江中下游诸族共同振兴了中国青铜文化。先秦时期，铜、锡主要产于江南，即李斯《谏逐客书》所谓的“江南金锡”。曾有学者指出，“铜器时期，南方似较北方为早”[⑤]。闻名天下的商、周矿冶基地——铜绿山，最初就是由扬越开发的。[⑥]今鄂东和湖南出土的西周至春秋早期的青铜器，大都具有较高的冶铸水平和典型的越文化风格。在群雄纷争的春秋前后，铜是最为重要的生产资料和战略物质，谁有了铜并掌握了先进的冶铸技术，谁就有了兴国称霸的物质条件。熊渠远征而至东鄂，一个重要的原因就是为铜绿山所吸引。西周晚期，楚国青铜文化已较发达。1993 年在山西天马—曲村晋侯墓中出土的“楚公逆钟”和

① 《史记・楚世家》。
② 《后汉书・南蛮列传》。
③ 一说，楚威王实已灭越。
④ 《汉书・地理志》注引臣瓒语。
⑤ 吕思勉．先秦史［M］．上海：上海古籍出版社，1982：41.
⑥ 参见张正明．楚文化史［M］．上海：上海人民出版社，1987；张正明，刘玉堂．大冶铜绿山古铜矿的国属——兼论上古产铜中心的变迁［M］// 张正明．楚史论丛・初集．武汉：湖北教育出版社，1984.

2012年在湖北宜昌万福垴遗址出土的编钟、鼎等西周晚期楚国青铜器，虽然主要是借鉴华夏青铜器的器物形制和冶铸工艺的制品，当也利用了越人的冶铸技术和成果。至楚人牢固地控制了铜绿山且兼并了大片越人故地的春秋中期以后，楚国的青铜文化便跃上了当时的高峰，楚国也一度称霸天下并长期雄踞南土。春秋后期，吴越仍在兵器铸造上独领风骚。楚王曾不惜重金聘请吴越铸剑大师干将和区冶子铸剑，楚人也努力学习吴越的兵器铸造技术。楚灭越后，楚国兵器也就无与伦比了。青铜文化是周代文化的代表，楚国青铜文化之所以能够在东周后来居上而独步天下，除了师华夏之长技以外，就主要在于得越人之良基。

楚国独步于世的稻作文化、舟楫文化等，很大程度上也是在越人的文化基础上发展起来的。越人在东周以前便有着悠久和先进的稻作文化和舟楫文化，文献记载越人"饭稻"和"习水"。总之，在各个方面，楚、越文化都密不可分。越文化不仅成了楚文化的重要组成部分，也成了楚文化的重要发展基础。故越地发掘的东周楚墓中，往往可见楚文化与越文化并存和融会的迹象，清楚地反映了楚、越的文化关系。

越语也逐渐与楚语相通，越人的语词则大量糅进楚语之中。《方言》云：大，"荆吴扬瓯之郊曰濯"；转目，"吴楚曰瞷"；战栗，"荆吴曰蛩供"。《说文》云："吴楚间谓好曰娃。"有如学者所说，"这些'吴楚'或'荆吴'词语，也还是吴越词语"[①]。但是，它们却被楚语所吸收，成了荆楚通用的词语。

龙是越人崇拜的神物，也是越文化的象征。越人认为自己就是龙的子孙，并在身上刺以龙纹，即所谓"越人以箴刺皮为龙文，所以为尊荣之也"[②]。1993年，在鄂东南的黄梅县，出土了距今约6000年的"长江流域第一龙"[③]。这条长4.46米、高2.26米的"卵石摆塑龙"，看来当

① 王文清.吴越的文化艺术［M］//百越史论集.昆明：云南民族出版社，1989：269.

② 《淮南子·泰族训》许慎注。

③ 黄梅出土"长江流域第一龙"［N］.湖北日报，1993-07-20（1）.

是新石器时代晚期的越人先民的遗物，表明越人崇龙由来已久。如前章所述，楚文化突出龙，具有深厚的龙文化内涵。龙在楚文化中具有仅次于甚至等同于楚人崇拜的凤的地位。之所以会如此，则除了楚文化吸取了尊龙的中原文化之外，无疑也与楚文化涵容了越文化有很大关系。楚文学作品即以歌咏龙和描绘龙为重要内容。写龙尤多的《九歌》，乃有学者据屈原本故越地的“沅湘之间”流传的民歌修改加工而成的旧说，更有因歌中无凤而多龙等理由，认为它“应是在越人之地仿越人之歌而作的”[①]。诚然，这些说法只是一种推测，从文献记载和《九歌》内容来看，《九歌》本夏乐名，屈原《九歌》当也不是民间祀神乐歌，它更有可能是屈原为宫廷祀神需要而在民间祀神乐歌的基础上改作而成的。且屈原作《九歌》时，“沅湘之间”入楚境已达300余年。但是，这并不能排斥夏乐《九歌》流传至故越地并曾为越人改造过的可能性。或许正因为夏乐《九歌》合乎越人的尊龙习俗，才为越人所保存和改造。

越人尚乐而长于歌，考古发现的越人遗物中有铙、钲、甬钟、镈钟、句鑃、錞于等乐器，不仅种类多，且数量大，由此可以想见当时越人的歌唱之盛。盛唱的越人之歌，因越人入楚籍和楚、越文化交流而传唱于楚地，自然也会为楚人所喜爱而借鉴之以创作楚歌，于是对楚文学的发展、尤其是楚辞的产生影响甚大。《史记·楚世家》记载，春秋中期，楚庄王“即位三年，不出号令，日夜为乐。……伍举入谏，庄王左抱郑姬，右抱越女，坐钟鼓之间”。这越女，想必就是善为越歌越舞的美女。庄王让越女伴其为乐，则表明越人歌舞在春秋时已传入楚国并为楚人所喜爱。《楚辞·招魂》云：“吴歈蔡讴，奏大吕些。”由此可知吴越歌谣在战国时期已大量传唱于楚地，并且在楚国宫廷中经常演唱，而楚人“陈钟按鼓，造新歌些”，也必然会吸取其精华、融会其艺术。由于年代久远，音声消歇，史籍阙载，越人之歌罕有传世。《左传·哀公十三年》叙录有吴大夫申叔仪的《乞粮歌》，此歌虽为随口咏出，不假

① 张正明. 楚文化史［M］. 上海：上海人民出版社，1987：259.

雕饰，却颇类楚辞格调。《吴越春秋》叙录有《乌鹊歌》《采葛妇歌》《离别相去辞》等，只是此书晚出，殊难凭信。不过，这些歌即使为后人依托，依托者当也本故越地民歌情调和风格所作，而这些歌的情调和风格与楚辞相类，也可印证先秦的越歌与楚歌本就近似。

最能说明越歌与楚歌之关系的，是刘向《说苑·善说》叙录的《越人歌》。据其所叙，楚王子鄂君子皙泛舟江上，遇越人拥楫而歌。子皙不懂，乃召越译以“楚说之”，于是译成著名的传世《越人歌》。尽管此歌因“楚说之”而被改造成了一首地道的楚歌，但它毕竟是直接从越人原歌脱胎而来，是依据越人原歌的内容、情调而以楚语楚声、楚歌的艺术形式和表现方法的再创作。越人原歌本来就优美，否则不懂越语的子皙就不会闻之而动心。没有优美的越人原歌，也不会有这首历来为人称赞的“楚说”《越人歌》。正如学者所指出的那样，此歌在楚辞的形成过程中具有十分重要的意义。此歌的产生过程反映了越人之歌对楚辞形成的铺垫和促进作用。

四、淮夷文化与楚文学

淮河流域在周代是被周人称之为“淮夷”的居地，淮夷诸族中又以徐人和与之同族的群舒为主。“‘徐’‘舒’二字，古不只同音，实即一字”[①]，群舒也即众多的徐人分支。楚人自春秋中期征服汉东之后便进军江淮，与徐人在直接的军事冲突中发生文化交流，至战国时代则囊括徐人故地而涵容徐人文化。

徐人的祖居之地，在今安徽怀远东南、淮河之滨的涂山。涂、徐的本字都是“余”，涂山也即徐山，徐人族名因此而来。传说夏禹治水曾南巡至此，并凿山为二以通淮水，考古新发现也证实此地的远古遗址含有夏文化因素。徐人在商末周初已是东南大族，在淮北建立了一个强大的方国，曾受到周王朝的多次征伐。《史记·周本纪》云：“召公为

① 徐旭生. 中国古史的传说时代［M］. 北京：文物出版社，1985：167.

保，周公为师，东伐淮夷。”《诗经·大雅·常武》又描叙了周宣王南下淮浦、“濯征徐国”之事。公元前645年，楚成王始伐徐，“败徐于娄林”[①]。其后，楚庄王灭舒蓼，楚康王灭舒鸠，淮南群舒逐渐皆入楚籍。春秋末年，楚、吴交兵，互相争夺淮北徐地，最后徐国为吴所灭。战国中期，徐人故地则因楚人灭越且东至于海而尽为楚土。

由于所居地理位置邻近中原，徐人在历史上与华夏有着悠久而密切的交往史，徐人的文化也有较多的中原文化成分而高于春秋以前的南方其他蛮夷，以致其往往被视为诸夏的一员。《左传·僖公十五年》即云：“楚人伐徐，徐即诸夏故也。”不过，徐文化始终保持了鲜明的南国地域色彩，而且与楚文化有颇多相似之处。出土的徐人青铜器，在造型和纹饰上往往接近于楚人的青铜器。尤其是青铜器上的铭文风格，徐、楚以及吴越几乎没有多大差别。学者因此指出：“从徐夷的居地和文化发展方面来研究，它……和所谓的‘诸夏’也有其不同处；就是在青铜文字中，它的风格也有其特殊性，它不仅发展成为春秋以后的吴、越文化，甚至荆、楚文化也受到它极大的影响。”[②]

淮河流域的徐人用语当较早就影响到楚语的发展，并且最终基本上与楚语融为一体。《方言》例举说：镀，“江淮陈楚之间谓之锜”；褌，“陈楚江淮之间谓之松”；禅衣，“江淮南楚之间谓之褋”。楚辞所“书楚语”即含有江淮方言，如《九歌·湘夫人》：“遗余褋兮醴浦。”

徐人对音乐似乎有着特殊的爱好，出土的徐器中多见乐器，其类型基本上同于越人的乐器，其音声也清柔和美。1982年曾在绍兴一座徐墓中出土了一个铜质房屋模型，屋内跪有六个裸体乐俑，其中两女俑在引吭高歌，另四个男俑则分别击鼓、吹笙和弹琴。这一歌乐场面生动地反映了徐人的习俗风情，形象地展现了徐人大兴歌乐的景况。

有乐则必有歌，歌兴则乐盛。世传所谓“南音”之始作的《候人

① 《春秋·僖公十五年》。
② 李白凤．东夷杂考·徐夷考［M］．济南：齐鲁书社，1981：96—97.

歌》，就出自徐人祖先涂山氏女之口：

> 禹行功，见涂山之女。禹未之遇而巡省南土。涂山氏之女乃令其妾待禹于涂山之阳。女乃作歌，歌曰："候人兮猗！"实始作为南音。①

古籍记述夏禹南巡遇涂山氏女，爱而成婚，婚后即外出巡视，久不还归，涂山氏女思念甚苦，乃作《候人歌》以抒发渴思之情。夏禹与涂山氏女结合的传说是否真实，当然无从考证，但它在先秦流传久远，并且为楚人所熟知，成了楚辞的描述内容。《天问》写道："禹之力献功，降省下土四方；焉得彼涂山女，而通之于台桑？"从《候人歌》的形式来看，此歌确实为保存下来的一首原始、古朴的南方歌谣。歌辞仅一句，且只是在"兮""猗"两个语气助词前添有两个表意实词，虽然十分简单，却已初步反映出南方民歌的风貌。两个助词的运用，既充分地宣泄出候人者心中的缠绵意绪和焦灼心情，又大大地增强了歌谣的节奏感和韵律感，从而鲜明地体现出南方歌谣的抒情性和音乐化特征。

遗憾的是，之后的徐人之歌也几乎湮没无存。《候人歌》以下，见诸文献叙录且可信的仅此一首《徐人歌》：

> 延陵季子兮不忘故，脱千金之剑兮带丘墓。②

据《新序》记述，吴国公子季札将聘晋，路过徐国时，见徐君爱其所佩宝剑而不好意思开口，便心许之。当季札聘晋归来时，徐君已死，季札于是以剑挂在徐君墓前的树上而离去，徐人乃作此歌以赞美季札。此歌仅两句歌辞，句式结构和咏叹韵味则已类楚辞。以语助词"兮"置于句

① 《吕氏春秋·音初》。
② 刘向：《新序·节士》。

中来调整节奏、协和音韵和强化情感，正是与《候人歌》的情调和风格一脉相承的发展，也是其后形成的楚辞的常用方式。由此看来，徐人之歌对楚歌的发展和楚辞的产生有着重大的影响和贡献。

先秦时期，中国境内诸族文化经过漫长的交流和发展，至周代已基本上形成了南北两大系统。长江中下游的诸族文化，实际上业已是大同小异而属于同一系统的南方文化。这种文化的共同性和共通性，为民族的融合与政治的统一创造了条件。楚人正是借天时、因地利、顺民愿而明智地“抚有蛮夷，奄征南海，以属诸夏”，从而在融会蛮夷文化的同时，吸取华夏文化精华，创造出体现了先秦南方文化最高成就和登上了当时世界文明峰顶的楚文化。楚文学是楚文化成就的体现和代表之一。楚辞则是“南音”系统的南方诗歌发展到最高阶段的产物，是有机地熔铸南北诗歌艺术而结成的硕果。楚文学的鲜明色彩，主要是荟萃和糅合南方蛮夷文化诸色而形成的浓重又瑰丽的色彩。

第五章 楚地巫风与楚文学

巫觋酣歌恒舞以事鬼神的巫风，既是一种社会习俗，又是一种文化表现，起源于原始社会的人类蒙昧时代。世界上凡是经历了从蒙昧到野蛮、从野蛮到文明的历史发展的民族，都不同程度地盛行过巫风，也都受到过巫文化的洗礼。

在生产力水平极为低下、科学思维尚未产生的人类蒙昧时代，原始先民渴望通过自己的主观努力去影响外界、征服自然，以满足求食、繁衍等生存和发展的需要，于是便产生了巫术心理和巫术活动。原始先民对巫术的迷信，也是他们对自身能力的相信，因而就成为他们在恶劣的环境中谋求生存和发展的精神支柱。当巫术心理成为部族的共同文化心理之后，当巫术活动成为部族的共同文化活动之后，部族里便出现了代表群体的共同利益和共同需要而主持巫术活动的巫。这种巫，又只能是由部族中熟知部族的神话、传说、历史和懂得天文、地理、历法、医药等各种知识，并且在祭祀和祈祝等巫术活动中能歌善舞的优秀人物担任。《国语·楚语下》记述楚巫观射父答楚昭王问时说：

> 民之精爽不携贰者，而又能齐肃衷正，其知能上下比义，其圣能光远宣朗，其明能光照之，其聪能听彻之，如是则明神降之，在男曰觋，在女曰巫。

韦昭注："巫、觋，见鬼者。《周礼》，男亦曰巫。"由此可知，巫是主持巫事者的统称，而且是民众里品行最好、智慧最足、才学最博、威望最高的人。只有是这样的人，才能充当人与神沟通的媒介。因此，部族中的大巫，一般就是部族的首领。随着神灵崇拜观念的产生和发展，巫事则成为原始宗教的表现形式，部族的大巫又成为部族的宗教领袖。部族社会发展了，宗教活动增多了，作为原始社会的精英、全知全能的知识分子的巫也增多了，而且巫也有条件全部或部分地脱离生产劳动，致力于部族的文化创造和文化积累。这样，由巫充当其主要角色而形成的、作为原始社会之精神文化综合体的巫文化，也就得到了更快的发展。从野蛮时代跨入文明时代未久，巫文化之花往往并非因文明曙光的到来而立即萎谢，反而是因文明曙光的照耀、借助长期发育生长的势头而盛开，在盛开至极后才由其所结成的硕大果实而分解出科学、哲学、宗教、文学、艺术等一颗颗文明果籽。

由于巫文化是包含了文学艺术在内的精神文化综合体，巫文化的发展水平，也就决定了文学艺术的孕育程度；巫文化的发展状况，也就影响了文学艺术的某些特征。楚文学风貌的形成，楚文学成就的取得，都与楚地有着源远流长的巫文化传统、盛行经久不衰的巫风有很大关系。

第一节　楚地巫风的源流

在先秦时期，南北文化发展的进程不一致，造成了南方文化长期在北方文化的影响之下发展。由于楚人主体是从中原南徙至江汉地区的，故追溯楚地巫风的渊源，就应该首先从巫风在中原的兴衰说起；阐明楚地巫风的发展状况，也必须参照巫风在中原的兴衰过程。

中原在原始社会的氏族公社阶段，就已出现“民神杂糅，不可方物，夫人作享，家为巫史”①的状况，也即氏族成员人人皆巫、人人通神、人人操巫术而主巫事。这正是巫文化发展处于低级阶段的状况，巫术活动尚且是分散的、个体化的，代表群体利益而专门从事巫术活动的大巫还没有出现。后来，传说远古“五帝”之一的颛顼“乃命南正重司天以属神，命火正黎司地以属民……是谓绝地天通”②。颛顼或是原始社会末

①② 《国语·楚语下》。

期，也即野蛮时代的酋邦联盟首领，重、黎或是当时同一酋邦中的两大部落首领和颛顼的附庸。颛顼命令重、黎“绝地天通”，就是让他们充当大巫以主持整个酋邦联盟的巫事。这意味着部落已经出现了由文化精英担任的专职巫觋，部落的一般成员已经不再操巫术而主巫事了，部落酋长乃至酋邦及其联盟首领于是在此基础上整顿巫事，将巫事与政事相结合，集神权与政权于一身，巫文化的发展也进入了高级阶段。

在文明社会初期的夏代，中原巫文化得到了进一步的发展。在神话传说中，夏代第一位君主启可以“上三嫔于天，得《九辩》与《九歌》以下”[①]，这表明他是能够“上通天神”的宗教领袖。从战国时代人们基于理性精神批判夏启“淫溢康乐”而“万舞翼翼”之语可知，夏启不仅醉心于举行大规模的祭祀天神的巫事活动，而且沉溺于酣歌恒舞的巫事而不能自拔。《九辩》与《九歌》当为巫歌，“万舞”当为巫舞。“其祀必使巫觋作乐，歌舞以娱神”[②]，故大规模的祭神活动少不了巫的酣歌恒舞。“巫”通“舞”，在甲骨文中同为一字。巫正是因为擅长在祭神活动中载歌载舞以表演迎神降神、以表示娱神乐神而得名，巫风也正因为巫的酣歌恒舞而得以强烈表现。《尚书·伊训》即云：“恒舞于宫，酣歌于室，时谓‘巫风’。”夏启之所以如此醉心于酣歌恒舞的巫事，想必同他继其父之位而将原始社会的“公天下”变成“家天下”之后，因地位并不稳固而祈助于天神有关。当然，这也并不排除他借祭神活动的酣歌恒舞而“康娱以自纵”，但主要还是出于功利的需要。这样，原始的巫文化，则由于夏人醉心于巫事而进入一个新的发展阶段。

灭夏而改朝换代的殷人，在尊神事鬼方面似乎比夏王朝有过之而无不及。《礼记·表记》说：“殷人尊神，率民以事神，先鬼而后礼，先罚而后赏，尊而不亲。”出土的殷商甲骨至今已达15万片以上，其文字几乎全是求神问卜的卜辞。由此可知，殷人的祭祀内容十分丰富，祭祀方

① 《山海经·大荒西经》。

② 朱熹：《楚辞集注》。

法也多种多样，祭祀礼仪则系统化和规范化了。与祭祀仪式密不可分的乐舞，在商代空前繁荣，文献记载，“汤乃命伊尹作为《大护》，歌《晨露》，修《九招》《六列》”[①]，纣王“使师涓作新淫声，北里之舞，靡靡之乐”[②]。商代用于祭祀的青铜礼器，多以诡异的饕餮纹、夔龙纹为装饰，带有神秘的宗教意味和巫文化色彩。由于商朝的王事多为巫事，君主的政务也多委命于巫觋，巫觋因此而官僚化，成为朝廷的重要官员，享有崇高的地位。史籍和屈骚中盛赞的商代贤臣巫咸或彭咸[③]，就是巫官的代称。太戊时的巫咸为复兴商朝而立下大功，祖乙时的巫咸实为朝中百官之长[④]。在文字被发明后而且被较多地使用的商代，巫官又是文字的主要掌握者和使用者，其地位和作用也更显重要。《尚书·多士》说：“惟殷先人，有册有典。”中国的典册始出自商代巫官之手，他们记巫事、录神话、述历史、传天数、整理文化遗产，从而使由原始社会的巫文化发展而来的巫官文化达到了顶峰。

物壮则老，盛极必衰。建立在错误的认识和虚幻的信仰基础上的巫官文化，越发展便越脱离实际、违背科学而步入荒谬的绝境。当勤于农耕、崇尚实际的周人主宰中原之后，鉴于殷人狂热地尊神事鬼以致荒谬绝伦的教训，鉴于商王愚昧地迷信天命以致丧权亡国的教训，又由于农业文明的高度发展而使巫教的理论基础动摇、民族融合的步伐加快而使人间实际事务增多，周人乃一变殷人“先鬼而后礼”的做法，转而“尊礼尚施，事鬼敬神而远之，近人而忠焉”[⑤]，制定了一套维护人间统治秩序的礼乐制度，将祭鬼祀神作为统治国家和稳定社会的一种重要手段。于是，从前兼有史官之职的巫官，也因周王朝重视总结国家兴亡的

① 《吕氏春秋·古乐》。

② 《史记·殷本纪》。

③ 《吕氏春秋·勿躬》：“巫彭作医，巫咸作筮。”医术和卜筮都是巫的专长，可知“彭咸”即巫彭、巫咸的合称。

④ 《史记·殷本纪》：“帝祖乙立，殷复兴，巫贤任职。”巫贤即巫咸，贤、咸音同字通。

⑤ 《礼记·表记》。

历史经验而发生分化或转化。从巫官中独立出来的史官逐渐取代了巫官的地位，巫官文化也随之实现了向史官文化的过渡。经历了西周末年“高岸为谷，深谷为陵”[①]的社会大动荡之后，周人进一步认识到人之祸福的根源不在上天而在人间，其理性精神大为增强。降至社会大变革、思想大解放的春秋战国时代，中原的有识之士已“不语怪、力、乱、神”[②]，巫风在中原也衰而不振。西门豹废除“为河伯娶妇”的陋习一事，正反映了中原巫风遭到扫荡的真实状况。

对照观之，楚地在西周时代仍基本上处于巫文化阶段。春秋战国时代，楚国虽在物质文明和精神文明创造的诸多方面都有着超越中原文明的辉煌成就，但是，由于源远流长的巫文化传统的巨大影响，由于地形复杂、族居分散而造成的文化交流不便，楚人长期未能超越巫官文化，楚地也在很大程度上一直是巫风笼罩的神异世界。

楚人的巫文化传统，可以追溯到其先祖祝融。祝融也就是颛顼命其“绝地天通”的“重”和“黎”。“重”“黎”大概是两个有血缘关系的部落，亦分别为两个部落酋长的名号。两个部落因合为一个酋邦，故史籍往往合称为“重黎”。重黎又是酋邦首领名，长期担任华夏酋邦联盟的“火正”。《史记·楚世家》记述：“重黎为帝喾高辛居火正，甚有功，能光融天下，帝喾命曰祝融。”这一记述与前第三章第一节引录的《国语·郑语》的记述相合。“火正”，即“掌祭火星，行火政”[③]的司火之官。火能够带给人以光明和温暖，帮助人驱逐黑暗和野兽，使人吃上熟食和方便生产，在原始先民的生活与生产中的作用是不言而喻的，故司火之官的地位也是可想而知的。火正祝融既要仰观天文以观象授时，又要俯察地理以放火烧荒，还要主持与用火有关的一系列祭祀活动。华夏酋邦联盟举行重大活动时，必须先燎祭天地山川，而点燃柴堆并看守燎火的任务也由火正承担，故火正实际上是酋邦联盟中知识最渊博、最

① 《诗经·小雅·十月之交》。
② 《论语·述而》。
③ 《汉书·五行志》。

精通巫文化、最有资格充当人与神之媒介者。“祝”即掌管祭礼的大巫，“融”乃光明之意，“祝融”就是对尽心于巫事而有“光融天下”之功德的大巫的美称。祝融所掌握的巫文化，也就是华夏先民创造的巫文化。因此，祝融可以说是中国原始社会巫文化的代表。

至夏、商两代，祝融酋邦在中原王朝的征伐下分崩离析，被迫南徙的祝融后裔，则将华夏巫文化带到南方。在南方与荆蛮杂处的芈楚，一者出于崇拜祖先的虔诚之心而继承着巫文化，二者出于团结和巩固民族的现实需要而弘扬着巫文化，三者出于在恶劣的生活环境中产生的宗教需要而发展着巫文化。故直至西周，楚人始终以巫文化作为其主导文化，楚人的君长也一直是中国最为出色的大巫。《史记·楚世家》记述楚武王熊通说：“吾先鬻熊，文王之师也。”师即火师，也就是火正。鬻熊在亲附周文王之后，文王念其“不背本”而任以先人之职，让其在诸侯盟会时主管包括燎祭和坟烛庭燎在内的一切用火事宜。后来，周成王在“盟诸侯于岐阳”时，又让楚君熊绎“与鲜卑守燎”①，可见“从祝融到鬻熊，从鬻熊到熊绎，作为火师，是一脉相传的”②。又以周成王视“楚为荆蛮……故不与盟”③的态度来看，楚君在周人心目中尽管是出色的大巫，却不配为与诸夏平起平坐的一方诸侯，这表明固守巫文化传统的楚人也因文明程度低于华夏而备受诸夏鄙夷了。

楚国于东周成为文明大国。其国家虽然日新月异，其风习却因循守旧。楚王成了文明之邦的国君，竟仍然像当年的楚君那样亲自操巫术、行巫事。桓谭《新论》说：

> 昔楚灵王骄逸轻下，简贤务鬼，信巫祝之道，斋戒洁鲜，以祀上帝，礼群神，躬执羽绂，起舞坛前。吴人来攻，其国人告急，而灵王鼓舞自若，顾应之曰：“寡人方祭上帝，乐明神，当蒙福佑焉，

①③ 《国语·晋语》。

② 张正明.《“鬻熊为文王之师”解》辨误［J］.江汉论坛，1983（9）.

> 不敢赴救。”而吴兵遂至，俘获其太子及后，甚可伤。

春秋后期的楚灵王如此，战国后期的楚怀王竟也如此。《汉书·郊祀志》记载谷永说：

> 楚怀王隆祭祀，事鬼神，欲以获福助、却秦师，而兵挫地削，身辱国危。

楚王迷信巫祝之道，楚国的巫官便极受尊崇。楚国初立时总理国家军政和外交事务的莫敖，据考同时也主管包括王族祭祀和教育王族子弟在内的一切王族事务。其时的国家大事，首要的就是祭祀，莫敖恐怕就是因主持国之大事的祭祀而地位极高，才被顺势委以主持国家军政的。因此，莫敖实际上是以王族和国家的“总祭司”身份全权管理国家，就有如著名的殷相巫咸。后来，楚国虽因疆土日广、政务日重和战事日繁而建立了以令尹“执一国之柄”的官僚制度，但莫敖作为国家总祭司和王族总管的身份始终未变，而且间或将兵、主盟及备王征询，其地位也始终距令尹不远。楚国还有一世代为巫官的宗族观氏，深以世职为荣耀，也深为楚人所敬重。楚平王时，观从被特许自选官职，他则以“臣之先佐开卜”为由而选定“卜尹”一职。[①]楚昭王时，大巫观射父被奉为国宝第一。《国语·楚语》记楚大夫王孙圉出使晋国时答赵简子问说，“楚之所宝者”，第一是观射父，第二是“能读《三坟》《五典》《八索》《九丘》”的左史倚相，第三是“足以备林用”的“云连徒洲”（即物产丰饶的云梦古泽薮）。观射父精于巫事，也博通古今，“能作训辞，以行事于诸侯，使无以寡君为口实”；左史倚相“能道训典”，“又能上下说（悦）于鬼神，顺道其欲恶，使神无有怨痛于楚国”。由此可见，春秋末年的楚国依然是巫、史不分，仍以巫官文化为主导。

---

① 《左传·昭公十三年》。

文献中记述的楚人信巫好祠之事极多。楚人不仅隆祀祖先和大川，而且遍祀群神万物。除此之外，楚人还往往遇事必卜以消疑解难、预测吉凶。楚共王择太子，因犹疑不决而占卜；楚惠王任令尹，因人选难定而占卜；楚将帅临战，也要先卜而后战……求神问卜的巫术，起源于原始社会，盛行于商代。殷人无论事情大小都要卜问吉凶，卜后则必信无疑。周人虽也事神敬鬼，却不像殷人那样盲目地、绝对地迷信鬼神，而且占卜方法也有所不同：殷人主要采用龟甲占卜，周人则多用蓍草占筮。周人的占筮之书《易经》，已包含有许多理性思维的成果。而东周时期的楚人，却仍重龟卜，在事神敬鬼上缺乏周人的理智而可比殷人的迷狂，这表明楚巫文化与殷巫文化有一致性。楚先民在商代的相当长一段时间里居于中原南部而与殷人为邻，自然会深受高度发达的殷巫文化的影响。自南徙江汉楚蛮之地以后，芈楚便处在了相对隔绝和封闭的环境里，故受到取殷而代之的周人巫文化的影响较小，始终保持了殷代的中原巫文化传统。楚辞中多次提及商代名巫彭咸并表示出对他的莫大敬意，即说明楚人是把彭咸尊为巫觋的不祧之祖的。

巫风既然在楚国上层社会如此昌炽，那么在楚国下层社会就不言而喻了。《汉书·地理志》、《楚辞章句》和《隋书·地理志》中对楚地巫风的记述，不仅反映了当年楚国盛行巫风的状况，而且也反映了历汉至隋而一脉相传的楚地民俗。实际上，楚地的巫风从未消歇，至今仍可见其余绪。在鄂西北的南漳、谷城一带的楚人肇兴之地，民间尚遗存有巫师歌舞以请神、娱神的“端公舞”。这些巫师的舞姿和表演过程，都有似于楚人的祭祀乐歌《九歌》的描述。在鄂西南的秭归、巴东、恩施一带，民间保留有一种“跳丧”习俗：一旦有老人亡故，其邻居朋友纷纷前来，于夜间在死者灵堂中踏着鼓点酣歌恒舞，以吊亡灵而慰生者；所唱之词，除了即兴编唱的以现实生活为内容的歌辞外，另有世代传唱的以歌颂祖先和族史为主的歌辞，甚至还直接以《九歌·国殇》作为唱词。这种习俗再现了当年楚国民间的人神杂糅之俗和巫觋淫祀之风，“跳丧”的歌舞者都充当了通神之巫。其中声望最高、技艺最绝、既擂鼓击节又领唱指挥的掌鼓者，俨然就是主持仪典的大巫。在湖、湘之域和沅、湘之间，也遗留有许多招魂、求子、祛邪、治病等信巫事神的旧俗。由这些古老的巫风巫俗之“活化石”看来，是不难想见两千多年前的楚国社会盛行的巫风该是何等炽烈了。

楚国地广人稀，民居分散，境内各地区、各阶层的文化发展水平不可能一致。尽管楚国上层社会或一些平原地区已进入了阶级社会的巫官文化阶段，但楚国的下层社会或一些偏远山区恐怕在某种程度上还停留于原始社会的巫文化阶段。“先鬼而后礼”的巫文化传统和“夫人作享，家为巫史”的巫文化习俗的相互作用，形成了经久不衰地弥漫于楚国社会的巫风，使得楚人社会生活的方方面面都染上了浓重的巫文化色彩。出土的楚文物，无论是用于祭祀礼仪还是用于日常生活的物品，其纹饰或造型都大量表现神奇诡异的禽兽和缥缈游动的云气，而且又以表现龙和凤的形象为多，却不似东周的中原文物那样在造型和纹饰上较多地表现世俗生活与人物活动。这不仅仅是楚人审美趣味的反映，更重要的还是楚人宗教观念和巫术意识的体现。楚人敬鬼事神，以为生时当顺应鬼神，死后当魂归天国。凤是天神的使者，可以导人上天；龙是沟通天地的媒介，可以驮人上天；故楚人的生活中离不开凤和龙。楚墓中出土的帛画，都是以人、龙或加上凤为内容，都是以引导墓主升天为主题，可以说是楚巫文化的代表作品。在楚人的随葬品中，常有造型奇诡的镇墓兽，它充分反映了楚人的巫术心理。楚人以为将它置于墓中，就可以除祟辟邪、保护墓主不受伤害。

最为详明地反映了楚国的巫风盛行状况的文物，还是出土的帛书和简文。长沙子弹库楚墓中出土的战国帛书，是与“楚之巫书”《山海经》性质相同的巫觋读物。《山海经》主要“记海内外山川神祇异物及祭祀所宜”[①]，“楚帛书”则详叙各月出行所宜禁忌之事和敬天祀神之理，两书可谓充分而全面地反映了楚人“信巫鬼、隆淫祀”的风习。迄今出

① 鲁迅．中国小说史略［M］// 鲁迅全集：第 9 卷．北京：人民文学出版社，1981：18.

土的楚简甚多，其中有大量关于楚人卜筮祭祷的记录。如 1965 年冬发掘的湖北江陵望山一号战国中期楚墓，出土竹简上的文字主要都是墓主筮占和祭祀的记录。1978 年发掘的江陵天星观一号战国楚墓，出土竹简上关于卜筮记录的文字就计约 2700 多字。在发现的所有关于卜筮祭祷的楚简中，又以 1987 年出自湖北荆门包山和 1994 年出自河南新蔡葛陵的战国楚墓的竹简的文献价值最高。其简文对卜筮祭祷的时间、用具、原因、内容等记录得十分详尽。葛陵楚墓的墓主是与楚王关系密切、地位显赫的楚国封君——平夜君，名成。包山楚墓的墓主是与楚王同姓的贵族邵（昭）𠫤，仕于怀王为左尹。左尹是令尹的重要助手，主管司法。史籍记载楚王迷信巫道，文物证实楚国封君左尹及其他贵族也同样如此。那么，楚辞诞生的时代、楚文学发展至繁盛阶段的楚国社会风气如何，是可想而知的。

从历史上看，祝融酋邦虽然勤劳聪慧，但不得不依附华夏酋邦联盟，而且长期处于强邻的胁迫之下，因此，其巫文化相对发达，则在情理之中。其需要经常举行大规模的祭祀活动以激发和巩固酋邦成员的部族意识、增强其自强不息的信心和信念。这恐怕正是其屡遭强邻打击却始终未被彻底消灭的原因之一。当祝融后裔的楚人长期困居在江汉流域的穷山恶水之间时，也需要弘扬传统的巫文化以抗拒恶劣的自然环境和强大的中原王朝的压力。可以想象，楚人以为自己是顺应神灵的意旨并得到神灵的福佑去“筚路蓝缕，以启山林”时，其行动该是何等的义无反顾、勇往直前！不言而喻，巫文化对于楚人的生存和发展曾起过巨大的积极作用。然而，楚人入主江汉地区、建立强大的文明国家之后，依旧固守巫文化传统而不思对其扬弃和变革，这就大大落后于时代并且势必酿成悲剧了。华夏族是蛮、夷、戎、狄诸族长期在中原融合、发展而成的先进民族，故其在文化上能够取精用宏而不执一端，其原始性也就蜕化较快，其文化也较早从巫官文化中脱胎出来。相形之下，楚人是在南方以单一族群为主体而形成的，其所融合的南方诸族又多是较其文化更为落后的土著族群，加之其又有着艰难而光荣的发展历史，因此尤为怀旧念祖，传统的巫文化也深深积淀在其心底而难以摆脱。楚人一方面自觉地“抚有蛮夷”“以属诸夏”，并且在努力汲取华夏文明的过程中而使自身华夏化了；另一方面又固执地保留着自身的原始性而不能主动地、彻底地蜕变，这正反映了楚人在自身的历史发展过程中的复杂性和特殊性。尽管楚人在物质文化和精神文化创造的诸多方面都在当时的中国乃至世界独领风骚，但其信巫事神的旧习却始终不改。尤其是楚国统治者，反而利用其富足的经济和强盛的国力大兴巫风，借淫祀而狂欢，借娱神而自纵，以满足自己的虚幻追求和享乐需要。从《招魂》、《大招》和《九歌》中对楚人酣歌恒舞情景的描绘，便可知楚国巫风之烈、楚人淫祀之狂。楚国统治者既然迷信鬼神、沉醉巫风而耽于淫逸侈靡，也就必然不重人事、轻视贤能而荒废国政。当然，泱泱楚国并非缺乏明智之人和清醒之士。隐匿民间的老聃、庄周等“言道家之用”的人物，与楚王同姓的屈原、庄辛等爱国爱民的人士，都超越了传统的楚巫文化。但是，他们或者只能高蹈避世以著书立说，或者虽发出康娱自纵而国必危、淫逸侈靡而都必失的警告却无人听，甚至还被逐出国都而徒有“众人皆醉我独醒”的悲叹。“虽楚有材”[①]而楚又弃材，楚国也就未能顺应当时以移风易俗为重要内容的社会改革大潮而弃旧维新。巫风长盛，国家必衰。《吕氏春秋·侈乐》一针见血地指出了楚国衰败的原因和迹象：“楚之衰也，作为巫音。”从某种意义上说，楚巫文化是殷巫文化的延续，楚国的命运也步了殷商王朝的后尘。

第二节　巫风陶冶下的楚文学

大凡事物往往是有所毁又必有所成。巫风盛行对于楚国的社会进步诚为悲事，但对于楚国文学艺术的发展则又不能不说是幸事。这是因为巫文化是一种神话—仪式的文化体系，是混融了宗教、历史、文学、艺

① 《左传·襄公二十六年》。

术以及科学等原始社会乃至文明社会初期的所有精神文化形态的综合体，而作为文学之萌芽的神话和文学之源头的乐歌又在其中占有相当大的比重，故巫风越是盛行，巫文化越是发达，文学艺术也越是成熟。甚至可以说，巫文化就是文学艺术的母体。楚文学之所以形成了独特的风貌和达到了高度的成就，正是与巫文化的孕育、与巫风的催化分不开的。

首先，大盛于江汉、沅湘之域的巫歌巫舞、巫音巫调，不仅造成了楚文学创作大繁荣的局面，而且直接催发了楚辞的产生，影响了楚文学特征的形成。

巫歌本身就是诗歌，巫歌演唱的兴隆即意味着诗歌创作的繁荣。巫事活动的频繁和巫事规模的扩大，使得楚人不仅将古今内外、东西南北的乐歌都搜集起来和保存下来用于演唱，而且还在此基础上大造新歌，这便有利于楚歌创作通过借鉴不同时期、不同地区的诗歌创作经验而日益繁荣和不断提高。楚辞是楚人在全面融会南北诗歌艺术的基础上熔冶而成的伟大创造，但它又正是为巫歌创作所催生并且在很大程度上是脱胎于民间巫歌的新诗体。

《九歌》其名源自夏代巫歌，其内容也述巫者、记巫事。它虽然是屈原在民间祭神乐歌基础上的修改之作，但屈原改作《九歌》绝非用以自娱，仍是为了祭神的需要而有意改作。屈原修改而成的《九歌》，变其鄙俚为文雅，改其粗俗为优美，却并未改变其基本内容和基本形式。因此，《九歌》本于巫歌又用为巫歌，是巫歌发展到最高阶段的产物。它既是巫歌的代表作，又成为楚辞的重要作品。

《招魂》和《大招》都沿用于民间“招魂词”的形式，而且其创作目的也是用于“室家遂宗”的追悼仪式和巫觋作法的歌舞演唱，其性质同于《九歌》。《九辩》的性质虽已不同于《九歌》这样的祭神乐歌，而是个人抒怀言情之作，但它既然沿用夏代巫歌的旧名，也不能说与巫歌毫无关系。这种关系也就在于它的诗体形式和结构方式都脱胎于巫歌。同样如此，《九章》虽然看似与巫歌无缘，但实际上也为借鉴巫歌的创新之作。其诗中往往间以“少歌”词和“倡”词，又以“乱”词结束，这正是先秦大型乐歌的结构方式，而先秦大型乐歌主要就是祭祀乐歌。

《离骚》是“发愤以抒情”的名篇，却充分运用了巫歌的表现形式和表达方式。屈原在忧愁幽思而赋此诗时，幻想超越黑暗现实而往光明的天国去陈述其忠贞爱国之情、表白其赤诚报国之志，乃将自己想象成可以驾龙升天、随风见神的神巫，因此，诗中描绘主人公的降世、卜名、修身、陈辞、神游、贞问等，都是巫事巫语；全诗也是以巫事活动为转折、随巫事活动而展开的。《离骚》绝非巫歌，但它却是巫歌的升华，是借鉴于巫歌又超越了巫歌的楚辞代表作。

《天问》的一问到底、只问不答的形式，乍看起来与巫歌形式迥然有别，但它与巫风却并非无缘。出土的殷商甲骨卜辞中，就有连发数问、一问到底的贞问之辞。出土的楚人卜筮记录的简文中，也有一连贞问数事的命辞。这样传统的和普遍的贞问方式，势必影响到楚文学的创作。《庄子·天运》开篇连发数问的问难方式，与《天问》同出一辙。楚文学中的这种问难方式，显然为卜筮的贞问方式的大胆借鉴和创造性运用。

楚辞在句式和体制上的鲜明特征，很大程度上是直接受到巫歌影响所致。楚辞与巫歌在句式上没有很大的差别，《九歌》句式即反映了民间巫歌的原貌，只不过因为屈原的修改加工而使之典型化了；《离骚》《九章》《九辩》的句式，也是在巫歌的典型句式基础上的变化和发展。楚辞的篇幅宏大，则与巫事活动的规模巨大有直接联系。楚人的祭祀活动“隆”而至于“淫”，酣歌恒舞，夜以继日；就是前面叙及的巫风余绪的“端公舞”和“跳丧”，也都是通宵达旦地歌舞不绝；因此，巫歌的内容就要求丰富，唱词就要求繁多，以致巫歌或为《九歌》这样的成组之体，或成《招魂》这样的长篇之制。模仿巫歌或受其影响而成的楚辞作品，当然就不会是像《诗经》和一般的楚地民歌那样的寥寥短章，而是多为前所未有的鸿篇巨制。

楚散文的产生和发展也与巫事巫语、巫歌巫音有着直接或间接的关系。我国散文的发展，本始于巫觋记事。当中原出现了史官著述的历史散文时，楚地依然盛行巫觋记事，而且巫、史长期不分，文献中提及的楚国史书《梼杌》恐怕就是出自巫官之手，战国时代仍产生有包罗万象的巫书《山海经》。《老子》是诗化散文著作，《文子》《庄子》《黄帝书》《鹖冠子》等也都杂用大量韵文，这种较中原散文更为鲜明突出的诗歌化、音乐化的特征，或多或少就是受到楚地巫风的陶冶所致。

其次，大盛于楚国社会的巫风，使得沉浸其中的楚人的艺术情思自然而然地受到激发，审美意识也因此不断增强，从而导致了楚文学精美富丽、惊采绝艳特色的形成。

在祭神祀鬼的活动中，祭者为了表示对鬼神的仰慕之情和虔诚之心，为了取得鬼神的欢悦和求得鬼神的福佑，所用的祭器是最精美的，所献的祭品也是最精美的；巫觋为了请得幻想中全智全能的神灵的降临，为了妆扮成幻想中至善至美的神灵形象，所穿戴的服饰和所使用的法器都是最华美的，所颂神的言辞和所表演的歌舞则都是最优美的；因此，这样的祭祀活动表面上是对鬼神的美化，实质上却是对于人及其生活的美化。它全面地体现了人的审美追求，综合地展示了人的艺术创造。出土的楚文物中，制作最为精致、造型最为奇美、纹饰最为繁富、色彩最为绚丽，而且最令人为其艺术想象力和艺术表现力而叫绝的器物，大多都带有巫教的涵义和巫术的功能。前面说到的曾侯乙尊盘，被视为古代青铜器造型艺术的杰作和神品，但它并不是一件纯供赏玩的艺术品，而是一件用于祭祀礼仪中的礼器。它的通体上下，且不计透空附饰的那些无法数清的变形小龙，仅计那些攀附的雕龙，尊体上就有 28 条龙和 32 条螭，盘体上则有 56 条龙和 48 条螭。如此繁缛富丽的龙形装饰，正是制作者和使用者渴望通天近神的巫教意识和巫术心理的充分反映。辟邪、镇墓兽和虎座立凤是形形色色的楚国漆木器中最为奇诡艳丽的作品。镇墓兽的巫术功能已如前所述。辟邪是迄今所知最早的根雕艺术品，其匠心独运且有化腐朽为神奇的艺术效果，而其巫术功能也犹如其名。虎座立凤雄健而英武，其龙凤共身的艺术造型、缤纷绚丽的五彩纹饰都令人叹为观止，而其巫术功能则在于引魂升天。显而易见，巫风盛行的楚国社会环境，诚然就是具有浓烈艺术氛围的社会环境。随着巫事增多、巫教发展，楚人的审美能力就越来越强，楚人的审美追求也越来越高，楚人的巫事活动则越来越艺术化。一方面，楚人从巫事活动中日益获得更多的审美快感；另一方面，楚人又因巫事活动能够满足其审美需要而大振巫风。这样，楚人的审美观念和审美趣味也由此而体现并因此而发展。

祭祀仪式中包容的文学艺术——诗歌，同其所包容的乐舞、绘画、雕塑等艺术一样，伴随着楚人艺术情思的不断被激发和审美意识的日益增强而迅速发展，于是，楚歌的文辞越来越缤纷绚丽，楚歌的内容越来越丰富复杂，楚歌的表现手法也越来越多种多样了。当具有高度理性精神的屈原逢时而生并发愤抒情时，他便有条件充分借鉴楚歌的艺术形式和艺术手法来言志达意，从而将楚歌创造性地发展为高度成熟的文学形态——楚辞。源于楚歌又高于楚歌的楚辞，不仅保持了楚歌的精美富丽之特色，而且因集中表现楚人的审美趣味和审美风尚而更显惊采绝艳。

楚散文的这一特色尽管不像楚辞那么突出，但其语句的雕饰和辞藻的华美依然十分明显，令中原散文无与伦比。

再次，经久不衰的巫风，培养了楚人强烈而炽热的感情，从而影响到楚文学的浓重而强烈的抒情特性的形成。

祭祀仪式本身，就是一种充分表达感情的活动。祭者为了祈求神灵的赐福，为了感激神灵的保佑，为了表达对神灵的依恋，在整个活动中都尽其所能地倾诉和宣泄自己的感情，始终如一地经历着忘我的、迷狂的感情体验。充当人神媒介的巫觋，在宣讲神话和表演歌舞时，更是进入了不能自制的情感倾泄状态。“神话是情感的产物”[①]，乐舞则更是情感的直接外化和形象表现，正所谓“情动于中而形于言，言之不足故嗟叹之，嗟叹之不足故永歌之，永歌之不足，不知手之舞之、足之蹈之也”[②]。长期沉浸于巫事活动、醉心于酣歌恒舞的楚人，自然而然地

① 卡西尔．人论［M］．上海：上海译文出版社，1985：105.

② 《毛诗序》。

容易涌起奔腾的感情波涛，激发出狂放的意绪潮流，并且形成其感情丰富而炽烈的性格特征。前面已论述过地理环境对楚人这一性格特征之形成的巨大影响，而楚人这一性格特征的形成正是多种因素交合作用的结果，促成其形成的多种因素又是相互联系着的。巫风之所以在楚地长盛不衰，也正是与其特殊的地理环境分不开的。

“情动于中而形于言。”感情丰富而炽烈的楚人，也就有着强烈的创作欲望和创作热情。楚人创作的文学作品，也都充分而直率地抒写至情至性，表达真情实感，显示出抒情性尤强的特征。源于楚歌又高于楚歌的楚辞，不仅承继了以往楚歌的抒情传统，而且将楚歌的抒情特性升华到了前所未有的高度。就是在本该冷静地说理论道的楚国诸子散文中，作者也往往不可自制地将情感直接诉诸于文字、将自我性灵直接表现于篇章，因而同样具有鲜明突出的抒情性。

最后，源远流长的巫文化传统，熏陶了楚人的浪漫气质，从而影响到楚文学熔铸神话、驰骋想象的浪漫特质的形成。

巫风盛行的楚国社会，也形成为充满奇异想象的神话世界。活跃在楚国社会里的巫觋，既是神话的整理者，又是神话的传播者。他们在祭礼中对神灵的颂扬之辞是神话，他们在巫事中对天地万物的解释之语是神话，他们在仪式中的歌舞表演还是神话。诚如乌格里诺维奇在《艺术与宗教》中所说：“仪式活动仿佛再现神话中的事件和形象，从而把它们移入现实。”由于楚人有着悠久的巫文化传统，我国的远古神话也得以在楚地长期保存和广泛流传；由于楚国有着长盛的巫风，我国的南北神话又得以在楚地有所整合与光大。这些保存在楚地、传承于楚人的丰富多彩的神话，也就成了楚文学的武库和土壤、成了楚文学产生和发展的前提和基础。产生于楚地、作成于楚人的文学作品，就不可避免地会采用和熔铸神话，也自然而然地会因袭和借鉴神话那逞神思以驰玄想的思维方式和笼天地而挫万物的表现方式，因而形成其浪漫特质。

中编

神　话

第一章　先秦神话的起源和流变

“古代各民族是在想象中、在神话中经历了自己的史前时期”①，因此，神话是人类文化的序曲和民族文化的源头。世界上的任何古老民族，都经历了早期对自然和社会的感性认识和幼稚幻想阶段，也都有着自己的史前文化之结晶——神话。而神话的发育状况和繁荣程度如何，又显示出民族文化的史前水平和预示了民族文化的历史发展。我国是世界文明的发祥地之一，有着悠久的历史和灿烂的文化，在漫长的原始社会时期曾产生了丰富多彩而奇伟瑰丽的神话。

神话是处于史前时代的人类对世界幼稚而天真的幻想故事，也是人类历史上用语言描述现实生活的最早作品。在这个意义上，神话可以称之为文学前的“文学”。

如上编所述，流播于楚地又汇成于楚人的我国远古神话，既是楚文学得以产生的基础和发展的前提，又是楚文学赖以萌发的土壤和繁荣的武库。考察先秦楚文学的渊源流变，也就必须着重考察先秦神话的起源和演变。

第一节　中原神话的兴衰

在我国的原始社会后期，中原的生产力发展水平和社会进步程度就逐渐高于其他地区。因此，中原先民有着优越的神话创作条件，并且随着神话需求的日益增大而激发出高涨的创作热情，神话也就首先繁荣在

① 马克思 .《黑格尔法哲学批判》导言［M］// 马克思恩格斯选集：第 1 卷 .3 版 . 北京：人民出版社，2012：7.

中原。

神话具体从何时在中原产生，这当然是无法确知的。但就距今3万年左右的山顶洞人遗骸周围撒有的赤铁矿红色粉末及各种随葬品来看[①]，中原先民在旧石器时代晚期已经形成了宗教观念。神话是宗教的精神内核，我国神话最晚也应在这个时期就已产生了。整个新石器时代，是中原神话日趋繁荣的时期。新石器时代中期的仰韶文化墓葬的种种葬俗表明，其时中原先民已经有了比较复杂的宗教信仰和献祭方式，与之相关的神话自然也是丰富多彩的。特别令人惊奇的是，1987年在河南濮阳的仰韶文化遗址中，发现了一条用蚌壳精心摆塑而成的，犹似遨游于海、飞腾于空的龙。龙本身就是神话思维的产物，是神话中的虚幻形象。龙这一集合多种动物特征而幻化成的可以上天凌云、下地潜水的神物的出现，反映出天地万物已全被神话化了，神话也因而发展到高级阶段。在中原以北的辽西山区，发现了与仰韶文化大致同时的大型祭坛、女神庙和积石冢遗存，其布局和性质竟然与北京的天坛、太庙和十三陵相似。举行大型祭祀活动需要以大量的、丰富的神话传说为内容，这些宗教遗存的发现不仅表明神话在中国北部早已产生并相当繁盛，而且也可以映衬出中原的神话发展水平。在新石器时代晚期的龙山文化遗址中已经可以见到大量的占卜甲骨，这表明作为原始文化的代表、在社会上有着特殊地位的专职巫觋已经普遍出现了。巫觋的出现标志着神话的发展跃上了新的台阶。原始先民口头的、集体创作的神话，经由博通原始文化的巫觋综合与整理得以提高，又经由能歌善舞的巫觋传述而得以普及，这便大大促进了神话的发展。

跨入文明的门槛未久的中原，其原始社会的性质虽然改变了，但原始社会的神话却并未随之消亡。神话是原始社会的意识形态，一经产生就自有其发展的相对独立性。在巫官文化占主导地位的夏、商两代，经

① 据20世纪90年代的测年结果，山顶洞人的生活年代并不是原测定的1.8万年以前，而应是2.7万年左右，而且山顶洞下窨底部的年代则早在3.4万年左右。见《新华文摘》1993年第2期。

过原始社会数万年积累和发展起来的神话，随着巫风的久盛不衰和宗教活动的频繁化和大型化，进一步得到综合整理和广泛传播，同时也有了相当程度的丰富和发展。自文字被发明和被用于记事之后，它便逐渐主要为巫觋所掌握而成了巫觋记事的工具。巫觋所记的巫事内容，其大量的就是神话，神话也因此得以保存下来。“殷人尊神，率民以事神”[①]，在尊神事鬼方面狂热到了无以复加的地步，神话的使用和传述、整理和记录也因此在商代形成高潮。出土的商代甲骨卜辞，所记录的殷人崇拜的神鬼甚多，既有上帝、太阳、东母、西母、四方风神等天神，又有山、岳、河、川、土等地祇，还有季、王亥、王恒等祖先神，可知当时关于这些鬼神的故事自然是非常丰富的。据文献记载，商代已经“有册有典”了。这些典册想必大都出自巫官之手，其内容恐怕也多为神话。神话属于巫文化系统，由原始社会的巫文化发展而成的巫官文化在商代趋于鼎盛，由原始社会承袭而来的神话无疑也在商代发展到了顶峰。

周兴商亡改朝换代之后，神话在中原的命运就由峰巅逐渐跌至谷底了。神话作为原始人的世界观，是适应原始社会生产力发展水平而产生的。当经历了夏、商两代文明社会的历史发展之后，生产力已经有了大不同于原始社会的高度发展，非科学地反映客观世界的神话世界观也就越来越显示出它的原始性和荒谬性，因此，神话世界观逐渐由成熟起来的哲学世界观所取代，这是历史发展的必然趋势。殷人始终用神话世界观指导社会实践，导致上层建筑与经济基础的严重脱离，最后在笃信鬼神而不任人事中灭亡。周人成为中原之主以后，“宜鉴于殷”[②]而大刀阔斧地进行了宗教思想的改革，一反殷人的传统，采取了“事鬼敬神而远之”[③]的态度。远鬼神即意味着并不十分相信鬼神，不相信鬼神当然也不重视神话。于是，神话在周代便遭到了冷落，由此而逐渐散亡也就在所难免。殷人记录神话的典册既未能流传下来，又不见周人在其典籍中

① 《礼记·表记》。
② 《诗经·大雅·文王》。
③ 《礼记·表记》。

有所引述，恐怕就与周人漠视神话有关。鲁迅在《中国小说史略》中，就神话在中原“散亡”而“仅存零星者”的原因，引述了“说者”所谓之“二故”：

一者华土之民，先居黄河流域，颇乏天惠，其生也勤，故重实际而黜玄想，不更能集古传以成大文。二者孔子出，以修身齐家治国平天下等实用为教，不欲言鬼神，太古荒唐之说，俱为儒者所不道，故其后不特无所光大，而又有散亡。

此说向来被许多学者视为经典之论而予以叙录和发挥，但此说尚有可商榷和补充之处。一者，先居黄河中下游的华土之民并非“颇乏天惠”，相反是颇得天惠，相对说来其地“自然界底情形并不佳”[①]而谋生艰苦则是秦汉以后的事。倘若真是如此，也就不会黜玄想而亡古传了，只会是产生和保存更多的幻想抗拒和征服恶劣的自然界的神话，茅盾曾在《神话研究》中举北欧酷寒而多神话之例以证此说不当。二者，神话在中原的散亡，也并非“孔子出”之后，而是始自周人主宰中原之时，孔子只是作为周文化的代表而在新的时代和新的高度上鲜明突出地表达了周人对神话的一贯态度。实际上，周人取商而代之以后，出于巩固王权的需要而顺应历史发展的潮流，一方面冷落神话而造成了神话的逐渐散亡，一方面又对神话作了取其所需、适其所用的改造而造成了神话的逐渐变异。周人并非不重视祭祀鬼神，但祭鬼祀神主要是为了巩固王权；周人并非完全不述神话，但说神道鬼主要是为了论证人事。既然如此，周人对神话也势必会作历史化、理性化的改造。尽管神话在周代以前的长期传承过程中，也必然会随着社会发展而有历史化、理性化的变异，但这种变异并非是把神话当作真实的人们的有意所为，故不会较多地改

① 鲁迅．中国小说的历史的变迁［M］// 鲁迅全集：第 9 卷．北京：人民文学出版社，1981：303.

变神话的原貌。然而，周人对神话的改造却是有意所为，故经其改造后的神话往往就较多地、甚至完全地改变了原貌。降至理性精神高扬的春秋战国时代，中原诸子便不愿语及“怪、力、乱、神”了，出自他们笔下的神话就多为篡改之辞。

两周是理性觉醒的时代，中原长期形成的极为丰富的神话，却被理性主义的大潮冲洗得所剩无几，零星见于先秦中原文献的神话资料又变异颇大。这虽然是中原历史发展的必然结果，却也不能不令后人为之深感惋惜。

不过，又令后人深感欣慰的是，由于先秦时期南北历史文化的进程不一致，中原神话有幸大量地流传到了南方，并且与南方神话融汇整合而有所光大，最终又由楚人“集古传以成大文”，使得我国神话得以成为有益于后世的宝贵文化遗产。

第二节 楚地神话的源流

据考古资料追溯，长江中游楚地的神话在新石器时代中期已发展到相当程度。其时江汉地区北部主要为仰韶文化覆盖区，南部主要为大溪文化覆盖区。在大溪文化遗址中，可以看出其独特的埋葬制度和习俗，由此反映出其时的人们已经有了较强的宗教观念和宗教信仰。大溪文化墓葬中，大都有随葬品，而且玉、石、骨、蚌、玦、环、珠、璜、镯、璧等玉石装饰品较为丰富。死者头向多朝南和朝东。以大量物品随死者埋葬，大概是为了让死者在冥冥世界享受安乐生活；以精美的装饰品佩戴在死者身上，大概是表示对死者的敬爱；将死者头南足北地埋葬，大概是意在让死者鬼魂沿着氏族迁徙路线返回祖先故居之地。由此可见，当时的楚地先民的灵魂不死观念和鬼魂崇拜的信仰是较强的，与之相关的鬼魂游移、阴间生活、氏族源流的神话，想必也是比较丰富的。将大溪文化与仰韶文化比较，前者在总体发展水平上明显地落后于后者。可是，两者又明显地存在着相互交流和影响的因素，这在器物的形制和风格上反映得十分清楚。物质文化既然如此，精神文化更当如此。南北两地神话的互相传播和交融也势在必然。

继大溪文化之后因承演变的长江中游楚地新石器时代文化，为屈家岭文化和石家河文化，其年代与原始社会末期的中原龙山文化大体相当。大溪文化遗存中发现有象征男性生殖器的玉石祖形器，屈家岭文化遗存中则有象征男性生殖器的巨型陶祖，这不仅反映了当时楚地先民的生殖崇拜观念，而且也反映了其对男性祖先的崇拜观念。祖先崇拜是在图腾崇拜、鬼魂崇拜的基础上发展起来的，是宗教观念发展到高级阶段的产物。祖先崇拜形成之后，祭祀仪式也相应地复杂化和大型化了，与氏族历史和祖先神有关的神话也相应地丰富化和系统化了。这类神话无论在内容和规模上，还是在结构和体制上，都是与自然崇拜、图腾崇拜和鬼魂崇拜相关的神话所不可比拟的，神话也因此而发展至较高级阶段。中原仰韶文化遗存中也发现有石祖和陶祖，龙山文化遗存中所见祖形器更多，从而可知南北两地氏族社会的历史发展及其导致的神话发展进程大体一致。可是，两地神话的发展水平就显然不能等量齐观了。古史传说中的炎帝、黄帝、少昊、颛顼、帝喾等众多祖先神及其故事，基本上都是中原神话。就文化发展的总体水平比较，石家河文化也逊于晚期龙山文化。

原始社会末期，南北部族的冲突加剧，南北文化的交流也频繁。江汉地区的屈家岭文化和石家河文化，就含有许多中原文化的因素，尤其是石家河文化晚期遗存中含有大量龙山文化因素。由此可知，当时的南北神话也较多地互相传播和互相交融了。但是，由于当时历史发展的大势是蚩尤不敌黄帝、三苗败于尧舜禹的南弱北强，故神话发展的大势也主要表现为北方神话向南方的大量传播和对南方神话的吸收整合。

夏、商两代，随着中原王朝的政治、军事势力南下，中原文化也逐渐成为长江中下游的主导文化。今湖北、湖南、安徽、江西等区域都发现有殷商文化遗址。湖北黄陂盘龙城遗址，是商代前期的封国都邑遗址，是商王朝在南土的政治、经济、军事和文化中心，也是商王朝在南方最为重要的文化辐射场。盘龙城的商代墓葬中，出土了大批青铜礼器，由此可知中原神话也随殷人在南方举行宗教活动的需要而大量传播到了长江中下游。由于中原文化的强烈冲击和强制覆盖，也由于中原文化的进步影响和文明泽被，长江中下游原有的自成系统的土著文化的发展便受到了遏制，并且逐渐衰落下去。先秦文献中关于楚地土著氏族的记载不多，他们的神话恐怕也大都随着氏族的解体而散亡了。

中原神话的南播，还因为有从中原南徙的氏族或部落将神话带到了江汉地区。这其中最为重要的南徙部族，就是祝融后裔的芈姓支族。如上编所述，楚人先祖祝融曾为华夏酋邦联盟中的大巫，当博通中原神话。夏商时代，楚人先民仍在相当长的时期里居于中原，也当熟知中原神话。降至西周，当周人以理性精神在中原移风易俗时，楚人则由于“辟在荆山”而所受影响不大。非但如此，楚人因在穷乡僻壤、险山恶水之中需要激发自身力量去“以启山林”，因在异族压境、北人攻伐之中需要巩固部族团结来自强不息，反而进一步弘扬了巫文化传统，故不仅保留了神话，而且丰富了神话。可想而知，那在神话传说中曾“光融天下”而被楚人引为骄傲和自豪的祖先神祝融的故事，当给予过楚人团结一心以发愤图强的巨大鼓舞。由此，也就不难理解春秋时与楚同姓的夔国不祀祖先神祝融而令楚人勃然大怒、欲灭之而后快的行为了。整个春秋战国时代，巫风在楚地长盛不衰，神话也在楚地久传不绝。于是，中国神话的发展，继殷商之后又在南方楚地形成了一个高潮。这个发展高潮，主要表现为南北神话的荟萃与整合，也即所谓的中国神话“帝系”化。神话“帝系”化过程，就是祖先神故事的综合化、混融化和历史化的过程。这一过程始自原始社会父系氏族公社阶段的祖先崇拜形成之后，在夏、商、西周三代文明社会里得以加快实现，基本完成于春秋战国时代。楚人在传承和整理神话的过程中，对于神话“帝系”化的完成起了相当大的作用。之所以如此并且能够如此，则又是与其时的天下大一统和民族大融合的潮流、与楚人和华夏的认同、与楚人受中原理性精神和历史意识的影响分不开的。

在楚地巫风盛行的社会环境中，主持巫事的巫觋便致力于搜求和汇集、记录和整理神话；在楚地神话流播的奇异世界里，说理抒情的文士也自然而然地引述和利用、熔铸和藻饰神话。因此，楚地的巫觋之书、哲人之文、骚人之诗，都或多或少地保存了神话资料。另外，在出土的楚文物中，可见大量根据神话而描绘的鬼神形象，它们都是印证楚文献叙录的神话的珍贵资料。

楚人在中国文明已有了一千多年的历史发展之后，甚至是在自身的文明历史也有了数百年之后，依然大兴巫风、大谈鬼神，诚然是不识时务之举。但是，先秦南北两地极为丰富的神话，却因此而得益于楚人的口头所传和笔下所录，才不至于散亡殆尽。楚人保存的神话，虽然远远不及先秦神话的当有之数，却涵容了先秦神话的精华，从而使后人能够透过神话这一历史的影子，窥知中国先民的社会发展、文化面貌和精神世界，了解中国文学的孕育过程和萌芽形态。这一特殊而巨大的历史贡献，无疑是当年沉浸于巫风、陶醉于神话的楚人所万万不曾料及的。

第二章　叙录神话的楚文学作品

叙录神话较多的先秦以及西汉前期的古籍，大都产生于楚地。

自楚国在春秋时代兴盛之后，产生于楚地的著作便日益增多。其中凡是篇幅较长而体制较巨者，又几乎无不叙及神话。除了迄今所能见到的保存有神话资料的楚文献以外，还有一些叙录神话十分丰富的楚文献未能流传下来。如春秋时的楚国史书《梼杌》，显然就是一部大量叙录神话的著作。《孟子·离娄下》说："晋之《乘》，楚之《梼杌》，鲁之《春秋》，一也。"据此可知，《梼杌》是与传世的《春秋》一样的史书。可是，梼杌本为神兽名。《国语·周语》记述："商之兴也，梼杌次于丕山；其亡也，夷羊在牧。"以神兽梼杌为史书之名，足见此书并不完全同于《春秋》这样只记人事的编年体史书。楚国的巫、史长期不分，史书也出自巫官之手，而楚国巫官极为看重前代典籍。《左传·昭公十二年》记载楚国的史官兼巫官倚相所"能读"的《三坟》《五典》，都是文献中提到的我国最古老的典籍，所谓"伏羲、神农、黄帝之书谓之'三坟'，言大道也；少昊、颛顼、高辛、唐、虞之书谓之'五典'，言常道也"[①]。当然，说这两部书作于传说中的三皇五帝时代，诚然不可信，但若说它们记述了有关三皇五帝的神话传说，则很有可能。倚相"能读"它们，不仅说明倚相不以文辞古奥为难，也说明倚相十分重视它们。先秦文献除了记述倚相"能读"它们之外，再未言及别国史官也有"能读"它们者，看来这并非就是别国史官的才学皆不及倚相，而更主要的还是中原列国的史官对它们的重视程度不及倚相，或许它们也被中原儒者视为"太古荒唐之说"而不屑一顾吧。倚相重视它们，反映了

① 《左传·昭公十二年》孔颖达疏引孔安国《尚书序》。

楚人对神话的重视。由此推测，楚国的这部史书《梼杌》，大概也仿效“三坟五典”而叙录了大量的神话传说特别是关于楚人祖先神的传说故事。恐怕正是如此，它才被秦汉间儒生所摈弃而不传。《梼杌》的失传，有同于“三坟五典”等古书的失传一样，是中国先秦神话和文化遗产的较大损失。

考察先秦神话，当然只有以现存的叙录先秦神话的文献为据。叙录了先秦神话的楚文献主要有《山海经》、《庄子》、屈骚、宋赋、《淮南子》，以及出土的“楚帛书”，它们都是楚文学史上的重要或比较重要的作品，分别产生于楚文学史的繁盛期和嬗变期。

第一节 《山海经》

《山海经》是一部楚之巫书，是保存先秦神话资料最为丰富的文献。

今本《山海经》十八卷，分为《山经》五卷和《海经》十三卷两大类。《山经》多记山川、动物、植物、矿产、祀神仪式及用物等，同时也兼记鬼神（如描述山神的形貌、法力和司职）；《海经》则叙录了丰富的神话，并且记述了海外诸国的奇人异物等。全书“总共虽然只有31000多字，却是包罗万象。除神话传说外，还涉及到地理、历史、宗教、民俗、历象、动物、植物、矿产、医药、人类学、民族学、地质学……”[①]，简直可以说是上古先民的百科知识总汇，有着很高的文化史料价值。

正是如此，历来对《山海经》的性质及其作者、产生年代等问题的歧见甚多，至20世纪80年代以前仍莫衷一是。西汉刘歆最早整理此书，他在《上〈山海经〉表》中说：“《山海经》者，出于唐、虞之际。……禹别九州，任土作贡，而益等类物善恶，著《山海经》。”嗣后，此说

① 袁珂.《山海经》神话与楚文化［M］// 巫风与神话. 长沙：湖南文艺出版社，1988：1.

便成为影响最大的传统看法，古人多因此说而认为《山海经》是夏禹及伯益所作的“主名山川，定其秩祀，量其道里，类别草木鸟兽”[①]的地理著作。《汉书·艺文志》不因刘说，将《山海经》列为形法家之首，可《隋书·经籍志》《旧唐书·经籍志》《唐书·艺文志》等又都将它列入地理著作类。晋代的郭璞、明代的杨慎和王崇庆、清代的毕沅和郝懿行等人注疏《山海经》，大抵都本刘说。近代以来，学者虽然已不相信《山海经》为夏禹、伯益之作，但认为它是古代地理著作者却大有人在。1979 年版《辞海》“山海经”条，即断它为“古代地理著作”。不过，古时也有人意识到它主要是述神语怪之作。《四库全书》因此而将它列入小说家类，并且在《总目提要》中评述说：“书中述山水，多参以神怪。……然道里山川，率难考据，案以耳目所极，百不一真，诸家并以为地理书之冠，亦为未允。核实定名，实则小说之最古者尔。”古代中国的图书分类尚无“神话”类别，记述鬼神故事皆入小说家类。《四库全书》的编者如此论定，已对《山海经》的性质有了较正确的认识。

在历史上最先正确指明《山海经》性质者，是现代文豪鲁迅，他在《中国小说史略》中发语警人：

> 中国之神话与传说，今尚无集录为专书者，仅散见于古籍，而《山海经》中特多。《山海经》今所传本十八卷，记海内外山川神祇异物及祭祀所宜，以为禹、益作者固非，而谓因《楚辞》而造者亦未是；所载祠神之物多用糈（精米），与巫术合，盖古之巫书也，然秦汉人亦有增益。

鲁迅的真知灼见启发了当代学者，推动了《山海经》研究。当代致力于《山海经》研究而成就卓著的神话专家袁珂，就深以鲁迅之说为“平情之论”，并且着重从楚国盛行巫风、书中用语有楚方言、书中所述神话

① 毕沅：《〈山海经〉新校正序》。

多与楚辞的叙录相合、书中多记楚人的祖先神等方面的事实详加论证后指出：

> 总的说来，《山海经》的著作时代，是从战国初年到汉代初年，著作地方是战国时代的楚国和汉代初年的楚地，作者是楚国和楚地的人。[①]

20 世纪 80 年代以来，许多学者在博征文献的基础上，又结合出土的大量楚文物丛证细辨，充分证实了《山海经》是一部楚地的“巫以记神事”之书。

巫觋主持祭祀活动及施行巫术，都以神话作为根据，西方著名文化人类学家马林诺夫斯基在《巫术·科学·宗教与神话》中指出，“在任何时候，神话都是巫术真理的保状，是巫术团体的谱系，是巫术权利（说它为真实可靠的权利）的大宪章”，“宗教的信仰与能力，也是要神话的叙述来追溯到本源上去的”。因此，巫觋记事，主要就是记述神话。《山海经》中的主要内容即神话，这些神话或为所祭各种鬼神的有关故事，或为所施各种巫术的有关解释，或为巫觋家族的有关传说，如此等等，五花八门而丰富多彩。《山海经》中所记述的其他内容，也多与巫觋的职事密切相关。上古先民遍祀天地山川和诸方神祇，巫觋就必须熟知各地山川之名及其方位，故《山海经》中广记天下的山川地理；祠神需用祭物，治病需用药物，卜筮与作法也需用有关器物，巫觋就必须熟知各地的动、植物及物产，故《山海经》广记天下的动植物及物产；讲述神话需要描述鬼神形象，巫觋就必须熟知天地四方的神祇之貌和神兽之状，故《山海经》不仅详叙神灵鬼怪和神禽异兽形象，还辅之以图画给人以直观印象[②]。再说，楚地巫觋在当时实际上是掌握了丰富文化知

---

① 袁珂：《神话论文集·〈山海经〉写作的时地及篇目考》。

② 《山海经》古有图，但已失传。今所见“山海经图”，乃后人补画的。

识的学者，他们负有向世人解答天地万物各种问题的责任和义务。故他们的记事之作《山海经》，也有意识地记录了所能获知的一切传闻和知识，以便能够将其备在身边随时参考，《山海经》因而成了当时包罗万象的百科知识全书。

据袁珂考证，《山海经》“除了《海内经》四篇是成于汉代初年以外，其余都成于战国时代”[1]，成书的时间长达数百年。不过，《山海经》中多述黄帝等五帝故事，多记楚地之外事物，则表明它基本上是战国中晚期的产物，反映了楚人与华夏认同并且形成了“一天下”观念后的意识。它是在历代先民的口头传承或巫觋的文字记述的基础上成书的，是东西南北神话传说的综合与汇集。

中国散文的发展，始于巫觋记事。商代的甲骨卜辞，是今日所知的散文开端。西周初年，已出现了系统的巫觋记事之作《周易》。三万余言的《山海经》，则可以说反映了先秦巫觋记事之作的最高成就。《山海经》的记神语怪、志山明水的文字，已大不同于简短、疏略的甲骨卜辞和卦辞、爻辞了，而是多有闳诞迂夸之文、瑰奇俶傥之言。其中记述神话的奇文异辞，具有较强的故事性和形象性，能够勾勒出波澜壮阔的场景，描绘出瑰伟奇丽的画面，渲染出浓重强烈的气氛，如“夸父追日”“黄帝与蚩尤之战”“鲧禹治水”等故事的描写就是如此，因而读之可给人以身临其境的审美体验和惊心动魄的审美感受。《山海经》本无意为文，其文则自然天成。它的语句虽散，却也偶见排比和押韵；它的辞藻虽质，却也不失华丽和典雅；它的文采虽不及《庄子》和楚辞那样斐然可观，却也显示出战国楚文学的共同特征。总之，它不仅在先秦文化史上占有较重要的地位，而且作为楚文学中的一部较重要的作品，在先秦文学史上也不应予以忽略。

---

① 袁珂:《神话论文集·〈山海经〉写作的时地及篇目考》。

第二节　楚帛书

“楚帛书”是中华人民共和国成立前在湖南长沙子弹库战国楚墓中出土的古书，1942年由土夫子（湖南人对盗墓者之称）盗墓取出，出土不久便流往海外。帛书原件后为美国人阿瑟·姆·赛克勒（Arthur M. Sackler，1913—1987）收藏，现存华盛顿赛克勒美术馆。

整部书用毛笔蘸墨书写在一幅长38.7厘米、宽47厘米的丝织品上，共900余字，分为三部分，而且是从内向外旋转着书写和错综着排列的，周围还配合文字而附有彩绘的12个怪异神像，四角又绘有植物枝叶图形。有的学者据长沙马王堆汉墓出土帛书均以南为上的特点，论定此书三部分的次序是中部正书8行为甲篇，倒书13行为乙篇，四周文字为丙篇。[①]依此，甲篇主要记述天地开辟、四时形成、诸神主宰天地的神话传说；乙篇主要列举种种异常天象以及与之相关的种种灾变，同时强调应当敬天祀神，唯“天象是则”，以祈消灾免祸；丙篇主要叙说每年12个月里的出行宜忌，所列宜忌内容既涉及到出师、侵伐、会盟诸侯之类统治阶级的国家大事，又涉及到嫁娶、筑室、饲养牲畜之类黎民百姓的日常琐事。“楚帛书”的文字虽然简略，但内容却丰富庞杂，不仅记录了楚地流传的神话传说和流行的风尚习俗，而且还包含有阴阳五行、天人感应、自然规律和历史发展等方面的思想，因此，它对于研究楚文化乃至先秦历史文化，都有着十分重要的资料价值。它在出土不久的20世纪四五十年代，就受到了海内外许多学者的关注和重视。20世纪60年代以来，它在文化史和艺术史上的重要价值就越来越为人们所认识。海外曾就它召开过专题国际学术研讨会，并发表了许多研究论文。直至今天，它仍是中外学者热衷讨论的课题。

关于“楚帛书”的性质，学者们也见仁见智，众说不一。不过，多

---

① 李学勤．长沙楚帛书通论［M］//楚文化研究论集：第1集．武汉：荆楚书社，1987.

数学者肯定它是“巫术性的东西”[①]。有的学者明确指出：“（帛书）图中文字记四时、五正及月令出行宜忌，殆为楚巫占验时月之用；而施之墓葬，以镇压邪魅。”[②]“从帛书的图像、月名及释语，联系到《易》的卦象卦名和卦辞，推测楚帛书大概亦是术数家用来卜筮占时以观测人事吉凶的巫术书。”[③]诚如这些学者们的分析和推测，“楚帛书”实为一部楚巫记事之书。书中所述的“四时”“天象”“月忌”等内容，都是巫觋必须掌握的知识。1973 年，考古工作者又对出土此书的墓葬进行了清理，确定该墓为战国中晚期楚墓，并且发现一幅“人物御龙”帛画。帛画中的主人公头戴高冠，身着博袍，腰佩陆离之长剑，站立在宛若龙舟的龙背上欲升天而去。据长沙陈家大山楚墓出土的“人物龙凤”帛画和长沙马王堆汉墓出土的“引魂升天”帛画来看，帛画中的主人公也就是墓主本人的形象。子弹库楚墓的墓主可以乘龙升天通神，而不像陈家大山楚墓和马王堆汉墓的墓主那样需要龙凤“引魂升天”，可见他非同凡人，显然应为巫觋。帛书正是他生前不可或缺的用物，故在他死后与他的其他生前用物一同随葬。如此说来，“楚帛书”的性质与《山海经》相同，其成书年代则早于《山海经》。

巫觋所作又为巫觋所用的“楚帛书”，神话当然是其重要内容。“楚帛书”首先记述的就是神话，其甲篇分为三段，依次叙述主宰天地的诸神使天地廓清、四时形成、日月正常运行、昼夜替代有序的神话传说。第一段主要讲的是洪荒之时，上下未形，“梦梦墨墨”，混沌一片，伏羲、女娲于是生四子以职掌天地、分守四方，并且“步以为岁”；第二段主要讲的是过了千余年后，因九州不平、山陵倾侧而造成四时紊乱，“炎帝乃命祝融以四神降”，“奠三天”“奠四极”，使天地得以安宁，又由帝俊出来恢复了日月之行；第三段主要讲的是共工推步十日而成“十

① 郭沫若．关于晚周帛画的考察［M］// 文史论集．北京：人民出版社，1961.

② 饶宗颐．长沙楚墓时占神物图卷考释［M］// 东方文化：第 1 卷．香港：香港大学出版社，1954.

③ 曾宪通．楚月名初探［J］．中山大学学报，1980（1）.

干”，并且又区分出昼夜和朝夕。这三段叙述，既有相对的独立性，又有密切的关联性；虽各记不同的神话传说，却讲的都是宇宙的生成、天象的形成，有着较强的系统性和历史感。这些神话中，主宰天地的都不是自然界的天神，而都是人类的祖先神，可见人已凌驾到了天之上。这些神话排列出了伏羲、女娲—炎帝、祝融—共工相继主宰天地的谱系。伏羲、女娲是南方楚地流行的神话中的人类始祖，炎帝、祝融分别是南方之帝及其佐神，又传说楚人先祖祝融即为炎帝之后，共工在楚地传说中则为祝融所生。显然，这些神话有着鲜明的地方色彩，反映出神话在楚地发展至战国时的状况和程度。另外，帛书中还提及夏禹、商契、群神或百神。帛书四周的12神像，有的学者指出它们“类似《山海经》的人兽图象”[①]，有的学者认为它们当是12月神。无论它们是何神，但关于它们的神话故事，想必在当时也是较为丰富的。

与《山海经》比较，“楚帛书”的文辞显得更加质朴无华、古奥难懂。这当然首先是由于它成书早于《山海经》之故，但也恐怕与它过早亡佚而不得传世、没有得到后人的修饰和润色有关系。不过，它叙述神话的层次、结构、情节性与故事性，却并不逊于《山海经》多少。

第三节　《庄子》和屈原、宋玉的辞赋

《庄子》和屈原、宋玉的辞赋，虽然不是巫觋之作，但产生于神话流播之乡而糅合神话，故借用了神话以抒情言理，引述了神话以明志达意，所保存的神话资料也相当可观。

哲理散文《庄子》，在思想体系上已与巫道神学断然有别，在描述内容上却与巫风神事并非无缘。其中可见不少神话的故事片断，如“鲲鹏变化”“姑射神人”“苌弘化碧”“十日并出”等。尽管许多神话已被庄周改造成了寓言，使之在一定程度上哲理化了，但由于它们并不是无

① 陈梦家．战国楚帛书考［J］．考古学报，1984（2）．

缘的虚构，而是在原始的、朴素的神话基础上的变动，故仍能因之窥见神话的概貌。《天地》篇中的“黄帝失玄珠”故事，虽然被庄周借用为宣扬求道在于无所用心的哲学思想，且叙录的文字也当有了择其所需的变化，但其故事梗概尚为真正的神话。

屈原的楚辞作品，大部分都可以说几乎是集录神话以成大文、熔铸神话以成长诗的艺术杰作。《离骚》糅合神话以抒写忠贞爱国之情、借助神话以表达上下求索之志，描绘出一个奇伟瑰丽的神话天国；《天问》因古往今来的神话故事和历史传说而问天索理，广泛地述及了先秦重要的神话和传说；《九歌》全为祭神乐章，直接以神灵为描写对象，反映了楚人心目中包括有天、地、人三类神祇的神话系统，展现了楚地敬神娱神、降神祈神的社会生活与民情风俗；《大招》《招魂》全篇都是巫事巫语，生动地描绘出天地四方奇异诡怪的神话世界；《远游》则通过对主人公逍遥游乎浩渺天庭、往来见乎六合诸神的描写，较为全面地勾勒出“帝系”神话的面貌，较为集中地反映了神话得以荟萃和整合之后的状况。屈原作品中的神话资料，虽然已被文学化而构成为作品艺术境界的重要组成部分，但变异程度却不大，基本上保持了民间流传的神话原貌，与《山海经》、“楚帛书”中的叙录以及出土的楚文物上的神话形象可以互相印证。

宋玉辞赋中叙录的神话不多，但《高唐赋》和《神女赋》中描述的巫山神女故事则尤为著名。这一神话故事有赖于宋赋保存下来，并且经宋玉用生花之笔刻画出神女“瑰姿玮态”的姣丽形象之后，便成了历代骚人墨客竞相利用以抒情达意的题材。

除了上述这些先秦楚文学中的重要作品都大量叙录有神话之外，先秦楚文学中的一般作品也往往叙录神话。其中比较重要的如《黄帝书》。《黄帝书》中的《十六经》，就叙录了许多关于黄帝的神话故事，是研究中国神话“帝系”化过程的重要资料。

第四节 《淮南子》

《淮南子》成书于楚文化转化期结束和楚文学嬗变期终止的汉武帝时代，是淮南王刘安在楚国故地组织门下宾客集体编撰的哲理散文巨著。

刘安是汉高祖刘邦的孙子，自身即为楚人，其封国都邑寿春（今安徽寿县）也就是当年楚国最后一个都城寿郢原址，因而深受楚文化的熏陶。他“为人好书……辩博善为文辞”[①]，精通老、庄之学，酷爱屈、宋辞赋。据史籍记载，他招揽的“天下俊伟之士”有数千人之众，由此在楚国故地形成了一个南方的学术文化中心和文学创作中心。皇皇巨帙的《淮南子》，就是他组织众多文士的“著作篇章”的汇集，是历史上继《吕氏春秋》之后的又一部集体撰写的大型著作。

《淮南子》亦称《淮南鸿烈》，《汉书·艺文志》著录有内21篇、外33篇，但所传今本仅有内篇。就其内容而言，则以道家思想为主，兼融儒、墨、法、阴阳等诸家之说，并且“纪纲道德，经纬人事，上考之天，下揆之地，中通诸理”[②]，从而构成广博的知识网络和庞大的理论体系。东汉学者高诱为之作注，并在序言中说：“其旨近《老子》，淡泊无为，蹈虚守静，出入经道”“及古今治乱，存亡祸福，世间诡异瑰奇之事；其义也著，其文也富，物事之类，无所不载；然其大较，归之于道。号曰《鸿烈》：鸿，大也；烈，明也；以为大明道之言也。”

刘安组织门客编撰《淮南子》的目的，是指望通过究天地之理、通古今之事以备帝王之用。换言之，就是全面总结先秦和秦汉以来的思想文化，力图弘扬楚文化精神，将战国时代兴盛于楚国、汉初风行于天下的黄老道学进一步理论化和系统化，使之成为汉朝长期不变的治国理论和统治思想。在汉武帝时代，由于国家的空前强盛和各种社会矛盾的迅速加剧，反对汉初统治者长期奉行的“清静无为”的黄老之学而主张高度集权、积极有为的儒家学说影响甚大，儒道争胜的较量已达到白热化

---

① 《汉书·淮南王传》。

② 《淮南子·要略》。

程度，统治阶级面临着根据国情变化而重新抉择治国之道的问题。在这种形势下，刘安出于对道家思想的理解和对楚文化的偏爱，更出于对封建大一统帝国的前途和自己切身利益的长远考虑，集中大量的人力和物力，在秦汉道家思想新发展的基础上，编撰出了集道家思想之大成、融百家学说为一体的《淮南子》。其书所体现的博采众长以自富、兼融百家而创新的精神，正是对楚文化传统的继承和发扬。

继承楚文化传统、弘扬楚文化精神的《淮南子》，显示了"观天地之象，通古今之事"的恢宏气魄，保存了大量上古先民的思想文化之结晶的神话。自春秋战国时代以来，神话就被儒者视为太古荒唐之说而予以摈弃。与刘安同时代的伟大史学家司马迁即指出："百家言黄帝，其文不雅驯，荐（缙）绅先生难言之。"[①] 就是一代良史司马迁本人，也深受儒家观念的影响，不能够正确看待、分析和利用神话。他在《史记·大宛列传》最后感叹说："至《禹本纪》《山海经》所有怪物，余不敢言之也。"司马贞《索隐》："余敢言也，亦谓《山海经》难可信耳。"产生在依旧为神话盛传之乡、又不受儒家观念束缚的《淮南子》则不然，不仅敢言之，而且详言之，大书特书了所谓"文不雅驯"的有关神农、伏羲、黄帝等神话故事和尧、舜、禹、汤等古史传说，并且还综合民间流传的"百家言"而将同类神话作加工整理后记述下来。如"女娲补天""后羿射日""夏禹治水"等神话故事，在《淮南子》中叙录得较为详细和完整，有许多先秦文献的有关记述中所没有的内容和情节，显然就是根据民间流传的神话作过重新整理和加工的。这些神话经过整理和加工之后，文辞变得雅驯一些了，文学韵味也增强了，但其内容和特征则没有多少改变。"女娲补天"神话就依然保持着氏族社会口头创作的面貌，反映出原始先民在幻想中征服自然界的特性。当然，《淮南子》不是巫书，所记神话也不是因为迷信它而记载，神话在书中主要还是用作论据的。不过，它虽然在引述神话之后往往有阐发主张、宣扬观点的

① 《史记·五帝本纪》。

评论，却未对神话作较大的历史化、哲理化的改头换面。由于《淮南子》叙录的神话较为丰富，保存的神话较为真实，它便被后世学者视为与《山海经》、楚辞具有同等地位的我国神话宝库。

《淮南子》的文风也鲜明地体现了楚文学的格调。无论是叙事状物，还是说理论道，它往往都借助丰富的想象，取譬借喻，联类无穷，而且讲究渲染夸张、铺采摛文，显得宏肆汪洋、跌宕多姿、缤纷华茂、秾丽绚烂，人称它“上承先秦诸子宏辩遗风，下开汉魏辞赋华章先声，具有独特的艺术风格，取得了高度的文学成就”[①]。

① 张啸虎.《淮南子》的文学特色［J］. 文史知识，1985（7）.

第三章　楚文学中神话的特点

楚文学中神话的特点，主要是与中原文学中的神话相比较而存在、相对照而显示的。故论述其特点，也主要结合中原文献中叙录的神话之特点加以说明。如此比较论述和对照说明，加之中国先秦神话大都保存在楚文献里，因而实际上也就对中国先秦神话的特点都有所介绍了。不过，这里论述的视角，则是以楚文学中的神话为出发点的。

第一节　原始性和古朴性

所谓神话的原始性和古朴性，是指神话所具有的原始形态和古朴风貌。楚文学中的神话，由于没有经过太多的文饰和篡改，故保持了其原始性和古朴性的特点。

在原始社会中最先产生的神话，一般都是伴随着原始先民的万物有灵观念之形成而产生的，这些神话多为关于分别主宰着不同自然物象的鬼神故事。楚文学中叙及了日神、风神、山神、水神等大量的自然鬼神，而且或多或少、或详或略地描述了关于它们的奇异形象和诡谲故事。其描述则鲜明地反映出原始先民根据自身的特点和性质去幻想自然万物、比附自然万物的特征，却并未按照文明时代的人们所具有的理性认识去改造它们。如楚辞中描述的风神飞廉、地鬼土伯的形象，都是变形的禽兽。《山海经》中描述的山神形象，或“其神皆龙身而人面”，或“其神皆人面而鸟身”，大多是人兽或人禽同体。动物神祇和人兽同体的神祇，都是神话发展处于低级阶段的产物。世界上许多民族的最古老、最原始的神话中的神祇形象，也大都如此。再如《山海经》《庄子》《九歌》《淮南子》里都有所描述的河伯冯夷的神话，明显地有着很古老的渊源。随着原始氏族社会的发展，折光地反映原始先民的社会生活和历史发展的神话也大量产生。尽管关于祖先神的英雄故事随着历史的变迁和民族的融合而不可避免地会在流传过程中发生演变，但楚文学中的神话，还是较为真实地反映了民间集体创作的本来面貌和长期口耳相传的演变状况。

比较而言，先秦中原文学中叙及的神话，往往被作者据其历史意识和理性精神而作了历史化或理性化的改造，以致淡化甚至失去了神话的色彩和韵味。最为典型的例子，则莫过于对夔的记述了。神话中的夔，本为一足怪兽，是原始先民根据万物有灵观念幻想出的神兽形象。《山海经·大荒东经》较为真实地叙录了这一古老神话：

> 东海中有流波山，入海七千里。其上有兽，状如牛，苍身而无角，一足，出入水则必风雨，其光如日月，其声如雷，其名曰夔。黄帝得之，以其皮为鼓，橛以雷兽之骨，声闻五百里，以威天下。

《庄子·秋水》也叙及夔："夔谓蚿曰：'吾以一足跉踔而行，予无如矣。'"据楚文学中的这些描述，夔在神话中原为东海能够呼风唤雨的独角怪龙。考古资料也证实了夔这一形象就是神话中的原生形象，商周青铜礼器就雕饰有大量龙蛇形夔纹。《说文解字》据此而释云："夔，神魖也，如龙，一足。"由于龙的动物原型中有蛇、蟒、鳄、鼍之类的动物，蟒皮和鼍皮又可以蒙鼓，故以后又衍生出"黄帝得之，以其皮为鼓"的神话内容。可见，《山海经》中的叙录，基本上如实地反映了夔神话的原生形态和演变状况。然而，在中原文学里，神话中的夔却变成了现实中的人。《尚书》中的夔已经是帝尧和帝舜的乐官，这大概是中原人士根据神话中黄帝以夔皮蒙鼓这一夔与音乐的缘分，就大胆地将夔改造成了精通音乐的传说人物。不过，《尚书》所记的夔，尚且"击石拊石，百兽率舞"，也就是充当拊石击节而使"百兽"随之起舞的指挥者和领舞者，其形象恐怕还与神话中独角怪龙的夔联系着，尚未褪尽神话色彩。嗣后，在《韩非子》和《吕氏春秋》中，夔的形象和夔的行为，就不带有一点神话色彩了：

> （鲁）哀公问于孔子曰："吾闻夔一足，信乎？"（孔子）曰："夔，人也，何故一足？彼其无他异，而独通于声。尧曰：'夔一而足矣，使为乐正。'故君子曰：'夔有一足。'非一足也。"①

《韩非子》同篇的另一段记述，不仅将夔说成常人，而且夔还有常人的优缺点。《吕氏春秋·察传》中的记述虽然稍异和稍繁，但基本内容相同。由此可以看出，春秋战国时的中原文士，乃以偷换概念之术，彻底否定了神话中的夔，断然咬定夔为"人也"，并非只有一只脚，而是因其"独通于声"，故使为乐官，一人便足以当此大任。另外，关于鲧的神话亦如此。鲧本是华夏族的祖先之一，在原始社会已被神化，成为神话中盗窃天帝之息壤"以堙洪水"、救民于苦难之中的英雄。《天问》《山海经》等楚文学作品较为详尽地叙录了鲧的神话故事。但是，在《尚书》和《墨子》的记述中，鲧则成了历史上违抗帝舜之命、"废帝之德庸"的罪人。

楚文学作品中叙录的神话之所以具有原始性和古朴性的特点，主要原因还是在于楚地盛行巫风。如前所述，神话主要伴随着原始巫教而发展，又主要依赖于巫觋而传承。巫觋将世代相传的神话、仪式和法术等一切宗教活动的内容和方式，都看得十分神圣和神秘。他们不敢对之轻易作任何更改，以为稍有背于传统的说法或做法，祀神便会无效，祈神就会不灵，不仅法术失去了任何作用，而且还将受到鬼神的惩罚。中华人民共和国成立前的我国一些少数民族的巫师乃至今日残存于民间的巫师，在举行仪式和施行法术时都严格遵守传统的规范和律令，所唱的歌词和所念的咒语，都要求一字不漏和准确无误。由此可知，先秦楚巫虽

① 《韩非子·外储说左下》。

然搜求和汇集神话，但他们传承的神话却具有相对的稳定性和不变性，他们记录的神话也就具有较大的真实性和可靠性。巫觋之作的《山海经》和“楚帛书”自然不必说了，就是文人之作的《庄子》、屈骚、宋赋和《淮南子》等，也因为是直接引述和利用的巫风盛行之楚地流传的神话，故其虽然有所修饰，但毕竟变异不是很大。

第二节　完整性和系统性

所谓神话的完整性和系统性，是指神话所具有的完整的故事内容和系统的网络关系。楚文学作品中叙录的神话，由于经过了搜求和整理而显得较为完整，由于经过了汇集和整合而显得较为系统。

中原文学中的神话资料，不仅多有历史化的改造痕迹，而且还多为一鳞半爪的零星片断，有的甚至只是提到而已。如《诗经·商颂·玄鸟》中述及的殷人祖先契诞生的神话传说，仅“天命玄鸟，降而生商”一句带过，令人无法窥知全貌。而从《天问》中的叙录乃大致可知，契母名简狄，曾高居九重之瑶台，帝喾闻而生有爱慕之心，于是令燕子前来探视，燕子贻卵而为简狄吞食，结果简狄便生下了契。又如夏启的神话传说，在楚文学作品中有着较为丰富的叙录：

> 西南海之外，赤水之南，流沙之西，有人珥两青蛇，乘两龙，名曰夏后开。开上三嫔于天，得《九辩》与《九歌》以下。此天穆之野，高二千仞，开焉得始歌《九招》。①
>
> 大乐之野，夏后启于此舞《九代》，乘两龙，云盖三层，左手操翳，右手操环，佩玉璜。②
>
> 启棘宾商，《九辩》《九歌》，何勤子屠母，而死分竟地。③

① 《山海经·大荒西经》。
② 《山海经·海外西经》。
③ 《天问》。

> 启《九辩》与《九歌》兮，夏康娱以自纵。不顾难以图后兮，五子用失乎家巷。[1]

可是，中原文献中叙录的夏启故事，就大不一样了：

> 启乃淫溢康乐，野于饮食，将将铭，苋磬以力，湛浊于酒，渝食于野，万舞翼翼，章闻于大，天用弗式。[2]

对照观之，内容详略既明，韵味浓淡亦显。楚文学作品比较完整地叙录了夏启从出生到死亡的神话故事：夏启是其母涂山氏自剖身体所生，长大后成为夏代帝王，可是他不理朝政，耽溺于从天国偷来的优美乐章而纵情欢娱，结果酿成内乱。这一神话故事，显然也是在流传过程中逐渐丰富的，因而带有历史内容，但其神话色彩始终十分浓厚，夏启的神性以及他与天乐的关系在神话演变中也一直未变。《墨子》所记述的夏启放纵荒淫、宴享于野、歌舞无度而遭天遗弃之事，当然也本于这一神话传说，但明显地删去了其神话内容，抹去了其神话色彩，故不仅简略，而且只像历史传说。[3]

楚文学中的神话的系统性，前面已有所述及。在楚文学里，展现了天神、地祇、人鬼各成系列又相互关联的神话世界。这个神话世界里的芸芸众神，虽然具有相对独立性，却又为主宰这个世界的至高无上的神灵“东皇太一”所统领；虽然相互似无干系，却又都与现实的人及其生活息息相关。这种与西方上古神话由众神围绕一个或几个主神而形成的亲缘关系网络所显示出的系统性之差异，正是中国神话的特色，也反映出中国神话更具有原始性、古朴性和人文主义精神。

当然，最具有中国特色的神话之系统性，就是所谓的神话“帝系”

① 《离骚》。

② 《墨子·非乐上》。

③ 古代神话在中原文献中被历史化的事例很多，此处不一一列举。

化了，这也就是祖先神的序列化和整合化。由于中国原始社会的部族众多又长期独自发展，故部族成员的祖先崇拜意识相当发达。从文献记载和考古资料来看，我国上古先民的祖先崇拜观念之强乃为世界其他古老民族所不及。部族成员将自己的祖先神圣化并依氏族的历史而排出祖先神的序列，由此便形成了系统的祖先神故事。楚文学中大量叙录有祖先神的谱系及其故事，如：

> 炎帝之妻，赤水之子听訞生炎居，炎居生节并，节并生戏器，戏器生祝融，祝融降处于江水，生共工，共工生术器，术器首方颠，是复土穰，以处江水。共工生后土，后土生噎鸣，噎鸣生岁十有二。①
>
> 黄帝妻雷祖，生昌意；昌意降处若水，生韩流；韩流擢首、谨耳、人面、豕喙、麟身、渠股、豚止，取淖子曰阿女，生帝颛顼。②

随着部族与部族融合乃至民族与民族融合的历史发展，各部族乃至各民族的祖先神话也在这一融合过程中发生混合并导致整合，兼融他族的部族或民族的祖先神便处于主宰地位，被兼融的部族或民族的祖先神便处于从属地位，由此而构成了新的“帝系”神话。部族融合的历史不断发展，祖先神话的混合与整合也不断进行。先秦时期民族融合的最终结果，是形成了奉炎帝和黄帝为始祖的华夏族；其时神话整合的最终结果，则是形成了以炎、黄两帝为最高主宰的“帝系”。上面引录的炎帝与黄帝的神话谱系，就已经是战国时代经过整合之后的神话谱系。至战国后期，“帝系”神话的整合也因天下一统观念和诸夏同宗意识的影响而形成了黄帝居中的完备的天国系统。《远游》中的描述，即比较全面地反映了这一由五方帝主宰天国的神界系统。不过，对这一系统叙录得最为完整和明确的还是《淮南子》：

①② 《山海经·海内经》。

东方木也，其帝太皞，其佐句芒，执规而治春……南方火也，其帝炎帝，其佐朱明，执衡而治夏……中央土也，其帝黄帝，其佐后土，执绳而治四方……西方金也，其帝少昊，其佐蓐收，执矩而治秋……北方水也，其帝颛顼，其佐玄冥，执权而治冬……[1]

像这种确立了黄帝作为中央天帝而统领四方天帝的高度系统化的“帝系”神话，在先秦中原文献中几乎不见叙录。先秦的中原儒者“祖述尧舜，宪章文武”[2]而罕言炎帝和黄帝，显然是认为炎、黄的神话传说“其文不雅驯”而“难言之”。其时好称炎黄者唯以楚人为甚，楚道家的黄老学派更是高度尊崇黄帝，大力标举黄帝。由此看来，中国“帝系”神话的全面整合，大概是春秋战国时代在楚地并由楚人基本完成的。至黄老道学风行的汉初，“帝系”神话又得到了梳理和完善，以致最后定型。“帝系”神话的演变和发展过程，就是祖先神话的历史化和系统化的过程。楚文学中叙录的“帝系”神话，既有原始性、古朴性的特点（如祖先神的形象及故事），又有变异性、现实性的特点（如祖先神的地位和相互关系）。

诚然，说楚文学中的神话具有完整性和系统性的特点，主要是相对中原文献所叙录的状况而言的。倘若将其放在世界范围里比较，楚文学中的神话依然显得零星、分散、缺乏完整性和系统性，而且还有相互矛盾的歧说异辞。世界上许多民族的神话传说，都发展成了系统化的宏伟史诗，如巴比伦的《吉尔伽美什》、印度的《摩诃婆罗多》、古希腊的《伊利亚特》和《奥德赛》等。相形之下，中国先秦神话尽管十分丰富和奇伟，“然自古以来，终不闻有荟萃融铸为巨制，如希腊史诗者”[3]。不仅如此，楚文学以及中原文学中的汉族上古神话，也没有能够发展成

① 《淮南子·天文训》。
② 《礼记·中庸》。
③ 鲁迅．中国小说史略［M］//鲁迅全集：第9卷．北京：人民文学出版社，1981：21.

为像中国境内成型较晚的一些少数民族史诗那样的长篇作品，如藏族的《格萨尔王传》、蒙古族的《江格尔》、纳西族的《创世纪》、苗族的《古歌》、傣族的《变扎戛帕》等。中国文化史和文学史上的这一特异现象及其形成原因，长期以来引起了许多中外学者的关注和揣测。人们或认为是中华先民生活“太劳苦”而神话不发达所致，或认为是神话的历史化所致，或认为是中国奴隶社会“早熟”所致……如此等等，众说纷纭。学者们的种种解释无不具有一定道理，但究其主要原因，大概还是由中国上古社会历史发展的特殊道路所决定的。

民族史诗，是民族在其特定的历史时期的形象化历史记述，是民族成员在长期的历史发展过程中，世代传诵民族的神话故事、历史传说等内容并且不断地使之丰富和完善而最终形成的。世界上各民族的史诗，无不有着漫长的形成期，古希腊史诗的产生，是古希腊人在希腊半岛那相对狭小和封闭的环境中、经由原始社会的氏族公社阶段至文明社会初期的漫长时期而不断增补、综合、润饰其口头创作的成果。其他民族史诗的形成，也多少具有与古希腊史诗相同的形成条件和形成过程。中国幅员辽阔，在原始社会时，有着许许多多的部族，这些部族在各自的历史发展中都产生有各自的神话传说。然而，随着自然环境的变化、自然灾害的降临等种种原因，许多部族在迁徙中互相发生交往和冲突，又在交往和冲突中联合以至最终融合。文明国家形成之后，由氏族部落融合发展而成的民族，又随着相互间的交往和冲突的加剧而使得融合的步伐更快。《吕氏春秋·用民》说：“当禹之时，天下万国；至于汤而三千余国，今无存者矣。”其时所谓的“国”，实际上指的是独立的部族所居之地。“万国”而合至“三千”，又统为一国，虽然并非确切之论，但真实地说明了历史发展的客观状况。各个氏族、部族乃至民族的神话传说，在这种融合过程中也汇集到了一起，可是由于中华大地上融合的族类多而融合的速度又快，以致汇集到一起的繁多神话传说也就不容易得到消化与整合。同时，也不可能具备形成史诗所必需的相对稳定之民族和相对安定之环境的客观条件。况且，新登上历史舞台的主角往往都废弃前一主角的神话传说。《国语·鲁语》记载："有虞氏禘黄帝而祖颛顼，郊尧而宗舜；夏后氏禘黄帝而祖颛顼，郊鲧而宗禹；商人禘舜而祖契，郊冥而宗汤；周人禘喾而郊稷，祖文王而宗武王。"可见，相继主宰中原的虞、夏、殷、周四族，虽然在融合为华夏民族的过程中逐渐认定了共同的文化祖先，但依然更重视本族的神话传说，因此也更重视祭祀本族的血缘祖先。那么，有虞氏的神话传说在夏代必然会有所散亡，夏后氏的神话传说在商代也必然会有所散亡，依此即可类推。当蛮、夷、戎、狄等众族在周代融合成为一个庞大的华夏族时，周人的神话传说也不足以作为维持华夏族团结的精神纽带了，于是周人仅将祭祀鬼神作为统治天下的手段，为巩固王权而不得不建立了"纲纪天下"的宗法制。这样，中国上古神话传说也因有所散亡并且失去了发扬光大的社会需要而更难发展为史诗了。

中国神话没有长篇，没有发展为史诗，这固然令人遗憾，但中国神话的原始古朴、变异不大又着实令人欣慰，较之那些糅合神话故事和历史传说为一体，又经过甚多的历史化和文学化的增删、修饰而成的长篇之作和系统之著，中国神话实际上更具有科学研究的史料价值。

第三节　独立性和综合性

在楚文学作品叙录的神话中，有不少是在南方楚地独立产生和独立发展的神话，这些神话显示出其独立性的特点。

如前所述，从原始社会的新石器时代开始，南方楚地一直都是充满着奇异想象的神话世界，既盛传神话，也盛产神话。楚文学作品中叙录楚地独立产生的神祇及其故事，诚为十分自然的事情。如天上造化神黔嬴、地府君主土伯、幽都魔怪敦胨等，都是楚地自产的鬼神；"山鬼离忧"、"女娲化生万物"和"伏羲女娲齐天育人"的故事，也都是楚地自产的神话。

"女娲化生万物"和"伏羲女娲齐天育人"的神话，是产生于南方楚地的极为丰富生动而又奇丽宏伟的神话故事。它们的产生与演变、形成与发展，折光地和形象地反映了氏族社会的历史进程和原始先民的观念变化。

《天问》、《山海经》和《淮南子》等楚文学作品中，对女娲神话都有叙录，但传世的先秦中原文学作品中却几乎未见语及女娲。综观楚文学中的叙录，可以大致了解女娲神话的全貌：太古之初，宇宙洪荒，天地万物俱不存在，女娲于是孕生化育，一日“七十化”，终于使得万物皆备，人类繁多；后来天地残破，水火猖狂，民众受难，女娲又“炼五色石以补苍天，断鳌足以立四极，杀黑龙以济冀州，积芦灰以止淫水”[①]。女娲的形象，是上古神话中的万物之祖和人类之母，是创造世界和人类的始祖神；女娲的神话故事，显然初成于原始社会的母系氏族公社阶段，反映了处于“民知其母，不知其父”的群婚制状况下的原始先民的意识，是原始先民基于女性生殖崇拜和女性祖先崇拜的观念而幻想出来的神话故事。

女娲神话在南方楚地一直流传着，并且在演变和发展过程中与民间各种风俗联系起来。如湖北长阳县在每年正月二十日有吃一顿油煎年粑的风俗，其形成就源于女娲神话：传说女娲用泥土捏成一对男女，并把他们放到大地上蕃衍人类。这对男女为了感谢女娲，便在每年此日煎粑奉献女娲。女娲吃不完，剩下的就拿去补天，可是补天又不够，天上便形成了洞窟，正好可以落雨下雪、滋养庄稼。后来，这对男女的子孙就世代于此日吃油粑、祭女娲，并且还演唱颂扬女娲的歌曲，其内容是对女娲表达感激之情和祈求女娲福佑以使人丁兴旺、五谷丰登之意。

伏羲其神其事，在先秦中原文学中较少叙及，但在《庄子》、楚辞以及荀况居楚而作的《成相辞》等楚文学作品中却有较多的叙录。由此看来，伏羲神话也同女娲神话一样，先秦时期在北方中原不大流行，而在南方楚地流传颇盛。楚文学作品中描述的伏羲形象，是神话中的太

① 《淮南子·览冥训》。

古皇帝，并且与女娲共同创造了世界和人类又整治着世界和福佑着人类。一些学者以为“在西汉以前，两人（伏羲与女娲）似乎还没有多少关系”①，这其实是忽略了出土楚文献而形成的误解。在“楚帛书”中，已经有了伏羲与女娲生四子而使天地廓清、四时形成的记述。因此，伏羲、女娲在先秦的楚地神话中，早已是一对配偶神和始祖神。汉初，伏羲与女娲结为夫妇而齐天育人的神话故事，在楚地流传犹盛。《淮南子》开篇就叙及“泰古二皇”，而且在描述女娲补天故事之前，强调的是“宓戏（伏羲）氏之道”。湖南长沙马王堆汉墓出土的帛画，上面也绘有人首蛇身的女娲像。嗣后，东汉应劭《风俗通》记述的“女娲，伏羲之妹”的传说，唐代李冗《独异志》记述的伏羲、女娲兄妹结为夫妇而繁衍人类的故事，也当是楚地的这一古老神话中的内容。这一古老神话，显然起源于由母系氏族社会向父系氏族社会过渡的时期，反映了处于民知其母、亦知其父的对偶婚制状态下原始先民的意识，是原始先民随着男性生殖崇拜和男性祖先崇拜观念的形成和增强，而对女娲神话加以改造和发展、增补和丰富的结果。

自从芮逸夫、闻一多等现代学者综合运用神话学、历史学、考古学、民族学、语言文字学和文化人类学等学科的理论和研究方法，论定女娲、伏羲的神话源于上古的苗蛮集团之后，学者们多从其说而认为它产生于南方。近年来，有些学者根据中原地区新发现的“女娲风俗”而认为女娲神话还是源自中原。②其实，从女娲、伏羲的神话在古代文献中的叙录状况和一直在苗、瑶、壮、彝、水等南方少数民族的口头传说中的保存状况来看，说它产生在南方则应当是符合历史事实的。它大概在远古的三苗居处长江中游时就已形成并且流行了，其后一直在南方演变发展并且也向四方传播。中原地区存在有女娲风俗和伏羲、女娲的传说，应该说是南方神话北传的结果。秦汉之际，楚人亡秦兴汉，对这一

① 中国大百科全书·中国文学［M］.北京：中国大百科全书出版社，1988：159.

② 杨堃.女娲考［J］.民间文学论坛，1986（6）.

神话大举北传并使伏羲、女娲成为汉族神话传说中的始祖而居于“三皇”前列，很可能影响甚大。

就楚地独立产生和独立发展的神话而言，主要是一些关于自然鬼神以及解释天地形成、人类起源的神话，不像中原神话那样有着大量反映人类社会生活的内容。这正是楚地与中原在先秦时期的历史文化发展的进程和特点不同所导致的，楚神话也因此比中原神话显得更为原始和古朴。

楚文学作品所叙录的神话中，楚神话所占的比例并不很大，大量的还是其他地区、主要是中原地区产生的神话。这种对南北神话的兼收并蓄以及汇集整理，则显示了楚文学中的神话的综合性特点。

前面所引录和述及的神话，大部分都是中原神话。由于中原文化曾长期主导着楚地文化的发展，楚地所祀的神祇和所传的神话也多从中原传来。楚文学作品中叙录的神话，当然也就以中原神话为主要内容了。如《九歌》虽然是楚地民间世代传承的祀神乐歌，但不仅其名源自中原，所祀诸神也多数源自中原。如其首篇所祭祀的“东皇太一”，是楚人最为崇拜的至上神，但它很可能是因袭殷人的至上神而来。甲骨卜辞中就有祭祀“乙”并向其求雨的记载。“乙”是商朝的开国君主成汤受祭的尊号，卜辞中又称为“大乙”“上乙”“天乙”“高祖乙”等。殷人的至上神即与祖宗神合为一体，商代奉行天神崇拜与祖先崇拜一体的宗教信仰。谓之“东皇”，则有可能是殷人的祖先原居东方、为东夷族之故。另外，从发掘的楚国贵族墓葬来看，一般其墓向和头向都朝东；从文献记载可知，楚人的习俗也尚东；显然楚人的历史文化渊源与东方有密切关系。楚人始祖祝融曾为殷人远祖帝喾高辛氏的“火正”，楚人崇尚“东皇”的渊源似乎也可以追溯到其时的中原。再如《东君》《云中君》《大司命》《少司命》《河伯》诸篇所祀之神，从先秦至汉代一直都是中原祭祀的神祇。《史记·封禅书》记载，汉初“晋巫祠五帝、东君、云中（君）、司命”。“河伯”冯夷则原本就是黄河之神。所祠之神源自北方，关于它们的神话当然也最初产生于中原了。至于“帝系”神话中祖先神，诸如黄帝、炎帝、少昊、颛顼、尧、舜、禹等，绝大多数都是神话传说中活跃在中原地区的华夏先祖。如前节所述，“帝系”神话乃是汇集南北神话加以综合整理的产物，在此也就无须赘言了。

楚文学中的神话的综合性特点，也是其丰富性的反映。正由于楚文学中的神话资料汇集了南北神话又有所整理，故若要透过神话这一历史的影子了解我国远古社会的面貌，就不能不依据楚文献。正由于楚文学中较为丰富地保存了神话这一我国远古社会的精神文化遗产，它对后世文化和文学发展的影响也大。

第四节　增益性和创造性

中原神话传播到南方之后，在南方民间的长期流传过程中，不可避免地会发生或多或少的演变。特别是那些与楚地、楚人有关的神话，往往或被楚地先民择其所爱而导致重新组合成新神话，或被楚地先民踵事增华而衍生出新神话。楚文学作品所叙录的这些新神话，便显示出其增益性和创造性的特点。

前章第二节述及的“楚帛书”所叙录的南方“帝系”神话，就是楚地先民的新组合与新创作。又如《山海经》、屈骚和宋赋等楚文学作品中叙录的炎帝之女和虞舜两妃的神话传说，也是楚地先民踵事增华的故事。

关于炎帝女儿瑶姬的神话传说，在楚文学作品中有较为详尽和完整的叙录：

> 姑媱之山，帝女死焉，其名曰女尸，化为䔄草，其叶胥成，其华黄，其实如菟丘，服之媚于人。①

《中山经》所记诸山，旧注多以中原的山名证之，故这一则炎帝之女死

① 《山海经·中山经》。

后“化为蓄草”“服之媚于人”的神话，当是产生于中原的古老神话。可是，它在南方楚地演变成了“巫山神女”的优美动人故事：

（巫山神女）曰：“我，帝之季女，名曰瑶姬，未行而亡，封于巫山之台，精魂为草，实曰灵芝。”①

（宋）玉曰：“昔者先王尝游高唐，怠而昼寝，梦一妇人曰：‘妾巫山之女也，为高唐之客，闻君游高唐，愿荐枕席。’王因幸之。去而辞曰：‘妾在巫山之阳，高丘之阻，旦为朝云，暮为行雨，朝朝暮暮，阳台之下。’旦朝视之，如言，故为立庙，号曰朝云。”②

巫山神女化为朝云暮雨的故事，今日所知最早的叙录即见于宋玉《高唐赋》。不过，前段引文已不载于今本《高唐赋》，当是其时流行的另一版本中的文字。旧说宋玉借此神话作赋乃意在讽谏，故或许宋赋原本有李善所引的内容，后来由于断简而形成了流传于世的不同版本，但儒者深求其微言大义而摈弃太古荒唐之说，只取今所传本而致使李善据以引录的另一版本失传。《高唐赋》描述的这个神话故事，明显是从《山海经》所叙录的那个古老神话演变而成的。其“精魂为草，实曰灵芝”一语，就显露出了楚地先民据以增益、改造的痕迹和路径。袁珂在《古神话选释·炎帝诸女》的“解说”中，对这一源流关系论述甚明。炎帝本居西北，后在与黄帝逐鹿中原的战争中失败，其一支后裔南徙至江汉流域，号“列山氏”③。炎帝及其诸女的神话想必也随此传到了南方，炎帝女瑶姬的神话想必也很早就在楚地流传并逐渐演变。炎帝最后被奉为南方古帝和楚人祖先神，炎帝女瑶姬演变为巫山神女的故事当在楚地盛传不

① 《文选·别赋》李善注引《高唐赋》。

② 《高唐赋》。

③ 《史记·五帝本纪》张守节“正义”引《括地志》：“厉山在随州随县北百里，山东有石穴。（曰）［昔］神农生于厉乡，所谓列山氏也。”

衰，宋玉因而能够借用这一神话及相关传说题材作赋寓意，并且在《神女赋》中塑造出娇美无比、虚幻缥缈的多情神女形象。

虞舜二妃神话的演变过程也与此相似。楚地先民根据中原流传的虞舜“南巡狩，崩于苍梧之野”[①]而“二妃不从”[②]的传说，逐渐踵事增华成尧帝二女即舜帝二妃娥皇和女英从之不及，溺于湘江，神游洞庭之渊，出于潇湘之浦的神奇故事：

> 洞庭之山……帝之二女居之。是常游于江渊。澧、沅之风，交潇、湘之渊，是在九江之间，出入必以飘风暴雨。是多怪神，状如人而载蛇，左右手操蛇。多怪鸟。[③]

不仅如此，楚人又为二妃与帝舜的生死爱恋、悲欢离合的故事所感动，进而改创出《九歌》里的《湘君》与《湘夫人》中所描述的一对配偶神的爱情悲剧。

增益性和创造性，与前面几节所述的楚文学中的神话特点，是互相联系着并且同时显示出来的。神话的增益和改创，必然涉及到是在独立神话还是在综合神话的基础上增益和改创，这实际上又是使之完整化和系统化的过程，并且对其原始性和古朴性有所影响。作为上古先民集体的口头创作，神话的增益性和创造性是其发展的主要特点。

神话是上古文化的结晶，神话的特点也就是上古文化的特点的集中反映。楚文学中的神话的特点，则比较清楚地反映了楚地历史文化发展的特点。

① 《史记·五帝本纪》。
② 《史记·五帝本纪》裴骃“集解”引《礼记》。
③ 《山海经·中山经》。

第四章　楚文学中神话的类型

楚文学中的神话，大致可以分为三种类型，即解释自然现象和世界起源的神话、反映人类与自然作斗争的神话和反映人类社会生活及其矛盾冲突的神话。它们都以虚幻的形式和荒诞的内容，不同程度地反映了上古先民的思想认识、改造自然与社会的探索精神和斗争精神，显示出丰富的想象力和浓厚的浪漫色彩。

第一节　解释自然现象和世界起源的神话

日月运行，昼夜交替；四季嬗变，寒暑代序；雷鸣电闪，风吹雨打；草枯花荣、禽死兽生……面对天地万物纷繁复杂的运动和变化，原始先民渴望了解却又无法科学地予以说明，只能凭着自我感觉借助自身类比的方法去想象和臆测，以为天地万物也都具有同人一样的情感和意志，同时又以为天地万物也都具有人所不可思议和不可支配的神力和神性，于是逐渐臆造出诸如日神东君、雷神丰隆、风神飞廉、河神冯夷等神祇，并且也逐渐幻想出关于各种神祇的来龙去脉、起居生活、神职神力以及与人之关系等内容的故事。

楚人确信自己是日神“高阳”的远裔，楚文学中描述的太阳神话也尤为奇伟瑰丽，如《九歌·东君》：

> 暾将出兮东方，照吾槛兮扶桑。抚余马兮安驱，夜皎皎兮既明。驾龙辀兮乘雷，载云旗兮委蛇。……

日出东方，驱走黑暗，给人间送来光明，给万物带来生机，原始先民感受和观察到这一现象，却不知太阳为何物、运行乃何因，于是把它想象成高居在上、福佑万民的东方天神。在原始先民的想象和幻想中，它有着与人一样的起居生活，息寝在东方以扶桑之木为槛的华丽宫殿中；它的运行则像人一样以车代步，抚马安驱，并且使御神羲和驾车，驰行之时，轮声滚滚若雷，云旗飘扬蔽天；它还具有人的形象和意志，身着“青云衣兮白霓裳”，能够“举长矢兮射天狼”；它又具有人的情感和思想，所谓“长太息兮将上，心低徊兮顾怀”；它在高空驰行一天之后，沉落入西方冥冥之境，却又不知疲倦地“撰余辔兮高驼翔，杳冥冥兮以东行”。从《东君》的描述中可知，先秦楚地流传的太阳神的故事有着丰富生动的内容和瑰伟奇丽的色彩。当然，《东君》中描述的太阳神及其举止，已经是在长期流传过程中不断得以增华、润色并且又为屈原所修改加工过的神话。但尽管如此，这一神话由于始终在民间流传而成为祭歌的内容，而屈原则只是在叙录了原始神话的民间祭歌基础上“更定其词，去其泰甚”而已，故其基本内容仍保持了较为原始的状态。这一神话可以说充分反映了上古先民对太阳及其运行活动的直观感受和深切体察，显示出上古先民对太阳的理解和描述时的丰富想象力和不自觉的艺术创造力，是先秦解释自然的神话中的代表。

随着氏族社会的发展，上古先民的自我意识逐渐增强，进而也致力于对人类自身的探索，企图解开人类自身及其生活环境的形成之谜，于是逐渐产生了如前章第三节所述的“女娲化生万物”和“伏羲女娲齐天育人”这样一些人类以及世界起源的神话。这些神话因与人类和自然的历史密切联系着，故在长期流传过程中，伴随先民历史意识的增强和认知能力的提高而较一般自然神话有着更多的补充和润饰，也较一般自然神话有着更加丰富多彩的内容和惊心动魄的情节、大胆奇伟的幻想和跌宕起伏的描述，充分显示出上古先民的集体智慧和创作才能。

第二节　反映人类与自然作斗争的神话

洪水泛滥，烈日暴晒，地震突发，林火时作，猛兽横行……大自然的严酷无情，时刻威胁着上古先民的生存。在求生存、图发展而与自然作斗争的过程中，先民虽对自然物与自然力无法正确理解，却产生出驾驭它们的强烈愿望，于是便逐渐产生了在幻想中征服自然、支配自然的神话。这类神话在楚文学作品中有较多的叙录和描述，其中最为著名的是《夸父追日》、《后羿射日》和《鲧禹治水》，它们都是我国古代神话宝库中的珍品。

《夸父追日》是一个悲壮的神话故事：

> 夸父与日逐走，入日。渴欲得饮，饮于河渭，河渭不足，北饮大泽，未至，道渴而死。弃其杖，化为邓林。①
>
> 大荒之中，有山名曰成都载天。有人珥两黄蛇，把两黄蛇，名曰夸父。后土生信，信生夸父。夸父不量力，欲追日景，逮之于禺谷。将饮河而不足也，将走大泽。未至，死于此。②

赤日炎炎、久旱不雨而万物焦渴的自然灾难，当是这一神话产生的现实基础。上古先民在旱魔面前显得十分渺小而无力抗拒，可是他们不甘心于逆来顺受、任其煎熬，便幻想出夸父这位敢与烈日奋争、志在征服烈日、必胜方休的神话英雄。烈日毕竟是先民所无法征服的，夸父虽然逐入日中，却也不免“道渴而死”。但是，夸父死而犹生，“弃其杖，化为邓林”，尚且为人们遮日纳凉，消暑爽身。夸父的形象，充分体现了上古先民与大自然作斗争的不屈不挠的精神。《夸父追日》的神话，雄奇悲壮，洋溢着积极昂扬的浪漫主义精神。

《后羿射日》神话，在《山海经》、屈骚和《淮南子》中都有叙录，

---

① 《山海经·海外北经》。

② 《山海经·大荒北经》。

它产生的现实基础，当与《夸父追日》相同。在上古先民的臆测中，烈日之所以久曝、旱灾之所以难除，是因为天上有十个太阳。这十个太阳悠闲自得地沐浴休息，由三足乌驮载它们驰行游乐，并且不断放射出灼物燎人之火，毫不顾恤下民的疾苦。出于征服烈日的愿望，上古先民将人间射艺高强的人物神化，幻想出一位具有无穷神力的射日英雄后羿。后羿奉天帝之命“恤下地之百艰”①，“射十日，中其九日，日中九乌皆死，堕其羽翼，故留其一日也”②，又射杀了许多于民为害的恶禽猛兽。《淮南子·本经训》有比较详细和完整的叙录：

> 尧之时，十日并出，焦禾稼，杀草木，而民无所食。猰貐、凿齿、九婴、大风、封豨、修蛇皆为民害。尧乃使羿诛凿齿于畴华之野，杀九婴于凶水之上，缴大风于青丘之泽，上射十日而下杀猰貐，断修蛇于洞庭，禽封豨于桑林。万民皆喜，置尧以为天子。

在这段文字里，先秦楚文学中关于“帝降夷羿”③“以扶下国”④的叙说，变成了人帝唐尧命后羿为民除害的事迹，从而反映出神话已被历史化的演变迹象。不过，其叙录的神话内容不仅丰富集中，而且基本上保持了原貌。这一神话，当起源于原始社会的渔猎生活时期。后羿的英雄形象，带有部族里在与自然作斗争时建有功绩的勇士的影子。后羿战天斗地、无往而不胜的故事，反映出上古先民的生产技艺（主要指劳动工具的发明和使用）的提高和生活能力的增强，体现了上古先民征服自然、改造自然的坚强意志和必胜信念。后羿神话在传承过程中，又随氏族社会的发展而演变，并且增添了如“革孽夏民”⑤“羿请不死之药于

① 《山海经·海内经》。
② 《天问》王逸注。
③⑤ 《天问》。
④ 《山海经·海内经》。

西王母，（羿妻）姮娥窃以奔月”[①]等许多内容，成为内容丰富、情节复杂的神奇故事，对后世文艺创作有着较大的影响。

《鲧禹治水》神话，可以说是上古先民在与自然作斗争中集体创作的最为奇伟瑰丽的故事。《天问》《山海经》《淮南子》等楚文学作品对这一神话叙及尤多也叙录尤详。尽管楚文学作品中的叙录依然是散见于各处的片断式的叙录，但由于其片断的数量较多，综合观之便可以比较全面地了解这一内容极为丰富复杂、情节十分曲折动人的故事概貌。据楚文学作品的叙录可知，在传说中的尧舜时代，“共工振滔洪水，以薄空桑”[②]，以致民不聊生。鲧为了救民于洪水泛滥之中，盗窃了天帝的一种能够自生自长的神奇土壤——“息壤”来堵截洪水，结果治水未成，却因触怒了天帝而被杀死在“羽山”荒野，永世不得复生。可是，鲧虽然被“永遏在羽山”，尸体却三年不腐，而且还在腹中孕育出其遗志和事业的继承人禹。禹秉承天帝之命，全力治水。他首先击败共工，断绝洪水之源；继之以各种方法治水，不仅像其父那样布土堵截，而且还开河疏导，让应龙用尾巴画出通海河道，自己随后开河导水入海。由于治水工程艰巨复杂而又旷日持久，他的足迹踏遍九州。在“巡省南土”时，他遇到涂山氏女，与之爱而成婚，但婚后即长期在外治水不归。最后，他终于“抑下鸿，辟除民害”[③]，完成“平治水土，定千八百国”[④]的伟业。这一神话，显然是上古先民在特定历史时期里的生活与斗争的全景观照和折光反映。它的气势宏伟，格调高昂，影响也尤其巨大，是我国古代流传最广、代表性最强的神话故事。除了楚文学作品的叙录之外，《尚书》《墨子》《国语》等先秦中原文学作品也都对它有零星的描述，后世著作对它更是多有引述和增益。

上古之时，先民生息和繁衍之地多在江河流域、湖泽水畔，洪水泛

① 《淮南子·览冥训》。
② 《淮南子·本经训》。
③ 《荀子·成相辞》。
④ 《淮南子·修务训》。

滥是他们经常遇到并且与之长期斗争的自然灾害，因此，世界上许多民族都有关于洪水的神话。古巴比伦、古埃及和古印度这些世界文明发祥地所产生的洪水神话，其情节和内容大体都同于《圣经》里叙录的《诺亚方舟》故事。该故事的大意是说，人类触怒了天神，天神便降洪水予以惩罚，结果世界上所有的人都被洪水吞没了，唯有某对夫妇、或某对兄妹、或某一家人事先得到了天神的警告，登上了一只小舟而幸存下来，他们又顺从天神的旨意繁衍人类，成了人类的祖先。比较而言，世界上各古老民族的洪水神话，大都着意渲染洪水泛滥给人类带来的毁灭性灾难，着重强调人类只有服从天神的旨意才能生存和繁衍。而作为世界文明发祥地之一的中国产生的华夏洪水神话，主要描述的是"治水"而不是逃命，特别突出的是前赴后继的斗争精神和"人定胜天"的理想主义。《鲧禹治水》神话，没有反映出人类在大自然面前的无能为力和无所作为，而是显示了人类征服大自然的自信心和自豪感；已经不是神话发展处于低级阶段的产物，而是神话发展至高级阶段的果实；完全不同于在狭小地域里发展起来的上古民族对苦难历史的遥远回忆，而是在广大地域里融合而成的上古民族对其奋斗历程的真实记录，尤其鲜明而强烈地体现出自强不息的中华民族精神。

第三节　反映人类的社会生活及其矛盾冲突的神话

在原始社会，随着生产力的发展，人口的增多，氏族部落的社会生活日益丰富复杂、社会交往日益频繁密切，与之俱生的矛盾和冲突也日益增多和加剧了。上古先民无法正确地理解和说明社会生活的各种现象与矛盾冲突，便以神话的虚幻形式予以表现。《黄帝与蚩尤之战》就是这类神话中的典型故事：

蚩尤作兵伐黄帝，黄帝乃令应龙攻之冀州之野。应龙畜水。蚩尤请风伯、雨师，纵大风雨。黄帝乃下天女曰"魃"，雨止，遂杀蚩尤。[①]

这一神话，是原始社会的部族之间发生的大规模争夺战争的折光反映。《山海经》中叙录“海内昆仑之墟，在西北，（黄）帝之下都”，又叙录“应龙处南极，杀蚩尤与夸父”。由楚文学作品中的叙录可知，黄帝与蚩尤分别是居于我国西北和东南的两个强大部族的首领。他们都率领族人向土厚水深的富饶中原迁徙，于是为争夺生存空间而发生了一场殊死恶战。双方都请来了与之亲善的酋邦助战，但习惯于阴雨气候的南方蚩尤酋邦联盟，终于敌不过适应干旱环境的黄帝酋邦联盟，黄帝凭借地利而击败了蚩尤，并且追杀蚩尤族及与之联盟的夸父族直至南方。神话生动地描述了这场极为激烈而残酷的战争：蚩尤自恃兵器精良，向先入中原而抢占了肥美之地的黄帝发动进攻，黄帝则使应龙蓄水以阻其势、陈军以待其劳，蚩尤便招来南方盟友——风伯和雨师，发动了鼓风泼雨、昏天黑地的强大攻势，黄帝也请来了北方的盟友——旱神女魃从容应战，最后云散天霁，风伯和雨师被降伏，蚩尤也被擒杀。《山海经》中对这一神话的叙录虽然简约，却有着惊心动魄的故事情节和移神眩目的艺术魅力。

透过这一神话，可以窥知中国上古历史发展的真实进程，可以了解华夏族融合形成的真实过程。“黄帝与蚩尤之战”，实际上是中国原始社会末期的一个影响深远的历史大事件。从西北进入中原的黄帝族，就是因为取得了这场战争的胜利而最终成为中原诸族的宗主；从四方聚会中原的诸族，也就是通过这场战争而依附黄帝族以至初步形成了华夏酋邦联盟。因此，司马迁在《史记·五帝本纪》里抹去了传说中的神话色彩而据此直接作历史陈述：“黄帝乃征师诸侯，与蚩尤战于涿鹿之野，遂禽杀蚩尤。而诸侯咸尊轩辕为天子，代神农氏，是为黄帝。”黄帝于是就被后人想象成和尊奉为华夏族的祖先，这一神话于是也在后世传播广

① 《山海经·大荒北经》。

远。它的演变和发展，一直持续到唐、宋时代，只不过越来越被历史化并渗入了阶级社会的统治阶级意识。黄帝被尊崇和颂扬为至高无上的偶像、主宰宇宙的天帝，蚩尤则被贬斥和丑化为狰狞怪异的恶神、暴虐无道的乱臣。

反映社会矛盾与冲突的典型神话，又如《刑天与天帝之争》：

刑天与天帝争神，帝断其首，葬之常羊之山，乃以乳为目，以脐为口，操干戚以舞。①

由于不满天帝的专制统治，刑天勇敢地起来与天帝斗争，志在争取其作为神的平等、自由权利，却不幸遭到了天帝的残酷镇压，变成了无头之鬼，可是他坚贞不屈，猛志固在，以双乳为目，以肚脐作口，扬盾挥斧，奋舞不已。这一神话，当产生于由原始社会向阶级社会过渡而绝对权威的统治者已经出现的时期，反映了被压迫者反抗专制权威的愿望和斗志。苏联的伟大作家高尔基在《苏联的文学》中指出："奴隶主愈有力量和权威，神就往天上升得愈高，而在群众中间就出现了一种反抗神的愿望。"刑天的形象，就是上古先民依据其反抗人间帝王的沉重压迫之意愿而幻想出来的神话英雄；刑天神话所寓含的意义，实际上就是中华民族所形成的为实现自由平等、光明幸福的理想社会而生命不息、战斗不止的光荣传统的滥觞。

由于中华民族曾长期遭受着内忧外患，刑天勇于反抗、虽死不屈的精神也被历代爱国爱民的文人学者、志士仁人倾心歌颂并且发扬光大。东晋大诗人陶渊明作有《读〈山海经〉》一诗：

精卫衔微木，将以填沧海。刑天舞干戚，猛志固常在。同物既无虑，化去不复悔。徒设在昔心，良辰讵可待！

① 《山海经·海外西经》。

鲁迅则对陶渊明这种犹似刑天的“金刚怒目式”反抗态度和不屈意志深表赞赏。

这类反映社会生活及其矛盾和冲突的神话，在先秦神话中占有很大比例。中国上古社会的历史发展特别复杂，中国上古先民的祖先崇拜观念尤其浓厚，反映氏族部落的社会生活及其矛盾冲突的神话也大量产生并高度发展。在这类神话中，往往是神话故事与历史传说杂糅在一起，天神与祖先神统合于一身，最为鲜明地反映出中国神话的特色。正是这类神话的演变和发展，最终构成了有完备的神界组织系统的中国“帝系”神话。有的学者认为，中国“帝系”神话的体系绝不逊于欧洲式的“神系”神话。但事实上，所谓中国式的“帝系”神话与所谓欧洲式的“神系”神话，是不宜相提并论的。因为像古希腊神话中作为网络核心的主神宙斯，其原型是自然现象的雷电；而中国神话中作为网络核心的主神黄帝，其原型是原始社会的部族首领，这是其一。其二，西方式“神系”神话的演变发展，是将自然现象予以人格化的过程；而中国式“帝系”神话的演变发展，是将历史人物予以神性化的过程。其三，西方式“神系”神话的形成，是人类对童年时代的天真、幼稚的幻想故事的自然而然地演变发展的结果；而中国式“帝系”神话的形成，则是人类对童年时代的天真、幼稚的幻想故事的有意无意地整合编排的结果。

折光地反映中国上古社会生活的神话，在中国封建社会很长的历史时期里，都有着增删和修改的演变。不过，应该说，这已经不再是神话的发展，而只能看作是神话的变异。当然，尽管在封建社会里变异了的上古神话已经越来越多地渗入了后世统治阶级的历史意识和哲理观念，从而使得古朴天然的上古神话丧失了原有的风韵，但它又毕竟不可能被全部抹去固有的本色，只要对它作合理的辨析与合理的剔除，依然可以领略到它的魅力。

中国神话研究的先驱之一茅盾，在他 1928 年出版的中国第一部系统研究神话的专著《中国神话研究 ABC》中明确指出，秦汉以前只有楚文学作品中叙录的神话最多，而且改动不大。楚文学中叙录的神话，也就是汇集的中国上古神话。楚文学中的神话类型，与世界各古老民族的神话类型是大致一样的，因为“一般讲来，神话乃是自然现象、与自然的斗争以及社会生活在广大的艺术概括中的反映”[①]，这反映了全人类在童年时代的历史文化发展的共同性。楚文学中的神话，则是中国上古社会所独有的。尽管有些神话与其他国家和民族的神话在题材和内容上有相近或相似之处，但其意旨和情节却往往相去甚远，这反映了中国上古社会的历史文化独自发展的特殊性。

① 高尔基 . 苏联的文学［M］// 文学论文选 . 北京：人民文学出版社，1958：320.

第五章　神话与文学

神话不是历史，却是历史的影子；神话不是哲学，却是哲学的萌芽；神话不是文学，却是文学的前身。

尽管上古神话是上古先民世界观的综合反映，但同时它又是上古先民社会生活的折光反映，而且其反映方式与文学相通相似，因此，神话最具有文学的基质和特征。古往今来的历史学家、哲学家、宗教学家、民族学家、人类学家、神话学家等诸学科专家虽然对神话作有种种解释，以致关于神话的理论形形色色、关于神话的著作不计其数，但有一点认识可以说是共同的，那就是都不否认神话是上古先民集体创作并且用语言讲述的其所幻想的神奇故事。正是基于对神话这一基本特性的认识，人们往往首先将神话看作原始状态的文学，并且将神话纳入语言艺术的范畴。

马克思在《摩尔根〈古代社会〉一书摘要》中摘引美国民族学家和原始社会历史学家摩尔根的话说：

> 在野蛮期的低级阶段，人类的高级属性开始发展起来。……想象，这一作用于人类发展如此之大的功能，开始于此时产生神话、传奇和传说等未记载的文学，而业已给予人类以强有力的影响。

不言而喻，摘引此语的马克思自然是十分赞同摩尔根的观点的，他也将神话看作是原始社会的口头文学。

20 世纪以来，西方一些学者认为以往对神话的文学性强调得太过火，因而力图重新界定神话，强调神话多功能、多涵义的文化性，但是，他们也不得不承认神话最突出、最主要和最有影响的特性还是文学性。

马林诺夫斯基即在《巫术科学宗教与神话》的“结论”部分写道：

> 我在全书底企图，都是要证明，神话在一切之上乃是一个文化力量；但它不只是文化力量而已。它显然也是一个记述，而且是记述便有文学一方面。文学这方面，固嫌大多数的学者加重得过火，但完全忽略了也不是。神话包含着以后成功史诗、传奇、悲剧等根苗；而且神话已被各种民族底创作天才用到史诗、传奇、悲剧等文学以内，已被用到文明中自觉的艺术以内。

马林诺夫斯基是西方功能主义文化人类学派的奠基人，他特别强调神话的功能性和社会作用，认为神话是为满足人类原始的和基本的需要的产物。尽管如此，他也清楚地意识到不能忽略神话的“文学这方面”，不可无视神话对后世文学艺术的巨大影响。他的观点，在西方学者中是颇有代表性的。

鲁迅在20世纪30年代初就对神话与文学的关系作了明确的阐述。他指出：

> 神话不特为宗教之萌芽，美术所由起，且实为文章之渊源。①
>
> 在古代，不问小说或诗歌，其要素总离不开神话。印度、埃及、希腊都如此，中国亦然。②

鲁迅之说，诚然可谓简要而精当。

正因为神话本身就具有文学的特性，正因为神话与文学密不可分，故只有深透地了解神话与文学的关系，才能清楚地知晓神话对文学的最

---

① 鲁迅．中国小说史略［M］// 鲁迅全集：第9册．北京：人民文学出版社，1981：17.

② 鲁迅．中国小说的历史的变迁［M］// 鲁迅全集：第9册．北京：人民文学出版社，1981：303.

终形成和独立发展的巨大影响。又由于楚文学是在巫风盛行之地、神话流播之乡产生和发展的，又由于楚文学以神话作为其不可分割的内容，故只有深透地了解神话与文学的关系，才能清楚地知晓神话对楚文学的形成和发展的巨大影响。

第一节 神话语言与文学语言

高尔基曾经说过，文学的第一要素是语言，“语言把我们的一切印象、感情和思想固定下来，它是文学的基本材料。文学就是用语言来表达的造型艺术”[①]。神话虽然不能等同于语言艺术，但它在以语言作为基本材料，将上古先民的印象、感情和思想固定下来的特点和方式上是与文学毫无二致的。

当原始人的语言能力发展到一定程度，也即能够较为清楚而明确地表达其印象、感情和思想时，神话也就产生了。而且，神话的发展，又与语言的发展是同步进行、互相促进的。英国历史学家威尔斯在《世界史纲》中说：“叙事能力随着词汇的扩大而增长。旧石器人朴素的个人幻想，没有体系的拜物伎俩和基本的禁忌，开始代代相传，形成了前后更加一致的体系。人们开始讲述故事，讲他们自己，讲部落，讲它的禁忌和为什么必须这样做，讲这个世界和为什么有这个世界等等的故事。”原始人所讲的这些故事，都是对他们在社会生活中所形成的印象、感情和思想的表达，都是以语言形式将其印象、感情和思想固定下来，并且口耳相传地传承下去，只是其印象和思想并非是对社会生活与客观世界的科学反映罢了。同时，原始人的语言表达能力也随着神话的创作和故事的讲述而得以不断的提高。因此，现代西方著名的文化哲学家恩斯特·卡西尔在《人论》中明确指出：

① 论散文［M］// 论文学 . 北京：人民文学出版社，1979：387.

> 语言与神话乃是近亲。在人类文化的早期阶段，它们二者的联系是如此密切，它们的协作是如此明显，以致几乎不可能把它们彼此分离开来；它们乃是同根而生的两股分枝。不管在哪里，只要我们发现了人，我们也就发现他具有言语的能力并且受着神话创作功能的影响。

依照马林诺夫斯基的说法，“神话在原始文化中有必不可少的功用，那就是将信仰表现出来，提高了而加以制定；给道德以保障而加以执行；证明仪式底功效而有实用的规律以指导人群”①。处于十分恶劣的生存条件下的原始人，他们创作神话、讲述神话，并非像文明时代的现代人描写故事、讲述故事这样主要出于娱乐和审美的需要，而是直接源发于和服从于维持生存、求得发展的动机和目的。因此，他们“讲这个世界和为什么有这个世界”的故事，是旨在认识这个世界并且征服这个世界；他们“讲它的禁忌和为什么必须这样做”，是旨在远害避邪以利生存和发展；他们“讲自己、讲部落”，是旨在传述氏族部落的历史文化以增强氏族意识、维护部落团结……他们集体创作并且世代传承的神话，尽管是对世界的歪曲描述和虚幻反映，尽管荒唐悖谬得出奇，但都被奉为确凿无疑的真理，都被赋予并且不断强化其“巨大的价值和权威”。特别是神话与仪式相结合成为原始宗教的理论基础之后，它就越来越成为巨大的文化力量。

正因为神话在原始人的心目中有着至真的神圣性和至大的权威性，构成神话的基本材料——语言，也在原始人的心目中具有神奇的力量。语言不仅将原始人的印象、感情和思想固定下来并且外化为神话，而且在原始人看来，语言能够充当人与神沟通的媒介，能够让神了解人的感情和愿望，甚至能够支配自然和影响外界。因此，原始社会的祭祀活动中，先民便大量讲唱根据神话而作的颂歌、祷辞和咒语。既然语言被看

① 巫术科学宗教与神话［M］. 上海：上海文艺出版社，1987：123.

作是对原始人的生活至关重要的工具，既然语言被看作是能够左右自身和神灵的工具，原始人也就非常迷信语言、重视语言，语言便不仅仅是随着原始人创作神话、讲述故事而自然而然地得以发展，而且是在原始人力所能及地追求语言的词汇之丰富和表现力之提高中发展。只有语言的词汇愈加丰富、表现力愈加提高，才能充分而明确地表达出原始人的印象、感情和思想，也才能创作出和讲述出丰富复杂的神话故事；只有创作出和讲述出丰富复杂的神话故事，才能通过神话的权威力量体现出语言的神奇力量。这一辩证道理，原始人当然是不可能意识到的，但他们出于表达其印象、感情和思想的强烈愿望，出于对神灵的尊崇和对语言的迷信，极力寻求用生动而优美的词语去赞美神灵，用简洁而激愤的词语去诅咒恶物，用明晰而华丽的词语讲述故事。于是，神话因语言的发展而丰富，语言也因神话的发展而发达。

神话语言的发展，也就是服从神话描述形象和叙述情节的需要而逐步文学化，也就是上古先民在集体创作和世代传述神话的过程中不自觉地对神话语言作艺术化的锤炼和丰富。语言的文学化，便增强了神话的文学性，这也就使得今日所见的许多上古神话犹如韵味隽永的文学作品。如《山海经・北山经》叙录的“精卫填海”故事：

> 发鸠之山，其上多柘木。有鸟焉，其状如乌，交首白喙赤足，名曰“精卫”，其鸣自访。是炎帝之少女，名曰女娃。女娃游于东海，溺而不返，故为精卫。常衔西山之木石，以堙于东海。

这个故事的叙录文字虽然不多，却层次分明，有条不紊地交代了精卫栖止的地点，描述了精卫的外貌，追叙了精卫的身世，强调了精卫的行为，可谓语言简明而畅达、精练而生动，由此而展现出精卫不屈不挠、坚忍不拔地同大海作斗争的光辉形象。精卫只是一只小鸟，在浩瀚的大海面前实在微不足道。它衔来细小的木枝和石粒填海，更是徒劳无益。但是，它并没有望海而却步、观涛而泄气，倒是常衔不止，填海不已，使人感到“沧海固然浩大，然而小鸟的坚忍不拔的想要填平沧海的志概却比沧海还要浩大”[①]，故陶渊明在《读〈山海经〉》中满怀感佩之情和钦敬之意地歌颂精卫。可见，“精卫填海”的神话故事是言简而义丰、语约而旨深，有着巨大而永恒的文学艺术魅力。

神话语言与文学语言毕竟是前后两个不同历史阶段的产物，因而具有不同性质的特征。神话语言大都是古朴的、粗糙的上古民间口语，尽管反映出文学化的倾向，但这种语言文学化并非主要出于审美需要，只是一种不自觉的艺术追求的结果，与文学家对民间口语进行自觉地锤炼、筛选而创造的文学语言是不能相提并论的。虽然如此，神话语言却是文学语言赖以形成的基础和提炼的矿藏，文学语言在一定程度上就是从神话语言脱胎出来的。历史上，凡是神话得以充分发育和长期流传的民族和地区，其文学语言往往就丰富多彩和生动优雅。楚文学之所以在战国时代好似奇峰突起，“庄骚”之所以有着缤纷雅丽、准确形象的语言表现，其重要原因之一也在于神话在楚地发育充分和流传久远。

第二节 神话思维与艺术思维

以具体的、感性的艺术形象反映社会生活，是文学区别于其他社会意识形态的根本特征。正如歌德所说：“诗指示出自然界的各种秘密，企图用形象来解决它们；哲学指示出理性的各种秘密，企图用文字来解决它们。”[②]文学作品的形象，又来自作家的创造性想象。在文学作品中，“思想是通过形象说出来的，起主要作用的是想象”[③]。可以说，没有创造性的想象，也就没有文学形象，也就没有艺术美的文学。

① 袁珂 . 古神话选释［M］. 北京：人民文学出版社，1979：91.

② 慧语集［M］// 外国理论家作家论形象思维 . 北京：中国社会科学出版社，1979：35.

③ 别林斯基 . 俄国文学史试论［M］// 文艺理论学习参考资料 . 沈阳：春风文艺出版社，1981：704.

同样如此，没有“创造性”的想象，也就没有神话形象，也就没有艺术美的神话。前面引录的马克思摘引摩尔根之语，就明确指出神话是原始人想象的产物。在《〈政治经济学批判〉导言》中，马克思还特别强调：

> 任何神话都是用想象和借助想象以征服自然力，支配自然力，把自然力加以形象化。……希腊艺术的前提是希腊神话，也就是已经通过人民的幻想用一种不自觉的艺术方式加工过的自然和社会形式本身。

神话所用的想象和所借助的想象，也就是神话思维，它是原始人在神话时代所具有的认识世界的思维方式。

神话思维的特征，其一，是思维的心理过程、也即想象，始终为具体表象的运动，为表象的自由联想和自由组合；其二，是思维或想象始终为物我不分、以主体比附于客体的运动，为表象的类比联想与浑沌聚合。原始人的抽象思维能力很低，他们虽然能够从自己的生活经验中得到具体的、感性的表象，却不能在积累大量表象的基础上有效地进行由感性认识到理性认识的逻辑思维活动，实现由感性认识到理性认识的升华。因此，他们尽管对具体的事物有了十分细致的观察和十分明确的印象，却往往不能对同类事物形成抽象的概念。20 世纪的一些西方人类学家在考察了现存的原始部族的状况后指出，许多原始部族的语言中，具体事物都被区分得非常细致，各有其不相混淆的名称，却没有一个概括同类事物的名称。如在巴西中部的一个印第安人部落的语言中，“每一种鹦鹉和棕榈树都有它自己的名称，却没有一个表达‘鹦鹉’这个类或‘棕榈树’这个类的名称”[1]。原始人的思维过程，始终是所联想到的各

① 斯泰恩 . 巴西中部的原始民族［M］// 卡西尔 . 人论 . 上海：上海译文出版社，1985：173.

种感性表象的运动过程，也始终是具体形象的形成过程。原始人的思维结果，就必然是各种表象组合而成的感性的、具体的形象，也就必然是自然和社会形式本身的形象化。又由于原始人不具备由表及里、去伪存真的抽象思维能力，不能够认识到事物的本质特征，对于变化无穷的天地万物感到茫然无知和神秘难解。他们出于了解世界的好奇心和征服自然的渴望，对天地现象和自然奥秘作不懈的探求和寻释，但只能凭借所积累的感性印象去臆测、凭借所体验的自我感受去比附，因而将物我混融在一起，将主体与客体互渗为一体，以为山水有情、草木有知，走兽有性、飞禽有灵。因此，他们的思维过程，也就必然是神异化、灵性化了的神话形象的形成过程；他们的思维结果，也就必然是将自然和社会形式本身加以形象化了的神话。《山海经》中描述的山神形象，或“龙身而鸟首”，或“人面牛身”；描述的神人形象，或“其为人长头，身生羽”，或“其为人面而鱼身，无足”。在古希腊神话中，爱神厄洛斯是童身而长有鸟翅，魔女斯芬克司是人面狮身而带翼。这些神话形象，都是神话思维的结果，都是表象的自由联想和自由组合的产物，鲜明地反映出物我不分的思维特征。另外，《山海经》中有帝俊之妻羲和生十日的神话传说，古希腊有盖娅生出天空、高山与大海的神话故事，世界上许多民族还都有用泥土造人的古老神话，这些神话即鲜明地反映出神话思维在将自然和社会形式本身予以形象化时的以己度物、主观臆造的特征。

以科学的逻辑思维与神话思维相比较，神话思维显然是浑沌的、荒谬的、缺乏理性逻辑的主观幻想，是人类在童年时代所具有的原始的和低级的思维形式。但是，以艺术的形象思维来与神话思维相比较，就可以看出神话思维包含着艺术思维的要素，体现有艺术思维的特性。

艺术思维即形象思维的基本要素，就是创造性的想象，也就是通过对记忆表象的加工改造、分解组合而创造出新的艺术形象。神话思维的要素同样是创造性的想象，也就是马克思所说的在“幻想中用一种不自觉的艺术方式加工”而创造出的具有艺术魅力的新形象。艺术思维的想象与神话思维的想象在构成新形象的方式上是一致的，都是表象的分解与组合。当然，两者又是有着本质区别的：前者是受理性逻辑指导和制约的、主要以审美为目的的自觉的艺术加工方式，后者却是不受理性逻辑指导和制约的、主要以功利为目的的不自觉的艺术加工方式。不过，正因为后者是无拘无束的，才显得天真浪漫、自由奔放，并且由此而构成瑰丽的图景和诡谲的形象，让人视之而好似进入了诗的艺术境界。无怪乎西方哲人黑格尔在《美学》中说："古人在创造神话的时代就生活在诗的气氛里。"还有一些西方文人学士甚至认为神话就是诗，认为"只有诗人才能正确领悟神话"[①]。从楚文学作品中叙录较多的太阳神话，即可以了解到神话思维的创造性想象的特征，可以体悟出神话所具有的诗的美感。如：

> 汤谷上有扶桑，十日所浴，在黑齿北。居水中，有大木。九日居下枝，一日居上枝。[②]
>
> 汤谷上有扶木，一日方至，一日方出。[③]

这就是上古先民因对太阳及其隐现之谜无法科学地理解而想象出来的神话故事。在这一神话中，太阳被上古先民在"逞神思而施以人化"的不自觉的艺术加工过程中成了群居一方、轮流值班而有情有欲、有灵有性的形象。这一神话，已构成颇有诗情画意的奇丽境界。如果说《山海经》叙录的太阳神话尚显简略的话，那么，前章第一节所叙的《九歌·东君》描述的太阳神故事，即以其较丰富的内容充分显示出神话思维的创造性想象所具有的高度艺术性。太阳神话以《东君》这一优美诗章描述出来，也更加清楚地反映出神话与诗的韵味通合关系。

艺术思维的主要特性，在于其创造性的想象过程同时也是对社会生

① 卡明斯基．神话理论［J］．易方，译．民间文学论坛，1986（1）．

② 《山海经·海外东经》。

③ 《山海经·大荒东经》。

活的概括过程，故艺术思维所创造的形象能够概括地反映社会生活，体现社会生活的本质意义。神话思维当然不具备艺术思维那样的高度概括能力，但其表象联想的思维活动也并非没有概括性，只是这种概括性因思维者缺乏理性心理背景和自觉性而显得较弱罢了。随着神话思维的发展，其概括能力也有所增强。有许多神话形象，就寓含较为丰富而深刻的社会意义。特别是那些产生于神话时代后期的英雄神话、那些将部族英雄予以神化了的故事，已经塑造出具有典型意义的神话形象。前章第二节叙及的《夸父追日》、《后羿射日》和《鲧禹治水》神话中塑造的夸父、后羿和鲧、禹的形象，都具有较强的典型意义。尤其是《鲧禹治水》神话故事，用不自觉的艺术方式对上古先民长期抗洪救灾的艰难历程作了高度概括的反映。神话中的鲧，也就好像古希腊神话里从天上盗火给人类而被宙斯锁在高加索山崖上惨受折磨的普罗米修斯一样，是“哲学历书上最高尚的圣者和殉道者”[①]，是为解救人类苦难而英勇牺牲的伟大英雄。鲧用息壤“以堙洪水”的失败，反映了上古先民以土石堵截汹涌狂暴的洪水的失败；鲧的英勇献身，反映了上古先民在与洪水搏斗之中不可避免的、巨大而悲壮的牺牲。因此，鲧“以堙洪水”的斗争，实际上是上古先民抗洪救灾斗争的缩影；鲧的形象，也不仅仅是上古先民对领导其进行抗洪救灾斗争的部族首领的神化和美化的形象，实际上还是上古先民奋战洪水、不畏牺牲的群像的集中、概括的体现。接替其父而终于平息洪水、消除民害的禹，同样也是上古先民在治水斗争中幻想出来的神话英雄形象，体现了上古先民的高尚品质和高度智慧。禹继承父亲遗志的表现，也就是上古先民在治水斗争中不屈不挠、前赴后继的表现；禹的治水经过，也就是上古先民艰巨曲折、波澜壮阔的治水历程的反映；禹的治水方法，也就是上古先民在治水斗争中反复摸索并以巨大代价换来的治水经验的总结。由此可见，《鲧禹治水》神话，比较全面地反映了上古先民抗洪救灾的艰苦斗争，集中体现了上古先民

① 马克思恩格斯全集：第 1 卷［M］.2 版 . 北京：人民出版社，1995：12.

的理想、智慧、坚忍不拔的奋斗精神和改天换地的创造力量，具有很高的概括性和典型性。

典型性是文学创作的要求和目的。文学创作的过程，可以说主要就是典型化的过程，因此典型化也就成为文学创作的基本法则和基本规律。文学作品只有创造出能够比较集中地体现社会生活之本质意义的艺术典型，或者说只有形成比较深刻地反映社会生活之本质意义的典型性，才能产生巨大而永久的艺术魅力。艺术思维正是具有满足典型化要求、实现揭示生活本质的艺术典型创造的概括能力，因而才成其为特殊的、艺术的思维。神话思维在一定程度上也具有艺术概括能力，故其思维活动能够产生像《鲧禹治水》这样具有很高的概括性和典型性、使后人百闻不厌、常读常新的神话。神话思维的艺术性，神话思维与艺术思维在进行艺术概括和典型创造上的一致性，正是神话之所以具有文学性的根本原因。

当然，神话思维在思维活动中所进行的艺术概括，并非同艺术思维那样是自觉的和有目的的，而是自发的和无目的的，这正是它与艺术思维的本质区别。神话思维之所以能够进行艺术概括，是由于神话时代的上古先民在头脑里贮存的记忆表象，本身就是社会生活中特征较为鲜明且寓有社会意义的现象。只有这些现象才最容易使先民在头脑里形成强烈的印象，先民借助由这些印象转化而成的稳固表象进行自由联想时，进行表象的分解组合而构成新的形象时，自然而然地出于表达其源发于社会生活的感情和思想、尤其是意愿和理想的需要而使之概括化、典型化了。同一神话及神话形象在长期的流传过程中不断被润饰和丰富，其概括化、典型化的程度也就越来越高。由于神话思维是人类在童年时代所形成的特有的和唯一的思维形式，由于神话是童年时代的人类通过神话思维去认识和描述世界的必然产物，神话形象也就并不是有目的地创造而成的，而是在不自觉中以概括化、典型化的艺术方式加工而成的。又由于神话思维不具备抽象思维的能力，即不具备通过概念、判断和推理去认识事物本质的能力，而是建立在以自身类比而形成的万物有灵之观念的基础上的，因此，神话思维的思维活动只会是不遵从生活的逻辑和规律的表象自由联想与自由组合，神话思维的结果只能是“人间的力量采取了超人间的力量的形式”[①]的神话。神话所反映的社会生活，只是一种折光的、幻化的形象反映；神话所具有的典型性，也不是神话直接地、明晰地体现出来的，而是具有抽象思维能力的文明人从投影般地反映社会生活的神话中体悟到的。

“真正的创造就是艺术想象的活动”[②]，而“想象在其本质上也是对于世界的思维，但它主要是用形象来思维，是‘艺术的’思维”[③]。从上述可知，这种以想象为根本特征的艺术思维，尽管与神话思维有着本质区别，但在表象运动的形式和构成形象的方式上是一致的，在概括社会生活的途径和表现典型形象的效应上是相通的。因此，艺术思维实际上是孕育于神话思维又脱胎于神话思维的，是在神话思维基础上的飞跃和升华。艺术思维与神话思维的关系，就好似成人的思想虽然大不同于儿童的思想却又不能割断它们之间的联系一样。艺术思维一旦独立形成，又因文艺创作者喜爱神话而效法其心游万仞的神思、追求其海阔天空的表现，以致不断受到神话思维的启迪和影响而发展提高。

由于神话思维的想象是表象的自由联想和类比联想，由于处在童年时代的人类尚未形成“概念”这一“人脑（物质的最高产物）的最高产物”[④]，而在说明一件事物时只能用另外的具体事物作类比，这样，神话思维就不自觉地采用了比喻的方式，具有比喻的特性。又由于神话思维的想象是物我不分、以主体比附于客体的浑沌聚合过程，又由于其思维结果的神话都是经过了心灵化、拟人化的对世界的反映和表现，这样，神话思维就不自觉地采用了象征的方式，具有象征的特性。即如德国哲学家谢林在《先验唯心论体系》中所说：“希腊神话本身包含着表

① 马克思恩格斯文集：第 9 卷［M］. 北京：人民出版社，2009：333.
② 黑格尔. 美学：第 1 卷［M］. 北京：商务印书馆，1979：50.
③ 高尔基. 论文学［M］. 北京：人民文学出版社，1978：160.
④ 列宁全集：第 38 卷［M］. 北京：人民出版社，1959：177.

示一切思想的无穷寓意和象征。”黑格尔则进一步说明：“所谓‘象征性’只是说，不管神话看来多么妄诞无稽，夹杂着几多幻想的偶然的任意成分，归根到底，它总是由心灵产生的，总要含有意义。”[①] 神话思维所包含的比喻和象征的特性，对后世艺术思维的形成和发展有着极大影响。中国古代的文学创作，就特别重视并且广泛运用比、兴手法。古人总结中国第一部诗歌总集《诗经》的创作经验时，明确指出：“故《诗》有三义焉：一曰兴，二曰比，三曰赋。文已尽而意有余，兴也；因物喻志，比也；……”[②] 古人并且高度肯定了比、兴在文学创作中的作用。刘勰即在《文心雕龙·比兴》中说：“诗人比兴，触物圆览；物虽胡越，合则肝胆；拟容取心，断辞必敢。攒杂咏歌，如川之涣。”可见，比兴实际上就是艺术思维的具体内容和具体表现。所谓“以彼物比此物”[③]“因物喻志”的比，就是自觉地进行类比联想的结果。所谓“先言他物以引起所咏之词”[④]“文已尽而意有余”的兴，就是在进行创造性想象的同时自觉地寓意于象的结果。文学创作中的比兴手法，源自艺术思维联类无穷和取象寓意的特性。而艺术思维的这种特性，正是脱胎于神话思维那种比喻式的联想和象征性的想象。因此可以说，比兴手法的运用，是前文学发展成文学的媒介。

从神话思维中升华出来的艺术思维所创造的具有比兴意味的艺术形象，在比体与被比体之间、兴象与寓意之间，就不像神话那样往往是违背生活逻辑的、随意类比和取象的产物，而是有着符合生活真实的逻辑联系。因此，其艺术形象便鲜明而生动、丰富而深刻。古往今来的文人学士，也都特别强调在文学创作中不可不用比兴手法。

早在理性精神高扬的春秋战国时代，比兴两法就在文学创作中被广泛地、自觉地运用了。不过，中原地区由于较早和较久地受到理性精神的洗礼，使得神话失去了存在的土壤，神话思维没有能够充分发挥其影

① 黑格尔．美学：第2卷［M］．北京：商务印书馆，1979：17.
② 钟嵘：《诗品序》。
③④ 朱熹：《诗集传》。

响。中原人士的艺术思维似乎也因这一重要缘故而先天发育不足，缺乏神话思维那种丰富而奇伟的想象力。先秦时期的中原诗歌，虽然也多用比兴，但更多的是用“敷陈其事而直言之”[①]的赋法。中原散文也基本上都是“直说”，较少有因物喻志、取象见意的艺术表现。

与之形成鲜明对照的是，神话在南方长期流传和滋生，成了“南人想象力之伟大丰富，胜于北人远甚”的重要原因。“要用形象思维”的诗歌创作在南方楚地不仅从未消歇，反而越来越盛，最终孕育出了代表先秦诗歌创作最高成就的楚辞。屈原的楚辞作品，大量采用了比兴手法，而且并非如前人所说的“依《诗》制《骚》，讽兼比兴”[②]，并非像《诗经》那样多将比兴简单地用为诗歌开头的以彼喻此、咏物发端，而是以天地间一切美好或丑恶的东西来象征人的美好或丑恶的品性，以浑然融会于诗中的一连串物象来喻明所要表达的主旨，在所描写的天地万物中普遍存在有依托之情、寄寓之意，整篇诗歌构成为比兴的网络、象征的系统。楚散文同样也大量地、创造性地运用了比兴手法。《老子》《文子》等都多借自然物象以喻事理，不似北方诸子之作那样多为直说。代表先秦散文最高成就的《庄子》，更是多用形象生动的寓言故事以达意明理。寓言本身就脱胎于神话，叙外物以喻己意、托他事以明己言的寓言方式，正是发展神话思维的比喻和象征功能的结果。《庄子》往往采用一连串的寓言故事以缀篇成文，以致构成了完整的比兴象征体系。不言而喻，“庄骚”对比兴手法的创造性运用和发展，正显示出“南人”的艺术思维的成熟。

艺术思维中的超现实想象，更明显地是直接源出于、脱胎于神话思维。神话思维的想象，本身就是混同天人、超越现实的。由于神话思维不受人间和现实的限制，其想象尤为奇伟和丰富。具有理性精神的成年时代的人类，当然不可能再恢复其童年时代的那种自发的、无拘无束

① 朱熹：《诗集传》。

② 刘勰：《文心雕龙·比兴》。

的、天真浪漫又荒诞离奇的想象力。但在文艺创作中，为塑造鲜明而生动的艺术形象的需要，为表达丰富而深刻的思想感情的需要，完全可以自觉地借鉴神话思维的超现实想象方式，将神话思维的超现实想象发展成为艺术思维的超现实想象。艺术思维的超现实想象，是以理性认识为心理背景的，是与逻辑思维相配合的。因此，其想象的方式虽然具有奇幻的超现实性，其想象的结果却具有高度的现实性。即不再像神话思维那样是将“人间的力量采取超人间的力量的形式”，而是借超人间的力量来表现人间的力量的形式；不再是神居于世界的主导地位，而是人居于世界的主导地位。

在文艺创作中运用超现实想象，可以描绘出瑰丽的画面，塑造出生动的形象，表达出强烈的情感和复杂的思想，尤其是表达出高洁的心志和高远的理想，从而产生出震撼人心的艺术魅力，这已是为古今中外的文学艺术发展史所充分证明了的。当超现实想象被自觉地和自如地运用在文艺创作中时，艺术思维也就发展成熟了。成熟的艺术思维的出现，又必须依赖两个前提条件。其首要条件，就是神话的大量存在和神话思维的高度发展。因为艺术思维的超现实想象所借助的思维材料，主要是从神话中撷取的人物和事件；所运用的思维方式，也主要是因袭神话思维那种打破时空、混同天人的联想方式；故没有大量存在的神话和高度发展的神话思维，也不可能孕育和发展出具备超现实想象能力的成熟的艺术思维。其次的必要条件，则是理性认识的大量积累和抽象思维的高度发展。因为艺术思维的超现实想象，是用于通过超现实的形式反映现实生活的内容，用于通过无涯无绪而奇幻虚无的艺术表现来揭示社会生活的本质和规律，故没有大量积累的理性认识作为心理背景，没有高度发展的抽象思维配合与规范超现实的想象，就不可能自觉地进行有意义的表象联想和表象组合，就不可能创造出具有典型性的艺术形象，也就不可能真实地反映现实生活、深刻地揭示社会生活的本质和规律。

春秋战国时代，中原人士那伴随着理性认识的提高而发展起来的抽象思维，已经相当成熟。历史散文和诸子散文在中原的兴盛，就显示了中原人士的抽象思维水平，反映了中原人士的理性认识成果。然而，由于神话在中原较早地消歇和散亡、中原人士的艺术思维未能受到神话思维的充分孕育这一重要原因，中原人士也似乎尚未形成具备超现实想象能力的成熟的艺术思维，故其文学创作主要为人们所常说的现实主义的艺术表现，主要是对现实生活的如实描写，少有超现实的、即如人们所常说的浪漫主义的艺术表现。《诗经》多为“饥者歌其食，劳者歌其事”的作品，因此被今人称之为“奠定了我国文学的现实主义基础”①。《论语》《墨子》《孟子》《韩非子》《左传》《国语》等散文著作，大都直言其理、直叙其事，所谓的现实主义精神始终占居着主导地位。而且，它们并非自觉而充分地运用艺术思维去创造艺术形象，并非有意识和有目的地通过艺术形象反映社会生活，严格说来只能是文学附丽于哲学或史学的作品，所显示的抽象思维水平远远高于形象思维——也即艺术思维的水平。因此，先秦的中原文学从总体上看也未能达到文学的成熟阶段。

艺术思维赖以发展成熟的两个前提条件，在春秋战国时代的中原虽不具备，但在其时的南方楚地则具备了。楚地长期为蛮夷之土、巫风之乡和神话世界，故神话思维的影响一直很大。又由于中原的理性精神在社会大变革、文化大融合的春秋战国时代强烈地影响着楚人，又由于楚人为实现“抚有蛮夷”“以属诸夏”的宏愿而积极吸取中原人的理性认识成果，又由于社会生产的发展大大促进了楚人的思想解放，楚人的理性精神之强度和理性认识之高度至春秋晚期便较中原人有过之而无不及。如上编第二章所述，孔子、墨子等中原思想家的学说，尚未达到思辨哲学的高度。在先秦时期，真正可以称之为哲学的理论，首先是由楚人创立的。《老子》《庄子》以及屈骚等楚人作品，显示了前所未有的理性精神和理性认识。

楚地既然具备艺术思维赖以发展成熟的条件，成熟的艺术思维首先

① 张松如．中国诗歌史［M］．长春：吉林大学出版社，1988：111.

体现在楚人或受楚文化孕育产生的著作中。《老子》不仅多用比喻，而且不乏借助超现实想象的文学描绘。如其第二十一章中对“道”的阐释即如此。《庄子》一任神思，“跐黄泉而登大皇，无南无北，奭然四解，沦于不测；无东无西，始于玄冥，反于大通”[①]，借助驰骋天地的想象以作超现实的艺术表现，将所要阐发的哲理寓于鲜明生动的艺术形象之中，其文因而汪洋恣肆、仪态万方，成为真正艺术化的文学作品。屈骚则充分利用了神话遗产，充分运用了神话思维式的超现实想象。就如有的学者所指出的那样：“就现在闻见所及的史料而言，在全世界范围内，首先把超现实想象作为一种自觉的艺术思维来运用，并已提供成熟经验的，乃是我国古代伟大的爱国主义诗人屈原。……神话的超现实想象是不自觉的，而屈原辞中的超现实想象则是自觉的艺术思维活动。”[②] 在屈原代表作《离骚》中，诗人驱龙御凤，役使众神，上叩帝关，下求美女，完全成了天国的主人、宇宙的灵长。屈骚也在这种天国与人间相观照、幻象与现实相交融的艺术表现中，展示出奇伟瑰丽的艺术境界和鲜明生动的艺术形象，从而成为中国诗歌创作的典范。

第三节　神话基质与文学基质

“艺术就是从感情上去认识世界，就是通过作用于感情的形象来思维。”[③] 文学的基本特征是形象性，而文学作品中艺术形象的鲜明性和生动性，则有赖于艺术形象所表达的情感的真实性和丰富性。艺术形象虽然是用语言描绘出来的，但实际上是作者用情感灌注而成的，就像中国大诗人陶渊明因情以物迁、辞以情发而描绘出“采菊东篱下，悠然见南山。山气日夕佳，飞鸟相与还”的艺术境界一样，就像法国大作家巴尔

① 《庄子·秋水》。
② 金开诚. 文艺心理学概论［M］. 北京：人民文学出版社，1987：86.
③ 阿·托尔斯泰. 论文学［M］. 北京：人民文学出版社，1980：31.

扎克以“发自灵魂深处的感情”[1]而塑造出人格化、个性化的艺术典型一样。因此可以说，形象是文学的外在表现，而感情是文学的内在基质。

在文学作品中，形象因情感而富有生命，情感则随形象而产生力量。作者将其在社会生活中陶冶出的情性、将其在社会生活中感发出的情绪赋予艺术形象的创造过程，也就是将人的本质力量赋予艺术形象的对象化过程，这样创造出的人格化的艺术形象，必然具有与世人的心灵相通合、与世人的感情相交流的艺术魅力。

文学主要是抒发情感的，而情感是体验社会生活的直接心理反应，故情感的抒发也只适于通过描绘所体验的社会生活来抒发，即通过再现或表现社会生活、通过典型化的艺术形象来抒发。艺术形象是用情感灌注而成的，它当然寓含着思想，但思想并非是借助论说来证明，而是通过形象来显示，因而情感饱满的艺术形象往往大于所要表达的思想。

神话的基本特征也是形象性，而且神话所描绘的形象也是充满感情的。同样可以说，形象是神话的外在表现，情感是神话的内在基质。神话的文学性，又表现在神话与文学都以抒发感情为主、都描绘出灌注情感的形象这种一致性上。

在神话时代，外界力量随时威胁着上古先民的生存。面对变幻莫测而又无力支配的大千世界，他们直接产生着震惊、恐惧、悲伤、喜悦、爱慕、憎恶等心理反应，并且因外界力量对其生活影响的不同而形成了丰富的情感。他们积累于头脑里关于外界事物的表象，就是带有情感的表象。他们不具备抽象思维能力，又只能借助这些带有情感的表象来“形象思维”。他们出于生存和发展的需要而渴望了解和征服外界，渴望通过展示自己的心灵和宣泄自己的情绪来感动或影响外界，于是便借助带有情感的表象联想而创作出神话来。神话是表象的自由联想与自由组合的结果，但神话创作却是以表达情感和愿望为动力的，是伴随着情感的集中和抒发而形成的，因此，神话有着更为明显的感情色彩和更为丰

① 巴尔扎克：《〈古物陈列室〉〈钢巴拉〉初版序言》。

厚的感情内蕴。或许就是在这个意义上，卡西尔才强调说：

> 神话是情感的产物，它的情感背景使它的所有产品都染上了它自己所特有的色彩。①

诚然若是，每个神话故事都有其情感背景和情感色彩。前面所述的太阳神话即如此。由于太阳给人类带来光明和温暖，是人类生存的保障，故上古先民对太阳产生出特别深厚的崇敬和热爱之情。《九歌·东君》中的神话内容，就是在这种情感背景下产生的，它表达出上古先民崇拜太阳的真挚感情。另外，在无法明白事理的上古先民看来，太阳还带给人类以炎热和干旱，而且炎热和干旱往往是人类生存的威胁，故上古先民对太阳又产生有畏惧甚至憎恶之情。《十日浴汤谷》《后羿射日》的神话，就是在这种情感背景下产生的，它表达出上古先民敬畏太阳的真实感情。由此可知，楚文学作品中叙录的太阳神话，有着丰富而复杂的情感背景。神话中的太阳形象，既有善良的一面，又有暴虐的一面，是上古先民对太阳所产生的既爱又怕、既敬又畏、既崇拜又憎恶的丰富而复杂的情感的凝结和外化。

就神话形象而言，它当然是虚幻的、荒谬的，它是童年时代的人类尚且不能分开物与我、客观与主观的神话思维的产物。但是，就神话形象所凝结的情感而言，它却是具体的、诚挚的和真实的。神话作为上古先民对世界的认识和解释，因受到历史条件的限制难免是非科学的；然而神话作为已经形成了的人类对社会生活的体验和表现，则与现代人体验社会生活在心理反应的机制和功能上是基本一致的，故真实地表达了神话时代的人类体验社会生活时所形成的情感。

往昔，许多学者过于强调原始人思维的特殊性。美国著名的人类学家弗朗兹·博厄斯因此指出，原始人与文明人的心灵之间并不存在着根

① 卡西尔．人论［M］．上海：上海译文出版社，1985：105.

本的区别，文明人优于原始人的乃是对客观世界的大量知识，这些知识是由世世代代的先辈们花了巨大的劳动而从痛苦中获得的，人类的精神活动过程基本上是相同的。[①]博厄斯的这一观点是值得重视的，事实上也的确如此，原始人与文明人的思维特性虽然不同，但这种不同只是由于受历史的局限而没有大量积累的理性认识作为思维的心理背景。在思维的心理机制上，在体验社会生活的心理反应功能上，原始人与文明人并没有根本的不同。正是这样，原始人的原始思维、或称神话思维的形式尽管是不合生活逻辑的、非真实的，但其根基却是合乎情感逻辑的、真实的。所以卡西尔在《人论》中说："神话和原始宗教决不是完全无条理性的，它们并不是没有道理或没有原因的。但是它们的条理性更多地依赖于情感的统一性而不是依赖于逻辑的法则。这种情感的统一性是原始思维最强烈、最深刻的推动力之一。"

由于神话是情感推动下的产物，神话故事无论怎样奇谲，神话形象无论怎样诡异，也都具有情感的统一性和真实性，如楚文学作品中叙录的烛龙神话：

> 钟山之神，名曰烛阴，视为昼，瞑为夜，吹为冬，呼为夏。不饮，不食，不息，息为风。身长千里，在无晵之东。其为物，人面蛇身赤色，居钟山下。[②]
>
> 西北海之外，赤水之北，有章尾山。有神人面蛇身而赤，直目正乘，其瞑乃晦，其视乃明，不食不寝不息，风雨是谒。是烛九阴，是谓烛龙。[③]
>
> 魂乎无北，北有寒山，逴龙赩只。[④]

① 朱狄 . 原始文化研究［M］. 北京：三联书店，1988.
② 《山海经 · 海外北经》。
③ 《山海经 · 大荒北经》。
④ 《大招》。

在现代文明人看来，烛龙形象当然是诡异离奇的，烛龙故事当然也是荒诞不经的，因为现实中绝不存在“人面蛇身赤色”而可以光耀天地、主宰自然的山神烛龙。但是，烛龙形象和烛龙故事之所以产生，却有上古先民的真实情感为其基础和背景。烛龙神话，当是生活在西北寒冷地区的原始人为其情感所推动的产物。生活在山高蔽日、风雨时作、昼夜晦暝、四季冰雪之地的先民，因生存条件极为艰苦而形成了对大自然感到畏惧和憎恶的强烈情感，并且为此情感所推动而产生了支配和改变自然界的强烈愿望，于是，无力依靠自身力量去征服自然的先民，只能将其情感外化，自然而然地通过幻想出的光耀天地、主宰自然的山神烛龙来表达自己的情感，满足自己的心愿。这样，烛龙形象的组合、烛龙故事的虚构，却是在先民于特定的社会生活的体验中所形成的真实而具体的情感作用下完成的，虽然荒诞离奇而不合生活逻辑，却丰富真诚而符合情感逻辑。它统一在对特定的社会生活产生强烈的心理反应而形成的具体情感的基础上，反映出生活在特殊生活环境中的先民对待大自然的态度。

研究上古神话的学者大都承认：“神话是这样一种故事，不管它多么荒唐悖谬，在它产生和流传之处，皆奉若真理。”[①]之所以会如此，其根本原因恐怕就在于，上古先民是怀着真诚的和真实的情感去创作神话的，并且又能够从讲述神话中体会到先民共同的真情实感，以致出于情感的真实而相信神话的真实并且奉神话为真理。在无力用实践检验神话之真伪的上古时期，先民只能主要凭感情用事、凭感情去支配一切和衡量一切。

神话所反映的上古先民的情感，不仅具体而真实，还丰富而强烈。这大概主要有以下几方面的原因。

第一，人在生死关头最容易被激发出丰富而强烈的感情。处于随时有生命之虞的恶劣生存条件下的上古先民，对无法支配的外界力量必然

① 卡明斯基. 神话理论［J］. 易方，译. 民间文学论坛，1986（1）.

会以炽热的情感对之发生反应，其情感也就丰富而强烈。上古先民创作神话，并非是用于生活中的消遣，而是有着求生存和求发展的直接功利目的。因此，神话是其在生活体验中形成的丰富而强烈的情感推动下创作的，也必然凝结其丰富而强烈的情感。

第二，神话不是个人的创作，不是个人意识的产物，因而也不仅仅是个人情感的凝结。神话是部族或民族的集体创作，是集体意识的产物，因而凝结了整个部族或民族的情感，其情感自然是丰富而强烈的。

第三，神话自产生以后并非一成不变，而是在部族或民族的世世代代的传承过程中不断得到加工和增益，不断地演变和发展。神话所凝结的情感，在这一过程中自然会越来越丰富，也越来越强烈。

前面所叙的烛龙神话、《夸父追日》神话和《鲧禹治水》神话等，都充分表达了其产生时所凝结的以及在演变中所强化的先民情感。而“女娲化生万物”和“伏羲女娲齐天育人”的神话，则典型地反映了上古先民集体意识的形成和发展、集体情感的凝结和强化。

关于万物之祖和人类之母的古帝女娲的神话，可以说是中国神话中产生得最为古老和发展得最为悠久的神话之一。女娲的原型，可能是原始氏族崇拜的某一图腾。有的学者认为，女娲就是瓜，“是草木繁茂的南方葫芦图腾的产物”[①]。还有的学者认为，女娲就是蛙，是以蛙为图腾的氏族的产物[②]。图腾本身就是上古先民的情感外化的对象物，当某种动物或植物与上古先民的生活尤为密切、或成为上古先民生存所依赖的对象以后，上古先民便对它产生出特别亲切的感情，并且为这种感情所左右而认为它与自己有着亲缘关系，是自己的祖先，于是将它奉为氏族的图腾。因此，无论女娲的原型是瓜还是蛙，都是上古先民情感的凝结。自女娲形象产生之日起，就灌注着上古先民对她的崇敬和热烈的感情。

① 肖兵．楚辞与神话·女娲考［M］．南京：江苏古籍出版社，1986：368.

② 杨堃．女娲考［J］．民间文学论坛，1986（6）.

不过，神话中描述“女娲有体”[1]，描述“女娲之肠，化为神，处栗广之野，横道而处”[2]，描述女娲“人头蛇身，一日七十化”[3]，等等。不言而喻，神话里的女娲这一形象，显然就不完全是以瓜或蛙等动植物图腾为原型的了，而主要是以人为原型的了，已成为人与动物同体的形象了。女娲形象的原型变化，当是神话演变和发展的结果。随着母系氏族社会的历史发展，氏族成员也逐渐将集中在象征性的图腾祖先身上的敬爱之情转移到具体的血缘祖先、即蕃衍出氏族的女性酋长身上。出于对氏族的兴旺和发展有着巨大贡献的女性酋长的极度爱戴和感激的情感，氏族成员由她生育子女而推及她化育万物，并且在世代传述她的故事的过程中将她想象和美化成创造人类和世界的始祖神。女娲原型的演变，是上古先民的情感由身外之物向着人类自身转移的结果；女娲神话的演变，是上古先民的意识由图腾崇拜向着祖先崇拜发展的结果；而在可以具体感知到与己有血缘关系的女娲形象上，凝结了上古先民更加深厚和强烈的情感。

神话中的女娲不仅是创世的女神，而且又是救世的英雄，其整治天地、挽救民众的故事即如《淮南子・览冥训》所叙录。神话描述的天崩地裂、火爁水漫、民不聊生的世界灾难，当是上古之时发生大地震以及地震引发之后果的情景。或许在这场大地震中，有女性酋长领导氏族成员及时躲避和奋力自救，使得氏族成员没有尽遭灭顶之灾；又或许有少数氏族成员在这场大地震中随女性酋长侥幸逃生；总之，幸免于难的先民都将自己得以生还、将氏族得以存在的原因归功于女娲，以为是女娲的业绩和神力所致，因而激发出对女娲极大的感激、敬仰之情，在这种强烈的感情作用下又幻想出女娲重整世界、拯救人类的故事，并且世代传承以表达对女娲的深厚感情。按照中外一些神话研究者的看法，英雄神话产生于创世神话之后，是神话发展到一定阶段的产物，是上古先民

① 《天问》。
② 《山海经・大荒西经》。
③ 《天问》王逸注。

的自我意识有所觉醒，并且能够在一定程度上将主体与客体分开以后的思维结果。女娲神话的救世内容，当也较其创世内容要晚出，反映了先民因情感的增强和认识的深化而导致神话的丰富和发展。

女娲神话流传到父系氏族社会时，由于男子在社会生活中取代女子而占居主导地位，由于一夫一妻的婚姻制度的出现，上古先民的观念和情感发生了变化，其神话内容也发生了变化，女娲于是成了男神伏羲的配偶，女娲神话于是被加工改造成了伏羲和女娲结为夫妇、共同整治天地和生育人类的故事。神话的故事内容进一步丰富了，神话的情感内涵当然也更加深厚了。“伏羲女娲齐天育人”的故事，是上古先民的祖先崇拜意识的最终形成和得以巩固的产物，是上古先民崇敬祖先的情感长期积聚和不断扩充的产物。由此也可见，“女娲化生万物”到“伏羲女娲齐天育人”的神话演变和神话发展的过程，就是上古先民的认识由神到人的进化过程，就是上古先民的情感由客体到主体的强化过程。

具体而又真实，丰富而又强烈，是神话所含情感的两大特征。作为神话基质的情感还有其第三大特征，那就是它激昂而又乐观。

情感，实际上就是人们在社会生活中对客观事物产生的肯定或否定的态度的心理体验。因此，对待客观事物的态度如何，决定了情感的性质和特点。神话所反映的上古先民对待大自然和人类自身的态度虽然复杂，但总的来说，是肯定人类自身的主体力量和否定压迫人类的外界力量的，因而是积极的、进取的，这样的心理体验自然也是激昂而又乐观的。

神话发展的途径大致有两条：一条是神的人化，另一条是人的神化。神的人化，也可以说是神话的社会化和历史化，即在神话时代的早期，上古先民基于万物有灵观念而创造出来的神，本来是自然属性很强而人性很弱的神，但随着社会生活的发展，随着上古先民自我意识的觉醒和增强，这些神便越来越多地被赋予人性，被给以社会化和历史化的改造，以至于其神的自然属性隐而不显、其神的人性和社会性十分突出。神的人化这一神话的发展途径，在古希腊神话的演变中反映得甚为明显。古希腊神话里，主神宙斯本为掌管雷电云雨的雷神，但荷马史诗又描述他不仅是诸神和人类的主宰，还是一个滑稽可笑、性情乖张的氏族首领。中国上古神话由于不似今日所见的古希腊神话那样，经过了荷马式的行吟诗人系统化地整理和加工，故神话的人化过程不如古希腊神话那样清晰，但产生较早而流传较久的神话，大都是沿着这一途径发展的。女娲神话的流变，就显示出这样的发展线索。

人的神化，也可以说是历史的神话化和变形化。这条途径出现较晚，即只有在氏族社会的历史发展到了相当程度的神话时代后期才明显出现。上古先民出于对氏族祖先或部落英雄的极度崇敬的情感，不自觉地将他们想象为超凡脱俗、威力无穷、无所不能的天帝或天神，这样，历史就被抹上了神话色彩，历史人物也变成了神话形象，而且历史传说在世代的传承过程中也越来越多地掺入了神话内容。古希腊的英雄传说里，英雄都是半神半人的形象，都具有神的伟力和人的性情，这便是人的神化的结果。中国上古时期的祖先崇拜观念自形成之后就特别牢固，并且不断得以强化，上古先民的历史意识也随之觉醒和增强，人的神化因而成了中国神话时代后期的神话发展的主要途径。楚文学作品中叙录有十分丰富的古帝传说以及“帝系”神话，就是将历史人物神话化并且随历史发展而演变的产物。

无论是神的人化而形成的神话，还是人的神化而形成的神话，都是上古先民体验社会生活的情感作用下的产物，都是上古先民为表达征服、支配外界力量以利于自身更好地生存和发展的感情和愿望的产物。由于作为神话基质的情感是以肯定人类自身的主体力量而否定压迫人类的外界力量为特性的，故神话的内容尽管千变万化，但激昂而又乐观的情感却始终不变地灌注其中、程度不同地表露其外。

当天崩地裂的“世界末日”来临时，有女娲出来炼石补天，立四极而止淫水，杀黑龙而灭狡虫，使天地得以重建，九州得以安宁，万民得以乐生……

当烈日灼燎大地，以致“焦禾稼，杀草木，而民无所食”之际，有夸父出来与太阳争高低。夸父虽然未能征服烈日，悲壮地“道渴而死”，但所弃之杖却“化为邓林”，不屈地抵抗着太阳的烈焰，为人间布下蔽日的绿荫，为人类长出解渴的嘉桃；又有后羿降世，持“彤弓素矰”仰射太阳，结果“中其九日”，“留其一日”，灾害消除，“万民皆喜”。

当“洪水滔天”“民无所定”之时，有鲧不顾个人安危，毅然“窃帝之息壤以堙洪水，不待帝命”，虽然因触怒天帝而被“殛之于羽山”，却冤死而心不服，尸体“三岁不腐”，并且“化为黄熊”，腹生出其遗志的继承人禹，以不死的精神和永存的壮志终于“平治水土，定千八百国”。

当天帝建立了其专制统治之后，有刑天勇敢地站出来争取平等、自由的权利。他虽然惨遭天帝的镇压，被砍去脑袋，却并未倒下，“乃以乳为目，以脐为口，操干戚以舞”，身已残而心犹未残，头可夺而志不可夺。

上述这些神话形象，在与天斗、与神斗的过程中，始终都是胜利者。无论外界力量如何严酷和强大，但他们的斗争情绪始终是高昂的，他们的斗争精神始终是乐观的。在神话中，尽管有的神取得了事实上的胜利，有的神只取得了精神上的胜利，但他们无论是生还是死，都闪耀着光明的亮色，都显示出无往而不胜的力量。之所以会如此，正是这些神话形象都是由激昂而又乐观的情感所灌注而成的缘故。

马克思在《〈政治经济学批判〉导言》中，对以神话为前提和内容的古希腊艺术和史诗给予了高度的评价，并且提出了令人深思的问题：

> 困难的是，它们何以仍然能够给我们以艺术享受，而且就某方面说还是一种规范和高不可及的范本。

紧接着，马克思就以一连串的反问明确和强调地回答了这个问题，而且深刻地指出了现代人的文学和艺术的创作应从中获得的启迪：

> 一个成人不能再变成儿童，否则就变得稚气了。但是，儿童

> 的天真不使他感到愉快吗？他自己不该努力在一个更高的阶梯上把自己的真实再现出来吗？在每一个时代，它的固有的性格不是在儿童的天性中纯真地复活着吗？为什么历史上的人类童年时代，在它发展得最完美的地方，不该作为永不复返的阶段而显示出永久的魅力呢？

诚然如此，“历史上的人类童年时代”之产物的神话，以它永久的艺术魅力陶醉了一代又一代人。而它那巨大而强烈、持久而永恒的艺术魅力，就在于它充分展示了“儿童的天真”，充分表现了“儿童”的真实。这种真实当然并非是指神话形象具有真实性，而是指神话所表达的情感是具体而真实的，指神话真实地表现了童年时代的人类的自我情性和自我感受。

将天地万物予以人格化而产生的神话，本身就是童年时代的人类对自己的真情实感所作的形象化表达。因此，凝结了童年时代的人类的真情实感的神话形象，就集聚着人的本质力量，是人的本质力量对象化的产物。美来自体会到人的本质力量而产生的快感，神话也就天然地具有艺术魅力。成年时代的人类为神话所陶醉，并非只是因为神话可以勾起对童年时代的回味，恐怕主要的还在于人类所追求的就是情感的纯真和本质力量的实现。神话则能够满足成年人类的心理欲望，让成年时代的人类在心灵上产生共鸣。

神的人化和人的神化，在神话时代都是人的情感更丰富、更强烈地作用的结果，都是人的本质力量更集中、更深入地对象化的结果。由此而形成的神话，只是以神的离奇故事蕴含着的人的情感洪流，只是以神的诡异躯壳包容着的人的本质力量。神话故事所表达的人的情感愈强烈，就越发具有震撼人心的艺术感染力；神话形象所体现的人的本质力量愈强大，就越发具有激励人心的艺术美。成年时代的人类为神话所陶醉，并非只是神的离奇故事和诡异形象可以引起人的好奇心和新鲜感，恐怕主要的还在于高度肯定人类自我。充满激昂而又乐观精神的神话能够振奋人的情绪，激励人的斗志，能够让人意识到自我的存在和自我的力量。

表现人类自我，表现人的真实感受和真实性情，这就是神话之所以具有艺术魅力的关键所在，这就是神话之所以具有文学性的关键所在。文学艺术的根本特性、文学艺术的基本功能，不就是表现“用大字写的人”么！在这一点上，神话与文学是相通的，而且神话还是文学的先导，“就某方面说还是一种规范和高不可及的范本”。不过，神话对人的表现，是童年时代的人类作出的天真的、幻化的和不自觉的艺术表现。成年时代的人类在文学创作中对人的表现，当然不可能倒退至儿童时代而再像童年时代的人类那样去表现，而是应该作富于理性的、高度典型化的和高度自觉的艺术表现。因此，马克思才强调说：“他自己不该努力在一个更高的阶梯上把自己的真实再现出来吗？”

神话因表现人类自我、表现人的真实感受和真实性情而具有巨大而永恒的艺术魅力，神话因此也就成了文学的“规范”和“范本”，文学便自然而然地在神话的影响和催化下形成和发展。在文学的形成期，文学发展的水平与神话发展的程度密切相关。古希腊史诗和艺术之所以有着高不可及的经典式成就，正在于它有着古希腊神话这个必要前提。同样如此，中国先秦文学之所以取得了开源拓流的经典式成就，也正在于有着中国上古神话这个必要前提。不过，由于中国幅员辽阔，南北地区在先秦时期的历史文化发展不平衡，以致其神话的发展不同步，文学的发展也不一致。

由于神话在中原较早地消歇、散亡以及中原人士不能正确地对待和利用神话这一重要原因，中原文学也未能在总体上达到“在一个更高的阶梯上把自己的真实再现出来”的艺术高度。本来，《诗经》中许多“感于哀乐，缘事而发”的民歌，已经是对社会生活进行较为自觉的艺术加工以表达真情实感的作品，显示出文学继承神话精神而摆脱神话形式的飞跃。然而，中原文士弘扬理性精神，摈弃“太古荒唐之说”的神话，同时也反对文学发扬神话那种表达情感和表现自我的方式和功能，片面强调文学“经夫妇，成孝敬，厚人伦，美教化，移风俗”[①]的功利性。孔子以“思无邪”[②]的标准订正《诗经》。经他订正的《诗经》，虽然并未达到如他所说的“乐而不淫，哀而不伤”[③]的效果，但其中表达的情感的真实性大概多少会打上一点折扣。没有丰富而强烈的感情作为动力，也就没有诗情和诗歌的产生。当中原文士受儒家的诗教和文学思想的影响而以“礼义”节制感情之后，其诗歌的创造力也就衰弱了。终先秦之世，中原始终没有出现充分地抒写自我情感的伟大诗人和伟大作品。中原的历史散文和诸子散文虽然都具有文学性，但也并非以借助艺术形象来表达作者的真实情感为主，故不是严格意义上的文学作品。正因为在这些作品中，文学并未从史学或哲学中独立出来，这些作品的作者也尚且只是历史学家或思想家，而不是真正的文学作家。

南方楚地则不然。历史造成了神话在先秦时期的楚地得以广泛地传播和充分地发展，楚文学因此也得以在神话这一前提下和摇篮里良好地发育。

受神话的陶冶，楚地诗歌创作一直蓬勃发展，有着很强的抒情性。楚歌参差错落的句式特征、助词活用的音韵特征，都是适应表达在社会生活中积郁的丰富情感的需要而自然形成的。自“博闻强志”的屈原诞生之后，他为了表达郁积在胸中的深刻的历史感和强烈的现实感，站在了历史的高度和哲学的高度“发愤以抒情”，自然而然地以神话为武库、以楚歌为借鉴而陈辞赋诗。屈骚不仅熔铸了神话题材，发展了神话思维的想象，更重要的是将神话的基质移植为文学的基质，从而确立了文学独立存在和独立发展的基础。屈骚完全是屈原情感的自由宣泄，是屈原性灵的充分表现。其感情的抒发，犹似狂涛奔涌、巨澜翻腾而不可遏止；其性灵的表现，诚为披肝沥胆、昭示本色而毫无遮掩。如此高度而强烈的自我抒情，如此充分而大胆的自我表现，在古今中外文学史上实

① 《毛诗序》。
② 《论语·为政》：“子曰：‘《诗三百》，一言以蔽之，曰：思无邪。’”
③ 《论语·八佾》：“子曰：‘《关雎》乐而不淫，哀而不伤。’”

属罕见；如此而形成的震撼百世的艺术魅力，如此而产生的衣被千载的文学影响，在古今中外的文学史上也实属罕见。屈原因此而成为中国历史上第一位伟大诗人，屈骚因此而成为中国历史上第一次充分显示了文学之独特社会价值的伟大诗作。

楚散文的创作同样受到神话潜移默化的影响，形象鲜明和抒情强烈因此成为楚散文的突出特征。《老子》《文子》中就不乏宣泄作者激情的文字。但如果说它们尚以说理为主，其文学性尚未强到独立于哲学的程度的话，那么，继其之后出现的《庄子》就大不一样了。《庄子》融神话于故事的叙述之中、寓哲理于形象的描绘之中、托说教于情感的抒发之中，以灌注作者情感的艺术形象来显示哲理、明喻说教，故很难说它究竟是文学依附于哲学，还是哲学依附于文学。从哲学的角度看，它是一部博大精深的哲学巨著；从文学的角度看，它又是一部韵味无穷的文学杰作。洋洋洒洒十万余言的《庄子》，自始至终都奔涌着作者炽烈的情感，跳跃着作者生动的性灵。作者不仅广借他人之口、托他人之身以达己情性，而且还直接入文以现身扬己。《庄子》中那些如“庄周鼓盆而歌”的大量抒写自我的文字，栩栩如生地勾画出作者的音容笑貌，淋漓尽致地表现了作者其人的至情至性，令读者为其形象所吸引，缘其情绪而感染。因此，《庄子》不仅具有文学的艺术表现方式，而且具有文学的内在情感基质。它与屈骚一起，以作家文学的创作成就，确定了中国文学在中国历史上的地位。

马克思曾说：

> 大家知道，希腊神话不只是希腊艺术的武库，而且是它的土壤。[①]

① 《政治经济学批判》导言［M］// 马克思恩格斯选集：第 2 卷 .3 版 . 北京：人民出版社，2012：711.

这句名言同样也适用于中国。因为没有中国神话这一武库，中国的先秦文学就缺少创作的素材和艺术的营养，也就不可能良好地孕生；因为没有中国神话这一土壤，中国的先秦文学就失去了产生的前提和升华的基础，也就不可能迅速地形成。当然，中国文学在先秦时期的最终形成，包括其赖以形成的语言要素、艺术思维、情感基质的丰富和发展，都是诸多因素和诸多条件交合作用的结果，但神话却是不可缺少的武库和土壤。

楚地就因为有着神话这一文学赖以形成的丰富武库和肥沃土壤，加之在战国时代又具备了文学形成所需要的诸种因素和条件，楚人在文学创作中也就能够站在一个更高的阶梯上表现“自己的真实”。于是，中国文学便在楚地的神话土壤上长出了翘立于社会意识形态之林的参天大树，在楚地的文化背景下结出了独美于九州之域的惊世硕果。

下编
历　程

第一章　文学古葩——歌谣

歌谣的产生，可以追溯到人类社会的初期。它伴随着人类语言的产生而出现，伴随着人类意识的发展而形成。

当人类具有初步的意识机能和语言能力之后，便会借助语言来表达在社会生活中、主要是生产劳动中所激发的情感和形成的意愿，也就不自觉地开始了歌谣的创作，从而产生了随着自然而有规律的劳动，以及其他活动中的身体运动节奏来抒情言志的咏叹之歌。人类社会日益进步，人类生活日益复杂，人类的思维能力和语言能力也日益提高，歌谣创作的内容和表现方法不断丰富，逐渐从不自觉的文艺创作转为自觉的文艺创作，并且始终是人类社会生活中重要的精神文化活动。因此，民间口头创作的歌谣，是人类历史上最为古老的艺术花朵，也是人类历史上最为悠久的文学样式。

每个地区、每个国家的歌谣产生的根源是相同的，但其歌谣反映的内容、表现的形式和发展的特点，却主要是由其历史文化的内涵和特征所决定的。先秦时期楚地民歌的发展历程，同样是受其时楚地文化的历史发展所制约的。

第一节　原始歌谣

原始歌谣，是原始先民抒发思想感情、歌唱社会生活的口头创作。在漫长的原始社会里，原始先民虽然创作了大量歌谣，但由于没有文字予以记载，绝大多数的原始歌谣都在历史的变迁和部族的兴衰过程中散亡和流失了，真正传承下来的已经寥寥无几。原始歌谣不仅在流传过程中会发生演变，而且文明人在用文字记录时也难免会对其有所删改。另外，古代文献中记录的“虞、夏以前”之“遗文”，有许多都是后人的依托之作。因此，对原始歌谣的考察，只能根据歌谣的内容及其语言风格作大体上切合实际的判断，并且结合原始社会的历史文化作出较为细致的分析。

在整个原始社会，南方长江中下游都是先民们生息和繁衍的重要地区。作为原始先民的精神文化活动之重要内容的歌谣创作，在楚地自然也是十分丰富的。不过，由于年代久远，楚地原始歌谣几乎湮没无存。据现有资料来看，比较可信的楚地原始歌谣极少，而且有的还收录在较为晚出的文献中。

尽管现存的楚地原始歌谣可谓凤毛麟角，但它们真实地反映了原始先民的社会生活与思想感情，而且在中国诗歌发展史上具有发端开源的重要意义。

中国现存最为古老的一首原始歌谣，就是产生于楚地的原始猎歌——《弹歌》。此歌载录于《吴越春秋》卷九：

> 越王欲谋复吴，范蠡进善射者陈音。音，楚人也。越王请音而问曰：“孤闻子善射，道何所生。”音曰：“臣闻弩生于弓，弓生于弹，弹起于古之孝子。不忍见父母为禽兽所食，故作弹以守之。”歌曰：
>
> 断竹，续竹。飞土，逐宍（肉）。

沈德潜《古诗源》卷一收录此歌并引录《文心雕龙·通变》语说：“黄歌‘断竹’，质之至也。”今人逯钦立辑校的《先秦汉魏晋南北朝诗》，则将它列为先秦诗歌之冠，并且在案语中说：“《吴越春秋》所载越歌，率类汉篇。惟此歌质朴，殆是古代逸文。刘勰谓为‘黄歌’，当别有据。今仍照《诗纪》列此。”当今学者们编著的文学史著作，也大都肯定它是原始猎歌。如游国恩等主编的《中国文学史》即说：“从它的内容和形式上看，无疑的这是一首比较原始的猎歌。它回忆了几乎全部的狩猎过程，反映了渔猎时代的社会生活。”①

刘勰谓此歌是黄帝时代的歌谣，即认为它是最为古老的歌谣，因为黄帝是传说中的华夏先祖，华夏的历史就是以黄帝为开端的。在古人眼里，再古老的文化产物，都早不过黄帝时代。刘勰断定此歌为“黄歌”的根据，恐怕也主要是其描述狩猎生活的内容和“质之至也”的形式，或许还有一些传说作印证。如《易传》云：“黄帝……弦木为弧，剡木为矢。”《古史考》又云：“黄帝作弩。”

然而，古史传说中的黄帝时代，大约相当于父系氏族社会初期，而弓箭早在母系氏族社会里就已被发明了。距今约 2.8 万年的我国山西峙峪旧石器时代晚期遗址，就发现有石镞。“弓生于弹”，用弹丸狩猎则当始于母系氏族社会早期。距今约 10 万年的山西许家窑旧石器时代中期遗址里，即有大量石球。其中大的用于投掷，小的或用于弹射。即使这些小石球尚未被用作弹丸，恐怕弹射工具也会因狩猎需要而很快被发明。有人据《易传》中“黄帝、尧、舜垂衣裳而天下治”之说，认为《弹歌》所反映的是“无衣衾棺椁”时代的社会生活，这显然不无道理。至于《吴越春秋》说“弹起于古之孝子”，则当为春秋战国时代人据其孝道观念的臆测之语。由此看来，《弹歌》产生的时代很早，可能不会晚于母系氏族社会后期。

《弹歌》出自楚人陈音之口，说明它一直是在南方楚地广泛流传的歌谣，而且或许就是产生于楚地的原始歌谣。据考古资料，距今约 6 000 年的江汉地区大溪文化遗址里已经可见许多石镞和骨镞。

《弹歌》可以说是原始先民狩猎生活的直接观照，形象生动地反映了原始先民截竹系竹以制作弹射工具、弹射土石以驱逐和猎取野兽的生产劳动全过程。古代的弹弓即主要用竹制成。《说苑·善说》：“弹之状如弓，而以竹为弦。”此歌的结构，乃由四个动宾词组依次排列而成。每个词组都好似一幅生产劳动的画面，按照生产劳动的顺序联结起

① 游国恩 . 中国文学史（一）[M] . 北京：人民文学出版社，1963：17.

来，文虽简约而内容丰富，词虽质朴而韵味深长。此歌的节奏，则全为二拍子节奏，也就是劳动过程中手脚自然运动的节奏。《淮南子·道应训》说："今夫举大木者，前呼'邪许'，后亦应之，此举重劝力之歌也。""邪许"即随劳动中的动作节奏而发出的呼声，并无实际意义。尽管这种重复的劳动呼声已经成了反复的叶韵歌唱，但毕竟不是具有思想内容的诗歌。《弹歌》则用表意实词代替了纯表节奏的呼声，使重复的劳动呼声变为叙事抒情的诗歌，这无疑是原始歌谣的一大进步。二拍子节奏虽然简单，却随人体运动而有着强弱变化、反复连接和起伏回应，是劳动的最基本的节奏，也是诗歌的最基本的节奏。《弹歌》以二字成诗句，以二拍子节奏成歌声，正是原始诗歌的古朴形式，显得自然而明快、铿锵而有力。《弹歌》的内容与形式表明，生产劳动对诗歌的产生起着主要的决定作用。

画面组接有似蒙太奇的《弹歌》，并非描述生产劳动的某一场景，因此也不会是由一时一地的具体劳动直接激发而成、即兴脱口而出的歌谣。它描述的是狩猎活动的全过程，显然是回忆整个劳动过程、再现全部劳动情景的咏叹之作。这首"全景式"的"劳动歌"，恐怕在原始社会也并非用于劳动时相伴歌唱，而当为用于出猎前后通常举行的一种祈祝性活动中伴舞歌唱。

原始先民在出猎之前往往要举行祈祝性活动，借以表达祈求能够大量猎取野兽的愿望。他们在这种活动中便狂热地唱着《弹歌》，同时也模仿其描述的劳动动作而跳起"猎舞"。原始诗歌和原始舞蹈，就好似一对同胎降生并一起成长的兄弟，都主要源自劳动中人体有节奏的运动。口舌合其运动节奏而咏唱成歌，四肢合其运动节奏而表演成舞。在原始社会，倘若唱起描述劳动情景的歌，也自然会同时跳起再现劳动情景的舞。因为处于极端恶劣的生存条件之下的原始先民，所从事的一切活动，基本上都是出于功利、出于生存和发展的需要。而获取食物则是原始先民赖以生存的先决条件，故原始先民的主要活动就是谋食的劳动，其他的重要活动也大都是围绕谋食而展开、因从劳动而生发的。在原始先民看来，歌与舞乃至其他表达情感和意愿的原始文艺活动，都具有控制自然、征服外界的功能。原始先民唱《弹歌》并跳“猎舞”，也就是以为弹歌猎舞与捕获野兽有着因果关系，故可以通过载歌载舞来实现狩猎目的。文献的记载表明，世界上许多古老民族都保留着一些有节奏、合韵律的歌谣体原始咒语，可知原始先民相信歌谣的魔力能够支配外界、征服自然。民族志的资料证明：美洲“达科他印第安人猎熊之前跳猎熊舞，表现熊被猎人驯服的过程。(因为)原始人相信这种舞蹈的魔术力量会使狩猎得到成功。”[①]另外，法国南部拉斯科洞中著名的原始岩画——身体上插着许多长矛的野兽图像，也反映出原始人相信绘画的魔力可以助其猎杀野兽。

这首《弹歌》，想必又被原始先民用于狩猎后满载而归以举行的祈祝性活动中歌唱。据学者对近代尚存的原始部落的考察，可知原始部落成员在狩猎成功之后大都要举行活动以抒情达意，而歌舞便是这种活动的重要内容，且没有歌而不舞或舞而不歌的。我国的原始先民，大概也在狩猎归来后大唱《弹歌》、大跳猎舞，既庆祝这次狩猎的成功、表达满载而归的欢悦之情，又祈求下次狩猎的顺利，表达长获丰收的渴望之思。

原始先民的这种载歌载舞，是与其宗教巫术观念联系在一起的，从而说明原始文艺与宗教巫术往往密不可分；原始先民的这种载歌载舞，都是饱含激情的文艺活动，从而说明情感是原始文艺的内在基质；原始先民的这种载歌载舞，免不了要“击石拊石”以为歌舞打拍子伴奏，从而说明原始诗歌是与乐、舞融为一体的。就像原始艺术通常具有宗教巫术的含义和功能一样，原始诗歌在其发展前期与宗教巫术的联系尤为密切。原始诗歌之所以与乐、舞浑然不分，又在很大程度上是出于原始宗教的需要而形成的特征。结合原始社会的历史文化背景来分析《弹歌》，也就可以清楚地了解它的内涵、特征及其在中国诗歌史上的发端意义和

① 林耀华．原始社会史［M］．北京：中华书局，1984：430.

开源作用。中国诗歌，就是以《弹歌》这样语简音短的艺术形式起步的，就是在《弹歌》这样意显情露的艺术表现基础上发展的。就现有资料而言，《弹歌》可以说是中国诗歌之始作、中国诗歌的鼻祖。

《山海经·大荒北经》记载有传说为黄帝时代的歌谣体咒语——《神北行》：

神北行！先除水道，决通沟渎！

据《山海经》所述神话，黄帝在与蚩尤大战时，请来天女魃下凡阻止了蚩尤请来风伯、雨师所纵的大风淫雨。蚩尤因而失败，被应龙逐杀在南方。然而，魃却不能重返天国，以致天下大旱。黄帝只好将她安置在赤水以北，但魃却不肯受此拘束，时时外逃而为害他方。人们便作此咒语，呵命魃回到其居处去，不要在当地停留。人们还清理了水道，决通了沟渎，作好了与之斗争的准备。“应龙处南极，杀蚩尤与夸父”①，与应龙一同逐杀蚩尤的魃，自然会常在南方为害。照此说来，这首《神北行》，或为南方楚地先民在与旱灾作斗争时根据神话而作，歌辞首句呵命魃回到北方去，正是南方居民的用词和语气。此歌载录于“楚之巫书”《山海经》，显然是用于驱逐旱魔的仪式中由巫觋演唱之歌。即使它并非产生于楚地，也必然是在楚地广为流传的咒语歌诀。

《神北行》较《弹歌》的巫术性质更为明显，当是直接用为大旱之际举行的祈雨仪式中的巫歌。再现生产劳动情景和过程的《弹歌》，虽然也用于宗教巫术仪式中，但它却包含有较强的游戏和自娱的成分，在一定程度上反映了原始先民的审美意识和审美追求。《神北行》则纯为出于功利目的的产物，艺术因素似乎不如《弹歌》丰富。不过，产生于《弹歌》之后的《神北行》，在语言形式上却反映出诗歌语言随着人类思维能力的提高和表达能力的增强而有所发展。它不再是由二字句组

① 《山海经·大荒东经》。

成，而是由三字句和四字句组成，主语、谓语、状语、宾语都出现在句中，语句完整而表意明确。它不像《弹歌》那样借助画面的有机联接而完整地叙事抒情，而是以逻辑严密、连贯有序的语言表达来清晰地直抒胸臆。它的节奏虽然仍为二拍子节奏，但因句式不一而使得节奏更富有起伏变化，使得节奏的强弱对比也更为鲜明。

在我国史前诗歌史上具有里程碑意义的原始歌谣，则是被称为“南音”之始作的《候人歌》。其仅四言一句的歌辞及其产生的时代背景和表达的思想感情，已于上编第四章第二节中有述论。此歌出自徐夷的祖先涂山氏女之口。徐夷在淮河流域的世居之地，在战国时代已入楚国版图，故《候人歌》亦可视为楚地的原始歌谣。《候人歌》虽然简单而质朴，却显示了楚歌形式特征的滥觞和标志着中国诗歌创作跨入了新的阶段。

首先，它是出于抒发情感的需要而创作的，而不是如上述两首歌谣那样是出于功利的需要而创作的，因此不具有宗教的因素和巫术的功能。它是诗歌创作挣脱宗教束缚、褪去巫术色彩的初步尝试，也是诗歌与音乐、舞蹈相分离的初步尝试。它的出现表明，原始社会的意识形态发展至原始社会末期，已由综合体开始分解，作为语言艺术的诗歌则显示出了独立发展的先兆。

其次，它是个人的创作，是个人情感的抒发和个人意识的表达，而不再像上述两首歌谣那样是集体的创作、是集体情感的抒发和集体意识的表达。它是人类的自我意识和个体意识得以增强之后的产物，在一定程度上体现了文学艺术的本质特征，即文学艺术是作家心灵的观照和情感的外化，是一定的社会生活在作家头脑里反映的产物。它使得文学创作在从集体文学向作家文学发展的道路上迈进了重要一步。

再次，它反映的是爱情生活，是我国文学史上第一篇抒写爱情的作品，而不像上述两首歌谣那样是再现生产劳动情景、反映人类与自然作斗争的作品。两性之爱这种男女之间相互倾慕的情感，只有在一夫一妻制确立以后才会真正形成，而一夫一妻制的确立则是以原始社会高度发展并趋于解体、私有制出现并日益巩固为前提的。因此，它的产生是诗歌创作适应社会的发展而反映变化了的社会生活的结果。它将原始文学的主要表现对象从人与自然的关系转到了人与人的关系上，首次涉及了爱情这一文学艺术的重要主题，不仅扩大了文学的表现领域，而且预示了文学的发展方向。

最后，它的歌辞是以语助词附于表意实词之后，形成虚实结合、抑扬顿挫的艺术表现，而不像上述两首歌谣那样全为表意实词的语句形式，因而能够借助起伏跌宕、高低变化、长短交错的节奏和韵律来抒发歌者内心那缠绵而又强烈的渴思之情，大大增强了诗歌的艺术表现力。这样的歌辞，在一唱三叹的反复咏唱之中，既可以将歌者蕴积于胸的丰厚情感淋漓尽致地倾吐出来，又可以让听者在这荡气回肠的歌咏声中感动至深。不言而喻，它是原始诗歌在艺术表现上的一次突破和飞跃。尤其是它突出了诗歌的抒情特征，为楚歌以及我国古代诗歌以抒情为主这一特征的形成，奠下了第一块基石。另外，它的以虚词入诗的语言形式、舒缓悠扬的音韵特点，第一次鲜明地显示出南方歌谣的特色。因此，它可以称之为楚辞的先声。

相传还有一首与《候人歌》同时同地产生的歌谣，保存在《北堂书钞》《艺文类聚》等类书中，即《涂山歌》：

绥绥白狐，九尾庬庬。成于家室，我都攸昌。

古类书载录此歌，都注明出自《吕氏春秋》。今本《吕氏春秋》未载，此歌当为其佚文。《吴越春秋》也载有“涂山之歌”，文辞与此稍异，而且也有所增益。就此歌的语言风格和结构形式来看，它同于《诗经》中的四言诗体；就此歌的内容而言，它则是赞美大禹和涂山氏女成婚的颂歌。显而易见，此歌当为晚出，可能是夏禹后裔颂扬祖先之作，并且将之用于庙堂祭祖时歌唱。

第二节　周代歌谣

夏、商两代，遗文罕见，诗歌发展的面貌莫可详知。南方蛮荒之域的歌谣，更是声消音断、沉寂不传。

周人建立了一个集权程度远高于夏、商的一统王朝。周王朝通过大封诸侯而将政令和教化有效地施及四方，使得南北广大地域的经济和文化有了空前的发展。出于实施礼乐制度和巩固政权的需要，也出于满足日益增长的精神文化生活的需要，周王朝通过各诸侯国征集天下乐歌，并让乐官予以整理和编订，于是各地歌谣都因此被记录和保存下来，最终形成了我国第一部诗歌总集——《诗经》，南方楚地的歌谣，也有一部分被收入《诗经》。

《诗经》收录了春秋中叶以前的诗歌305篇，其中的“十五国风”160篇，则是各地传唱的土风歌谣。不过，《诗经·国风》中却未明标“楚风”，故给人的感觉似乎未辑楚歌，古人因此而以“楚风”“不得与十五国并录于《经》而为楚憾”，还究其原因乃或认为是楚君“僭王猾夏而为中原所敌视，故辑诗者删之”[①]；或认为是“大抵王朝贡之不入，是以乐府不传，孔子阙之”[②]。实际上，《国风》之首的“二南”——《周南》和《召南》，大都是南方楚地的歌谣。《周南·汉广》毛传即云：“文王之道，被于南国，美化行乎江汉之域。”《诗谱序》孔颖达疏指出：“《江汉》《汝坟》，明是江汉之滨。……江汉之域，即梁、荆二州，故《尚书》注云：‘南兼梁、荆。’”元人祝尧在《古赋辨体》中也说明：“江汉皆楚地，盖自王化行乎南国，《汉广》《江有汜》诸诗已列于‘二南’，‘十五国风’之先。”清人何天宠则进一步强调：

> 楚何以无“风”？楚之风“江永汉广”，《周南》已载之。楚何以无“风”？后儒以为删诗不录“楚风”，非通论也。夫陕以东，

---

①② 《楚风补序》。

周公主之；陕以西，召公主之。陕之东，自东而南也；陕之西，自西而南也；故曰“二南”。系之以“周南”，则是隐括乎东之南、西之南也。朱紫阳疏称，南国被化，化行及远，是江汉乃化所远及之地也。[①]

诚若此言，西周初年，周公姬旦与召公姬奭分陕而治，周公治理“陕之东”而南的广大地区，召公治理“陕之西”而南的广大地区。“二南”即指周公和召公管辖之下的南方地区。郦道元《水经注》引《韩诗序》云：“‘二南’其地在南郡、南阳之间。”这块地域大致就是江汉地区，也正是东周楚国的腹心地区。“二南”诸篇，也当多为产生于这一地区的歌谣，并且以东周歌谣居多。朱自清在《中国歌谣》里甚至认定：“‘二南’便是东迁后的楚诗，可以谓之楚风。”

楚地歌谣既然被收入“二南”，却又未明标之为“楚风”，其原因则恐怕并非如上述前人所言，大概主要还是由于楚国在西周初年尚为江汉地区的一个“土不过同”的蕞尔小邦，至春秋中叶以后才壮大到据有整个江汉地区乃至南土半天下，而《诗经》可能从周初便开始编辑了。周王朝乐官在编辑《诗经》之始，乃将所收集到的南方歌谣加以编订而分别名为“周南”和“召南”。这样，尽管今本《诗经》在春秋时代才最终编订成书，但其“二南”旧称却一直沿用未改。

“二南”中的许多楚地歌谣，不仅记南方之地、述南方之物，而且较鲜明地反映了江汉地区的民情民俗，初步显示了南方楚歌的风格特色。

由于春秋中期以前的南方楚地远没有中原那样开化，民风朴野，其俗尚鬼尊神而好祠，故“二南”中有较多用于祀典或礼俗活动的仪式歌。

《召南·江有汜》，就是一首古老的楚地仪式歌：

① 《楚风补序》。

江有汜，之子归！不我以，不我以，其后也悔！
江有渚，之子归！不我与，不我与，其后也处！
江有沱，之子归！不我过，不我过，其啸也歌！

由歌辞所述可知，此歌产生在长江之滨。旧说“《江有汜》，美媵也。勤而无怨，嫡能悔过也”[①]，这显然是汉儒据其伦理道德观的妄测之言。今人几乎都认为它是一首弃妇的怨歌，是“一位弃妇哀怨自慰的诗”[②]。然而，三章歌辞中根本未见“一个官吏或商人在他做客的地方娶了一个妻子。他回本乡时，把她抛弃了”[③]的内容，故说女子因此“唱出这首歌以自慰”[④]，理由似乎并不充足。将题旨解作弃妇“用长江尚有支流原谅丈夫另有新欢，幻想将来他会回心转意”[⑤]，也实在显得勉强。

三章歌辞的首句，都强调说明“长江浩大而有歧流”。《毛传》云：“决复入为汜”，“水岐（通歧）成渚”，“沱，江之别者”。《尔雅·释水》邢昺疏：“水决之歧流复还本水者名汜。”又《尚书正义》：“《释水》云：‘水自江出为沱。’”据《尚书·禹贡》记载，先秦时荆州和梁州都有“沱”。古长江至今湖北枝江县东分为南北两派，南为正流而称“江”，北为歧流而称“沱”。歌辞次句“之子归”，紧承首句而来，并不存在彼此文意似断非断的比兴用法。后面诗句的文意也一贯到底，只是语气越来越强烈，明确表达的是对“之子”的呵命和警告。因此，仔细体味诗意，“之子”并非指“丈夫的新欢”，而是指呵命的对象。由首句来看，“子”应当指水。“之子归”，乃是呵命水归入长江及其歧流中去。其歧流出自江又复还江，故“之子归”最终也是归入长江。原始祭歌《蜡辞》中有“土反其宅！水归其壑”的呵命之词，此歌中的“之子归”正与“水归其壑”义类同。每章歌辞中的第四句和第五句，都是强

① 《江有汜》毛序。
②⑤ 程俊英 . 诗经译注［M］. 上海：上海古籍出版社，1985.
③④ 高亨 . 诗经今注［M］. 上海：上海古籍出版社，1980.

化语气的复句，其中的“以”“与”，当作“依从”解。“不我以”“不我与”，即“若不依从我”之意。“过”则似可解作“去”，“不我过”乃谓“若不离我归去”。一、二章的末句都是对肆意泛流之水的警告。三章末句则进一步告诫说，将一直啸歌而必使水归长江。显而易见，此歌本非弃妇的怨歌，而当为先民在天降暴雨、洪水泛滥、江河溃决之时用于驱水仪式中的咒语型歌诀，故语句短、节奏快、感情强烈。南方多雨，大水时至，处于生产力水平甚低条件下的先民无力与水灾相抗争，只好借助巫术，希冀通过歌诀咒语以驱水治洪、消灾免祸。此歌可能就是在驱水仪式中由扮神的巫觋所咏唱。歌辞的口吻，也似为天神的口吻。由于南方先民与洪水的斗争既频繁又艰苦，此歌便得以在长江流域长期而广泛地传唱。周王朝的乐官采诗以“观风俗”，自然就很容易将它收集到。

与上节叙录的歌谣体咒语《神北行》对照观之，《江有汜》乃与《神北行》当属性质相类的作品，一为抗洪之作，一为抗旱之作。水灾和旱灾，是对先民生活威胁极大的两大自然灾害，我国上古神话即以反映先民与洪水、炎日作斗争为主要内容，《鲧禹治水》《夸父逐日》《后羿射日》都是我国神话的瑰宝。这两首歌谣产生的现实基础，当也与治水射日的神话所产生的现实基础相同。如此说来，《江有汜》也当与《神北行》一样，本是产生于原始社会的古歌。就语言形式来看，两首歌谣也甚为相似，都是由三字句和四字句组成，辞少章短而音促调高。当然，它们恐怕都不是产生之时的原貌了，在长期流传过程中已多少发生了演变。相形之下，《江有汜》因用了虚词而又显得比《神北行》进步。就艺术表现来看，《江有汜》也与《神北行》一样不用含蓄达情的表现手法，而是直截了当地表意明志，显示出咒语型歌诀的艺术特征。不过，《江有汜》因借三章歌辞反复咏唱以循章进意，便较《神北行》更富有诗歌的韵味。可以推测，《江有汜》产生的时代虽不晚于《神北行》，但在长期流传过程中演变的程度较大，而且可能还经过了周代乐官的修订，故尽管仍保持了原始古朴之风，却也鲜明地抹上了周代歌谣的时代色彩。

如果说《江有汜》是一首“纪楚地”之作的话，那么，《桃夭》就是一首“名楚物”之作了：

桃之夭夭，灼灼其华。之子于归，宜其室家。
桃之夭夭，有蕡其实。之子于归，宜其家室。
桃之夭夭，其叶蓁蓁。之子于归，宜其家人。

古往今来，解说《诗经》者大都认为这是一首描写婚姻情景、祝贺女子出嫁的歌谣。但若联系楚地先民的历史发展和社会生活来看，如此解释恐怕是忽略了这首歌的原始本义。最近有学者指出：“这是一首以桃为图腾的群体的祭祀礼辞。”[①]如此推翻旧论、不从俗言的标新立异之说，虽然有不顾民间歌谣的传承演变而持论绝对化之嫌，却恐怕是较为正确地指出了这首歌的原始意义和最初功能。

《桃夭》三章歌辞的前两句，都是对桃的热烈礼赞。在先秦时期，桃是南方江汉流域生长繁茂的植物，与楚地先民的生活十分密切。《山海经》对桃的记述多达十余处，较为详细地记述了各种桃木、桃林、桃实、桃核及产桃的山名，这显然与楚地多桃和楚人爱桃有关。楚地先民曾长期以采集和渔猎为重要谋生方式，当地盛产的桃也就成了他们生活中不可缺少的东西。他们以桃子为食物、以桃木做用具，久而久之，便将桃视为圣物，形成了对桃的特殊感情。《左传·昭公十二年》载楚右尹子革说：“昔我先王熊绎，辟在荆山。筚路蓝缕，以处草莽，跋涉山林，以事天子。唯是桃弧、棘矢，以共御王事。”桃弧，即桃木所做的弓。其时的“国之大事，在祀与戎”[②]。桃弧在周初作为楚人进贡给周天子的方物而被用于“王事”，这表明桃弧在当时人们的心目中既有驱

① 张岩．简论汉代以来《诗经》学中的失误［J］．文艺研究，1991（1）．
② 《左传·昭公十二年》。

邪除祟之神力，又有保家卫国之奇能；同时也表明桃不仅在楚地多有所产，而且在楚人社会生活中的作用极大。楚国神射手陈音即说：楚国“累世盖以桃弓、棘矢而备邻国也”[①]。北宋的“荆公”王安石有名作《元日》诗云：“千门万户曈曈日，总把新桃换旧符。”诗中所谓“桃符”，是指在大门上的两块绘有门神或写有门神名字以用于驱鬼避邪的桃木板。新年换桃符成为传统习俗，表明桃木在古代一直是民间信仰中的神木。直至今日，在当年楚人的肇兴之地、今鄂西北荆雎山区仍有巫风余绪——“端公舞”，而端公（巫师）们的主要法器即是用桃木制成的。出于对桃的依赖，人们也自然而然地歌咏桃、礼赞桃以表达对桃的感激、热爱和崇拜的心情。《桃夭》原本当是楚地先民的咏桃之作和祭桃之歌。每章歌辞的前两句，既是对桃的热烈礼赞，又是祝愿桃能茂盛生长；后两句，则原为赞美桃被人们取用之后可以福泽其族人。

“之子于归”句，在此诗中本谓作为歌咏对象的桃之归去而适得其所，与《江有汜》中的“之子归”句类意同。这种类同的句子在《诗经》中出现于六首诗里，“二南”中用这种句子的诗篇就占了四首。四首诗歌又都是仪式歌，且都在每章之中反复搬用这种句子。由此看来，这种句子可能是南方楚地仪式歌中惯用的套语，适用于一切歌咏的对象。“子”既非特指“女子”，“归”也并非特指出嫁，其所指要据歌咏的对象和内容而定，不可胶柱鼓瑟、作茧自缚。

不过，“二南”中的《桃夭》，都是清一色的四字句，形式整齐，音韵和美，语言生动而准确。尤其是每章第二句中对桃花、桃实和桃叶的描写，状物细致，赋形鲜明。如此词采绚丽、气韵天成的诗歌，在原始社会的图腾时代显然不可能产生。另外，歌辞中的“室家”“家室”，明显是指小家庭而不是指大家族。小家庭的出现，是在生产力水平有了较大提高、个体劳动能力有了相当发展之后的事。它的出现也就意味着氏族公社的解体和原始社会的瓦解，也就预示着私有经济的形成和文明

① 《吴越春秋·勾践阴谋外传》。

时代的来临。《毛诗正义》说："桓十八年《左传》曰：'女有家，男有室。'室家谓夫妇也。"这一解释诚然不错，"室家""家室"当是周代称小家庭的词语，《桃夭》所用也确指为文明社会里建立在一夫一妻制基础上的小家庭。因此，从《桃夭》的形式和内容来看，它具有鲜明的周代诗歌的特点，而且在周代已被用作祝贺女子出嫁、歌颂新娘可以使小家庭幸福美满的仪式歌。

可以断言，《桃夭》的原始意义和最初功能，在周代已经基本上失去了和改变了。之所以如此，想必是由于历史的发展和社会的进步，楚人迈入了比较发达的农业社会，采集则在经济生活中逐渐丧失了其重要性，故对桃的依赖也就不像楚地先民那样密切。这样，在楚地的社会生活中，祭桃的宗教仪式便日益减少，婚丧嫁娶的礼俗仪式则日益增多，传统的祭桃仪式歌于是被借用和演变为婚礼仪式歌。其借用和演变的基础，依然是楚人对桃的热爱。正是出于历史上形成的认为桃能给人带来幸福的心理，出于世世代代形成的爱桃和敬桃的情感，楚人自然而然地在喜庆的婚礼上歌咏桃，将桃视为幸福的象征，礼赞桃能"宜其家人"的祀典歌也就变成了称颂新娘能"宜其家室"的礼俗歌。这一演变大概既有个别语词的更改，也有语言形式的修饰和诗章的调整增益。周代以来，《桃夭》便成了民间流行的婚礼仪式歌，而且似乎依旧在其产生地的南方传唱尤甚。当代学者、湖南人陈子展即在《国风选译·桃夭》"解题"中说："辛亥革命以后，我还看见乡村人民举行婚礼的时候，要'歌《桃夭》三章'，可见《桃夭》一篇是关于民间婚嫁的诗，从千数百年来由人民批准了的。"

《诗经》的"二南"共有歌谣25首，其中的仪式歌就占有四分之一以上。除了上述二首之外，还有如《樛木》《螽斯》《兔罝》《鹊巢》《驺虞》等。它们都比较鲜明地反映了楚地风情和楚歌风貌。

劳动歌也是"二南"的重要一类。尽管此类歌谣在"二南"中并不多，而且严格说来只有《芣苢》一首，但这首劳动歌却是《诗经》中具有代表性的歌谣，也是中国古代诗歌中具有典型意义的歌谣。这首伴随着劳动节奏、协和着劳动动作而自然咏唱的短歌，文辞虽简却境界阔大，语言虽质却内涵丰富：

采采芣苢，薄言采之。采采芣苢，薄言有之。
采采芣苢，薄言掇之。采采芣苢，薄言捋之。
采采芣苢，薄言袺之。采采芣苢，薄言襭之。

通观全诗，三章歌辞十分简单，而且几乎是没有什么变化的反复咏唱。然而，只要仔细涵咏，平心静气地体味歌中境界，就会仿佛看到三五成群的妇女于风和日丽之时结伴上山采集芣苢（即车前子）的劳动情景。妇女们在采集劳动中即兴咏唱此歌，于是乎群歌互答，此起彼伏；远近相连，若断若续；山谷回应，余音袅袅……48 字短歌中那仅仅变换的 6 个动词，形象地描摹出妇女们从采摘、捋取到兜裹的整个劳动过程及其熟练灵巧的劳动动作；4 字短章的鲜明而轻快的节奏，生动地表现出妇女们的紧张热烈的劳动场面和欢欣愉快的劳动情绪。

《芣苢》是直接由体力劳动激发而生的歌谣，虽然质朴无华，自然天成，却情趣盎然，韵味无穷。歌者显然是尽情倾心，闻者也自然会移情醉心。它因此深为后人称道，清人方玉润在《诗经原始》中将它与汉乐府诗《江南曲》同视为千古绝唱。

像《芣苢》这样纯粹反映劳动情景、描述劳动过程的歌谣，在“二南”中并不多见。“二南”中的一些歌谣，往往既反映了歌者的劳动情景，又描述了歌者的生活状况，具有较丰富的思想内容和较深刻的社会意义。如《卷耳》，为歌者在上山采摘卷耳菜时所唱。歌者因登高“采采卷耳”而望远思人，抒发了她对在远方服役的丈夫的殷切思念，从而反映了列国争战激烈的东周社会里劳动人民的痛苦生活。又如《采蘩》，是歌者在采摘白蒿以做养蚕工具时所唱。歌者因“于以采蘩”而悲叹自己“夙夜在公”、辛劳无度，从而揭露了统治阶级对劳动人民的残酷剥削。卷耳菜、白蒿也同车前子一样，都是长江流域盛产的植物。因此，

“二南”中的这类诗歌，对楚人社会生活的反映便显得比其中的仪式歌更为直接，也更具有现实主义精神。

“二南”中最为鲜明地显示出楚歌特色、最为充分地体现出楚歌成就者还是情歌，如这首“纪楚地”又“名楚物”的《汉广》：

> 南有乔木，不可休思。汉有游女，不可求思。汉之广矣，不可泳思！江之永矣，不可方思！
>
> 翘翘错薪，言刈其楚。之子于归，言秣其马。汉之广矣，不可泳思！江之永矣，不可方思！
>
> 翘翘错薪，言刈其蒌。之子于归，言秣其驹。汉之广矣，不可泳思！江之永矣，不可方思！

诗歌既语及汉水，又说到长江，显然是产生在汉皋江上的楚歌。不仅如此，歌辞所谓之“楚”，即江汉流域的山林中茂盛生长的灌木名。

从内容上看，《汉广》是一首男子求偶的情歌，当主要传唱于男女出游水滨、会聚野外以互相求偶的习俗活动中。先秦时期有中春之月男女会聚求偶之俗，周代因其风俗而形成婚姻制度。《周礼・地官・媒氏》：“中春之月，令会男女。于是时也，奔者不禁。若无故而不用令者，罚之。”不过，至春秋时，中原大部分地区当因在日益强化的礼教束缚下，使得男女自由聚会的风气基本改变了，男女婚嫁已重“父母之命，媒妁之言”；中原个别地区以及楚地，则因开化较晚以及地理环境等缘故，仍然盛行此风。《墨子・明鬼》述：“宋之有桑林，楚之有云梦也，此男女之所属而观也。”《汉书・地理志》也记载：“郑国……土狭而险，山居谷汲，男女亟聚会。……卫地有桑间濮上之阻，男女亦聚会，声色生焉，故俗称郑卫之音。”这种男女自由聚会的习俗活动，是原始社会群婚制的遗风。尽管它的结果主要导致男女组成一夫一妻的小家庭，而不是原始社会里那种短暂的男女野合，但它的形式却保留着原始社会男女选择配偶的那种自由性。也就是说，它虽然随着文明社会的发展而逐渐改变了性质，却始终还沿袭着古老的方式。男女在这种习俗活动中，并非是像原始社会的男女野合那样主要为求得氏族之种的繁衍，而是主要为求得两性之情的激发。《汉广》这样的情歌，充分显示了周代男女在会聚求偶时的渴望和追求。我国南方的一些少数民族，在中华人民共和国成立后都依然保留有类似的习俗。南方楚地在西周时基本上仍为蛮荒之域，这种古老的习俗自然也更盛行于周代的中原，从而也给《汉广》一类表白爱情的歌谣提供了产生和流行的适宜环境。朱熹《诗集传》说："文王之化，自近而远，先及于江汉之间，而有以变其淫乱之俗。"这当然是站在统治阶级立场上的臆测，但却也道出了《汉广》与江汉之间的所谓"淫乱之俗"的关系。

历代文人都赞赏《汉广》，认为它的抒情效果极佳、艺术成就颇高。它的三章歌辞虽然朴素通俗，却委婉缠绵、循章进意地抒发了歌者苦求恋人而不可得的感伤和惆怅之情，生动地勾画出一位在烟波浩渺的江汉之间来去无踪、若隐若现的出游美女形象，并且将丰富的想象和深厚的感情寓于直率的反复咏叹之中，兼以巧妙的比兴和真切的描绘，使之蒙上浓重的浪漫色彩，形成神奇瑰丽的艺术境界，产生含蓄蕴藉的艺术魅力。它的歌辞隔句用楚方言"思"作语助词，其作用同于楚歌中常见的"兮"。这偶句之尾的咏叹虚词，不仅使诗歌的音韵变得和谐轻柔，而且使歌者的绵绵情思得以淋漓尽致地抒发出来。总之，它的浪漫风格、地方语言、深婉情调和舒缓节奏，都显示了楚歌的鲜明特色。它的艺术成就，可以说代表了在春秋中叶以前楚歌发展所达到的最高水平。因此，它也对后世的诗文创作有着较大影响。后人竟然以为它所歌咏的"游女"就是汉水女神。《鲁诗》即云：

> 江妃二女者，不知何所人也，出游于江汉之湄。逢郑交甫，见而悦之。……遂手解佩与交甫。交甫悦，受而怀之中当心。趋去数十步，视佩，空怀无佩。顾二女，忽然不见。诗曰："汉有游女，

不可求思。”此之谓也。[①]

齐、韩两家说诗，也基本上同此，故此说在汉代以来多为人所信从。不过，《汉广》的内容与汉水女神故事并无直接关涉。后人之所以认定《汉广》歌咏的是汉水女神，显然是因其神奇的艺术境界和巨大的艺术魅力而自然而然地将之与优美的神话故事联系到一起了。历代骚人墨客大都对此深信不疑，并且因此获得创作上的启迪。正如学者所指出的那样，曹植的《洛神赋》、陈琳的《神女赋》、郭璞的《江赋》等许多作品，都直接受到了三家说《汉广》诗的影响。于是，人们甚至称《汉广》为“衣被百代的文学滥觞”。

《野有死麕》也是一首反映了与《汉广》相同的文化背景的典型楚地情歌。《周礼·地官·媒氏》贾公彦疏即引其中“有女怀春，吉士诱之”句，以证中春之月为婚姻之期。郑玄、孔颖达解说此诗也据《周礼》。此诗描述了一对青年男女在中春之月邂逅于野外、继而相爱、终至结合的过程，当为在男女会聚于野外时由男子求偶而唱。诗中男子为青年猎人，而狩猎正是楚人经济生活的重要内容，又是楚人显示勇武的主要方式。他向女子所赠之麕，乃小鹿。《文选》李善注：“今江东人呼鹿为麕。”江东在战国时代即楚地，呼鹿为麕当也是其时的楚地方言。楚地多鹿，楚人也爱鹿，出土的楚文物中有许多鹿形的雕器和纹饰，湖北当阳春秋楚墓就出土了大量以鹿为主体图案的漆木器。在楚人心目中，鹿象征着吉祥幸福。此诗中包麕的白茅，则是楚地盛产的菁茅。菁茅在周代被视为灵物，楚人向周王朝贡献的方物之一便是用于祭神的菁茅。齐桓公纠集诸侯伐楚时，所列举的楚人之主要罪状，就是“尔贡苞茅不入”[②]。先秦时期，楚地盛产的菁茅甚佳，不仅广泛用于日常生活中，且被视为灵草而用于许多礼仪场合。由此看来，诗中男子用白茅包

① 刘向《列仙传》卷上编录。
② 《左传·僖公四年》。

麕以作为赠给女子的礼物，恐怕不是偶尔取得并随手相赠的一般礼物，而是刻意准备且有深刻寓意的爱情信物。以白茅包麕赠予女子，当为先秦楚地男子向女子表达爱情的一种风俗。此诗三章，全用赋体，虽然不具有如《汉广》那样的奇丽境界和浪漫情调，却直率大胆地抒写了歌者的爱情追求，真切生动地表现了男女的爱情生活，较《汉广》对楚地民情风俗的反映要更为具体和细致。涵咏此诗，诗中那男子的引诱之举、女子的怀春之态、男女的欢悦之声，似乎可见可闻。

位于《诗经》三百篇之首而列在“二南”诸诗之先的《关雎》，尽管向来为人所推崇，但其主旨却众说纷纭。实际上，它当为与前两首相同的男子求偶之情歌。它反复抒发了歌者在现实中求女未得的思念之苦和在幻想中娶女成婚的欢喜之乐，显然是“女子采荇于河滨，君子见而悦之”[①]的作品。一般认为，诗句中的“河”特指黄河，据此则《关雎》必非楚歌。不过，今已有学者指出“河”在先秦并不是黄河的专有名称[②]，又有学者根据地名学、民俗学的考证而认为它产生在江汉流域。诗中女子所采的荇菜，是漂浮于水面的水生植物，多生长于淡水湖泊中。流水湍急的黄河，无疑不是适宜荇菜生长之处，且女子也不便在黄河之滨顺水之流而采荇，故歌者睹物动情之地更有可能是在南方小河之干。近年来收集到的湖北民歌中，就有依据《关雎》而扩其篇幅、增其字数的歌谣。这虽然不能作为《关雎》产生于湖北的确证，但至少可以说明它在楚地民间的流传历史之久长。此诗抒发情感舒而不迫、直而不烈，且既从实处诉感，又由虚处结情，因而具有缠绵婉曲的韵致、优柔平和的格调。孔子乃称“《关雎》乐而不淫，哀而不伤”[③]，儒者竟以之为诗教原则。

女子既然怀春，也自会歌咏以表露春心。《摽有梅》就是女子求偶的情歌，当为女子于春季出游野外求会男子而唱。梅乃果木，今多分

---

① 闻一多：《风诗类钞》。

② 林河.《九歌》与沅湘民俗［M］.上海：三联书店，1990.

③ 《论语·八佾》。

布在长江以南，先秦时期当广见于楚地。此诗产生于南方，古今皆无异词。《毛诗》云：“召南之国被文王之化，男女得以及时也。”陈子展《诗经直解》则说它“反映上古奴隶社会南方农村妇女之风貌”。诗中又用有楚歌中常见的语助词“兮”置于句尾以增强抒情性和音乐性，从而显现出鲜明而浓郁的楚风。毫无疑问，此诗也是一首名楚物、作楚声的典型楚歌。三章歌辞，每章前两句皆以梅起兴，兴而兼比，通过对梅子因成熟而被采集以适得其所的歌咏，委婉而又充分地表达了女子因时当盛年而渴求被意中人相中以迎娶成婚的心情；每章后二句则直抒胸臆，无所顾忌而毫无遮掩地呼唤爱情、寻觅幸福。“求我庶士”这一唱三叹的表白，将女子求偶之急迫表露得无以复加；“吉”“今”“谓”这末句三词的变换，则将女子求爱之冲动表达得淋漓尽致。如此达意绵曲又抒情酣畅之作，诚然是《诗经》中不可多见的佳篇，因而引得古今人士的赞叹。联系上述几首男子求偶的情歌来看这首《摽有梅》，便对先秦楚地的社会风习和楚人的爱情生活有着更为全面和清楚的了解。尽管儒者说诗极力强调“南国被文王之化”[①]，但从这些男女自由而大胆地表达爱情、寻求配偶的楚地民歌来看，周礼并未能够束缚住楚人的天性，楚人在周代依然纯任自然而放纵性情，因而男女会聚之风长盛，男诱女求之俗犹存。在男女会聚之时所吐之声、在男诱女求之中所成之歌，也就情真而景真、意切而语切，尤其具有艺术魅力。

“二南”中的其他诗歌，虽然未必全为楚歌，也不像上面所举数首这样具有鲜明的楚歌特色和浓重的楚歌情调，但多数也当产于楚地或出自楚人。它们反映了不同人士和不同方面的社会生活，而且不乏艺术性甚高的优秀作品。

总而言之，“二南”谓之“楚风”，虽不尽其然，却也大致说得过去。它较为集中地反映了春秋中叶以前的楚歌发展状况，而且颇有代表性地显示了春秋中叶以前中国诗歌的创作成就。孔子十分推崇“二南”，

① 朱熹：《诗集传》。

将它视为世人必学的典范。《论语·阳货》记载："子谓伯鱼曰：'女为《周南》《召南》矣乎？人而不为《周南》《召南》，其犹正墙面而立也与？'"不过，"二南"诸诗产生的地域广大，流传的时间久远，既非全为楚地之歌，也不尽是周代之作，故其风格特色也有所差异。另外，"二南"乃经周朝乐官的编订和孔子的校正而成，难免会有为统一语言文字或协和音律乐调而作的校改，因此，只能说它大体上保持了楚歌的原貌。它的句式，基本上都是四言，与《诗经》中的各地之"风"及"雅""颂"没有什么区别，这表明在春秋中叶以前，"王化行乎南国"的影响一直较大，楚地诗歌主要是在中原王朝的"正声"和"雅乐"的诗体影响和制约之下发展，尚未形成楚歌的独特形态。

春秋中叶以后，随着楚国的日益强盛，楚地歌谣的创作也日益兴盛，楚歌并且伴随着楚人争霸天下而传遍四方。《左传·襄公十八年》载，晋人闻楚师北伐，晋乐师师旷说："不害。吾骤歌'北风'，又歌'南风'。'南风'不竞，多死声，楚必无功。"居于黄河中游的晋人已能熟歌"南风"，足见"南风"楚歌早已遍传天下了。遗憾的是，洋洋乎盈耳的楚地歌谣很少被记录下来和保存下来。今日所能见到的数首楚歌，乃散见于先秦文献以及汉人据已亡佚的先秦文字资料和口头传唱资料而收录的汉代文献中。尽管如此，就仅存数首楚歌观之，仍然可以看出楚歌的发展轨迹。

《说苑·至公》载有《楚人诵子文歌》：

> 子文之族，犯国法程。廷理释之，子文不听。恤顾怨萌，方正公平。

子文即楚成王时的贤相斗穀於菟，曾担任令尹数十年，佐成王东进江淮，北争中原，为楚国的大展鸿图奠定了坚实的基础。据《说苑》记述，子文的族人有犯法者，廷理（司法官）不敢治罪而将其释放。子文召廷理严加责备，廷理于是对其族人依法用刑。百姓闻之，相与作此歌以称颂子文的“方正公平”。

《说苑·正谏》又载有《楚人为诸御己歌》：

薪乎，莱乎！无诸御己，讫无子乎！
莱乎，薪乎！无诸御己，讫无人乎！

诸御己其人其事及此歌产生的背景，已如上编第三章第二节所述。楚人作此歌，颂扬诸御己冒死入谏楚庄王以解除民苦的功德。

这两首载于《说苑》里的楚歌，都是春秋中期之作。它们以口语为歌辞，直陈其事，直抒其情，文辞虽然质朴无华，句式则整齐对称，与“二南”中的四言诗歌形式相类，同为受中原四言诗歌影响的产物。不过，后一首歌的句末用有语气词“乎”，从而增强了抒情性，稍具楚风韵味。

春秋中期的传世楚歌，还有《史记·滑稽列传》载录的《优孟歌》：

山居耕田苦，难以得食，起而为吏。身贪鄙者余财，不顾耻辱。身死家室富，又恐受赇枉法，为奸触大罪，身死而家灭。贪吏安可为也！念为廉吏，奉法守职，竟死不敢为非。廉吏安可为也！

优孟是楚国的宫廷优人，常以谈笑来讽谏楚庄王，名声颇大。楚贤相孙叔敖为官清廉正直，家无余财，临终前知其子日后必然穷困，便嘱其子求告优孟。孙叔敖死后，其子一直靠披褐卖薪度日。优孟遇而知之，深感不平，即穿戴孙叔敖衣冠、模仿孙叔敖言行，在庄王举行的宴会上乔扮敬酒，使庄王见之大惊而以为孙叔敖复生。庄王因此欲用优孟为相，优孟则力辞并申述孙叔敖佐庄王称霸天下之功，说明其子贫困不堪之苦，咏唱此歌以讽谏庄王怜恤其子孙。

此歌为优人所唱，却不大协韵，显然已非楚歌原貌。有可能是根据流传歌谣整理记录的文人省略或改换了句中用作语助词的楚方言，以致使它变成了这种似歌又似文的模样。不过，此歌的形式特征依然较为明显，诵读起来仍有鲜明的节奏感和绵长的咏叹调。尤其值得注意的是，它的句式是根据表意抒情的需要而由四言、五言、六言的句子自由组合的，与北方民歌那种基本上为四言句的整齐、板滞的诗体形式大为不同，而与后来的骚体诗形式比较接近。这种参差不齐的诗体形式，不仅使得歌谣表达的内容更加深厚，也使得歌谣抒发的情感更加深沉。《优孟歌》较为深刻地揭露了当时的官场状况，鲜明地对比了贪官与清官的不同结局，在戏谑的语气和沉重的咏叹之中，表达了歌者对贪官的鄙薄之意和憎恶之感，抒发出歌者对廉吏的同情之心和敬慕之情。这首歌谣反映了楚歌创作已开始脱离四言诗体的形式而走上独立发展的道路，反映了楚歌创作为适应春秋以来社会生活的急剧变化及语言的飞速发展而做出的革新尝试。

春秋晚期，楚国已成为雄据南土的强国，楚文化的发展也在昭王时代（前515—前489）进入了鼎盛期。发展悠久的楚歌，也随之形成了较为鲜明统一的风格特色。就流传下来的数首楚歌而言，除了一二首还基本上为四言体之外，其余的皆已突破了四言体的束缚，显示出自由而富于变化、多样而匀称统一的楚歌特征，具备了比较浓郁的楚地风味。

《吴越春秋》卷四载录的《河上歌》，就是一首典型的四言体诗歌：

> 同病相怜，同忧相救。惊翔之鸟，相随而集。濑下之水，因复俱流。

此歌出自楚人伍子胥之口。据《吴越春秋》记载，伍子胥因楚平王听信谗言而被迫奔吴，成为吴王的辅佐。后楚臣白喜（《左传》《史记》作“伯嚭”）也因受奸臣陷害而至吴，因伍子胥推荐而为重臣。吴国大夫被离问伍子胥，何以初见白喜便信而不疑？伍子胥乃引这首《河上歌》，说明自己“怨与喜同”而理当互相扶助的道理。此歌借自然现象以喻事理，将抽象的道理予以形象化了，故有一定的思想深度。它虽为伍子胥所引叙，但恐怕不是一般的民歌，或许就是伍子胥的自作，也或许被伍子胥作了为我所用、取我所需的改造。冯惟讷《古诗纪》收录的此歌，将歌辞后面的“胡马望北风而立，越燕向日而熙。谁不爱其所近，悲其所思乎”数语一并录入。这些语句明系口语，不应作为歌辞收录，但这种误录却正说明此歌实有伍子胥自作或改作之嫌。

其时可以列为四言体的楚歌，还有一首《申包胥歌》：

吴为无道，封豕长蛇，以食上国，欲有天下。政从楚起，寡君出在草泽，使来告急。

申包胥作此歌的年代及原委，已如上编第三章第二节所述。《左传》《史记》记述申包胥其人其事甚详，但未录此歌。此歌与前歌一样，同载于《吴越春秋》卷四。两书未录此歌，当是此歌内容已在申包胥初见秦哀公时已面陈清楚，故两书记事已明则予省略。然而申包胥号哭必有语、悲泣乃有歌，所作之歌也只会是反复呻唱国危、再三咏告事急以促哀公发兵救楚。此歌当随申包胥的爱国故事在楚地长期流传，而多记古传野闻的《吴越春秋》便照实叙录。此歌为情急之作，出口成章，不假雕饰，辞意浅显，但虽是赋事，却也兼用比法，仍可咀嚼其韵味。

可知的春秋晚期楚歌，另有《渔父歌》、《接舆歌》、《孺子歌》（即《沧浪歌》）以及《越人歌》等。这些歌谣的形式就大异于四言体了，展现的是特色独具的楚歌风貌。

春秋晚期的楚歌中，最为充分地体现出成熟的楚歌形态和风格的作品，当是以楚歌形式翻译的《越人歌》：

今夕何夕兮，搴洲中流？
今日何日兮，得与王子同舟？
蒙羞被好兮，不訾诟耻。

心几顽而不绝兮，得知王子。
山有木兮木有枝，心说君兮君不知。

据载录此歌的《说苑·善说》记叙，楚王子鄂君子晳“泛舟于新波之中”时，遇越人拥楫而歌云：

滥兮抃草滥予昌枑泽予昌州州𩜱州焉乎秦胥胥缦予乎昭澶秦踰渗惿随河湖

鄂君子晳不懂越语，于是叫人用楚语译出，成为流传至今的这首著名的《越人歌》。据《史记·楚世家》记载，子晳是楚共王之子、楚康王之弟。游国恩因此说：“这首《越人歌》出世的时候，必在楚康王十五年中。我定他为前550年间的产品。”[①] 以楚语译出的《越人歌》，不仅比32字的原作多出22字，而且在句式、结构、音韵及表现手法上都有异于原作，较原作的艺术性大为增强。今有越人后代用汉语和越语对照直译的方法，将《越人歌》原作进行了重新翻译。这里不妨引录如下，以便同原楚语的译作作比较：

（今）日兮，我遇何日？舱中何人？王府王到？王知遇，我谢恩。何日乎？大王！同我（再次）游逛，弟魂（心）乐乎。[②]

将此与楚人译本《越人歌》比较观之，其文辞之优劣、韵味之长短、声情之强弱，则显而易见。可见，楚人译本《越人歌》，基本上是以楚语楚声、以楚歌的艺术形式和表现方法对《越人歌》原作进行的重新创作。在这个意义上，传世的《越人歌》实际上是一首典型的楚歌。

---

① 朱自清．古诗歌笺释三种［M］．上海：上海古籍出版社，1981：45.
② 林河．《九歌》与沅湘民俗［M］．上海：三联书店，1990：14.

《越人歌》是一首优美的民间恋歌，分三层抒发出歌者对王子的爱慕之心和眷念之情。虽然它所表达的情意是逐层深化的，但层次之间又随着情感的奔涌起伏而显得陡起陡落、波动跳跃，故能移人情思、动人情怀。在语言表达方式上，它的句式全是随抒情叙事的需要而自由变化，显得长短相间、错落有致；“兮”字的运用十分灵活，既用于句末，亦用于句中，并且不只是用作单纯的语助词，还是虚词的代用字，有着如同闻一多所指出的《九歌》中的“兮”字那样的特殊作用。“山有木兮木有枝，心说（悦）君兮君不知”句中的“兮”字，就代替了“而”字。“兮”在句中既是增强语气、协和声调的音韵助词，又是兼有文法作用的结构虚词，使得这首楚歌具有很强的表现力和很美的声乐感。在艺术表现方式上，它创造性地运用了以往南北民歌中的表现手法，既用有直抒胸臆的赋，又用有托物言志的比兴，还采用了声义双关的技巧。它的前八句都用的是赋，末两句则是兴中有比，而且以“枝”谐“知”，使得这首楚歌具有深远的意境和丰厚的意蕴。

正由于这首楚歌抒情委婉深沉、风格自然清新、声韵轻悠柔曼，与其后出现的楚辞作品几乎无有二致，故历代文人学士对它的艺术成就和历史地位评价甚高。朱熹“特以其自越而楚，不学而得其余韵，且于周太师‘六诗’之所谓‘兴’者，亦有契焉”而收录在《楚辞后语》中，并且指出《九歌·湘夫人》的“沅有芷兮澧有兰，思公子兮未敢言。荒忽兮远望，观流水兮潺湲”一章，“其起兴之例，正犹‘越人之歌’”[①]。沈德潜在《古诗源》中谓，其末句“与‘思公子兮未敢言’同一婉至”。梁启超在《中国古代之翻译事业》中则说：“《鄂君歌》译本之优美，殊不在‘风’‘骚’下。”游国恩在《楚辞的起源》中甚至认为：“它的文学艺术的确可以代表一个《楚辞》进步很高的时期，虽是寥寥短章，在《九歌》中，除了《少司命》《山鬼》等篇，恐怕没有哪篇赶得上它。”

① 《楚辞集注》。

较《越人歌》稍为晚出的《渔父歌》，载录于《吴越春秋》卷三。据其所叙，公元前522年，伍子胥亡奔吴国而至江滨时，江中渔父欲渡之，乃唱此歌以呼唤之：

日月昭昭乎寖已驰，与子期乎芦之漪。
日已夕兮予心忧悲，月已驰兮何不渡为？事寖急兮将奈何！
芦中人，芦中人！岂非穷士乎？

这首歌又见于《越绝书》卷一，但其文字与此稍有出入。此歌的歌辞除末章的呼唤之语强而吟咏之韵弱之外，前两章皆以语助词置于句中，使得歌谣既有曼长的咏唱之音，又有急促的嗟叹之声，从而将歌者那始遇子胥而惊诧、继知后有追兵而警觉、又因子胥生疑而焦虑和抱怨等复杂心情充分地表达出来。它完全是渔父倾心沥胆的自由歌唱，不拘一格而诗味甚浓，不假雕饰而楚风尤烈。它的句式包括了三言、五言、七言、八言，虽然略嫌散乱而不统一，但构成方式已近似《九歌》的基本句型。

《接舆歌》和《孺子歌》，都是孔子于公元前489年适楚时所闻。前者初见于《论语·微子》，《史记·孔子世家》亦载录，而且保留了被孔子弟子记录时略去的句尾助词“兮”字和“也”字，因此更符合这首楚歌的原貌：

楚狂接舆歌而过孔子，曰：

凤兮凤兮！何德之衰！往者不可谏，来者犹可追！已而已而，今之从政者殆而！

《庄子·人间世》也叙录有“接舆歌”，但文辞更详：

孔子适楚，楚狂接舆游其门曰：

凤兮凤兮，何如德之衰也。来世不可待，往世不可追也。天下有道，圣人成焉。天下无道，圣人生焉。方今之时，仅免刑焉！福轻乎羽，莫之知载。祸重乎地，莫之知避。已乎已乎！临人以德。殆乎殆乎！画地而趋。迷阳迷阳，无伤吾行。吾行郤曲，无伤吾足。

接舆是楚国隐士，因躬耕自食、佯狂不仕而被称为楚狂人。隐士多为昔日有文化教养的贵族，或因宗国被灭而沦为庶人，或因愤世嫉俗而藏匿民间。由于楚国灭国多而庶人众，由于楚人因社会变化大而沉浮快，又由于楚地物产丰饶而宜安居、山清水秀而易陶然，故楚国的隐士尤多。孔子适楚，所遇隐士除接舆之外，就还有长沮、桀溺等。

这首记隐士接舆嘲讽孔子不识时务、徒劳无益的楚歌，虽然是即兴咏唱的民间徒歌，却显示出较高的艺术性。它不仅保持了楚歌参差不齐的句式和多用助词的特点，而且采用了对偶的修辞手法，使得辞句既富于变化而又稳定统一，既简洁明了而又寓意丰厚。“往者不可谏，来者犹可追”两句，对偶工整，文辞简明，函有绵邈之思，托出高远之志，以致成为后世吟咏不绝的警句格言。

至于《庄子》所载之歌，则显然不是接舆的原作了，而应当是庄周扩充、发挥《接舆歌》之作。庄周生活在列国争战更加惨烈、人生境况更为险恶的战国之世，因此与接舆异代同感，乃借“接舆歌而过孔子”一事以抒发对“方今之时，仅免刑焉”的黑暗现实的愤慨，扩充接舆嘲讽孔子之歌以表白“天下无道，圣人生焉”的避世全生的心迹。庄周改作的“接舆歌”，前四句基本沿用原歌辞，后面则全为新续文辞，故前后语句的风格也不一致。前面四句的句式具有错综变化的楚歌特点，后面的句子却都是整齐划一的四言句。楚国文士深通中原诗、书，写起诗来自然也习惯采用中原风格的四言诗形式。庄周的改作不仅大大充实了原作的内容，而且散文化、口语化的倾向十分明显，反映出庄周以文为诗、混融诗文的新尝试及其作品的新风格。

《孺子歌》初见于《孟子·离娄上》：

有孺子歌曰：

沧浪之水清兮，可以濯我缨。

沧浪之水浊兮，可以濯我足。

同书记孔子曰：“小子听之！清斯濯缨，浊斯濯足矣，自取之也。”此歌当也是隐士之作，歌者孺子恐怕只是传唱隐士之作的孩童。而且，此歌显然在楚地流传久远，《楚辞·渔父》就记述隐士“渔父”在劝说屈原与世浮沉、隐退全身之后，即唱此歌鼓枻而去。歌辞道隐世之识，咏隐居之乐，正是隐士阶层和道家思潮于春秋后期在楚地形成后的产物，具有鲜明的时代感和地域性。它虽为寥寥短章，但全篇皆为偶句，而且其句式长短交错，整体又匀称统一，显示出楚歌发展成熟的因素及特点。如果说《接舆歌》在形式上接近于《九歌》的话，那么《孺子歌》则在形式上更类似于《离骚》，它们都对嗣后产生的楚辞有巨大影响。王国维即明确指出：“《沧浪》《凤兮》二歌，已开楚辞体格。”[①]

战国时代流传至今的楚歌虽不多见，但有一首值得特别举出，这就是世传所谓帝舜之作——《南风歌》，昔者舜弹五弦之琴，造《南风》之诗。其诗曰：

南风之熏兮，可以解吾民之愠兮。

南风之时兮，可以阜吾民之财兮。

这首《南风歌》载录于《孔子家语·辨乐解》，其内容抒写了南方之民因南风之起而产生的欢悦心情。南方酷暑易旱，令人常苦，而南风乍起，往往积云飘雨，解万物之焦渴，除万民之燥热，故南方之民在炎日燎物灼人之际，喜获及时吹来的温润、凉爽的南风，便视之为“长养之风”而作歌颂之。此歌直赋其事，直抒其情，辞意平易晓畅；以五言、

① 《人间词话》卷下。

八言句子交错为诗，形式整齐对称；将语助词“兮”字置于句末以协和韵律，声调轻曼悠扬。十分明显，它在艺术形式和表现手法上都具有成熟形态的楚歌特征，与清丽圆熟的《孺子歌》几乎完全相同，绝不可能是传说中远古五帝之一的虞舜之作。它又见于《尸子》，而《尸子》是战国中期人尸佼所著，可知它是战国时代的作品。不过，先秦和汉代文献中关于舜“造《南风》之诗”的记述却不少见。如《韩非子·外储说左上》即说：“昔者舜鼓五弦，歌《南风》之诗而天下治。”再如《新语·无为》《淮南子·诠言训》《史记·乐书》《礼记·乐记》等都有类似的记述。它们尽管都未录歌辞，却也足证《南风歌》古已有之，因此舜造《南风》之说才广为流传。可以推测，《南风歌》本为上古民歌，因如上编第三章第一节所述，楚先民与舜的关系颇深，楚人也十分崇敬舜，故此歌在流传过程中逐渐与楚地广为流传的帝舜传说结合到一起了，被南方之民借以美化帝舜“南巡”而关怀民众的圣德。但古歌《南风》因其辞质朴粗陋，文人学士多以为与帝舜的雅驯之言不合，故有意记舜造《南风》之事而略其歌辞，以致东汉郑玄在注《礼记·乐记》时慨叹：“其辞未闻也。”这首仅见于佚书《尸子》，并被认为是魏人王肃伪作之《孔子家语》所叙录的《南风歌》，很可能是战国文人取古歌内容改造而成的作品，因其格调类于楚辞，故汉人亦不信是帝舜所造而阙录。总之，传世的《南风歌》的作者固然已不可考，但从语言形式和艺术风格上判定它为战国前期的楚歌，则是大致可信的。它反映了战国时代的楚歌风貌，反映了春秋后期已发展成熟的楚歌与战国后期发展成熟的楚辞间一脉相承的关系。[①]

世传的楚歌还有《穷劫曲》(《吴越春秋》)、《霹雳引》(《琴操》卷上)、《信立退怨歌》(《琴操》卷下)、《水仙操》(《古诗纪前集》四)等等，但就其内容和形式，语言和风格来分析考察，似乎都不可靠，疑为后人依托之作。古籍中除了载录完整的楚歌之外，还有许多

① 蔡靖泉．舜歌《南风》与舜化南国［J］．零陵师范高等专科学校学报，2001（1）．

楚歌是只记篇名而不传歌辞，如《招魂》中提到的有《涉江》《采菱》，《大招》中提到的有《劳商》《阳阿》，《对楚王问》中提到的有《阳春》《白雪》等。倘若是对楚歌作更为宽泛的理解，那么出土器物上保存的一些有韵的铭文，以及散文著作中引录的一些箴语、谣谚之类，也可以看作是楚歌的一部分，因为它们在一定程度上也反映了楚歌的源流演变。古人辑录楚歌，就不舍巨细，“有韵之言，靡不毕登”[①]，不过此处就难以详加叙说了。

第三节　楚歌发展特点简论

先秦时期的楚地歌谣创作源远流长而又丰富多彩，虽然保存至今的楚歌屈指可数，但仅其所有而观之，仍然可以清楚地看出，随着楚文化从滥觞到茁长、从成熟到鼎盛的发展历程，楚歌创作也呈现出其内容从简单到繁富、其表意从浅露到蕴藉、其文辞从质朴到雅丽、其形式从板滞到多变的发展轨迹。楚地歌谣的历史发展，鲜明地反映出以下几个特点。

一、楚地歌谣是楚地人民社会生活的真实记录和形象反映，无论是原始社会的歌谣还是文明社会的歌谣，都是当时的社会生活的再现和表现，都是歌者的真实感情和现实愿望的抒发和表达。尤其是春秋中期以后的楚歌，大都是伴随着著名的历史人物和历史事件而流传下来的，因而真实地反映了当时的历史状况，可以让人感染到以子文、诸御己、申包胥等为代表的楚人忧国爱民、秉公无私、见义勇为、舍生忘死的精神，体悟出楚国之所以能够兴盛发展的重要原因，也了解到楚国社会的复杂性和楚文化的多样性。

二、楚歌的抒情性强而叙事性弱的特征比较突出，世传楚歌多为抒情短章而未见叙事长篇。“二南”中多为仪式歌，仪式歌即以抒发情感

① 《楚风补序》。

和表达愿望为主。其中的劳动歌也很少叙述劳动过程，更多的都是抒发在劳动中引发出的郁积在胸的情感。除此之外，春秋战国时代的楚歌几乎全为以抒情为主的歌谣。与之相联系的是，叙事性稍强的楚歌，大都为四言体；而抒情性较强的楚歌，则一般多为形式参差错落的楚歌体；这表明楚歌的形式特征的形成，正是为适应充分和自由地抒情达意的需要而形成的。自由奔放的抒情需有不拘一格的诗歌形式相适应，而不拘一格的诗歌形式更能将丰富情感淋漓尽致地表达出来。因此，楚歌最基本的特征，也就是它浓厚的抒情性。“二南”中的抒情歌谣之所以多为四言体，一方面可能是因其产生时代较早而受中原诗歌影响较大所致，另一方面也可能是经周代乐官或孔子之手修订所致。由于楚地具有前两编中所论述的独特之历史文化背景，浓厚的抒情性则成为楚歌以及楚文学的基本特征和一贯传统，楚文学就是以丰富而强烈的情感为基础和动力而发展的。其后的楚辞的产生，主要就是因为楚辞作家在特殊时代激发出了极其强烈的情感，故自觉地继承楚歌传统“发愤以抒情”，从而将楚歌形式发展成为新诗体。

三、保存下来的春秋中期以后的楚歌，多为文人之作。但明显的现象是，居于庙堂之上的贵族文人之作，如《河上歌》《申包胥歌》，基本上都是形式比较整齐划一的四言体；而流落江湖之中的隐士之作，则大都是形式多样统一的楚歌体。这表明，楚国统治阶级长期奉中原文化为圭臬。如上编第四章第一节所述，楚国贵族子弟所学的教科书多为中原典籍，故贵族所作诗歌自然也多袭中原风格。然而，匿身民间的隐士，则受民间歌谣的影响甚大，故在创作中自觉或不自觉地借鉴民歌而咏出特色鲜明且形态成熟的楚歌。楚地特殊的历史文化背景导致楚地形成的隐士阶层，对于楚歌发展成熟的作用不可忽略。

四、民间集体创作、口头传唱的歌谣，犹似“天籁”而质朴自然，它既是最为古老的文学样式和文学发展的滥觞，也是文学创作可资借鉴的材料和可以雕琢的璞玉，倘若没有文人对民歌的借鉴和雕琢，诗歌的迅速进步和飞快发展是难以想象的。楚歌的腾跃和楚辞的郁起，都是文人借鉴和雕琢民歌的结果。春秋晚期和战国时代那些圆熟雅丽而显示出独特风貌的楚歌，都出自文人之手。如《越人歌》，就如游国恩在《楚辞的起源》中所说，其翻译和改作成楚歌者“必是一位能通楚、越两国文学的文人”。《接舆歌》、《孺子歌》乃至《南风歌》，当也都是文人之作，显示出文人借鉴民歌并发展民歌的巨大成就。正是这些“类于楚辞格调”“已开楚辞体格”的文人诗作，为楚辞的勃兴打下了基础，开拓出道路。因此，所谓“奇文郁起”的楚辞，并非天赐神助之偶然，而是孕育已久之必然，乃楚地文人长期汲取民歌营养和发展民歌艺术的最高成就和最终产物。

第二章　文学序幕——《老子》

当文明时代到来之后，文学便因文字的发明和使用而跃入了新的发展阶段，口头创作逐渐退居次要地位，书面写作则逐渐成了文学创作的主流。文学的起步可以说几乎是与语言的产生同时开始，但文学仅凭口头的吟唱和传承却难以有较大的发展，因为口头文学若不能转化为语言符号而保存在物质载体上，就容易流失和消亡，使得后人无法在前人的创作基础上推陈出新。只有在文字出现以后，文学作品借助文字而被记录下来，才能够连续不断地铺垫文学发展的基石，才能够日积月累地搭建文学升腾的阶梯，才能够使文学在稳固的根基之上壮大和繁荣。因此，书面文学的出现，不仅意味着文学新时代的来临，而且标志着文学从其萌芽期跨入了其形成期。

随书面写作而出现的最早的文学样式，就是能够详尽地记述现实生活与充分地表达思想感情的散文。由于散文的体裁最为适用又最为自由，在文明社会的早期也最受人青睐。散文随文明社会的到来而出现，又随文明社会的记言记事的需要而发展。据现有的文字资料，我国散文的发轫之作是殷墟出土的甲骨卜辞，但我国散文的真正形成则在春秋战国时代的诸子散文出现以后。

楚地通用的文字，是从中原传播而来的华夏古文字。因此，楚地的散文创作，也要晚于中原地区。目前所知的楚散文，都是春秋战国时代的。

迄今出土的楚文物上，铭刻或书写的文字已达10余万字。其中一些叙事完整和记言清楚的较长文字，就可以看作简单而质朴的散文篇章。如河南淅川的春秋楚墓中出土有“王子午升鼎”一组七件，每件鼎的腹部都有铭文84字，有条不紊地记述了使用者作鼎的时间和目的，表达了使用者的祀祖之诚和祈福之愿。其行文是长短交错、韵散结合，有简洁流畅之妙、对字协韵之美，颇具文学韵味。另外，楚文物中的文字资料还包括简书和帛书，它们则是名符其实的散文作品。如河南信阳的战国楚墓中出土了一组歌颂死者生平事迹的简书，共五百余字。湖南长沙战国楚墓中出土的“楚帛书”，已在中编第二章里有所介绍。

20 世纪 90 年代以来陆续面世了多批楚简，包括大量先秦文献，其中许多都是春秋战国时代的文献。已经整理公布的楚简文献，主要见于《郭店楚简》、《上海博物馆藏战国楚竹书》、《清华大学藏战国竹简》和《浙江大学藏战国楚简》。郭店楚简于 1993 年出土于湖北荆门郭店 1 号战国楚墓，整理后公布的文献共 16 篇，包括《老子》《太一生水》《缁衣》《五行》《唐虞之道》等道家和儒家的文献。上博楚简是上海博物馆于 1994 年从香港文物市场购回及香港友人捐赠，包括近百篇文献。清华楚简是清华大学校友于 2008 年从海外拍卖所得后捐赠母校，约有文献 60 余篇。浙大楚简也是购自境外，包括《左传》等数篇古籍。又据报道，安徽大学也于 2015 年收藏了一批从海外抢救回来的楚简。其被认定“是一批战国楚简”，“全部是书籍类文献”。[①] 这几批竹简的年代，都被认定为战国中期或偏早。据竹简形制、文字风格判断，学界推测这几批楚简都出土于今湖北。

近年面世的大量楚简文献，内容涉及历史、哲学、文学、艺术、军事等诸多学科，具有极为珍贵的文化元典价值。从先秦时期的广义文学角度看，这些古籍文献也大都属于历史散文和诸子散文。其中当有不少著作出自楚人之手，也应纳入楚文学的范畴。学术界目前对这些文献的研究还主要在释读及历史、哲学等方面，对其做全面深入的文学研究尚待时日。

内容丰富而篇幅宏大的楚散文，还是那些适应大动荡和大变革的时

① 李陈续，蔡丽丽．“安大简”：先秦文献又一重大发现［N］．光明日报，2016-05-16（1）；黄德宽．安徽大学藏战国竹简概述［J］．文物，2017（9）．

代要求、出于总结历史经验和阐发思想主张的需要而撰写的散文著作。传世的中原散文著作，产生于殷商至春秋的有属于历史散文的《尚书》《春秋》和属于诸子散文的《论语》。另外，传世的《晏子》《孙子》等著作，从其文字风格来看，当最终成书于春秋以后。《晏子》显然系战国时代人依托并采缀晏子言行而作。《孙子》亦非孙武原作面貌，当为战国时代人加工增饰而成。春秋时代的楚散文及著作，据文献记载已比较丰富。《孟子·离娄下》说，楚国有类同于《春秋》一样的史书《梼杌》。另外，《国语·楚语》所载的楚庄王太子使用的教科书中有记“先王之世系”的《世》、述“先王之官法、时令”的《令》、录“治国之善语”的《语》，以及“记前世成败之书”的《故志》等，这些也可能都是楚人所作。

流传至今的春秋时代的楚散文著作，唯有一部博大精深而又流光溢彩的说理之作——《老子》。

第一节　《老子》及其作者

《老子》是春秋末年的楚人老聃阐发其哲学思想的著作，也是道家哲学的奠基之作。

《史记·老子韩非列传》记载：

> 老子者，楚苦县厉乡曲仁里人也。姓李氏，名耳，字聃，周守藏室之史也。

司马迁为老聃所作的传记，简略地记述了老聃回答孔子问礼之语及其“修道德，其学以自隐无名为务”，并“著书上下篇，言道德之意五千余言”而西去的事迹。大概由于老聃为春秋末年的学术界泰斗，名望极崇；又由于老聃隐居后西游而“莫知所终”，使得师从者无处可寻、追踪者无迹可求而徒生恍惚仙去之感；还由于老聃所著《老子》彪炳天下，促成道家及其著述大盛[①]；所以，道家信徒仰慕老聃而美化之，世间人士尊崇老聃而神化之，以致老聃事迹在战国、汉初竞相传颂而颇多异辞，司马迁在为老聃作传时感到难以明辨，乃采取客观的存疑态度同时举出在当时传闻中混为一谈的三个人：老聃、老莱子和太史儋。这样一来，司马迁的疑惑便导致了后世的长期聚讼，关于老子其人其书的问题迄今也尚无定论。

张正明先生在《楚文化史》中指出，传说中的三个人实际上也许只有两人，春秋晚期的老子当即楚人老莱子。此说颇能给人以启发。《史记·老子韩非列传》记述："或曰：老莱子亦楚人也，著书十五篇，言道家之用，与孔子同时云。"又据其他文献记载，老莱子是楚国隐士，有孝行和德誉，楚王曾亲至其门迎其出仕，他不就而去，一生以精研道学、教授弟子为乐事。

"言道德之意五千余言"的《老子》，就是老聃在隐居之际为阐发其"人法地，地法天，天法道，道法自然"[②]的哲学思想而作。它可以说是春秋时代兴于楚地的道家思潮的理论结晶和理论升华，它的出现则标志着道家作为兴起在南方的思想流派的正式形成。战国时代，道家思想便大盛于楚地，播及于天下；世人也争颂老聃其人，广传《老子》其书。老聃其人其事在传颂之中变得真假莫辨，《老子》其书也有一些在传抄中被羼入了的或被改写成的后世的词语。

一些学者据世传今本《老子》中有战国时代才出现的名称和用语，断然认定老聃为战国人，《老子》为战国书，这即由《老子》的传抄之讹所产生的误解。战国典籍如《庄子》《荀子》《韩非子》《吕氏春秋》等，都不曾怀疑老聃其人其说，足证《老子》一书不会晚出自战国。新近的研究成果亦证明，以往学者据以论证《老子》为战国著作的那些名称和用语，大都反映的是春秋时代的历史事实。郭店楚简中的《老子》

① 《吕氏春秋·不二》列举了先秦诸子 10 家，而道家占了 5 家；《汉书·艺文志》著录诸子"九流"之作，乃以道家著作最多。

② 《老子》第二十五章。

是迄今所知最早的版本，却非全本。其文字被整理者根据竹简形制分为三组，整理为甲、乙、丙三篇。三篇文字的内容大体见于今本，字句也绝大部分与今本相同或近同，字数却仅为今本的五分之二弱（总共 1800 余字）。其原因或许是因郭店楚墓被盗数次而竹简有所流失，以致简本《老子》残缺；更有可能这个简本《老子》原就是一个摘抄本，为战国楚人或墓主根据个人喜好或使用需要节录《老子》原著而成。郭店楚墓的年代为战国中期，简本《老子》当也抄录于此时。战国简本《老子》的面世，也表明《老子》原著应为春秋典籍，还可知《老子》原著在战国时代就已在传抄过程中有所走样。另外，在长沙马王堆西汉早期墓葬中出土了帛书《老子》甲、乙本，这两种抄本不仅文字有异，而且与传世《老子》在编排次序和语句文字上都有不同。传抄走样是先秦古书在流传过程中的通例，而《老子》作为中国第一部诸子言理之作，作为成书后即被人争相传抄而影响巨大的哲学著作，其走样程度恐怕就较之其他先秦古书更为严重。

《老子》一书虽有统一的思想体系，却无完整的文章结构，是由各段格言式的文字缀合而成，看来这些文字不会是一时一地之作。帛书《老子》甲乙本，据考证分别抄写于汉高祖时期（前 206—前 195）和惠帝、吕后时期（前 194—前 180）。其篇章次序是《德篇》在前，《道篇》在后，与《韩非子·解老》所言次序一致，却与世传各种版本的次序相反。其中虽有段落之分，却无章节之分，亦与分有 81 章的通行本不同。世传本的面目，当是注家为阅读方便而擅自改变了原貌所致。之所以会如此，显然也正是《老子》诸段文字因非作于一时一地而相对独立，故有将它们分成不同章节的条件和必要。

简本《老子》和帛书《老子》尽管古老，却由于前者不完整，后者脱误颇多而难以窥察其全貌。研习者仍惯于阅读通行本并据之引述原文。古今比较流行的本子，则是西汉河上公和魏人王弼的注本。

第二节　《老子》的文体性质

从文学的角度看《老子》，人们历来都把它看作散文。以往的文学史著作，一般都将它归于诸子散文类。

所谓散文，在先秦时期指相对于诗歌而言的不重押韵、不拘形式而自由抒写的散体作品。汉代以前，我国尚不存在狭义的文学散文，故先秦所有的记言记事、议论说理的作品都可以看成广义的散文，这对于考察文学散文的形成和文学的发展是合理而必要的。先秦散文在春秋战国时代有着重大的发展，其时作品又大致可分为历史散文和诸子散文。老聃是诸子一员，其作品的行文较为自由，连句亦较为散漫，将《老子》看作诸子散文当然无可厚非。不过，若将《老子》与其他言理论事的诸子作品比较，它则显示出特异的风格。它既非《论语》《墨子》那样的语录体散文，又非《孟子》《庄子》那样的对话式论说文，更非《荀子》《韩非子》那样的专题性议论文，而是多用如鲁迅在《汉文学史纲要》中所说的“对字协韵”的形式，即多用对偶整齐的排句、音声和谐的韵语以成章。

《老子》之文多合诗歌之体，多用诗歌之韵，这早已为前人所指出。宋代吴棫在《韵补》中就说《老子》“多韵语”。其后，清代的顾炎武、江慎修、江有诰、姚文田、邓廷桢等人都对《老子》的诗韵有深入研究。现代的刘师培、冯沅君乃至西方汉学家高本汉等人，对此又多有稽考。朱谦之综合诸家研究成果而作《老子韵例》，对《老子》古韵作了全面细致的分析和考察，既有深入的钩稽，又有广泛的比较，并且在开篇即据此而指明《老子》的文体性质：

> 余以为《道德》五千言，古之哲学诗也。既曰诗，即必可以歌，可以诵；其疾徐之节、清浊之和，虽不必尽同于《三百篇》，而或韵或否，则固有合于诗之例焉为无疑。

今世许多学者也赞同朱说，或称《老子》“是以诗的形式写出的”[①]，或称《老子》“是用韵文写的哲学诗”[②]，或称之为“哲理诗”。

可是，《老子》虽然具有诗的特征，但又不像一般诗歌那样有较严格的韵脚和较整齐的句式。其“用韵体制各殊：有通篇用韵者；有章首用韵、而中间或尾声不拘者；有间句助语自为唱叹、不在韵例者”[③]。其句式长短不一，有一、二、三、四、五言者，也有六、七、八、九、十言者；有精练的诗句者，也有冗长的白话者。如其第一章：

> 道，可道，非常道；名，可名，非常名。无名，天地之始；有名，万物之母。故常无，欲以观其妙；常有，欲以观其徼。此两者同出而异名。同谓之玄，玄之又玄，众妙之门。

这段文字中，韵文是时有时无，对句是间或见之，诗体之句与散体之语杂然并存。因此，有的学者乃据《老子》押韵自由和文句多变的特点，认为“不如说它是哲理散文诗更为确切”[④]。

《老子》既然兼具诗歌体与散文体两种性质，称之为“散文诗”无疑要比片面地称之为诗更加合适一些。又就《老子》整体观之，它毕竟还是以散文体为主，故不妨称为“诗化散文”，归之于散文类。《老子》文体的这一特性，当是为口头文学向书面文学过渡的特定阶段所决定的，也是受吟唱颇盛的楚地民间歌谣的影响而形成的。

散文是随着文字书写能力的提高和文字书写条件的改善而逐步发展而成的。在文字发明以前，人们为了将重要的言语和事情记下来或传开去，乃有意识地作成歌谣以便吟唱而不易忘却，也容易传述。在文字发明之后的相当长一段时间里，由于书写能力和书写条件较差，由于文字

---

① 任继愈．老子新译［M］．上海：上海古籍出版社，1985：59.
② 肖萐父，李锦全．中国哲学史［M］．北京：人民出版社，1982：108.
③ 朱谦之．老子校释・老子韵例［M］．北京：中华书局，1984：324.
④ 陆永品．老庄研究［M］．郑州：中州古籍出版社，1984：23.

普及程度有限，记言记事依然主要依赖于口头传唱的歌谣。于是记言记事的文字不仅辞句简短，而且韵文的成分较重。它们既是对记言记事歌谣的实录，又是对精练的韵文形式的有意识采用。特别是与巫事活动有关的记述文字，诗体形式更为突出。春秋以前的记言记事文字，大都是刻于甲骨、竹简或铸于彝器上的文字，也大都是韵散结合的文字。殷墟出土的甲骨卜辞中，有些稍长一点的卜辞，就采用了朴素的诗体形式：

戊戌卜，贞："今日旦，王疾目。不丧明？其丧明？"[①]

癸卯卜，今日雨。其自西来雨？其自东来雨？其自北来雨？其自南来雨？[②]

大约产生于商末周初的《周易》卦爻辞，不仅在辞句中兼用韵语，而且许多辞句就是简短的歌谣。据统计，《周易》的448则卦爻辞，就有"近70首类似'谣谚体'的简短歌谣"[③]。

商周钟鼎文中，也往往是散文之中杂以韵语，有的甚至是通篇用韵。如著名的《毛公鼎》铭文，是一篇记述周宣王诰诫的完整册命，长达499字，行文即是韵散结合。又如《史墙盘》铭文，共284字，颂扬了西周诸王的功业，大量为四言韵语。还有如《虢季子白盘》，其111字的铭文几乎通篇用韵，甚至可以称之为叙述虢国的子白奉周宣王之命征伐玁狁一事的史诗。

《尚书》是传世最为古老的历史文献，也是传世最为古老的散文文集。尽管它在流传过程中受到了后人的增删修订，但基本上保留了商周时代的语言风格。《尚书》的文字，也有许多"对字协韵"的骈语俪辞。其中的虞、夏之书，有些篇章可能是商周时人根据口耳相传的史实记录的，故四言韵文较多。其中的商、周之书，大都为当时的史事之实录，

① 《殷墟文字乙编》六四。
② 《卜辞通纂》三七五。
③ 张松如．中国诗歌史［M］．长春：吉林大学出版社，1988：15.

虽然基本上是用当时口语记录的，却不乏对句韵言。《商书·仲虺之诰》《周书·周官》之中就有大段的“对字协韵”的文字。

总之，在先秦时期，言之有韵的歌谣是典型的口头文学，言之无韵的散文则是典型的书面文学。口头文学的歌谣，其产生和发展的历史要远比书面文学的散文古老和悠久，而散文在其形成之际，受口头文学的影响和书写能力、书写条件的限制，则不可避免地有着从韵文向散文过渡的历程，也自然而然地显现出韵散并用、诗文同存的特征。整个先秦时期的散文都具有这一特征，只是战国以前的散文所含的韵文成分较多一些，而战国时代的散文所含的韵文成分相对说来要少一些。产生于春秋末期的《老子》，其语言形式为诗与散文的综合体，则正反映了从口头文学向书面文学的过渡阶段的文学特征。

然而，何以《老子》并非像上述中原散文那样是散文中夹以韵语，而成为诗化的散文形式呢？这还得从楚地的文学与文化发展的特殊性上予以说明。

如前所述，楚地使用文字的时间要晚于中原，楚地的书面文学当然也比中原的起步晚，而口头文学的兴盛历史相对说来则持续了很长时间。当中原出现了《尚书》这样的散文典籍时，楚地恐怕还没有稍长的书面作品。春秋中叶以后，当中原的诗歌创作相对衰颓而散文创作日趋兴盛时，楚地民歌反而出现蓬勃发展的势头。由于巫风盛行于楚地，巫歌也盛唱于南国。因此，歌谣长期成为楚地文学创作的主流。隐匿民间的文士受民歌的影响，竞相有《接舆歌》《孺子歌》这类诗作问世。宫廷文人的记言记事之作，势必也会受民歌影响而具有很多的韵文成分。“楚之《梼杌》”及其他春秋楚书虽然不得一见，但从出土的春秋铜器的铭文中，仍可以看出楚人的书面写作重用韵文的特点。前面述及的“王子午升鼎”铭文，就几乎通篇用韵：

隹正月初吉丁亥，王子午择其吉金，自作䵼彝䵼鼎，用享以孝于我皇且（祖）文考，用祈眉寿。卤龏（恭）𤋮（舒）犀（迟），畏

> （畏）期（忌）趩趩（翼）。敬乒（厥）盟祀，永受其福。余不畏不差，惠于政德。忎（淑）于威仪，阑阑兽兽（狩）。令尹子庚，殴民之所敬，万年无谌（期），子孙是制。

老聃受到了书写条件的限制和楚地民歌的影响，于是明理之文力求简约，喻事之辞力求上口，最终成为文约意丰、对字协韵的诗化散文。

《老子》的语言，基本上是华夏的雅语，大都与《周易》《尚书》的语言词汇相同，反映出楚人在与华夏族认同后南北语言也基本实现了一体化。但是，如上编第一章第一节所述，《老子》较多地“书楚语，作楚声”，则显示出楚文学鲜明的地方色彩。《老子》的句式也是如此，其多用四言成句的特点，显然是受《诗经》句式的影响所致。但它的句式又不拘一格，参差多变，显然类同于《接舆歌》《越人歌》的句式，只是它更加自由而无定规，时时突破诗体的束缚而散文化了。

在用韵上，《老子》中既有与《周易》《诗经》同韵的章节，又有与《楚辞》合韵的段落。特别是句中多用语助词“兮”，则使文辞显露出浓郁的楚风。在上古时，“兮”字读为“呵”。清代音韵学家孔广森、江声考定之后，闻一多、郭沫若等人皆从其说。郭沫若在《屈原的艺术与思想》一文中进一步说明：“兮字读成啊却完全是白话。”楚地歌谣多用“兮”字，正表明它是当时的白话诗。《老子》中的“兮”字也读作“呵”，这已由出土的帛书甲、乙本所证实。凡传世的《老子》中用“兮”字处，帛书皆写作“呵”，从而证明《老子》主要是“书楚语、作楚声”的诗化散文著作。

诗化散文《老子》的出现，尽管是楚文学发展史上由口头文学向书面文学的过渡阶段的必然产物，却又是楚文学史乃至中国先秦文学史上的创制。在《老子》之前，尽管有夹杂韵文辞句的散文作品，但从未产生过整体都诗化的散文。《老子》有机地糅合中原和楚地的语言艺术形式而成的诗化散文，一方面将春秋以前韵散结合的语言艺术形式发展到极致，另一方面也宣告了从口头文学向书面文学转化的完成，因而可以说是楚文学史乃至中国先秦文学史上的里程碑。战国时代，随着社会生活水平的提高和社会生活内容的丰富，中原书面文学继续以散文创作为主流而单向发展，楚地书面文学则在《老子》的基础上分别朝着诗歌和散文这两个方向齐头并进，而且其体制日趋宏大，其形式日益成熟。南北文学创作虽然都不再袭用《老子》那种诗化散文形式，但又无不受其影响。无论是诗歌还是散文，都不同程度地保留了韵散结合的特点。直接承继《老子》而发展的战国楚文学，更明显地具有诗歌散文化和散文杂韵语的特征。

第三节　《老子》的美学思想

《老子》并非论文谈美的专著，但它所阐发的哲理却是从各种自然现象和社会现象中概括和总结出来的，它的论述和批评涉及到了许多文艺现象和美学问题，因此，它的哲学思想中也包含着比较丰富的文艺美学思想。

由于老聃是出于对社会现实的强烈不满而“言道家之用”的，他对循道而动的自然给予了高度的肯定，对人为而成的社会给予了彻底的否定。现实社会里人类创造的一切文明成果，包括文艺在内的精神文化成果，都遭到了他的严厉贬斥，如第十二章：

> 五色令人目盲，五音令人耳聋，五味令人口爽，驰骋畋猎令人心发狂，难得之货令人行妨。是以圣人为腹不为目，故去彼取此。

从这段文字可知，老聃认为“五色”“五音”“五味”等一切带给人的视觉、听觉、味觉等感官上引起愉悦感受的东西，都是毁灭人类天性和天质的东西，都必须摈弃。

不过，假如由此得出老聃是一个排斥艺术美的文艺否定论者，就未免简单化了。因为第一，老聃此语并非从审美角度论述文艺问题，而是从功利角度批判世人对声色之感官愉悦的过度追求所导致人体的损伤和人性的变异。第二，老聃也并非不承认“五色”“五音”能够带给人以美感，恰恰就是在承认声色作品有悦耳愉目之艺术美的前提下，才激烈批判世人对感官刺激和感官享乐的放纵追求的。

在老聃时代以前，文艺尚未形成为独立的精神文化门类，一直附丽于宗教、历史等社会意识形态而存在和发展，特别是在很大程度上成了政治的工具和手段。其语言艺术的文学之主要功能在于宣扬礼治，其造型艺术的绘画、雕塑及表演艺术的音乐、舞蹈之主要功能在于表现礼治。至生产力大发展以及生产关系大变革的老聃时代，社会出现了大动荡和大分化，周王朝的礼治思想动摇了、礼乐制度崩坏了。列国诸侯割据一方，竞相追求帝王的尊荣和享受。诸侯的起居宴饮，求的是雕画华丽的宫室、锦绣绮纨的服饰、制作精美的器具、九鼎八簋的排场、钟鼓齐鸣的乐声、美味佳肴的饮食，并且为了满足其贪得无厌的享乐需要而你抢我夺、争雄逐霸。就是一般贵族，也争相“服文采，带利剑，厌饮食”[①]。王公贵族分明是僭越礼制、骄奢淫逸，却打着维护周礼的旗号，装成谨守周礼的模样，满口仁义道德以文过饰非。于是，礼成了统治阶级穷奢极欲的借口、营私逐利的幌子、罪恶行径的外衣。文艺也随着统治阶级对礼的大肆宣扬和对感官刺激的极度追求而日趋繁缛富丽、华艳浮靡，不仅不能陶冶人们的性情、愉悦人们的身心，反而使得人们精神迷狂、理智丧失，甚至成为诱导人们追求感官享乐的动因、酿成社会动乱的祸根。老聃对统治阶级的虚伪洞若观火，对违背“天道”的世风深恶痛绝。在“静观”以反思、“玄览”以究道之后，他将社会动乱的根源归结为人的欲望：

祸莫大于不知足，咎莫大于欲得。[②]

① 《老子》第五十三章。
② 《老子》第四十六章。

进而，他认为人类创造的一切文明成果刺激了人们的欲望、泯灭了人的本性和导致了社会的伪善，必须予以彻底摈弃：

> 大道废，有仁义；智慧出，有大伪。六亲不合，有孝慈；国家昏乱，有忠臣。①
>
> 绝圣弃智，民利百倍；绝仁弃义、民复孝慈；绝巧弃利，盗贼无有。②
>
> 夫礼者，忠信之薄而乱之首。③

既然人欲私利是罪恶之源，既然礼义仁智是动乱之因，那么，在老聃看来，满足人的感官欲求且作为礼的组成部分的文艺，毫无疑问也在必须剔除之列。

显而易见，老聃否定现实社会中包括文艺在内的一切文明成果，是他出于对现实社会的强烈不满而产生的偏颇之识和愤激之言。成为隐君子以后的老聃，受到阶级和历史的局限，失去了直面人生的勇气，也没有了放眼前瞻的动力，愤世嫉俗却看不到人类社会的前途何在，也不能够理解人类文明的巨大进步作用，而是因人类文明成果被统治阶级占有和利用便对之产生了错误的否定态度。当他在置身自然中问天究道时，当他在遁世玄览中领悟出“道生万物”“道法自然”的真谛时，他的历史观、社会观和人生观都以此为哲学基础而获得了统一，认为只有原始的“小国寡民”社会才是理想的社会，原始的“无知无欲”者才是保有本性的人，于是主张复古倒退、自然无为。同样如此，他的文艺观也是以“天道自然”为哲学基础而形成的，也是“道法自然”的哲学思想的具体阐发。

老聃并不排斥美，也没有否定艺术美的客观存在。但是，他出于对

① 《老子》第十八章。
② 《老子》第十九章。
③ 《老子》第三十八章。

文饰礼治之文艺的憎恶，出于对人为雕琢之华美的反感，乃据“道法自然”的原理提出了自己的审美标准，阐明了自己的审美态度。他认为，凡人工刻意雕饰的作品，都是失去其自然本性的“大伪”之作，所体现的美则是伤害人性的浮华之美；只有顺其自然、依其本性的真实之作，才具有怡人养性的朴素之美；因此，真正的美就是“见素抱朴”的朴素，就是依其本然的真实。

本着这一审美态度和审美标准，老聃提出了合于其审美理想的文艺主张：

> 大音希声，大象无形。①

所谓“大音”“大象”，即指最宏大而完美的音乐和形象，它们当然是艺术的极致了。然而，老聃却指出，“大音”非人耳所能欣赏到的声音，亦非人力所能演奏出的音乐，有如王弼注云：“听之不闻曰希，不可得闻之音也。有声则有分，有分则不宫而商矣。分则不能统众，故有声者非大音。”同样如此，“大象”非人眼所能观赏到的形象，亦非人力所能描绘出的形象。王弼说：“有形则有分……故象而形者非大象。”在老聃看来，人为地演奏、人为地描绘出的音乐或形象，虽有音声之响或图象之形，却都是在分解自然之声或自然之形的基础上合成的，这种合成毕竟是对自然之音或自然之形的有限表现，实际上是改变了其自然本性的不真实的作品，因而也是不完美的作品。无亏而无损、宏大而完美的“大音”“大象”，只能是自然天成的声音和形象。换言之，也就是只有顺其自然、依其本然而形成的“音”与“象”，才是无亏无损的真实之作，才是最高妙、最完美的艺术。艺术的“音”与“象”，只能通过“道法自然”的原则以得其真，只能通过“自然无为”的方式以见其美。

① 《老子》第四十一章。

论及艺术是作如此观，论述合乎理想的人生境界时，老聃也本着这一审美态度和审美标准。他在描述所向往的“小国寡民”社会时，饱含审美情感地说到处于其境的人之生活与感受：

> 甘其食，美其服，安其居，乐其俗，邻国相望，鸡犬之声相闻，民至老死不相往来。[①]

“小国寡民”的人生境界，即老聃所谓“见素抱朴”的人生境界。人们正是因为处于这种境界中“少私寡欲”地生活，才具有甘、美、安、乐的愉悦感。可见，在老聃心目中，美是存在的，也是需要的，但美只能通过真来体现、依赖真而存在。

真、善、美是人生的最高追求，也是文艺的最高理想。因此，其相互关系既是人生观的基本理论问题，又是文艺美学的重大理论问题。力图阐明天地宇宙普遍法则、解答人类社会根本问题的《老子》，当然不能也不会回避这个问题，而是就这个问题较为鲜明地表达了其观点。

真与美的关系，则如前所述，老聃有着毫不含糊的阐明。那么，他又是如何看待真、美与善的关系的呢？

老聃疾伪，故大力突出真、强调真，并且否定礼智、鄙薄仁义，当然也不标举善。不过，正像他不标举美却也不否定美、讳言美一样，他既肯定善，也大谈善。如：

> 善者吾善之，不善者吾亦善之，德善。[②]
>
> 道者，万物之奥，善人之宝，不善人之所保。美言可以市尊，美行可以加人。人之不善，何弃之有？[③]

① 《老子》第八十章。
② 《老子》第四十九章。
③ 《老子》第六十二章。

《老子》一书专“言道德之意”，虽是以“道生万物”“道法自然”的天道观为核心，却也是以论善入门、以求善为目的。

尽管如此，老聃并不深谈善的道德价值和伦理内涵，而是强调善也同美一样，必须以真为本。在他看来，真实自然，才既善且美，否则，善只会是伪善，美也只会是浮华。他在描述“小国寡民”社会时，即表达了善依赖真而存在的观点：生活在其社会中的人民，“老死不相往来”，因抱朴守真、少私寡欲而不为利争、不为名逐，其人其国无疑都是善的。他另外又阐述说：

> 信言不美，美言不信。善者不辩，辩者不善。知者不博，博者不知。①

直观地理解这段文字，可以认为老聃将美与信（真）、善与辩、知与博对立起来，只强调它们的对立性而忽视了它们的统一性，这显然是片面的，也是错误的。但是，结合老聃的整个思想体系来分析这段文字，则可知其也是老聃站在批判文明社会的伪善和浮华的基本立场上，极力标举真、刻意强调美与善依赖真而存在所发的过激之言。河上公注前两句云：“滋美之言者，孳孳华词。不信者，饰伪多空虚也。”王弼注：“实在质也，本在朴也。”诚若此解，其意即谓：真实的言辞并不华美，华美的言辞则不真实。后面四句乃为进一步的生发：实实在在的善者并不以巧言自辩，巧言以自辩的人则不是善者；确确实实的知者并不卖弄广博，貌似博通的人则不是知者。由此说来，“真”以质朴为本，“善”以质朴为准，“美”也以质朴为度，质朴、也即真乃最高的审美标准和审美境界。善与美，都由真所派生，又都归结于真，其关系似乎可以构成如下图式：

① 《老子》第八十一章。

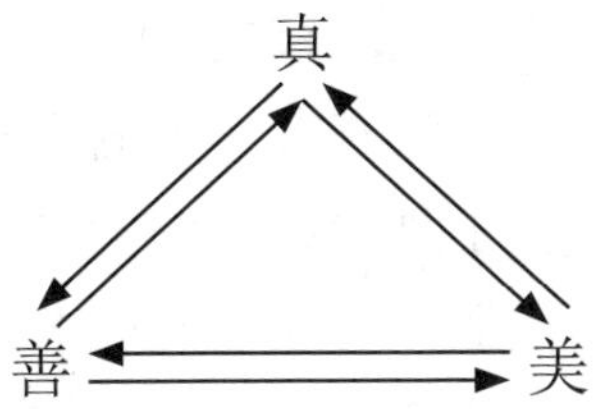

真居于善和美之上，真是最高的人生境界和审美境界，善为真所决定，美由真所体现，善与美都统一于真，这就是老聃人生哲学和美学思想的核心，也是《老子》艺术精神的核心。

关注人世的老聃，对历史上的盛衰兴废之变故洞观明察；关注自然的老聃，又对自然界的荣枯壮老之变化博览深思。因此，老聃形成了丰富而深刻的辩证法思想，从社会现象和自然现象中概括出了大量的矛盾概念，在其哲理阐述中提出了许多对立统一的范畴，从而揭示了事物之间的对立统一关系，所著《老子》也成为中国古代辩证矛盾观的奠基之作。他对文艺美学问题的阐述，也较充分地贯彻了辩证法思想，较明确地表达了关于文艺现象和审美活动的辩证认识。前面所引的第八十一章的文字，尽管没有清楚而全面地表达出老聃的矛盾统一观，但实际上也是据其对事物之矛盾现象的辩证认识而立论的。相比较而言，下面这段文字所表达的辩证法思想就要明确而全面多了，而且也可以修正第八十一章文字的偏颇和印证老聃思想的辩证性和统一性：

> 天下皆知美之为美，斯恶矣；皆知善之为善，斯不善矣。故有无相生，难易相成，长短相形，高下相倾，音声相和，前后相随。[①]

在这段文字中，老聃提出了一系列的对立概念，说明一切事物都是矛盾的统一体，矛盾的双方相斥又相生、相反又相成，从而也集中地表述了

① 《老子》第二章。

他丰富而完整的辩证法思想。老聃首先指出，美与恶（丑）是相比较而存在、相对立而统一的。如果没有丑，也就无所谓美，反之亦然。正因为天下人都知道美之为美，于是就有了反衬美之为美的丑。这一论述揭示了人类审美活动的体验依据，反映了人类审美意识的思想特征，是相当深刻的。其后之语，虽不是就审美和艺术而立论的，却因是对宇宙万物间相互关系的概括与提示，因是对宇宙万物中对立统一原理的总结与提示，故其所表达的辩证法思想也完全适用于审美活动与艺术创作。譬如，在艺术中，不正是有了空白之“无”，才成就了实在之“有”么？不正是有了描摹之“难”，才成就了勾勒之“易”么？诚然如此，线条的长与短，正是相比较而存在的；形象的高大与矮小，正是通过映衬而得以显现的；音声的有序与无序，正是依赖协调而得以和美的。实际上，“有无”“难易”“长短”“高下”等对立概念以及它们的对立统一关系，本身就体现在文艺现象之中。倘若仅从审美活动与文艺创作的角度予以阐述，就是艺术辩证法。

综上所述，由于《老子》哲学思想博大精深，故所包含的文艺美学思想也丰富深刻。《老子》的文艺美学思想，是立足于对现实社会的批判和否定的立场上的，是着眼于对个体生命的理想发展的思考上的，是建立在对“道生万物”“道法自然”的哲学认识基础上的，因而能够深刻地揭示文艺现象和审美问题的内在矛盾，说明其内在矛盾的对立统一性。不言而喻，《老子》的文艺美学思想，体现出辩证的批判精神和求实的革命精神，达到了春秋时代人们对文艺和审美的理论认识的最高水平，在中国美学史上具有开源拓流的重大意义。

与老聃同时代的孔子，总结中原传统文化而形成了系统的儒家思想，也阐发了与《老子》文艺美学思想判然有别的儒家文艺美学思想。由于孔子站在肯定和维护西周的社会制度的立场上，由于孔子着眼于对集体关系的理想秩序的思考，他所提出的文艺的最高标准和美学的最高范畴，就不是“真”而是“善”：

子谓《韶》，“尽美矣，又尽善也。”谓《武》：“尽美矣，未尽善也。”①

《韶》传说为虞舜时的乐曲，《武》则传说为周武王时的乐曲。从孔子对它们的评价可知，他认为“尽美”并非就能“尽善”，“善”是高于美的理想审美境界。孔子也求“真”，他“十有五而志于学”②，称“朝闻道，夕死可矣”③。不过，他并不标举和强调“真”，因为在他看来，“真”（道）就是“善”，也就是“礼”——西周的礼治思想和礼乐制度。孔子文艺美学思想中的真、善、美之关系，是善统摄真与美，故似乎可以构成如下图式：

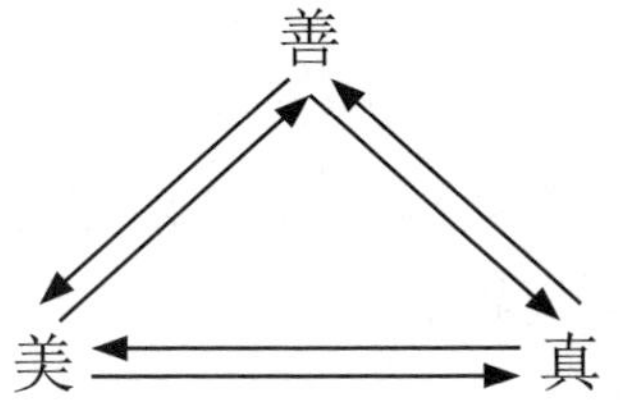

善居于真和美之上，真和美都归结于善，尽善也就至真至美，这就是孔子的人生哲学和美学思想的核心，也是儒家艺术精神的基础。显而易见，孔子的艺术价值判断是与他的道德价值判断相联系的，孔子的审美标准也是与他的道德标准相一致的。孔子的文艺美学思想，因是以其道德伦理思想为基础的，因是从道德要求出发又以道德理想为终结的，故功利性强而客观性不足，容易导致过于强调文艺的功利性，忽略甚至抹杀文艺的审美特性，而且没有能够上升到《老子》文艺美学思想那样高的哲学层次，缺乏其对文艺现象和审美问题的深刻认识，更不具有其辩证的批判精神和求实的革命精神。

当然，《老子》的文艺美学思想，也有过于强调文艺的真实性而忽

① 《论语·八佾》。
② 《论语·为政》。
③ 《论语·里仁》。

略文艺的审美特征之弊，且由于理论水平的限制、激愤情绪的左右而未能够阐述充分和全面，以致给人以否定文艺和抹杀艺术美的印象。但是，《老子》的文艺美学思想是以个体生命的理想发展为起点和终点的，故较孔子的文艺美学思想更接近于合乎文艺的基本特性和本质特征。完整地理解《老子》的文艺美学思想，则可以领悟到其丰富性和深刻性。正是如此，《老子》的文艺美学思想经《庄子》发挥和改造为成熟的道家文艺美学思想之后，便成了指导中国古代文艺发展的主导精神。历代的文人学士，都直接从《老子》的美学思想中获得了很大启迪。

第四节　《老子》的艺术成就

刘勰在《文心雕龙·情采》中精辟地指出："老子疾伪，故称美言不信；而五千精妙，则非弃美矣。"诚若刘勰此言，《老子》有着较高的艺术性，的确可以称之为精妙的美文。详而言之，它的艺术性大致表现为以下几个方面。

一、真实地描写生活，深刻地批判现实

老聃疾伪而求真，所著《老子》充分反映出他对真实的执着追求。因此，真实地描写社会生活，如实地再现社会生活，既是他的求真精神的具体表现，又是《老子》艺术特色的鲜明体现。

春秋末年，阶级分化和阶级对立十分严重，阶级矛盾和阶级斗争尖锐而激烈，这一社会状况在《老子》中有着真实的反映：

> 朝甚除，田甚芜，仓甚虚，服文彩，带利剑，厌饮食，财货有余，是谓盗竽。非道也哉！[①]
>
> 民之饥，以其上食税之多，是以饥，民之难治，以其上之有

① 《老子》第五十三章。

为，是以难治。民之轻死，以其上求生之厚，是以轻死。[①]

这是一幅多么不正常、不合理的社会生活图景啊！一方面，统治阶级居整洁华丽的宫殿，穿鲜艳华美的彩服，佩精致华贵的利剑，而且饮食饱足以至厌，财货堆积成多余；另一方面，平民百姓却为田园荒芜所困，为仓库空虚所苦。一方面，统治阶级暴敛以享乐，极欲以多事，富贵以贪生；另一方面，平民百姓却清苦而饥饿，不安而动荡，贫贱而轻死。

“《春秋》之中，弑君三十六，亡国五十二，诸侯奔走不得保其社稷者不可胜数。”[②]可想而知，春秋时代的社会生活是多么的动荡不安，世人地位是多么的变化莫测，兼并战争又是多么的激烈残酷。博学多闻的老聃，自然是对此观感甚多而体察至细：

金玉满堂，莫之能守。富贵而骄，自遗其咎。[③]
师之所处，荆棘生焉。大军之后，必有凶年。[④]

在大动荡、大变革的时代，虽有金玉满堂，谁又能守藏几日？诸侯失其社稷而亡于野，贵族损其家产而沦为民，不正是大都因其“富贵而骄”以致自取祸患么？老聃不仅描述了现实中富贵无时、尊卑无定的状况，而且还揭示了造成这种状况的主要原因。造成这种状况的另一重要原因，则是老聃所抨击的毁灭一切和改变一切的战争：军队所至，稼穑不存，荆棘丛生；大战过后，荒年即临，饿殍遍野。《左传·哀公八年》记载，人们在战乱中为饥饿所迫，不得不“易子而食，析骸而爨”，《老子》则如实地再现了这一社会现实的悲惨景象。

老聃对黑暗的现实社会极为不满，对残暴和伪善的统治阶级尤其憎

① 《老子》第七十五章。
② 《史记·太史公自序》。
③ 《老子》第九章。
④ 《老子》第三十章。

恶，故在真实地反映现实生活、揭露社会黑暗的同时，也发自内心地、深刻地批判现实社会的一切丑恶现象。他的批判正因为是至真至诚的，所以就格外激烈和深刻。在前面引录的文字中，他就愤怒地指责统治阶级的横征暴敛、穷奢极欲，并且称他们为强盗头子（盗竽），还愤慨地呼喊："非道也哉（这个社会是多么的不合理）！"他一针见血地指出了现实社会的不合理性：

> 天之道损有余而补不足；人之道则不然，损不足以奉有余。[①]

因此，老聃抨击了统治阶级压榨劳动人民的倒行逆施，诅咒了统治阶级发动的兼并战争，鄙薄了统治阶级宣扬的忠信仁义观念，否定了统治阶级实施的礼乐制度，以至于因对统治阶级占有了社会的一切文明成果而愤慨之极且坚决反对文明社会。同时，他对劳动人民铤而走险的反抗斗争表示了由衷的同情，对和平安定的社会和自由幸福的生活表示了真诚的向往。由于历史和阶级的局限，他看不到文明社会的前途，但他提出的倒退至"小国寡民"社会的主张，正反映了他对和平安定的社会和自由幸福的生活的真诚向往和强烈愿望。

"艺术的特性就在于把客观存在（事物）所显现的作为真实的东西来了解和表现。"[②] 换言之，只有写真事、说真话的作品，才具备艺术的特性。《老子》之所以具有较高的艺术性，首先在于它真实地反映了客观存在，首先表现为它写的是真事，说的是真话。

二、高度的感情抒发，强烈的自我表现

列宁曾说："没有人的感情，就从来没有也不可能有人对于真理的追求。"可以说，古今中外的伟大哲人之所以对真理有着超乎常人的执着追求，也就在于他们有着超乎常人的丰富感情；他们之所以能够写出

---

① 《老子》第七十七章。

② 黑格尔 . 美学：第 1 卷［M］. 北京：商务印书馆，1979：200.

光焰万丈的巨著宏文，也就因为他们有着超乎常人的强烈感情。

老聃之所以作《老子》，正是为其愤世嫉俗的丰富而强烈的感情所激动而不得不发。愤世以求真，故说理而成文；嫉俗以明道，故抒情而为诗。诗化散文《老子》，因而有着很强的抒情性。如：

> 民不畏死，奈何以死惧之！若使民常畏死，而为奇者，吾得执而杀之，孰敢？①

骨鲠在喉，一吐为快；感情强烈，不假雕饰。在这激昂的口语之中，老聃对统治阶级草菅人命的愤慨之情表达得多么强烈，对劳动人民有如草芥的命运的不平之感又表达得多么深沉！《老子》书中那些抨击现实丑恶、批判社会无道的文字，无不充溢着这样强烈而深沉的感情。

直率地抒写出自我的感情，也就真实地表现了自我的个性。老聃在抒情之时，往往因感情强烈而不由自主地将自我融入作品中直抒其情，从而鲜明地展现出自我形象。如“吾得执而杀之，孰敢”，就生动地托出了老聃那忿懑至极的音容和表情。又如这段文字：

> ……众人熙熙，如享太牢，如登春台。我独泊兮，其未兆，如婴儿之未孩，儽儽兮，若无所归！众人皆有余，而我独若遗。我愚人之心也哉，沌沌兮！俗人昭昭，我独昏昏。俗人察察，我独闷闷。澹兮其若海，飂兮若无止。众人皆有以，而我独顽似鄙。我独异于人，而贵食母。②

这是一段作者倾心吐胆的自我表白，是一幅作者顾影自怜的自我写照，是一首诗味浓郁的绝妙楚歌。老聃通过将自己与常人的鲜明对比，充分

① 《老子》第七十四章。
② 《老子》第二十章。

展示了他的至情至性，由此塑造出一位安贫乐道、超尘脱俗、淡泊守志、独善其身的抒情主人公形象。吟诵此歌，老聃那超然处世、宽宏待物、赤诚求道、清贫守志、孤高自赏的隐君子形象，就栩栩如生地展现在读者眼前，令读者随其叹息而感慨不已、因其表白而肃然起敬。

三、想象丰富，形象鲜明

老聃是哲学家，却没有像一般哲学家那样“用三段论法来表达思想”，而往往借助丰富的想象以构成鲜明的形象来显示哲理。

“道”是《老子》首次提出并且致力阐释的最高哲学范畴，但老聃论道，却缺乏哲学的证明，多有文学的描绘：

> 道之为物，惟恍惟惚。惚兮恍兮，其中有象；恍兮惚兮，其中有物。窈兮冥兮，其中有精。其精甚真，其中有信。[①]

显然，这作为对哲学范畴的“道”的阐释，无疑带有一种神秘主义的色彩；但作为对文学形象的“道”的描绘，则充满浪漫主义的想象。读者涵咏诗文，即可以感受到那现实中无法把握、存在于迷境之中而无影无踪、无声无形却又无时不在、无处不有的“道”的形象，从而产生无穷的联想。毋庸讳言，老聃对“道”作如此的形象描绘，也是因其受历史条件和理论水平的限制，故感到难以阐释明确而不得已为之，但他在描绘“道”时显示出的想象力之伟大丰富，则令人赞叹。

想象表现为联类无穷的思维运动。前面所引录的第二十章中的抒情文字，就显示出老聃在对比常人与自我的种种不同时所具有的联想能力，因而所展现的自我形象十分鲜明。老聃的说理文字，也善于借助丰富的联想，采用比喻的方式，通过具体明晰的形象来显示抽象玄奥的哲理。如以冶炼所用的“橐籥”（风箱）形容“道”之“虚而不屈、动

① 《老子》第二十一章。

而愈出”的特征，以“川谷之于江海”显示天地万物总归于“道”的原理，以“张弓”说明“道法自然”的法则，如此等等，不胜枚举。

南方多水，楚为泽国，居于其间的老聃在将心里所思与眼前所见予以联类的过程中，水便成了他喻理达意的典型形象：

> 上善若水，水善利万物而不争。处众人之所恶，故几于道。①
>
> 天下莫柔弱于水，而攻坚强者莫之能胜，其无以易之。②

水的品德是慷慨无私的，虽滋润万物却不与万物争利；水的性格是谦恭退让的，虽无刚强之形却又无坚不可摧。老聃虽然并无全面描绘水的形象之意，但在他的眼中和笔下，水明显是内质与外形相统一的完美形象。他通过对形象鲜明的水的高度赞美，说明了上善、即具备最高道德的人所应有的品格，阐发了处下求上、以柔克刚、以弱胜强的道理。正因为形象具体而鲜明，他所表达的思想和阐发的哲理虽然深奥却也易为人领悟。

老聃还往往通过描述一系列形象的事物来喻明同一抽象的事理。如：

> 合抱之木，生于毫末；九层之台，起于累土；千里之行，始于足下。③

木长合抱之粗，台累九层之高，人行千里之远，都是生活中可感可触的，但老聃则通过对它们的描述，说明了事物是由小至大而发展变化的道理，引例恰切，喻理生动。

---

① 《老子》第八章。

② 《老子》第七十八章。

③ 《老子》第六十四章。

四、参差错落的句式，变化有致的章法

《老子》已经挣脱了严格的诗体规范而明显地表现出散文的特征，因此，它的句式往往是随言理抒情的需要而自由组成，一章之内是三言五言不定、七言八言相杂，较之当时已经形成为句式参差错落风貌的楚歌更加散文化了。前面引录的诸段文字，就清楚地显示了这一特点。在其八十一章里，没有哪一章是用同一句式的。长短不一的句式交错出现在作品中，其形式便有参差变化之妙，其语气也有起伏顿挫之感，自然就能够更加自由而充分地抒情、更加明晰而透彻地说理。

八十一章的《老子》，每章都可以视为一篇独立的作品。其章与章之间在形式上往往互不相关，没有什么章法可循；但在一章之内，却又往往变化有致、讲究法度。如第二十八章：

> 知其雄，守其雌，为天下谿。为天下谿，常德不离，复归于婴儿。
>
> 知其白，守其黑，为天下式。为天下式，常德不忒，复归于无极。
>
> 知其荣，守其辱，为天下谷。为天下谷，常德乃足，复归于朴。
>
> 朴散则为器，圣人用之则为官长，故大制不割。

此章除最后一段结论性的文字完全为散文体外，前三段文字皆为诗体，而且每段之中的句式虽有长短变化，但每段之间却几乎没有变化，结构一致而章法严谨。其形式既有不拘一格的多样美，又有平衡对称的整饬美。

五、对偶工整的俪辞，气势奔放的排句

对偶的俪辞，既可以使词句产生形式整齐的建筑美，又可以使之产

生节奏和谐的音乐美，因而是语言艺术中常见的修辞手法。老聃无意于专求语言的工美，也无意于多用这种修辞手法。但是，老聃却刻意于求得思想的充分和准确的表达，因此也有意于采用互文以见义、映衬以明理的表达方式，具有这一表达功能的俪辞便在《老子》中随处可见，如“见素抱朴，少私寡欲”“（万物）负阴而抱阳，冲气以为和”“甚爱必大费，多藏必厚亡”等。这些对偶辞语整齐而工巧，言简而意赅，用在作品中大大增强了其文采和丰富了其意蕴。

为了宣泄自己的感情和强调自己的观点，为了充分地揭示问题和深入地阐发哲理，老聃尤其喜爱并且格外擅长使用排句。排比的句式在《老子》中不仅大量存在，而且丰富多彩。有以单句相排比的：

> 塞其兑，闭其门，挫其锐，解其纷，和其光，同其尘。①

有以双句相排比的，如上节引录的第十八章中的文字。还有以多句相排比的：

> 三十辐共一毂，当其无，有车之用；埏埴以为器，当其无，有器之用；凿户牖以为室，当其无，有室之用。②

有似于此，前面引录的第二十八章，若作为诗观，其中前三段乃为结构相同的分章；若作为文观，其中前三段则是复句构成的排比。《老子》层出不穷而又变化多端地运用排比句法，不仅使其思想得以充分和完整地表达出来，而且使得其文势因此而宏肆奔放，大大增强了作品的感人力量。

---

① 《老子》第五十六章。

② 《老子》第十一章。

六、简洁精练的语言，铿锵和谐的音韵

诗歌的语言既要求简洁精练，又要求有很强的概括力和表现力。以诗化散文形式阐发玄奥哲理的《老子》，则保持了诗歌这一语言特征，其用词遣句可谓经过了严格的筛选和精心的锤炼，因而文约而义丰、言浅而旨远。如首章开篇的“道，可道，非常道”6个字，就不仅提出了“道”这一哲学范畴，而且说明并强调了“道”在《老子》哲学体系中所具有的最高地位、深刻内涵和永恒意义。如此用语，既突出主旨，又提示蕴意，表现力和概括力俱强。又如前面引录的描述社会生活、揭露社会黑暗的文字，往往都是用十分简洁的语言描述出统治阶级与劳动人民的天渊之别的生活，并且一针见血地指出造成社会不合理的根本原因。其言辞虽少，但勾勒的社会图景却广阔；其文辞虽短，但揭示的社会意义却深刻。

《老子》中还有许多从自然现象和社会现象中概括出来的哲理短语，如“物壮则老”“大器晚成”“知足不辱”“千里之行，始于足下”“慎终如始，则无败事”“天网恢恢，疏而不失”等。这些哲理短语浅显易懂又准确深刻，用在文中使其语言更见生动和凝练，也更具表现力和概括力。

《老子》是“对字协韵”之作，其用韵特点乃如前所述。《老子》的用韵既与《周易》《诗经》合，又与楚歌、楚辞合，丰富多彩而又灵活善变，虽无定规却又并不凌乱，诵读起来有铿锵动听的节奏、和谐悦耳的音韵。孔子说：“言之无文，行而不远。”[①] 看来，《老子》之所以传之久远，不仅仅在于它颇有文采，还在于它颇有韵律。

上述说明，《老子》的艺术特色是鲜明的，《老子》的艺术成就也是多方面的。其文艺主张尽管是“见素抱朴”，其文学创作依然是好雅求美。求美是文艺创作的动因，有了对美的追求，才会有美的创造，也才

① 《左传·襄公二十五年》。

会有美文《老子》的产生。而美文《老子》的出现，则在中国文学发展史上具有重要的意义。

春秋中叶以前的周代文学，是《诗经》的时代，也是以民间歌谣和集体创作为文学创作主流的时代。春秋中叶以后，中原文学创作出现散文勃兴而诗歌相对沉寂的状况。这即意味着文学创作主流乃由民间的和集体的创作向着文人的和个体的创作过渡，意味着中国文学真正步入了形成期。楚文学发展的进程虽与中原文学有所不同，但也随周代文学发展的潮流转入了文人的和个体的创作阶段。中原文学里规模较大的文人的和个体的创作，在《老子》出现之前似乎还没有。《春秋》虽为鲁国史官所作的历史散文，但很难说出自一人手笔，而且又经由孔子修订成书。《论语》虽是记述孔子言行的诸子散文，但并非孔子自著，而是其弟子记述并纂辑而成，最终成书当已是战国初年。相对而言，楚文学的发展随着楚国和楚文化自春秋中叶兴盛之后，特别是随着隐士阶层于春秋晚期在楚地形成之后，文人的和个体的创作趋于大盛。接舆所作之诗歌和老聃所作之散文都保存至今，而《老子》可以说是迄今所知中国第一部文人的和个体的大型作品。

一般来说，文学艺术是作家独立从事创造性的精神劳动的产物，只有成为文人的和个体的创作之后才会成为独立的社会意识形态和艺术生产部门。因此，《老子》的出现，标志着中国文学作为独立的社会意识形态和艺术生产部门而开始形成。

在艺术表现上，《老子》继承和发扬了《诗经》真实地描写社会生活的写实精神。由于《老子》的写实是以求“真”这一审美追求为动因的，是以个体生命的理想发展为本位的，是不受文明社会的功利原则和道德观念所束缚的，故不仅仅为一般的如实反映社会生活，而是伴随着对社会现实的大胆而深刻的批判，包含有对社会现象的全面而深刻的哲学认识，体现出对社会人生的独立而深沉的美学思考，以此达到了前所未及的高度，大大弘扬了传统的写实精神。同时，《老子》又在一个新的高度上继承和发扬了楚地民歌的抒情传统和楚地神话的浪漫精神，较为充分地抒写了自我情感，展示出自我形象，并借助了神思和玄想以形象化地表达思想。这样，《老子》就将楚文学与中原文学的传统与精神结合在一起，形成其崭新而独特的艺术精神和艺术面貌。

《老子》的用语和用韵，也显示出集南北语言艺术之大成的特点和成就。它几乎运用了以往南北文学中的各种文句形式和修辞手法，而且更精于语言的选择和锤炼，使语言因其准确性和生动性、概括力和表现力的大幅提高而进一步文学化。它融会了南北诗韵，却又运用得自由灵活，不拘一格，因而能够别开生面。

总而言之，《老子》是陶铸南北文学艺术而推陈出新的产物，首次较为全面地显示了南北文学艺术融会发展的风貌，代表了春秋时代的楚文学乃至中国文学的最高成就。在《老子》产生前后，楚文学中尚未见可与其媲美的作品；中原文学虽有《春秋》及《论语》等问世，但《春秋》言短而质，《论语》文简而散，都不具有《老子》这么强的文学性。战国时代，虽因“文变染乎世情”而再无《老子》式的诗化散文出现，但《老子》的成功创作经验则为中国文学的进一步发展奠定了良好的基础。

就中国文学的发展作宏观的鸟瞰，《老子》的出现尚且只能说是标志着中国文学真正进入了形成阶段。但就楚文学的发展作局部的考察，《老子》的产生则可谓标志着楚文学的基本形成。此后，楚文学创作便沿着它所开辟的道路，继续陶铸南北文学艺术而推陈出新，很快就在诗歌与散文两个领域都独领中国先秦文学之风骚。

第三章　散文演进——《文子》

战国时代，是处士横议、百家争鸣的时代，也是散文兴盛、辞赋繁荣的时代。

在这“古今一大变革之会”的时代里，社会由分化向着统一演进，诸侯由争霸向着争帝追逐。天下共主早已不复存在，旧有的社会制度和思想观念也随帝王的名存实亡而彻底动摇和崩溃了。人们正是由于没有了曾经依赖的万邦之主，失去了曾经信奉的全能上帝，不再笼罩于人间至高的君王身影下和匍匐于天上至尊的神灵前，为了在当时纷争不已、战乱频仍的险恶之世里生存下去，才最大限度地意识到了自我的存在，也才最大限度地激发出自我的力量去求得生存和发展。于是，人们的自我意识和主体意识便空前高涨，思想也空前解放，从而自觉地和积极地去总结历史经验，瞻望社会前景，寻求救世方略，思索人生意义……处士纵横以议论、百家诘难而争鸣的文化繁荣局面就这样形成了，抒情述志以为诗、记事说理而成文的文学繁荣局面也就这样形成了。

处士横议、百家争鸣之风的兴起，是在王纲解纽、礼崩乐坏的春秋时代。顺应此风而生的诸子之作，南有《老子》，而北有《论语》等，但这还只能说是揭开了思想文化和文学艺术繁荣昌盛局面的序幕。降至战国时代，列国更因激烈的争夺而刺激了社会经济的高速发展，大国更因无情的兼并而导致了阶级关系的巨大变化，世人更因险恶的现实而促发了思想意识的空前活跃。经济的发展为横议和争鸣提供了物质基础，士人阶层的形成为横议和争鸣提供了阶级基础，诸侯的求生本能和争帝欲望则为横议和争鸣提供了现实需要和社会条件。文人学士或聚徒讲学，或游说诸侯，或隐居探道，争以言盈天下，求以论服世人，于是歧见迭出，异说纷呈。儒、道、墨、法诸家互相辩驳，阴阳、纵横、名、兵诸家各自标榜。

恣意论说、放言争鸣的直接后果，就是思想流派的大量涌现和诸子散文的大量产生。今日可见到的战国诸子散文，有产生于中原的《墨子》《孟子》《齐孙子》《尉缭子》《韩非子》《公孙龙子》等，有产生于楚地的《文子》《庄子》《黄帝书》《鹖冠子》等。

楚国虽然在春秋末年因平王无道而招致吴师入郢、几至亡国的大祸，但因国大基牢而未摧本伤根，“知大道”而“不失国”[①]的昭王“鉴前恶”而图复兴，楚国仍为天下强国，楚文化也从茁长期进入鼎盛期。产生于战国早期的《文子》，既反映了鼎盛时期的楚思想文化的初貌，也展示出繁盛时期的楚文学艺术的初貌。

第一节　《文子》的真伪

《文子》一书，历来基本上被视为依托之作，故在 1980 年代以前的思想史、文学史研究专著里从来没有它的地位。

班固在《汉书·艺文志》中著录《文子》时，就对它的真实性表示了怀疑。他在“《文子》九篇”后注云：

> 老子弟子，与孔子并时，而称周平王问，似依托者也。

其后，宋人陈振孙、黄震，清人陶方琦、钱熙祚，现代的章太炎、梁启超，今世的蒋伯潜、黄云眉、张心澄、张成秋、钱穆等都认定它是伪书。另外，唐代的柳宗元在《辨文子》中称它为“驳书”，历代附和者也甚多。尽管也有少数学者如宋人王应麟、清人孙星衍等力主它为可信之作，但毕竟言微势薄，未能动摇“伪书说”。现当代学者曾大都从梁启超在《〈汉书·艺文志·诸子略〉考释》中所定之调：“此书自班氏已

① 《左传·哀公六年》：“孔子曰：‘楚昭王知大道矣，其不失国也，宜哉！’”

疑其依托。今本盖非班旧，实伪中出伪也。其大半剿自《淮南子》。”

促使学术界对《文子》作重新认识和重新评价的动因，是20世纪70年代初的考古大发现。

1973年，在湖南长沙马王堆3号汉墓中出土了大量帛书。学者们在整理时将它们与传世文献作了比较研究，从而证实了一些过去多以为是伪书的古籍的真实性。著名古文字学家和考古学家唐兰将《黄帝书·经法》与《文子》《淮南子》等作了比较考证后指出，《文子》与《经法》约有20余处相同，而且还有多处是《淮南子》所没有的。他由此得出结论：

> 《文子》与《淮南子》很多辞句是相同的。究竟谁抄谁，旧无定说。今以篇名袭黄帝之言来看，《文子》当在前。……《文子》中有很多内容为《淮南子》所无，也应当是先秦古籍之一。
>
> （刘安）在武帝时，他招集一班人写的《淮南子》，许多地方抄袭《文子》，基本上是属于老庄一派的道家。①

经唐兰的论证之后，龙晦又从音韵学上加以考证，也确认《文子》当在《淮南子》之前问世。②

同是1973年，在河北定县汉墓中出土了大量简书，共有残缺不全的8种古籍。其中除了《论语》《儒家者言》等之外，竟还有《文子》！据《文物》1981年第8期所载《定县40号汉墓出土竹简简介》报道，简书《文子》有“与今本相同的文字六章，部分或系佚文”，而且，

> 简文的情况完全与《汉书》所说相同……这就使《文子》得以部分地恢复其本来面目，证明《文子》本非伪本，今本《文子》实

① 唐兰. 马王堆出土《老子》乙本卷前古佚书的研究［J］. 考古学报，1975（1）.
② 龙晦. 马王堆出土《老子》乙本前古佚书探原［J］. 考古学报，1975（2）.

经后人窜乱。其佚文部分，大半是对天道、仁、义、功、德和教化的阐发，具有一定的特色。

简书《文子》的出土，使得“伪书说”不攻自破，学者们也改变了以往对它不屑一顾的态度，开始将它放在先秦思想史和文化史上加以考察。

当然，简书《文子》毕竟只是残简断篇，不可能将它像帛书《老子》甲、乙本那样与今本作全面的对照和校勘，故在考察和研究今本《文子》时，仍有对其真实程度加以辨析的必要。

以往的学者否定今本《文子》的真实性之主要理由，就是章太炎、梁启超所说的“半袭《淮南》”。这个问题在马王堆帛书出土之后，唐兰、龙晦就作了比较详细的论证和明确的回答。在定县简书出土之后，就更容易作出合情合理的分析和考察了。诚然，《文子》与《淮南子》相同的文字的确很多。但两者相同的文字越多，反而越能说明《文子》是一部产生于先秦、并在汉代影响甚大的著作。

司马迁在《史记·太史公自序》中，言及其父司马谈曾从好黄老之术的黄生“习道”，并引录司马谈“论六家要旨”说：“道家……其为术也，因阴阳之大顺，采儒、墨之善，撮名、法之要……”由此可知，汉初统治阶级尊奉的道家，就是以老子道学统兼诸家善要的黄老之学。综观《文子》，其大旨正合司马谈所述的道家特征，而且个别篇目和许多文字与产生稍晚于它的黄老之学的经典——《黄帝书》相同，它在汉初与《黄帝书》同是黄老之学的经典著作。整个汉代，《文子》的地位都很高，影响也很大。东汉王充在《论衡·自然》里将文子与老子并称，说：“老子、文子，似天地者也。”这显然反映了汉人尊奉《文子》、视《文子》为《老子》的后继之作和黄老之学的代表之作的实际状况。孙星衍有识于此，在《问字堂集·文子序》中明确指出：“老聃之学，存于《文子》，西汉用以治世。当时诸臣，皆能称道其说，故其书最显。”

至于《淮南子》一书，其性质已如中编第二章第四节所述，是以道家学说为基础而融会百家之言的巨著，堪称先秦至西汉的黄老之学的理论总结。因此，它大量地引录、糅合并发挥显于当时的《文子》，本是十分自然的事情。清人陶方琦以为《文子》“非古书”，故说：“详细考之，《文子》首章之《道原》即《淮南》之《原道》，《精诚》即《精神》，《上德》即《说林》，《上义》即《兵略》，实相一致，而割裂矛盾之迹显然。”① 实际上，他的考证恰恰说明了《淮南子》在很大程度上是因袭和发挥《文子》之说而成书的。

定县汉墓的墓主，据考是西汉中山怀王刘修，死于宣帝五凤三年（前 55）。因此，简书《文子》的入葬时间距《淮南子》成书时间有 80 余年。不过，简书尽管晚出，但也只是抄成时间晚于《淮南子》而已。随葬的古书，一般都是死者生前喜爱阅读的。如湖北云梦睡虎地 11 号秦墓的墓主“喜”为狱吏，故随葬书籍主要是法律书籍和文书。山东临沂银雀山 1 号汉墓的墓主“司马”是一位兵家人物，故随葬书籍以兵书为主。中山怀王刘修是西汉封君，随葬书籍中既有儒家的《论语》和《儒家者言》，又有道家的《文子》，但以儒家著作的分量更重。这正反映了自汉武帝“独尊儒术”之后儒道地位发生变化的状况。《论语》和《儒家者言》都是先秦古籍②，显然也都是汉代统治者学而时习之的儒家经典。与之同置于刘修身边的《文子》，也只会是先秦古籍和汉代统治者学而时习之的道家经典。

《汉书·艺文志》著录《文子》9 篇，乃据刘歆《七略》，当为古本原貌。可是，《隋书·经籍志》中著录的《文子》，已增至 12 卷。这篇卷增多的现象，也是使学者感到疑惑并推测其为“杂以伪者”的原因之一。前人或怀疑是注家析旧篇而增卷数，或推测是注家“润益于散乱之后”。实际上，这两种可能都会存在。帛书《老子》乙本只分为上下两篇，甲本虽分段也与今本有异，传世今本 81 章的《老子》，显然是注家

① 《汉孳室文钞》。
② 《儒家者言》略说［J］. 文物，1981（8）.

析改古本而成。《文子》在流传过程中出现篇卷增多的情况，大概也有似于此。另外，传世的先秦古籍，几乎毫无例外地都被后人改窜和润色过，只是程度不同而已。《文子》作为发挥《老子》学说而成为“西汉用以治世”的显要之书，恐怕会随黄老之学的发展而被窜乱和增益得更加严重一些。对照简书《文子》与今本《文子》，已明显可见其中的窜乱之迹。“从几个与今本相同的章节证明，凡简文中的文子，今本都改成了老子，并从答问的先生变成了提问的学生”[①]，这无疑是传播者意欲托文子之言于老子而标榜黄老学说的正统性和增强黄老学说的影响力所为，这也就造成后人据其托言与老子思想相抵牾而误认为其是伪书。

唐代以前，《文子》一直被视为道家的重要著作，十分流行。唐代天宝年间，它又被尊奉为道教经典，号《通玄真经》，与《老子》《庄子》《列子》并称为“四玄”。

古代的《文子》注本虽有数家，但有些已经亡佚。现存的完整注本，只有唐代徐灵府的《通玄真经注》和元代杜道坚的《文子缵义》。

第二节　《文子》的作者及成书年代

先秦诸子著作大都以作者名书，《文子》也当是文子自著，或者说主要是文子自著并经过了其弟子及后学的整理和补充。

文子的生平，因史料阙如而莫可详知，只能从其著作和文献的有关文字中推定他的生活时代和大致身份。

《文子·道德》载：“平王问文子曰：‘吾闻子得道于老聃……’”《文子》一书又“其旨意皆本老子”，因此，文子曾受业于老子，恐怕是确切的事实。先秦至汉代，文子与老子的关系想必广为人知，故班固才注明他为“老子弟子”。王充在《论衡·自然》中则以老子、文子来比类孔子和颜渊，称“以孔子为君、颜渊为臣，尚不能谴告，况以老子为

① 定县40号汉墓出土竹简简介［J］. 文物，1981（8）.

君、文子为臣乎”，这就清楚地说明了老子与文子的师徒关系同孔子与颜渊的师徒关系是一样的。唐代以后，由于学者们对《文子》一书的真实性大为怀疑，文子其人的真实性当然也就成了问题。不过，先秦古籍中已有关于文子其人其言的记述。如《韩非子·内储说上》载：

> 赏誉薄而谩者下不用，赏誉厚而信者下轻死。其说在《文子》，称若兽鹿。
>
> 齐王问于文子曰：“治国何如？”对曰：“夫赏罚之为道，利器也。君固握之，不可示人。若如臣者，犹兽鹿也，唯荐草而就。”

韩非子引述文子言论以为自己的法治思想作论证，可知先秦确有文子其人，而且其言其书在战国晚期已影响甚大。今本《文子》虽无与《韩非子》所引述言辞完全相同的文字，却有与之意思完全相同的文字。《上义》中就反复阐明治国之道在于“赏信而罚明”的道理。看来《韩非子》并不是抄录其语，而是转述其意，称“其说在《文子》”，诚然不诬。

先秦文献没有详记文子事迹，致使后人对其人其事颇费猜疑。后人为文子作传，似有捕风捉影、移花接木地将他人附会为文子之嫌。北魏（一作唐）李暹注《文子》，就为之作传说：“姓辛，葵丘濮上人，号曰计然。范蠡师事之。”《四库全书总目提要》则因之辨证说：

> 因《史记·货殖列传》有“范蠡师计然”语，又因裴骃《集解》有“计然，姓辛，字文子，其先晋国公子”语，北魏李暹作《文子注》遂以计然、文子合为一人。文子乃有姓有名，谓之辛钘。案马总《意林》列《文子》十二卷，注曰：“周平王时人，师老君。”又列《范子》十三卷，注曰：“并是阴阳历数也。”又曰：“计然者，葵丘濮上人，姓辛名文子，其先晋国公子也，其书皆范蠡问而计然答。”是截然两人两书，更无疑义。暹移甲为乙，谬之甚矣。

文子与计然断非一人诚然不错，《史记·货殖列传》所载计然的生财殖货以富国之论，在《文子》中全无印证。

文子当然也断非“周平王时人”。周平王时代正值春秋早期。如果文子是其时之人，又怎么会在几百年后成了春秋晚期的老子的弟子呢？班固大概正是有感于此说不通而怀疑文子“似依托者”的。孙星衍指出：“案书中称平王并无‘周’字，又班固误读此书，此平王何知非楚平王？”此说的确可以称为真知灼见，《文子》书中的“平王”只会也只能是楚平王。楚平王于公元前528年至前516年在位，文子在此期间离开业师老子去游说楚平王，是很有可能并且也合乎情理的。今本《文子》中述平王与文子问答之处并不多见，但从简书《文子》可知，古本当多有平王与文子的问答，而今本《文子》则将其大都改成了文子与老子的问答。看来，《文子》述“平王”，并非偶尔托周平王而为问答之体以见意，在很大程度上是实录楚平王与文子曾经有过的广泛而深入的谈话。

至于文子是否为楚人，则于史无征。他既然是老聃的弟子，就很有可能是楚人。但他的国籍尚在其次，重要的乃在于他的著作无论是思想内容还是艺术风格都属于楚文化系统。

《文子》全书主要围绕着《老子》的观点来展开论述，几乎包容了《老子》诸章的所有内容，以致明代宋濂在《诸子辨》中甚至说：“予尝考其言，壹祖老聃，大概《道德经》之义疏尔。”不过，此语其实绝对化了。文子不仅祖述老聃之言而发挥之，同时又糅合诸家之说而申论之，因而形成了在《老子》基础上有所发展的思想体系。文子不仅对《老子》提出的最高哲学范畴“道”有着深入的阐发，更重要的是，他抱着积极的、进取的态度，从学以致用的角度，扬弃了《老子》学说的保守、消极成分，全力发挥了《老子》的“无为而无不为”的政治思想和“君人南面之术”的策略思想，同时，糅合了传统的民本思想、儒家的仁义思想、墨家的兼爱思想等，还较详明地阐述了法治思想。文子学说的鲜明特征又在于，他因《老子》而托圣人以言治天下之道，首次抬出了黄帝作为最大的圣人，通过转引老子之言、假托黄帝之事而将黄帝与老子结合到一起。这样一来，文子便始将《老子》学说发展成为道家新流派的黄老之学。当然，文子学说尽管显示出黄老之学以道学统兼诸说的思想特征，但尚未形成统一而成熟的系统理论。文子之作对诸家学说的采撮，尚且只是没有经过消化、没有能够融会贯通的杂采泛撮，以致出现歧说并见、前后矛盾、“其意绪文辞叉牙相抵而不合”[①]，给人以驳杂散乱的印象。《文子》这一不足，正反映了形成之初的黄老之学在理论上的不成熟。这种不成熟，又是道家学者在开始吸纳百说以归于道学的尝试中所不可避免的。总之，《文子》是承《老子》意绪、发黄老之学先声的诸子著作，其产生不仅促成了道家新学派在南方楚地的兴盛[②]，而且预示了战国至汉初的学术发展态势。

据现有的材料分析，文子是春秋末、战国初人，生活年代当略晚于孔子而略早于墨子。《文子》一书则应始撰于春秋战国之际，成书于战国早期。就文体而言，《文子》既有语录体，又含议论文，与语录体同议论文相杂的《墨子》近似，表明它与《墨子》(后期墨家著作除外)产生的时间也相差无几。就文字而言，《庄子》《黄帝书》《韩非子》《吕氏春秋》等战国典籍中都有与《文子》文字相同的词句或意思相同的段落，表明《文子》成书在它们产生之前并被它们所引用。从用语行文等方面来看，今本《文子》似乎并非全出于文子本人之手，它大概最终是由文子的弟子或后学据其言论思想而在其原著基础上补充润饰而成的。秦汉以后，《文子》在流布和传抄过程中也难免有所增删和窜乱，以致今本《文子》在语言形式上颇似后世伪作。不过，它的基本内容和基本风格当不会有太大的改变，出土简书对此已有所证实。

---

① 柳宗元:《辨文子》。

② 李学勤．新出简帛与楚文化［M］//楚文化新探．武汉：湖北人民出版社，1981.

第三节　《文子》的文学色彩

一部诸子著作，若其思想价值尚且未被人重视的话，其文学价值也就更不会被人顾及了。20 世纪 90 年代以前，探讨《文子》的思想内容的文章只有寥寥数篇，论述《文子》的文学色彩的文章则几乎没有，流行的哲学史和文学史论著也都没有《文子》的一席之地。其实，《文子》不仅在思想史上的作用不可抹煞，在文学史上的地位也是不应忽视的。

《文子》在论旨上是宗《老子》而铺陈其说，在行文上则是法《老子》而振扬其风。它的表达方式在许多方面都明显地因承《老子》又有所发展，既显示出楚文学的一贯特色，又反映出楚文学的演进特征。

刘勰在《文心雕龙·诸子》中说："情辨以泽，《文子》擅其能。"他认为在诸子著作中，《文子》的最大优点就是论道辨理饱含情感。《老子》的字里行间就充溢着强烈的感情。效法《老子》而成文的《文子》，其文学色彩就首先表现为"情辨以泽"，并因此产生出动人的艺术魅力。

《文子》不讳言情，而且特别强调情的作用：

> 心之精者，可以神化，而不可以说道。圣人不降席而匡天下，情甚于梟呼。故同言而信，信在言前也；同令而行，诚在令外也。圣人在上，民化如神，情以先之。动于上不应于下者，情令殊也。三月婴儿，未知利害，而慈母爱之愈笃者，情也……[①]

在文子看来，治理天下主要不是靠政令以制人、不是靠威权以压人，而主要是靠真情以感人、靠诚心以服人。这里虽然讲的是治国之道，却表达出语因情发、言为心声的认识，故杜道坚《文子缵义》引《黄帝书》注云："情动于中，言发乎外，善则千里之外应之，不善则千里之外违之。"《文子》还举文艺之例予以说明：

① 《文子·精诚》。

故秦、楚、燕、魏之歌，异声而皆乐。九夷、八狄之哭，异声而皆哀。夫歌者乐之征，哭者哀之效也。愔于中，发于外，故在所以感之矣。①

这实际上已经指出了文艺是人们内心情感的表现，文艺的感人力量也在于其表达的情感能够引起人们的共鸣。在《文子》之前，还从未有过像这样的关于情感与文艺的关系问题的明确阐述，只有战国末年的《荀子·乐论》和汉初的《礼记·乐记》《毛诗序》，才就这个问题有更为明确的论说。不言而喻，《文子》这一认识在中国美学思想史上有重大意义。它不仅涉及到了文艺的本质，而且启发了人们对文艺本质作更加深入的思考。

有了语因情发、言为心声的理论认识，发言吐语、著书立说往往也更重表达真情实感，也更加饱含真情实感：

夫水浊者鱼唅，政苛者民乱。上多欲即下多诈，上烦扰即下不定，上多求即下交争。不治其本，而救之于末，无以异于凿渠而止水、抱薪而救火。圣人事省而治，求寡而赡，不施而仁，不言而信，不求而得，不为而成。怀自然，保至真。抱道推诚，天下从之。如响之应声，影之象形，所修者本也。②

这段文字的旨意是论"无为而治"的治国之道，其论说却富有感情。其前面阐述社会动乱之原因的文字，乃据前章第四节引录的《老子》第七十五章的观点的发挥，也与《老子》的阐述同样具有对政苛令繁、欲多求甚的统治者的憎恶之感，对争斗伪诈、民不聊生的现实社会的痛绝之情。这种情感由于是在现实生活中亲身体验到的真情实感，故饱含这种情感的说理论道也能够深入人心。承上而来的阐述"无为而治"思想

①② 《文子·精诚》。

的文字，则由前面的激愤之情变为激昂之情，表达出对理想社会的憧憬。这段文字所表达的情感虽有抑扬变化，却过渡自然，起伏连贯。由于感情充沛而强烈，故辞不繁不足以达其情、语不详不足以表其意，这段文字便有风行水上之势，洋洋洒洒，焕然成章。

表现自我的真情，同时也是表现自我的至性，作者的自我形象往往就在这至情至性的表现中展示出来。《老子》如此，《文子》亦然。其富有感情的论述，使人犹如看到了作者那纵论治国之道、畅言天地之理时的慷慨激昂抑或冷漠沉静的形象。不仅如此，《文子》的作者还直接描写了“大丈夫”的形象：

> 大丈夫恬然无思，淡然无虑，以天为盖，以地为车，以四时为马，以阴阳为御。行乎无路，游乎无怠，出乎无门。①
>
> 夫所谓大丈夫者，内强而外明。内强如天地，外明如日月。天地无不覆载，日月无不照明。大人以善示人，不变其故，不易其常。天下听令，如草从风。②

前段文字所描写的“大丈夫”，就好似《庄子·逍遥游》中描绘的“乘天地之正，而御六气之辩，以游无穷”的“至人”，既是超然处世的道家人物的理想形象，又是境界高远的道家人物的自我写照。后段文字所描写的“大丈夫”，则为匡治天下的伟人，既是志在天下的黄老学者的理想形象，又是积极入世的黄老学者的自我写照。《文子》的作者就是根据自我追求和自我形象而描写出理想中的“大丈夫”。前后两位大丈夫形象的不统一，则反映了作者的思想矛盾和道家的学说分歧。

《老子》论“道”，就发挥艺术想象力而对“道”作了具体的文学描绘。《文子》效法《老子》，则驰骋想象对“道”作了生动的艺术表现，

---

① 《文子·道原》。
② 《文子·精诚》。

从而赋予“道”以更为鲜明的形象：

> 夫道者，高不可极，深不可测。苞裹天地，禀受无形。原流泏泏，冲而不盈。浊以静之，徐清施之。无穷无所，朝夕表之。不盈一握，约而能张。幽而能明，柔而能刚。含阴吐阳，而章三光。山以之高，渊以之深。兽以之走，鸟以之飞，麟以之游，凤以之翔，星历以之行。①

如此描绘，可谓是“笼天地于形内，挫万物于笔端”的艺术表现。虚无的“道”，被描绘成无处不在又无时不有；虽说无形，却充溢于天地之内、体现于万物之中，诚然是“若无而有，若亡而存”。比较而言，《文子》描绘的“道”就比《老子》那种“惚兮恍兮，其中有象；恍兮惚兮，其中有物”的描绘要更加具体生动，所反映出的艺术想象力和艺术表现力都在《老子》的基础上进了一步。

《文子》不仅仿效《老子》多用比喻来显示和阐明玄奥深刻的哲理，而且还有“青出于蓝而胜于蓝”之处。如论“道”的特征，便说“澹然若大海，泛兮若浮云”；论“不治其本，而救之于末”的荒谬和危害，则说“无异于凿渠而止水，抱薪而救火”；论“抱道推诚，天下从之”的形势，乃喻为“如响之应声，影之象形”。又如《上德》中论“道之高者必施德泽”的道理：

> 山致其高，而云雨起焉；水致其深，而蛟龙生焉。君子致其道，而德泽流焉。

后两句所阐述的抽象道理，由于通过前四句的形象描绘而作了比喻性的显示，故尤为深刻警人。

① 《文子·道原》。

以水喻道见意、比德齐性，是产生于南方多水之地的《老子》的一大特色。《文子》在这方面似乎更有过之：

天下莫柔弱于水。水为道也，广不可极，深不可测，长极无穷，远沦无涯。息耗减益，过于不訾。上天为雨露，下地为润泽。万物不得不生，百事不得不成。大苞群生而无私好，泽及蚑蛲而不求报。富赡天下而不既，德施百姓而不费。行不可得而穷极，微不可得而把握。击之不创，刺之不伤。斩之不断，灼之不熏。绰约流循，而不可靡散。利贯金石，强沦天下。有余不足，任天下取与。禀受万物，而无所先后。无私无公，与天地洪同，是谓至德。夫水所以能成其至德者，以其绰约润滑也。故曰：天下之至柔，驰骋天下之至坚。①

这段文字，虽然是发挥《老子》之说，阐明《老子》之意，却在对水的形象描绘和艺术表现上较《老子》具体得多也生动得多。它将《老子》所要表达而没有表达出来的意思，阐发得淋漓尽致；将《老子》所要描绘而未能描绘出来的形象，塑造得丰满完整。完全可以说，它就是一首颂水的优美赞歌，就是一篇述道的优美散文。水的高贵品性因此而展露无遗，道的基本特性也因此而显示明晰。

在对偶和排比上，《文子》也似乎较《老子》更加讲究，运用得更为普遍。前面引录的文字，许多都是骈句俪辞所组成。尤其是论道和以水喻道的文字，几乎可以与后世辞句整饬的赋体作品媲美。这无疑是有意识地追求语言艺术的形式美的结果，显然比《老子》更具有文学化地达意抒情的自觉性。这对文章朝审美化和艺术化的发展、也即对文学的发展，想必起到了很大的促进作用。

用词遣字简洁生动、准确明晰，同样是《文子》效法《老子》而显

① 《文子·道原》。

示出的一大特色。《文子》与《淮南子》相同的文字甚多，但又往往是文句同而字词异，故前人多以两书互相校勘，其结果则是《淮南子》的字词之误要远远高于《文子》。王念孙、王引之父子的《读书杂志·淮南内篇》，借用《文子》以证《淮南子》之误有近200条之多。俞樾的《诸子平议》中，也有许多类似的校考。如他指出，《淮南子·内篇二》中的"虚静持中"语应从《文子·微明》作"处静以持躁"，因为"静、躁对文，与上文'得要以应众，执约以治广'文义一律"。《文子》用语的精确性高于《淮南子》，这当然不能排斥有后人奉其为经典而予以润色的可能，但后人并不会对它作大规模的修改，因此，《文子》作者对字句的自觉锤炼和刻意雕琢，反映了当时人们的文学意识的增强和楚文学的进步。

今本《文子》12篇，篇中每段的开头几乎都是"老子曰"或"文子问……老子曰"，其书犹似言论汇集。但是，它虽然出于充分阐述哲理的需要而没有沿用《老子》那样的诗化散文形式，而是"与时迁移"乃改用语录体，却在很大程度上仍仿效《老子》"对字协韵"。其中许多段落的对字之工整，殊不在《老子》之下；协韵之密致，也堪与《老子》比肩。从前面引录的文字中可以看出，其文仍多用四言句式，尽管押韵较为灵活自由，却往往能够保持不失韵。有些较短的段落，则一韵到底；有些较长的段落，也很少变韵。前面所引录的描绘"道"的一段文字，就以押"唐"韵为主。又如：

> 王道者，处无为之事，行不言之教。清静而不动，一度而不摇。因循任下，责成而不劳。①

这几句都是隔句押"豪"韵，十分严谨。除此之外，《文子》中还有句句用韵的文字：

① 《文子·自然》。

天爱其精，地爱其平，人爱其情。[1]

欲致鱼者先通谷，欲求鸟者先树木。水积而鱼聚，木茂而鸟集。[2]

用韵如此细密，便更加突出了文章的音乐化特征，使得文章易于诵读，传播广远。

《文子》的许多段落都富有诗歌的韵味，而且又往往因其像《老子》那样以楚人惯用的语助词“兮”字入句，故其文又具有浓郁的楚歌情调。如：

为天下有容者，豫兮其若冬涉大川，犹兮其若畏四邻，俨兮其若容，涣兮其若冰之液，敦兮其若朴，混兮其若浊，广兮其若谷。[3]

“兮”字在句中起到了调和韵律的作用，使文句更具有咏叹意味和抒情功能，从而将作者对“有容者”的仰慕之情和赞美之意充分抒写出来了。

就楚文学的发展而言，《文子》可以说是楚地第一部比较规范的大型散文著作，反映了楚散文在《老子》基础上的演进。在文学体裁上，它已脱离了《老子》那种诗化散文的形式而演变为语录体散文，尽管它的诗化特征仍很明显，但毕竟已脱离诗体而散文化了。特别是它已杂有较多的议论文段落，显示出楚散文的发展趋向。在艺术表现上，它借鉴了《老子》的创作经验，沿用了《老子》的修辞手法，而且有所发展，有所提高。特别是它更注重文章的审美化、更追求文辞的艺术化，对先秦文学在战国时代的大发展起到了促进作用。

---

① 《文子·下德》。
② 《文子·上德》。
③ 《文子·上仁》。

第四章　散文拓展——《黄帝书》

战国以来，楚地散文创作大兴。继《文子》之后，楚地又产生了一部与《文子》的基本思想一致而理论更显成熟，主要精神相通而风格有所拓展的《黄帝书》。《黄帝书》是在长沙马王堆3号汉墓中出土的。其墓出土的大量帛书，经整理拼复后共有28件。据学者考证，“马王堆帛书中能推定作者地望的，大都是楚人的著作”①。其中除《老子》甲、乙本之外，最重要的著作之一就是《黄帝书》。它反映了战国中期的楚地思想文化的面貌和楚地散文创作的状况。

第一节　《黄帝书》的命名及成书

《黄帝书》，是今日学者对帛书《老子》乙本卷前的四篇佚文的合称。这四篇古佚文，在语言运用上比较统一，同一词语往往在各篇中都有出现；在思想阐发上比较一致，都是本《老子》要旨而融通诸说以论治理天下之道；显然为同时撰写成的一部著作。

四篇之首的《经法》，融会儒、墨、名、法、阴阳诸家之说以归于道家。次篇《十六经》假托黄帝君臣之言以阐述道家的政治理想和治国方略。《称》篇则具体发挥了《老子》的辩证法思想。末篇《道原》是对《老子》“道论”的系统阐发。从它的主导思想看，它属于以“道”为最高哲学范畴的道家；从它的具体内容看，它合乎汉初司马谈所概述的黄老之学。

汉初盛行黄老之学，君臣无不好“黄帝老子之言”。这四篇古佚文

① 李学勤．新出简帛与楚文化［M］//楚文化新探．武汉：湖北人民出版社，1981.

与《老子》乙本的抄写年代，据考证是在汉文帝初年。文帝时代正是黄老之学大盛之际，应劭《风俗通义·正失》记述："文帝本修黄老之言，不甚好儒术，其治尚清静无为。"帛书《老子》乙本前列有这阐述"黄老之言"的四篇古佚文，正反映了当时的思想文化面貌，同时也表明了这四篇古佚文在当时有着与《老子》相当的学术地位。

《隋书·经籍志》说："汉时诸子，道书之流有三十七家……其《黄帝》四篇，《老子》二篇，最得深旨。"《黄帝》四篇，即《汉书·艺文志》中列于托名黄帝的道家著作之首的《黄帝四经》。此书篇数恰与帛书《老子》乙本前的古佚文篇数相合，文献中所记《黄帝四经》的学术地位又似与古佚文所显示的相同，故有的学者便认定这四篇古佚文就是《黄帝四经》[①]。此说一出，学者们多赞同之，《黄帝四经》也几乎成了这四篇古佚文的通用书名。

不过，称这四篇古佚文为《黄帝四经》，毕竟没有文献可作印证。四篇古佚文中虽有两篇自称为"经"，但也有两篇并未称"经"，且又与称"经"的两篇在体裁上不一致，因此，也有的学者对《黄帝四经》这一命名提出异议。为慎重起见，根据这四篇古佚文的思想内容而称之为"黄帝书"，则是比较妥当的。国内一些学者就是以此名称之的，而且此名逐渐为越来越多的学者所认可。

《黄帝书》出土在当年楚国腹地的长沙，反映了墓主生前对它的喜好和墓主所在地域的思想文化面貌。《黄帝书》的出土，不仅表明黄老之学从战国至汉初一直在楚地盛行，而且表明它当是产生于楚地的楚人之作。有的学者即明确指出：帛书《黄》《老》卷子的发现，证明战国到汉初盛行的黄老之学，其来源出于楚国；《黄帝书》与《文子》《鹖冠子》等著作一样，无疑都是长江流域楚文化的产物。[②]

最能证实《黄帝书》是产生于楚地的楚人之作的根据，是它与产生

① 唐兰.《黄帝四经》初探［J］. 文物，1974（10）；马王堆出土《老子》乙本卷前古佚书的研究［J］. 考古学报，1975（1）.

② 李学勤. 新出简帛与楚文化；马王堆帛书与《鹖冠子》［J］. 江汉考古，1983（2）.

在楚地的《文子》《鹖冠子》以及基本上为江淮楚地之人合著的《淮南子》的语言相同，一些学者在研究文章中就此举有大量例证。有的学者乃从《黄帝书》使用的楚言楚谚、与其他楚人著作相同的语句及韵脚等各个方面，论证了它的“作者必是楚人”①。

从《黄帝书》列于《老子》乙本之前所显示的重要地位来看，它不可能是产生于汉初的新著，而应该是长期流传并且被汉人奉为与《老子》同样重要的道家经典。《黄帝书》中所用的一些词语，明显是先秦常用而汉代不用的词语。如其中几处所用的“黔首”一词，在战国时代是广泛运用的词语，但自秦代成为“秦民”之专用名词以后，汉代便不泛用了。另外，其中述及的天下形势，亦与战国时代天下纷争而趋向统一的形势相符合。由此看来，《黄帝书》产生于战国时代是毫无疑问的。

从史籍记载来看，春秋末战国初的文子与环渊同为老聃弟子，又同是在楚地倡说和传扬道家学说的学者。环渊即“蜎渊”，《汉书·艺文志》著录的其所作“《蜎子》十三篇”已亡佚，但文子之作却流传至今。就现有文献而言，《文子》可以视为道家黄老之学的开山之作。《黄帝书》有着与《文子》类同的文字，如《文子·道德》：“为兵主，为乱首。”《十六经·顺道》则云：“不以兵邾（主），不为乱首。”两者又有着相同的篇章，如《道原》。在思想内容上，《黄帝书》与《文子》基本一致又显得其理论更完备成熟；在文章风格上，《黄帝书》与《文子》有所相同又有所拓展。比较观之，《黄帝书》当是继《文子》之后出现的又一部黄老之学的理论著作，反映了黄老之学在战国时代的兴起和在战国楚地的盛行。

《史记》的《商君列传》记述：“鞅少好刑名之学。”《老庄申韩列传》又记述：“申子之学本于黄老而主刑名”，“韩非者……喜刑名法术之学而其归本于黄老”。由此可知，刑名法术之学是黄老之学的重要内

① 龙晦．马王堆出土《老子》乙本前古佚书探原［J］．考古学报，1975（2）．

容，战国中期以后的法家学说乃脱胎于黄老之学。《文子》就主张以法治国，《黄帝书》则对刑名法术思想有着大量阐述。《黄帝书》所阐明的刑名法术思想，与商鞅、申不害、韩非子的学术思想是一致的，显然对他们的学术思想的形成有着很大影响。《韩非子》的理论阐发不仅与《黄帝书》有渊源关系，而且其文字也大量引录自《黄帝书》。由此可以断定，黄老之学在商、申时代之前就已发展成熟了，而包含有刑名法术思想的《黄帝书》就是发展成熟的黄老之学的代表作，《黄帝书》的产生年代应为不晚于商、申时代的战国中前期。

除了《韩非子》以外，产生于战国后期的《慎子》《管子》《鹖冠子》等著作，也都较多地引用了《黄帝书》的文字。这不仅说明《黄帝书》在战国时代的影响颇大，也证明了《黄帝书》的产生年代只会是战国中前期。

帛书《黄帝书》的抄写年代，据考证是在汉文帝初年。由于已是距今两千多年前的古本，虽经整理拼复，它的脱字乱文之处依然不少。将它与传世的《文子》比较，反而显得似乎比《文子》更加古奥，但这并不能说明《黄帝书》的著作年代早于《文子》，只能说明它没有像《文子》那样在世间流传过程中受到后人的润饰增益而保持了原貌。

黄老之学最为鲜明而突出的特征，就是托黄帝以立言、本老子以衍说，由此而使老子与黄帝相结合、道论与百家学说相融通。这既是道家在百家争鸣中为胜过儒家和其他诸家而自我标榜的结果，又是道家为适应社会统一和学术综合的大势而自我改造的结果。

南方楚人自春秋后期与华夏认同之后，在文化心理上便接受了自己为“黄炎之后”[①]的说法，北方的儒家“祖述尧舜，宪章文武”而罕言黄帝和炎帝，南方道家在与之争鸣中乃抬出了世人心目中的最高祖先——黄帝。看来其重要原因就是，道家欲借传说中凌驾于尧、舜、文、武之上的黄帝来压倒儒家。另外，儒家“祖述尧舜，宪章文武”，

① 《国语·周语》。

是意在阐述其“大同”思想。道家为适应战国时代的社会统一趋势和要求，也有必要托曾经“兼有天下”的帝王之口来阐发其统一天下的政治理想和治理天下的策略思想。为了使自己的学说更具有权威性、更容易为统治阶级信服和士民百姓接受，楚地道家学者便选择了传说中至高无上的圣王——黄帝作为自己的旗帜。

黄帝在《文子》中只是被偶尔提及，还没有被大力标榜，但在《黄帝书》中，就已是被高高举起的旗帜了。其《十六经》所存的14个子篇，绝大多数都是黄帝或传说中的“黄帝之孙”——古帝颛顼与辅臣关于治理天下的谈话。作者假托黄帝其人其事、其言其行，以阐发其政治理想、策略思想、治国原则和统一方略等，黄帝在其作品中完全成了其理想中统一天下的帝王化身，成了其出于现实需要而塑造的偶像。《黄帝书》大力标榜黄帝，则表明它产生在黄老学派正式形成的时代。

源出于《老子》的黄老之学，是以其“道”论作为哲学基础的。《文子》首篇《道原》就对“道”的地位、特征和内涵作了详尽的阐发；《黄帝书》的末篇也名为《道原》，也是对“道”的专门论述；两者的基本思想和基本内容是一致的。不过，后者没有像前者那样对“道”作长篇大论的阐释和发挥，基本上只是概括了前者的思想，又着眼于现实需要而特别强调“抱道执度，天下可一也”，强调欲统一天下则必须法天循道，故文章短小精悍。还值得注意的是，《黄帝书》也没有像《文子》那样将《道原》列为首篇，而是置为末篇，这似乎表明《黄帝书》的作者已无意于像文子那样首先着力阐释和发挥《老子》的“道论”，而是把提出适应现实需要的新理论放在了首位。

列为《黄帝书》之首篇的是《经法》。共有9个子篇的《经法》，较为全面地阐述了作者的基本思想，概括了黄老之学的基本理论，置于全书之首可谓理所当然而又适得其所。在《经法》中，作者从“王天下”的角度立论，明确地以天下一统为政治理想和目标，提倡刑名法术之学，强调实行法治是实现天下统一、国泰民安的根本措施，同时又熔冶了诸家之说，主张“文武并行”、刑德兼用。作者的这些阐述，尤其是对法治思想的阐述，又始终是以“道论”为哲学基础和理论根据的。《经法》首篇的《道法》，专门论述了道与法的关系，开宗明义地说“道生法”，阐明道是天地万物的本源，也是法赖以产生的根源，道与法不相抵触而相统一。既然“法生于道”“道法自然”，那么，用于治国的法，就不应该是统治阶级随心所欲而制定的法，只能是顺应自然、合于天常的法，作者因而强调举事用法都要“合天地，顺民情”。《文子》虽然讲“道”也讲“法”，但没有如此阐明道与法的关系。《黄帝书》的道法思想，是其作者对道家理论作适应现实需要的发展和创新的成果。像这样的思想发展和理论创新，在《黄帝书》中比较多。

第二节 《黄帝书》的文学价值

就其思想而言，《黄帝书》基本上已自成体系；就其文章而言，《黄帝书》却尚未形成统一的风格。它反映了楚散文的发展趋于成熟时的状况，显示出文体杂糅、文风不一的特点。

《老子》是由大量韵语构成的诗化散文，《黄帝书》的一些篇章也沿用了其文体形式。如《称》，在用语和结构上都有似于《老子》。《称》中的抄写文字有分段符号，每个段落大都是一章哲理短诗，整篇就好像是多章哲理短诗的汇集，例如：

> 奇从奇，正从正。奇与正，恒不同廷。
> 世恒不可，择（释）法而用我。用我不可，是以生祸。

文中有的段落尽管没有这样密致的用韵，但句式基本整齐，句尾也间或押韵，诗体的特征依然较为明显：

> 日为明，月为晦。昏而休，明而起。毋失天极，廄（究）数而止。

在帛书中，这篇文章的抄写形式也与《老子》甲、乙本一样，以符号分段，不另起行。显然，《黄帝书》的作者在撰写此文时有意仿效了《老子》的文体形式，帛书的抄写者因而保持了它们的文体一致的原貌。除《称》之外，再如《十六经》中的《观》与《兵容》两篇，也基本上都是以四言成句，又都讲究用韵，可以说就是四言歌体形式。

《文子》中已较多地杂有质朴的议论文，显示出散文由语录体向论说体发展的趋势。继《文子》而弘扬其说的《黄帝书》，也沿用了《文子》那种记言形式的语录体。《十六经》就基本上是语录体散文，许多篇章都采用黄帝或颛顼与其臣僚的问答形式行文。而且，这种问答并非泛问泛答，各篇问答的内容大体是围绕着一个中心题旨而说开的言论，故也与《文子》诸篇一样，带有专题论说的特点。《姓争》即以黄帝臣力黑答颛顼问的形式，阐述争与不争的关系，说明顺天而争的必要性。《成法》也以力黑答黄帝问的形式，论说成法的内涵，阐明天下成法在于守一（道），所谓“循名复一，民无乱纪”。比较而言，《文子》诸篇的记言文字，往往长而泛，其内容往往不局限于篇名题旨的规范，而《黄帝书》中的记言文字，就要短小而集中得多，一般都是围绕着篇名题旨的对话之语，因此也更加接近于专题议论文。

《黄帝书》在《文子》基础上的更大拓展，是其中已经有了完全摈弃对话形式的专题议论文的篇章。如《经法》中的各个子篇、《十六经》中的一些子篇及《道原》，都可以说是专题议论文。这些篇章均有标题，在帛书原本中乃置于篇尾，而整理后的今本则将标题加在了各篇正文之前。原标题恐怕不会是帛书抄录者所加，当为《黄帝书》作者自己所命之题，这表明其写作时就是有意识地围绕着篇题而展开论说的，所写成的文章自然也就成了专题议论文。尽管这些议论文中，有许多篇章过于短小，论说不够充分，观点也不够鲜明，称不上是成熟的专题议论文，但也有一些篇章的结构较为严密完整，论旨较为集中突出，论证方式也较为丰富多样，显示出专题议论文在战国中前期初步形成的面貌，反映了楚散文乃至先秦散文发展到战国中前期的状况和成就。

《经法》中的《道法》，就是一篇较好的专题议论文。其文首句的“道生法”，不仅提出了全文的总论点，而且阐明了道与法的关系，为下文展开论述垫下了基石，可谓破题见意又提纲挈领。接着，文章便论述何为法及法的重要性：

法者，引得失以绳，而明曲直者殹（也）。故执道者，生法而不敢犯殹（也），法立而弗敢废〔也〕。□能自引以绳，然后见知天下而不惑矣。

这几句实际上是从总论点引申出来的分论点，在一定程度上又构成为总论点的论据。再往下，文章又从这一分论点推演下去，阐述如何执法用法的原则，说明唯有正确考察事物的形名，才能有效地推行法令的道理，即所谓“刑（形）名已立，声号已建，则无所逃迹匿正矣”。在此同时，文章又论述了形名的含义及确立形名的必要性。经过反复申论之后，文章在最后进一步强调“名刑（形）已定，物自为正”，故执道者循名责实，依法行事，“然后可以为天下正”。全文大体上是在首句提出的核心论点基础上逐层展开论述，以大道理推演出小道理，着眼于用世而充分阐明了作者的法治主张和法制原则。其论述过程，有着较为清楚的条理性和较为严密的逻辑性。最后的结尾，虽是对作者的政治主张的进一步强调，却也呼应了文章的开头，使文章显得首尾一致、结构完整。借助演绎法而逐层展开论述的方式，可以说是议论文的基本写作方式。《黄帝书》的作者正是掌握了这种方式，才写出了较为优秀的议论文。当然，其后的《荀子》和《韩非子》在结构的严谨、逻辑的严密、层次的清楚和观点的鲜明等方面都远胜于《黄帝书》，但《黄帝书》在专题议论文方面的开创之功是不可埋没的，《荀子》和《韩非子》应该说是在此基础上的发展。

《经法·君正》也是一篇较好的专题议论文。不过，它的结构方式和论说方式都有别于《道法》。文章阐述的是君主施政的原则和方法，但其开头却并未提出作为文章之核心论点的君主施政原则，而是首先阐明依据施政原则而生发出的施政方法：

一年从其俗，二年用其德，三年而民有得，四年而发号令，〔五年而以刑正，六年而〕民敬畏，七年而可以正（征）。

所阐述的这一具体而详明、新颖而独到的施政方法，本身就是作者政治思想的重要内容和文章的重要论点，因而也有大气包举之势和提纲挈领之力，可以让读者随其语而思其据、因其言而究其理，产生非一口气读下去不可的急切欲望。紧接着，作者又演绎其说："一年从其俗，则民知则。〔二年用其德〕，则民知力。……"如此详细地论述依此方法、按此步骤施政治国将必使国泰民安、国强民富。文章在这样一一申说、层层生发、环环陈述的基础上，很自然地归结说：

因天地之生也以养生，胃（谓）之文；因天之杀也以伐死，胃（谓）之武；〔文〕武并行，则天下从矣。

这是作者所要阐明的施政原则，也是文章所要阐述的核心论点。由于其核心论点是在充分论说和详尽论证的基础上顺势推出的，故显得更加正确和深刻，更有说服力和影响力。此后，文章又对这一施政原则和核心论点作了具体阐发，概括前面的论述内容而阐明"文武之道"的内涵，指出"文"即德治，"武"即法治，最后强调："审于行文武之道，则天下宾矣。"这篇短文虽然没有分段，但实际上有两大部分。前一部分可以说是逐层深入论述，后一部分则是横向展开论述，条理较为清楚，逻辑也比较严密，反复的申论始终围绕着核心论点，一再的强调又突出了核心论点。如此采用不同的论证方式和结构方式以成文，正显示了作者的创造性和作品的文学成就。因此，它对晚出的诸子散文的影响较大。《荀子》和《韩非子》中均可见这样的论证方式和结构方式，只不过在此基础上又有所发展，逐层深入论述而更富逻辑性，横向展开论述也更加条理化。

《老子》和《文子》都巧于作比，深于取象。《黄帝书》对此也有所因承，例如：

> 事如直木，多如仓粟。斗石已具，尺寸已陈，则无所逃其神。故曰：度量已具，则治而制之矣。[①]

以生活中的物象之多比喻国事之繁，以生活中处理事情的一般常理来说明治理国家的根本原则，因而形象生动、深入浅出，既使文章富有艺术性，又将文章的论点突出来了。不过，在取譬设喻以说明抽象哲理方面，《黄帝书》尚没有超过《老子》和《文子》，更不及《庄子》和《荀子》。

借用神话故事，采取夹叙夹议的方式来说明道理、论证观点，是《黄帝书》的一大特色。黄帝故事在长期流传过程中早已被神话化，成为上古神话的重要组成部分。《十六经》便较多地叙述了黄帝的神话故事，在叙述的同时阐发作者的观点。有的篇章并不采用对话方式言理，而是直接以讲述故事的方式来证明其理。如《观》通过叙述“黄帝令力黑浸行伏匿，周留（流）四国，以观无恒善之法”的故事，阐明“耶（圣）人正以侍（待）天，静以须人”的治国之道。《雌雄节》通过叙述“皇后屯曆（厉）吉凶之常，以辩（辨）雌雄之节”的故事，发挥了《老子》“知其雄，守其雌”的贵柔思想。《黄帝书》虽然重议论而轻叙述，缺乏对故事的生动描述和对人物的形象塑造，却是在楚地盛传神话的文化背景下，开了借神话故事以阐明哲理的先例。稍晚于它而产生的《庄子》，就将这种方式发展到极致，使之成了楚文学最为鲜明的艺术特色之一。

① 《经法·道法》。

总而言之,《黄帝书》的文风虽然未能自成一格，但其创作的多样化尝试和多方面成绩，尤其是在专题议论文方面所取得的成就，则丰富了楚散文乃至中国先秦散文的文体形式和表现方式，为先秦散文创作在战国后期达到高峰起到了推动的作用。因此,《黄帝书》在中国文学史上也应该有其适当地位。

第五章　散文丰碑——《庄子》

战国中晚期，楚文化已经发展至最为繁盛的阶段。其突出标志，就是作为文化之深层形态的精神文化有了辉煌灿烂、空前绝后的成就。在这段时间里，哲学与文学相辅相成、互映互辉，思想巨人和艺术大师并生并立、兼通兼为，从而使得楚哲学和楚文学都分别跃上了中国先秦思想史和文学史的顶峰，成为堪与古希腊精神文化媲美的东方世界的智慧和艺术的代表。

楚文化的繁盛，必然带来楚文学的繁荣。虽然由于年代久远和列国战火使大多数作品失传，但仅存的硕果仍让我们后人惊叹不已。如在散文创作方面，产生了融博大精深的思想和高妙超绝的艺术为一体的《庄子》。这一楚文学巨著堪称中国先秦散文的丰碑，曾被鲁迅称道为“其文则汪洋辟阖，仪态万方，晚周诸子之作，莫能先也”①。

第一节　《庄子》及其作者

《庄子》在《汉书·艺文志》中著录为52篇。今本则为33篇，是由晋人郭象整理编定的。其中分内篇7，外篇15，杂篇11。据《史记·老子韩非列传》记载，洋洋洒洒“十万余言”的《庄子》，乃蒙人庄周所著。

庄周的生平事迹，除了《史记》的简略记载之外，主要还有《庄子》书中的一些叙述和其他战国著作中的零星记载。《庄子》中述及庄周言行的文字有20余处，远比《史记》本传的文字要多。尽管《庄子》

① 汉文学史纲要［M］// 鲁迅全集：第9册．北京：人民文学出版社，1981：364.

“大抵率寓言”而“空语无事实”[1]，但所述庄周言行的文字看来却并非全为虚拟，因为这些文字所描述的庄周其人，与《庄子》全书反映出的庄周思想和个性深相契合。况且，《史记》本传记载的唯一一件庄周的具体事迹，即拒绝楚威王“许以为相”之聘的经历，在《庄子》中也有着印证。因此，就现有的材料来看，《庄子》中有关庄周言行的文字，是了解庄周生平的主要参考材料。事实上，古今学者大都主要是借助于这些文字勾勒庄周其人的大致轮廓与生活线索的。《史记》说庄周为蒙人，却没有明言庄周在当时的国籍。西汉刘向整理《庄子》，注明其为“宋之蒙人”，《汉书·艺文志》即据以注明其“名周，宋人”。当时的宋国据有今豫东和鲁、苏、皖的相间之地，宋之蒙邑则在宋故都睢阳附近（今河南商丘东北）。古代也有谓蒙为魏地之说，《汉书·地理志》即载蒙县属梁国，《隋书·经籍志》据此乃注《庄子》为“梁漆园吏庄周撰”。不过，古今学者多从前说，庄周为“宋之蒙人”几乎早已成为定论。

尽管如此，这一传统说法并未能使所有的人信服。王国维就曾指出：“庄子楚人，虽生于宋而钓于濮水。陆德明《经典释文》曰：‘陈地水也。’此时陈已为楚灭，则亦楚地也，故楚王欲以为相。”[2]20世纪70年代末以来，一些学者进而考证出庄周故里“蒙”当为今安徽蒙城县。他们认为，《庄子·秋水》所述“庄周钓于濮水”的濮水，即今蒙城之西的芡河，而且庄周只有隐居于此，才会有《史记》所载的楚威王欲聘以为相之事，否则楚王是不可能派人携带重礼深入与楚为敌的宋国去聘请庄周的。蒙城在战国时已为楚地，故庄周亦非“生于宋”，实为“楚之蒙人”。[3]

① 《史记·老子韩非列传》。
② 《国朝汉学派戴阮二家之哲学说》中“老庄之徒生于南方”注，此文收入《静庵文集》。
③ 菲铭.庄周故里辨［J］.历史研究，1979（10）；常征.也谈庄周故里［J］.江淮论坛，1981（6）.

从庄周的社会地位与生活经历来看，庄周为“楚之蒙人”的说法当符合史实。[①]梳理现有关于庄周生平的先秦文献资料可知，庄周除了短期做过蒙地的漆园吏之外，就一直隐居垂钓、织屦度日，以著述自适，是一位深匿不仕的隐者、安贫乐道的士人。倘若他是“宋之蒙人”的话，他似乎就不可能成为不问世事而潜心于道的隐君子。自春秋中期始，宋都睢阳一带便成为四战之地，诸侯交相伐宋，已使其地难有避世安居之处。战国早期，齐、魏两国在睢阳附近争战不休，并且不断蚕食宋地，睢阳实际上已处于魏国的三面包围之中，宋都也可能因此而迁往东南的彭城。[②]此后，睢阳一带当饱受魏、齐、楚等大国的争战之苦。据史书记载，梁惠王时代，魏国先后与齐、楚两国在距睢阳不出数十公里的宋故地襄陵（今河南睢县）展开大战。由此可想而知，庄周又怎么能够在睢阳东北的宋之蒙邑安然隐居呢?

今安徽蒙城本也属宋地，但可能在春秋中期因楚成王、楚庄王和楚共王连续伐宋而被间或纳入楚国版图。至少从春秋后期开始，它就处于楚国的长期控制之下。尽管它也有可能偶尔回归宋国，如就在庄周时代，宋王偃便“南败楚”，“取淮北之地”，今蒙城一带或许会在其中。即便如此，却并不能改变它早已成为楚国领土之一部分的既成事实。30多年后，“齐湣王与魏、楚伐宋，杀王偃，遂灭宋而三分其地”[③]，今蒙城不用说又重为楚国所有。正由于它早已入楚国图籍，长期受到楚国控制，它虽邻近宋国，却因楚强宋弱而令宋国敢思而不敢争，相对来说就免除了许多兵灾之祸，也具有了居民在乱世中全身避害、隐居著述的起码条件。因此，庄周得以在楚之蒙地织屦自养、垂钓寄意、写作以适己，则是完全可能的。就今蒙城在战国时代的归属情况来看，庄周当为楚人。

据《史记》本传记载，“周尝为蒙漆园吏”。漆园吏即管理漆园的官

---

① 蔡靖泉.“庄子自是楚人”说［J］. 荆州师专学报，1998（3）.

② 杨宽. 战国史［M］. 上海：上海人民出版社，2008.

③《史记·宋微子世家》。

吏。战国时代的漆器生产已相当发达，列国无不重视种植漆树和发展漆器生产。可是，从出土资料来看，迄今所见到的列国漆器中唯以楚国漆器的数量最多、种类最繁和工艺最精，反映出楚国的漆器使用最为普遍和髹漆工艺最为发达。显然，楚国在当时对漆树的种植和漆园的管理自然也较列国更为重视。楚国漆器的出土，虽然是以湖南、湖北为多，但安徽也有不少。庄周所管理的漆园，当也在楚之蒙地。今蒙城即有地名叫漆园，相传就是当年庄周管理的漆园所在地。

断绝出仕之念、唯有逍遥之愿的庄周，似乎平生不喜交游。与之过从密切的当时名人，仅有曾为梁惠王相的名家代表人物惠施。《庄子》中叙及惠施的文字不下七八处，而且又几乎全是叙述惠施与庄周交往或对话的文字。《徐无鬼》中，还描述了庄周过惠子之墓时浩叹质（辩论的对手）死而无与言之的故事，由此足知两人交谊之久、过从之密和友情之深。惠施乃宋人，或许与庄周为世交。庄周的祖籍当也是宋国，而且显然还是贵族后裔，与惠施同有贵族的血统和文化教养。惠施热衷于卿相之禄位、醉心于“合同异”之辨析，曾为梁惠王相多年，但其未仕或在野时恐怕是经常来楚之蒙地看望庄周并与之切磋学问、论辩哲理的。《秋水》叙述“庄子与惠子游于濠梁之上”而有“安知鱼乐”之辩，而濠水在今蒙城东南的凤阳境内，濠水两岸早在春秋时即为楚地。由此看来，庄、惠两人的交游大概也多在楚国之域。

庄周“与梁惠王、齐宣王同时”[①]。梁惠王于公元前370—前319年在位，齐宣王于公元前320—前302年在位，因此庄周生活的年代大致在公元前370—前302年左右。学术界关于他的生卒年说法不一，一般认为约公元前369—前286年。濠水之滨原有庄周的坟墓，恐怕也未必是出于附会所致。庄周隐居于楚，当也终老于楚。

《庄子》一书，司马迁以为全是庄周自著。但自唐宋以后，一些学人以为书中诸篇的思想有所出入，于是提出了诸篇的真伪问题并详为考

① 《史记·老子韩非列传》。

证，以致各持一端。迄今对此虽尚无定论，但一般则认为内篇的思想比较统一，文风也比较一致，当为庄周所作；外、杂篇则观点既与内篇有所出入，而且自身也显得纷繁驳杂，加之行文遣词变化较大，故当属庄周后学的著作，甚至还羼入有其他学派、诸子的文章。受这种明清以来的普遍看法的支配，学者们在研究《庄子》时，便往往将其割裂开来分别探讨和论述。

辨别古籍真伪的目的在于对其作出正确的评价，这无疑是学术研究的必要的基础工作，但是，在没有确凿证据的情况下，主要是凭感觉去肢解一部完整的著作，势必会导致错误的结论。如本编第二章第一节所述，将出土的马王堆帛书《老子》与通行本比较，可知通行本的章节划分和次序排列乃为后世整理注释者自定，并非先秦古本原貌。今本《庄子》乃晋人郭象整理编定，所分内、外、杂部分 33 篇已与《汉书》著录的篇数不合，显然也是郭象据其学术见解对当时流传的古本《庄子》作了重新的划分归类和编排组合的结果。因此，焉知庄周只作有内篇呢？焉知内、外、杂诸篇在先秦古本中不是浑然相连属的呢？焉知郭象没有为了突出庄周的一贯思想和一致文风而对《庄子》古本的文字有所调整和修订呢？传世的《老子》尚有多种版本可以比较，流传至今的《庄子》却唯有郭象注本，故不可轻易就据郭象注本去断定其中诸篇的真伪。

即使撇开版本问题不谈，姑且依据郭象注本来考察《庄子》，也还是不能因内篇与外、杂篇在思想上稍有出入和文风上稍有差别而简单地断定其真伪。存在决定意识，生活是丰富复杂的，人的思想也不可能简单纯粹、一成不变。作为其时的思想巨人和艺术大师的庄周，敏锐地感受着现实生活，深沉地思索着人生的意义，不懈地探究着天地的奥秘，他的思想当然也会不断地丰富着，他的认识当然也是不断地发展着。洋洋十万余言的《庄子》，在当时显然不可能为一时之作，因此怎么能够苛求其诸篇的思想和观点都完全一致呢？事实上，《庄子》全书诚如司马迁在《史记》本传中所说："其学无所不窥，然其要本归于《老子》

之言。”也就是说，尽管《庄子》的思想内容博大丰赡，但在思想体系上却基本上是完整而统一的，是本于《老子》而对天地万物、宇宙人生的许多问题所作的理论发挥。其诸篇的论点虽然看似有所出入，但除了有阐发的角度不同等原因之外，应该理解为有所发展和变化。总体而言，其诸篇的主要论点无论出入多大，都并未脱离“其要本归于《老子》之言”的大纲。至于诸篇文风不尽一致的情况也应作如是观。一个作家在不同时期写出不同风格、不同水平的作品，这在历史上是不乏其例的。能够写出风格多样的作品，正显示了作家的创作才华。就《庄子》而言，尽管诸篇比较起来有恣肆无碍和稍有沾滞的差别，但其结撰方式大致相同，即如司马迁所说的“大抵率寓言也”，多以意相连属的寓言故事编缀成文，故文风在总体上也比较统一。

古今学者大都认为，《庄子》的思想虽然是继承《老子》而来，却又“别为一宗”。诚然如此，每个时代的哲学都是它那个时代精神的精华。《庄子》与《老子》产生的时代不同，尽管是以述《老子》之道学为主旨，却又是为了解决庄周时代的社会现实问题而发挥《老子》学说的，因而不限于对《老子》学说的阐释，更多地则是在《老子》学说的基础上有着深刻的理论发展。《庄子》最为突出的思想特征，可谓关于人生哲学的阐发。这却是道家宗师老聃所没有阐发的、先秦诸子所未能重视的。《庄子》全书所有的理论阐发，可以说都是围绕着对人的生存方式和生存意义的探讨而展开的，都是为着给其人生观作论证的。《庄子》全书所反映出的庄周思想的发展变化，也集中体现在其人生观的变化发展上。

庄周生活的战国中晚期，虽然与老聃、孔丘生活的春秋末期同为乱世，但社会动乱的程度却比老、孔之世要厉害得多。大国间的兼并战争则愈加频繁，战争的规模和伤亡都空前扩大了。统治者为了图存争胜和挥霍享乐，相继变法革新，通过实施严刑酷法来聚敛享乐所需要的财富和征集战争所需要的资源、兵员。因此，当时的社会是一个兵刃相加、枷锁高悬的恐怖世界，平民百姓的生命可谓朝不保夕，社会下层人士终日惶惶不安，如何在这乱世中生存下去便成了人们迫切需要解答的现实问题，也成了哲人所不能回避而亟须解决的社会问题。这一社会现实问题，在老、孔时代就不如庄周时代突出。更重要的是，就庄周个人而言，他的生活景况不仅比老、孔差，而且也比同时代的大多数诸子都要差。孟子、杨朱、惠施等与庄周同时代的诸子，大都干谒诸侯，或受礼遇，或享俸禄，也少有食不果腹、衣不蔽体之苦。庄周则不然，长期“处穷闾厄巷，困窘织屦，槁项黄馘”①，不得不靠编织草鞋以为生计，靠借贷粮食以度危机。正由于饥寒交迫终身伴随着他，生死问题终生困惑着他，他才对人的生存方式和生存意义给予了老、孔及其他诸子所从未有过的极大关注，对社会现实所提出的这一重大问题进行了人所不及的深沉思考。因此，先秦诸子大都主要着眼于匡救乱世而阐述治天下之道，唯有庄周却主要着眼于保全性命而阐述治人生之道。

综观《庄子》全书，随处可见庄周对其人生观的反复阐述和深刻发明。仔细分析他的这些阐发，就不难发现他的人生观有着由消极到积极、悲哀到旷放、宿命到超越的转变和发展。总的说来，内篇所表达的人生观，可谓是以“知其不可奈何而安之若命”②的宿命论为认识基础，以“安时处顺”的消极无为为处世原则，以“游乎四海之外，死生无变于己，而况利害之端乎”③为人生理想，其调子是低沉的，色彩是灰暗的，性质则是逃避现实的主观主义的幻想。不过，在内篇关于人生观的阐述中，业已反映出不甘于安命无为而希冀自觉地“和之以天倪，因之以曼衍”④，即激发主观精神和高扬主体人格以合道顺天、抗命达生这一思想转变的征兆和发展的趋势，并且已经提出和描述了其精神绝对自由的最高人生境界和审美理想。在外、杂篇里，庄周的人生观就在内篇思想的基础上有着很大的转变和发展。《达生》强调指出，人对生存之

① 《庄子·列御寇》。
② 《庄子·人间世》。
③ 《庄子·齐物论》。
④ 《庄子·齐物论》。

情理和命运之情理都应该“达”，即明白和了解。既然要“达生”，那么对生存的现实条件和社会环境就必须有清醒的认识和深刻的洞察，故外、杂篇远比内篇全面得多地反映了社会动荡、民不聊生的现实世界。有了这种“明达”，庄周实际上已不把人生无常的变化归结为不可知的命运，而已认识到是严酷现实所造成的必然结果，因此他才不再反复悲叹“命也夫”，也不再逃避现实，转而能够直面人生，对戕害人生、异化人性的现实社会进行了内篇所未能及的激烈抨击。在明达现实的基础上，庄周更为清楚地认识到，个人无力去改变现实，但为了不使自己被现实击倒和吞没，只能是采取积极有为的态度去抗拒严酷的现实；形体上的有为是毫无益处的，唯一的抗争方式就是融我入道、高扬主体人格和激发主观精神以求“无为而无不为”[①]，进至“合于天伦”[②]。有了如此通达的理性认识和积极的主观追求，庄周的人生观便发生了质的飞跃，形成了其将人生高度主观化和理想化的审美态度，达到了其超然物外、与天地合一的精神境界。他本着这一审美态度、带着这种精神境界去处世应时，便真正能够坦然地看待人世间的一切，贫富贵贱不以为意，喜怒哀乐不上于心，平易恬淡藏于内，旷放达观形于外。

这种人生态度的转变和思想境界的升华，最为鲜明地反映在直接描述庄周自我言行的文字中。据统计，《庄子》中的这类文字共有 29 段，分布在 12 篇文章里。内篇里的这类文字仅有 4 段，或述庄周的“无所可用，安所困苦”之论，或述庄周化蝶之梦，或述庄周的无心无情之愿。所述言行则流露出悲观绝望的情绪、消极无为的态度、人不如物的痛楚和人性异化的悲哀。但是，外、杂篇里的 25 段文字所描述的庄周，就再也不作穷愁之态，不诉悲怨之音，显示出贫贱不移其志、穷困不改其乐的巨大人格力量，展现出寄情天地、睥睨万物的高大旷士形象。这样一位庄周，物质生活是贫乏的，但精神生活却是充实的；生活境况是

① 《庄子·知北游》。
② 《庄子·刻意》。

悲惨的，但生活态度却是达观的。尽管他度日艰难，却没有沉沦丧志，始终不渝地追求着人生“乘道德而浮游”[①]所能获得的“至乐”。

外、杂篇所追求的“浮游”与内篇所憧憬的“逍遥游”，在思想形式上是一致的，但由于两者的认识基础和主观态度不同，故有着思想境界的高低之别：前者表现为悲观厌世、消极无为的虚无幻想，后者表现为乐观处世、积极有为的精神追求。比较分析内篇与外、杂篇所阐述的人生观，可以看出，后者乃在前者的基础上发展为以客观必然性为认识基础，以无为而无不为为处世原则，以与道合一而浮游无穷为人生追求的成熟的道家人生观。其调子是高昂的，色彩是明朗的，性质则是正视现实的主观主义的理想。因此，它有着一定的积极意义，成了后世许多文人学士在沉浊之世自珍自爱、自洁自好的精神支柱，给予中华民族性格的形成以巨大影响。

内篇阐述的人生观与外、杂篇阐述的人生观有着思想发展的必然联系，这便说明内篇与外、杂篇大体上属于同一作者的不同时期的作品。内篇所阐述的人生观在理论上还不太成熟，反映出作者的阅历的丰富性和思想的深刻性有所不足，故内篇当主要是作者在中年以前的作品。外、杂篇所阐述的人生观已是成熟的道家人生观，反映出作者对人生的丰富体验和深刻思索，故外、杂篇当主要是作者在中年以后的作品。当然，这也只是依据《庄子》的思想内容所作的合理推测，并不能因此断言其书全为庄周一人所作，也并不能因此断言其中完全没有庄周后学增补的文章或其他学派羼入的文字，但从思想体系上分析，认定《庄子》一书主要是庄周本人的作品，则大致是不会错的。

第二节 《庄子》的美学思想

《庄子》的人生观，则是在阐明道的本体意义的基础上所阐发的与

① 《庄子·山木》。

道合一而绝对自由的人生观。这一高度心灵化和理想化的人生观，反映了作者看待世界和对待人生的一种主观化和艺术化的审美态度。《庄子》全书纵论天地人间、泛说自然万物，都抱着这种审美态度，因此包含着丰富而深刻的审美意识和美学观点。

一、《庄子》的审美意识

人类审美意识的发生，可谓早矣。山顶洞人遗留的用以美化自身的钻孔石珠、砾石和穿孔兽牙等各种饰物，欧洲出土的同时期原始人使用的骨镯、骨珠等各种饰物，都表明至晚在原始社会中期，东方和西方的先民就已具有了朦胧的审美意识。然而，人类审美意识的理论化和系统化，则需要漫长的历史发展才能形成，而且只会在人类实现了“哲学的突破”之后才有可能。在西方，伴随着古希腊哲学的出现，产生了柏拉图和亚里士多德的理论化、系统化的审美意识。在东方，伴随着楚道家哲学的出现，产生了老聃和庄周的理论化、系统化的审美意识。东方与西方的智慧之光，几乎同时在世界的两极闪耀。

如果说《老子》的美学思想已经将东方的审美意识抽象化和理论化了的话，那么，《庄子》的美学思想则在其基础上进一步使之丰富化和系统化了。《庄子》不仅表达了对“美”及其相关问题的深刻理论认识，而且形成了对审美活动及其相关问题的完整思想体系。

1. 原天地之美而达万物之理——审美态度

审美活动的前提是审美态度。若不具有审美态度，审美活动的一切过程就无法进行，审美意识的丰富蕴含就无从形成，因此，审美意识的首要内容就是审美态度。

所谓审美态度，就是人们从审美的角度出发去看待客观事物的态度。庄周看待天地人间、对待社会人生所持的正是这样一种态度：

> 圣人者，原天地之美而达万物之理，是故至人无为，大圣不

作，观于天地之谓也。[①]

判天地之美，析万物之理，察古人之全。寡能备于天地之美，称神明之容。[②]

在庄周看来，人生于天地之中，所追求的就是“备于天地之美”、领略“天地之美”，而欲达此，就必须从审美的角度去观察天上地下的万事万物以了解其美、感受其美、体悟其美。美就在天地之中、万物之内，合于天地之道，通于万物之理。圣人与至人之所以神圣和明智，就在于他们“无为”而“不作”，不是身体力行地去寻求感官的满足，而是虚己静心地去“观于天地”以“原天地之美而达万物之理”，最终“能备于天地之美”。

这种审美态度，表现出“原天地之美”的强烈欲望；所追求的“美”，又不是由具体事物所体现出来而为感官能够直接感知的低层次的“美”，而是“达万物之理”且只能为心灵所体悟的高层次的“美”；体悟其从天地万物中高度抽象化和本质化了的“美”，又只能在“无为”“不作”的静观中通过积极、能动的心灵体验而得以实现。不言而喻，这种审美态度，是一种纯粹的、彻底的审美态度。

本着这种审美态度，庄周否定了世俗所崇尚的、能够引起人的感官愉悦和生理满足的一切人为之“美”，认为：

夫天下之所尊者，富、贵、寿、善也；所乐者，身安、厚味、美服、好色、音声也；……吾观夫俗之所乐，举群趣者，誙誙然如将不得已，而皆曰乐者，吾未之乐也，亦未之不乐也。果有乐无有哉？吾以无为诚乐矣，又俗之所大苦也。[③]

① 《庄子·知北游》。
② 《庄子·天下》。
③ 《庄子·至乐》。

富裕的生活、高贵的地位、长寿的生命、仁善的名誉，诚为天下之人所崇尚的美事；身安之所、厚味之食、华美之服、姣丽之色、五音之声，诚为世俗之人所追求的乐事；但庄周却不以其为美为乐，反而认为这种劳身伤性、费尽心机所求得的美与乐并不足称道，天下熙熙以争、世人攘攘以求的这种能够给人以生理快感和心理满足的“至乐”实际上是“无乐”。真正的美与乐，只能在“无为”中体悟得到。人求“天地之美”，即可得无穷之乐。“天地无为也而无不为也”[①]，故对这种“至美至乐”的追求，也只能是形体的“无为”而精神的“无不为”——形体消极无为，被动地“安时处顺”；精神积极有为，能动地“独与天地精神往来”。

文艺是人类追求美、表现美的产物，最为集中地反映了人类的审美意识。有着敏锐而强烈的审美知觉的庄周，对文艺当然多有述及，而且也借以最为充分地表达了他的审美态度。如《田子方》描述了一个绘画的寓言故事：

> 宋元君将画图，众史皆至，受揖而立，舐笔和墨，在外者半。有一史后至者，儃儃然不趋，受揖不立，因之舍。公使人视之，则解衣般礴裸。君曰：“可矣，是真画者也。”

绘画是借助线条和色彩所构成的艺术形象来表现画者心灵所感知的美，因此，若不“舐笔和墨”、铺纸作画，是不可能有绚美的图画产生的。然而，庄周却借宋元君之口，称赞裸身盘腿而坐、丝毫无意作画的“后至者”为“真画者”，其意显然是认为人为创作的有形之画并非“真画”，只有静坐无为而成于心中的无形之画才是“真画”。在论及音乐时，庄周同样也作如是观，而且将其审美态度表达得更加明确：

① 《庄子·至乐》。

> 有成与亏，故昭氏之鼓琴也；无成与亏，故昭氏之不鼓琴也。①

昭氏是先秦时的著名演奏家，以鼓琴之声和美悦耳而享誉于世。可是，在庄周看来，哪怕昭氏再工于琴、敏于声，哪怕昭氏人为弹奏出的琴声再和美悦耳，都是虽有所成又必有所亏的有限之声，都是不可能弹奏出充塞于天地之间、响彻在六极之内的无所亏损的完美之声，故也称不上是至美之声。昭氏只有放弃人为的演奏而“不鼓琴”，在静处无为中凭借心灵去感受天地自然之声，才能体悟到“无成与亏”的至美之声。庄周称这种感官所不能知而唯有心灵所能知的自然之声为“天籁”“天乐”，所谓“此之谓天乐，无言而心悦。故有焱氏为之颂曰：‘听之不闻其声，视之不见其形，充满天地，苞裹六极。’”② 由此亦可见，庄周关于“天乐”和“真画”的阐述，是从审美的角度对老聃的“大音希声、大象无形”思想的深入发挥。成玄英《庄子疏》语之甚明：“大音希声，故听之不闻；大象无形，故视之不见。”老聃主要是从“道法自然”以见真的角度提出了这一思想，庄周则主要是从“自然无为”以悟美的角度发挥了这一思想。经庄周发挥后的这一思想，就更加丰富而深刻了，以致成为道家文艺美学思想的重要命题和重要内容。

目“视之不见其形”、耳“听之不闻其声”、唯能心领神会的“至美至乐”，当然是不能满足感官欲求、带来生理快感的，因此这样的审美也必然是不具实用价值、无关世俗功利的，表现为一种超现实、越功利的审美态度。庄周即说：“故知天乐者，无天怨，无人非，无物累，无鬼责。”③ 不作有形之象、不为有声之音、无所事事、无所作为，当然也就不违天、不碍人、不牵物、不招鬼，而心灵所求之“天乐”唯有自知自赏，精神所感之“至美”唯有自悟自爱，又何来天怨人非、物累鬼责

---

① 《庄子·齐物论》。
② 《庄子·天运》。
③ 《庄子·天道》。

呢？庄周抱着这一审美态度看待人生，于是认为俗人对功名利禄的追求实在是苦不堪言、害莫大焉，必须彻底杜绝功名欲念、否定世俗生活，在“形若槁骸、心若死灰”的状态下达到精神所体验到的“至美至乐”的人生境界。

庄周的审美态度，是一种激扬主观精神的审美态度。由于他将主观追求的“至美至乐”过分理想化和绝对化，就导致了他的审美态度具有偏执性和片面性。正是如此，他同老聃一样坚决反对人类按照美的规律而进行的一切人为创造，彻底否定人类依据美的理想而创造的一切文明成果：

> 故绝圣弃智，大盗乃止；擿玉毁珠，小盗不起；焚符破玺，而民朴鄙；掊斗折衡，而民不争；殚残天下之圣法，而民始可与论议；擢乱六律，铄绝竽瑟，塞瞽旷之耳，而天下始人含其聪矣；灭文章，散五采，胶离朱之目，而天下始人含其明矣；毁绝钩绳而弃规矩，攦工倕之指，而天下始人有其巧矣。……[①]
>
> ……性情不离，安用礼乐！五色不乱，孰为文采！五声不乱，孰应六律！夫残朴以为器，工匠之罪也；毁道德以为仁义，圣人之过也。[②]

在庄周眼里，现实中的仁义礼智、五采六律等所有人为追求的善、人工创造的美，都是对人之本性的擢乱、对天之至美的破坏，都必须予以弃绝；而那些宣扬仁义礼智以教人从善的所谓圣人，那些以五采悦人之目、六律乐人之耳、巧器适人之体的所谓匠师，则是罪莫大焉的肇事者，更是应该将其殚残。此意此见，该是何等偏颇！此言此论，又该是何等偏激！据此意见、凭此言论，确实让人感到庄周就如许多学者所说

① 《庄子·胠箧》。
② 《庄于·马蹄》。

的那样，是一个否定包括文艺在内的一切人类文化的虚无主义者。但是，倘若全面分析庄周所处的时代环境及其思想形成和发展的过程，则不难理解。庄周的审美态度形成于对社会现实的强烈不满和彻底绝望的心理基础上，故带着批判现实、否定现实的激愤情绪，具有夸大精神作用、将主观精神绝对化的倾向。另外，庄周的审美态度，并非是欣赏客观对象时所持的一种审美态度，而是追求理想的人生时所持的一种审美态度，故庄周对包括文艺在内的人类文明成果的贬斥和否定，实际上也不是从审美角度出发而认为其没有赏心悦目之美，而是从功利角度出发认为其擢乱了社会和异化了人性。有鉴于此，评价庄周也应与评价老聃一样，不能因为他出于对现实强烈不满并彻底绝望的愤激之言和偏颇之见，就简单地认定他是文艺的否定论者和文化的虚无主义者。

尽管庄周的审美态度排斥了客观的、具体的审美对象，尽管庄周的审美态度割断了生理美感与心理美感之间的联系，尽管庄周的审美态度严格说来是不科学的，但是，庄周这种表现为对待客观事物的唯美是求的积极能动的主观感受、超越功利的愉悦和快乐的心理体验的审美态度，却是与现代美学相通的。它具有很高的美学价值，包含着合理的因素和科学的成分，而且对后世审美哲学的建构也产生了深刻影响。西方许多美学家自 18 世纪以来就特别重视和致力研究审美态度，认为客观事物的美丑与否都是由主体的审美态度所决定的，并且相继提出了静观以感受美的“静观说”（叔本华）、与现实拉开一定距离以体悟美的“距离说”（布洛）、无关功利而超越功利以追求美的“无关功利主义说”（耶洛姆·斯多尼兹）、幻化客观事物以显现美的“视觉幻象说”（维吉尔·奥尔德里奇）等，总之都是强调主体在审美活动中的超越现实的心理能力和精神作用。这些理论和主张与庄周的审美态度在很大程度上是一致的，也映衬出庄周的审美态度的科学价值和美学意义。今日中国的美学家们，甚至还认为“庄子哲学所提倡的人生态度，就其本质来看，正是一种审美态度”[①]；认为东方关于审美态度的学说，就是由《庄子》发端的。[②]

2. 天地与我并生，万物与我为一——审美境界

审美的目的是寻求美、感受乐。那么，抱着审美态度来观天地、察人生的庄周，所憧憬的“至美至乐”的审美境界是怎样的呢？也就是说，他认为达到了什么样的审美境界方能寻求到“至美”、感受到“至乐”呢？在庄周看来，这种审美境界就是“天地与我并生，而万物与我为一”[③]的精神绝对自由的境界。《庄子》一书反复描述了这种境界，反复强调了处于这种境界之中所能体悟到的“至美至乐”：

> 与天和者，谓之天乐。[④]
>
> 夫得是至美至乐也。得至美而游乎至乐，谓之至人。……夫天下也者，万物之所一也。得其所一而同焉，则四支百体将为尘垢，而死生终死将为昼夜，而莫之能滑，而况得丧祸福之所介乎！……夫至人者，上窥青天，下潜黄泉，挥斥八极，神气不变。[⑤]

上可窥青天，下可潜黄泉；四海莫能隔，终始莫能限；得失不挂于心，祸福不介于身，死生不关于己；造物主与之游，神人与之友；无拘无束，不牵不碍；往来天地以相合，“磅礴万物以为一”——这该是何等的美哉乐哉，愉哉快哉！

庄周描述的审美境界，实质上是他所憧憬的人生境界。他对这一境界的描述，反映出他所具有的不为时空所限制而超越时空的宇宙意识。而这种宇宙意识，又是与屈原《离骚》描绘的“览相观于四极兮，周流

① 李泽厚，刘纲纪．中国美学史［M］．北京：中国社会科学出版社，1984：241.
② 滕守尧．审美心理描述［M］．北京：中国社会科学出版社，1985.
③ 《庄子·齐物论》。
④ 《庄子·天道》。
⑤ 《庄子·田子方》。

乎天余乃下”的神游，与屈原《远游》中描绘的“涉青云以泛滥游兮”的神游所反映的宇宙意识相一致的，体现了楚文化精神的鲜明特点。如上编第五章所述，南方楚地在春秋战国时代一直盛行巫风。而振扬巫风、传播巫文化的巫觋，则自命为沟通天地和人神的媒介，在其意识中是没有时空界限的，故有着超越时空的原始宇宙意识。生活在巫风笼罩之中的楚人，大都深受这种宇宙意识的影响。出土的楚文物，往往通体雕饰着云气纹和龙凤纹，充分表达了楚人希冀神游天国的愿望。被视为楚文化之象征物的“虎座立凤”木雕，以及楚帛画《人物御龙图》和《龙凤人物图》，都集中地反映了楚人“乘云气，御飞龙，而游乎四海之外”的理想，生活在楚地的南方思想家兼文学家的庄周、屈原，自然而然地也深受楚人的宇宙意识的影响，只不过他们在思想解放的大潮里，在适应生产力发展水平而对宇宙的自觉探讨过程中，将这种宇宙意识理性化、科学化了，使之形成为“四方之无穷”“天地之无穷”的时空无限性的唯物主义宇宙观。在表达其人生理想和人生追求时，他们正是以这一宇宙观作为思想基础的。因此，《庄子》、屈骚以及其他楚人的作品中，都不约而同地反复描述“逍遥”之“游”，也即不受时空限制的、无阻无碍而自由自在的畅游。据统计，在《庄子》中，“逍遥”一词使用了 6 次，“游”字使用了 96 次；在屈骚中，则分别为 7 次和 12 次；另外，在宋玉《九辩》里也分别用有 2 次和 3 次。然而，在先秦的中原著作里，两词却较为罕见。“逍遥”仅在《诗经》里偶尔见之，在孔、孟、墨、韩非等诸子著作中全不见踪影；“游”在这些著作中的使用频率也远远不及《庄子》和楚辞。不言而喻，“逍遥”之“游”在当时是楚人特有的人生理想和人生追求。庄周描述的人生境界和审美境界，正是对楚人的人生理想的集中反映和对楚人的人生追求的强烈表达，正是对楚人的人生理想的哲学升华和对楚人的人生追求的艺术表现。

当然，庄周描述的这种人生境界和审美境界，其要本归于《老子》的“道论”，又直接是以《老子》的天道观为理论基础的。《老子》认为“道”存于天地之中而无处不在、寓于万物之体而无处不有，“独立而不改，周行而不殆，可以为天下母”[①]。显然，这能生天地万物的“道”是绝对自由自在、无牵无碍的。庄周追求人生的自由，自然对这一绝对自由的“道”心驰神往，于是发挥《老子》的“道论”，不仅致力于阐述道的绝对性、永恒性和普遍性，还特别强调道的超越性和自由性。《知北游》写老聃回答孔子问道之语说：

> 夫道，窅然难言哉！将为汝言其崖略：夫昭昭生于冥冥，有伦生于无形，精神生于道，形本生于精，而万物以形相生。故九窍者胎生，八窍者卵生。其来无迹，其往无崖，无门无房，四达之皇皇也。

这可以说是庄周对道的性质和特征的基本认识和概括表述。正因为道是绝对自由的，那么人若追求自由和幸福，就必须与道合一。基于此见，庄周乃以道的绝对自由为人之精神的绝对自由作论证，说明生于道的天地之精神可以“其来无迹，其往无崖，无门无房，四达之皇皇”，而合于道的人之精神自然也能够“乘天地之正，而御六气之辩，以游无穷”[②]了。因此，庄周极力主张融己入道，“达于至道”。他生动地描述了得道者的莫大自由和莫大快乐：

> 夫道有情有信，无为无形；可传而不可受，可得而不可见。……豨韦氏得之，以挈天地；伏戏氏得之，以袭气母；维斗得之，终古不忒；日月得之，终古不息；堪坏得之，以袭昆仑；冯夷得之，以游大川；肩吾得之，以处太山；黄帝得之，以登云天；颛项得之，以处玄宫；禺强得之，立于北极；西王母得之，坐乎少广，莫知其始，莫知其终；彭祖得之，上及有虞，下及五伯；傅说

① 《老子》第二十五章。
② 《庄子·逍遥游》。

得之，以相武丁，奄有天下，乘东维、骑箕尾而比于列星。[①]

这些得道者的无比的幸福快乐，也就在于具有了道的绝对自由，可以挈天地、袭昆仑、游大川、立北极、骑星辰、去终始、外死生地自由遨游和自由生活。由此乃可知，庄周描述的审美境界，就是与道合一而并天地、齐万物的人生境界；庄周憧憬的“至美至乐”，就是心灵的彻底解放和精神的绝对自由。

美是什么？美就是自由。庄周对审美境界的阐述，虽然没有对他所理解的美作直接的说明，但已清楚地表达了这种意思。他的这一认识，当然是排斥了美的客观性和现实性的，但其所包含的合理的、科学的因素却不可忽视。因为美的本质与人的本质不能分割，只有体现了人的本质的客体才能让人产生美感，审美实际上是作为审美主体的人从作为审美客体的对象上寻求和发现自我本质的过程。人的本质，是人的动物性和人的社会性的统一。人的本质的体现，就体现在那种不同于动物、可以使自己从必然王国跃向自由王国的能力。迄今为止，人类的一切追求都是对自由的追求，人类的全部历史也都是迈向自由王国的历史。由此看来，人的本质的充分体现，也就是人的力量的充分发挥；而人的力量的充分发挥，也就是人的自由的充分实现。倘若人感受到了自由，岂不是也发现了人的本质及其显示的人的生命活力与生存意义么？倘若人达到了自由自在的人生境界，岂不也产生了“至美至乐”的幸福感和愉悦感么？从这个意义上说，美就是自由的认识，则在一定程度上揭示了美的本质。因此，尽管庄周所追求的“至美至乐”是超越现实的精神绝对自由，尽管庄周描述的审美境界是无视客观存在的主观化、理想化的人生境界，但庄周所表达的美学思想无疑能够给人以深刻启示。

3. 虚静推于天地，乘物以游心——审美体验

既然“天地与我并生，而万物与我为一”是一种超现实的主观化、

① 《庄子·大宗师》。

理想化的审美境界，故在庄周看来，若要达到这一境界并且感受到处于这一境界的“至美至乐”，唯有通过“虚静推于天地”①的积极的心灵感悟和“乘物以游心”②的能动的精神体验。对于这种审美体验的具体方法和具体过程，庄周作了详细而全面、充分而深入的阐述。

首先，庄周提出在现实生活中必须虚静守神，自然无为，并且反复强调：

> 夫虚静恬淡、寂漠无为者，万物之本也。③
> 夫恬淡寂漠，虚无无为，此天地之平而道德之质也。④

虚静，指内心世界的虚静淡漠和外在表现的静止无为的统一。“虚者，心斋也”⑤，即涤除一切欲念的虚寂之心。其心理状态，便是恬淡寂寞，“心若死灰”，不留意于万事，不费神于万物。静者，无为也。其外在表现，便是纯任自然，无所作为，与世无争，与人无犯，“形若槁木之枝”。虚静的目的，就是“无天灾，无物累，无人非，无鬼责”“德全而神不亏”，所谓：

> 虚无恬淡，乃合天德。……故心不忧乐，德之至也；一而不变，静之至也；无所于忤，虚之至也；不与物交，惔之至也；无所于逆，粹之至也。……纯粹而不杂，静一而不变，惔而无为，动而以天行，此养神之道也。⑥

在庄周看来，虚静是实现精神绝对自由的前提，也是达到其审美境界的基础。因此，虚静实际上就是审美体验的起点。

其次，在保持身心虚静的基础上，庄周认为进而便应“坐忘”，即

①③《庄子·天道》。
②⑤《庄子·人间世》。
④⑥《庄子·刻意》。

不仅待世以虚、为人以静，还要彻底忘掉客观世界，忘掉自身的存在，从而使自己与道通合，这便进入了审美体验的发展阶段。《大宗师》中描述了一个所谓颜回“坐忘”的故事，说颜回先忘了仁义，继而又忘了礼乐，最后终于达到了“坐忘”：

> 仲尼蹴然曰：“何谓坐忘？”颜回曰：“堕肢体，黜聪明，离形去知，同于大通，此谓坐忘。”

世间的仁义礼乐不可牵挂于心，自己的形体心智也必须摈弃于神，这样忘怀一切，也就超越一切，获得了心灵的彻底净化、精神的彻底解脱，达到了“无己”而“通于大道”的境地。《天地》对“坐忘”的含义又有概括性的说明：

> 忘乎物，忘乎天，其名为忘己。忘己之人，是之谓入于天。

“坐忘”的目的在于忘掉客观存在的现实世界，同时忘掉存在于现实中的自我，故称之为“无己”“忘己”。“无己”只是无我之形体而存我之精神以通乎道，自我不存在了，但自我的精神则与道合一了，故又谓“通乎道”的“至人无己”，而“得至美而游乎至乐，谓之至人”[①]。可见，“坐忘”的方法，实际上就是使自我合于道而实现精神绝对自由的方法；“坐忘”的过程，实际上也就是使自我合于道而实现精神绝对自由的过程。实现了精神的绝对自由，也就达到了“天地与我并生，而万物与我为一”的审美境界，完成了审美体验的发展阶段。

最后，审美体验就进入了“乘物以游心”的高潮阶段。在这个阶段里，精神已与存于天地万物之中而绝对自由的道完全合一了，故可以与道一起无往而不至，在无穷的宇宙里任意驰骋、尽情往来，在“游心

① 《庄子·田子方》。

于物之初”[①]之中感受着无拘无束的至美，体悟着自由自在的至乐。《山木》描述这种超然物外而与道浮游的体验情景说：

> 若夫乘道德而浮游则不然，无誉无訾，一龙一蛇，与时俱化，而无肯专为。一上一下，以和为量，浮游乎万物之祖。物物而不物于物，则胡可得而累邪！

心灵完全并于天地，精神彻底融入万物，自然就没有天人之别、物我之分，于是也就进入了“物化”状态，无所谓誉，无所谓毁；或为龙，或为蛇；达到了审美体验的极致。《齐物论》中的“庄周梦蝶”故事，就是这一审美体验之极致的生动而具体的描述，说明处于这种主客同一、物我不分的“物化”状态，也就“自喻适志”，感到再惬意不过了、再快乐不过了。《逍遥游》中描绘的鲲鹏形象，则是庄周“物化”的产物，是庄周绝对自由之精神的对象化，是庄周审美体验的理想化。鲲鹏莫可阻挡的自由飞翔，显示的正是莫可比拟的审美快乐。

从“虚静”到“坐忘”、从“坐忘”到“游心”以至“物化”，或者说“虚静”以成“坐忘”、“游心”而至“物化”，这就是庄周描述的审美体验的全过程，所谓“言以虚静推于天地，通于万物，此之谓天乐”[②]。这一全过程，是排斥了感官作用而纯任心灵的体验过程，即“以神遇而不以目视”[③]“无听之以耳而听之以心”[④]的体验过程。就认识论而言，这种体验无疑割断了感性认识与理性认识的联系，是片面的、主观主义的。但就审美关系而言，这种体验却包含着对审美活动的真切和深刻的理解，部分地揭示了审美活动的本质特征。

庄周描述的这种审美体验，尽管强调感官知觉的“无为”，却又强

① 《庄子·田子方》。
② 《庄子·天道》。
③ 《庄子·养生主》。
④ 《庄子·人间世》。

调内在心灵的“无不为”。在其审美体验的全过程中，心灵始终是保持着高度的能动性及活跃的运动状态，极力地去寻求、发现和体悟“至美至乐”。“虚静”需要主动地戒除一切尘世欲念而净心养神，“坐忘”需要努力地忘却一切客观存在，“游心”需要积极地通乎道以“出入六合，游乎九州”[①]，“物化”也需要自觉地融心于物而随物自化。如此超越现实的审美体验，实际上是审美主体的心灵的彻底净化和精神的彻底解放，是审美主体充分发挥创造性想象去体悟审美愉快的高级精神活动。客观地说，审美本身就是客体感发于主体、主体神会于客体的过程，本身就是能动的、自由的体验。倘若只限于受客体的感发而不能自觉地与客体心会神交，不能积极地去寻求和发现客体蕴含的美，主体就只会产生低层次的身心快感而不能够体悟到高层次的精神愉悦。在审美活动中，主体若对客体灌注的情感越强，心灵化的程度越高，真正达到主客同一、物我融通的境地，那么，也就进入了超越主体和客体而使精神获得充分自由的审美境界，也就最大限度地获得了审美愉快。因此，审美活动中主体的心灵化、对象化，近几个世纪以来便越来越成为美学史上着力探讨和特别强调的内容。庄周描述的审美体验，比较充分地反映了审美活动的心理特征和基本要求，为现代美学理论的建构提供了十分宝贵的思想资料。

4. 因言得意，以技求道——审美创造

庄周主张在现实生活中虚静无为，当然也不会对人为的美的创造加以肯定并且具体讨论，但是，庄周又毕竟生活在现实之中，他不可能完全脱离现实生活中的人与事去阐发他的思想。在他结合现实中的人与事来阐发思想的同时，他涉及到了审美创造，也即出于审美需要而创造美的问题。庄周论及的审美创造问题，虽然是无意为之和不予详加阐说，可是为他所持的审美态度所决定，故能够从审美的角度和哲学的高度，对艺术创造的特征和要求作出深刻的说明。

---

① 《庄子·在宥》。

“言者所以在意，得意而忘言”，便是《庄子》中涉及审美创造的最为著名的命题：

> 荃者所以在鱼，得鱼而忘荃；蹄者所以在兔，得兔而忘蹄；言者所以在意，得意而忘言。[①]

荃（笱笼）是捕鱼的工具，使用荃是为了捕鱼，捕到了鱼也就忘掉了荃；蹄（网套）是捕兔的工具，使用蹄是为了捕兔，捕到了兔也就忘掉了蹄。同样如此，语言是表意的工具，使用语言是为了得意，懂得了意思也就忘掉了语言。庄周的这段话，显然不是论述审美创造的，而是论道的，旨在说明求道、得道的重要。庄周所说的意，也就是得道之意。对此，庄周有着清楚的说明：

> 世之所贵道者，书也。书不过语，语有贵也。语之所贵者，意也，意有所随。意之所随者，不可以言传也，而世因贵言传书。世虽贵之，我犹不足贵也，为其贵非其贵也。[②]

这“意之所随者”，当然就是道了，因为道是“不可以言传”并为庄周所贵的。《知北游》即说：“道不可言，言而非也。”又说：“夫道，窅然难言哉！”强为之言，也只能“言其崖略”。因此，在庄周看来，得意之言，也即合乎道的“至言”；而“至言去言”，故当然应该“得意而忘言”了。这些论道之语虽然说得十分玄乎，似有让人坠入五里雾中之感，但仔细体察，庄周却在无意之中揭示了一个普遍而深刻的道理：即工具尽管重要，但使用工具却不是目的，而只是实现目的的手段和条件，故做任何事情，都必须有“得鱼”或“得兔”这样明确的、终极的

① 《庄子·外物》。
② 《庄子·天道》。

目的，并且要为达到这一目的而作锲而不舍的努力，切不可停留在对工具的把玩上而放弃了高远的追求；恰恰是待终极目的达到了、高远目标实现了，就可以将工具弃置而不顾的。这个道理适用于一切创造活动，当然也适用于包括文学艺术在内的审美创造。尤其是“语之所贵者，意也”，“言者所以在意”之论，则直接涉及了审美创造本身，反映了审美创造的根本要求和揭示了审美创造的基本特征。众所周知，文学艺术就是用语言作为工具而创造艺术形象的审美创造活动，文学艺术的高度成就是创造出“言有尽而意无穷”这种具有极大感染力的审美意象和审美意境。文学艺术的审美追求是言外之意，其他艺术又何尝不是以声外之音、形外之象作为审美追求的呢？这样，人们从庄周的言论中就不难意识到，审美创造是一种合目的性的创造活动，审美创造的目的乃在于对审美理想的充分表现，故审美创造不应该只留意于雕琢言词这种对工具的锤炼，只满足于贵语重书这种一般化的追求。

正是深受庄周这些言论的启发，汉魏以后的文学家和艺术家们，便认为文学艺术的“至美”就是言外之意、象外之象所带给人的味之无极的魅力，于是大力提倡和极力追求言外之意、象外之象的艺术表现和审美创造，以“状难写之景如在目前，含不尽之意见于言外”[①]为最高审美境界，从而形成了中国古代文艺美学思想史上的“意象”和“意境”这两个最高的美学范畴。

庄周论及有关审美创造的另一个重要命题，则是“所好者道也，进乎技矣”：

> 庖丁为文惠君解牛，手之所触，肩之所倚，足之所履，膝之所踦，砉然响然，奏刀騞然，莫不中音，合于桑林之舞，乃中经首之会。文惠君曰：“嘻，善哉！技盖至此乎？”庖丁释刀对曰：“臣之所好者道也，进乎技矣。始臣之解牛之时，所见无非全牛者；三

① 欧阳修：《六一诗话》引梅尧臣语。

年之后，未尝见全牛也；方今之时，臣以神遇而不以目视，官知止而神欲行。依乎天理，批大郤，导大窾，因其固然。技经肯綮之未尝，而况大軱乎！……以无厚入有间，恢恢乎其于游刃必有余地矣。”①

这庖丁解牛的技艺，可谓高妙精绝、出神入化。其神奇的技艺，已达到与道通合的佳境，故运用它解牛时，竟能产生传说中美妙的商汤之《桑林》乐舞、唐尧之《经首》乐曲所具有的美感效应。庖丁之所以有着这样通道见道的神奇技艺，就在于他好道，为求道而琢磨技艺、摸索规律，从目视全牛渐至神遇全牛，透彻地了解了牛的身体特征，掌握了顺其天然的生理结构而“以无厚入有间”的解牛方法，从而使得技艺精益求精，达到“游刃有余”的境地。庄周描述“庖丁解牛”故事的本意，是要说明“好道”而“进乎技”的玄奥和高妙，强调“道法自然”的特性和技依天理的神奇。但是，他在这故事中对技是道之用、道为技之本、技艺之用乃为得道，道之获得乃靠技艺这一道、技关系的表述，则客观上揭示了审美创造的一般特点和普遍规律。如前所述，庄周所谓的道是宇宙本体，也是天地精神；好道、与道合一是庄周的人生追求，也是庄周的审美理想，故庄周表达的以技求道的思想就与审美创造问题关系至大。既然技艺越是高超，也就愈能接近道、表现道；既然表现绝对自由的道，也就是表现审美理想，那么，庄周这种对道与技之关系的认识，也就深刻地反映了审美创造的特点和规律：审美创造是表现审美理想的创造活动，审美理想的表现则必须借助表现技巧、依赖表现技艺，只有全面地掌握与娴熟地运用审美创造所需要的技巧和技艺，才能“得之于手而应于心”②地创造出鲜明的审美意象和深闳的审美意境，从而充分地表现审美理想。

① 《庄子·养生主》。
② 《庄子·天道》。

道进乎技，以技求道，实际上反映的就是艺术高于技术、通过技术而实现艺术这一审美创造的特点和规律。《庄子》一书描述了许多类似“庖丁解牛”这样的寓言故事，因而在无意之中对此说明得十分深透。如《达生》所描述的“佝偻者承蜩”故事，说明了佝偻者之所以有着举杆捕蝉而犹若拾取的高超技术，就在于他“有道”，而其道则来自“五六月累丸二而不坠，则失者锱铢；累三而不坠，则失者十一；累五而不坠，犹掇之也”这种对捕蝉技术的长期苦练，来自“不反不侧，不以万物易蜩之翼”这种“用志不分，乃凝于神”的专注精神。《天道》所描述的“轮扁斫轮”故事，说明了轮扁之所以具有“不徐不疾，得之于手而应于心”的高超技术，就在于他“有数存乎其间”；而其间之“数”（道）的获得，则是他“行年七十而老斫轮”的经历中掌握了“徐则甘而不固，疾则苦而不入”的斫轮之特点和规律所致。

庄周关于道、技关系的思想，也给后人以深刻启示。汉魏以降的文学艺术家便对“轮扁所不得言”[①]体会日深，而且因庄周这一思想既形成了“原道心以敷章”[②]之识，又衍生了“因文而明道”[③]之见；既强调情志为文之经，又强调辞采为理之纬；既主张“联辞结采，将欲明理”[④]，又主张“其会意也尚巧，其遣言也贵妍”[⑤]。总而言之，后人结合审美创造的艺术实践，对庄周这一思想有了明确的理性认识和科学总结，指出审美创造乃以表现审美理想为目的，而审美理想的表现又见于艺术创作的技巧运用中；道进乎技是审美创造的本质要求，技表现道则是审美创造的一般规律。

因言得意，以技求道，实际上是两个互相关联的命题，客观上都反映了审美创造的要求和特点、目的和规律。不过，庄周对“言”与“意”的关系的表述，偏重于强调审美创造的目的性；而他对“道”与“技”的关系的表述，则偏重于强调审美创造的规律性。审美创造就是

①⑤ 陆机：《文赋》。

②③ 刘勰：《文心雕龙·原道》。

④ 刘勰：《文心雕龙·情采》。

意与言的统一、道与技的统一、合目的性与合规律性的统一。因此，庄周关于这两个命题的提出和论述，客观上就比较全面地对审美创造的内容和实质、手段和途径、方法和目的作出了理论概括。

二、《庄子》的美学观点

在中国历史上，真正从哲学的高度表达了对美的看法和理解的先驱，是道家宗师老聃。庄周的哲学思想本于《老子》，庄周的美学观点也基本上源出于《老子》。不过，庄周抱着老聃所未有的审美态度看待宇宙人生，并由此形成了老聃所不及的系统化、理论化的审美意识，因而他也比老聃更为重视对美的探讨和论述，所表达的美学观点就比《老子》更为丰富和深刻。

1. 美则美矣，未为大也——大美观

“以大为美”的大美观，在《老子》中已有表露。老聃即认为最完美的音乐是“大音”、最完美的形象是“大象”，只可惜老聃并未对此详加阐发。《庄子》则多处论及大美、反复强调大美：

> 美则美矣，而未大也。……夫天地者，古之所大也，而黄帝、尧、舜所共美也。[①]
>
> 天地有大美而不言。[②]

显而易见，在庄周心目中，美是可以有不同程度的体现的，但若不“大”，则虽美也不足称道，只有“大美”才是理想的“至美”。《秋水》中的“河伯观海”故事，就十分清楚地反映了庄周的大美观。河伯开始“欣然自喜”，就是因为“秋水时至，百川灌河”所造成的“泾流之大”而获得从未有过的审美快乐。可是，当他“顺流而东行，至于北海，东面而视，不见水端”时，不由得“始旋其面目，望洋向若而叹”了。北

① 《庄子·天道》。
② 《庄子·知北游》。

海若则毫不留情地嘲笑他："今尔出于崖涘，观于大海，乃知尔丑。"显然，河伯之所以由喜转悲、美感顿消，就在于他在北海面前失去了自大之感，陡生自卑之意。庄周借这个故事说明，美、丑是与大、小密切相关的，相对而言，大则美而小则丑，失去了大也失去了美；若欲有天下之美，就得有天地之大。

如此明确的大美观的形成，与楚地的地理环境，与楚人在文化创造上显示出的崇尚大美的审美趣味，与当时的楚文化所显示的恢宏气魄，恐怕不无关系。楚文化进入其发展的鼎盛期以后，其面貌的鲜明特征之一就是大。出土的这个时期的楚文物，不仅有形体硕大而举世莫匹的铜斧之王、铜戈之王、乐钟之王、漆瑟之王等等，还有许多像在方寸之中涵盖天地而包纳万物的"大武闢兵戚"、彩绘木雕小座屏这样的大美杰作。[①]《庄子》一书本身就有"弘大而辟，深闳而肆"[②]之美，与之大致同时产生的楚辞作品的篇幅之长、规模之大、旨义之闳，则也与之相得益彰。不言而喻，《庄子》在面貌和精神上都反映了楚文化的鲜明特征。

不过，庄周的大美观，并非停留在一般崇尚大美的审美趣味上，而是升华为与道合一的审美理想，表现为对绝对自由和无限之美的高度追求。其思想直接源出于《老子》，是对《老子》的"道大，天大，地大，人亦大"思想的发挥。故庄周说："夫道，覆载万物者也，洋洋乎大哉！"[③]他并且强调"大美"在于无际之天地，在于无限之宇宙，在于游于无穷的绝对自由的体验。庄周笔下那合乎其大美理想的艺术形象——鲲鹏，就不仅有着硕大无朋的形体，而且还有着"以游无穷"的绝对自由。

庄周阐发的这种大美观一直影响着后人，以致形成为中华民族的一

① 蔡靖泉．涵盖天地以成大——楚国青铜器造型艺术探微之三［J］．艺术与时代，1992（3）．

② 《庄子·天下》。

③ 《庄子·天地》。

种审美追求。古代的文学家和艺术家大都追求“充满天地，苞裹六极”的艺术表现，不仅创作了像汉大赋、乐山大佛这样的规模或形体宏大的作品，而且特别崇尚“二尺之图，写千百里之景”“囊藏万里，都在阿堵中”这样的借有限来表现无限的意境深闳之作。

2. 朴素而天下莫能与之争美——朴美观

“以朴为美”的朴美观，是由老聃阐发而明、经庄周发挥而成的道家美学之基本观点。老聃认为，美就是“见素抱朴”的显现，是自然天成的表现，并且据“道法自然”的哲学思想阐发了“大音希声，大象无形”的艺术见解。庄周继承了老聃的思想，并且以之作为其审美的理论基础和论美的哲学根据，进而特别强调：

> 静而圣，动而王，无为也而尊，朴素而天下莫能与之争美。①
> 淡然无极而众美从之，此天地之道，圣人之德也。②

天下之美诚然多，但所有的美都不能与朴素争胜，朴素是天下之绝美。朴素者，质朴无华也。庄周着眼于人生而审美，着眼于人生而推崇朴美。这朴素体现于人就是不作任何矫饰、没有任何伪善的纯真本性、纯素心灵。庄周认为，欲保持本性的纯真和心灵的纯素，就必须“无为”、必须“平易恬淡”，放弃那些使人虚伪的仁义、使人异化的功名等一切身外之物、性外之德的欲望和追求，绝不可人为地矫饰自身、刻意地求高求美，故谓：“若夫不刻意而高，无仁义而修，无功名而治，无江海而闲，不道引而寿，无不忘也，无不有也，淡然无极而众美从之。”③这“淡然无极”就是恬淡之至、纯素之至。达到淡然无极的境地，也就具有了朴素之美。朴素既是天下众美之冠绝，又是天下众美之荟萃；朴素即道之所法的自然之美，而“道者，德之钦也”④；故朴素合于天地之

---

① 《庄子·天道》。
②③ 《庄子·刻意》。
④ 《庄子·庚桑楚》。

道，乃为圣人之德。

《庄子》或直接展开论述，或借寓言加以说明朴素之美出于自然天成，倘若毁其天然之体、伤其天然之性，也就丧失了其朴素之美，徒有了其矫饰之丑。《天地》中说，百年之木，其高大繁茂可谓极美了，但“破为牺尊”并绘之以青黄诸色的木器，比起“断在沟中”而弃置不用的另一段废木来，似乎是“美恶有间”、好坏有别，实际上“其于失性一也”，都丧失了质朴之本性，也不具有朴素之美。同样如此，人为而成的五色、五声、五味等，都是“乱目”“乱耳”“浊口”而使人失性的东西，也都不具有朴素之美。《人间世》描述，齐国有栎社树，“其大蔽数千牛，絜之百围，其高临山十仞而后有枝，其可以为舟者旁十数”，因而“观者如市”，一木匠带弟子经过此地，其弟子饱看后欣然而叹：“未尝见材如此其美也。”木匠则说，此树之所以“能若是之寿”，保持天然之美，就在于它是不能做舟、棺椁和器物的“不材之木”，才没有被人毁其形体、伤其本性。因此，庄周深嫉毁伤“朴美”的人为之举，激愤地说：“纯朴不残，孰为牺尊！白玉不毁，孰为珪璋！”①

值得重视的是，庄周并不无条件地反对和排斥一切雕琢和修饰，而是认为雕饰应该顺因自然、归朴返真：

> 既雕既琢，复归于朴。②
> 雕琢复朴，块然独以其形立。③

既然有雕有琢，就不是绝对消极、被动的“无为”，而是在“无为”中求得“无不为”。庄周所谓的“雕琢”，是自觉地、积极主动地与天相合、与道同一。就人生追求而言，是“静而圣，动而王”，顺应天地变化而“见素抱朴”；就审美创造而言，是“奏之以人，征之以天”，因

① 《庄子·马蹄》。
② 《庄子·山木》。
③ 《庄子·应帝王》。

循天地变化而自然天成。庄周因此反复申论："无为为之之谓天"[①]，"圣人工乎天而拙乎人"[②]。传说中的黄帝的《咸池》之乐是天下最美的音乐，庄周便借以说明因其是黄帝"奏之以人，征之以天"的自然天成的乐曲，是"奏之以阴阳之和，烛之以日月之明"这样因循天地变化的乐曲，故有着"其声能短能长，能柔能刚，变化齐一，不主故常。在谷满谷，在坑满坑。涂郤守神，以物为量。其声挥绰，其名高明"这样丰富的音响和高妙的韵味，故能形成"听之不闻其声，视之不见其形，充满天地，苞裹六极"的宏大意象和玄奥意境，使人"始闻之惧（震惊感奋），复闻之怠（志荡意弛），卒闻之而惑（心醉神迷），荡荡默默，乃不自得"。庄周借黄帝之口强调："此之谓天乐，无言而心说（悦）。……始于惧，惧故祟；吾又次之以怠，怠故遁；卒之以惑，惑故愚；愚故道，道可载而与之俱也。"[③]这也就是说，听着这种自然天成的"天乐"，便可以最终进入与道同一的境界。

在庄周看来，"朴素"与"大美"都源自道，都是道之美的体现。不过，相对而言，"道法自然"，自然是道的本性，故自然的"朴美"是道的内在的本质美；"道大"，大是道的特征，故无限的"大美"是道的外在的形式美。"朴美"与"大美"的理论基石尽管都是老聃的"道论"，但老聃却没有从论道而直接推及论美，更没有像庄周这样以"道论"为基石而充分阐发美学思想。经庄周发挥"道论"而成的朴美观和大美观，既反映了道的特质和特征，又概括了美的内质和表现，因而构成为道家美学思想的基础。

朴美观对后世影响之巨大和深远，是不言而喻的。后世文学艺术家从积极意义上理解和接受了庄周的纯任自然、"雕琢复朴"的思想，大力提倡自然天成的艺术表现。刘勰总结前代文艺创作经验而作的《文心雕龙》，其首篇《原道》即"标自然以为宗"，称诗文"夫岂外饰，盖自

① 《庄子·天地》。
② 《庄子·庚桑楚》。
③ 《庄子·天运》。

然耳”。其后，“清水出芙蓉，天然去雕饰”的“平淡自然”之作，被推崇为文艺的高致。中国绘画甚至因追求“造平淡”而形成了独特的艺术风格和表现方式。

3. 恢诡谲怪，道通为一——美的相对观

受老聃辩证法思想的启示，庄周对自然界和人类社会的大小、长短、有无、成毁、生死、祸福等矛盾的对立统一关系及其相互转化现象有着深刻的认识。然而，庄周又深感自己无力改变贫穷、困窘的现实，无法实现由贫到富、由穷到达的转化，于是力图在精神上超越现实，排遣贫、困、祸、毁、死给自己带来的痛苦和悲愁，便主观地否定事物存在的客观性，强调齐是非、同万物。既然无所谓贫富、成毁，既然是“万物一府，死生同状”[①]，那么身处何种悲惨境况，皆可无视现实而得到自我安慰、自我解脱了。正是出于这种企图在精神上超越现实的主观需要，庄周片面地发展了老聃希图消解矛盾的思想倾向，形成了相对主义的认识论。

庄周以相对主义的观点看待美、论说美，所表述的便是美的相对观：

> 厉与西施，恢诡谲怪，道通为一。[②]
>
> 毛嫱、丽姬，人之所美也；鱼见之深入，鸟见之高飞，麋鹿见之决骤。四者孰知天下之正色哉？[③]
>
> 《咸池》《九韶》之乐，张之洞庭之野，鸟闻之而飞，兽闻之而走，鱼闻之而下入；人卒闻之，相与还而观之。[④]

厉是奇丑之女，西施乃绝代佳人，两者似乎不可并提，但“以道观之”，她们则是互通为一而无所谓美丑的。同样如此，世人都称毛嫱、丽姬为

---

① 《庄子·天地》。

②③ 《庄子·齐物论》。

④ 《庄子·至乐》。

天下至美之人，都说《咸池》《九韶》是天下至美之乐，然而禽兽见之、闻之却不但不感到悦目娱耳，反而高飞远走，所以哪有什么为一切审美主体都认同的客观的、绝对的美呢？庄周这些论述，都是意在说明认识的相对性，同时也阐述了美的相对观。但是，审美乃人类的高级心理活动，人类所具有的共性也就决定了人类的审美心理的共同性，决定了人类对美的体验有着共同的、客观的标准，故美的客观性是不可否定的，这是具有健全思维能力的人都明了的常识。庄周不能否定西施、毛嫱、丽姬和《咸池》《九韶》为“人之所美”，而以鸟兽之不以为美来否定美的客观性、证明美丑的同一性，这显然是自欺欺人的诡辩，也是言不由衷的强为之说。

绝对的美丑相对观，当然是主观唯心主义的。可是，庄周强调审美的相对性，则在客观上给人以很大启发。人们能够从庄周的阐述中认识到，首先，美离不开审美主体的主观感受，必须依赖于审美主体而存在，没有审美观照也就无所谓美；其次，美的确也具有相对性，审美主体的审美趣味、审美知觉、审美能力、审美理想等的不同也必然导致对美的感受的差异，正所谓钗腴黛瘦，各有所爱。

论证美丑的绝对同一，实际上是办不到的，可庄周却出于否定现实的需要而广征博引地强为之说。庄周的这些论说，则在无意之中表达了一些深刻的道理。如《德充符》以寓言形式描写了五个身体残缺、外形丑陋的怪人，他们虽然丑陋之极，却因“德全”（道德完美）而非但不为人所嫌恶，倒是为人所敬重和爱慕。庄周的本意是借此说明美丑相对、“万物皆一”，但客观上却让人据此而意识到，美是由其本质所决定的，内在的本质美要高于外在的形式美；就人之美而言，重要的是道德精神的完美所显示的人格美，而不仅仅是身体健美所显现的外表美。毫无疑问，这种意识的产生，会启发人们加深对美的认识，促使人们形成正确的审美标准。

庄周认为美是相对的，并且是根据审美主体的态度和趣味而可以转化的。他强调：

> 故万物一也。是其所美者为神奇，其所恶者为臭腐。臭腐复化为神奇，神奇复化为臭腐。[①]

这里所说的“化”，当然是借助主观的幻想而在精神领域里实现的转化，而不是通过人为创造的实践而在现实世界中实现的转化。不过，庄周对转化的强调及其抱着审美态度在精神上对由丑变美的转化作积极的追求，则在客观上大大启发和鼓舞了后人，促使后人在审美创造的艺术实践中去极力探求化腐朽为神奇的艺术表现。宋代著名文学家黄庭坚提出的“夺胎换骨，点铁成金”这一影响巨大的文艺主张，可以说即源出于《庄子》。

4. 法天贵真，全德成美——真、善、美统一观

老聃疾伪而贵真，以真为道的本性，也以真为美的本质，庄周继承了老聃的这一基本思想，其朴美观也就是对真的强调和标举。在《齐物论》中，庄子还径直将道称之为“真宰”“真君”，其意也在于突出道的本性在于真。何以谓之真，老聃认为真就是朴素自然，这主要是着眼真见之于客体的一般看法；庄周则在此基础上对真见之于主客两方面作了深刻的阐释：

> 真者，精诚之至也。不精不诚，不能动人。……真在内者，神动于外，是所以贵真也。其用于人理也，事亲则慈孝，事君则忠贞，饮酒则欢乐，处丧则悲哀。忠贞以功为主，饮酒以乐为主，处丧以哀为主，事亲以适为主。功成之美，无一其迹矣；……真者，所以受于天也。自然不可易也，故圣人法天贵真，不拘于俗。[②]

在庄周看来，真就是天道自然，见于物则为朴素，见于人则为精诚。有

① 《庄子·知北游》。
② 《庄子·渔父》。

识于此，他同老聃一样，对矫情之举、虚伪之事深恶痛绝，一针见血地指出，“强哭者虽悲不哀，强怒者虽严不威，强亲者虽笑不和”，而世俗之礼正是矫情的虚伪东西，故为人应该“法天贵真，不拘于俗”。《庄子》书中反复赞美了“谨修而身，慎守其真”的“真人”，一再说明“真人”正因为“能体纯素”，能保精诚而成了圣人、至人，所以他们能够“倏然而往，倏然而来”以“得至美而游乎至乐”。庄周关于“真”的论述，不仅强调了真是美的根本和基础，而且强调了真与美的一致性。所谓“不精不诚，不能动人”“功成之美，无一其迹矣”之说，就明确表达了真才致美、真美一致的认识。庄周对“真人”的推崇，更是对真、美一致的高度肯定。

善主要是一道德范畴。儒家以仁义兼备、道德完美为善。庄周像老聃一样鄙薄仁义，也同样不标举善。老聃尚且还大谈善，庄周却罕言善，似乎比老聃有更为强烈的反道德倾向。实际上，庄周讳言善，却大讲德。尽管他所说的德同儒家所谓之德的含义不同，但其中也包含着对善的肯定。庄周认为：“道者，德之钦也；生者，德之光也；性者，生之质也”①，“德者，成和之修也”②。这就是说，德是道在物身上的体现，也是物的天性和本质的反映。人若与天合一、与道同一便有德，而人之德可以通过主动积极的修养而获得，即所谓“性修反德”③，其表现就是顺天合道、纯任自然。庄周心目中的德反映了人的天性和本质，实际上就涵容了善。庄周推崇的“全德之人”④，就是至善之人；庄周向往的“至德之世”⑤，就是至善之世。“德至同于初”⑥、合于道，可知善与真是一致的，善由真所决定又体现了真。另外，庄周又强调有德而有美。尽管身残形陋，只要德全即可化丑为美；若能“性修反德”，

① 《庄子·庚桑楚》。
②④ 《庄子·德充符》。
③⑥ 《庄子·天地》。
⑤ 《庄子·马蹄》。

则“德将为汝美”[①]。这便认为善与美是一致的，美由善所决定又体现了善；也就是说，美以善为内涵，并要表现善。

“法天贵真”是为了求美，“性修反德”也是为了求美。在庄周看来，倘若没有达到精神绝对自由的“至美至乐”境界，“精诚”之真、“全德”之善也就无从体现，而达到此境界则真、善皆在其中了，故尽管美由真、善所决定，但三者又统一在精神绝对自由的审美境界上。庄周以审美的态度观照人生与现实，以“道论”作为论证其人生理想和人生追求的哲学基础，自然也就将美视为高于真、善的终极目标。据庄周对于真、善、美三者关系的认识，似乎可以构成如下图式：

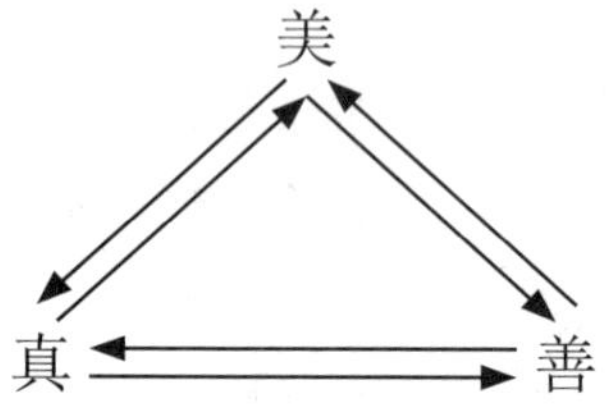

美居于真和善之上，美是最高的人生境界和审美境界，美以真和善为内涵，真和善又统一于美，这就是庄周人生哲学与美学思想的核心。

庄周对于真、善、美三者关系的认识，已不同于老聃。庄周的认识虽然本于老聃的“道论”，但老聃是抱着求实的态度而致力于探讨道作为宇宙本体的内在素质，故而强调真，可谓一种哲学的思辨；庄周则是抱着审美的态度而着意于观照道作为天地精神的外在表现，故而强调美，可谓一种审美体验。因此，庄周的认识是出于审美需要而对老聃思想的改造和发展，也更加符合美学要求和具有美学价值。

出于审美的需要，抱着审美的态度来阐述对自然、社会和人生的哲理认识的《庄子》，表达了丰富而深刻、完整而系统的审美意识和美学观点的哲理散文《庄子》，诚如当今的学者们所说的那样，是一部美学化了的哲学著作，阐述的是一种审美哲学。正是这部审美哲学巨著的产

① 《庄子·知北游》。

生，使得道家美学在《老子》奠定的基石上构成了一座理论大厦，也宣告了中国历史上具有哲学意义的美学的真正形成，揭开了中国美学发展史的序幕，并且始终主导着中国古代文艺美学和文艺创作的发展。

第三节　《庄子》的创作精神

任何一部作品都必然地体现了支配着其作者从事其创作的主体精神，这种精神就是所谓的创作精神。倘若作者对它具有了理论认识并且自觉地以它作为指导创作的原则和方法，它便成了现代文艺理论家通常所说的创作方法。自有文艺作品产生，便有创作精神形成。换言之，有了创作精神形成，即有文艺作品产生。不过，创作精神升华为理论形态的创作方法，则是在文艺发展到高度成熟，并且已经形成了专门而系统的文艺理论之后的事。因为只有进入文艺创作的自觉时代的较长一段时间之后，作者才会形成完整的创作思想和明确的艺术主张，并且将之作为创作所遵循的原则和方法。在此之前，作者的创作精神，都是在其创作中不自觉或不太自觉地予以贯彻的。

有史以来，人类创作的文学作品可谓是形形色色、不计其数，人类文学作品所体现的创作精神也似乎是丰富多彩、不一而足。但实际上，则如 20 世纪初以来的许多作家和文艺理论家所指出的那样，文学史上基本的创作精神以及由此升华而成的基本创作方法只有两种，这就是现实主义和浪漫主义。体现了现实主义精神的作品，其主要特征是如实地描写客观生活；体现了浪漫主义精神的作品，其主要特征是尽情地表现主观理想。实写生活为主的现实主义与表现理想为主的浪漫主义，是由文学既是社会生活的形象反映，又是审美意识的集中体现这一本质要求所决定的，是与文学既再现客体又表现主体这一创作规律相一致的。因此，它们共同构成为文学创作的基本精神。

虽然，现实主义和浪漫主义的概念及其理论产生得很晚，并且又是产生在其文学的形成和发展与中国文学大为不同的西方土壤上，但无论世界上任何地区、任何民族的文学，都是人类对客观世界所作的心灵化的审美创造，都是人的本质力量对象化的审美表现。只要人的本质是一致的，人的审美情感是相通的，那么作为“人学”的文学，不管它是东方文学还是西方文学，其所体现的创作精神也必然存在着共同性。现实主义和浪漫主义，是西方理论家总结有史以来的西方文学而形成的概念和理论，具有很大的概括性，也具有很强的科学性。这两个概念所揭示的创作精神的内涵，的确反映了各地区、各民族文学的创作精神的共同特征，普遍适用于对全人类文学的理论认识和理论总结，故应将它们视为全人类的文学理论成果。有识如此，我们就不应该因为它们原出西洋而并非中国土产而对它们采取排斥态度，更不应该只看到中国文学的特殊性却无视人类文学的共同性而对它们采取否定态度，而是应该借鉴它们以研究中国文学，并且在运用它们对中国文学的深入研究和中西文学的比较研究中，完善和发展它们及其理论。中华人民共和国成立以来，我国学者引进它们及其理论研究中国文学已经取得了很大成绩，而且在研究过程中也深化了它们的理论内涵。时至今日，我们更不能割断历史，丢弃以往的科学研究成果，而是更应该在过去研究的基础上坚持下去、深入下去。

先秦是中国文学的形成期，当然不存在将现实主义和浪漫主义作为其自觉遵循的创作原则和自觉运用的创作方法的作者。不过，为文学的本质要求和创作规律所决定，先秦文学反映出的现实主义和浪漫主义精神是十分明显的。而且其文学越是发育成熟，所体现的这两种创作精神也越是充分。发展于北方的中原文学，因其作者受崇尚理性的文化观念和讲求实际的文化传统的制约，故重人事而黜玄想，较早摆脱了神话的浪漫主义精神的影响，以致真实地描写人间现实生活的现实主义文学成为其主流。兴盛在南方的楚文学，则如前两编所述，因其作者受其地域文化背景的影响，故重理想而好神思，较多地承袭了神话的浪漫主义精神，以致尽管不乏现实主义的艺术描写，但终究是以浪漫主义的艺术表现为其主导。《庄子》是楚文学发展至鼎盛阶段的代表作之一，也充分地体现了楚文学的创作精神。

如前节所述,《庄子》主张“法天贵真”。这一主张既反映了它对《老子》哲学思想的继承，又反映了它对《老子》创作精神的因袭。真实地描写生活、深刻地批判现实，既是《老子》鲜明的艺术特征，又是《老子》主要的创作精神。在《庄子》中，类似《老子》那样的现实主义的艺术描写的文字大量可见。作者庄周在完成了其人生观从悲观向达观的转变之后，能够正视现实和直面人生，能够广泛地描写现实生活和揭露社会黑暗，因此对社会现实的反映和批判也较《老子》更为全面和具体。

庄周之世，大国间的争城、争地之战连年不断，而且敌对双方动辄出兵十万乃至数十万，有的竟“旷日持久数岁”。庄周生活时代的著名战争，据粗略统计就有近 20 次之多。[①] 如此频繁、持久和大规模的战争，给社会带来的破坏性的灾难和给人民造成的毁灭性的痛苦，则是不难想见的。《庄子》即以寓言方式形象地反映了战乱的社会现实：

> 有国于蜗之左角者，曰触氏；有国于蜗之右角者，曰蛮氏。时相与争地而战，伏尸数万，逐北旬有五日而后反。[②]

这个寓言看似虚构，实际上是对社会现实的逼真描写，只不过形式上寓言化了。庄周之所以将社会现实作寓言化的描写，是为了阐述“以道观之”则当时人间头等大事的诸侯兼并战争实在渺小而不足称道、不足为之的观点。将诸侯的兼并战争喻为蜗角之争，正是庄周对其的反对、否定和嘲弄。然而，庄周描述的“时相与争地而战，伏尸数万”，则是对社会现实的准确、真切的描写。它揭示了兼并战争的特点在于“争地”，说明了战争的后果是造成人民“伏尸数万”。它与《孟子·离娄

① 杨宽．战国史［M］．上海：上海人民出版社，2008.
② 《庄子·则阳》。

上》中“争地以战，杀人盈野；争城以战，杀人盈城”的现实主义描写如出一辙。

在此基础上，《庄子》进一步揭示了战争的根源，指出战争是由于统治阶级为满足其享乐需要的私欲而发动的罪恶战争。《徐无鬼》中，作者假托徐无鬼之口谴责魏武侯说：

> 夫杀人之士民，兼人之土地，以养吾私与吾神者，其战不知孰善？

私即私欲，指酒肉声色等生理和感官的欲求；神即心神，养吾神则指心理上获得满足。“养吾私与养吾神”，是“杀人之士民，兼人之土地”的动因，“不知孰善”乃意谓其战争并非正义的战争。《庄子》对当时战争的根源和性质的认识和揭示，无疑是深刻的。尽管从历史发展来看，由兼并到统一是战国时代不可抗拒的潮流，但当时的战争发动者和参与者都并非能够清楚地认识到这一点。统治阶级发动战争的直接目的，就是为了争城争地，为了保住自己的统治地位和享乐需要，为了称王天下和奴役别国。旧时史家谓之“春秋无义战”，对战国时代的战争亦大体可作如是观。庄周称“其战不知孰善”，则明确表示出反对这种非正义战争。

越是处于“高岸为谷，深谷为陵”的大变革时期，统治阶级的面目和本性也就暴露得越清楚，因为统治阶级为了维护和争夺自己的利益，往往不顾一切、不择手段。《庄子》如实地描写了当时统治阶级的罪恶行为，并且给予了猛烈的抨击和大胆的批判。《胠箧》中揭露“田成子一旦杀齐君而盗其国”，破坏了“昔者齐国邻邑相望，鸡狗之音相闻，罔罟之所布，耒耨之所刺，方二千余里”的和平安宁社会，分明是罪不容赦的窃国大盗，但是，田成子却厚颜无耻地打着圣人之礼法制度的旗号而肆无忌惮地为所欲为，虽“有乎盗贼之名，而身处尧舜之安。小国不敢非，大国不敢诛”，由此而使统治阶级表里不一、面善心残的真相及其宣扬的仁义礼法之虚伪性昭然若揭。《庄子》于是深刻指出：

彼窃钩者诛，窃国者为诸侯，诸侯之门而仁义存焉。[①]

这便无情地撕去了统治阶级的高贵尊严的外衣，说明诸侯虽挂仁义于口却不行仁义之事，他们宣扬的圣人之法、仁义之理，只不过都是欺世盗名的工具、为非作歹的遮羞布。诸侯的所作所为，毫无仁义可言，全是“以强陵弱，以众暴寡”[②]的暴行。《庄子》对此作了真实的描述：

（卫君）其年壮，其行独。轻用其国而不见其过。轻用民死，死者以国量乎泽若蕉，民其无如矣！[③]

今宋国之深，非直九重之渊也；宋王之猛，非直骊龙也。[④]

独断专行而草菅人命，暴虐凶残而胜于骊龙，这就是统治阶级的本性，这就是统治阶级的真面目。《庄子》的揭露，该是何等的淋漓尽致；《庄子》的批判，又该是多么的激愤直率！

在对统治阶级作揭露和批判的同时，《庄子》也真实地描述了当时的社会面貌和人民的生活状况：

今世殊死者相枕也，桁杨者相推也，刑戮者相望也。[⑤]

这真是一个血流遍野、尸骨累累的悲惨世界。人民要么死于战争之中，要么死于刑戮之下，“祸重乎地，莫之知避”[⑥]！可谓社会之黑暗，非为

① 《庄子·胠箧》。
② 《庄子·盗跖》。
③ 《庄子·人间世》。
④ 《庄子·列御寇》。
⑤ 《庄子·在宥》。
⑥ 《庄子·则阳》。

漆墨之可比也；人民苦难之深重，“非直九重之渊也”。在这真实的描述中，充分地表达出作者对现实生活的真切感受。

既然是“民其无如”，唯有死路一条，那么，出于求生的本能，出于对生存权利的要求，人民势必会铤而走险、奋起反抗。人民的反抗斗争，是使统治者闻风丧胆、令天下为之震动的大事，也是具有现实主义精神的文学巨著所不能不反映的内容。《老子》即指出官逼民反的客观必然性说：“民之轻死，以其上求生之厚，是以轻死。”《庄子》进一步说明了人民起义的根本原因，在于统治阶级“以贵骄人”“以财戏人”，不顾人民死活地追求“声色滋味权势”。《庄子》描述了人民起义的声势浩大之情景：

> 盗跖从卒九千人，横行天下，侵暴诸侯。[①]

盗跖是统治阶级对人民起义领袖的贬称。战国时代的诸子著作如《孟子》《商君书》《荀子》《吕氏春秋》《韩非子》等无不谓跖为“盗”，并述及他的反抗斗争，可知他领导的人民起义是春秋战国时代规模甚大、影响甚远的反抗斗争。《荀子·不苟》说：“盗跖吟口，名声若日月，与舜、禹俱传而不息，然而君子不贵者，非礼义之中也。”这段话说明了跖在当时人民心目中的地位，在统治阶级眼中的形象。庄周也像先秦诸子一样，不可能完全站在人民的立场上，故对跖的反抗斗争的描述带有偏见，说跖领导的义军“所过之邑，大国守城，小国入保（堡），万民苦之”。尽管如此，《庄子》的描述却客观地反映了跖的反抗斗争对诸侯的沉重打击、对社会的巨大震荡。另外，跖“非礼义之中”却正合庄周心意，加之庄周隐居民间而接近人民，对人民的苦难深有体察，故对人民起义也深怀同情。因此，《庄子》并没有像诸子那样贬斥跖为“孳孳

---

① 《庄子·盗跖》。

为利者”[①]，诅咒跖为“奸邪盗贼”[②]，而且也没有丑化跖。相反，倒是根据传说而在有意无意之中美化了跖，将跖描绘成“生而长大，美好无双”“知维天地，能辨诸物”“勇悍果敢，聚众率兵”这三德兼备的英雄人物，并且抱着十分赞赏的态度淋漓酣畅地描述了跖义正词严地对孔子迂腐说教的驳斥，带着十分鄙夷的态度惟妙惟肖地刻画了孔子遭到跖的驳斥后没趣趋走的狼狈形象。跖与孔子对话之事当然纯属庄周为鄙薄儒家而虚构的寓言故事，但在这个故事的描述中则清楚地表露了作者的爱憎感情。

正因为庄周对人民的疾苦深有体察和深表同情，他才能虽不赞同跖那种“横行天下”的暴动，却又对跖抱有好感。在《庄子》中，庄周这种体察之识、同情之心处处可见。他特别强调“民生”，高度肯定人民的生存权利，并从哲学的高度说明人无贵贱之分、物无贵贱之别，抨击统治者苦民残民。《徐无鬼》中借徐无鬼之口批评魏武侯说：“天地之养也一，登高不可以为长，居下不可以为短。君独为万乘之主，以苦一国之民，以养耳目鼻口，夫神者不自许也。”《秋水》中也说：“以道观之，何贵何贱？……万物一齐，孰短孰长？”庄周指出，现实社会是“失德之世”。而“物得以生谓之德”[③]，故庄周向往人民安居乐业、生存不受威胁的“至德之世”。这些对现实的描写和批判，真实地反映了人民的感受和要求，明显地带有朴素的民生主义倾向。

综上所述，《庄子》对现实生活的描写是较为全面和具体的，而且这些描写不仅具有真实性和客观性，同时又带有理性的揭露和批判，显示出很强的主观性。由于《庄子》对社会黑暗的揭露和批判在很大程度上反映了人类生活的本质要求，符合人类的生活愿望和审美理想，揭示了生活本质和再现了人类心灵的真实，故其对现实生活的反映不仅在广度上而且在深度上都是前所未及的，其对现实生活所作的现实主义描写

① 《孟子·尽心上》。
② 《商君书·画策》。
③ 《庄子·天地》。

的审美价值也是前所未有的。阅读《庄子》，不仅让人可以对当时社会有一定的真切了解，而且还能够因其大胆的揭露和深刻的批判而引起人们心灵的震撼，从而使人提高认识能力和审美能力。

不过，现实主义精神在《庄子》中虽然有着较强的体现，却并不占居主导地位。《庄子》所体现的占主导地位的创作精神，则是浪漫主义。这是因为《庄子》对社会生活的如实描写都是意在暴露社会黑暗，对现实世界的激烈批判都是意在否定现实社会，总之又都是为表现理想服务的。整部《庄子》，高扬的就是理想主义的旗帜，充分表现了庄周那心灵彻底解放和精神绝对自由的人生追求和审美理想，充分展现了庄周那独立不羁的自我形象，充分运用了想象和幻想以及多种表现理想的创作方式和艺术手法，这些正是浪漫主义艺术表现的基本特征。

《庄子》的浪漫主义精神，在其《天下》篇中有着较为全面的表述。《天下》对先秦诸家及其学说作了简要述评，同时也简要说明了庄周其人的独特个性和基本思想、《庄子》其书的文章风格和表现特征。因此，《天下》中对庄周其人其书的述评，实际上是对《庄子》的思想和艺术的全面概括，也是对《庄子》创作精神的完整揭示。这段述评文字，在后世不仅被研究《庄子》思想的学者经常引用，也为研究《庄子》艺术的学者所经常引用。鲁迅在《汉文学史纲要》中，就引录了这段文字来说明《庄子》的艺术特征。归纳这段文字，可知《庄子》的浪漫主义精神主要体现有以下四个特征。

第一，《庄子》浪漫主义精神形成的思想基础，是庄周“以天下为沉浊”的社会认识和“独与天地精神往来”的人生理想。

如前所述，庄周对黑暗的现实有着清醒而全面的认识，并且给予了激烈的批判和彻底的否定。绝望于现实的庄周，向往着“万物群生”“素朴而民性得”的“至德之世”。[①]然而，这种民生安乐、民性天放而无残生之忧、损性之悲的“至德之世”，毕竟只是历史传说和主观

① 《庄子·马蹄》。

幻想，可思而不可得、可梦而不可及。为了在险恶的现实里生存下来，庄周于是极力弘扬主体精神、追求精神的绝对自由，企望通过主观上的“虚静”、“坐忘”和“心斋”来彻底忘却现实人生的贫富、祸福、利害、生死等等一切，使精神从沉浊的现实中彻底解脱出来，通过“乘物以游心”而达到“以游无穷”的人生境界和审美境界。正由于有着“以天下为沉浊”的社会认识，庄周才觉得“不可与庄语”而只能以“谬悠之说，荒唐之言，无端崖之辞”抒写自己的所感所思、所愿所求；正由于有着“独与天地精神往来，而不敖倪于万物”的人生理想和审美追求，庄周才以“虚无深弘之说，无涯无绪之谈”[①]来表现其虚幻的、超现实的人生境界和审美境界。这样，庄周出于抒写主观情感、表现主观理想的迫切需要，自然而然地采用了浪漫主义的表现方式，从而体现出强烈的浪漫主义精神。《庄子》的主旨在于阐述庄周那高度心灵化和理想化的人生观，《庄子》的主导创作精神也必然是浪漫主义。

第二，《庄子》浪漫主义精神在艺术表现方式上的体现，就是“时恣纵而不傥，不以觭见之”。

“时恣纵而不傥”，即往往放纵无羁而毫不拘束；“不以觭见之”，即所见不限一点、不拘一格而变化多端。这样的艺术表现方式，正是庄周为充分表现其人生理想和审美理想而采用的。正所谓：

> 寂漠无形，变化无常，死与？生与？天地并与？神明往与？芒乎何之，忽乎何适？万物毕罗，莫足以归。古之道术有在于是者，庄周闻其风而悦之。[②]

庄周所悦在于自由，而现实中没有自由，真正自由的唯有道，道则“寂漠无形，变化无常”，无处不往、无物不存、自由自在、无拘无束，故

① 成玄英:《庄子·天下》疏。
② 《庄子·天下》。

庄周“闻其风而悦之”，追求与道合一，并且极力表现道的绝对自由，同时也极力表现理想中“独与天地精神往来”这种主观精神的绝对自由。这段话是描述庄周所悦之道的特性，却也反映了庄周所采用的艺术表现方式的特点。因为庄周笔下的道以及与道合一的形象和境界，正是采用“时恣纵而不傥，不以觭见之”的方式予以表现的。

这种艺术表现方式，是一种以丰富的想象和奇伟的幻想为基础的表现方式。庄周认为，“夫道，有情有信，无为无形，可传而不可受，可得而不可见”[①]，故在现实中无法用感官捕捉，只能在心灵中、也即在想象和幻想中神遇意会。于是，庄周便最大限度地发挥想象和幻想，借助丰富的想象和奇伟的幻想来描绘“寂漠无形，变化无常”的道，表现与道合一的理想形象和审美境界。

其次，这种艺术表现方式，是一种打破了时空界限的自由表现方式。在庄周看来，道“生天生地，在太极之先而不为高，在六极之下而不为深，先天地生而不为久，长于上古而不为老”[②]。因此，庄周便极力描绘道这种“上穷碧落下黄泉”“外死生、无终始”的自由状态，极力表现得道者没有“生与死与”之忧而具有“天地并与”之乐的自由生活。

再次，这种艺术表现方式，是熔铸了神话故事、历史传说的超现实的表现方式。庄周心目中的道，具有决定一切的力量和作用，不仅“生天生地”，而且“神鬼神帝”[③]。为了强调道可以左右鬼神、造就帝王的力量和作用，庄周大量借用神话故事和历史传说并加以改造，将神话人物和传说人物描绘成道的获得者和体现者，极力表现他们“游乎四海之外”的逍遥自在和与鬼神交通、与帝王往来的自由快乐。

最后，这种艺术表现方式，是笼天地的全景观表现方式和齐物我的一体化表现方式。庄周阐述的道，是“覆载万物者也”[④]。为了充分

①②③ 《庄子·大宗师》。
④ 《庄子·天地》。

说明道这种“万物毕罗，莫足以归”的特性，庄周于是广引天上的日月星辰、北斗南宿以明道，广述地上的山水草木、鸟兽虫鱼以喻道，广借人间的侯王、臣僚、游士、隐者、庖丁、商贾、渔父、牧童等形形色色的人物以说道，以至于宇宙万象无不予以描绘、天地万物莫不加以表现。又由于物中有道，而道与理想中的庄周自我是同体合一的，故物中也有庄周自我，表现宇宙万物同时也是表现庄周自我。这是一种“万物与我为一”的艺术表现，所描写的自然物也都有灵性，表露出庄周的神与情。

总而言之，游心的自由和神思的放任，导致了艺术表现方式的“恣纵而不傥”和“不以觭见之”。而游心和神思的动力，又来自对与道合一而实现绝对自由的人生理想和审美境界的积极追求。这种不受现实世界束缚、不为生活逻辑限制、在充分发挥想象和幻想的基础上聚神人于同时、抚古今于须臾、笼天地于形内、挫万物于笔端以表现理想的艺术表现方式，正是典型的浪漫主义艺术表现方式。

《庄子》这种艺术表现方式，与神话的表现方式有着共通之处。如本书中编所述，神话思维是没有天地之别、人神之隔和物我之分的，神话的表现方式也是奔放无羁、不拘一格的，故神话体现出强烈的浪漫主义精神。楚地盛传神话，神话的浪漫主义表现方式对楚人的艺术创作有着潜移默化的影响。《庄子》艺术表现方式所反映出的丰富奇伟的想象力和恣纵不傥的表现力，显然与神话有着渊源关系。不过，神话表现方式是在无意识的“与天地并生、与万物为一”的神话思维基础上形成的，没有理性的自觉；而《庄子》表现方式则是在有意识地“与天地并生，与万物为一”的形象思维的基础上形成的，带有理性的自觉；因此，两者尽管有相同之处和渊源关系，但所体现的浪漫主义精神却有着质的区别。《庄子》谈鬼语神，却不迷信神话，只是利用神话并且改造神话为表现人的理想服务；《庄子》作破除时空界限和物我不分的自由表现，并没有像神话那样使人消融在天地万物之中，而是使人在天地万物之中更加突出（突出道即突出自我）；这样一来，《庄子》的表现方式，实际上已将神话那种不自觉的艺术表现方式发展成了文学创作中所自觉运用的艺术表现方式。

第三，《庄子》浪漫主义精神在艺术表现手法上的体现，就是“以卮言为曼衍，以重言为真，以寓言为广”。

庄周在《寓言》的开篇即交代其书的艺术手法和写作特点说：“寓言十九，重言十七，卮言日出，和以天倪。”由此可知，《庄子》一书之所以“恣纵而不傥，不以觭见之”，是与作者采用了寓言、重言和卮言这三种艺术表现手法并且予以综合运用分不开的。采用这三种手法并如此运用，其目的则在于“和以天倪”。所谓天倪，即自然，即道，也即与道合一的庄周自我。

“寓言十九，藉外论之。”[①]其特征是假托外事外物以喻道而不直说，其运用则在书中最为广泛，占到了90%。诚如庄周此言，其书大量运用了寓言来表达其宇宙观和人生观，表现其个性和理想。寓言的运用，又尤以《庄子》内篇为最。《逍遥游》《养生主》《德充符》诸篇，几乎都是由一连串的寓言组成。寓言由比喻发展而来，在其本质上就是以具体的、形象的东西喻明一般的、抽象的道理，只是寓言较一般“以彼物比此物”的直接比喻文字的喻意更为含蓄蕴藉、丰富深刻。寓言又脱胎于神话，具有神话那种形象丰满鲜明、故事性强的特点。比是形象化地表达思想感情的重要方式，因而是文学创作的重要表现手法。比的自觉运用，反映了人类审美表现能力的提高，也标志着文学的开始形成。由比发展到具有神话那样浓重的文学韵味的寓言，则表明文学已初步形成了，因为寓言本身就是一种朴素的文学样式，是人类自觉地进行审美创造的产物。我国寓言的产生，在西周的《周易》中已露端倪，但在东周才真正形成。战国的散文著作就较多地记述和运用寓言了。比较而言，战国散文著作中对寓言的运用，不仅以《庄子》的数量最多、类型较广，而且最有特色。这种特色就在于《庄子》中的寓言大都是为“适

① 《庄子·寓言》。

己”、即表现理想和自我而虚构和创作的，带着强烈的主观色彩。如“鲲鹏变化”中那鲲鹏的莫可阻挡而自由飞翔形象，就是庄周精神绝对自由的理想化和形象化。“庖丁解牛”，表达的是庄周“以无厚入有间”的养生愿望和处世哲学。特别是一些将庄周自我寓言化的故事，如“庄子鼓盆而歌”“庄周贷粟”等等，就更加充分地表达了庄周的思想和感情，展现了庄周的个性和形象。

“重言十七，所以已言也。”[①]其特征是借重先哲时贤之言以表达己意、印证己言，其运用在全书中占到十分之七。《庄子》大量引述了历史人物言论及当时诸国的贤者言论，自传说中的黄帝至庄周时代的形形色色人物都在书中畅所欲言。不过，庄周描述的这些人物的故事，也大都将它寓言化了。所谓先哲时贤的“重言”，不过是庄周假托先哲时贤之口而说的“己言”而已。正因为重言也寓言化，故谓“寓言十九”，又谓“重言十七”，两者浑然难分，错综而用。如《人间世》述孔子答颜回“敢问心斋”之语：“唯道集虚。虚者，心斋也。”显然，这绝非儒家宗师孔丘之意之说，而是庄周本人之见之论。因此，“重言”只是表现手法，目的则在于表达“己言”。所谓“以重言为真”，即说明重言所表达的都是庄周发自内心之语。

“卮言日出，和以天倪，因以曼衍，所以穷年。”[②]卮为古酒器名，卮言则指犹如酒溢出卮一样的不得不发之言。由于卮言是从心中自然流出的，故“和以天倪”；由于卮言是在“以寓言为广”“以重言为真”的基础上生发的，故“因以曼衍”；由于卮言是在广泛、深入的阐述之后所作的结论，故“所以穷年”。实际上，卮言有似于直言其事、直说其理的赋。赋是文学创作的基本表现手法，然而，文学创作只用赋则缺乏形象性和艺术韵味。庄周则慎用有似于赋的卮言直接陈说其道理，而是使它在作品中自然生发又“日出”（时常出之），这便强化了它的表意能力，它因此成了穿插在寓言、重言之间的言简意赅、深刻警人的说理

①② 《庄子·寓言》。

文字。卮言最为庄周所看重，因为它最为明确地表达了庄周的思想和情感、理想和追求。

总之，寓言是叙外物以喻己意、托他事以明己言；重言是借先哲之语以证本意、托时贤之口以诉己言；卮言是随文生发以出己意、自然天成以概己言。三者皆为充分阐发己意己言之用。《庄子》诸篇，基本上都是错综运用这三者以成文的。如《养生主》，先以卮言揭示全篇主旨，再连用“庖丁解牛”“公文轩见右师”“泽雉畜樊”三个寓言喻明养生之理和自由之道，接着以“秦失吊老聃”这一既是寓言、又含重言的表现手法进而加以阐发，最后乃以卮言点出养生的要义。寓言、重言和卮言的错综运用，便使作者的思想感情得以充分表达。正如法国浪漫主义作家雨果所强调的那样：“人心是艺术的基础。”[①] 庄周出于充分表达主体意识的需要而创造性地运用了这三种艺术表现手法，而三种艺术表现手法的创造性运用，则使作品具有浓重的主观色彩，也因此体现出强烈的浪漫主义精神。

第四，《庄子》浪漫主义贯彻在作品中所产生的艺术效果，是“其书虽瑰玮，而连犿无伤也。其辞虽参差，而諔诡可观”；“其于本也，弘大而辟，深闳而肆”；“其理不竭，其来不蜕，芒乎昧乎，未之尽者”。

“其书虽瑰玮”，指《庄子》描写的艺术境界瑰玮奇丽、恢宏开阔。如《逍遥游》开篇描绘鲲鹏的自由飞翔，就展现了极其阔大的境界。《秋水》开篇的描写，也生动地展现了秋雨之中大地白水茫茫、百川浩荡东流的宏丽景象。再如《外物》中对“任公子为大钩巨缁”的描写：

> 任公子为大钩巨缁，五十犗以为饵，蹲乎会稽，投竿东海，旦旦而钓，期年不得鱼。已而大鱼食之，牵巨钩，錎没而下，骛扬而奋鬐，白波若山，海水震荡，声侔鬼神，惮赫千里。任公子得若鱼，离而腊之，自制河以东，苍梧以北，莫不厌若鱼者。

① 论文学［M］. 上海：上海译文出版社，1980：9.

“故海不辞东流，大之至也”[①]；任公子“投竿东海”的气魄，亦大之至也；而大鱼食饵牵钩的气势，更是惊天动地。这段文字描写出的艺术境界，可谓雄奇无比、壮丽之极。《庄子》描写的艺术境界尽管如此，却并非淹没了意旨而有损于思想感情的表达，反而是更加突出了意旨并有助于思想感情的表达。如写任公子钓得大鱼，就充分突出了“无为而无不为”的哲理。所谓“连犿无伤”，其意正在于此。

“其辞虽参差，而諔诡可观”，指《庄子》的文辞虽然富于变化，但观之则令人感到恢诡谲怪、耳目一新、百读不厌。前人品味《庄子》，非常推崇其行文的变化无穷而顿成奇观之妙。明代的陆方壶在《南华经副墨》中评《在宥》说：“自无为说到有为，复自有为而返于无为，抑扬开合，变化无穷。末自‘鸿蒙、云将’以下，突起三峰，断而不断，文字之妙，非言说可尽。”清代的林云铭在《庄子因》中论《逍遥游》说：“篇中忽而叙事，忽而引证，忽而譬喻，忽而议论。以为断而非断，以为续而非续，以为复而非复。只见云气空濛，往反纸上，顷刻之间，顿成异观。”

“其于本也，弘大而辟，深闳而肆”，说的是《庄子》一书都本于道而进行阐发，其阐发文字则犹如天马行空、无滞无碍；犹如江河奔流，一泻千里；因而深广旷远、汪洋恣肆。如旨在说明人性合于道之自然本性的《骈拇》，“行文节节相生，层层变换，如万倾怒涛，忽起忽落，极汪洋恣肆之奇”[②]。又如《知北游》中对无所不在、无处不有的道的描写，乃将无形的道融入有形之物中，忽而见诸人，忽而形诸兽；忽而作用于天地，忽而影响于日月；忽而比为海，忽而喻作山。其艺术表现可谓深闳之至、恣肆之极了。

“其理不竭，其来不蜕，芒乎昧乎，未之尽者”，乃说明《庄子》体大思精，蕴含着无穷无尽的哲理，而且说理层层相生、玄远深奥；似乎

① 《庄子·徐无鬼》。

② 刘凤苞：《南华雪心编》。

说得不着边际，其实则在迷茫恍惚式的艺术表现中寓含了不尽之意。的确如此，《庄子》“寓真于诞，寓实于玄”，广借天地万物以喻道说理，在海阔天空、变化莫测的艺术表现中将其所欲说明的哲理层层推出，因而有水月镜花之妙、玄映空明之感，令人感到恍兮惚兮，难以捉摸。读者只有在反复品味之中，才能体悟出其寓含之意。另外，《庄子》“以寓言为广”，排比寓言以明理见意，但往往单个寓言故事也都蕴含着深刻的哲理，其寓意又不一定限于《庄子》以卮言直接说明的涵义。如“庖丁解牛”就并非只喻养生之道，而且也蕴含了以技求道和行事必须掌握并遵循客观规律的道理。因此，《庄子》所含哲理就尤其博大精深，读之令人味之无极而体悟无穷。

上述这些艺术效果，都是在丰富奇伟的艺术想象基础上作恣纵不傥的艺术表现而产生的，都是通过寓言、重言、卮言这三种艺术表现手法的综合运用而取得的，显示出浪漫主义文学的鲜明特征和巨大成就。司马迁指出，《庄子》乃“洸洋自恣以适己”[①]之作。此语可以说简要地概括了其浪漫主义的基本特征和主要特色。《庄子》其文的“洸洋自恣”源出于庄周其人的“适己”需要，其人的“适己”需要又导致了其文的“洸洋自恣”。

《庄子》体现出强烈的浪漫主义精神，又体现有较强的现实主义精神，但这两种创作精神在《庄子》中并没有显示出统一性，却明显地具有分离性，也即它们没有能够很好地结合在一起，而基本上是相互脱离的。《庄子》对现实的描写十分“实”，不带浪漫主义色彩；对理想的表现十分“虚”，不带现实主义成分。之所以如此，则是因为庄周的理想与现实是完全脱离的。庄周对现实感到绝望，并且彻底否定了现实，故他那绝对自由的人生理想，是没有现实基础的主观幻想。这一理想与现实相脱离的社会观和人生观，便导致了《庄子》创作精神的分离性。

① 《史记·老子韩非列传》。

第四节　《庄子》的艺术成就

《庄子》被前人誉为“天地之间”的“至文”[①]，其艺术成就是多方面的，难以一一述说。上面数节，实际上对其艺术成就已多有论及，这里再就其主要的艺术成就略述之。

一、审美意象的创造

翻阅《庄子》，读者可循其文字而看到一系列鲜明生动的形象：“怒而飞”的鲲鹏、“决起而飞”的蜩与学鸠、“腾跃而上”的斥鴳、“御风而行”的列子、冰肌玉骨的姑射神人、踌躇满志的庖丁、颐隐肩高的支离疏、狂放不羁的接舆、用志不分的承蜩丈人、鬼斧神工的梓庆……这些形形色色、栩栩如生的形象跃立纸上，仿佛使读者置身于一个丰富多彩的形象世界之中，眼花缭乱而惊奇万分。

形象性是文学之所以为文学的基本特征，因为形象性能够触发人的审美直觉、引起人的审美感受，从而带给人以审美愉悦。而文字一旦被用来创造出形象，文字也就艺术化了。《庄子》这种高度的形象性，正显示了《庄子》高度的文学成就。不同于一般文学作品中的艺术形象的是，《庄子》中的艺术形象，大都不是生活中实有形象的艺术描绘，而是高度意向化的艺术虚构，是超现实的审美理想的艺术表现，充分显示了文学形象的“意象”特征和浪漫主义形象创造的艺术成就。

《庄子》中艺术形象的“意象”特征，首先表现为其大都是高度意向化、观念化了的艺术形象。庄周以道为审美的哲学本体，以与道合一为审美的最高理想，故道也就成了他审美观照的出发点和审美创造的落脚点，正所谓“以道观之”亦以道成之。以道观之，天地万物便在这种审美观照中予以理想化；以道成之，审美理想便因寓于天地万物而形象化；因此，《庄子》中的艺术形象，大都不是庄周“观物取象”的艺术

① 刘凤苞：《南华雪心编自序》。

描绘，而是庄周“随意成象”的艺术虚构。这样“意在笔先”、以象见意的审美创造，也就是不依物理而只依情理、不拘现实而超越现实的浪漫主义艺术表现。这样创造出来的艺术形象，也大都是据其审美理想而采取夸张、变形、组合、改造等各种艺术手段虚构出的艺术形象。“颐隐于脐，肩高于顶，会撮指天，五管在上，两髀为胁”①的支离疏，现实中哪里可见？然而“夫支离其形者，犹足以养其身，终其天年”，是庄周理想中的完美形象。孔子高谈“心斋”，汲汲求道，与现实中为克己复礼而奔波终生的孔丘哪有相似之处？然而，他却懂得“知其不可奈何而安之若命”，是庄周理想中的知德之人。再如论道的黄帝、问道的尧舜、言道的髑髅、体现道的鲲鹏和栎社树、反衬道的蜩与学鸠等等，无一不是理想化的审美创造和意向化的艺术形象。

其次，《庄子》中艺术形象的“意象”特征，还表现为大都是高度情感化、个性化了的艺术形象。思想与情感是密不可分的，情感融合着思想，思想体现着情感；没有满腔的热情，也不可能有对理想的不懈追求；故《庄子》中高度理想化和意向化了的艺术形象，同时也是高度情感化、个性化了的艺术形象。这些艺术形象，凝结着庄周体验人生所产生的强烈感情，表现了他立身社会的独特个性。自由自在而游于无穷的鲲鹏和姑射神人，都饱含着庄周对个性解放和精神自由的无比向往之情；无知无识而自以为是、自鸣得意的蜩与学鸠、斥鴳和坎井之蛙，都反映出庄周对世俗的极度鄙夷之情；在借助这些艺术形象以表达情感的同时，庄周本人那处于沉浊之世而孤高自傲、孤芳自赏的独特个性，也就清楚地展现出来了。上节所述那些对现实黑暗的形象描述，都强烈地表达了庄周的憎上悯下之情、愤世嫉俗之感。最为淋漓痛快地表现了庄周至情至性的艺术形象，还是《庄子》中那许多庄周的“自画像”。如：

> 庄子钓于濮水。楚王使大夫二人往先焉，曰：“愿以境内累

① 《庄子·人间世》。

矣！”庄子持竿不顾，曰：“吾闻楚有神龟，死已三千岁矣。王巾笥而藏之庙堂之上。此龟者，宁其死为留骨而贵乎？宁其生而曳尾于涂中乎？”二大夫曰：“宁生而曳尾涂中。”庄子曰：“往矣！吾将曳尾于涂中。”①

这则寓言中的庄周形象，一览无余地反映了庄周的生活态度和人生哲学，同时也昭然若揭地反映了他绝望于世的情感和放纵不羁的个性。《至乐》中那庄周因妻死而“箕踞鼓盆而歌”的形象，更是鲜明突出地反映了庄周通达旷放的个性、及其掩抑下的“知其不可奈何”而只好长歌当哭的深沉感情。《庄子》中的庄周形象，虽然有一定的真实性，但显然也被庄周据自己对待人生的审美态度和审美理想而予以自我美化了，同样也是意向化和情感化、理想化和个性化相统一的艺术形象。

就艺术形象的本质而言，可以说就是“意象”。因为任何艺术形象都是作者心灵化了的审美创造，都是作者意向化了的艺术描绘，只不过艺术形象所寓之意有强弱之别、明暗之分。作者有意识地使象生于意、意寓于象，创造出审美意象，正是文学艺术发展成熟的反映。在我国，象生于意、意寓于象这种审美意象的自觉创造，始自楚文学的开拓者老聃。《老子》对“道”的形象描绘，可以说就是托象见意的艺术尝试。不过，《老子》所创造的审美意象，不仅没有形成系列，而且“意”太显露而“象”不鲜明。《庄子》则本归于《老子》而以“道”为审美的哲学基础来观照天地万物、以“道”为审美的理想归宿来表现天地万物，从而创造出形象鲜明而意蕴丰富的系列审美意象。

《庄子》所创造的审美意象、也即艺术形象，有着很高的审美价值和文学魅力。

其一，就是形象鲜明生动。在《庄子》中，无论是人物还是鸟兽，无论是草木还是山水，都描绘得历历分明、栩栩如生，给人宛如就在眼

① 《庄子·秋水》。

前、好似就在耳边之感。就是那神秘的“道”的形象，也不再似《老子》描绘得那样“恍兮惚兮”，而是或在蝼蚁，或在稊稗，或在瓦甓，或在尿溺，让人可感可悟，似知似遇。正是如此，读者便能由这些鲜明生动的艺术形象直接产生审美感受、获得审美愉快。

其二，这些艺术形象由于是随意生成，故多有现实中无而理想中有、玄虚怪诞而恢诡奇谲的虚构形象。如兀者王骀、叔山无趾这样身残而德全的丑与美齐一的形象，如子祀、子舆等“以无为首，以生为脊，以死为尻”[①]这样死与生齐一的形象，又如“不知周之梦为胡蝶与？胡蝶之梦为周与”[②]这样人与物齐一的形象等，都能给人以耳目一新、惊心动魄的审美快感。

其三，这些艺术形象由于凝结着强烈的情感，尤其是鸟兽皆含情而与人为友、虫鱼皆有意而与人对话、人物皆有志而莫掩其性，故能使人因之通其情而动其心、沉浸至深而回味不已。

其四，这些艺术形象由于寓意丰厚，故意味深长，可以令人悟不尽之意于象中、得不尽之意于言外。如“轮扁斫轮”明表贵道轻书之意，却蕴含有实践出真知之理。又如前面述及的“庖丁解牛”“承蜩丈人”等，都是如此。尽管读者从其形象中体悟到的意味并非庄周的初衷和本意，但庄周创造的审美意象却是“形象大于思想”而含蓄蕴藉、魅力无穷。

二、象征体系的建构

《庄子》“以寓言为广”。寓言则是寓意在此而托言于彼，是借彼之形象以明此之意义。如上节所述，寓言是比喻的发展，是比喻的高级形态。就艺术表现手法而言，它实际上已从以彼喻此的比喻发展成了“以象见意”的象征。如“浑沌之死”寓言：

南海之帝为倏，北海之帝为忽，中央之帝为浑沌。

① 《庄子·大宗师》。
② 《庄子·齐物论》。

> 倏与忽时相与遇于浑沌之地，浑沌待之甚善。倏与忽谋报浑沌之德，曰："人皆有七窍以视听食息。此独无有，尝试凿之。"日凿一窍，七日而浑沌死。[①]

作者的本意在于阐发自然无为的思想，说明有为必致恶果的道理。可是，作者并未直言其意、直说其理，而是通过对"浑沌之死"的形象描述来隐喻其意、暗示其理，也即将本体之意寓于喻体之象中、借喻体之象来暗示出本体之意；作者并未将喻体之象和本体之意的关系诉诸于人，而是让人就喻体之象去体悟其所寓含的本体之意；这种寓意于象、以象见意的表现手法，正是象征。

象征作为表现手法在《庄子》中的运用，乃是糅合赋、比等表现手法以创造出完整的艺术形象来表达思想，因此，这种象征是一种整体的象征，是一种综合的表现手法。《逍遥游》描绘的鲲鹏形象，既用有"鲲之大，不知其几千里也。化而为鸟，其名为鹏。鹏之背，不知其几千里也"的体物之赋，又用有"背若太山，翼若垂天之云，抟扶摇羊角而上者九万里"的喻物之比。作者正是借助赋、比手法的综合运用而描绘出"绝云气，负青天"而自由飞翔的鲲鹏形象，并且通过这一鲜明而完整的艺术形象表达了自己的审美理想。

《庄子》运用象征，并非只是个别地、偶然地运用，而是大量地、系统地运用，由此建构了一个象征体系。

这种体系化的象征，首先表现为广泛地援用自然万物以创造出大量具有象征性的审美意象。《庄子》中描写的物象，可谓天上悬的、地上长的、神话中传的、历史上存的、心目中想的几乎无所不有，可是，这些物象大都不是"体物而浏亮"的客观再现，而是援物以见意的主观表现，因而构成具有象征性的审美意象。《养生主》一篇，创造的审美意象就有庖丁、右师、泽雉、秦失等；《人间世》一篇，则有颜回、孔

---

① 《庄子·应帝王》。

丘、叶公子高、蘧伯玉、螳螂、栎社树、支离疏、接舆等;《秋水》一篇，则有河伯、海若、夔、蚿、蛇、风、孔子、坎井之蛙、庄子、鹓鸰等。如此丰富的审美意象，便构成了缤纷的象征世界，组成了庞大的象征系统。

其次，这种体系化的象征，又表现为所创造的审美意象在象征意义上都互关互联又相承相属。《庄子》所创造的审美意象，都是为表达其主旨服务的，都在于显示道的本体意义及与道合一的人生意义。因此，无论其意象怎样恢诡谲怪、离奇荒诞，其象征意义则不离主旨。凿窍而死的浑沌象征“道法自然”，效颦的丑女也同样象征性地显示此理：

> 西施病心而矉其里，其里之丑人见之而美之，归亦捧心而矉其里。其里之富人见之，坚闭门而不出；贫人见之，挈妻子而去走。[①]

西施皱眉，出于心痛而自然为之，故虽颦而不失其美。丑女则不知颦之所以美，故作姿态地效法西施皱眉，结果因非出于自然而更加显得丑陋，以致令人见而嫌恶。浑沌与丑女的意象不同，在《庄子》中的出处亦不同，但象征的意义却一致。这种意象的象征意义的统一性，便形成了象征的体系化。尽管孤立地看，由于某些意象的丰富性而导致了其象征意义的多重性，但《庄子》因为是出于表达同一意旨而创造不同意象的，故从总体上看，这些意象的主要象征意义都不离其宗。

就《庄子》全书而言，为表达同一意旨而创造的不同意象，构成了在意义上互关互联的大象征系统；就《庄子》各篇而言，为表达同一题旨而创造的不同意象，又构成了在意义上相承相属的小象征系统。《逍遥游》的题旨是说明人生意义在于达到与道合一而绝对自由的理想境界，文中虚构的一系列寓言和创造的一系列意象也都为着表达这一题

① 《庄子·天运》。

旨。此文首先以“怒而飞”的大鹏象征着自由，继而以借风力才能在空中游荡的野马、尘埃象征着不自由，前后意象相承相属又互映互衬以显示出题旨。随之，乃以“且夫水之积也不厚，则其负大舟也无力”等一系列比喻丰富了大鹏形象，说明“风之积也不厚，其负大翼也无力”的道理，使得这种犹如大舟行于深水一样乘风遨游的大鹏形象有了深层的象征意义：既象征着无拘无束的自由，又象征着有待而为的不自由。这可谓是喻中有喻，象征里有象征。接着，则以蜩与学鸠、朝菌、蟪蛄、冥灵、大椿、彭祖、斥鴳、列子等一系列物象说明自由虽有大小之别，但只要“犹有所待”就没有绝对自由。这一系列意象，尽管形形色色、丰富多彩，但其象征意义则如同大鹏形象。然后，才以“乘天地之正，而御六气之辩，以游无穷者”的无己之“至人”、无功之“神人”、无名之“圣人”的形象，象征着无所待而无所限的绝对自由。文章至此，便在象征复象征、象征套象征的艺术表现中使题旨豁然显现，让人体悟其意而产生有似“山重水复疑无路，柳暗花明又一村”的审美快感。下文再以鷦鷯、偃鼠、庖人、尸祝、姑射神人、大瓠、大樗等系列意象重示题旨，使题旨在反复的象征性表达中进一步深化，从而充分说明绝对自由的理想境界只能通过主观上的无己、无功、无名而在精神领域里达到。整篇文章，连结的是一个个生动的寓言故事，展现的是一个个鲜明的审美意象，从而构成了环绕题旨的象征系统。前人称此文是“文复生文，喻中夹喻，如春云生起，层委叠属，遂为垂天大观，真古今横绝之文也”①；又说“庄子之文，长于譬喻，其玄映空明，解脱变化，有水月镜花之妙，且喻后出喻，喻中设喻，不啻峡云层起，海市幻生，从来无人及得”②。这正说明了《庄子》运用象征的艺术特点及其所取得的艺术成就。

诸子之文，都重视采用形象化的比喻以说理，而且也不同程度地运用了具有象征功能的寓言以达意。不过，无论是《庄子》之前还是其后

①② 宣颖：《南华经解》。

的任何一部先秦诸子散文著作，都未能像《庄子》这样大量地通过鲜明的审美意象创造来显示意旨，未能像《庄子》这样系统地将比喻发展为象征，更未能像《庄子》这样建构出完整的象征体系。以彼喻此而使抽象哲理形象化的比喻，反映了人们对具体事物之形象性的明晰体察和对其寓含的内在意义的清楚认识。故自觉地运用比喻，反映了人们艺术思维能力的提高和艺术表现能力的增强。将比喻发展至象征，又是艺术思维和艺术表现大为进步的结果，因为象征是“挫万物于笔端”“含不尽之意见于言外”的艺术表现手法，更需要联类无穷的想象，需要对物象的全面而深刻的体察，需要对物象所寓含的内在意义的全面而深刻的认识。倘若建构出完整的象征体系，无疑标志着艺术思维的发展成熟和艺术表现手法的综合形成了。

三、文学语言的运用

语言是表达思想的工具，也是文学的第一要素。《庄子》运用语言来创造审美意象以表达思想，其语言便不仅仅是表达思想的信息符号，而更主要的则成了表现形象的艺术符号，显示出不同于一般诸子散文的特征。

首先，《庄子》的语言极富有形象性。如描写蜩与学鸠之形象的用语：

> 蜩与学鸠笑之曰：“我决起而飞，抢榆枋，时则不至而控于地而已矣，奚以之九万里而南为？”①

文中用“决”“抢”“控”数词，便将蜩与学鸠那卑小、笨拙却又自高自大、自以为是的形象生动地展现出来了，既有随物赋形的形似，又有援物传神的神似，可谓形神兼备、惟妙惟肖。《养生主》描写“庖丁解牛”的过程，不仅借用象声词形象地表现解牛的情景，而且还借助美妙的乐

① 《庄子·逍遥游》。

舞来比喻庖丁解牛的娴熟技术和优美动作，语言既带声响、又现画面，形象性极强。解牛已毕的庖丁，“提刀而立，为之四顾，为之踌躇满志，善刀而藏之”——这寥寥数语，便使意气风发的庖丁跃立纸上。《秋水》中描写“坎井之蛙”闻东海之鳖所言“东海之大乐”后，乃“适适然惊，规规然自失也”——两个形容词，便将其惊惧不安、羞愧难当的形态和神情表现得淋漓尽致。

其次，富有情感性也是《庄子》语言的突出特征。《逍遥游》描写鲲鹏的飞翔，是“怒而飞”。这一“怒”词之用，不仅生动地表现了鲲鹏莫可阻挡而奋飞高翔的傲岸英武形象，而且饱含着作者倾注在作为自由的理想化身之鲲鹏形象上的一往深情。作者在沉浊之世，何尝不幻想能够超尘脱俗地“怒而飞”呢？《秋水》中描写庄周自喻为鹓鸰而对深恐庄周夺其相位的惠施说：

> 鹓鸰过之，（鸱）仰而视之曰：“吓！”今子欲以子之梁国而吓我邪？

这“仰而视之”的状物之词和“吓”的象声之词，都带有强烈的感情色彩，充分表达出对热衷功名利禄的惠施的鄙夷之情和视权势富贵如腐鼠的高洁之志。又如《盗跖》中对被跖驳得体无完肤、骂得狗血淋头的孔子形象的描写：

> 孔子再拜趋走，出门上车，执辔三失，目茫然无见，色若死灰，据轼低头，不能出气。

用语不多，不仅将孔子丧魂落魄的狼狈形象表现得栩栩如生，而且将作者对儒家宗师的厌恶之感也表达得淋漓尽致。

第三，《庄子》语言的突出特征，还表现为有高度的概括性。如描写“螳臂当车”的用语：

汝不知夫螳螂乎？怒其臂以当车辙，不知其不胜任也，是其才之美者也。①

言语简约，但描绘的形象却比较生动，揭示的哲理又十分深刻，确实有言简意赅之妙，因而被后人用为成语格言。再如“相濡以沫”的描写：

泉涸，鱼相与处于陆，相呴以湿，相濡以沫，不如相忘于江湖。②

这与前段描写同为寓言，同是意象创造，也同样具有深刻的哲理蕴意。正由于《庄子》刻意选用精粹简洁、概括力强的语言以成象达意，故《庄子》给人们提供的成语格言较先秦其他诸子散文为多，如“朝三暮四”“望洋向若”“用管窥天”“吐故纳新”“亦步亦趋”“探骊得珠”“白驹过隙”“化腐朽为神奇”等。这些成语格言，大都或为描绘意象的用语，或为概括寓言的成辞，因而是形象与哲理的统一，可以让人由言而得意、明意而见象，并且还能求得言外之意、窥知象外之象。

第四，《庄子》语言还有很强的音乐性。如《在宥》中描绘“道”的文字，就具有诗歌的韵律和节奏：

至道之精，窈窈冥冥；至道之极，昏昏默默。无视无听，抱神以静，形将自正。必静必清，无劳女形，无摇女精，乃可以长生。

这段文字，几乎每句都押韵。其用韵之密，在先秦散文中亦算突出。不仅如此，它的句式整齐，对偶工整，完全是四言诗体形式，读起来有鲜明的节奏感和协调的音韵感。《庄子》当然并未多用这类诗体语言形式，

① 《庄子·人间世》。
② 《庄子·大宗师》。

其句式长短变化不一、参差错落有致，完全是随状物达意的需要自然形成。其用语乃如泉流泻地，当行则行，当止则止，可谓完全散体化了。但是，其语言形式尽管已散体化，用韵却时而为之。《德充符》末段的庄、惠问答一段，用韵就十分细密。《逍遥游》中描写大樗的一段文字，亦间或用韵。再如《知北游》中写“啮缺问道乎被衣”的文字，同样有着较为自由的用韵。正由于《庄子》文中多用韵，而且用韵又随状物达意的文句变化而不拘一格，故使其文既形成了和谐自然的韵律，又产生了泉涌川泻的气势。人人皆知《庄子》为文，却也有人说它“最近诗”①。这种“近诗”之感的形成，便与《庄子》之文的音乐性强的特征分不开。

《庄子》语言的这四个特征，可以说都是文学语言的基本特征。尽管《庄子》前后的先秦散文著作就已不同程度地体现出了这四个特征，特别是在《老子》《文子》等楚散文著作中对这些语言特征已经有了较为明显的体现，但是，它们在语言的文学化上还未能达到《庄子》这样的高度，它们使用的语言还不具备《庄子》这样强的形象性和情感性，故终究未能将文辞蜕化为文学。闻一多说得好：“战国时纵横家以及孟轲、荀卿、韩非、李斯等人的文章也够好了，但充其量只算得辞令的极致，一种纯熟的工具，工具的本身难得有独立的价值。庄子可不然，到他手里，辞令正式蜕化成文学了。它的文字不仅是表现思想的工具，似乎也是一种目的。”②

文学语言的运用为审美意象的创造奠定了基础，象征体系的建构则为审美意象的创造搭起了桥梁，而审美意象的创造才最终成就了文学艺术。《庄子》所具有的这三方面的成就，实际上是成熟形态的文学所必须具备的综合成就。《庄子》取得了这三方面的成就，也就不仅使其真正文学艺术化了，而且使中国先秦散文因此而发展成熟了。

---

① 胡应麟:《诗薮》。

② 闻一多全集：第2册［M］. 北京：三联书店，1982：283.

第六章　楚辞初兴——简书佚篇

春秋晚期由《孺子歌》、《接舆歌》和《越人歌》等楚歌已开体格的楚辞，在战国早中期理当有较多的创作。然而，秦火无情，作品失传。秦汉以至20世纪末的两千多年里，世人一直未知战国早中期楚辞初兴的状况和初成的面貌。

上海博物馆于1994年收藏的一批战国楚简，共有1 200多支，计约35 000字，包括近百篇文献。2001—2012年，上海古籍出版社陆续出版了9册经过整理的《上海博物馆藏战国楚竹书》，共计文献61篇（不重复计算同题甲乙本）。这些楚简文献几乎全是先秦佚籍，包括历史、哲学、政治、文艺、卜占等方面的著作。有如整理者所言："上海博物馆藏战国楚竹书，经过整理，共发现有五篇楚辞类作品，已先后在《上海博物馆藏战国楚竹书》第七、八册予以全部发表。"① 上博楚简被认定"乃是楚国迁郢以前贵族墓中的随葬物"②，其中5篇楚辞类作品的产生年代也当为战国中期或偏早。

据报道，安徽大学于2015年收藏的一批战国楚简，"共有1 167个编号……北京大学文物鉴定中心的碳14检测认定，竹简年代约在公元前400年至公元前350年之间，属战国早中期。内容涉及经学、史学、哲学、文学和语言文字学等领域，具体包括《诗经》、孔子语录和儒家著作、楚史、楚辞以及相术等方面的作品。其中多数文献都沉埋已久，

① 曹锦炎．上海博物馆藏战国竹书《楚辞》[J]．文物，2010（2）．本章引述整理者言论，皆出自此文。

② 马承源．前言：战国楚竹书的发现保护和整理[M]//马承源．上海博物馆藏战国楚竹书（一）．上海：上海古籍出版社，2001.

未能流传于世”[①]。

战国早中期的楚辞作品的发现，反映了其时楚国文士已多尝试楚辞创作而出现楚辞初兴景况。安大楚简的年代被认定略早于上博楚简。果真如此，其中的楚辞作品当更显楚辞从春秋晚期开体格到战国早中期成雏形的原始面貌和发展过程。可是，安大楚简的整理公布还有待时日。目前，只能通过上博楚简中的楚辞作品了解楚辞发展至战国中期的初兴状况和初成面貌。

第一节　上博楚简中的楚辞类作品

上博楚简中被认定且整理公布的 5 篇楚辞类作品，分别题为《凡物流形》《李颂》《兰赋》《有皇将起》《鹠鷅》。5 篇作品的题旨各异，形式也不尽一致。

一、《凡物流形》

《凡物流形》为简本原题，有甲、乙两本。甲本有简 30 支，简文基本完整，仅少许竹简首尾残损而缺字，共有 844 字（不计阙文，计合文、重文），前后接续。乙本存简 21 支，简文残缺，尚余 601 字（计合文、重文），文字可补甲本阙文。甲、乙两本的书写风格不同，当分别为不同人士抄录。

整理者将诗文分为 9 章。前 4 章几乎全是问句，后 5 章则多为叙述性的说理文字。兹据整理者释文录其首章：

凡物流形，奚得而成？流形成体，奚得而不死？既成既生，奚呱而鸣？既拔既根，奚后之奚先？阴阳之尻，奚得而固？水火之

① 李陈续，蔡丽丽．“安大简”：先秦文献又一重大发现［N］．光明日报，2016-05-16（1）．

和，奚得而不厚？

首章提出了关于物体形成、生死原由、阴阳变化、水火不容等问题，反映了作者的哲理思考。整篇诗文，则提出和叙说了天地、日月、水土、风雨、雷电、草木、禽兽等天道问题和本根、五度、五气、心、思、情、知等哲学概念，以及百姓、先王、修身、治邦、安危、存亡、祭祀、鬼神等人事问题，具有丰富的思想内容和浓厚的思辨色彩。

整理者评述："《凡物流形》是一篇有层次、有结构的长诗，体裁、性质与之最为相似，几乎可以称之为姐妹篇的，当属我国古代伟大诗人屈原的不朽之作——《楚辞・天问》。"赞同者也称："此文不仅想象奇诡，而且通篇采用歌韵体，颇具文学色彩，称得上一首长诗。因此，无论从思想上还是从文学上看，都有很高的研究价值。"[①]但有楚辞专家指出，《凡物流形》在提出关于天道和人事方面的问题和采用四言句式只问不答等方面，确与《天问》有相似性，可是在思想的广度和深度、结构的统一性和完整性、体式的文学性和特色性则不能与《天问》伦比，其"文中几乎找不到诗的意蕴……虽则出自楚地，但我们能够看到的楚文学色彩实在不多……《天问》的艺术特色在《凡物流形》中是很难找到的"[②]。

从楚文学的角度审视《凡物流形》，其文中只是部分采用了中原传统的四言诗形式，并未达到诗体形式的统一，也无多少奇伟诡谲的想象和奇矫活突的表现，更无"书楚语、作楚声、纪楚地、名楚物"和带语助词"兮"的楚辞体诗歌特征。严格说来，《凡物流形》还不是一篇成熟形态的诗歌，更称不上是一首楚辞体长诗。不过，它毕竟有明显的诗化倾向，而且还可能是"通体用问语，一口气提出了172个问题"而被人视为"于楚辞中可推第一"的《天问》的先导，或可看作楚辞由春秋

① 曹峰．上博楚简《凡物流形》的文本结构与思想特征［J］．清华大学学报，2010（1）．

② 汤漳平．《天问》与上博简《凡物流形》之比较［J］．福建论坛，2010（12）．

晚期到战国中期的形成过程中产生的雏形。

二、《兰赋》

本篇存简 5 支，且 4 支残损，简文余字 160 个，仅结尾完整。篇名为整理者根据内容所加。

未能得知本篇全貌，但可由残余文句略窥其形态。兹据整理者释文录其首简残文及四、五简的结尾数句：

> ……旱，雨露不降矣。日月失时，荑薜茂丰。决去选物，宅在兹中……信兰其栽也，风旱之不罔，天道其越也。荑薜之方起，夫亦适其岁也。兰又有异物，蓼则简逸，而莫之能效矣。身体重轻，而目耳劳矣。宅位亜下，而比拟高矣。

文辞大意是写兰生不逢时，遇到风旱，以致杂草丰茂，香草隐没，兰则守高秉德而百草莫可比拟。显然，这是一篇咏兰言志的小文，以散文句式为主，杂有用韵的诗句，有似战国晚期荀况的《云》《蚕》等咏物小赋。整理者谓："本篇作品体裁属赋体……篇中对'兰'之赞赏，实不亚于屈原之《离骚》。"将这篇作品的文体属性确定为韵散结合的赋体，甚为恰切。不过，整理者既认定包括《兰赋》在内的上述 5 篇都是"楚辞类作品"，又说明楚辞是诗体，这里又称"本篇作品体裁属赋体"，则未能严格区分辞、赋的文体之别。另外，屈原《离骚》虽然多处咏及兰，但并未集中文辞专门写兰，而是"依《诗》取兴，引类譬喻，故善鸟香草，以配忠贞；恶禽臭物，以比谗佞"。《离骚》这种以比兴成文的象征性艺术表现，则是这篇《兰赋》所没有的。

这篇兰赋的面世，似乎表明咏物小赋之作在战国中期已开先河了。

三、《有皇将起》

本篇存简 6 支，简文的开头和结尾完整，中间残缺，文意大致连贯。原无篇名，整理者据惯例摘取首句为本篇名称。

兹据整理者释文录其开头和结尾数句：

> 有皇将起含兮，惟余教保子含兮。思游于爱含兮，能与余相惠含兮，何哀成夫含兮，能为余拜楮柧含兮……命三夫之旁也含兮，胺膰诱余含兮。嘱命三夫含兮，胺膠膰之腈也含兮，命夫三夫之精也含兮！

整理者说明："本篇从内容看，诗人系楚国上层知识分子，因担任教育贵族子弟的保傅之职，有感而作。作者'惟余教保子''能为余拜楮柧'，希望'思游于爱，能与余相惠'。一方面担忧学生'虑余子其速长''又不善心耳''如女子将眯'，一方面又劝诫学生'何哀成夫'，鼓励其'周流天下将莫惶'。拳拳爱护之心，溢于言表。同时，作者又对'三夫之谤''胺膰诱'，即小人诋毁其担任教职之动机不良，表达出愤慨心情。颇有屈原作品之遗韵。"其对本篇内容的理解大致不差。不过，称本篇"颇有屈原作品之遗韵"就不当了。屈原身任三闾大夫，职掌王族子弟教育，在《离骚》中咏及"余既滋兰之九畹兮，又树蕙之百亩"却"哀众芳之污秽"的教育失败之事，诗意与本篇内容有通合之处。可是，整理者明言上博楚简中的这5篇楚辞类作品是"早于屈原时代的楚辞资料"。

本篇的语句以四言、五言居多，偶用六言，且句末带有语助词。释文中的语助词"兮"，简本原文作"可"。"可"同"呵"，当是春秋战国时期楚人作品中常用语助词的本字。整理者解释："'含可'读为'含兮'，语气词，相当于现代诗歌中的'哎啊'。"又强调："全篇于每句句末都使用双音节语气词'含可（兮）'，结尾部分甚至出现三音节语气词'也含可（兮）'，这在现存楚辞中尚属首见。"四言、五言和六言，都是楚辞体诗歌的主要句式。句末带有语助词，则是楚辞体诗歌形式的鲜明特征。本篇已略具楚辞的风貌，但其句式尚未稳定，语助词使用累赘，尤其是还将先秦口语中表语气的助词“也”与诗歌中主要用于表音韵的助词“呵”连同使用，显然不是成熟的楚辞体诗歌，尚且为楚辞初成的粗陋形态。

四、《鹠鷅》

本篇存简 2 支，简文仅有 45 字。篇名为整理者根据文中歌咏对象拟定。

兹据整理者释文录其残余文字：

> 子遗余鹠鷅含兮，鹠鷅之止含兮。欲衣而恶枭含兮，鹠鷅之羽含兮。子何舍余含兮，鹠鷅膀飞含……兮，不织而欲衣含兮。

“鹠鷅”，一作“流离”，即枭，同鸱鸮，俗名猫头鹰。《尔雅》：“鸟少美长丑为鹠鷅。”《尔雅注》：“鹠鷅，犹流离也，自关而西谓枭为流离，少为子而美，长食母而丑。”《说文》：“枭，不孝鸟也。”据此旧传，古人视其为恶禽，古代诗文中也常以其比喻恶人坏事。如《诗经·豳风·鸱鸮》：“鸱鸮鸱鸮，既取我子，无毁我室。”诗意即诅咒鸱鸮恶行。又如《诗经·大雅·瞻卬》：“懿厥哲妇，为枭为鸱。”郑笺：“枭鸱，恶声之鸟，喻褒姒之言无善。”再如《诗经·邶风·旄丘》：“琐兮尾兮，流离之子。”毛传：“琐尾，少好之貌。流离，鸟也，少好长丑。始而愉乐，终以微弱。”郑笺：“卫之诸臣，初有小善，终无成功，似流离也。”本篇咏鹠鷅，当也以其比喻恶人坏事，只是简本残损过甚，难以详知诗意。整理者揣度：“本篇谓鹠鷅‘欲衣而恶枭’，诗意似为斥责贪图富贵、不劳而获的现象。”汉人的楚辞作品中，也往往以枭鸮譬小人佞臣。如贾谊《惜誓》：“夫黄鹄后时而寄处兮，鸱枭群而制之。”王逸注：“言贤者失时后辈，亦为谗佞所排逐。”又如东方朔《七谏》：“枭鸮并进而俱鸣兮，凤皇飞而高翔。”王逸注：“言小人相举而论议，贤智隐而深藏也。”

本篇文体形式与《有皇将起》相似，又较之略显圆熟。其基本为五言、四言组合成句，句式较为稳定统一，接近成熟的楚辞体诗歌形式。

五、《李颂》

上博楚简的5篇楚辞类作品中，本篇是文字最为完整、形式最为圆熟的楚辞作品。其内容有似于屈原《橘颂》而咏物言志，其形式则基本同于屈原《橘颂》诗体。

本篇的文简共3支，中间断损，缀合后基本完整；完简长约53厘米，书写约57字。或因其文是临时增抄，这3支简中的一支编连在卷册的末尾且正反都抄写有本篇文字，另两支简为编连卷册的倒数第二、三简，其正面抄写的是《兰赋》文字，其反面抄写的才是本篇文字及评语。3支文简未书篇题，整理者据简文内容拟题为“李颂”。

整理者说明：“本篇为楚辞体作品，内容是以李树为歌颂对象。”① 但细读本篇，从头至尾都应是歌颂梧桐之辞。实际上，已有学者明确指出本篇的内容是“赞颂桐树的美善之质”②。

基于其作品的完整性和在楚辞形成过程中的重要性，下文对其详为论述。

第二节　《桐颂》的主题、内容和形式

简本《桐颂》，整理者的排序、释文、断句如下：

相虐（吾）官桓（樹），桐虡（且）怠（怡）可（兮）。剸（剸）外罡（置）审（中），眾木之綌（紀）可（兮）。旃（寒）畬

① 马承源.上海博物馆藏战国楚竹书（八）[M].上海：上海古籍出版社，2011：229.

② 王宁.《上博八·李颂》闲诂[EB/OL].（2011-08-29）[2016-08-10].http://www.bsm.org.cn/show_article.php？id=1540.

（冬）之旨（耆）倉（滄），枼（燥）亓方茖（落）可（兮）。鸜（鵬）鳥之所窠（集），叴時（時）而隻（作）可（兮）。木斯蜀（獨）生，秦（榛）朸（棘）之閥（間）可（兮）。互植兼成，欲（欲）亓（其）不還可（兮）。深利【第一简正】

冬（終）豆（逗），夸亓（其）不弍（貳）可（兮）。𤔔（亂）木曾枳（枝），濡剄（毀）丨可（兮）。差=（嗟嗟）君子，觀（觀）虗（吾）梪（樹）之蓉（容）可（兮）。幾（豈）不皆生，則不同可（兮）。胃（謂）群眾鳥，敬而勿窠（集）可（兮）。索（素）府宮李（李），木異頪（類）可（兮）。忨（願）哉（歲）之啟時，思虗（吾）【第一简背】

梪（樹）秀可（兮）。豐芋（華）緟（緟）光，民之所好可（兮）。戰（守）勿弜（強）榑（桿），木一心可（兮）。愇（違）與他木，非與從風可（兮）。氏（是）古（故）聖人兼此，咊勿（物）𠂤（以）李（李）人情。人因亓（其）情，則樂亓（其）事，遠亓（其）情。【第二简】

氏（是）古（故）聖人兼此。【第三简】

根据3支文简的编连和抄写状况，整理者的排序应无问题。简文的文体形式明显为带有楚风的四言诗，杂有数句五言或六言，整理者的断句也恰如其分。整理者又指出，第二简“从‘氏古圣人……’句开始，以下为评语”，第三简六字“为节录上简之评语”。[①]所言正是，应将评语从本篇诗文中析出。析出评语后的全诗，为32句，计143字。简文的抄录不分章，细析文意可将全诗分为两章。整理者的文字考释和内容阐发，可谓考深证详、思细虑全的研究结论，为准确理解本诗打下了良好的基础。不过，诗无达诂，本诗的字、词、句义及主旨、意趣，已多

① 马承源．上海博物馆藏战国楚竹书（八）［M］．上海：上海古籍出版社，2011：246.

有学者参与诠释。下录本诗原文，乃据学者隶定的文字，析出评语，可分为两大章。

> 相吾官梪，桐且怠可。剌外罡中，众木之纪可。旓冬之旨仓，桑其方荅可。鹏鸟之所集，卲时而作可。木斯蜀生，秦枋之间可。互植兼成，欲其不还可。深利冬豆，夸其不贰可。乱木曾枳，澫毁丨可。
>
> 差=君子，观吾梪之蓉可。几不皆生，则不同可。胃群众鸟，敬而勿集可。索府宫李，木异类可。忨岁之启时，思吾梪秀可。丰芋繥光，民之所好可。守勿强榫，木一心可。愇与他木，非与从风可。

作者因观树兴感，睹桐生情。开篇即言：看看吧，我所寓居的府院内外，树木何其繁茂，但唯有这梧桐最为赏心娱目、怡情悦性。可不是，高大峻伟的梧桐“无节直生，理细而性紧”[①]，树干外形浑圆粗壮而内在纹理端直细密，诚然为可堪大用的良材、众多树木的典范。梧桐在古时别称榇梧，因古人多以梧桐木做棺材而名之。古人慎终追远，对棺木的要求较高。梧桐树干直生粗壮，适宜剖成棺木需要的长大板材，且因无节理细而能显露紧密端直、美观耐看的纹路，故被古人视为制作棺材的优良木材，也因此被作者所称颂。虽然梧桐是落叶乔木，而且在天气燥热的立秋时节就树叶摇落，却能敏锐地感知秋意，而且凌霜傲雪，经冬耐寒，具有旺盛的生命力！鸟栖于木，木庇于鸟。有道是：“鸟则择木，木岂能择鸟？”[②]为众鸟选择栖止的树木，不啻堪称良木。为神鸟选择栖止的树木，那就可谓木中逸品了。凤凰是传说中百鸟之王、神鸟之皇，而壮伟的凤鸟则名之为“鹏”。这神鸟凤凰，却只栖止于梧桐树上。《诗经》咏叹，鸣于高冈的凤凰栖止在朝阳而生的梧桐树上。《庄子·秋水》描述：“夫鹓雏（凤凰一类的神鸟）发于南海，而

① 李时珍：《本草纲目》卷三十五。

② 《左传·哀公十一年》。

飞于北海，非梧桐不止，非练实不食，非醴泉不饮。”“鹏鸟之所集，兕时而作可”两句，借用神话传说，歌咏大鹏群栖于梧桐树上，等待时机腾空高翔，或将如《庄子·逍遥游》描写的那样“抟扶摇而上者九万里，绝云气，负青天”，自由自在、无拘无束地遨游长空，这就不仅突出了梧桐的高洁名贵，还强调了梧桐庇佑和助力凤凰的作用。作者进而赞叹，榛、棘之类丛生的低矮灌木，往往围绕梧桐生长；傲立于榛、棘之间的梧桐，峻伟丰茂的形象显得多么的独特卓异！梧桐的培植同普通树木没有两样，成长的速度却较众多凡木加倍，怎么不令众木欣羡不已？梧桐有着美好形象，因为它非常顺应自然而天地钟毓；梧桐不会移植他处，因为它非常热爱故土而心志专一。哪怕梧桐周围有再多的杂乱树木，哪怕众多杂乱树木长有茂密的枝条，它们都不可能逐渐妨害到梧桐的茁壮生长。

啊，这梧桐的习性，岂不有同于君子的品性？作者赞叹至此，也就自然而然地呼唤起君子来，并转入下章的抒写。君子们啊君子们，都来观赏我这里梧桐的容貌仪表吧。它难道不是与众木一起生长在天地之中么？它的仪容却与众大不相同！所谓凡鸟成群、庸禽聚众，可是都对梧桐抱有敬畏之心而不敢栖止。生长在我这寒素府院中的梧桐，得到自己精心的料理，又较其他树木更显得是异类别种、超凡脱俗。梧桐因其皮青，又名青桐。《齐民要术》卷五：“青桐九月收子，二三月中，作一步圆畦种之。治畦下水，一如葵法。五寸下一子，少与熟粪和土覆之，生后数浇令润泽。当岁即高一丈，至冬竖草于树间令满，外复以草围之，以葛十道束置。明年三月中，移植于厅斋之前，华净妍雅，极为可爱。”本篇中歌咏的梧桐，不正是作者如此精心栽培而成的华净之木、妍雅之树么？或许如此，作者也就对自己种植于官厅之前、府院之中的梧桐由衷喜爱，给予热烈的歌颂。下文即说，但愿凡是见到过我这官府中梧桐的君子，都会留下深刻的印象，都会在开年发春之季，想望它叶茂花艳的秀雅形象。春季梧桐花朵丰繁的，观赏的人们又怎会不喜爱？更为可贵的是，梧桐坚守本质，节操强毅，心志专一。因此，梧桐也就与其他树木迥然有别，从不轻易地随风摇摆！显然，作者是喻以君子之德了。梧桐本君子，君子齐梧桐，结尾数句，豁然揭示出全文的主旨，升华了诗作的境界。

细读全文，本篇开宗明义称颂的就是梧桐——“相吾官梪，桐且息可”，从头至尾的歌咏对象也都是梧桐。梧桐因其仪容高峻秀雅，树干端直无节，枝叶茂密婀娜，习性坚贞耐寒，材质柔韧纹顺，早在先秦时期便深受人们喜爱。古人多将其种植于路边道旁、门外厅前，如傅咸《梧桐赋》所谓“蔚莘莘以萋萋兮，郁株列而成行。夹二门以骈罗，作馆寓之表章”，又如夏侯湛《愍桐赋》所谓“春以游目，夏以清暑”。梧桐“纷其可喜兮”，也被古人视为地上高贵之木，天下祥瑞之物。木为鸟息，鸟择木栖。或许在古人看来，天下高贵之木莫如梧桐，宇宙高洁之鸟莫如凤凰，于是梧桐可招来凤凰栖止，凤凰也非梧桐不栖。《山海经·南山经》云：“是鸟也，饮食自然，自歌自舞，见则天下安宁。”梧桐广植，有凤来仪。《诗经·大雅·卷阿》中对凤凰和梧桐的歌咏，表明在先秦时期早就有了“凤凰非梧桐不栖”的传说，梧桐和凤凰早就结下了不解之缘。古今俗语也就有“栽下梧桐树，引来金凤凰”之说，古今诗文也就以梧桐为抒写的重要对象。难以详计，古今抒写梧桐的诗文当有数千篇，抒写梧桐的专题诗文也当有数百篇。迄今所知，本篇是专题抒写梧桐的开山之作。

整理者将本篇题作《李颂》，自以为是“取篇中歌颂主体为名”①。其实，本篇的主题就是歌颂梧桐，并非歌颂主体为李树而兼及歌颂梧桐。整理者对本篇的命题，是出于对文中“李”字的误读。“索府宫李”句中的“李”字不应释读为李树，因为全文抒写树木的形态、习性及品质等，都与李树相去甚远。李树是落叶小乔木，是与桃树齐名的传统果木，初春白花繁艳，入夏硕果累累。《诗经·召南·何彼秾矣》歌

① 马承源.上海博物馆藏战国楚竹书（八）[M].上海：上海古籍出版社，2011：230.

云："何彼秾矣，华如桃李。"先秦时期人们即广泛种植李树，爱的是其花，重的是其果。李树的形态，未得华净妍雅之美；李树的材质，不堪造屋制具之用。李树从无与凤凰结缘的传说，又哪有"鹏鸟之所集"的赞叹。古人种植李树，一般并不种植在府第之中、庭院之内。古人抒写李树，大都赞美其花繁盛、其果甜美。本篇歌咏的对象，显然只是梧桐而不涉李树。若据篇中歌颂主题为名，本篇无疑应题作《桐颂》。

开篇"相吾官梪"一句，透露了作者的身份。本篇作者，应是任职官府的楚国士大夫。诵读其《桐颂》，可以感知作者不仅有很高的文化素养，也有人格品质、道德情操的高尚追求，故能以梧桐比喻君子之德。《桐颂》乃咏物抒情、托物言志的作品，借对梧桐的歌咏抒写作者热爱家国、坚贞刚毅、特立独行、不从流俗、抱负远大的情志。因此，简文抄录者在本篇后抄录的评语是："氏古圣人兼此，咊勿以李人情。人因其情，则乐其事，远其情。"评语文句中，"氏"通"是"，"古"通"故"，"咊"同"和"，"李"通"理"。评语大意是，所以圣人兼有梧桐和君子的品德，和合梧桐这样的自然物而得以理会人情；人们因其所会通的人情，则能快乐地去做各种事情，也就远离和排遣了不愉快的情绪。

梧桐虽然不是先秦南土楚地特有的嘉木，而在中国南北各地皆可生长，但梧桐性喜温湿，在南方长江中下游生长尤盛，故先秦楚地的梧桐最多。梧桐的形象高大峻伟，仪容华净妍雅，树干粗圆端直，花朵锦簇，果实丰繁，品性坚毅朴实、耐寒耐旱，而且木材可用、果实可食，故为楚人喜爱自在情理之中。楚人又钟爱、尊崇神鸟凤凰，以凤凰作为美好祥瑞的象征和理想人格的化身。如张正明《楚文化史》指出："在楚人看来，凤是至真、至善、至美的神鸟。他们对凤的钟爱和尊崇，达到了无出其右的程度。"钟爱而尊崇凤凰的楚人，不仅大力歌咏和表现凤凰，也大力歌咏和表现梧桐，诚为自然之情、应有之理。《桐颂》之作，就是一位楚国士大夫因楚人常情，抒个人高志，赋桐成颂的咏物诗歌。

《桐颂》的前章16句着重抒写梧桐的仪容和习性，后章16句着重抒写梧桐的品格和精神，而且着重颂扬了热爱家国、心志专一、坚贞刚毅、特异独立、端正梗直、不从流俗、抱负远大、志节高尚的美好品格精神。

本篇文句大多为四言，讲究押韵，偶句末附语气词“可”。“可”字的语法作用，同于传世楚辞作品中常见的“兮”字。整理者认为：“‘可’‘兮’皆从‘丂’得声，故可相通。”传世的先秦楚文献中常见的语助词“兮”字，在出土简帛文献中多有写作“可”、“呵”或“乎”。如传世本《老子》中“犹兮若畏四邻，俨兮其若客，涣兮若冰之将释”句，《郭店楚简·老子甲》作“犹乎其若畏四邻，严乎其若客，涣乎其若释”；“淡乎其无味”句，《郭店楚简·老子乙》作“淡可其无味也”。凡传世本《老子》中的语助词“兮”字，在马王堆帛书《老子》中皆作“呵”。检索楚简帛文献，其中很少见“兮”字。上博楚简中的楚辞类作品，句尾语助词有“可”字而无“兮”字。由此看来，先秦楚人作品中使用的语助词主要是“可”，同“呵”。“呵”字始见于马王堆帛书《老子》，当是汉初人士分化“可”字词义而新造的文字。汉代“呵”字的读音，同于先秦的“可”，当读如今日的“啊”。至于“可”“呵”何以在传世文献中变成了“兮”字，倒是个饶有趣味而值得探讨的问题。或许，“可”“兮”的先秦古文字形近而功用相同，汉儒整理古文献则将作为语气词用的“可”一律统一改为“兮”字。已有学者提出这一猜想：“是否《楚辞》本来都是用“可（呵）”字，今本作“兮”字是后改的？”[1]可是，在隋唐《切韵》和宋代《广韵》所记录的音韵系统中，“兮”字已属“齐韵”——齐齿呼，胡鸡切。是先秦古韵就如此还是汉代以后发生了音韵变化？今日似乎难以知晓了。无论如何，本篇文句大多为四言又讲究押韵，就是诗歌体裁；偶句末都带有语助词，则是明显

① 曹锦炎.楚辞新知［EB/OL］.（2011-03-14）［2016-08-10］.http://www.bsm.org.cn/show_article.php？id=1413.

具有楚歌特征的楚辞作品。

诵读《桐颂》，自然联想到屈原《橘颂》。两篇的性质、旨趣、体裁、结构、艺术表现甚至文字篇幅等，都相当一致或类同。[①]不过，《桐颂》虽然也如同《橘颂》一样咏物言志、颂物赞人，但歌颂的美好精神品格不及《橘颂》丰富和高尚；虽然也如同《橘颂》一样是“赋而比也”的咏物之作，却不及《橘颂》的主体意识突出和抒情性强。从诗文风貌上看，《桐颂》显得古朴而《橘颂》显得雅致，如《橘颂》的诗句显然清丽畅达，《桐颂》的诗句略嫌艰涩诘屈；《橘颂》的句式较为整齐，《桐颂》的句式更为错杂。其原因或许是，一者《桐颂》产生年代早于《橘颂》而显得古奥质朴，二者《桐颂》作者的文化素养不及屈原，三者《橘颂》在历秦入汉的传承过程中被人有意无意地润饰过了。

《桐颂》及上博楚简的其他楚辞类作品面世，在一定程度上反映了战国早中期楚辞在楚地初兴的状况，也展示了楚辞初成之际的原始风貌。其面世不仅丰富了楚文学暨中国先秦文学的内容，而且对于具体、深入地了解楚辞的形成、楚文学暨中国文学的发展具有重大意义。

① 蔡靖泉．上博楚简《桐颂》与屈原《橘颂》[J]．晋阳学刊，2014（4）．

第七章　诗歌冠冕——屈骚

先秦是诗歌和散文形成和兴盛的时代。楚文学的独立体系和繁荣昌盛，就反映在楚诗歌和楚散文都有着全面的发展和丰富的创作；楚文学的辉煌灿烂，则表现在楚诗歌和楚散文都取得了冠绝先秦诗文而具有划时代意义的成就。庄周的散文创作，将楚散文推上了先秦散文的顶峰。几乎与之同时，屈原的诗歌创作，则将楚诗歌推上了先秦诗歌的顶峰。鲁迅称屈原诗歌为“逸响伟辞，卓绝一世”，并且指出，“然其影响于后来之文章，乃甚或在三百篇以上”。[①]

第一节　屈原的身世

在中国文学史上，屈原是最具有艺术创造性的巨匠之一；在中国文化史上，屈原则是最富有文化涵义的伟人之一。孟子说：“颂其诗，读其书，不知其人可乎？”[②]这一点对于理解屈原其人其诗，就显得更加重要了。

历史上流传下来的关于屈原身世的文字材料很少，主要就是《史记·屈原贾生列传》的简短述评。因此，若要详细而确切地考知屈原身世无疑是十分困难的。古往今来，许多屈原研究者以《屈原列传》为线索，再参证屈原作品和文献的有关记载而探幽发微，尽管在屈原身世的许多细节上莫衷一是，但也对屈原的生平事迹作出了大致描述。

“屈原者，名平，楚之同姓也。”[③]屈原这一与楚王同姓的贵族出身，

① 汉文学史纲要［M］// 鲁迅全集：第 9 册 . 北京：人民文学出版社，1981：370.

② 《孟子·万章下》。

③ 《史记·屈原贾生列传》。

对屈原的思想和个性的形成至关重要。因为这一出身，是致使屈原与楚王族的利益、同时也是与楚国家的利益紧紧联系在一起的重要原因。另外，屈氏宗族在楚王族中的特殊地位和在楚国历史发展中的特殊贡献及其对屈原的影响，又是致使屈原成为以国家利益为重的贵族统治集团内的改革者和叛逆者的重要原因。

据王逸《楚辞章句》，屈氏为春秋早期楚武王的后裔。武王之子瑕受封采邑于屈地，因而成为屈氏先人。武王之世，国家初立而官制未备、文明始行而家国不分。屈瑕时任莫敖，既被武王委以管理王族事务，又被武王委以掌管祀与戎等国家大事。至武王末年，武王适应国家发展的需要而建立了以令尹“执一国之柄”的官僚制度，莫敖才由贵族至尊地位降至令尹之下，并也正式演变为官名。大概由于朝中莫敖担负着教育王族子弟和主管国家祭祀的职责而需要熟知历史文化、博通神话传说，故有家学渊源和家教传统者更有条件胜任此官，朝中莫敖便长期成为屈氏宗族世袭之官。其地位虽然在不同时期有升有降，但一直距令尹尊位不远。历代楚王因其知识渊博、明于治乱、娴于辞令而常让其在内与王图议国事、以备征询；在外受命出使、应对诸侯；间或还将兵出征、御敌安邦。至战国末年，屈氏家族虽然不一定再独享莫敖世官之职，但仍然是楚国王族的大宗，是楚国王权的重要支柱。《史记·项羽本纪》载楚南公说：“楚虽三户，亡秦必楚。”“三户”即指包括屈氏在内的王族三大姓。总之，屈氏宗族自春秋早期就一直是楚王族中的显赫分支，并且唯其特殊而长期在楚国贵族统治集团中享有世职。[①]

司马迁为屈原作传，没有说明屈原的生辰。考证屈原生辰的唯一材料，就是屈原在《离骚》中的自叙文字。许多学者都据《离骚》开头的“摄提贞于孟陬兮，惟庚寅吾以降”这两句诗，推算屈原的出生年月。

---

① 蔡靖泉．楚国的“莫敖”之官与“屈氏”之族［J］．江汉论坛，1991（2）．清华楚简《楚居》记有周初与楚国始封之居熊绎相从的屈紃，整理者注称“此人与楚武王后裔屈氏无关”。黄灵庚《清华战国竹简〈楚居〉笺疏》认为：“（熊绎、屈紃）二人既同时且同宗，于周成、康之世则楚族已有屈氏矣。”

但是，由于学者们对于楚国使用何种历法的认识不一和使用的推算方法不同，故得出的屈原生年的结论也不尽一致，现已有公元前339年、前340年、前341年、前342年、前343年、前351年、前353年等多种说法。综合诸家之说，绝大多数都不出公元前339—前342年之间。以此与《史记·屈原贾生列传》关于屈原生平的记述和屈原在作品中自叙生平的文字相印证，也大致能够吻合。所以，认定屈原出生在公元前340年左右当符合史实。

旧说屈原为秭归（今属湖北）人[①]，人们历来也大都信之不疑，只有个别学者指出屈原故乡当在今湖北江陵。20世纪90年代以来一些学者纷纷论证，秭归在殷商时期为古“归”国所在地，在西周晚期至春秋中期为夔国所在地，楚王族从未迁居其地，考古调查也从未发现楚国曾建都于其地的证据，故屈原故里为秭归的说法当为民间传说而并非史实。他们指出，楚国在春秋时已在今湖北荆州建立郢都，楚王族当然也应该世代居郢或郢都附近，而作为楚王族中显赫支脉的屈氏宗族则更不会远离郢都别居。据考证，屈瑕受封的采邑即在今江陵、沙市一带，屈原在诗作《哀郢》中就明言离开郢都是“去故乡”，因此屈原应为今江陵人。[②]这些学者否定旧说的理由，显然值得重视。

屈原出生前后，正是楚国历史发展处于兴衰进退的关键时期。经过数百年的兼并战争，天下之政纳入一朝、九州之土归于一国的社会发展趋势已成为世人的共识。为此大势所迫，战国七雄或不由自主、或积极主动地参与争王天下的斗争。不过，当时的强者是楚、秦、齐三国，而楚、秦两国因毗邻而争夺得尤其激烈，故楚欲纵合山东诸国以制秦，秦欲横连东方诸国以削楚，从而展开了合纵与连横的政治、军事和外交的斗争。所谓“从（纵）合则楚王，衡（横）成则秦帝”[③]，正是其时的

---

① 郦道元《水经注》引《宜都山川记》。

② 喻宗汉．屈原故乡考［J］．江汉论坛，1988（5）；张中一．屈原故乡考［J］．贵州教育学院学报，1990（2）．

③ 《史记·苏秦列传》。

斗争特点。然而，“楚强则秦弱，秦强则楚弱，其势不两立”[1]的态势，亦正反映了楚、秦的王天下之争是一场你死我活的斗争。

比较而言，雄踞南方的楚国虽然有“地方五千里，带甲百万、车千乘、骑万匹，粟支十年”的“霸王之资”[2]，但楚国贵族统治集团却自恃地大人众、物产丰富而耽于享乐、日趋腐化。当列国为求生存、图发展而竞相变法革新之际，楚国却因循守旧而不思进取。屈原出生前约半个世纪，楚悼王有感于内具“盗杀声王”之忧、外存列强压境之患而任用吴起变法，曾一度使楚国“却三晋，西伐秦”[3]，“南收扬越，北并陈蔡”[4]而盛极一时。但由于楚国贵族的反动势力太强，楚悼王刚逝去，吴起便遭到贵族的围攻并被车裂而死，变法也因此夭折了。其后，楚国政治无甚进步，与中原诸国革新之后的政治水平相距日远。1987 年发掘的与屈原同时代的楚怀王左尹邵㸌及其家人的墓葬，其成员身份包括了“大夫”至“庶人”的各个等级，其墓葬规格则因成员生前的地位高低而有着严格的等级区别。邵㸌之妻即因与其夫的政治地位不同，竟不能与其夫同穴；邵㸌之子也因地位低于其父，故不能享受其父的葬制规格。如此严格的宗法等级制度在中原早已崩溃，中原贵族早已是“夫妻同苞”了，中原庶人也敢于越礼僭制。仅此一斑，便可窥知当时楚国的政治该是何等的保守落后，与战国中期以后的政治进步要求多么的格格不入。不言而喻，这样保守的政治，必然会阻塞贤能之士的晋升之门，扼杀国家发展的生机；这样落后的政治，必然会导致上下阶层的脱离，激发人民的反抗。若不改变这样的政治状况，楚国虽有席卷天下之力，却也不可能成就包举宇内之功。

偏居西部的秦国，尽管其物力和兵员不及楚国，但自战国中期秦孝公起用商鞅变法之后，政治焕然一新，力量与日俱增，而且挟蒸蒸日上之虎虎生气，顿生“席卷天下，包举宇内，囊括四海之意，并吞八荒之

---

①② 《史记·苏秦列传》。
③ 《史记·吴起列传》。
④ 《战国策·秦策》。

心”[1]，明确以此为战略目标而蚕食山东六国。楚是秦之近邻，有着令人垂涎的财富和资源，又是秦国并吞八荒的最大障碍，故秦国处心积虑地孤立和削弱楚国，必欲置楚国于死地而后快。战国中晚期，秦、楚交兵不断，总的态势则是秦国攻城略地而楚国兵挫地削。最后，楚国“霸王之资”丧失殆尽，终于为秦所灭。

屈原，就生活在战国中晚期楚国出现内忧外患和陷入危机四伏之时。楚国历史文化传统的熏陶和时代使命的感召，对他的一生有着决定性的影响。

据《史记·屈原贾生列传》记载，屈原年轻时即“为楚怀王左徒”，因“博闻强志，明于治乱，娴于辞令”而深受怀王信任，故得以“入则与王图议国事，以出号令；出则接遇宾客，应对诸侯”。同时，屈原又被称为“三闾大夫”，即“掌王族三姓曰昭、屈、景”[2]，以主管王族事务、教育王族子弟为职责。

楚怀王继位之初，颇有“及前王之踵武”[3]、仿效历史上有嘉功成德的君主以振兴楚国之志，于是“使屈原造为宪令”，实施变法图强的计划。“明于治乱”的屈原，当然深知“楚不用吴起而削乱，秦行商君而富强”[4]的历史教训，因而带着“国富强而法立兮”的清醒认识，怀着“竭忠诚以事君”的满腔热忱，全力以赴地起草宪令。可是，屈原受到怀王的特殊信任以及屈原“出号令”“应对诸侯”的极大权力，招致上官大夫等权贵们的嫉恨。而屈原起草的宪令就更使他们感到恐惧，因为当年吴起变法，就是以剥夺贵族特权以强化王权为主要内容。吴起认为楚国“贫国弱兵”的症结，就在于“大臣太重，封君太众”[5]，故必须“损其有余而继其不足”[6]，于是推行了对封君子孙“三世而收爵

① 贾谊：《过秦论》。
② 王逸：《离骚序》。
③ 屈原：《离骚》。
④⑤ 《韩非子·问田》。
⑥ 《说苑·指武》。

禄”、裁“无能”“无用”之官，汰“不急之官”的严厉法令。不幸的是，吴起变法虽卓有成效，但犹似昙花一现，刚取得胜利就被扼杀了。楚国的政治弊病不但没有被彻底革除，至屈原时代反而更为严重了。荆门包山楚墓出土的竹简上记载的怀王时代的封君，就有23人之多！而实际受封者当不止此数，由此可知楚国封君数量之众，的确令列国莫能望其项背，令楚君莫能制其骄奢，也令楚人莫能承其食税。屈原受命立法，也必然要剥夺贵族的既有特权和既得利益，这就不能不使曾为吴起变法所苦而世代难忘的旧贵族感到恐慌，不得不促使他们为维护自身的特权和利益而群起围攻屈原。《史记·屈原贾生列传》记上官大夫“欲夺”屈原的宪令草稿，表明旧贵族急欲知道宪令内容以预先备下应对之策。但宪令内容属于屈原与怀王“初既与余成言”而“秘密事之载心”的国家机密，在宪令定稿颁布之前绝对不可泄露，故“屈平不与”。于是，上官大夫便在怀王面前极力诋毁屈原。身置旧贵族的包围之中而见之不能明、听之不能聪的怀王相信了谗言，“怒而疏屈平”。

被疏远了的屈原，自然不能过问朝政、应对诸侯了，楚国变法革新的内政方针由此而发生重大改变，楚国联齐抗秦的外交政策也由此而发生了重大改变。屈原洞察天下大势，曾积极辅佐怀王实行联齐抗秦的正确路线，并“为楚东使于齐，以结强党”①。楚、齐的联盟，迫使秦国一度收敛了吞灭诸侯的气焰而不敢轻举妄动。可是，屈原刚被怀王疏远，秦国就立即抓住机会破坏楚、齐联盟，使张仪买通朝中贵戚权臣谗害主张抗秦联齐的屈原，导致昏聩的怀王将屈原逐出郢都，继而又以商於之地诱骗怀王“北绝齐交”：

> 秦国……使张仪之楚，货楚贵臣上官大夫靳尚之属，上及令尹子兰、司马子椒，内赂夫人郑袖，共谮屈原，屈原遂放于外……张仪因使楚绝齐，许谢地六百里。②

①② 刘向：《新序·节士》。

然而，当楚与齐绝交之后，秦却赖地不予，恼羞成怒的怀王失去理智而兴兵伐秦，一战而大败于丹阳，失去战略要地汉中；二战又惨败于蓝田，致使楚国元气大伤。楚国不仅在列国中被孤立，而且再也不具备与秦国抗衡的力量。这段历史表明，屈原的进退与楚国的兴衰联系得十分紧密。前功尽弃的事实和国家衰落的境况，给屈原带来的悲愤和痛楚是可想而知的。有识如此，就不难理解屈原作品中何以会抒发出那么强烈的痛楚之感和愤慨之情了。

屈原被逐出郢都后的去处，尽管文献中没有明确记载，但屈原作品中则透露了信息。《九章·抽思》中说："有鸟自南兮，来集汉北。好姱佳丽兮，牉独处此异域。"许多学者据此而认定，屈原曾被怀王黜置汉北。汉北，即今汉江北岸的鄂西北、豫西南交界地带。文献记载，周代楚人先民的芈姓季连族裔，商代后期就已定居在今豫西南丹水之阳而邑称京宗。

由于楚、秦形势变化巨大，怀王在受骗上当且大败于秦以后有所悔悟，故屈原在汉北的时间并不长，约两年后即被怀王召回，受命出使齐国重修旧盟。但是，怀王此时虽用屈原却不再信任屈原，已经受控于贵戚权臣而失去主见，既憎恶虎狼之秦国，又内心怯弱而丧胆失魄，以致被秦王玩弄于股掌之上。十余年后（前299），怀王竟被秦昭王骗入武关，劫至咸阳，最终囚死于秦。

怀王之死，不啻楚国的奇耻大辱，因此朝野震动、万众沸扬，楚人无不指责"劝怀王入秦而不反"①的怀王幼子子兰等贵戚权臣。屈原本力阻怀王的武关之行，但怀王经不起群臣之劝而莫能纳谏。怀王死后，屈原"眷顾楚国，系心怀王"②，自然会直言怒斥子兰害父，快语痛责权臣误国，因而令无颜以对国人的贵戚权臣感到极为难堪和威胁甚大，必欲远逐之而心安。于是，"令尹子兰闻之大怒，卒使上官大夫短屈原于顷襄王，顷襄王怒而迁之"③。新立的顷襄王这一"迁之"，即不将屈

①②③《史记·屈原贾生列传》。

原复放于汉北，而是将屈原改放到江南。屈原被放逐江南的时间，当是怀王归葬之后不久的顷襄王四年（前295）。一些学者认为屈原终生仅有顷襄王之世的一次流放，在怀王之世只被疏而未见放。但从汉代文献的记载和屈原作品的描述来看，屈原在怀王之世应该是既被疏又见放，在顷襄王之世则是“复放”，也即“迁”。

再次被逐出郢都的屈原，从此便开始了漫长的流放生活，至死也没能回到他梦绕魂牵的郢都。在江南流放期间，屈原的行踪达沅、湘流域诸地。公元前278年，秦将白起继上年攻取西陵之后顺势进犯郢都，屈原闻知则可能欲赶回郢都守城卫国，但未至而郢都失陷，顷襄王仓皇出走而“东北保于陈城”[①]，屈原乃随从郢都向东逃迁的难民沿江行至凌阳（今安徽青阳南），或许思及自己是放逐之臣而不能擅自迁徙，于是又溯江而上并折返溆浦。此时，国都的沦陷和宗庙的焚毁，给了屈原以致命的打击。屈原深感国家命运的不可挽救和个人理想的无法实现，故在极度悲愤之中下定了以死殉国的决心。至公元前277年，当秦兵入洞庭而掠江南之际，屈原便怀着殉国之志，同时也为保全人格的完美和节操的高尚而行至汨罗江边，于旧历五月五日投水自沉，时年63岁左右。

关于屈原的卒年，历来众说纷繁。但自郭沫若、游国恩在20世纪四五十年代提出屈原是因白起破郢而沉江自杀之后，屈原卒于公元前278年或前277年之说，便为学者们靡然从之。直至80年代以来，一些学者才对郭、游之说提出异议，并竞相发抒己见，因而重又有顷襄王三年（前296）、顷襄王十六年（前283）、顷襄王三十年（前269）之后等多种说法。据文献记载和屈原作品分析，郭、游等人判定的屈原死因则似乎更接近事实。屈氏宗族世袭之官的特殊性，使得居此位者成了楚人历史文化的权威解释者和当然传承者，也在很大程度上促使其自觉地“好修以为常”、“恐修名之不立”并且将自己与楚国融为一体。屈原

① 《史记·楚世家》。

在作品中抒发的情感和表达的思想，就清楚地显示出他有着作为楚国的文化代表这种自我意识和自我要求。屈原虽然没有楚王的地位和权利，却有着比楚王更强的历史感和责任感、忧患感和使命感。尽管他在流放之中疾痛惨怛而难以自持，多次表示了赴渊自沉以解脱痛苦的想法，但是，若不是楚国发生重大变故而导致他的理想彻底破灭，他是不会轻易舍生就死的。又由于他自始至终地将自己的命运与楚国的命运联系在一起，故当他最终清楚地意识到楚国已无可挽救地衰落了和理想已没有可能实现了的时候，他也不会苟且偷生。因此，白起破郢和祖居之地的全部沦丧，势必成为使他感到彻底绝望而不得不以死殉国殉志的大事件。认定屈原卒于公元前 277 年，应该说最合乎情理。

第二节　屈原的作品

屈原的作品，流传下来的全是诗篇，向来被称为“楚辞”、“屈赋”或“屈骚”。

“楚辞”之称，始于西汉初期。汉武帝时，“楚辞”已深受各层人士的喜爱，在社会上广泛流传。《史记·酷吏列传》载，朱买臣善读“楚辞”而得幸于汉武帝。《汉书·淮南王传》载，刘安深通“楚辞”，曾秉汉武帝之命而为屈原代表作《离骚》作传。司马迁在《史记·屈原贾生列传》中，对屈原作品表示了高度的推崇，这正反映了楚辞在当时的普及程度和社会影响。

屈原诗作之所以被称为“楚辞”，《隋书·经籍志》首先予以说明：

> 《楚辞》者，屈原之所作也。……盖以原楚人也，谓之“楚辞”。

据此说，楚辞即楚人屈原所作之辞。屈原在其诗作中也自称其所言所语为“辞”（词），如“跪敷衽以陈辞兮，耿吾既得此中正”[①]“不毕辞以赴渊兮，惜壅君之不识”[②]。大概由于以屈原为代表的楚人所作之辞既不同于《诗经》之诗、又不同于诸子之文而别具特色，加之“楚歌”“楚舞”在汉初风行天下，汉人便缘其作者、产地而相应地名之为“楚辞”。屈原死后，楚国宋玉、唐勒、景差等皆好辞。他们师法屈原而作有与屈原诗歌体裁相同或相类的作品，故汉人也将他们的这类作品称为“楚辞”。这样一来，“楚辞”就不仅仅指屈原的作品了，而是指以屈原为代表的楚人所作的、具有浓厚地方色彩和独特艺术风格的诗歌作品。同时，“楚辞”又具有了文体的含义，也指战国后期出现并流行于楚国的一种新诗体。宋人黄伯思即在《隋书》之说的基础上进而强调了“楚辞”的“书楚语、作楚声、纪楚地、名楚物”特征，人们理解和诠释“楚辞”时便多以之为据。鲁迅则概言之云：“战国之世……在韵言则有屈原起于楚，被谗放逐，乃作《离骚》。逸响伟辞，卓绝一世。后人惊其文采，相率仿效，以原楚产，故称‘楚辞’。”[③]

由于屈原的作品深受汉人喜爱并被奉为经典，汉人便将其收集起来以随时诵习和模仿。于是，流传于世的屈原单篇作品以及宋玉等人的作品逐渐得以辑录，很可能在汉武帝时代就有了楚辞作品总集。身处当年的楚国故都之地、酷爱楚辞并与众宾客拟作楚辞的淮南王刘安，或许对楚辞作品的收集整理和辑录成书的贡献甚大。楚辞作品一旦结集成书之后，“楚辞”便又成了诗歌总集的名称。旧说《楚辞》一书最早是由西汉晚期的著名学者刘向编定的。现存最早的《楚辞》注本——东汉王逸的《楚辞章句》，即在叙文中说“逮至刘向，典校经书，分为十六卷”，并且明言其所据底本就是刘向编定的《楚辞》。此后，“哀屈、宋诸赋，定名‘楚辞’，自刘向始也”[④]之说，几乎成了千年定论。不过，今世有

① 《离骚》。
② 《九章·惜往日》。
③ 汉文学史纲要［M］// 鲁迅全集：第 9 卷 . 北京：人民文学出版社，1981：370.
④ 《四库全书总目提要》。

学者经仔细考证后认为："《楚辞》一书是由战国到东汉这一漫长的历史时期中经过很多人的陆续编纂辑补而成的"，其中最重要的纂辑者不是刘向而应当是淮南王或其宾客。[①] 汉代辑录成书的《楚辞》，不仅有屈、宋等楚人的诗作，也有模仿屈原作品形式的汉人之作。尽管如此，《楚辞》一书中的绝大部分仍为屈原的作品。

大概是因为楚人好辞又作赋的缘故，汉人尚未形成辞、赋有别的文体概念，便既称屈原诗作为辞，又称其为赋，屈原诗作也就被称为"屈原赋"。同时，汉人仿效屈原诗作形式写成的作品亦往往自名为赋。另外，《离骚》是屈原的代表作，后人因而以之代称屈原作品，将屈原诗作统称"屈骚"。今天看来，尽管"屈赋""屈骚"都是对屈原作品相沿已久的习称，但从文体着眼，屈原作品则宜称"骚"而不宜称"赋"，因为"骚"可特指屈原发展成熟的楚辞体诗歌，而"赋"则是宋玉、唐勒等人在屈骚及前人文学创作的基础上奠其式而由汉人成其制的一种韵散结合的体裁，严格说来不同于诗。汉代以后，人们就意识到了骚、赋之别，刘勰的《文心雕龙》即以《辨骚》标目而与《诠赋》并列，梁代萧统所编《文选》则分"骚""赋"各为一体，清代程廷祚乃作《骚赋论》以说明骚、赋的同异。

《史记·屈原贾生列传》中提及的屈原作品，只有《离骚》《天问》《招魂》《哀郢》《怀沙》五篇。《汉书·艺文志》著录"屈原赋二十五篇"，当本刘向编定的《楚辞》中的屈原作品篇数。王逸《楚辞章句》中标明"屈原之所作也"的作品也有 25 篇，与《汉书》著录的篇数相合。不过，王逸却将司马迁明言为屈原之作的《招魂》列于宋玉名下，又疑《大招》为屈原或景差所作，这表明屈原作品的真伪在汉代就已经有了不同的看法。汉代以来，对此问题更是众说纷纭、莫衷一是，至今依然是屈原研究中争论不休的热点。由于有关屈原的史料太少，学者们对此问题的探讨多是据自己对作品的理解而予以判断，故难免各执一

① 汤炳正 . 屈赋新探 ·《楚辞》成书之探索［M］. 济南：齐鲁书社，1984.

端。在史料阙如、无法确证的情况下，最好还是不要轻易怀疑汉人的25篇之说，因为汉人毕竟距屈原时代不太远。至于屈原作品究竟是哪25篇，则可以具体分析。《楚辞章句》所标明为屈原作品的25篇中，《卜居》和《渔父》几乎被现代研究者公认是伪作，因为其内容显然系屈原身后之人对屈原的描述，其形式则不类辞而更近赋。排除这两篇伪作之后，应该补入的则是《招魂》和《大招》。下面即依《楚辞章句》的排列次序介绍屈原的25篇作品。

一、《离骚》

《文心雕龙·辨骚》说："不有屈原，岂见《离骚》。惊才风逸，壮志烟高。山川无极，情理实劳。金相玉式，艳溢锱毫。"诚若斯言，《离骚》是历史上公认的屈原代表作，是具有划时代意义的新体诗作，也是中国文学史上"名垂罔极，永不刊灭"[①]的艺术杰作。

《离骚》共376句，2486字（但洪兴祖《楚辞补注》认为其中"曰黄昏以为期兮，羌中道而改路"两句13字为衍文），是屈原带有自传性质的长篇政治抒情诗，也是中国古代抒情诗中"百世无匹"的鸿篇巨制。

屈原写作《离骚》的时间，《史记·屈原贾生列传》记述是屈原被怀王疏远之后：

> 王怒而疏屈平。屈平疾王听之不聪也，谗谄之蔽明也，邪曲之害公也，方正之不容也，故忧愁幽思而作《离骚》。

但是，司马迁在《太史公自序》和《报任安书》中又都指出，《离骚》作于屈原被怀王放逐之后。刘向、班固、王逸等汉代学者虽然大都认为《离骚》作于怀王之世，但对其所作之具体时间的说法也不一致。自汉

① 王逸：《楚辞章句·离骚序》。

迄今，对此问题已是歧说纷出。概言之，则不外作于怀王之世和作于顷襄王之世两说，而又以赞同作于怀王之世的学者为多。实际上，《离骚》作于顷襄王之世的可能性要更大一些，因为从对屈原生平的考证和对《离骚》内容的分析来看，诗中抒发的忧患深广的悲情，流露的嗟时叹老的感伤，倾诉的痛恨党人的愤慨，回忆的辅佐楚王的经历，产生的去国远逝的念头，表示的以死殉志的决心等，都表明《离骚》不会是刚被怀王疏远的青年屈原所作，而应该是屡遭政治打击之后悲怨至深却无可奈何的中年屈原所作。诗中对楚王的直言批评和对党人的无情鞭挞，则表明屈原已经明确意识到自己这次被逐就再难以重返政坛了；诗中对往事的深刻反省和对将来的反复思考，则表明屈原已经明确地意识到自己的后半生可能就要过另外一种生活了；诗中大量涉及的沅、湘、苍梧、九疑等地名，表明屈原已经明确地意识到自己或许就要长期生活在江南了。因此，《离骚》是作于屈原被顷襄王复放并迁往江南之时。郭沫若、游国恩等现代著名学者都认为《离骚》作于顷襄王之世，诚然为恰切之论。但他们又都认为《离骚》的写作地点即在屈原流放之地江南，郭沫若甚至以为它“是屈原的晚期作品”[①]，这种看法则未必正确。诗中有“回朕车以复路兮，及行迷之未远”句，表明屈原被逐出郢都而正在前往江南的旅行途中；诗中有“济沅湘以南征兮，就重华而陈词”句，表明屈原离别郢都后前往江南时有越沅、湘而去九疑的想法。诗中描写“路曼曼其修远兮，吾将上下而求索”的神游，也似乎是在旅途中自然产生的联想和幻想。由此看来，《离骚》当是屈原被复放并迁往江南的途中所作，作期当在顷襄王四年左右。

认为《离骚》作于怀王之世的论者们的重要论据之一，就是诗中所反映的是怀王之世的楚国史实，与顷襄王之世的楚国历史无涉，而且诗中的“灵修”皆指怀王。之所以如此，也正因为《离骚》作于怀王死后不久的屈原被复放之初期。不过，诗中内容也并非完全与顷襄王之世无

① 屈原研究［M］// 郭沫若古典文学论文集 . 上海：上海古籍出版社，1985：141.

涉。其中“余既滋兰之九畹兮”至“哀众芳之芜秽”一段，就是屈原悲叹他所教育的王族子弟在顷襄王之世虽都当权却全部变质了。“怨灵修之浩荡兮，终不察夫民心”句中的“灵修”，则当指顷襄王。

《离骚》的题义，历代学者也多有解说：

> 离骚者，犹离忧也。[①]
> 离，犹遭也；骚，忧也。[②]
> 离，别也；骚，愁也。[③]
> 离，犹隔也；骚者，动扰有声之谓。[④]

近人还有“离疏说”“离间的忧愁说”等等，可谓不胜枚举。综观诸说，大多是就文字释义，少有联系到楚辞产生的文化背景解题。宋人项安世首先据文献资料指出“离骚”为楚语。《项氏家说》云：

> （《国语》）《楚语》伍举曰：“德义不行，则迩者骚离，而远者距违。”韦昭注曰：“骚，愁也。离，畔也。”盖楚人之语，自古如此。屈原《离骚》，必是以离畔为愁而赋之。其后词人仿之，作《畔牢愁》。

其后，王应麟等人皆申论此说。游国恩受此说启发，不仅认为“‘离骚’二字可能就是‘牢愁’或‘牢骚’的意思”，而且还从“当时楚国流行的歌曲很多”这一文化背景分析，进而认为“《离骚》可能也是楚国古代一种歌曲的名称”，或者就是《大招》中提及的楚曲《劳商》的同名

① 司马迁：《史记·屈原贾生列传》。
② 班固：《离骚序》。
③ 王逸：《离骚经序》。
④ 戴震：《屈原赋注》。

异写。[①] 游氏此说较望文生训之解显然更为合理，故郭沫若、马茂元等许多当代学者都翕然从之。《离骚》是否就是楚歌《劳商》，今日虽然难以确证，但近来有人通过对苗语与古汉语的比较研究，证明现代苗语中保留有许多古楚语词汇，其中就包括“骚”，而“骚”与现代苗语的“歌曲”之声、韵、调都基本一致，可知楚方言“骚”实为歌曲之意。[②]

“屈平之作《离骚》，盖自怨生也。”[③] 由于屈原的怨愤之情压抑已久而格外强烈、积郁至厚而难以尽诉，故“发愤以抒情”的《离骚》之文也洋洋洒洒又波澜起伏，浩浩荡荡又回环跌宕，以致使读者往往感到眼花缭乱而主旨难明，惊心动魄而头绪不清。清代学者王邦采即说：“如怨如慕，如泣如诉，屈子之情生于文也；忽起忽落，忽断忽续，屈子之文生于情也。洋洋焉，洒洒焉，其最难读者，莫如《离骚》一篇。”[④] 古今读者为读懂《离骚》，在分析其结构以把握其脉络上尤下功夫。据姜亮夫统计，历代对其段落的分法，“归纳起来大致有 95 家之多”[⑤]。比较而言，诸家之中还是以王邦采的分段简明而又恰当一些，故多为人所采纳，迄今已成为比较通行的段落划分法。依照王氏分段法，《离骚》可以分为三大段。第一段从首句至“虽体解吾犹未变兮，岂余心之可惩”句止，主要抒写的是屈原在现实中的生活经历，同时表达了屈原的美政理想、斗争意志和精神苦闷。第二段承上而至“余焉能忍与此终古”句止，其内容则在前段抒写的基础上自然展开，主要抒写屈原不满现实而上下求索的理想追求，同时反复发抒前段之文情。第三段即承上而至末句，其内容就在前段抒写的基础上又有进一步的深化，主要是由对理想追求的抒写过渡到描写诗人神游天国的情景，同时也曲折地表达了前两段的文意，最后则以从天上俯看到地面、从理想回到现实结束。

① 屈原［M］. 北京：中华书局，1980.
② 刘自齐.《离骚》之“骚”乃歌曲也［J］. 求索，1983（3）.
③ 《史记·屈原贾生列传》。
④ 《〈离骚〉汇订》。
⑤ 楚辞今绎讲录［M］. 北京：北京出版社，1981：40.

三大段环环相扣、前后呼应，形成了完整统一的结构，循此段落结构而体味诗意，便可举纲见目、豁然通解。

概而言之，《离骚》抒写了屈原大半生的生活经历和思想历程，表达了他对国家和人民的热爱和忠诚，揭露了楚国社会的黑暗和政治的腐败，阐述了他追继先祖、振兴故国、光融天下的美政理想，反映了他追求真理、坚持真理、勇于同黑暗势力作斗争的百折不挠、九死不悔的精神，展示了他高尚峻洁的志行和光辉伟大的人格，具有丰富而深刻的思想内容。《离骚》在创作精神、表现手法和语言形式上都有着创造性的开拓，以其独特的艺术风格和高度的艺术成就将楚诗歌和中国先秦诗歌发展到一个新阶段，并且奠立了“楚辞”这种新诗体。

二、《九歌》

在屈原作品中，文辞雅丽、音调悠扬、情致缥缈者，莫过于组诗《九歌》了。《九歌》共由 11 篇诗歌组成，既有令人咀嚼不尽的审美韵味，又含令人难以窥破的文化蕴意。

《九歌》之名，乃如上编第五章所述，当源自夏代巫歌。尽管《九歌》与《山海经》中记载的夏乐《九歌》之间的渊源关系已于史无征，但它之所以袭用夏乐旧名，其间总不会毫无联系。楚人主体本是从中原徙至南方的，楚地又保存了大量中原神话故事和历史传说，那么，夏乐《九歌》亦曾流传到楚地则是很有可能的。有的现代学者即认为：“《九歌》本夏乐杂楚俗而翻为郊祀新词。”[①] 近来又有学者认定：“沅湘之间流传的《九歌》，原来就是传说中的夏启《九歌》。”[②]

《楚辞章句》说，屈原放逐在沅湘之域，“出见俗人祭祀之礼，歌舞之乐，其词鄙陋，因为作《九歌》之曲”。其后，朱熹在王逸之说基础上进一步强调了《九歌》本为民间祀神乐歌，屈原则对“词既鄙俚”的

① 姜亮夫 . 楚辞学论文集 · 九歌解题［M］. 上海：上海古籍出版社，1984：285.
② 潘啸龙 . 屈原与楚文化［M］. 合肥：安徽文艺出版社，1991：93.

民歌作了“颇为更定其词，去其泰甚”的修改加工[①]。经过朱熹的补充和强调，此说遂成为影响甚大的旧说，迄今仍为通行的看法。不过，历代学者另立的新说也不少，或认为是屈原放逐江南后因祀神之需而创作的[②]，或认为是屈原奉怀王之命为祀神以祈神助却秦军而创作的[③]，或认为是与屈原无关的楚地民间祭歌[④]，甚至还有人认为是汉人之作[⑤]，如此等等，不一而足。比较诸家之说，似乎王、朱之说更合情理一些。但若仔细分析，其说则未必接近事实。因为屈原之作《九歌》，显然是为着祀神之用，然而诗中描绘的盛大祀神场面和华美的祀神乐舞，则恐怕不是民间祀神仪式所能有的。闻一多认为它是“楚郊祀歌”[⑥]，郭沫若认为它“当作于他（屈原）早年得志时分”[⑦]，孙作云认为它“是楚国国家礼典的乐章，与平民无关”[⑧]，这些看法都颇能给人以启示。《九歌》很可能就是屈原受楚王之命为宫廷祀神需要而在民间祀神乐歌的基础上改作而成的。如上编第五章所述，当年楚国之俗“信鬼而好祀”，而楚王又尤好“隆祭祀，事鬼神”。上之所好，要求承袭世职而主管国家祭典的屈原搜求民间祭歌并予以改作，无疑是在情理之中的。有学者据湖北江陵楚墓出土的竹简上记录的祀神资料，论证了《九歌》“只能产生于楚国宫廷”[⑨]。另外，1991 年出版的《包山楚简》上的祀神记录，除了缺祀“东君”之外，《九歌》所写诸神全在祭祀之列。由此可证，《九

① 《楚辞集注》。

② 林云铭：《楚辞灯》、戴震：《屈原赋注》等。

③ 何焯：《义门读书记》；马其昶：《屈赋微》；孙常叙．哈雷彗星与《楚辞・九歌》［J］．北方论丛，1983（2）．

④ 胡适：《读楚辞》，陆侃如、冯沅君：《中国诗史》等。

⑤ 何天行：《楚辞作于汉代考》；朱东润．离骚以外的“屈赋”［M］// 楚辞研究论文集．北京：作家出版社，1957.

⑥ 什么是《九歌》［M］// 闻一多全集．北京：三联书店，1982.

⑦ 屈原研究［M］// 郭沫若古典文学论文集．上海：上海古籍出版社，1985：146.

⑧ 《九歌》非民歌说［J］．语言与文学，1937（6）．

⑨ 汤漳平．从江陵楚墓竹简看《楚辞・九歌》［M］// 中国古典文学论丛：第 2 辑．北京：人民文学出版社，1985.

歌》当为王公贵族祀神所用。至于屈原作《九歌》的时间，则恐怕非作于屈原早年得志之时，因为诗中不仅没有表示出得志的欣喜之感，反而流露有淡淡的哀怨之情，故推测《九歌》当作于屈原刚被疏不久。此时的屈原仅为被疏远而不是被罢官放逐，既要尽职内之责又不能尽吐失意之感，以致作《九歌》时乃有意无意地曲折见意、委婉抒情。

《九歌》11 篇在《楚辞章句》中的排列次序为《东皇太一》《云中君》《湘君》《湘夫人》《大司命》《少司命》《东君》《河伯》《山鬼》《国殇》《礼魂》。一般认为，它们分别是祭祀至上神（上帝）、云神（或谓雷神）、湘水男神、湘水女神、主宰人类生死之神、主宰少儿命运之神、日神、黄河之神、山神、为国战死的将士的乐歌，《礼魂》则为 10 篇通用的送神曲。照此看来，《九歌》是祭祀有天神、地祇和人鬼三种类型的乐歌，因而是一组有完整系统和严密结构的乐歌。不过，究竟是否如此，却向来争议颇大。就以上的排列次序而言，前人就已指出日神东君的地位显然重要，不应列于《少司命》之后，而应仅次于《东皇太一》。就其诸篇所祀之神的身份而言，则更是歧见甚多。近年来，关于《东皇太一》《河伯》《山鬼》《国殇》这几篇所祀对象的争论，尤为热烈。

朱熹在《楚辞辩证》中叹喟："篇名《九歌》，而实十有一章，盖不可晓。"《九歌》这一篇名与篇章之数不合的现象，乃是千古之谜而让历代学者百思难解。许多学者都煞费苦心地为之圆说，或以为不计前 10 篇的乱辞《礼魂》，《大司命》《少司命》可谓之一篇[①]；或以为《山鬼》《国殇》《礼魂》应合为一篇[②]；或以为《湘君》与《湘夫人》、《大司命》与《少司命》应分别合为一篇[③]；或以为《国殇》《礼魂》不属于《九歌》[④]，如此等等，都是为了凑成"九"之实数的说法。然而，无论是

① 汪瑗：《楚辞集解》。
② 黄文焕：《楚辞听直》、林云铭：《楚辞灯》。
③ 吴世尚：《楚辞疏》、王邦采：《屈子杂文》、蒋骥：《山带阁注楚辞》、胡文英：《屈骚指掌》等。
④ 见陆时雍：《楚辞疏》、李光地：《九歌注》、徐焕龙：《楚辞洗髓》等。

合篇还是除篇，总让人感到是主观随意为之而难以接受。现代学者郑振铎、孙作云、丁山、闻一多等人提出《东皇太一》和《礼魂》分别为迎神曲和送神曲的看法后，人们便认为比较合理而从者甚多。古往今来，也有一派学者认为《九歌》之“九”乃虚数，大可不必拘泥，故其篇数不限于“九”本属正常。《四库全书总目提要》评李光地《九歌注》说：“《国殇》《礼魂》二篇，向在《九歌》之末。古人以九纪数，实其大凡之名，犹《雅》《颂》之称什。故篇十有一，仍题曰九。光地谓当止于九篇，竟不附载，则未免拘泥矣！”主此说者有姚宽、杨慎、汪中、马瑞辰、陆侃如、马茂元等。其实，后一派学者的见解似乎通达而切实。从民间祀神乐舞来看，其所祀神祇繁多，其篇章和场次也繁多，而且往往可以根据祀神的需要自由选择，可长可短而无一定之规。残存于鄂西北南漳、谷城一带的祀神乐舞——端公舞，亦以迎神乐舞开始，以送神乐舞结束，但其长者可以演出 16 场，通宵达旦历三天三夜；其短者仅演出 8 场，一天一夜即完成。“礼失而求诸野”，以此反观《九歌》，其“九”应为极言其多的虚数无疑。若深究之，当年楚国的《九歌》或许还远远不止 11 篇之数哩。

王逸在《楚辞章句》中说，屈原之作《九歌》，“上陈事神之敬，下见己之冤结，托之以讽谏”。此说影响了历代无数学人去深求其微言大义，未免穿凿失当。从总的格调上看，《九歌》是轻松愉快的，保持了民间祀神乐歌的格调。它真实地反映了楚国的社会生活与民情风俗，真切地表现了楚人的爱国精神以及他们对纯真爱情、幸福生活的向往和追求。同时，屈原在对人与神、神与神之间缠绵悱恻的恋情、契阔离合的悲欢的描写之中，也隐约地流露出自己被疏失意之后的幽怨和悲伤；在对楚人追求光明和幸福的描写之中，含蓄地表达了自己的社会理想和人生愿望。总之，是将个人情感融入了集体情感之中，将个人意识化入了集体意识之内。

明代的胡应麟在《诗薮》中赞叹：“和平婉丽，整暇雍容，读之使人一唱而三叹者，《九歌》等作是也。”诚若此言，《九歌》的文辞典雅富丽，结构精巧缜密，音调轻曼悠扬，句式整齐统一；既有率真自然的抒发，又有曲折委婉的表达；既有大笔挥洒的勾勒，又有细致入微的描写；既有栩栩如生的人物，又有历历分明的景象；既有凄清幽远的境界，又有气势磅礴的场面。显示出屈原借鉴民歌、发展民歌所取得的高度艺术成就。

三、《天问》

《天问》一篇，古今人士大都称之为奇文。唐代诗人李贺说："《天问》语甚奇崛，于楚辞中可推第一，即开辟以来，亦可推第一。"[①] 郭沫若称："其实《天问》这篇要算空前绝后的第一等奇文字。"[②]

在屈原作品中，《天问》的篇幅仅次于《离骚》，共 374 句，1 565 字。它以四言的句式、问难的口吻，一口气提出了涉及到宇宙生成、自然变化、神话故事、历史传说、社会现实等天地万物、古往今来的各个方面的问题，较为全面地反映了屈原的宇宙观、历史观和社会观等学术思想，较为充分地体现出屈原顽强探索真理的求实精神，同时也较为具体地显示了楚文化兼容南北文化的思想成就。

《天问》为屈原所作，这在《史记·屈原贾生列传》中已经载明，历代学者亦大都信之不疑，持异议者寥寥无几。只是近代以来，胡适、郑振铎、陈钟凡、谭戒甫诸人的否定之词才稍壮异议者之势[③]，但他们的说法几乎可以说全为臆测而没有多少根据，故在学术界也没有什么影响。

《楚辞章句》说："屈原放逐，忧心愁悴。彷徨山泽，经历陵陆。嗟号旻旻，仰天叹息。见楚有先王之庙及公卿祠堂，图画天地山川神灵，琦玮僪佹，及古圣贤怪物行事。周流罢倦，休息其下，仰见图画，因

---

① 蒋之翘：《七十二家评楚辞》。

② 屈原研究［M］// 郭沫若古典文学论集 . 上海：上海古籍出版社，1985：147.

③ 见胡适：《读楚辞》、郑振铎：《插图本中国文学史》、陈钟凡：《楚辞各篇作者考》、谭戒甫：《屈赋新编》。

书其壁，呵而问之”，乃成《天问》。人们历来大都承袭王逸此说，认为《天问》作于屈原在顷襄王之世被放逐江南期间。鲁迅因其文“放言无惮，为前人所不敢言”而认为其文作于屈原“顾忌皆去”的沉江将逝之时[①]，此说亦为不少学者信从。不过，古时已有人对王逸之说表示了异议，现代一些学者在深入探讨之中，也进而怀疑“作于江南说”的可信性，并据诗中没有屈原放逐江南的痕迹或江南山泽不可能有楚先王祠庙的理由，乃认为此诗当作于屈原在怀王之世被流放汉北之时。[②]其实，《天问》也未必作于汉北，因为从诗中抒发的愤懑情绪和反映的成熟思想来看，它似乎不可能是屈原早期的作品。另外，诗中对怀王时代“荆勋作师，夫何长”的反省之语，又表明它的确作于顷襄王之世。全面分析《天问》的内容和考察屈原的生平，合理的推测乃是，它当作于怀王刚死而屈原被“复放”未行之际，也就是顷襄王三年（前296）。此时屈原尚在郢都，因怀王不听自己的忠告以致丧命，子兰等群小营私误国并迫害自己而愤懑已极，但又无处可诉，于是独入先王宗庙以欲向先王剖明心迹、抒泻悲愤则再也自然不过的了。入宗庙、观壁画而触目感兴，屈原那长年的理性思考便伴随着久郁的悲怨情感脱口而出，所思所感犹如奔腾直下的狂涛，一泻无余地灌注成了奇文《天问》。其诗之所以不见屈原放逐痕迹，正因为它作于屈原“复放”之前。其诗之所以基本上采用四言，正表明《天问》作于《离骚》之前。

“天问”何义？王逸认为就是“问天”。这一看法本十分确切，但王逸又发挥说：“何不言问天？天尊不可问，故曰天问也。”[③]这就是以己度屈原的曲解了。屈原作《天问》，乃以朴素的唯物主义天道观为哲学基础而审视历史和现实，从而对传统的唯心主义天命论作了全面的清算和批判，故名其诗为“天问”，即在“质问上天”中包含着怀疑和否定作为最高人格神的“天”之意。王逸仍有天命观念而不能正确理解屈

① 《摩罗诗力说》。

② 见陈子展：《天问解题》、聂石樵：《屈原论稿》、潘啸龙：《屈原与楚文化》等。

③ 《楚辞章句》。

原，只能曲为之说。后世虽多从王逸之说，但也有不少另作解释者，或释为“因天发问”[1]，或释为“关于天的问题”[2]，或释为“对客观世界的问难”[3]。如此种种说法，尽管都或多或少地揭示了《天问》题义的内涵，但反而没有王逸的“问天”之见简单明了而概括性强。

王逸又以为《天问》“其文义不次序”，并且由此推测其原因是屈原在放逐期间，遇有宗庙便观画作诗以书于壁，后人哀惜屈原而辑为一篇。历代学者对此则多有驳斥，大都肯定《天问》为屈原一气呵成之作，但也有些学者怀疑“书有错简”。若从创作心理分析，《天问》是屈原因怀王之死而精神遭受沉重打击，思想受到巨大震动之后，在极度愤懑的情绪中的反思之作，故思想波动无序，感情起伏失常，无心留意于文辞表达的伦次。

否定《天问》为屈原之作的学者们所持的一条重要理由，就是认为它与屈原其他作品的风格迥异而艺术性远低。胡适即说：“《天问》文理不通，见解卑陋，全无文学价值。”[4]郑振铎也认为：“《天问》是一篇无条理的问语。”[5]实际上，这是没有对《天问》作细致的分析和比较而作出的轻率结论。诵读起来，《天问》虽然不及《离骚》《九歌》那样优美动听而富有韵律，但它在奇矫活突的艺术表现中寓含着深长的韵味，文学价值也不可低估。它是对四言诗形式的创造性运用，反映出屈原借鉴《诗经》创作经验而取得的艺术成就，不仅扩大了四言诗的体制，而且丰富了四言诗的表现内容。它的艺术特征则如郭沫若所指出的：“全篇以一‘曰’字领头，通体用问语，一口气提出了172个问题。以那种主于以四字为句、四句为节的板滞的格调，而问得参差历落、奇矫活突，毫无板滞的神气，简直可以惊为神工。”[6]

---

① 见柳宗元：《天对》、王夫之：《楚辞通释》、胡浚源：《楚辞新注求确》等。

② 见李陈玉：《楚辞笺注》、詹安泰：《屈原》等。

③ 见戴震：《屈原赋注》、游国恩：《天问解题》、聂石樵：《屈原论稿》等。

④ 《读楚辞》。

⑤ 《插图本中国文学史》。

⑥ 屈原研究［M］// 郭沫若古典文学论集 . 上海：上海古籍出版社，1985：147.

四、《九章》

《九章》是实有九篇的一组诗歌。

王逸认为它与《九歌》一样，同为屈原在一时一地写成的组诗，因此在《楚辞章句》中说："屈原放于江南之野，思君念国，忧心罔极，故复作《九章》。章者，著也，明也。言己所陈忠信之道，甚著明也。"可是，王逸此说并不正确，因为司马迁在《史记·屈原贾生列传》中提及《怀沙》《哀郢》而不言《九章》，显然《九章》诸篇在当时尚为单篇流传而未被辑成组诗。而将《怀沙》《哀郢》等九篇屈原诗作辑成一组并名之《九章》，应是司马迁身后人所为。朱熹看出王逸之误，便在《楚辞集注》中指出："屈原既放，思君念国。随事感触，辄形于声。后人辑之，得其九章，合为一卷，非必出于一时之言也。"后世学者多以朱说为是，认定《九章》与《九歌》的题义内涵有别，其"九"为实数，其"章"为篇章，并推测将屈原九篇作品合为一卷并名为《九章》者是西汉晚期的刘向。不过，王逸之说虽有望文生训之误，却也看出了《九章》诸篇在思想内容上的一致性，看出了它们是以类相从的一组作品，而编辑屈原作品者将其合为一卷的根据恐怕也就在于此。

朱熹也同王逸一样，以为《九章》诸篇皆作于屈原被放逐江南之后，前人也多袭其说。但是现代学者在深入研究之后则多反旧说，而认为《九章》中既有屈原未被放逐时的作品，也有屈原被放逐后的作品，写作时间的跨度几乎延及屈原一生。由于学者们对屈原生平的考证结论和对《九章》诸篇内容的理解有异，故对诸篇的具体写作时地也说法不同、纷纭难定，并因此对诸篇的排列次序也作出了不同于《楚辞章句》编次的各种排列方式。多数学者的大致看法是，《橘颂》是屈原早年得意时的作品，《惜诵》是屈原被疏而未被放逐时的作品，《抽思》《思美人》是屈原被放逐在汉北时的作品，《涉江》作于屈原初迁江南之时，《哀郢》作于白起破郢的顷襄王二十一年，《怀沙》《悲回风》作于屈原自沉前不久，《惜往日》则是屈原的绝命辞。

《九章》诸篇中，除了一二篇之外，都有关于其真伪问题的争论，但又以《惜诵》《思美人》《惜往日》《悲回风》四篇的真实性尤为现代学者怀疑，所据的主要理由是它们都无标题且无乱辞而与其他屈原作品不类。[①]20 世纪 90 年代以来，学术界则不再热衷于对此问题的讨论，倒是比较一致地倾向于肯定《九章》诸篇皆为屈原的作品。

既然《九章》是屈原一生中“随事感触，辄形于声”之作，故其内容真实地反映了屈原在不同时期和不同地方的生活状况和思想状况，对于研究屈原及其思想具有十分重要的价值。《九章》的思想内容与《离骚》基本相同，但由于其写作时间跨度长和写作地点变化多，而且又是屈原在不同时地的生活与思想的实录，也就较《离骚》反映的屈原的生活与思想更为全面和具体一些，从中可以了解屈原一生的坎坷道路、思想发展线索以及与屈原息息相关的楚国命运。

在艺术风格上，《九章》也与《离骚》比较接近，但又显得更“直”一些，也就是更多地采用了直赋其事和直抒其情的手法，偏重于现实主义的艺术表现，在反复吟咏之中将诗人的思想感情表达得淋漓尽致。

别具意义的是，《九章》诸篇反映了屈原在诗歌创作上的探索和发展。作于早期的《橘颂》，尚且基本上采用四言体，表明屈原其时虽对《诗经》体式已娴熟掌握，但还没有创造出具有个性特征和地域文化特色的新诗体。只是在被疏见放之后，由于有了自由而充分地表达思想感情的主观愿望和需求，由于有了广泛而经常地接触楚地民歌的客观条件和机会，屈原才在创作中突破了四言体的形式而创造出了句法参差错落、变化灵活自由的“骚体”。《九歌》只是对民歌的加工改作，《九章》则是屈原的独立创作。正是有了《惜诵》《抽思》《思美人》这种骚体短章的创作尝试和经验积累，才会有标志了骚体诗发展成熟的宏篇巨制——《离骚》的产生。

① 见陆侃如、冯沅君：《中国诗史》，刘永济：《屈赋通笺》，林庚：《诗人屈原及其作品》等。

五、《远游》

“《远游》放矣！”[①]这篇“悲时俗之迫阨兮，愿轻举而远游”的旷放之作，自清代以来成了屈原作品中真伪之辨的一个热点。

王逸在《楚辞章句》中标明《远游》乃“屈原之所作也”，历唐至明，皆无异辞。但自清人胡浚源首倡其为汉人之伪作说后[②]，怀疑之声便日渐增大。吴汝纶、廖季平、胡适、陆侃如、郭沫若、何其芳、胡念贻等清代和现代一大批学者纷纷论证其为伪作[③]，以致“伪作说”一度几乎成了学术界的定论，今天仍为多数学者所信从，并且一般认为其是汉人模仿《离骚》的作品。

不过，坚持《远游》为屈原所作的学者也不乏其人，如梁启超、姜亮夫、陈子展、汤炳正等即是。[④]游国恩原来认为《远游》是伪作，后来则改变了看法，转而认定其为真品。[⑤]近年来，随着屈原研究的深入，力辩《远游》为屈原所作的文章和著作也逐渐增多。[⑥]

《远游》的主要内容，是写诗人因时俗迫阨而不容于世，在愁肠百结、精神恍惚之中神会众仙而不胜仰慕，于是决意超脱浊世而轻举远游；在上征天阙而神游四方之中，唯以游历南方而感到至美至乐。最后，诗人渴望逍遥游于至清无为的境界而与造化者为友。否定《远游》为屈原所作的论者们提出的主要理由，就是它反映的是消极遁世、清静无为的道家游仙思想，与屈原在《离骚》等作品中所表达的积极入世、志在有为的思想大相径庭。另外，他们还认为诗中提及的仙人名字及其

---

① 郝敬：《艺圃伧谈》。

② 《楚辞新注求确》。

③ 见《古文辞类纂评点》《楚辞讲义序》《屈原研究》《屈原和他的作品》《屈原作品的真伪问题及其写作年代》。

④ 见梁启超：《屈原研究》、姜亮夫：《楚辞学论文集·远游为屈子作品定疑》、陈子展：《〈楚辞·远游〉篇试解》、汤炳正：《屈赋新探·论〈史记〉屈、贾合传》等。

⑤ 见《楚辞概论》《楚辞论文集·屈赋考源》《屈原》。

⑥ 包景诚.《远游》作者、辞章考释；郝志达.《远游》与《大人赋》之比较［M］//楚辞研究.济南：齐鲁书社，1988.又见汤漳平、陆永品：《楚辞论析》等。

传说大都出自秦汉以后，故显然为晚出；又认为诗中辞句多与《离骚》以及司马相如的《大人赋》类似，故显然系抄袭。坚持《远游》为屈原作品的论者，则对此逐一加以辩驳，认为屈原思想是丰富复杂的，不可能不受到兴盛和流行在楚地的道家思想的影响；诗中写到的仙人都是产生于先秦时期的神仙传说中的人物；诗中有与《离骚》相类的辞句正表明诗人的思想体系及其作品的艺术风格存在一致性；而有与《大人赋》相类的辞句则说明《大人赋》抄袭了《远游》。

纵观《远游》真伪问题的争论过程，可知否定《远游》为屈原所作的论调虽源于清代，但兴于20世纪20年代，盛于20世纪50年代。而20世纪20至50年代，正是我国反帝反封建的新民主主义革命蓬勃发展并最终取得胜利的时期，也是亟需颂扬屈原以唤醒民众和振奋民族精神的时期，因此，许多学者在这个时期里对屈原的研究，也就自觉或不自觉地带有政治上的需要和情感上的偏爱。这个时期里的一些学者之所以会认为《远游》是伪作而主张将它从屈原作品中剔除，或许多少也是潜意识中不愿承认屈原有所谓消极甚至反动的道家思想、唯恐损害屈原形象的伟大和完美吧。当今，随着思想的真正解放，学术研究也更加科学化，老庄哲学得到了公正的评价，屈原思想则得到了许多学者的全面认识和深入探讨。特别是楚文物层出不穷的发现和楚文化广泛深入的研究，使得人们对以丰富多彩的楚文化为背景而孕育出的道家哲学有了更为深刻的认识，因此也更加容易看清和理解道家哲学与屈原思想的关系。不能想象，道家哲学从春秋末年在楚地孕生，至屈原时代已经大盛于楚并发展为黄老之学和老庄之学两大道家流派时，“博闻强志”且又行踪遍及汉北江南的屈原，“应对诸侯”且多次去过道家另一流行地和神仙思想发源地的齐国的屈原，竟然对它不闻不问和不理不睬。实际上，《离骚》和《九章》中都反映了道家思想。尤其是屈骚中较多地运用的“逍遥”与“游”这种在《庄子》里大量出现[①]、又为楚人著作

① 参见上章第二节。

所特有的词语，就最能说明屈骚与《庄子》在思想文化上的密切关系。《远游》中使用的这种词语也较多，如“聊仿佯而逍遥兮”“顺凯风以从游”等。这不仅表明它是反映了道家思想的作品，同时也表明它的语言风格与屈原代表作是一致的。陈子展说：“《离骚》末段正是《远游》一篇的缩小。”[①] 姜亮夫又说：“《远游》则成了《离骚》的极则。”[②] 这些见解不无道理。可以断定，《远游》实为屈原所作。而且，屈原在《远游》中表达的高蹈远游的思想，只是因不堪忍受时俗迫阨而产生的思想波动，毕竟不同于庄周那对现实彻底绝望后的精神追求。《远游》中表达的与《离骚》同样抒写的眷念旧乡故国的情思，以及描写在南方游历时的至乐心境，正说明屈原的根仍在地上，魂仍在故土，而坚守故土以求改变现实才是他的主导思想。总之，尽管《远游》中反映的思想与屈原其他作品中的思想不尽相合，但并不能据此便认定其是伪作。人的思想不可能是单纯和静止的，而且唯其如此，才更反映出屈原思想的丰富博大、反衬出屈原人格的峻洁伟大。

古往今来，学者们大都认为《远游》作于屈原被放逐期间，但具体时地则无定论，现在则以持其作于屈原晚年的看法者为多。从《远游》与《离骚》在思想内容上的关系来看，它似乎应是紧承《离骚》而作，也即作于屈原被迁江南的途中。诗中对“南州”的“山萧条而无兽兮，野寂寞其无人”的景象描写，显然是出于诗人在前往荒无人烟的放逐之地时对其地境况的想象。正是其地那想来令人不寒而栗的境况，激发出诗人“掩浮云而上征”的愿望。漫长的行程，也容易让诗人自然地沉浸在远游的幻想之中。

《文心雕龙·辨骚》说：“《远游》《天问》，瑰诡而惠巧。”诚若斯言，《远游》以其新奇的浪漫主义艺术表现而显示出瑰丽的艺术特色。同时，它构思精巧，谋篇布局严密而完整，不失为楚辞佳作。它那奇幻

① 《楚辞·远游》篇试解［J］. 文史哲，1962（6）.
② 楚辞今绎讲录［M］. 北京：北京出版社，1981：54.

的游仙描写，开中国游仙诗之先河，前人因而称它为游仙诗之祖。

六、《招魂》

《招魂》一诗，顾其名而思其义，即招人散失之灵魂的唱词。大概自古人形成了灵魂不死和灵魂出窍的观念之后，便随之逐渐形成了“招魂”的习俗，或以为人亡故后须招其魂以随其身而安葬，或以为人生病后须招其魂以合其体而痊愈，于是就在丧礼、忌日和治病时举行“招魂”仪式、演唱《招魂》歌词。时至今日，两湖民间的这种习俗仍未绝迹。《楚辞·招魂》，则是在楚国民间“招魂词”基础上改作的诗歌。

司马迁在《史记·屈原贾生列传》中说：“余读《离骚》《天问》《招魂》《哀郢》，悲其志。”由此语可知，西汉人毫不怀疑《招魂》是屈原的作品。然而，东汉王逸在《楚辞章句》中却说它是“宋玉之所作也”，遂在后世引起了争论。人们或宗司马迁①、或从王逸②、或另创新说而认为是民间之作或汉人之作③，以致聚讼千余年亦无定论。不过，今日学者经过细致辨析后，大都认为是屈原的作品。④

至于屈原的《招魂》为谁而作，则又存在着不同看法。归纳起来，主要的看法是两种，即屈原为招怀王之亡魂而作和为招自己之生魂而作。今日学者多赞同前说，但对《招魂》产生的时间却认识不一：或以为是作于怀王客死于秦不久⑤，或以为是作于怀王归葬于楚之时⑥，而又以主张后者的人更多。

《招魂》诚然应为屈原作以招怀王之亡魂的作品，因为作品描写所

---

① 见林云铭：《楚辞灯》、郭沫若：《屈原研究》、游国恩：《屈原》、汤炳正：《屈赋新探》等。

② 见朱熹：《楚辞集注》，陆侃如、冯沅君：《中国诗史》，胡念贻：《屈原作品的真伪问题及其写作年代》。

③ 见郑振铎：《插图本中国文学史》、谭戒甫：《屈赋新编》等。

④ 见游国恩：《中国文学史》、刘大杰：《中国文学发展史》、张松如：《中国诗史》、蔡守湘：《先秦文学史》。

⑤ 见汤漳平、陆永品：《楚辞论析》，殷光熹：《楚骚：华夏文明之光》等。

⑥ 见聂石樵：《屈原论稿》、金开诚：《楚辞选注》等。

招对象的用语及其生前的生活，都非楚王莫属。但是，也不一定就像一些学者所说的那样，它是屈原作以用于楚国闻知怀王客死于秦后举行的招魂仪式上的，或是屈原在怀王灵柩归楚下葬时所作。从作品本身来看，其中描写了诗人“献岁发春兮，汩吾南征”的浪迹江南的生活，抒发了“魂兮归来，哀江南”这种诗人身处江南而产生的情感。另外，诗句尾词“些”，本为江南地区的古咒语尾词，与今湘、黔、滇一带居住的苗族所保留的招魂词咒语尾声有密切关系。[①] 因此，《招魂》显然系作于屈原被再放江南之后。据《史记·屈原贾生列传》记载，屈原在怀王灵柩归葬时并未被“迁”，而是在怀王归葬之后方被逐出郢都而再放江南，故《招魂》不应为其时所作。《史记·项羽本纪》载范增语：“自怀王入秦不反，楚人怜之至今。”由此可知楚地民间自怀王死后必然长年举行悼念活动。《招魂》则极有可能就是屈原在江南时，采用民间招魂词的形式，为在怀王忌日时民间举行的悼亡仪式上悼念怀王而作。

《招魂》前有引言，后有乱辞（歌的尾声、诗的结语），中间是正文，三部分构成联结紧密、首尾呼应的整体，这正是民间招魂词的结构形式，反映了民间招魂仪式的全过程。屈原创造性地采用民间招魂词形式写出的作品，则充分地表达了楚人对虽为秦囚却不肯割地卖国、辱祖乞生的怀王的同情和怀念，同时也充分地抒写了屈原目睹国家衰败的哀痛和渴望存君兴国的心志。作品中“内崇楚国之美”的铺张描写，则真实地反映了楚国的社会生活和民情风俗。

就艺术特色而言，《招魂》则在丰富奇伟的想象基础上，用华美绚丽的文辞、排比铺张的方式以体物写志，故深为前人所推崇，并被视为汉赋之滥觞。

七、《大招》

《大招》的真伪，从古至今都是肯定者少而怀疑者多，楚辞研究者

① 参见汤炳正：《屈赋新探·〈招魂〉“些”字的来源》。

多将它排斥在屈原作品之外，20 世纪 80 年代以前的文学史著作也大都对其不予介绍。

王逸在《楚辞章句》中虽标明《大招》为“屈原之所作也”，但接着又叹道：“或曰景差，疑而不能明也。”尽管王逸在《大招》注文中仍将它看作屈原作品，可是自朱熹在《楚辞集注》中断为“此篇决为差作无疑也”之后，信从王说者便寥寥无几了。清代，林云铭、蒋骥、屈复、胡文英等一度力主《大招》为屈原之作①，在现代却没有多少应和者。直至 20 世纪 80 年代以来，才有一些学者在清人论证基础上力辨其真。②他们的重新探讨，大大有助于人们对《大招》真伪的分辨。

综观“伪作说”论者的根据，主要有二。其一，《大招》的内容和形式与《招魂》相似，文学价值则与之相去甚远，显然为对《招魂》的拙劣模仿。其二，文中个别词语似晚出。正如驳斥者所言，这种凭好恶感觉和个别词语定真伪的结论是不坚实亦不科学的。《大招》的文辞古奥，风格质朴，从语言形式看来应是先秦作品；诗中“极言治功化理之美，一皆屈子所志”③，从思想内容看来应为屈原所作，故绝不可在证据不足的情况下轻易否定屈原的著作权。

屈原既作有文辞“靡丽奇巧”的《招魂》，为何又作与之内容相似却格调不类的《大招》呢？这的确使学者感到困惑，学者们也因之作了种种解释。姜亮夫认为，《招魂》是屈原哀悼怀王之作，《大招》“为屈原自招之词”。据此则所招对象不同，歌辞格调亦可不一。姜书阁认为，“二招”同为招怀王之魂而作，但“《招魂》之作在怀王入秦被留之时，而《大招》则作于怀王客死于秦之后，或即在秦归其丧于楚之时”，屈

① 见林云铭：《楚辞灯》、蒋骥：《山带阁注楚辞》、屈复：《楚辞新注》、胡文英：《屈骚指掌》等。

② 姜亮夫．屈原［M］// 中国历代著名文学家评传：第 1 卷．济南：山东教育出版社，1983；姜书阁．“屈原赋二十五篇”臆说［M］// 楚辞研究．济南：齐鲁书社，1988；殷光熹．楚骚：华夏文明之光［M］．昆明：云南大学出版社，1990；汤漳平，陆永品．楚辞论析［M］．太原：山西教育出版社，1990.

③ 王夫之：《楚辞通释》。

原“可以在不同时期为了不同目的而写出风格不尽相同的作品”。殷光熹、汤漳平和陆永品认为,《招魂》作于怀王初死时,《大招》作于怀王归葬时。[①]

“二招”既然内容相似，所招对象也应一致。特别是《大招》“篇内多序帝王致治之事”[②]，更表明它是为招怀王而作。但是，据常理推测，屈原似乎不会在怀王由死至归葬这段短短的时间里连续作出两篇内容给人以雷同之感、格调却给人以迥异之感的“招魂词”。前面已辨明，《招魂》作于屈原被迁往江南之后。那么，这篇《大招》则的确应为楚国举行的怀王国葬仪式而作。《大招》的语言形式基本上是工整的四言句，行文板滞而缺少变化，显然比《招魂》古朴一些，因而不会作于《招魂》之后，否则不合后出转精的规律。合理的推测是,《大招》的体式是楚国宫廷举行丧礼时世代沿用的“招魂词”体式，虽因葬者不同而对“招魂词”的内容有所更改，但其体式不变。《大招》即屈原沿用旧体式而作的招怀王魂之词。屈原在江南作《招魂》时，则对《大招》的内容有所袭用却采用了民间招魂词的体式。清人贺贻孙在《骚筏》中指出,《大招》中的语尾词“只”乃中原之音,《招魂》中的“些”乃楚中方音,“若《大招》则多庄重之辞，故不用‘些’，而只用‘只’耳”。这也说明了宫廷沿用的与民间所用的招魂词之区别。

“大招”者，大招其魂也。怀王地位崇高，国葬场面盛大，故称之。《大招》在“外陈四方之恶”“内崇楚国之美”上虽与《招魂》相同，但首尾结构并不一致。它前无引言而直接进入正文，后无乱辞而戛然辄止，所反映的不是招魂仪式的全过程，而是丧葬仪式的一部分。它末尾描绘的国泰民安、政治清明、天下统一的景象，集中地表达了屈原的美政理想，也突出了作品的主题思想。比较而言,《招魂》雅而《大招》质,《招魂》丽而《大招》朴,《招魂》偏重抒情而《大招》偏重言志。

① 以上诸说，分别见姜亮夫:《屈原》，姜书阁:《“屈原赋二十五篇”臆说》，殷光熹:《楚骚：华夏文明之光》，汤漳平、陆永品:《楚辞论析》。

② 蒋骥:《山带阁注楚辞》。

第三节　屈原的思想

历史上富有生命力的文学杰作，往往都蕴含了丰富深刻的思想，从而能让历代读者开卷则神有所会、合卷则意有所得，反复玩味更是领悟无穷。两千余年来如日月高悬的屈骚，其思想内涵则似乎令人难以发掘穷尽，不同时代的人们总能从中汲取到所需要的精神营养，真可谓博大精深而耐人寻味呵！时至今日，人们已从哲学、政治、伦理、宗教、美学等各方面探讨过屈原的思想内涵，并且对其各个方面的思想特征都有具体的阐发。因此，若要全面地介绍屈原的思想，在这里是不可能的，只能撮其要而概说之。

一、屈原的“美政”理想

屈原在作品中表达得最为充分又具体、完整而系统的思想，就是他的“美政”理想。屈原的作品多是政治抒情诗，实际上也多是他的“美政”理想的艺术表达。他的代表作《离骚》，自始至终反复申述了“美政”理想，他在其结尾还坚定不移地表示：

既莫足与为美政兮，吾将从彭咸之所居！

诚若此言，他的一生就是追求“美政”理想的一生，就是为“美政”理想奋斗的一生。当国破民苦而“美政”理想彻底破灭之后，他也就义无反顾地仿效彭咸投水自沉了。可以说，“美政”理想是屈原的精神支柱，也是屈原思想的综合反映和集中体现。了解屈原“美政”理想的基本内容和形成原因，也就能对屈原思想知其大略。

屈原所谓的“美政”，就是他理想中的完美政治。就屈原作品分析，屈原的“美政”理想主要有三个方面的内容。

其一，是民本思想和德政主张。

屈骚中充分反映了屈原对人民疾苦的极大关切和对“民惟邦本”的

深刻认识，并由此而主张施行使人民安居乐业的德政。《离骚》中有“长太息以掩涕兮，哀民生之多艰”的慨叹，《哀郢》中有“皇天之不纯命兮，何百姓之震愆。民离散而相失兮，方仲春而东迁”的悲吟。正由于屈原有着这种对人民生活的真诚关心和对人民苦难的深切同情，他才主张君主应该勤政爱民、行善施德。他认为：

皇天无私阿兮，览民德焉错辅。夫维圣哲以茂行兮，苟得用此下土。瞻前而顾后兮，相观民之计极。夫孰非义而可用兮，孰非善而可服！[①]

因此，屈原向往建立一个“州土之平乐”的国家：

田邑千畛，人阜昌只。美冒众流，德泽章只。[②]

民本思想是春秋战国时代兴起的思想潮流。统治阶级内部的许多明智人士在亲历其时的社会大变革中，在总结历史上兴衰存亡的经验教训后，认识到民心向背对存君兴国的决定作用，于是主张重视民生、爱民惠民。孔子发展这种民本思想而形成了“德政”学说，孟子又弘扬这种民本思想而提出了“仁政”学说。由于这一思想和主张反对暴政而有利民生，客观上具有进步意义，故在以儒家为主的诸子大力宣扬之下，民本思想便流播于世、影响极大。道家也十分重视民生，黄老之学则吸收了儒家的学说并有所发挥，《文子》和《黄帝书》对此都有阐发。屈原的民本思想的形成和德政思想的提出，无疑也受到了这一思想潮流的影响，但更主要的还是他“前瞻往古，后顾今兹，再四思维”[③]而“明于治乱”所致。《离骚》即反映了他总结历史经验后的深刻认识：“夏桀之

① 《离骚》。
② 《大招》。
③ 吴世尚：《楚辞疏》。

常违兮”，“不务德而武伤百姓，百姓弗堪”[1]，“乃遂焉而逢殃”；“后辛之菹醢兮”，“厚赋税以实鹿台之钱，而盈钜桥之粟”[2]，以致“小民方兴，相为敌仇”[3]，牧野倒戈，助周击纣，故“殷宗用而不长”。这样的历史审视和理性认识，在《天问》中亦有反映。屈原在这种瞻前顾后的理性思考中，怀疑并且否定了传统的天命观，得出了存君兴国在人而不在天、在德而不在命的正确认识，因此其民本思想和德政主张有着牢固的思想基础。

其二，是法治思想和举贤授能主张。

屈原特别强调“法治”，认为在当时存君兴国的唯一途径就是修明法度、以法治国。因此，他坚决反对“背法度而心治”，对把持朝政的贵族统治集团为维护私利而违背法度、反对法治的行径给予了无情的揭露和批判：

> 固时俗之工巧兮，偭规矩而改错。背绳墨以追曲兮，竞周容以为度。[4]

正因为屈原有着立法度而国富强、背法度而国衰败的清醒认识，他进而主张不拘一格地起用深通法度而且能够严明执法、保证法度正确地贯彻实施的贤才能士，强调只有“举贤而授能兮”，才可以“循绳墨而不颇”。在《大招》中，屈原描绘了贤士用而政令行、法度明而邦国安的理想景况：

> 发政献行，禁苛暴只。举杰压陛，诛讥罢只。直赢在位，近禹麾只。豪杰执政，流泽施只。

① 《史记·夏本纪》。
② 《史记·殷本纪》。
③ 《尚书·微子》。
④ 《离骚》。

屈原的法治思想和举贤授能的主张的形成，是与当时大盛于世的法治思潮的影响分不开的，是与列国用贤变法而强盛之事实的触动分不开的，更是与楚国法治思想传统的影响和楚国用法而强、弃法而衰的事实的教育分不开的。楚国在春秋早中期变强之际，就制定了具体的法律制度和形成了良好的法治传统。文献记载楚庄王君臣都对法治意义有较明确的认识，并且重视法治、执法严明。但是，楚国强盛之后，统治者便逐渐自恃其大而不思进取，苟安享乐而因循守旧，淫刑施于下而绳墨毁于上，并且始终由王族贵戚把持朝政，“使贞臣而无由”、贤士而失路。吴起变法强国，竟然招致体解身裂，国家也因此陷入“路幽昧以险隘”的境地。楚国历史的兴衰缘由，当然为明于“治乱之条贯”的屈原体察至深。况且，法治思想作为理论形态又源于黄老之学。黄老之学大倡法治，正由于楚国既有历史上的法治传统，又有现实中的法治需要，而且也势必对“博闻强志”的屈原影响至大。然而，屈原的认识还不限于此，他并不盲从别人的思想，也不满足于一时一地的历史经验的总结，他进而以“参验以考实”的态度放眼天下，纵观古今以求治乱之本因，终于得出“汤禹俨而祗敬兮，周论道而莫差。举贤而授能兮，循绳墨而不颇”[①] 的结论。因此，屈原对自己的思想和主张的正确性充满自信，并且抱着极大的热情去坚持它、实现它。在《惜往日》中，屈原就回忆了受命于怀王而起草宪令的经过，并且突出地表达了他的法治思想和举贤授能主张，充分地表明了他坚持自己的思想和主张的坚定态度。

其三，是大一统的思想和匡定天下的主张。

屈原在其诗篇中反复歌咏说：

> 忽奔走以先后兮，及前王之踵武。[②]
> 汤禹久远兮，邈而不可慕！[③]

①② 《离骚》。

③ 《九章·怀沙》。

魂乎归来，尚三王只！[①]

由此可知，屈原所仰慕的，是历史上创建了天下统一大业的夏、商、周三代开国君主；屈原所向往的，是建立一个像夏禹、商汤、周文王和周武王时代那样的天下定于一尊、海内归于一统的国家；屈原所为之奋斗的，是“竭忠诚”以辅佐楚王去步三代圣王之后尘而统一天下。《大招》中描绘了屈原理想中楚国匡定天下后的盛世景象：

雄雄赫赫，天德明只。三公穆穆，登降堂只。诸侯毕极，立九卿只。

在屈原笔下，楚王以天子之尊而南面高坐，三公纷纷登堂与王议政，九卿分立堂下候王敕命，四方诸侯则尽服于楚而前来朝王，俨然是周初盛事的再现。据出土楚简记录，战国中期楚人祭祀的“三楚先”是老僮、祝融和鬻熊，祭祀的先王有始受封于周的熊绎、始自立为王的武王熊通和中兴楚国的昭王等，但这些人物在屈骚中都未被提及。屈骚中反复称颂的，是尧、舜、禹、汤、周文王、周武王等在传说中或历史上的天下共主。屈原的大一统思想和匡定天下主张，于此显现出来。

屈原时代，天下统一的趋势已经明朗，天下统一的要求也更为迫切。屈原“及前王之踵武”的主张和“思九州之博大”[②]的意识，正是时代思潮和历史要求的反映。又由于楚国在当时具备统一天下的实力，而秦国的强盛和攻势将楚国逼上了不兴则亡的关口，故屈原对这一时代思潮和历史要求的反应尤为敏感，认识尤为深刻，表现也尤为充分和强烈。

上述三个方面的思想和主张，构成了屈原“美政”理想的基本内容。三者之间，民本思想与法治思想是相辅相成的。因为在屈原看来，

① 《大招》。
② 《离骚》。

法治即为安民，法立则须顺应民情；而民安又赖法治，民生又须法立。总之，是“发政献行，禁苛暴只”。德政主张与举贤授能主张也是一致的，因为只有“豪杰执政”，才有“流泽施只”。至于后者，则是前两者的最终归宿和最高体现。从《大招》里的描写可知，屈原认为只有在天下统一的太平盛世里，才能达到“德泽章只”的理想境界。三者都是屈原在时代思潮的影响下形成的，又都是屈原在审视历史和体察现实的基础上形成的，故“美政”理想可以说是屈原汲取他人思想成果和探索客观真理的理论结晶。正是如此，屈原才不遗余力地阐明它，自始至终地坚持它，宁赴湘流地身殉它。

屈原“美政”理想的哲学基础，则是朴素唯物主义的天道观。这集中反映在《天问》开篇的几句诗中，与在南方楚地产生的道家天道观深相契合，可以说是在《老子》“道生一，一生二，二生三，三生万物”基础上的哲学思辨，是在打倒天国、否定天命基础上的理性认识。正由于屈原有着“遂古之初，谁传道之”的哲学思辨，有着“阴阳三合，何本何化”的理性认识，他才能摆脱传统天命观的束缚，本着参验考实的态度去瞻前顾后、上下求索，从而得出社会的治乱、国家的兴亡在于人而不在于天的正确结论，并且在此基础上形成了他的“美政”理想。

就屈原“美政”理想之内涵的丰富性而言，几乎已包含有先秦的道、儒、法等诸家学派的思想成分，这便在后世引起了关于屈原思想究竟属于哪一家的争论。现代学者对此聚讼尤烈，至今余波未平。其实，在屈原时代，随着天下由分裂走向统一的进程加快，学术也由争鸣朝着综合发展。屈原出于建构其“美政”理想的需要，自然会汲取诸家学说并顺应时代潮流而加以糅合。若要说屈原受哪家思想的影响最大的话，则应该说还是兴于楚并盛于楚的道家，但不是道家的老庄学派，而是道家的黄老学派。许多学者以为道家学说就是以主张消极遁世为思想特征的老庄思想，这乃是对道家学说的发展演变缺乏全面了解所致。如本编第三、四章所述，黄老学派在战国中期已大盛于楚，而且又是站在统治阶级立场上主张积极入世并且致力阐述统一天下的理论和方略的学派，其学说很能适合屈原的需要。全面而完整地看，屈原的“美政”理想也正与黄老之学的思想主张更为接近。

绝对不可忽略也绝对不会忽略的是，屈原的“美政”理想还有着深厚的情感基质，这就是充溢在屈骚的字里行间那对乡土、对故国的无限眷念和无比热爱的感情，也就是列宁所说的那种“千百年来巩固起来的对自己的祖国的一种最深厚的感情”①。屈骚是感情强烈的抒情诗，所抒之情从根本上说就是这种爱国感情。屈原早年得意时所作的《橘颂》，抒发了“深固难徙，更壹志兮”的豪情；中年遭放逐后所作的《离骚》，虽表达了“远逝以自疏”的想法，却更真切地抒写了“蜷局顾而不行”的与故土难分难舍之情；晚年尽管在荒僻的江南过着“纠思心以为纕兮，编愁苦以为膺”的流放生活，可篇篇诗作都是“眷顾楚国”的悲歌。屈原的“美政”理想之内涵诚然丰富，却又无不因其爱国感情而生发、为其爱国感情所贯串、伴其爱国感情以表现。“哀民生之多艰”，也即哀国家之多难；反对“背法度而心治”，在于“恐皇舆之败绩”；“望三五以为像兮”，则是“夫唯灵修之故也”。如此忧国之深，如此爱国之忱，在屈原之世则无有其俦，在屈原身后也罕有其匹。屈原这种异乎寻常的爱国感情，不仅仅是由于他生于楚、长于楚而自然地形成了依恋乡国的深情，更重要的是他博通楚国由方圆五十里发展到地方五千里的奋斗历史，凝聚了楚人在反抗强权、发愤图强的漫长历史中巩固起来的对自己国家的深厚感情。而屈原的“美政”理想，正是他那深厚爱国感情的具体表现，正是他那强烈爱国感情的集中体现。没有这种深厚而强烈的爱国感情作为基质和形成动力，他也不会有以国泰民安、国强民富和天下统一为目标的“美政”理想。因此，人们世世代代高度称颂屈原的爱国思想和爱国精神，并且将他的“美政”理想视为他的爱国主义的具体内容。当然，屈原的爱国主义与今天的爱国主义已有了本质区别，但两者在立志振兴自己国家的精神上是相通的，谁也不能否认屈原的爱国主义

① 列宁全集：第 28 卷［M］. 北京：人民出版社，1956：168—169.

影响后世、并发展成为中华民族自强不息的精神支柱这一事实。

二、屈原的美学思想

屈原是一位诗人，而且是一位理想主义的诗人。他在诗中所反复表现的“美政”理想，本身就是抱着审美的态度、按照美的规律和美的原则而建构的理想，因而自以“美政”名之。既然如此，他在对“美政”理想的充分表现中，也充分表达了他的美学思想。尽管受诗歌体裁的限制，屈原的美学思想不可能像庄周在其散文中表达得那样详尽，但也表达了几乎与庄周美学思想同样丰富的内容。

1. 审美意识

在楚文学史以及中国先秦文学史上，就作品所反映的审美意识而言，堪称丰富完整又鲜明突出的唯有庄周之文和屈原之诗。屈骚的审美意识虽在深刻性上不及庄文，但在强烈性上却有所过之；虽在理论性上输于庄文，但在系统性上则犹可比美。

（1）周流观乎上下——审美态度

“美”这一语词在屈骚中使用的数量之多、频率之高，且不说先秦诗坛上莫有所及，就是连洋洋洒洒十万余言的《庄子》，恐怕也自叹弗如。一篇《离骚》，使用“美”字就达十余个，再加上与“美”义相近或相反的词，可谓无处不言美，通篇皆论美。之所以如此，正在于屈原看待自然与社会、宇宙与人生时，所抱的态度就是审美态度。屈原所说的“周流观乎上下”①，就反映了他的审美态度。“观”就是审美，就是对美的欣赏和寻求。姜亮夫指出：“举屈子二十五篇中所用的观、视类字，约二十四五字，每字使用次数不定，约共得百次左右”，而“在五官功能中，最为具象者，莫详于其书视觉者矣”。② 屈原持审美态度“忽反顾以游目”“周流观乎上下”，在诗中描写的“观”的感受以及因“观”而产生的思想感情，实际上都是一种审美评价，故不用“美”则

---

① 《离骚》。

② 楚辞学论文集·屈子思想简述［M］. 上海：上海古籍出版社，1984：243—244.

不能够反映之，不言“美”则不足以说明之。

屈原对自然的描写，是本着审美态度来表现的，如《橘颂》中写“后皇嘉树”，就极力描绘了它“绿叶素荣，纷其可喜兮”“纷缊宜修，姱而不丑兮”的美好形象。屈原对社会的描写也是如此，如《离骚》极力突出了现实的黑暗和丑恶：“世溷浊而不分兮，好蔽美而嫉妒”“世溷浊而嫉贤兮，好蔽美而称恶”。屈原对人的描写，更是突出了美者之美和丑者之恶，美者是“苟余情其信芳”，是“佩缤纷其繁饰兮，芳菲菲其弥章”，丑者乃是“众皆竞进以贪婪兮，凭不厌乎求索。羌内恕己以量人兮，各兴心而嫉妒”。

从屈骚的审美表现来看，屈原的审美态度是客观的，即认为美就在客观对象上，并由客观对象所体现出来。橘树之美在于其“绿叶素荣”，江离、辟芷、秋兰等芳草之美在于其“芳菲菲其弥章”。在屈原看来，正是客观对象的形、色使人产生了美感。因此，屈原也肯定人类对“五色”“五音”“五味”这种美的追求和表现：

> 五色杂而炫耀。①
> 五音纷兮繁会，君欣欣兮乐康。②
> 大苦醎酸，辛甘行些。③

相对而言，庄周对这种世俗所崇尚的、能够引起人的感官愉悦和生理快乐的一切人为之“美”，都是予以否定的，这正是屈原不像庄周那样过度地强调美的主观性的不同之处。

当然，屈原突出美的客观性，并不意味着他的审美态度是一种浅层次的审美态度。他对美的认识和追求，是由表层进入深层的，不仅肯定外在的形式美，而且更为重视内在的本质美。所谓“芳与泽其杂糅兮，

① 《远游》。
② 《九歌·东皇太一》。
③ 《招魂》。

唯昭质其犹未亏”[①]，就表明在他的心目中，内在的本质美高于外在的形式美。因此，他对人、对社会的审美认识，主要就是据此作出审美判断和审美评价的。

（2）美冒众流——审美境界

屈原一生孜孜求美，求美不得而身赴湘流。其代表作《离骚》，则具体、详尽地抒写了他“上下而求索”的迫切愿望、曲折历程和痛苦感受。《离骚》可分为三大段两大部分，后一部分即专门描写诗人神游天国以“求女”的曲折经历和不能如愿的痛苦感受。诗人因“哀高丘之无女”而“相下女之可诒”，于是先“求宓妃之所在”，但宓妃“虽信美而无礼兮”，只得“来违弃而改求”。继之，诗人又求“有娀之佚女”、求“有虞之二姚”，结果都失败了，因而产生了“怀朕情而不发兮，余焉能忍与此终古”的痛苦。但诗人仍不死心，听信灵氛“勉远逝而狐疑兮，孰求美而释女”之劝，决心“聊浮游而求女”。在诗中，女即美人，求女也就是求美人，求得美人便达到了屈原理想的审美境界。

不过，神游天国以求美人只是浪漫主义的艺术表现。“女”实际上是比喻圣明的君主，诚如朱熹《楚辞集注》所说：“女，神女，盖以比贤君也。……求宓妃，见佚女，留二姚，皆求贤君之意也。”诗人以贤臣自喻而求得与贤君的“两美其必合”，则在于希望能够通过君臣同心协力以实施“美政”，故诗人在求女终不可得后，发出若“美政”不能实现则宁可投水自沉的悲叹。因此，屈原的“美政”理想，便是其最高审美境界。这一最高审美境界的具体表现，就是“美冒众流，德泽章只”，就是德政的恩泽广及民众而使之至美至乐，也就是《大招》中对理想社会的形象描写。

屈原的审美境界，虽然也是一种理想的审美境界，但却是根据生活美的创造原则和遵循生活美的创造规律而形成的审美境界，是人类可以通过对生活美的追求和创造而实现的审美境界，因而具有现实性。这与

① 《离骚》。

庄周那种“天地与我并生，而万物与我为一”的超现实的审美境界是大不相同的。

屈原的审美境界所反映出的审美理想，是外观于人类群体的社会生活需要而形成的审美理想；相对而言，庄周的审美境界所反映出的审美理想，则是内省于人类个体的本质力量要求而形成的审美理想；两者恰好互补，共同构成了楚文化中审美意识的核心和中国古代文化中审美意识的基础。

（3）聊浮游以逍遥——审美体验

美虽然具有客观性，但愉悦人身心的美感的获得，则不仅仅是审美对象作用于审美主体之感官的直接兴发，更需要审美主体积极游心于审美对象的深入体验。《离骚》中“览相观于四极兮”一句，则具体地揭示了屈原的审美体验过程。诚如姜亮夫所说：“以‘览相观’三字，形此一视觉，其层次有先后，斯视物有深浅，览者遍视之，识其大略而已；相者，再三视之，即今人所谓审视也。……最后乃曰‘观’，观者，赏玩之，详查之，久视之。”[①] 这一审美体验过程，是以“览”为起点，也即以感官接触审美对象为起点；是以“相”为经历，也即以再三审视审美对象为经历；是以“观”为终点，也即以心灵游入审美对象为终点。因此，屈原抱着审美态度“周流观乎上下”的过程，同时也是“聊浮游以逍遥”[②] 这一游心于审美对象、寄心于审美境界的审美体验过程。

《橘颂》中颂扬的橘树之美，虽有诗人因其“绿叶素荣”“青黄杂糅”所兴发的美感，但更多的则是诗人对其作积极的审美体验时游心于其体、移情于其身而产生的美感。因此，橘树在诗人笔下完全拟人化了，成了诗人自我“苏世独立，横而不流兮”“秉德无私，参天地兮”等美德的体现。屈骚中的景物描写，也往往是游心于景、移情于物之后

① 楚辞学论文集·屈子思想简述［M］. 上海：上海古籍出版社，1984：244.
② 《离骚》。

的艺术表现，因而给人以情哀则景哀、情乐则景乐的艺术美感。

体验现实中无而理想中有的审美境界所给人的至乐美感，就只有通过游目而意得、游心而神悟了。屈原在诗中就反复说到“游”，如“忽反顾以游目兮，将往观乎四荒”[①]“涉青云以泛滥游兮，忽临睨夫旧乡”[②]。屈原浮游天国以求女、往观四荒以寻美，当然不可能是人涉青云的飞行，而只能是心骛八极的神游。《离骚》中即充分描写了“浮游”在审美境界的天国里役使众神而获得的“逍遥”之自由和快乐。《远游》亦生动地描写了神游南方而至审美境界时所体悟到的“内欣欣而自美兮，聊愉娱以淫乐”。

屈原的审美体验的极致是“浮游以逍遥”，庄周的审美体验的极致是逍遥以游于无穷。两者都是游而悟其美、游而得逍遥，该是何等相似！屈原与庄周同有鲜明的审美态度和理想的审美境界，又不约而同地大量用“游”字来表述其审美体验的过程和方式，用“逍遥”一词来表述其所体验到的审美快乐，这正反映了在楚文化背景下形成的美学思想的共同特征。

（4）兹历情以陈辞——审美创造

屈原关于审美创造的思想，主要反映在屈骚中涉及诗歌创作之本质特征的一些诗句中。“金相玉质，百世无匹”的屈骚，是屈原审美创造的极品。屈原关于诗歌创作之本质特征的表述，则具有很高的美学价值和深远的思想影响。

在屈骚中，屈原反复说明了他陈辞赋诗的目的和动因：

> 惜诵以致愍兮，发愤以抒情。[③]
>
> 心郁郁之忧思兮，独永叹乎增伤。思蹇产之不释兮，曼遭夜之方长。……愿摇起而横奔兮，览民尤以自镇。结微情以陈词兮，矫

① 《离骚》。

② 《远游》。

③ 《九章·惜诵》。

以遗夫美人。……兹历情以陈辞兮，荪详聋而不闻。……道思作颂，聊以自救兮。忧心不遂，斯言谁告兮。[①]

眇远志之所及兮，怜浮云之相羊。介眇志之所惑兮，窃赋诗之所明。[②]

由此可知，屈原陈辞赋诗，并非为了消闲自娱，而是他那爱国爱民的真诚之心、存君兴国的忠贞之志不但不为人所理解，反而遭到群小的谗害和壅君的放逐，以致愤慨之感和悲怨之情长期郁积在胸而无处可诉，故陈辞赋诗“发愤以抒情”，并希望借此寄言于楚王而使之醒悟，且聊以排遣心中痛苦。总之，是诚如司马迁所说的“盖自怨生也”[③]。正是“兹历情以陈辞”也即表达诗人充沛而强烈的真实感情的屈骚，才取得了“气往轹古，辞来切今，惊采绝艳，难与并能”[④]的高度艺术成就，这便说明抒发真实感情是诗歌的本质特征。丰富而强烈的感情，可以促使“思风发于胸臆，言泉流于唇齿”，自然而成丽辞佳句。屈原的“发愤以抒情”“兹历情以陈辞”之说，也表明他对诗歌创作的本质特征有了较为明确的认识。

后人乃据屈原的说法和屈骚之典范，对文学艺术的审美创造作了更明确和更深刻的理论发挥。司马迁由此进而得出了传世佳作“大抵贤圣发愤之所为作也”的认识。扬雄以此与汉赋作了比较，从而有“诗人之赋丽以则，辞人之赋丽以淫”之论。刘勰则据此并参照前代创作，对文学艺术的审美创造作了理论总结：“故情者文之经，辞者理之纬；经正而后纬成，理定而后辞畅，此立文之本源也。”[⑤]南北朝以降，人们便自觉地以之作为文艺审美创造的原则。

① 《九章·抽思》。
② 《九章·悲回风》。
③ 《史记·屈原贾生列传》。
④ 《文心雕龙·辨骚》。
⑤ 《文心雕龙·情采》。

2. 美学观点

正像庄周不仅有着系统而强烈的审美意识，又有着丰富而深刻的美学观点一样，屈原的美学观点也是丰富而又深刻的。

（1）佩缤纷其繁饰兮——丽美观

历代学者论屈骚，往往都强调指出其艳丽的艺术特色。班固称“其文弘博丽雅”[①]，刘勰称其文“惊采绝艳”，胡应麟称其文“宏肆典丽”[②]，鲁迅称“其文甚丽”[③]。诚若斯言，屈骚充分体现了屈原“以丽为美”的审美追求，因而有着缤纷艳丽的审美表现。

《离骚》中的“佩缤纷其繁饰兮”一句，可以说最为明确地表达了屈原“以丽为美”的丽美观。屈骚的艺术表现，即为华美文辞的缤纷迭出，艳丽辞藻的缛雕繁饰，从而显现出鲜明、强烈、纷繁、富丽的艺术美：

> 纷总总其离合兮，斑陆离其上下。[④]
>
> 浴兰汤兮沐芳，华采衣兮若英。灵连蜷兮既留，烂昭昭兮未央。[⑤]
>
> 美人既醉，朱颜酡些。娭光眇视，目曾波些。被文服纤，丽而不奇些。长发曼鬋，艳陆离些。[⑥]

如此描写，在屈骚中比比皆是，诚然可谓是一种穷声色的审美追求、极物貌的艺术表现，反映了屈原欲糅天地之众丽以成诗的审美情趣。

这种审美情趣，是楚人审美情趣的集中体现。出土楚文物的造型和装饰，便鲜明地反映了楚人这一审美情趣。楚国的青铜器和漆木器，其

① 《离骚序》。
② 《诗薮》。
③ 《汉文学史纲要》。
④ 《离骚》。
⑤ 《九歌·云中君》。
⑥ 《招魂》。

雕饰之繁缛、描画之艳丽，往往令人叹为观止。其体其形，既见集天地之容以入方寸之间的繁复表现，又见集万物之色以于一身之上的缛丽渲染。这种审美情趣的形成，是楚人对自然美高度追求的结果，是楚人在从野蛮到文明的历史进程中发展其审美意识的结果，是楚人沉浸于以感官刺激为审美特征的巫文化活动的结果，也是楚人在其文化创造的鼎盛时期而审美欲求大为增强的结果。惊采绝艳的屈骚，就是集中体现楚人这种审美情趣的审美创造。

在楚文化背景下产生的诗文，不可避免地都会体现楚人这种审美情趣，也自然而然地集中体现楚人这种审美情趣。《老子》《庄子》虽然在理论上强调“美言不信”和“雕琢反朴”，但其文则如鲁迅在《汉文学史纲要》中所说：“然文辞之美富者，实惟道家。”

屈骚虽“丽”，但因主要是通过写物色之丽而“崇楚国之美”、写人物之丽而标诗人之美，总之突出其“丽”是为了充分地达情见意，故“丽以则”。屈骚所反映的丽美观，大大影响了后人。汉赋在很大程度上就是极力表现以丽为美的审美情趣的产物。汉人论文也好用“丽”字，显然承袭了屈原的丽美观。只是汉人辞赋多一味以侈丽闳衍之词突出其“丽”，而未能很好地继承屈骚以丽见意达情的精神，故在很大程度上流于“丽以淫”了。

（2）子慕予兮善窈窕——秀美观

“以秀为美”的秀美观，在屈骚中虽然反映得不如丽美观那样突出，但也较为鲜明。这集中反映在屈骚中有关人物之美的描写上：

> 灵偃蹇兮姣服。①
> 美要眇兮宜修。②
> 容则秀雅，稚朱颜只。……小腰秀颈，若鲜卑只。……丰肉微

① 《九歌·东皇太一》。
② 《九歌·湘君》。

> 骨，体便娟只。[①]

“偃蹇”“要眇”“便娟”，都是形容人的夭娇柔弱之态、轻盈秀丽之美；而佳丽的容颜之美，则以“秀雅”为极致。由此即可以看出，屈原鉴赏人物外貌的审美标准是“秀”，故表现人物的外貌之美也在于突出其“秀”。这一审美观最为突出地反映在屈原对缠绵多情、纯洁美丽的女神山鬼的描绘上：

> 若有人兮山之阿，被薜荔兮带女罗。既含睇兮又宜笑，子慕予兮善窈窕。[②]

身披薜荔衫、腰束女罗带的山鬼，巧笑倩兮而美目盼兮，已是光彩照人、芳洁可爱，但最令人倾慕的则是她那夭娇婀娜的秀丽形态。“窈窕”即“苗条”，也即“纤秀”。陶渊明《闲情赋》云：“愿在裳而为带，束窈窕之纤身。”朱起凤《辞通》引《晋书・皇后传注》：“窈窕，一作苗条。”屈原笔下的山鬼，是屈原寄寓了爱慕之情的艺术形象，也是屈原寄托了审美理想的艺术形象。

秀美观同丽美观一样，也是屈原美学思想中的一个重要观点。受这一观点的支配，屈原的审美创造也自然体现出“秀美”的特征。屈骚尽管艳，但艳而不冶；尽管丽，但丽而不靡；可谓于宏肆中见惠巧，于艳丽中见清秀。前人对此亦有所认识，刘勰即指出：“《远游》《天问》，瑰诡而惠巧。”[③]明人郝敬在《艺圃伧谈》中则说：“《九歌》清婉温亮，不可目为冶丽。”

对“秀美”的欣赏与追求，也是楚人传统的审美情趣。《墨子》《管子》《韩非子》等文献，都记载了春秋时期“楚灵王好细腰，而国中多

① 《大招》。
② 《九歌・山鬼》。
③ 《文心雕龙・辨骚》。

饿人”的故事。出土的楚国帛画、漆画上的人物，大都也是身颀体长、清奇秀美的形象。典型的楚国青铜器——升鼎，造型为平底束腰、敞耳细足，显得轻巧秀丽。宋玉作品中描写的美女，同样突出其纤秀之美。如《神女赋》描绘的巫山神女形象，是“素质干之醲实兮，志解泰而体闲。既姽婳于幽静兮，又婆娑乎人间”。《登徒子好色赋》描写“东家之子”说：“肌如白雪，腰如束素。”因此，屈骚所反映的秀美观，正是楚人审美情趣的集中体现。

西汉以后，人们的审美情趣由崇尚“丽美”而逐渐转向欣赏“秀美”。降至魏晋时代，“秀美”便成了时代的审美风尚和文艺的审美追求。这一重大变化，除了有社会生活的改变和思想文化的演变等诸多原因之外，大概也是由于人们对屈骚所反映的秀美观有了明确认识、并且受到楚人“以秀为美”的传统审美情趣的影响所致吧。

（3）哀众芳之芜秽——美丑转化观

屈原极其热爱美、极力追求美，同时也极其憎恶丑、极力鄙弃丑。他对溷浊现实的揭露是毫无遮掩的，他对楚国腐朽的贵族统治集团的罪恶行径的抨击是毫不留情的。在他看来，鸾鸟凤凰怎么能与燕雀乌鹊同巢？芳草美木怎么能与恶草贱木共生？“何方圜之能周兮，夫孰异道而相安？”①“众踥蹀而日进兮，美超远而逾迈。”②总之，是美与丑不能并存、善与恶不能同在。由此可见，屈原对美与丑的对立性的认识是非常明确的，是毫不含糊的。

乍看起来，屈原关于美、丑的对立性的认识似乎绝对化了，其实并非如此。他对美、丑的统一性及其互相转化的认识也是十分明确的：

余既滋兰之九畹兮，又树蕙之百亩。……虽萎绝其亦何伤兮，哀众芳之芜秽！……兰芷变而不芳兮，荃蕙化而为茅。何昔日之芳

① 《离骚》。

② 《九章·哀郢》。

草兮，今直为此萧艾也！岂其有他故兮，莫好修之害也。[1]

屈骚中的兰、芷、荃、蕙等芳草，都比喻品质美好的贤人。而芳草可以芜秽、可以变而不芳，也即贤人可以堕落、可以变成小人。屈原借用自然物的美丑变化，来象征性地说明了人的美丑变化。这反映了屈原认识到美、丑不仅是对立的，而且也是统一的；不仅统一在一物一人身上，而且还会在一定条件下转化，即物之变在于时地之异，人之变则在于“莫好修之害也”。不言而喻，屈原这一美学认识是深刻的。他虽然没有像老聃、庄周那样对这一认识作出理论阐述，但却是以这一认识具体分析和说明了社会现象，其思想深度是不亚于老、庄的。

综观屈原一生，他身处“朝秦暮楚”、干谒诸侯以谋取卿相之尊、施展政治抱负已成为社会时尚的战国时代，宁肯“溘死以流亡”却始终不愿离国出走、“以彼其材游诸侯”[2]。实际上，其重要原因之一，恐怕也在于屈原对美丑的对立统一关系有着深刻认识。屈原认识到美丑是可以转化的，因此抱着楚王终究会由昏聩变为圣明，楚国终究会由沉浊变为光明的信念，至死不愿离开故国、至死为故国的美好未来而奋斗。

（4）善美明只——真、善、美统一观

真、善、美三者的关系问题，是美学的核心问题，也是任何一个艺术家或思想家都不能回避的问题。在楚文学史上，老聃和庄周对此都有深刻的认识和明确的阐述，屈原对此所表达的看法同样也十分鲜明。

老聃和庄周都大力标举真，屈原首先强调的也是真。屈原认为，美主要表现为纯洁和纯真。在《橘颂》中，他描写橘之美说：“青黄杂糅，文章烂兮。精色内白，类任道兮。”蒋骥《山带阁注楚辞》释云：“内白，兼皮里瓤子三者言。言橘之果实，外则先青后黄，其文交错灿烂，而其精纯之色，蕴于内者，无非洁白。”也就是说，橘的外表之美正在

① 《离骚》。
② 《史记·屈原贾生列传》。

于它内蕴洁白。屈原颂橘也是颂人。他对人之美的看法，也着重于其本质的纯真。他自言对美的追求说：

> 纷吾既有此内美兮，又重之以修能。……高余冠之岌岌兮，长余佩之陆离。芳与泽其杂糅兮，惟昭质其犹未亏。[①]

因此，他对世人的变质、世俗的虚伪深恶痛绝。他揭露和抨击说："固时俗之工巧兮，偭规矩而改错。背绳墨以追曲兮，竞周容以为度。"[②]他并且愤慨地质问："万变其情岂可盖兮，孰虚伪之可长？"[③]他还坚定地表示，自己宁肯"伏清白以死直兮"，也不愿为虚伪之态。他所憧憬的理想社会，也是纯真的社会，故满怀向往之情地歌颂："昔三后之纯粹兮，固众芳之所在。"[④]

然而，屈原心目中的真，与老、庄心目中的真在内涵上又有着本质区别。老、庄标举的真，即宇宙本体的"道"；而屈原强调的真，则是人伦道德的"善"。屈原赞颂橘有"内白"之质，在于肯定橘"类任道兮"，即有似德行完美而身担大任的君子。屈原说自己有"内美"，就指的是自己具有美好的道德品质；屈原自称"余独好修以为常"，汲汲自修以求美上加美，就指的是始终如一地追求"重仁袭义兮，谨厚以为丰"[⑤]，也即追求道德的完善；屈原哀叹"众芳之芜秽"，是痛心于世人道德品质的败坏；屈原赞美"三后之纯粹"，是颂扬夏禹、商汤、周文王的德行完美……总之，他所反复强调的真，实际上都是善；他所作出的一切审美评价，实质上都主要是以人伦道德的善为尺度而作出的评价。

美主要表现为真，真又以善为基础，因此，屈原的审美理想和审美境界也就是善的实现和善的体现。理想的"美人"，是道德完美的

①②④《离骚》。
③《九章·悲回风》。
⑤《九章·怀沙》。

人；理想的“美政”，是施仁布德的政治；最高的审美境界，是“美冒众流，德泽章只”，是“善美明只”[①]。从“善美明只”这一表述，即可清楚地看出屈原对真、善、美三者之关系的认识。据此似乎可以构成如下图式：

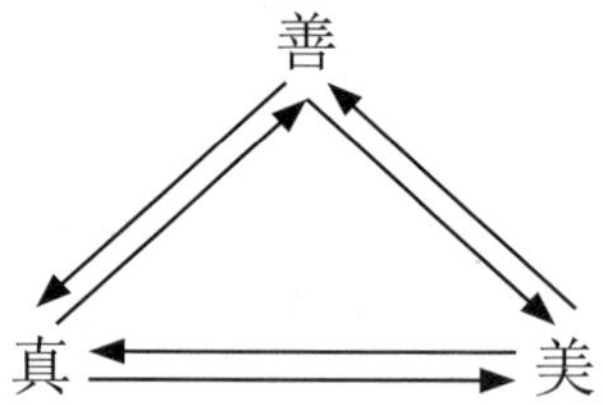

善以真为基础，美以真为表现，真和美又统一于善，善居于真和美之上，善是最高的人生理想和审美境界，这就是屈原人生哲学和美学思想的核心。

在屈原的美学思想中，美与真、善虽然具有统一性，但美却并不从属于真、善而又与之具有对立性，即使不具备真、善之物，也依然可以具有美，只是这种美仅为外在的形式美，而不是理想的内美与外美相统一的完美。如《离骚》中描写的美女宓妃，就“保其美以骄傲兮，日康娱以淫游，虽信美而无礼”，使得推崇“善”的诗人只好“来违弃而改求”。因此，屈原尤其强调内美与外美的统一，强调文与质的统一。其人生追求是既求“奇服”之外美，又求“昭质”之内美；其自我的审美评价也是“文质疏内兮，众不知余之异采”[②]。屈原的这一思想，是老聃和庄周所不具有的。老、庄因高度肯定理想中的“道”的完美性而过于强调真、善、美的统一性，屈原则能够客观地认识到其对立性，并且由此表述了通过人的努力以求其完满统一的思想，这与孔子的美学思想有相同之处。如本编第二章第三节所述，孔子正是以善为最高的人生境界和审美境界。同时，孔子也强调“文质彬彬”方为完美。所不同的

① 《大招》。
② 《九章·怀沙》。

是，孔子过于强调善而对美重视不够，带有过于强调文艺的功利性而忽略文艺的审美特性的倾向。而屈原虽然推崇善，却又高度重视美，且对善的强调也是从审美的角度、以论美的方式、用美恶的语词来加以强调的，不仅不会导致人们忽略文艺审美特性之弊，反而能够促发人们高度重视审美的本质特征和本质意义。因此，屈原的美学思想，比起老、庄、孔的美学思想来，在这方面对后世美学思想的发展和审美创造的实践更有启迪和指导作用。

屈原与老聃、庄周都是楚文学史和楚文化史上的巨人，都在其作品中表述了丰富而深刻的美学思想。三者既有着在同一文化背景下孕育而成的共同性，如“以大为美”的审美观[①]，真、善、美统一观等；又有着因所处时代和阶级地位、生活遭际不同而形成的差异性，如上面分析的种种。屈原与老、庄一样愤世嫉俗而追求理想之美，但屈原既不像老聃那样沉浸于抽象的哲学思辨而强调“真”，也不像庄周那样醉心于个体的审美体验而标举“美”，而是着眼于群体的理想社会而推崇“善”。老、庄、屈三人不同的审美价值取向，形成了他们各具特色又各成体系的美学思想。三人的美学思想都从一个方面发展和深化了先秦的楚人暨华夏民族的审美意识和审美观点，构成为楚文化的美学思想系统。这一美学思想系统，在很大程度上反映和概括了先秦的美学思想，故为中国古代美学思想的理论建构做出了重要贡献，也为中国古代美学思想的理论发展奠定了重要基础。后世文艺理论中各种审美观点的形成，大都源自这一美学思想系统；后世文学艺术的创作实践，也基本上是在这一美学思想系统的影响下发展的。

---

① 老、庄的“大美观”，已如本编第五章第二节所述，屈原同样也崇尚“大”并表现出“以大为美”的审美追求。《离骚》《天问》都是体制宏大的杰作，《招魂》《大招》也都着眼于“大”而铺陈描写。只是相对于庄周的理论阐述而言，屈原这一观点不太突出，故未作详细分析。

第四节　屈骚的创作精神

如前章所述，鼎盛时期的楚文学代表作，充分体现了楚文学的创造精神，这就是既有如实描写社会生活的现实主义，又有充分表现审美理想的浪漫主义，但以浪漫主义为主导。散文丰碑《庄子》是如此，诗歌冠冕的屈骚亦如此。

屈原在《惜往日》中指责党人和楚王说：

> 蔽晦君之聪明兮，虚惑误又以欺。弗参验以考实兮，远迁臣而弗思。

这表明屈原对党人以假充真、欺君罔上的罪行的深恶痛绝，对楚王不辨真假虚实、听信谗言谤语的深悲极怨，同时也表明屈原对待人生与社会的基本认识方式和审美原则就是"参验以考实"，就是比较而求真。因此，屈原采用这一方式和本着这一原则陈辞赋诗以描写现实，自然也就真实地反映了客观现实，鲜明地体现出现实主义的创作精神。

依其所体现的创作精神和艺术风格来划分，人们往往将《离骚》分为前后两部分。前一部分（从首句至"岂余心之可惩"）即以写实为主，如实地描写了诗人的出生、成长、汲汲自修、为国家培养人才、知遇于楚王、遭谗被疏以及与党人斗争的种种经历，并且在对诗人大半生经历的描写中真实地反映了诗人时代的社会现实，深刻地揭示了楚国由盛转衰的主要原因，其所体现的现实主义精神可以说是充分而强烈的。

《九章》基本上都是现实主义的如实描写。屈原早年所作的《橘颂》，在拟人化的咏物之中，直达其意地抒写了诗人的怀抱，同时也间接地反映了楚国盛而未衰时的面貌。被疏远以及被放逐期间写作的诸篇，大都如实地描写了他在其时其地的具体生活环境和真实思想感情，而在对具体生活环境的摹绘和对真实思想感情的抒发之中，则展现了楚国山川的景观、楚国社会的变故和楚国人民的命运。《涉江》细致入微地描写了诗人被放逐江南后“窜伏其域”的情景：

> 入溆浦余儃佪兮，迷不知吾所如。深林杳以冥冥兮，乃猿狖之所居。山峻高以蔽日兮，下幽晦以多雨。霰雪纷其无垠兮，云霏霏而承宇。哀吾生之无乐兮，幽独处乎山中。吾不能变心以从俗兮，固将愁苦而终穷！

正是如此真切的描述，使得读者能够真实地了解到其时江南山野那杳无人迹的荒凉景象，深刻地体察到屈原在流放江南时所忍受的生活折磨和精神痛苦，并且充分地认识到屈原人格的伟大和品质的高尚。《哀郢》开篇对百姓因郢都失陷而仓皇逃难的描写，真实地反映了标志楚国走向衰落的这一重大历史事件及其给楚国人民带来的巨大灾难。《惜往日》中抒写的绝命之辞，则表明了屈原对国家衰落之根源及其无可挽救之命运的清醒认识，从而真实地反映了楚国因法度不立而国弱、贤能不任而路隘的历史悲剧。总之，《九章》对现实生活的环境和源于生活的感受的如实描写和真切再现，体现出强烈的现实主义精神。可以说，《九章》是屈骚中最具有现实主义精神的作品。

至于被前人称为“创意、创格、造言，未有诡于《招魂》者也”①的《招魂》，及其姊妹篇《大招》，都在一定程度上反映了怀王囚死于秦的楚国重大事件及其在楚国引起的巨大震动。而且，尽管其“外陈四方之恶”的描写是所谓的“谲怪之谈”②，但其“内崇楚国之美”的描写则基本上是平实之语。其中细致、详尽地描绘了楚国宫廷的衣、食、住、行、娱乐、游猎等各方面的生活，虽有极力铺陈之嫌，但反映的却是生活的真实，这已为出土文物所证实。迄今虽然尚未发掘战国早中期的楚王墓，但楚国贵族的墓中，特别是居于楚国腹地而为楚国附庸的曾

① 方东树：《昭昧詹言》。
② 《文心雕龙·辨骚》。

国之君曾侯乙的墓中出土的大量豪华随葬品，即可证明屈原诗中的描写没有什么言过其实的地方。屈骚中对楚国之美的铺写，真实地反映了当年楚国物质文明和精神文明的发展水平、楚文化的风格特色、楚人的生活习俗等状况，也真实地展现了楚国贵族的奢侈腐化生活，并由此揭示出楚国之衰的原因。

另外，就是具有浓厚的浪漫主义色彩的《九歌》，也反映了楚国社会巫风盛行的实际状况，反映了楚人在日常生活中产生的具体要求和真诚愿望，如企求风调雨顺、多子长寿、消灾免祸、爱情美满等，而且还流露出诗人被疏失意之后的真情实感，故依然体现有现实主义精神。

现实主义精神贯注在屈原的所有作品中，是屈原发愤以抒真情、嫉俗而赋真事所体现于作品中的基本精神。由于屈骚对现实生活的反映，不仅仅是采用了以往诗歌特别是《诗经》的直赋其事、直达其意的再现方式，而主要是采用了伴随情感宣泄而抒写的方式，较多地采用了借助审美意象以显现的方式，故乍看起来似乎不那么连贯完整、直观明确。但是，由于所抒发的悲哀怨愤之情，是诗人积极体验现实生活所产生的真实而强烈的感情，故这种抒写方式虽然随激情跌宕起伏而好似东一句、西一句，却对现实生活的反映尤为深刻；由于所抒写的香草美人、飘风云霓等审美意象，是对现实生活中的美善丑恶所作的高度艺术概括，故这种显现方式虽然曲折含蓄，却对现实生活的反映尤为深广。这两种反映现实的艺术方式交错运用，便使得屈骚的现实主义精神鲜明突出地体现出来了。

屈骚最为充分地体现现实主义精神的艺术表现方式，还是其大量采用的借古衬今、以史证实。这一方式的采用，正是屈原“参验以考实”的求实精神在诗歌创作中的直接反映。《离骚》中陈述了夏、商、周三代兴衰存亡的历史，从而衬托出楚国现实的溷浊、确证了楚国社会的危机。《九章》中也大量地以古人古事来映衬现实的善恶、今人的是非。由于采用了这一方式，屈骚便将社会生活的本质真实在广泛的参照和久远的验证中确切地反映出来，深刻地揭示出来，使得其所体现的现实主义精神也更具有力度和强度。

现实主义精神在《庄子》中也有较强的体现，但由于屈原与庄周的社会观和历史观不同，审美态度和审美理想有异，故屈骚与《庄子》所体现的现实主义精神也有着重大差别。庄周充分认识到现实的“沉浊”，对现实生活是憎恶而厌弃的，这便导致他在作品中充分暴露社会黑暗并且彻底否定现实生活，其暴露社会黑暗的目的正在于排斥现实生活。因此，庄周对现实生活所持的审美态度是消极的，所抱的审美理想是虚幻的。他无意于去发现并肯定现实生活中的美与善，而只是致力于去揭示现实生活中的丑与恶。《庄子》所体现的现实主义精神，交织着庄周对现实生活的绝望心理和痛苦感受，缺乏一种振奋读者在现实生活中积极体验美、追求善的力量。屈原则不然，他虽然也充分认识到现实的“溷浊”，但他对现实生活却是既憎恶又眷恋，这便导致他在作品中充分揭露社会黑暗却又高度肯定现实生活，其揭露社会黑暗的目的乃在于改变现实生活。因此，屈原对现实生活所持的审美态度是积极的，所抱的审美理想是有现实基础的。他着意于去发现并肯定现实生活中的美与善，同时又鞭挞现实生活中的丑与恶。屈骚所体现的现实主义精神，凝结着屈原对现实生活的热爱之情和悲愤之感，具有一种振奋读者在现实生活中积极体验美、追求善的力量。

同《庄子》一样，现实主义精神在屈骚中虽然有着充分的体现，但并非是占主导地位的创作精神。屈骚所体现的更为强烈因而也占据主导地位的创作精神，则是浪漫主义。浪漫主义是屈骚所体现的最为鲜明突出的创作精神，这在中华人民共和国成立以来几乎为学术界所一致肯定，至今仍为绝大多数学者所强调指出。尽管随着对屈骚的创作方式、表现手法、艺术特色和艺术成就的研究日益深入，对屈骚所体现的创作精神的内涵的认识也更加深刻，但浪漫主义这一概念仍适于概括屈骚的主导精神，因为这一概念的理论内涵也随着文学研究的发展而发展了。今天所说的浪漫主义，只是对采用超现实的艺术表现方式、以充分表现审美理想的作品所体现出的创作精神的理论表述，已经剔除了它在形成时所具有的与艺术无关的涵义。

屈骚浪漫主义的思想基础同《庄子》一样，都是在对现实社会的深刻认识基础上形成的人生理想，也即审美理想。在“好蔽美而称恶”的现实社会里，屈原满腔热情地辅佐怀王为实现“美政”理想而奋斗，却“被离谤而见尤”。出于对国家的高度热爱和高度责任感，屈原坚信自己的“美政”主张的正确性和“美政”理想的完善性，因而始终如一地坚持它、追求它。但是，溷浊的现实却剥夺了屈原充分全面地阐明它和身体力行地实现它的机会和条件，这种“国无人莫我知”的痛苦和“魂一夕而九逝”的向往，导致他在忧愁幽思和悲愤哀怨中，希冀有与他“两美必合”的美人和达到“美政”实现的境界，于是他便自然而然地在挣脱现实束缚的想象中，向圣明的祖先神去陈述内心的无比悲苦并求得理解他的美人，在超越现实制约的幻境中去排遣内心的无限忧愁并抵达理想的彼岸。正是为这种强烈的情感所推动和强烈的愿望所驱使，屈原也就采用了浪漫主义的艺术表现方式，以充分地抒发主观情感和表现主观理想，从而使作品体现出强烈的浪漫主义精神。既然以丰富而强烈的情感为基质的审美理想是屈骚所要表现的主旨，屈骚的主导创作精神也就必然是浪漫主义了。

不受现实束缚、超越时空限制的丰富而奇伟的艺术想象，以及由此形成的“文如云龙雾豹，出没隐见，变化无方”[①]的艺术表现方式，是屈骚浪漫主义精神的鲜明体现。屈原在《远游》中说：

思故旧以想象兮，长太息而掩涕。

这表明他在流放期间无时无刻不凭借着“想象”以追怀往事、憧憬未来，也表明他赋诗陈辞是充分借助“想象”的产物。在中国文化史上，屈原最早使用“想象”一词，意味着他对“想象”在生活中和创作中的

① 刘熙载：《艺概·文概》。

重要作用已有自觉认识。正是这种自觉认识促使他充分发挥“想象”去表现理想，使其作品具有了浓重的浪漫色彩。《离骚》的后半部分（从“女媭之婵媛兮”至结尾）充分抒写了诗人对理想的执着追求。其中的诗人自我形象忽而“济沅湘以南征，就重华而陈辞”；忽而“溘埃风余上征”，令帝阍以开关；忽而“吾令丰隆乘云兮，求宓妃之所在”；忽而“望瑶台之偃蹇兮，见有娀之佚女”；忽而“聊浮游以逍遥”，求“有虞之二姚”；忽而“邅吾道夫昆仑兮，路修远以周流”；忽而又“忽临睨夫旧乡”，“蜷局顾而不行”。天地六合，无不可往；古往今来，无不可见。其中的描写，则随着诗人“周流观乎上下”而构成了一个个“纷总总其离合兮，斑陆离其上下”的神奇瑰丽而又变化莫测的艺术画面，令人目不暇接、眼花缭乱。无怪乎刘熙载《艺概》说：“《离骚》东一句，西一句，天上一句，地下一句，极开阖抑扬之变。”《离骚》的这一艺术特征，在屈原的其他以表现理想为主的诗篇里也有反映。

屈骚的浪漫主义精神，还鲜明地体现为屈骚出于充分表现理想的需要，大量地糅合了神话故事、历史传说、现实事件和自然物象，以构成迷离仿佛而又诡异奇丽的艺术境界。如神话故事中的望舒、飞廉等自然神，西皇、宓妃等神人，飞龙、凤凰等神兽；历史传说中的三皇五帝、历代君臣；现实事件中的壅君、党人；自然物象中的芳草、恶木，在屈骚中全被糅合成一体、编织为一境，从而使其艺术境界既缤纷绚丽又神奇诡异。尤其是屈骚对神话的充分利用和大量描述，使得作品的“诡异之辞”“谲怪之谈”层出不穷，浪漫色彩也鲜明浓重。刘勰在《文心雕龙·辨骚》中评述屈骚异于《诗经》之处，首先指出的就是其词之诡异和其言之谲怪：

> 至于托云龙，说迂怪，丰隆求宓妃，鸩鸟媒娀女，诡异之辞也；康回倾地，羿羽弹日，木夫九首，土伯三目，谲怪之谈也。

有无诡异之辞和谲怪之谈，正是浪漫主义的屈骚和现实主义的《诗经》

的重大区别之一，故刘勰将屈骚与《诗经》的这一比较，正揭示了先秦时期的楚文学与中原文学在艺术风格和创作精神上的明显不同。

屈骚利用和描述的神话，大都是楚地长期流传的远古神话，本身就具有原始神话那种诡异的浪漫色彩。如出土的战国“楚帛书”上所绘的12神人像，其中就有形象极其诡异的三头神人；出土的面目狰狞、身曲角利而形象诡怪的各种镇墓兽，即被学者认为是《招魂》中描绘的幽都冥府里“其角觺觺些。敦脄血拇，逐人駓駓些。参目虎首，其身若牛些”的九约之土伯。[①] 因此，屈骚在对神话的利用和描述的同时，也继承和发扬了神话的浪漫主义精神。屈骚那种丰富奇伟、奔放无羁的想象力，那种涵盖天地、包容万物的表现力，在很大程度上都是借鉴和发展神话的思维方式和表现方式而来。不过，屈骚描述神话只是对神话的利用，只是为着表现诗人的理想，而不是迷信神话。在屈骚中，诗人自我形象不仅没有拜倒在神灵脚下，反而役使众神、借助神以表达人的思想感情，因此，屈骚浪漫主义与神话浪漫主义已经有了本质区别。从屈骚中可以看出，它既保持了神话那种恢诡谲怪的浪漫色彩，又融入了文学作为人类审美意识之集中体现的理性精神，因而使浪漫主义从神话中完全脱胎出来成为文学的创作精神。

由于屈原的审美理想具有现实性，故屈骚所体现的浪漫主义精神也是与其所体现的现实主义精神水乳交融地结合在一起的。这在《离骚》中体现得最为充分：其前半篇主要抒写现实，但实中又有虚，交错运用了浪漫主义的表现方式，通过象征性的审美意象以托实；下半篇转为主要表现理想，而其理想本身就是前文所抒写的诗人在现实中的追求的自然升华，因此虽然是描写天国，却仍然是人间的幻影，且在诗人神游天国的描写之中，夹杂着对现实的直接抒写，虚中又见实。其结尾，神游天国的诗人最终还是归至地上人间。屈骚诸篇都不同程度地反映了这两种精神的结合与统一。相对而言，《庄子》则因庄周的理想是与现实相

① 张正明：《楚文化史》。

脱离的，故其浪漫主义精神与其现实主义精神具有分离性。与之相应而形成的艺术特色，《庄子》是“意出尘外，怪生笔端”的“以玄见奇”，令人感到“芒乎昧乎”，若水月镜花；屈骚则是想落天外、情发笔端的“以幽见奇”，令人觉得诡乎瑰乎，如兴云化虹。“以玄见奇”的《庄子》，有着味之无极的艺术吸引力；“以幽见奇”的屈骚，则有着荡气回肠的艺术感染力。

第五节　屈骚的艺术成就

若要尽述“金相玉式，艳溢锱毫”[①]的屈骚的艺术成就，是十分困难的，因为屈骚就犹如一座宏大的立体雕塑，远观近赏、横看侧览都会对其在艺术上的创造性成就有不同的发现。上面各节，实际上已从不同方面、在不同程度上论及了屈骚的艺术成就。除此之外，屈骚的艺术成就还主要表现在以下三个方面。

一、诗歌形式的开拓

屈骚在诗歌形式上的开拓，首先表现在其体制之大令以前的诗作无与伦比。在流传下来的先秦诗歌作品中，屈骚之前的最长诗篇莫过于《诗经·鲁颂·闷宫》，全诗9章120句，共492字，亦可谓当时的皇皇巨制，但比起《离骚》《天问》《招魂》来，则不啻是小巫见大巫了。在楚文学史上，尽管早就产生有五千余言的诗化散文《老子》，但它严格说来不属诗歌而属散文。只有屈骚才真正将诗歌的体制发展到前所未有的宏大程度。屈骚体制的宏大，固然与楚人“以大为美”的审美追求和“酣歌恒舞”的巫风影响分不开，但更重要的还是适应了反映日益丰富的社会生活的要求。体制宏大便意味着内容的扩充和反映社会生活的深广。春秋中叶以后的社会发展日益迅速，社会生活日趋复杂，《诗经》

① 刘勰：《文心雕龙·辨骚》。

那种传统的以寥寥短章为主的诗歌形式已不适应反映丰富复杂的社会生活，这也正是北方文人抛弃它，转向能够深广地反映社会生活的新文体——散文的创作的原因之一。屈原借鉴民歌、主要是楚地民间长篇祭祀乐歌的形式，创造性地扩大诗歌体制以反映丰富复杂的社会生活，其意义是十分重大的。

其次，更重要的开拓，还是在于诗歌句式上。屈骚的句式丰富多彩，四言、五言、六言、七言、八言乃至九言、十言等杂而用之，几乎囊括了以往诗歌的所有句式。不过，它的基本句式，则是《九歌》《离骚》《九章》中多使用的由“三二”节奏和“三三”节奏组成的、并灵活地带有语助词“兮”字的六字句和七字句。这两种句式，就与以往诗歌、即《诗经》那种传统的、由“二二”节奏组成的基本句式——四言句大为不同。它不仅增加了字数，更重要的是它所带的语助词在句中既可以调整音节，使诗歌的节奏韵律或活泼明快、或柔曼婉转而富于变化，且又因兼作虚词而使诗歌的表情达意能力大为增强。屈原并不摈弃传统的四言诗体，而是对它非常熟悉和运用自如，写出了《橘颂》《天问》这样的佳作。但是，屈原在忧愁幽思而作《九章》《离骚》时，便感到它不足以表达自己充沛而强烈的思想感情了，因而在借鉴民歌特别是楚地民歌的句式基础上发展而成了别具一格的新句式。比较《九歌》与《离骚》，可以看出屈原在诗歌形式上的探索和创新。《九歌》的句式比较整齐，“兮”字多用在句中，故音调柔曼婉转，表情达意也含蓄蕴藉，较多地保留了楚地民间歌谣的形式特征。《离骚》的句式则以六字句为主，间以其他句式相配合，“兮”字多用于句末，故诗文既错落有致，又稳定统一；音调既有急促之节，又有舒缓之韵；表情达意则既见一泻无余，又见曲折委婉。

经过屈原的开拓发展，初兴于战国早中期的楚辞体式得以成熟。成熟形态的楚辞诗体，即以屈原诗作为代表的骚体诗，具有三大鲜明特征：

其一，以“三二”节奏的五字句和“三三”节奏的六字句为基本句式，如“浴兰汤 /（兮）沐芳，// 华采衣 /（兮）若英”（《九歌·东皇太一》）、“帝子降 /（兮）北渚，// 目眇眇 /（兮）愁予”（《九歌·湘君》）、“帝高阳 / 之苗裔（兮），// 朕皇考 / 曰伯庸”（《离骚》）、“皇天之 / 不纯命（兮），// 何百姓 / 之震愆”（《九章·哀郢》）、“操吴戈 /（兮）被犀甲，// 车错毂 /（兮）短兵接”（《九歌·国殇》）等，兼杂错用节奏有别的二言、三言、四言、五言乃至七言、八言、九言、十言等各种句式。

其二，在句中或句末有规律地大量使用语助词“兮”，又主要将其用作音韵助词。

其三，诗篇一般在数十句以上，篇长体大不受限制。

这三大特征，明显是突破传统的四言诗体，拓展楚歌体式而形成的。成熟形态的楚辞诗体，显示出诗体上彻底解放和全面创新的面貌，将宜于咏唱的传统歌诗体变为宜于诵读的诵诗体，从而使诗歌又重新焕发出青春，也使得骚体诗成为文人十分爱好和乐于采用的文学样式。屈原的楚辞创作，既有《离骚》、《九章》和《九歌》这样典型的骚体诗作，又有《招魂》这样赋体因素明显的作品，为战国末年至西汉前期骚体诗的创作繁荣和辞赋的流衍嬗变奠定基础。

另外，屈骚在语言的运用上也有着创造性的开拓。采用大量的楚地方言和民间口语入诗，是屈骚的一大特色。然而，屈骚对其的采用并非随意为之，而是对其有所选择并予以锤炼，使其不仅成为文学语言，而且成了具有很强的概括力和表现力的诗歌语言。据上编第一章第一节中引录的吴世尚语可知，楚言楚语在屈骚中都起着增强诗歌表现力、突出诗歌意旨的重要作用。再如“忳郁邑余侘傺兮”句中的“忳”“郁邑”和“览相观于四极”句中的“览”“相”“观”，这些寻常所用而词义相近的词语的创造性叠用，大大强化了诗歌所表达的情感，丰富了诗歌的意蕴。至于屈骚用语的概括力和表现力，前人已多有评论。如洪亮吉《北江诗话》指出：“汉、唐以来，咏兰诗亦至多矣，而《楚辞·九歌》以二语括之，曰：‘绿叶兮素枝，芳菲菲兮袭予。’只八字而色、香、味并到。咏橘诗亦多矣，而《九章》之《橘颂》，以十四字括之，曰：‘曾枝剡叶，圆果抟兮！青黄杂糅，文章烂兮！’只四语而枝、叶、蒂、干、花、实、形状、彩色并出。”

二、表现手法的发展

古人从审美的角度总结《诗经》中的创作经验，指出诗歌的表现手法是赋、比、兴。尽管这三个关于表现手法的概念是从《周礼》所谓的“六诗”中摘取而来[①]，尽管其概念的本义可能是根据诗歌的社会用途而对诗歌所作的分类，但是，当人们开始由功利角度转向审美角度来看待诗歌时，便发现它们能够较为全面而准确地反映诗歌的表现手法，于是也就认定它们指的就是诗歌的表现手法了。自汉代以降的两千多年里，人们一直如此看待它们并且致力于探讨它们在诗歌的审美创造中的作用。正是由于人们实际上将它们看成了审美创造的中介而在审美创造中自觉地运用它们，我国的诗歌创作才有着艺术上的不断发展。因此，赋、比、兴是历史上形成的、能够比较准确和全面地反映诗歌表现手法的概念，是在长期的诗歌创作的理论探讨和具体实践中不断科学化和丰富化了的概念，也是今日的文学研究不仅应该继续使用、而且必须深入阐发的概念。

“敷陈其事而直言之”[②]的赋，是文学反映社会生活、表达思想感情的最基本的表现手法。文学正是采用赋法而滥觞于世的。传世的一首最为古老的楚歌、也是最为古老的中国诗歌——《弹歌》，便是以极其简单的赋法成诗的。《诗经》中大量运用的也是赋法，而且较为简单，叙事陈情之语和状物图貌之辞往往都是粗略的交代、白描的勾勒。相对而言，屈骚则大大发展了赋法的艺术表现力。它的叙事，是反复叙说以见其详；它的陈情，是“三致志焉”以见其深；它的状物，是穷形尽相以

① 《周礼·春官·大师》：“大师掌六律……教六诗：曰风、曰赋、曰比、曰兴、曰雅、曰颂。”

② 朱熹：《诗集传》。

见其工。在铺陈方式上，它也并非一味平铺直叙，而是纵横铺写、反复陈述。这样一来，也就“斯于千态万状、层见叠出者，吐无不畅，畅无不竭”[①]。尤其是屈骚的叙事始终交融着抒情、状物，始终伴随着达意，从而用赋法创造出了情景交融、意象相生的艺术境界。上节引录的《涉江》中的那段文字，便在对江南荒山野林的生动描绘中，充分地抒发了诗人被放逐其间而窜伏其域的极度忧愁和无比痛苦的感情。《诗经》中虽然也有这种用赋法创造艺术境界的诗作，但其境界的形象之鲜明生动和情感之丰富深厚则不及屈骚。

“诗要用形象思维，不能如散文那样直说，所以比、兴两法是不能不用的。”[②]如中编第五章第二节所述，比兴实际上是将艺术思维具体化和客观化的重要中介，是将社会生活形象化和艺术化的重要桥梁。因此，比兴两法的发展，也体现了文学艺术的发展。

王逸在《楚辞章句》中说：“《离骚》之文，依《诗》取兴，引类譬喻，故善鸟香草，以配忠贞；恶禽臭物，以比谗佞；灵修美人，以媲于君；宓妃佚女，以譬贤臣；虬龙鸾凤，以托君子；飘风云霓，以为小人。其词温而雅，其义皎而朗。”这段话对屈骚运用比兴手法的特点虽然概括得不够准确，却清楚地指出了屈骚发展了《诗经》的比兴手法，因而有着高度的艺术成就。

这一发展，首先表现为屈骚大量地运用比兴以成文。比兴在《诗经》中尚且只是赋的补充手法而偶然用之，比多用于文中，兴则多见于诗端，而屈骚则往往整段或全篇皆用比兴，赋倒成了表达喻意、描写兴象的方法。故《离骚》之文，铺叙善鸟香草、恶禽臭物、灵修美人、宓妃佚女、虬龙鸾凤等，却又一一都有比兴的寓意。

其次，这一发展表现在屈骚的比兴，已不像《诗经》那样有“以彼物比此物”的喻体与本体的明确区别，有“先言他物”的兴象与“所咏

① 刘熙载：《艺概·赋概》。

② 毛泽东．给陈毅同志谈诗的一封信［J］．诗刊，1978（1）．

之词”的本意的明确交代，而是喻体与本体浑融、兴象与本意化合。如《离骚》中以兰芷荃蕙等芳草比喻品质美好之人，以萧艾等恶草比喻品质败坏之人，便要让人就喻体之象去体悟所蕴含的本体之意。这样的比兴，实际上就是象征。这些起着感兴作用的物象，都已成了具有象征意义的审美意象。

再次，屈骚不仅将比兴发展为象征，而且建构了一个象征体系。在屈骚里，天地四方之神与物、古往今来的人和事，大都是寓意于其中的审美意象。这些审美意象之间，虽无象之可类的相似之形，却有意之可通的相同之旨。如善鸟与香草的形象有异却本质相同，故都用以象征忠贞之士；恶禽与臭物的形象不同却本质一致，故都用以象征谗佞之人。正由于屈骚中描绘的物象都统一在善与恶的审美标准上、都统一在以善与恶为审美标准而形成的象征意义上，故其象征也就体系化了。屈骚往往用一连串的物象来喻明同一意旨，如：

> 鸾鸟凤皇，日以远兮。燕雀乌鹊，巢堂坛兮。露申辛夷，死林薄兮。腥臊并御，芳不得薄兮。阴阳易位，时不当兮。[①]

这鸾鸟凤凰、露申辛夷和燕雀乌鹊等一系列具有象征意义的物象所组成的一连串比喻，都在于强调说明现实的丑恶。不仅如此，屈骚还在这种系列化的比兴象征的基础上，创造出一个完整的、具有整体象征意义的艺术境界。如《离骚》后半部分通过对诗人上叩帝关、下求宓妃、陈词于九疑、寻路往西海等一系列象征性的艺术描绘，构成了诗人神游天国的艺术境界，从而在整体上象征性地表现了诗人对理想的执着而又艰苦的追求。

充分运用比兴手法以创造审美意象来“以象见意”，充分借助象征性的艺术表现来抒情达意，便可以将丰富而深厚的思想感情通过鲜明生

① 《九章·涉江》。

动的艺术形象表达出来，产生象有成而旨深远、言有尽而意无穷的艺术效果。诗歌不能像散文那样直说，因为直说则往往象成而旨见、言尽而意穷，势必索然寡味。诗歌的篇幅又不能像散文一样随意扩大，故直说则容量更小，无法表达丰富而深厚的思想感情。屈骚创造性地发展了比兴手法，并且构成为统一的象征体系，因而使诗歌反映生活的概括性和塑造形象的艺术性达到了一个空前的高度，显示了诗歌这一文学样式的强大生命力。司马迁高度评价屈骚说："其称文小而其指极大，举类迩而见义远。"[①]

比兴是联类譬喻、取象达意的艺术表现手法。屈骚将比兴发展为象征并且建构了象征体系，则与《庄子》殊途而同归、相得而益彰。前人就已将屈骚的艺术表现看作"泛为寓言"[②]"如庄周寓言"[③]。庄、骚之所以在表现手法上有着共同的发展，正在于它们都以浪漫主义的丰富奇伟的想象为基础，都以发展成熟的艺术思维为前提。庄、骚分别在散文和诗歌的领域里将文学的表现手法作了系统的发展，正表明中国文学因庄、骚的产生而最终形成为独立的社会意识形态和艺术种类了。

三、艺术典型的塑造

屈骚的艺术成就尽管是多方面而难以尽述的，但它最为突出和最为巨大的成就，则可以说是成功地塑造了一位始终屹立在中国历史上、活跃在中国人民心中的不朽典型，这就是诗人的自我形象。

"发愤以抒情"的屈骚，几乎都是屈原直接抒写个人的至情至性、表现自我的至爱至憎之作。其中的主要作品，大都用"余""吾"等第一人称展开抒情，并且伴随着情感的强烈抒发而叙述了个人的生活遭遇。就是以这种抒发自我情感结合叙述自我遭遇的方式，屈骚塑造出了鲜明而生动、高大而完美的诗人自我形象。从屈骚中可以看出，诗人自

---

① 《史记·屈原贾生列传》。
② 朱熹:《楚辞辩证·离骚经》。
③ 晁补之:《离骚新序》。

我形象主要有着如下几个方面的特征。

1. 外形美与内质美的统一

屈骚中展现的诗人自我形象，首先表现为外形的绝美。他有着姣好的长相，以至于招来世俗之人的嫉妒，即所谓“众女嫉余之蛾眉兮”。同时，他又注重和讲究服饰装扮，喜好和追求衣着的华美，自称“余幼好此奇服兮，年既老而不衰。带长铗之陆离兮，冠切云之崔嵬。被明月兮珮宝璐”[①]。更有甚者，他还将江离、辟芷等各种芳草香物佩带身上以美化自己，使自己美上加美。这些描写当然是象征性的艺术表现，但诗人却以此而在作品中突出了自我形象的外形美。

不仅如此，诗人自我形象还有着内在的本质美。他自称具有“内美”“昭质”“独有此姱节”，而且因为“好修姱以鞿羁兮”，他一生都保持了自己的美好品质，始终没有“以身之察察，受物之汶汶”“以皓皓之白，而蒙世俗之尘埃”[②]。他最后自投汨罗，“葬于江鱼之腹中”，实践了“伏清白以死直”的誓言，使其本质美放射出与日月争辉的光芒。

这个诗人自我形象的外形美与内质美，是完满地统一于其身的。他汲汲好修以求美，既“朝饮木兰之坠露兮，夕餐秋菊之落英”以求内质美，又“制芰荷以为衣兮，集芙蓉以为裳”以求外形美，因而成了“精色内白，类任道兮。纷缊宜修，姱而不丑兮”的内外一致、表里同姱的完美形象。

2. 个体意识与群体意识的统一

在人类文学史上的人物长廊里，屈骚中的诗人自我形象所体现的个体意识之强烈和突出，恐怕是罕有伦比的。《离骚》《九章》都是诗人主观情感的充分宣泄，也都是诗人个体意识的强烈表达。其所展现的诗人自我形象，便是尽其情而言，遂其志而行，“苏世独立，横而不流兮”。面对偷乐的党人，他忿然与之作坚决的斗争，虽屡遭迫害也绝不肯“屈

① 《九章·涉江》。

② 《渔父》。

心而抑志”、同流而合污；面对昏聩的壅君，他毅然与之作坚决的抗争，虽屡被疏放也绝不肯“忍尤而攘诟”、苟且而偷生。他那“宁溘死以流亡兮，余不忍为此态也”的高洁之志，他那“鸷鸟之不群兮，自前世而固然”的狂傲之心，他那“余将董道而不豫兮”“虽九死其犹未悔”的狷介之性，他那“虽不周于今之人兮，愿依彭咸之遗则”的奇异之举，不仅在当时就被人看作是“凝滞于物”而不能“与世推移”[①]，而且在后世也为人所叹惜和指责。如贾谊《吊屈原赋》即嗟叹他：“历九州而相其君兮，何必怀此都也？”班固《离骚序》也指责他：“露才扬己，竞乎危国群小之间，以离谗贼。然责数怀王，怨恶椒、兰，愁神苦思，强非其人，忿怼不容，沉江而死。”由此可见，古今中外又有几人表现出像他这样强烈的个体意识？

然而，诗人自我形象的个体意识的内涵是什么呢？从屈骚中可以看出，他的个体意识完全不涉及他个人的生活内容，完全不涉及他个人的进退得失和荣华富贵，而只有对“民生之多艰”的关切和对“皇舆之败绩”的忧虑。因此，他的个体意识表现为一种忧患意识，这就是因“党人之偷乐”“背绳墨以追曲”而致使楚国“路幽昧以险隘”所形成的忧患意识。他的忧患意识产生和形成的思想基础，则是他那“鸟飞返故乡兮，狐死必首丘”的对自己国家的眷念之情，是他那“愿摇起而横奔兮，览民尤以自镇”的对故国人民的热爱之情。正由于对自己的国家及其人民爱得太深、恋得太切，他才会因国家的衰落和人民的痛苦而产生和形成强烈的忧患意识。正由于有着强烈的忧患意识，他才不能容忍党人的祸国和壅君的误国，才不惜将个人荣辱、生死置之度外而奋起抗争，才不屈不挠、义无反顾地为实现“美政”理想而奋斗终生，以至于“露才扬己”而不合于世、愁苦终穷而沉江殉国。在屈原时代，“哀民生之多艰”和“恐皇舆之败绩”是楚人共同的忧患，建立“人皋昌

① 《楚辞·渔父》记渔父劝告屈原说：“圣人不凝滞于物，而能与世推移。世人皆浊，何不淈其泥而扬其波？众人皆醉，何不铺其糟而歠其酾？何故深思高举，自令放为？”

只”“善美明只”的国家是楚人共同的愿望，故诗人自我形象的这种以忧患意识为表现的个体意识，实质上是楚人的群体意识。诗人自我形象的这种个体意识的强烈表达，也正是楚人的群体意识的集中体现。

在诗人自我形象身上，个体意识反映着群体意识，群体意识表现为个体意识，两者互为表里，融通为一。

3. 独立人格与社会人格的统一

与诗人自我形象的个体意识相联系，他也有着鲜明的独立人格，这就是他身上所具有的种种美好品格，如清廉芳洁、光明磊落、嫉恶如仇、爱憎分明、刚直不阿、泥而不滓、秉德无私、董道直行、坚贞不屈、矢志无悔、受命不迁等。就其品格而概言之，那就是“仁”和“忠”。

诗人自我形象的终生追求就是“仁”。在自身修养上，他追求的是“重仁袭义兮，谨厚以为丰”；在社会理想上，他追求的也是施仁布义的“德泽章只”。他所追求、所标榜的“仁”，就是博施于人的爱，就是秉德无私的廉，就是以人民的安乐为自己的幸福的道德观念，就是以国家的富强为自己的义务的主观意识。因此，他的言行举止所表现出来的所有品格，可以说都是以“仁”为基础的。心中存“仁”、意中好“仁”，方才“其志洁，其行廉”[①]，其持身亦高尚，其作为亦伟大。

如果说诗人自我形象的品格突出体现为“仁”的话，那么，他的品格又突出表现为“忠”。“仁”是“忠”的内核，“忠”是“仁”的表现。由屈骚可见，他所悲怨的，是“竭忠诚以事君兮，反离群而赘肬”；他所愤慨的，是“忠不必用兮，贤不必以”；他所表白的，是“指九天以为正兮，夫唯灵修之故也”；他所咏叹的，是存君兴国之志、忠君爱国之情。他一生的所作所为，无不是出于忠君爱国、意欲存君兴国之作为。在屈原时代，君主是国家的象征，忠于君主即忠于国家，故诗人自我形象表现出的对君主的高度忠诚，实际上是对国家的高度忠诚。他的“忠”是以“仁”为本的，“仁”是衡量包括君主在内的一切人和事的标

① 《史记·屈原贾生列传》。

准。当楚王不仁时，他便以激烈的言辞直斥楚王。这便清楚地说明，他忠君的实质是忠于国家，忠于人民，是视国家、人民的利益高于一切而表现出来的绝对忠诚。

围绕“仁”和“忠”而表现出的诗人自我形象的一切品格，构成了他的人格。这一人格是诗人在战国中晚期楚国由盛转衰的特定时代和特殊环境中形成的，是诗人在为其“美政”理想而奋斗的一生中形成的，因而是现实的、独立的人格。诗人自言其“怀质抱情，独无匹兮”，可知他的人格独立之翘然。可是，他的人格核心的“仁”和人格表征的“忠”，则是先秦有史以来在人类社会的发展中长期形成的最高道德准则和最高道德要求，是战争频仍、民生维艰的春秋战国时代尤为全社会所推崇的最高道德境界和最高道德品质，故经儒家倡导而深入人心。诗人自我形象的人格，正是这种社会的最高道德准则和最高道德要求，正是这种理想的最高道德境界和最高道德品质的集中体现和具体反映。因此，他的人格既是独立的，又是社会的；既是现实的，又是理想的。

4. 常人与超人的统一

屈骚中的诗人自我形象，是有血有肉、有情有意的具体的常人形象。诵读屈骚，读者可以清楚地了解他自吉日良辰的出生到赴水投江而死的悲剧一生，恍如亲眼见到他那“忽奔走以先后兮，及前王之踵武”的奋进英姿，见到他那“路曼曼其修远兮，吾将上下而求索”的匆匆身影，见到他那“望北山而流涕兮，临流水而太息”的惨怛神情，又仿佛亲身感受到他那少年得志的喜悦、中年失意的悲怨、晚年幽处的哀伤。总之，是不由得“悲其志”，又“未尝不垂涕，想见其为人”。[①]

尽管诗人自我形象是现实中有生也有死、有乐也有哀的常人，但他又是非现实中生死莫能限、哀乐莫能入的超人。你看他令虬龙拉车、凤凰承旗、羲和为御、丰隆为使，望舒充当先驱、飞廉担任后属，浩浩荡荡、雄雄赫赫地“周流观乎上下”；朝“总余辔乎扶桑”，夕“折若木

① 《史记·屈原贾生列传》。

以拂日”；时“麾蛟龙使梁津兮”，时“诏西皇使涉予”；或求伏羲古皇的公主宓妃，或求有虞国君的千金二姚；可“指炎神而直驰兮”，可“从颛顼乎增冰”……总之，是“下峥嵘而无地兮，上寥廓而无天”，无往而不可至；是观古今于须臾，览四荒于一瞬，无远而不可求；是驱万物以御于己，役百神以用于我，无事而不可为。在屈骚中，诗人自我形象完全成了浪漫主义艺术表现的主体，犹如屹立在天地之间、横亘于古今之际而可以主宰一切、征服一切的超人。他那上天入地而求索于八荒六漠所显示的无穷之力，乃深为读者所钦敬和神往。

诗人自我形象虽有超人的追求和超人的力量，但他追求的终极目的仍在地上人间，他力量的产生源泉仍在现实生活。他是在天国神游中表现他的人生理想，他是在上下求索中显示他的人生价值。他终究没有“远逝以自疏”，而是“蜷局顾而不行”以致“愁苦而终穷”。然而，他又在神游和求索中充分体现了人的本质力量，充分显示了人生的本质意义。因此，他是常人与超人的统一，是有限的生命和无限的生命的统一。

屈骚中的诗人自我形象，是诗人屈原以自我为原型而塑造的艺术典型，是通过审美创造的各种艺术表现方式而塑造出来的典型形象。他的自我形象有着很大的真实性，反映了诗人屈原的生活经历、思想感情和人格精神。但同时，他又是诗人屈原理想化的自我描述和自我表现。后世的人们主要是通过屈骚来认识和了解屈原的，故屈骚中的诗人自我形象也就与历史上的诗人屈原相等同了。然而，若据文学创作规律和特征来分析屈骚中的诗人自我形象，那么也就应该认识到他既是历史上的屈原的自我写照，同时也是文学艺术中的典型化的人物形象。

上述四个方面，正是屈骚中的诗人自我形象的塑造成功之处。由于这一形象有着充分个性化的外形美、个体意识、独立人格和常人特征，他才有着高度的真实性和巨大的审美价值，才能让读者如见其人和如闻其声。后世许多文学家和艺术家都惟妙惟肖地描绘出屈原的肖像，这既表明了其形象有着具体性和生动性，也证明了其形象是不可重复的“这个”[①]。由于这一形象有着充分典型化的本质美、群体意识、社会人格和超人特征，他才有着高度的概括性和巨大的生命力，才能让读者与他在心灵上交流、融通，并且由他而发现自我、认识自我甚至改变自我、重塑自我。历代所有进步人士几乎无不仰慕屈原并且深受屈原的影响的事实，既表明了其形象有着普遍性和永恒性，也证明了其形象“本身就是一个世界”[②]。

屈骚中的诗人自我形象，也即屈原形象的塑造成功，在楚文学史乃至中国的文学史和文化史上都具有极其重要的意义。从某种意义上说，文学就是“人学”，而塑造典型环境中的典型人物，是文学创作的最高追求和文学成就的充分体现。在中国文学史上，屈骚产生之前从未塑造出一位像屈原这样形象鲜明突出而又全面完整的艺术典型，更不用说以抒情诗的形式塑造典型人物了。《庄子》中的作者自我形象虽然也非常鲜明突出，但其形象的丰满程度和典型意义尚不及屈原形象。屈骚创造性地采用抒情兼叙事的方式成功塑造出屈原这位不朽的艺术典型，不仅将诗歌反映生活、表现人物的功能提高到前所未及的高度，更重要的是从一个方面显示了中国文学的发展成熟，因为塑造出典型环境中的典型人物正是成熟形态的文学才能做到的。

典型的作用是无限的，榜样的力量是无穷的。屈原形象是外形美与内质美相统一、个体意识与群体意识相统一、独立人格与社会人格相统一、常人特征与超人特征相统一的艺术典型，实际上是高度地概括了和充分地体现了华夏民族的性格特征和审美理想的艺术典型。因此，屈原的形象在中国文学史上已成为中国的诗魂、国魂和民族之魂。中国传统节日（端午节）的活动、中国伟人的成长、中华民族精神的形成，都与屈原联系在一起，这种文化现象，在世界历史上则是极为罕见的。不言而喻，屈原形象的成功塑造，在中国文化史乃至世界文化史上的意义是

① 恩格斯．恩格斯致明娜·考茨基［M］// 马克思恩格斯文集：第 10 卷．北京：人民出版社，2009：544.

② 黑格尔．美学［M］．北京：商务印书馆，1979：295.

难以估量的。

曹丕有言："盖文章经国之大业，不朽之盛事。"[①] 此语用来说明屈骚的价值，恐怕是再恰当不过的了。屈原因屈骚而得以不朽，屈骚借屈原而用于经国。"一读《骚经》一肃然"[②]，古往今来该有多少仁人志士诵读屈骚以经国纬邦；"去国徒深屈子恨"[③]，古往今来又有多少志士仁人效法屈原而永垂不朽！

① 《典论·论文》。
② 叶剑英：《七绝》。
③ 李大钊：《南天动乱，适将去国，忆天问军中》。

第八章　承前启后——宋玉辞赋

屈原沉江殉国，既是其光辉一生的终结，也是楚文化辉煌时期的终结。从此以后，楚文学的发展便转入了演化期，即凭借“庄骚”奠下的坚实基础，顺因繁盛期的楚文学创作的潮流，有所演进又有所变化。

秦将白起拔郢、楚顷襄王迁都陈城之后，楚国国势乃如江河日下，莫能复振。继位的考烈王为避秦国兵威，将国都一再迁往东南。失去江汉地区这片苦心经营数百年之久的基地，楚国此时只能依托淮水中游勉撑残局，尽管一度北伐灭鲁而显露复强之迹，但终究犹如回光返照，稍现即逝。前后不过半个多世纪，楚国便为秦国所灭。

这个时期的楚国文坛，再也见不到像《庄子》和屈骚那样的鸿文伟辞。楚国君臣在秦国的沉重打击下一度丧魂失魄而斗志全无，竟然沉溺于淫逸侈靡而苟且偷乐。楚国文人则或跻身宫廷而奉王之命、投王所好以辞赋助欢娱，或隐迹山林而瞻前顾后、鉴古察今以文章论治道。他们的传世之作，尽管也不乏不平则鸣、愤世嫉俗和忧国忧民、讽君谏上的作品，但屈原那种九死未悔之概则失，庄周那种剽剥浊世之志已弱，多流露出无可奈何的哀感和嗟时叹老的悲情。

《史记·屈原贾生列传》记述：“屈原既死之后，楚有宋玉、唐勒、景差之徒者，皆好辞而以赋见称。然皆祖屈原之从容辞令，终莫敢直谏。”诚若此言，拓宇于“辞”而又别成一体的“赋”，是这个时期的楚文学的主要样式。上述这个时期的楚文学的特点，也主要由赋作所反映出来。在司马迁列举的三位辞赋作家中，最为重要的是宋玉。宋玉的辞赋作品，则是这个时期楚文学的代表。

第一节　宋玉的身世和作品

宋玉的生平事迹，《史记》中仅有上面引录的几句记载，《韩诗外传》《新序》《汉书》《楚辞章句》等汉代文献中也仅有只言片语或零星片断的记述。后来，晋人习凿齿在《襄阳耆旧传》里，综合前代文献中的有关材料和流传于民间的一些传闻而为宋玉作有小传，但依然十分简略。[①]此后的《水经注》《北堂书钞》《渚宫旧事》以及一些地方志中，也都有关于宋玉事迹的记述，其基本内容则不出晋代以前的文献记述，只是多了一些传闻之辞。由于现存的材料既稀少又零碎，故要详细描述宋玉的身世已无可能。唯有根据这些材料，再参照宋玉作品中的自我描述文字，勾勒宋玉生平的概貌。

宋玉，楚之鄢郢[②]（今湖北宜城）人，生卒年不详，主要活动在顷襄王之世（前298—前263）。他长相秀美，风流倜傥，而且能言善辩，才华过人，因识音好辞而善属文作赋，被其友荐于顷襄王。顷襄王用其为小臣，与唐勒、景差一起在宫廷供职。他胸怀济世之志，仰慕前贤风范，不愿尸位素餐而无所作为。但是，沉溺于声色宴游的顷襄王只欣赏他的文才而并不予以重用，仅让他摛藻铺辞以助欢，其身份犹似宫廷的倡优之辈，因而使他感到十分痛苦和不满，他曾为此而埋怨引荐他的友人。在他奉命而作、助欢而为的赋作中，也流露了怀才不遇之感，寓含了讽谏君主之意。由于他的辞赋盖世而为顷襄王所爱，他受到了同僚的嫉妒；又由于他持身高洁，不肯苟合世俗，故为同僚所不容。或许是愤世嫉俗太过，或许也是为排遣胸中苦闷，他的举止放浪不羁，同僚因而向顷襄王进以谗言，当顷襄王责怪他遗行失检而为人所不誉时，他则抗言申辩，以《阳春》《白雪》远雅于《下里》《巴人》而和者甚寡自况。

① 舒焚，张林川．襄阳耆旧记校注［M］．武汉：荆楚书社，1986：15–16.

② 楚之鄢（今湖北宜城东南）在春秋时期曾为楚国的都城，在战国时期为楚国的别都，亦称郢。

大概就是因为他坚持“夫圣人瑰意琦行，超然独处”[1]而不愿从俗同流，以至于连小臣之位也不能保，失职而沦为贫士，在穷困潦倒之中忧愁幽思地发愤以抒情、赋诗而明志，固穷守高地结束了自己不幸的一生。

王逸《楚辞章句》说：“宋玉者，屈原弟子也。”《襄阳耆旧传》也说宋玉“始事屈原，原既放逐，求事楚友景差”。因此，后人多据其说而认定宋玉是屈原的学生。然而，司马迁明言宋玉以赋名于世乃在“屈原既死之后”，《汉书·艺文志》也说他“与唐勒并时，在屈原后也”。据文献记载和宋玉自我描述，宋玉仕于顷襄王是确凿无疑的。屈原在顷襄王时代几乎未能在朝廷中立足，顷襄王四年即被再次逐出国都，远迁江南，从未回返，故宋玉当不大可能为屈原弟子。即使他入郢都时屈原尚未被迁，他大概也不敢“始事屈原”。由此看来，《史记》《汉书》之说更为可信。文献又记载今湖北江陵城北有宋玉故宅，杜甫有“曾闻宋玉宅，每欲到荆州”[2]之咏，据此则宋玉当在屈原死前已入郢都，可能他初仕于顷襄王时是在屈原晚年，只是尚未显名于世而已。

司马迁有宋玉“终莫敢直谏”之记述，班固也有“宋玉、唐勒……竞为侈丽闳衍之词，没其风谕之义”[3]的评论，加之宋玉的作品又多描摹女色并涉及到自己的风流韵事，现代许多学者因而对宋玉人品的评价不高。他们或嗤之“轻薄”，或斥其无耻。郭沫若则认为宋玉是“没有骨气的文人”[4]，宋玉作品也“都是一些标准的帮闲文字”[5]，并且据此看法而在著名剧作《屈原》中塑造了品格卑劣的宋玉形象。中华人民共和国成立初期曾由此而展开了一场关于宋玉人品的讨论，尽管当时也有推崇宋玉之论，如称他“不愧为屈原的好弟子。……满怀伤感而又孤高不屈，的确是屈原作风的一个继承者。他绝不是一个谄媚取容的

① 《对楚王问》。
② 《送李功曹之荆州充郑侍御判官重赠》。
③ 《汉书·艺文志》。
④ 关于宋玉［M］// 郭沫若古典文学论文集 . 上海：上海古籍出版社，1985：349.
⑤ 谈《屈原》剧本中的宋玉［M］// 郭沫若古典文学论文集 . 上海：上海古籍出版社，1985：367.

人”[①]，“他的骨头和屈原是同样硬的”[②]等，但最终仍以赞同郭说者势众声高，以致宋玉的“性格卑顺软弱”[③]之说在其后30年间几乎成为定论。20世纪80年代以后，一些学者有感于过去受时代政治气候的影响和拘泥于社会学研究方法而对宋玉贬抑太过，于是对宋玉作出了重新评价。如今有较多学者倾向于认为，宋玉既不像屈原那样刚直，也并非像郭沫若等人所说的那样卑弱，以他所处的特殊时代和特殊地位，他能够继承屈原精神而关心国家命运、不满于现实而怀佐君兴国之志，处于浊世而依然洁身自好，是难能可贵的。

今日这些学者之见诚然有理。顷襄王在郢都之时，即“左州侯，右夏侯……专淫逸侈靡，不顾国政”[④]，“而群臣相妒以功，谄谀用事，良臣斥疏，百姓心离”[⑤]；自白起破郢而迁都陈城之后，也未见有多少悔过自新而发愤图强之作为。因此，出身低微的宋玉，虽有远大抱负，却不可能像王族成员屈原那样大声疾呼和奋起抗争，而只能指望首先取得楚王的信任和重用后再图逞愿遂志，故屈心抑志地为取悦楚王而作赋助欢，但他终究没有同流合污，保持了“处浊世而显荣兮，非余心之所乐”[⑥]的高洁情操。总之，宋玉的言行举止，是由当时他所处的社会地位以及历史条件所决定的。倘若他的骨头也硬得同屈原一模一样，他大概就连屈原那种放逐江南而愁苦终穷的“幸运”都不会有，那么，后世有谁还知道历史上曾有一位喜好辞而善作赋的宋玉呢?

宋玉的作品，《汉书·艺文志》著录为“赋十六篇”，《隋书·经籍志》著录为“宋玉集三卷”，显然隋代以前已被结集。其后，新旧《唐书》都著录有“宋玉集二卷”，但《宋史·艺文志》则未见著录。郭沫若因此推测，《宋玉集》大概失传于两宋之交。现存相传为宋玉的作品，

① 郑振铎.屈原作品在中国文学上的影响［N］.文艺报，1953.

② 陆侃如，冯沅君.中国文学史稿（三）［J］.文史哲，1954（9）.

③ 游国恩:《中国文学史》。

④ 《战国策·楚策四》。

⑤ 《战国策·中山策》。

⑥ 《九辩》。

《楚辞章句》中收有《九辩》《招魂》,《文选》中收有《风赋》《高唐赋》《神女赋》《登徒子好色赋》《对楚王问》,《古文苑》中收有《笛赋》《大言赋》《小言赋》《讽赋》《钓赋》《舞赋》。另外，明代刘节的《广文选》，又收有《高唐对》《征咏赋》《郢中对》，总计恰好为16篇。

然而，这些作品的真伪，在明代就已有了较大争议，清代以来更是聚讼纷纭而莫衷一是，迄今为止，学术界对其中大部分作品取得了较为一致的意见，即认为《九辩》为宋玉之作,《招魂》乃屈原所作（见前章),《古文苑》和《广文选》里所收9篇则为伪作。难以取得一致意见的则是《文选》所收5篇，学术界对其真伪依然争议颇大。[①]不过，近年来随着研究的深入，特别是随着出土简书的印证，以往那种否定者多而肯定者少的论争局面已经改变，许多学者在对其作了重新考辨之后而相信其是真品而非伪作。[②]

认为《文选》所收5篇是伪作者举出的理由虽然不少，但都不是可以证伪的确凿根据，故始终难以说服人。其中最为重要的一条理由，就是战国时代不可能产生这5篇“赋体”之作。随着对战国时代的文化背景和文化发展状况的认识加深，许多学者指出，在散文发展成熟和纵横家辞说大盛于世的战国后期，高度成熟的诗歌在创作中受其影响并与之结合，由“辞”而演化为“赋”则是水到渠成之事。宋玉这5篇赋体之作的出现，正具体而鲜明地反映了当时的学术文化由分裂并进到综合融通的发展趋势和发展状况。出土的简书“唐勒赋”残篇，就是典型的散体文赋，足以印证这5篇赋确为宋玉所作。

以下即分别介绍《九辩》和这5篇作品。至于《古文苑》和《广文选》中所收的9篇，尽管也有学者认为尚可斟酌而应予重新研究，但如

① 袁梅.宋玉和他的《九辩》［J］.文史知识，1985（5）；李世刚.宋玉及其《九辩》［M］// 楚辞研究.济南：齐鲁书社，1988；曹明纲.宋玉赋真伪辨［J］.上海师范学院学报，1984（2）；朱碧莲.宋玉辞赋真伪辨［M］// 宋玉辞赋译解.北京：中国社会科学出版社，1987.

② 谭家健.《唐勒》赋残篇考释及其他［J］.文学遗产，1990（2）；汤漳平、陆永品:《楚辞论析》等。

大多数学者所指出的那样，它们不仅出现甚晚，而且与他人作品之文辞相重者甚多，与可信的宋玉作品的风格也相差甚大，故暂且存疑不论。

一、《九辩》

《九辩》是一般公认的宋玉代表作，长达255句，共1741字，采用骚体诗形式写成，也堪称楚辞中体制宏大的作品。

明代以前，从无人怀疑过《九辩》的真伪。但自明代焦竑在《笔乘》中说它是屈原之作以后，则得到了陈第、吴汝纶等人的附和[①]，现代学者刘永济、谭介甫等人也赞同其说[②]。尽管如此，信从其说者始终不多，因为他们主要是据《九辩》的“发愤以抒情”之言类同屈骚的感觉而作出的推论，所举证据都不够充足。游国恩曾对焦、吴等人之说详加辩驳[③]，论析甚为有力而深透，故学术界人士多从游说而认定《九辩》实为宋玉作品。

王逸《楚辞章句》说，宋玉“闵惜其师忠而放逐，故作《九辩》以述其志”。历唐至明，人们也都信从不疑。但细读《九辩》，诗中并未语及屈原忠而被逐之事、表露闵惜其师屈原之意。焦竑正是有感于此文“绝不类哀悼他人之意”而认为“皆（屈）原自为悲愤之言”的。[④]其结论虽不正确，但其指出《九辩》并非哀悼他人之作，则不能不说是澄清千百年来读者之误的慧眼卓识。诚然如此，宋玉之作《九辩》，纯为“以述其志”，抒写其“贫士失职而志不平”的情怀。

从诗中透露的信息可知，《九辩》是宋玉失职而离开郢都之后，独自流浪在异乡时的作品。诗中反复抒发了“岁忽忽而遒尽兮，恐余寿之弗将”“年洋洋以日往兮，老嵺廓而无处”这样的嗟时叹老之悲情，从而表明宋玉作此诗时已是晚年。

① 《屈宋古音义》《古文辞类纂校勘记》。
② 《屈赋通笺》《屈赋新编》。
③ 《楚辞论文集》。
④ 《焦氏笔乘》。

据《山海经·大荒西经》和《离骚》《天问》所述，《九辩》也与《九歌》一样，同为夏代乐歌名。至于宋玉《九辩》与夏乐《九辩》有无渊源关系，这就很难说了。从内容上看，前者是意在“发愤以抒情”的诗作，后者乃如《离骚》所言是用于“康娱以自纵”的乐歌，两者当然不会有任何干系；但就名称来看，前者显然袭用了后者之名。王夫之《楚辞通释》说：“按九者，乐章之数。凡乐之数，至九而盈……乐主乎盈，盈而必反也。舜作《韶》而九成，夏启则《九辩》《九歌》，以上傧于天。故屈原《九歌》《九章》，皆仿此以为度。而宋玉感时物以闵忠贞，亦仍其制。辩，犹遍也。一阕谓之一遍，盖亦效夏启《九辩》之名，绍古体为新裁，可以被之管弦。”以为《九辩》是从“被之管弦”的角度而“绍古体”，则恐怕未必，因为它实际上比《离骚》更为散体化，更加宜诵而不宜歌；以为《九辩》是从“主乎盈”的角度，即为了反复而充分地抒怀述志而“绍古体”，则不失为一种合理的推测。

《九辩》是一篇典型的师法屈骚之作。在内容上，诗中抒写了诗人“羁旅而无友生”“悲忧穷戚兮独处廓”的痛苦，表达了诗人“纷忳忳之愿忠兮，妒被离而鄣之”的愤慨，反映了诗人对黑暗现实的憎恶以及对人民疾苦和国家命运的关切，展示了诗人“与其无义而有名兮，宁处穷而守高”的品格，这些都与屈原精神相通，表现出诗人对屈原精神的自觉继承。在形式上，诗中大量袭用或化用了屈骚的辞句，并且直接复述屈骚的语义和模仿屈骚的语气，表明了诗人对屈骚艺术的自觉仿效。

不过，《九辩》并非模拟屈骚的平庸之作，而是“时以蓝出之”的成功之作。它发扬了屈原赋诗以陈情明志的精神，充分而真实地抒写了诗人的“蓄怨兮积思”，并且随其情感的深入抒发而塑造出一位怀才不遇、落拓失志、忿忿不平却只能望月兴叹，穷途末路却可以孤芳自赏的诗人自我形象。这一形象那“悼余生之不时兮”的太息、“惆怅兮而私自怜”的感伤、“超逍遥兮今焉薄”的迷茫、“恐余寿之弗将”的嗟叹等，正是有别于屈骚中的“老冉冉其将至兮，恐修名之不立”“既莫足与为美政兮，吾将从彭咸之所居”的屈原形象的个性特征，也是反映了宋玉时代的楚人之普遍情绪的个性特征。其次，它因承屈骚借悲秋以言情的抒写方式而大有发展，使得先秦诗歌中情景交融的传统表现方式达到了新的高度。

二、《风赋》

《风赋》是一篇500余字的咏物小赋，也是历史上广为传诵的名作。

赋文生动细致地描绘了所谓的“大王之雄风”和“庶民之雌风”由小至大、由盛至衰的消长过程，描绘了它们掠地行空、穿山越谷、飞沙走石、折木毁屋、拂草飘香、扬尘冲孔、驱温致湿等种种情状，同时通过对雄风过玉堂而使王侯“发明耳目，宁体便人”、雌风穿穷巷而使庶人“中心惨怛，生病造热”的对比描写，鲜明地揭示了贫富对立的楚国社会状况。尽管作者在赋中没有明确表示讽谏之意，反而极力夸饰雄风的伟力和赞颂雄风之怡人，显露出有意取悦楚王之心。但是，赋中对王侯与庶人天渊之别的生活处境的描写，则表明作者对现实是有比较清楚的认识和对百姓生活是比较关切的。

此赋显示了作者察物之细和体物之工的艺术才华，也显示出“赋能体万物之情状”[①]的文体特征。

三、《高唐赋》和《神女赋》

这两篇赋是前后相续的姊妹篇，分则成为二，合则可为一。就赋文结构而言，两赋皆首尾完整、独立成篇；就赋文内容而言，两赋又同叙一事、相互补足。

《高唐赋》先以“客主以首引”[②]的赋序，交代了“昔者楚襄王与宋玉游于云梦之台”、宋玉语楚先王游高唐而梦巫山神女之事；然后在正文中极力铺写了高唐周围景观的雄奇壮丽，充分表现了人游其境的怡然至乐；结尾则突出襄王“欲往见之”的无限遐思，并略陈“思万方，忧

① 程廷祚：《骚赋论》。

② 刘勰：《文心雕龙·诠赋》。

国害，开贤圣，辅不逮”的讽谏之词。

《神女赋》同样是先以赋序引入正文，但其正文不再铺写高唐美景，而是极力描绘《高唐赋》序中交代过的巫山神女形象，摹写纤毫无遗、刻画细致入微，表现了神女的娇美艳丽，以之突出了神女“夺人目精”、勾人魂魄的魅力和人神“精交接以来往兮，心凯康以乐欢”的愉悦，结尾则抒写了神女可梦而不可会、可思而不可求所使人产生的无限怅惘之感。

高唐是楚人建于云梦之野的台观，而云梦之野则是楚王的游猎胜地。据史籍记载，春秋时期楚王就在云梦之野建有离宫别馆、高观崇台，现已发现在今湖北潜江境内的楚章华台遗址。《招魂》描述了楚怀王在云梦之野田猎的情景，《战国策·楚策》也记载了楚顷襄王“驰骋乎云梦之中，而不以天下国家为事”的史实。不难想象，入云梦以畅游、登高唐以远望，该是楚王生活中多么惬意之事和多么重要的一部分。倘若不可再游、莫能再望，又该令楚王多么遗憾和怀念。从赋中“昔者楚襄王与宋玉游于云梦之台”和楚襄王“使玉赋高唐之事”这一作赋起因的交代，可知这两篇赋当是楚顷襄王丧失江汉故土而迁都于陈之后令宋玉所作。

两赋描绘的美貌绝伦、仪态万方的巫山神女形象，倾倒了后世无数文人，后人也因此而追究她的原型。《文选》李善注引《襄阳耆旧传》说，巫山神女即炎帝之女瑶姬，因“未行而卒，葬于巫山之阳，故曰‘巫山之女’”。《山海经·中山经》有“姑媱之山，帝女死焉”的记述，由此可知炎帝之女瑶姬的神话故事在当时是广泛流传于楚地的。又高唐即“高阳”，唐、阳古音相通，而高阳当是炎帝的尊称，也是楚人尊奉的人文始祖，上编第四章第一节对此已有所论述。高唐观则应该是楚人为祭祀炎帝而筑的宫观。思念云梦泽，也就难忘高唐观；提及高唐观，也就自然而然地想到了炎帝之女瑶姬。宋玉大概就是据瑶姬的神话故事而虚构渲染，最终描绘出巫山神女形象的。闻一多从文化学的角度探原，认为高唐神女本是楚民族的第一位母亲，同时又是主管婚姻和胤嗣的高禖之神。[1]此说的确给人以启示，能够引导人们去从深广的历史文化背景中探讨神话人物的源流及涵义。然而，就宋玉赋中所描写的神女探究，其神女原型和故事情节似乎脱胎于上古神话炎帝女儿瑶姬和巴人传说盐水神女的故事。就宋玉赋中所描绘的神女形象分析，她毫无楚人始祖的色彩，而是一位既有神之绝色天姿，又有人之丰富情感，并且能够自由奔放地表达爱情、大胆率直地追求爱情的女子形象。唯其如此，她才吸引着两千多年来的读者，并且成了中国文学史上歌咏不绝的艺术典型。

《文选》李善注说，宋玉作此两赋是“盖假设其事，风谏婬惑也”。历代学者也多发挥其说。实际上，其事并非纯为假设，婬惑则是子虚乌有。宋玉作此两赋是奉命而为，主旨也在于满足顷襄王对云梦、高唐之游的不可再及的企望。赋中虽有讽谏之词，但并不反对顷襄王“欲往观之”，倒是说“盖发蒙，往自会……延年益寿千万岁”。神女“怀贞谅之洁清”，“颓薄怒以自持兮，曾不可乎犯干”，令人肃然起敬，又何“婬惑”之有？可见旧说乃是站在统治阶级立场上，据儒家的伦理道德观念对宋赋的曲解。不过，宋玉在抒写他因神女之去而产生的怅惘之情和寂寞愁怀中，流露出自己不受重用、怀才不遇的哀感，这或许可以说倒是一种深沉而曲折的“谲谏”吧。

在传世的宋玉赋作中，这两篇的体制最巨、篇幅最长。两赋“极声貌以穷文”、究物形以尽相，较为充分地显示了赋的铺张扬厉的特征，而且在结构上也与后世汉赋基本相同，故被前人视为“楚辞之变体，汉赋之权舆也，《子虚》《上林》实踵此而发挥畅大之耳”[2]。

四、《登徒子好色赋》

刘勰在《文心雕龙·谐隐》中说：“宋玉赋《好色》，意在微讽，有足观者。”古今学人也认为此语切中肯綮，《登徒子好色赋》是宋玉为了

① 高唐神女传说之分析［M］// 闻一多全集：第 1 册 . 北京：三联书店，1982.
② 陈第：《屈宋古音义》。

讽谏“专淫逸侈靡”、沉溺女色而不顾国政的顷襄王的“假以为辞”之作。赋中运用比较映衬的手法，极力描写“东家之子”的美丽以反衬宋玉不为之动心的绝不好色，极力描写登徒子之妻的丑陋以反衬登徒子与之厮守的绝对好色；又通过对第三者章华大夫言行的描述，表达了作者的意旨，即主张“目欲其颜，心顾其义，扬诗守礼，终不过差”。

此赋的内容虽然是“假以为辞”的文学虚构，但宋玉作此赋大概是事出有因。赋序开始便交代说，大夫登徒子在楚王面前非议宋玉“为人体貌闲丽，口多微辞，又性好色”，楚王因此责问宋玉。宋玉为了表白自己绝不好色，于是“有说”而成此赋。联系到《对楚王问》中也写有楚顷襄王因众人都说宋玉行为失检而责问他之事，可以推测此赋与《对楚王问》都作于宋玉仕顷襄王不久的青年时代。此时的宋玉，风流倜傥而又特立独行，恃才自傲而放浪无羁，因而被人乘机以此为由加以诋毁。宋玉正是为自己洗冤并回击诋毁者而作此赋，在作赋的同时加以生发，寄寓了讽谏之意。

登徒子是宋玉虚构的人物，其事当然也不会真。宋玉意在虚构其人其事以表白自己、说明主旨，并非实写真人真事以作道德评价，否则，登徒子爱其丑妻而与之生有五子，不但不是好色，而是爱情专一了。因此，在文学研究中，不顾宋玉写作此赋的用意而孤立地评论赋中的宋玉和登徒子两个形象的道德品质的高低，则是不必要的。

此赋的序文略长于正文，序文全用语句长短不一而又无韵的散文句式，正文也不全用韵语，倒更像记叙散文。这反映了宋玉在早期尝试写作韵散结合的赋时，其赋作的形态尚较幼稚。然而，此赋由于描写人物的手法高超，塑造的人物形象鲜明，故对后世影响较大。

五、《对楚王问》

宋玉直接抒写自我情志、展示自我个性的作品，除了《九辩》之外，就是这篇《对楚王问》了。

在此作中，宋玉借回答楚襄王所谓“先生其有遗行与？何士民众庶不誉之甚也”的责问，说明自己雅好高洁而不为“世俗之民”所能理解。文中通过《阳春》《白雪》和《下里》《巴人》，凤凰与鷃雀、鲲鱼和泽鲵等一系列对照鲜明、形象生动的比喻性描写，表达了其“瑰意琦行”的情志，展示了其卓荦不群、孤高傲世的个性。

刘熙载《艺概·文概》说：“用辞赋之骈丽以为文者，起于宋玉《对楚王问》。”这篇作品在写法上确实类同于宋玉的其他赋作，但全用散体文句而不押韵，故有赋之骈丽而无赋之格调，严格说来是文而不是赋。从作品内容看，它与《登徒子好色赋》当同为宋玉早期之作，或许还较之产生得更早，因为它模仿《庄子》借鲲鹏以自喻的痕迹十分明显，但又比《庄子》更加追求文辞的骈丽和华美，显示出宋玉在从事文学创作的初期师法前人又适应世风而有所追求的特点。

第二节　宋玉的成就和地位

宋玉是继屈原之后的辞赋大家，其文学创作的总体成就虽然不及屈原，但令同时代的唐勒、景差之徒莫能与之颉颃，故司马迁在《史记·屈原贾生列传》中将宋玉列居唐、景之前，尽管唐、景两人都比宋玉年长。

“祖屈原之从容辞令”而成的宋玉辞赋，因历史条件和作者原因而不可能有超越屈骚的文学成就，但也不乏其艺术上的独创性。它在许多方面，都有着承前启后的艺术开拓和艺术发展。诚如宋人欧阳修所说：“宋玉比屈原，时有出蓝之色。”①

概述宋玉的文学成就，主要有以下三个方面。

一、借景抒情，情景交融的境界

借助对景物的描写来抒发作者的情感，将丰富的思想感情寄寓在鲜

① 陈辅之诗话［M］// 宋诗话辑佚 . 北京：中华书局，1980：291.

明的自然景象中，是中国文学，尤其是中国诗歌的传统表现方式。而由此形成的情景交融的艺术境界、产生的含蓄蕴藉的艺术韵味，也就成了诗歌艺术这一审美创造的最高追求。

早在《诗经》时代，人们的诗作中就已有了融情于景的艺术表现。如《小雅·出车》末章便将欢乐之情融于对春日美景的描绘中，《郑风·风雨》也历来被誉为情景交融的佳作。不过，《诗经》中的这种艺术表现尚未形成情与景浑然一体的深闳境界，反映出作者的审美意识和审美创造能力尚不够强。因景生情本是具有审美感知能力的人们触及自然景象而产生的审美情感，而借景抒情正是具有审美意识的作者自觉进行的审美创造，景与情的交融程度及其形成的境界的深闳程度，则反映了作者审美意识的强弱和审美创造能力的高低。屈骚发展了《诗经》的这种艺术表现方式，《九章》中多有因景而生情、情哀则景哀的艺术描绘，往往可见“悲秋风之动容”[①]“欸秋冬之绪风”[②]这样情景交融的佳句，以此反映出作者的审美意识和审美创造能力较前人大为提高后所取得的艺术成就。

宋玉师法屈骚而又对其艺术表现方式有所光大，在《九辩》中成功地通过对萧瑟秋景的具体而细致的描绘，将满腔悲愁抒发得淋漓尽致。如历代为人称颂不已的开头一段：

> 悲哉，秋之为气也！萧瑟兮，草木摇落而变衰。憭慄兮，若在远行。登山临水兮，送将归。泬寥兮，天高而气清。寂寥兮，收潦而水清。憯凄增欷兮，薄寒之中人。怆怳圹悢兮，去故而就新。坎廪兮，贫士失职而志不平。廓落兮，羁旅而无友生。惆怅兮而私自怜。燕翩翩其辞归兮，蝉寂寞而无声。雁廱廱而南游兮，鹍鸡啁哳而悲鸣。独申旦而不寐兮，哀蟋蟀之宵征。时亹亹而过中兮，蹇淹

① 《九章·抽思》。
② 《九章·涉江》。

留而无成。

这段文字几乎是全方位、全景观地展现了秋天廓落寒凉的凄清之景、万物萧条的肃杀之象，所描绘的摇落之草木、气清之天空、收潦之清水、辞归之燕、无声之蝉、南游之雁、悲鸣之鹍鸡、宵征之蟋蟀等，无不带有浓重的感伤气氛。而且就在这萧瑟苍凉的秋日图景里，还有一位行进在薄寒之中的孤独游子、因失职而愤懑不平的潦倒贫士！真是秋景与悲情相交融、衰物与悴人相混同，构成了一个阔大而深远的艺术境界。这样的境界，是《诗经》的作者所无力创造的，是吟诵《离骚》的屈原所没能表现的，因而是宋玉在前人基础上的艺术突破和艺术创新，也最为突出地反映了宋玉的文学成就。清人贺贻孙在《骚筏》中鞭辟入里地指出了它的成就和影响：

从来未有言秋悲者，亦未有言秋气悲者，“悲哉，秋之为气也”七字，遂开无限文心。后人言秋声、秋色、秋梦、秋光、秋水、秋江、秋叶、秋砧、秋蛩、秋云、秋月、秋烟、秋灯，种种秋意，皆从气字内指其一种以为秋耳。“憭慄兮……”，此句有七种悲：一远也，二行也，三登山也，四临水也，五送也，六将也，七归也。“将”谓欲归而犹未归，故此一字更悲。……“去故而就新”五字，最难禁，此悲秋之所以作也。“坎廪兮……而私自怜。”此三句有八重悲：一贫士也，二失职也，三志不平也，四羁旅也，五无友生也，六私也，七自也，八怜也。三句本一句，乃加“坎廪”“廓落”“惆怅”以断之，遂一重更苦一重矣。然贫士羁旅何人也？遂与篇中草木、蝉、雁、鹍、鸡、蟋蟀共作秋气中之一物耶？奇矣！奇矣！“淹留而无成”五字，千古志士，同此感慨，倒用在悲秋作结语，更觉酸鼻。

宋玉的其他作品，如《风赋》《高唐赋》等也都具有情景交融的艺术特色，只是由于宋玉致力于景物的细致描摹而忽略了情感的充分表达，以致景色明而情感浅、物象显而意旨隐，在这方面的成就远不及《九辩》。之所以如此，则在于它们不像《九辩》那样是“志思蓄愤，而吟咏情性”[①]之作，故显示出“辞人之赋丽以淫”[②]的倾向。

二、赋形细微，体物浏亮的表现

文学艺术是对社会生活的形象反映，这种形象反映的真实性和生动性，在很大程度上就体现在用语言所描绘的客观对象的具体性和鲜明性上。因此，文学艺术成就的高低，也在一个方面可以由其赋形之细微与否、体物之浏亮如何而反映出来，这同样也是审美意识强弱和审美创造能力高低的具体表现。只有审美意识越强烈、审美知觉越敏感、审美体验越深刻，而且又掌握了丰富的语言词汇和各种语言表达技巧者，所赋之形和所体之物才能越发细微而浏亮。

《诗经》中就有大量“随物赋形”的生动描写，如《小雅·无羊》即被后人赞为“体物之工，写生之妙，俨如名手国画在人目中，其精微曲到，为后世所不能及”[③]。不过，总的说来，《诗经》对客观对象的描绘大多还是粗线条的白描。《庄子》与屈骚中的赋形之妙、体物之工就远胜于《诗经》了。如《庄子》中对风的情状的描绘、屈骚中对橘树形象的描绘，都堪称赋形细微、体物浏亮的上乘文字。可是，庄、屈都重意甚于重象，所赋之形和所体之物大都是象征性的艺术表现，因此不仅没有刻意地细致描绘物象，而且描绘出的物象总的说来还不够细微浏亮。宋玉则在作品中对物象作了多角度、多侧面的全方位描绘，所赋之形和所体之物在细微浏亮的程度上超过了前人。

上编第一章第二节引录了《庄子》和《风赋》中描绘风的文字，就其对照观之，即可以看出庄、宋赋形体物之异同。南楚位于国中，四季

① 刘勰：《文心雕龙·情采》。
② 扬雄：《法言·吾子》。
③ 吴闿生：《诗义会通》。

之风轮换侵袭，故楚人对风的感知十分敏锐和深刻。庄、宋不约而同地赋风之形、体风之状，正表明他们对风有着深切的审美体验。比较两人笔下的风之形象可见，庄周笔下之风虽然有具体之象，但又充分体现着虚化之意，实质上是“道”的形象表现，故令读者由此所产生的主要不是对自然之风的真切认识和感受，而主要是对主宰一切的无形之道的模糊意识和体悟。相对而言，宋玉笔下的风，尽管也寓有虚化之意，但完全是从客观物象着眼并予以细致摹写的。宋玉写风的目的不是为了借风以喻“道”，不是强调体现了道的风之神奇作用，而在于说明风可以“宁体便人”或“生病造热”，可以带给人以生理上的快感或痛感。因此，宋玉具体而生动地描绘了风从形成、扩展、衰弱至平息的全过程，逼真而详尽地铺叙了风强弱变化、吹物袭人的种种情状，令读者由其摹写而犹如亲眼见到自然之风的行踪、亲身感受到自然之风的力量。

宋玉写物不厌其细，写人更是不厌其详。《神女赋》中对神女的相貌、身姿、形态、神色、服饰、性情、举止等作了上下左右、内外表里的精细刻画，将巫山神女的绝伦之美展示得纤毫毕见、无以复加。本来，对于美女的细微描摹是中国文学的传统。《诗经·卫风·硕人》就具体生动地描摹出庄姜的美貌。《庄子·逍遥游》也鲜明生动地绘写出姑射神人的风采，但这些形象都不及宋玉笔下的巫山神女刻画得精细完整而富于立体感。由于“顷襄好色”[①]，楚国宫廷内外也好色成风。具有很强的审美意识和审美感知能力的宋玉，对女性美也就有着为前人所不及的细致体察和深刻认识，加之具有深厚的文学素养和高度的审美创造能力，因而便可以运用华美艳丽而丰富生动的辞藻，将他所观赏到、感知到和体悟到的女性之美充分而全面地表现出来，这样就塑造出了巫山神女这个中国文学史上第一位丰满而鲜明的美女典型，并且以此对后世的文学创作产生了深远的影响。

① 《淮南子·主术训》。

三、铺采摛文，以韵兼散的格调

运用华美艳丽的辞藻对客观对象作浓墨重彩的雕画和渲染，是宋玉作品的一个突出特征。这一特征又突出地反映在宋玉的赋作中，特别是反映在《高唐赋》与《神女赋》中。

巫山神女的形象，就是通过铺采摛文、夸饰渲染而描绘出来的。对高唐景观的描绘，则更见铺张扬厉、极声貌以穷文了：

> 巫山赫其无畴兮，道互折而层累。登巉岩而下望兮，临大阺之稸水。遇天雨之新霁兮，观百谷之俱集。濞汹汹其无声兮，溃淡淡而并入。滂洋洋而四施兮，蓊湛湛而弗止。长风至而波起兮，若丽山之孤亩。势薄岸而相击兮，隘交引而却会。崒中怒而特高兮，若浮海而望碣石。砾磥磥而相摩兮，巆震天之磕磕。巨石溺溺之瀺灂兮，沫潼潼而高厉。水澹澹而盘纡兮，洪波淫淫之溶潏。奔扬踊而相击兮，云兴声之霈霈。猛兽惊而跳骇兮，妄奔走而驰迈。

这段文字描写的是登高唐所看到的雨后天晴的景象。它通过刻意的夸饰和繁复的雕画，极力地突出了高唐景观的雄奇险怪，读之令人眼花缭乱、触目惊心，产生出宏大而瑰丽的美感。像这样铺采摛文、刻意夸饰、写物图貌、蔚似雕画的摹物绘景，是前所未有的。刘勰因此说："自宋玉、景差，夸饰始盛。"[①]

宋玉刻意铺采摛文以写景状物、叙事绘人，还表现在他致力于选用声响强烈和色彩鲜明的词语以突出物象的"声"与"色"。如"肱肱""磕磕""霈霈""珊珊"这类形容声响的迭词在赋中层出叠见，便将狂风大作、水石相击、波涛翻滚、美女徐步等各种声音描摹得惟妙惟肖；又如"玄木冬荣，煌煌荧荧，夺人目精。烂兮若列星，曾不可殚形。……绿叶紫裹，丹茎白蒂……"这种朱紫玄黄、词采妍丽、摛表五

① 《文心雕龙·夸饰》。

色的文句铺陈不绝，便将缤纷绚烂、光怪陆离的自然景观表现得淋漓尽致。写景状物以突出其声色，自然就要大量运用华辞丽藻来予以表现，于是作品也尤见炜烨艳丽。楚人“以丽为美”，“庄骚”即显示有“丽美”特征，但它们却未像宋赋这样刻意追求“丽美”。比较而言，《庄子》可以说是哲人适意而宏肆之作，屈骚可以说是诗人缘情而绮靡之作，而宋赋则可以说是赋家体物而浏亮之作。宋赋是着意体物之作，故求体物之工妙而得文辞之富丽。因此，宋赋将楚文学的“丽美”特征发展到了极致。

宋赋铺采摛文以写景状物、叙事绘人，归根结底是为了助人欢乐、娱人耳目，因此也十分讲究词句的雕琢、追求赋文的形式美。前人诗文创作所采用的铺排对偶方式，经宋玉之手而大有发展。宋玉行文逞辞不仅极尽铺排之能事，而且刻意采用骈句韵语以求整蔚与和谐。从上面引录的文字，均可看出这一特征。又如：

> 妾在巫山之阳，高丘之阻。旦为朝云，暮为行雨。……其始出也，昹兮若松榯；其少进也，晳兮若姣姬。……湫兮如风，凄兮如雨，风止雨霁，云无处所。[①]

像这样的骈句丽辞，在宋赋中缤纷可见，比比皆是，因而使赋文具有语句整饬之建筑美和音韵和谐之声律美。

在韵语的基础上兼用散体文字，采用韵散结合的方式叙事状物、抒情达意，也是宋玉作品的一大特征。《九辩》虽然是采用骚体形式写成的诗歌，但已较屈骚明显地呈现出散文化的倾向。上面引录的首段文字，采用的全是散文化的骚体句式。其中的句式变化也比屈骚更为自由灵活。5篇赋中，且不说《对楚王问》全为散文句式，其他基本上都是骚体诗句、四言诗句和散文句式的间杂互用，而且“主客问答以首

① 《高唐赋》。

引”的赋序一般不用或较少使用韵文。这样的文句形式，不仅使赋文既具有参差错落、变化自由之致，又具有音韵和谐、排列整齐之美，更重要的是适应了铺张扬厉以写物图貌的需要。实际上，宋赋这种脱胎于楚辞而别成一式的文体，就是宋玉追求穷物之声貌、尽物之形象和显文之华美、呈辞之艳丽的产物。前者因后者而成，后者因前者而见。两者相辅相成，融为一体。在这一文体形成过程中，它承袭了古诗的传统，因为句式整齐的古诗，较骚体更能鲜明地表现对称美；它借用了散文的格式，因为自由展开的散文，较骚体更能全面地写物图貌；它受到了当时大盛于世的纵横家说辞的影响，因为纵横铺叙的说辞，较骚体更能充分地体物赋形。所以，宋玉援引了古诗的整齐句式、散文的自由格式和说辞的铺叙方式以入骚体，始变辞而为赋。由此看来，宋赋乃出于审美需要而融古今诗文形式及其表现技巧为一体的新创制，反映了楚文学吸取南北文学之所长而陶冶出的新成就。

四、师屈而出蓝，承前而启后

宋玉的文学地位，是与其文学成就密切相联的。论述其文学成就，也就是说明其文学地位。若要进而概述其文学地位，则大致可以从以下几个方面来说明。

首先，在楚文学史上，宋玉是由繁盛期转入演化期后的最为重要的作家。他的作品已失去了庄骚的境界和气概，流露出一种“亡国之音哀以思”的悲凉。诚如鲁迅所说：宋玉“虽学屈原之文辞，终莫敢直谏，盖掇其哀愁，猎其华艳，而‘九死未悔’之概失矣”[①]。当然，这并不表明宋玉人品的卑弱，而只表明宋玉作品具有代表性地反映了其时代的文学特点。宋玉作品在艺术上的创造性，则显示了楚文学的发展因庄骚产生而达到顶峰后所形成的巨大后劲。虽然因国运不昌而文学创作落潮，开始独立发展的楚文学却仍然有如洋洋江水而哗哗东流，并且不

① 汉文学史纲要［M］// 鲁迅全集 . 北京：人民文学出版社，1981：374.

断翻出瑰玮新奇的浪花，使得庄骚植成的文学根基继续生枝长叶、发芽吐蕊。另外，宋玉主要以属文造赋为王助欢的职业，客观上使他成了中国第一批专业作家之一，而专业作家的出现则对于文学的独立发展具有非常重要的意义。宋玉的赋作，已不再像庄骚那样主要是为嫉俗以明道、发愤以抒情而作，而在很大程度上就是为示美以悦目、见丽以赏心而作，在一定意义上也就是为文学而文学、为艺术而艺术。这种明确将文学艺术作为审美创造的产物，并且从审美需要出发而从事文学创作，无疑是文学观念的重大进步。因此，如果说庄骚以文质完美结合的文学形态标志着中国文学的最终形成并结束了中国文学的自发时代的话，那么，宋玉作品则以偏重于审美化的文学形态显示着中国文学的独立演进并揭开了中国文学自觉时代的序幕。

其次，因前者而来，宋玉所创造的赋这一新文学样式，在楚文学史及中国文学史上都具有重大意义。刘勰在《文心雕龙·诠赋》中说："于是荀况《礼》《智》，宋玉《风》《钓》，爰锡名号，与'诗'画境。"在中国文学史上，宋玉最早作赋并且正式名其作品为"赋"。宋赋直接脱胎于屈骚，前人对此已明确指出。贺贻孙《骚筏》即说："人皆谓骚始于屈，赋始于宋，而不知屈子'骚'中已开赋之先。"但又如前人所述，宋赋的形成是集大成以创新的结果。宋赋虽然不及屈骚那样在文体上已臻成熟，但也具备了别成一体的基本特征。《诠赋》中归纳赋的特征是"遂客主以首引，极声貌以穷文""铺采摛文，体物写志""拟诸形容，则言务纤密""写物图貌，蔚似雕画"等，这些都已由宋赋开其端而表其征。后世的汉大赋，则是直接以宋赋为张本而使赋体臻于成熟的。就楚文学的发展而言，在屈骚基础上演化而成的宋赋，显示了楚文学的巨大创造性和强大生命力；就中国文学的发展而言，继屈骚之后出现的宋赋则预告了新的文学时代的来临。

再次，宋玉在借景抒情、融情于景的艺术表现方式上所取得的成就，对于诗歌艺术境界的创造方法有着重大拓展，对于诗歌审美创造的价值取向也有着重大影响。“摇落深知宋王悲，风流儒雅亦吾师。”[①]宋玉《九辩》那寓悲情于秋景，托秋景抒悲情的高妙艺术表现，不知沾溉了后世多少文人学士，实开中国文学史上“悲秋”之作的先河。

最后，宋玉塑造的巫山神女这一文学典型，则成了中国文学史上的不朽典型，不知倾倒了后世多少才子佳人。在历代文学创作中，围绕着这一典型形象，不仅形成了如“云雨”“楚梦”“峡云”“楚雨”“高唐十二峰”“巫山一段云”等俯拾皆是、百用不厌的系列典故，而且引出了或因其风采、或袭其韵致的系列美女形象。甚至可以说，古代骚人墨客几乎都与巫山神女结下了不解之缘。

总而言之，宋玉虽然未能像屈原那样“以一人之手，创千古之业”[②]，但也以其重大的文学成就确立了他在楚文学史和中国文学史上的重要地位，而且在文学之为“文学”这一审美创造的具体方面，甚至有超过屈原的出蓝之处。姜亮夫指出：“从战国以后的文学发展来分理细绎一番，我们发现宋玉所撰各文，影响于后世者极大而且多，比屈原影响于‘文学’方面还大得多。”[③]其原因则已如前面所论及的，宋玉是文学发展进入自觉时代的开山作家，宋玉作品体现了进入自觉时代的文学的审美要求和审美特征。也正是如此，古人并不扬屈抑宋，而是往往将“屈宋”并称而同尊共慕。刘勰即称“屈宋逸步，莫之能追”[④]，李白也说“屈宋长逝，无堪与言”[⑤]。

① 杜甫:《咏怀古迹》。
② 李维桢:《楚辞集注序》。
③ 楚辞学论文集·宋玉简述［M］. 上海：上海古籍出版社，1984：465.
④ 《文心雕龙·辨骚》。
⑤ 《夏日诸从弟登汝州龙兴阁序》。

第九章　辞赋流衍——晚楚诸作

自公元前278年楚国郢都被秦将白起攻拔，至公元前223年楚国被秦国灭亡，这段楚国国势如江河日下的时期，可谓楚国晚期，简称“晚楚”。

晚楚文学的传世作品，除了宋玉辞赋之外，还有庄辛、荀况等的辞赋及无名氏的《卜居》《渔父》。20世纪70年代的考古发现，又面世有唐勒的文赋。

第一节　唐勒《御赋》

与宋玉同时以“赋”见称于楚国文坛的唐勒、景差两人，其生平事迹都莫可详考。除《史记》中仅一语提及他们之外，扬雄《法言》、班固《汉书》、习凿齿《襄阳耆旧传》以及宋玉作品中也都是提及而已。综合各种零星材料，只可以大致知道他们都仕于楚顷襄王为大夫，但实为文学侍从之臣，主要任务是伴楚顷襄王宴游时受命作赋以助欢娱。两人都比宋玉年长，在宫廷中的地位也似乎比宋玉略高，其才华却不及宋玉。

《汉书·艺文志》著录“唐勒赋四篇”，却未著录景差的作品。《楚辞章句》不收赋作，但在《大招》下注云：“屈原之所作也。或曰景差，疑不能明也。”据考，《大招》实为屈原的作品（见前章）。或许汉代以后不久，唐、景的作品就已失传。传世的文字，仅有《水经注·汝水》注引录的唐勒《奏土论》中的几句：

> 我是楚也，世霸南土，自越以至叶、垂，弘境万里，故号曰万城也。

因此，后人深为两人的作品不传以致无法全面了解战国后期辞赋创作及演化状况而感到遗憾。

值得庆幸的是，1972 年 4 月在山东临沂银雀山汉武帝时期墓葬中，出土了大批简书，其中有《孙子兵法》《孙膑兵法》《尉缭子》《晏子》《六韬》等多种先秦古籍，也包括有注明为唐勒之作的文赋残篇。

这批简书现已经过初步整理，文物出版社于 1985 年出版了《银雀山汉墓竹简》（壹）和吴九龙《银雀山汉简释文》。这两部书以及其他有关资料出版以后，国内外的文学研究者纷纷对唐勒的文赋残篇进行了介绍和研究。[①] 由于出土竹简断烂严重、缺文过多、语义不连贯，故不可知其全貌。但是，学者们为了窥其文意大略、知其赋艺特征，或将其残句辑录成篇，或将其残句编排成文，并且在此基础上广征博引以求其真，探幽发微以见其实，从而取得了可喜的成果。

参照学者们的研究成果，笔者尝试将唐勒此作的简文残句按所测文意依次连接、分段排列，抄录如下，以便读者知其大略：

唐勒（书于首简背面上端，0184）

唐勒与宋玉言御襄王前，唐勒先称曰：人谓造父登车揽辔，马协敛整齐调均，不挚步趍……〔0184〕马心愈也，而安劳，轻车乐进，骋若飞龙，免（逸）若归风，反驺逆驺，夜走夕日而入日……〔0190〕……千里。今之人则不然，白篡坚。〔0971〕……不能及造父，趍步□御者，诎……〔1717〕……□弇脊……〔4233〕

……御有三，而王良造……〔3588〕……袭□，缓急若意。□若飞，免（逸）若绝，反趍逆□，夜起夕日而入日蒙汜，此□……〔0403〕……虑发□□，竞反趍……〔2853〕

……贤圣御……〔3141〕……□□□□□驾下，作千……

① 汤漳平：《论唐勒赋残简》、谭家健：《〈唐勒〉赋残篇考释及其他》、饶宗颐：《唐勒及其佚文——楚辞新资料》、稻畑耕一郎：《楚辞残简小考——关于淮水流域楚辞的流传》等。

〔1739〕……兢久疾速。〔3454〕……反趋逆……〔4244〕……入日上皇，故……〔3150〕……□不伸，发敝……〔2790〕覆不反□……〔3720〕

……论义御……〔3561〕去衔辔，撤……〔3656〕……笪毂，马……〔4283〕……自驾，车莫……〔4741〕……胸中，精神俞六马，不叱啫，不挠指，步趋□……〔0493〕……行雷，雷舆□□□□……〔2630〕月行而日动，星跃而玄运，子神奔而鬼走。进退屈伸，莫见其壙埃。均□……〔0204〕……□若□……〔4239〕……实，大虚通道……〔4138〕

……君丽义民……〔3005〕……□女所□威滑□……〔3828〕……知之，此不如望子華大行者。〔1628〕

此处所录汉简文字，乃据《银雀山汉简释文》。除了其中已被专家确定的26支属于唐勒作品的残简文字外，又补有其中一支尚未确定归属而当为唐勒作品的残简文字（田野登录号3141），共27支，234字。所录文字中的号码都是原简编号。原简中常见的异体字、假借字，也皆依吴九龙校释而改为通行字。从保留文字基本完整的首简（34字）来看，每支简上的文字当有35字左右，整篇作品则当有近千字，与宋玉赋的篇幅不相上下。

由于首简背面书有“唐勒”二字，一些学者即认为“唐勒”就是篇题。[①] 也有的学者依据这篇作品的内容和参照宋玉赋的命名情况，认为“篇题似应作《御赋》”。[②] 史籍著录的唐勒赋有多篇，以“唐勒”为此赋的篇题显然不当，“唐勒”应为其作品的总名，此赋原篇题既然不可知晓，姑且责实循名而称之为《御赋》倒比较恰当。

此赋的内容是借述御马之术以喻治国之道。以御论治，大概源于

① 吴九龙：《银雀山汉简释文》、谭家健：《〈唐勒〉赋残篇考释及其他》。
② 汤漳平：《论唐勒赋残简》。

道家。《老子》第十四章即说："执古之道，以御今之有。"《文子·道原》又述："老子曰：'执道以御民者，事来而循之，物动而因之，万物之化无不应也，百事之变无不耦也。'"这些言论都包含了治国治民犹似御马驾车的潜在意识。战国时代，以御论治则成为时髦话题，儒、道、法诸家都借御术言治道，并且都援引周穆王时的善御者造父之例以宣扬其治国主张。儒家推崇造父"巧于使马"[①]，法家标举造父"有术以御之"[②]。但唐勒此赋却并不以造父之御为贵，而是盛赞"去衔辔，撤（鞭策）""不叱咤，不挠指"、让其自行、顺其自然的"义御"，并且强调"大虚通道"。"义者，谓各处其宜也。"[③]"义御"所喻的治国之道，正是《文子》所谓"执道以御民者"。因此，唐勒《御赋》宣扬的是道家黄老之学的政治主张。其思想和文字，与黄老之学的集大成著作《淮南子》中的《览冥训》的一些论述有惊人的相似，遂使学者推测后者的许多文字即抄引自前者。当今学者校勘和研究此赋，也主要以《淮南子》为参照文献。

从文学的角度看此赋，其结构形式是先"客主以首引"，再转入正文以陈事；其写作方式是陈述其事而言务纤密，描摹其物而铺采摛文；其语言特征是韵散相间，但多用参差错落的散体文字，而整饬骈俪的韵文也不少。总的来说，其与宋玉赋作相类，但较之更加散文化，而文情不如宋赋充沛，文势不如宋赋奔放，文采不及宋赋华美，艺术成就显然不能与宋赋比肩。《古文苑》中所收相传为宋玉的赋作说，楚襄王游乐时，令景差、唐勒、宋玉等并造赋，赋毕，独宋玉冠而受赏。此事恐怕符合当时的实际情况。

唐勒《御赋》的文学价值诚然不算很大，但它的出土面世却具有重大意义。因为它是一篇典型的散体文赋，清楚地反映了楚文学以及中国文学在战国后期的发展状况和发展趋势，从而证明了宋玉赋的真实性，

① 《荀子·哀公》。
② 《韩非子·外储说下》。
③ 《管子·心术》。

使得学术界因受近代疑古思潮影响而长期流行的战国时代不可能产生宋玉赋那样的作品之论调不攻自破，也使得学术界对宋玉的文学成就和文学地位、宋赋与屈骚的关系以及汉赋的渊源等文学史上的许多重大问题都有了较明确的认识，并得出了较切实的结论。

第二节　庄辛《说楚襄王》

就在唐勒、景差和宋玉擅名于楚国文坛之时，楚国还有一位文名虽不及此三人，但文才却似乎并不输于他们的文士——庄辛。

庄辛同屈原一样，乃“楚之同姓也”。他是楚庄王的后代，故以庄王谥号为氏。他的生平事迹虽然也不详载于文献，但有关记载却较唐勒、景差要具体一些，这主要见于《战国策》和《新序》。综观文献记载可知，他仕于顷襄王为大夫，因敢于直谏而不受顷襄王喜欢，顷襄王曾诅咒他为“老悖”。由此看来，他的年龄当与屈原相距不会很大，或许曾受教于三闾大夫屈原并与之同仕于楚怀王。他在忧国忧民而敢于直谏这一点上有似屈原，但与屈原那种嫉恶如仇、横而不流的个性则迥然不同，往往将直谏之词寓于机智的论说之内，使规劝之言藏于滑稽的谈笑之中，而且善于明哲保身，择时进退，这或许也是他汲取屈原遭遇的教训而采取的处世方法和抗争策略。秦将白起破郢的前一年，楚国已岌岌可危，他对顷襄王“左州侯、右夏侯，辇从鄢陵君与寿陵君，专淫逸侈靡，不顾国政”[①]而深感忧虑，于是不顾个人得失而犯颜直谏，一针见血地指出顷襄王若不改此度，“楚国必亡矣”[②]。顷襄王不但不听，反而对他大加责骂，他于是自请避于赵国。在丧失江汉地区这一祖宗基业而东北徙于陈城之后，顷襄王方才有所省悟而召他归来，并听他教诲又为他授爵封君，还用他的补败扶倾之计收复了淮北故地，以致楚国没有彻底崩溃而暂时维持下来。显而易见，庄辛在楚国历史上无疑占有较为

①② 《战国策·楚策四》。

重要的一席之地。

就文献记载来看，庄辛似乎从未禀受顷襄王之命作辞造赋，而且也不曾留意于诗文，因此不见有独立的作品传世。今日所能见到的庄辛作品，仅有《战国策·楚策四》和《新序·杂事二》载录的《说楚襄王》。另外，当今学术界有人认为，《庄子》中的《说剑》篇也是庄辛的作品，其文中的"庄子"本指"庄辛"，但后人不察，将其误收入《庄子》一书中，并且将原文中的"庄辛"妄改成"庄周"[①]。此说虽然不无道理，但证据尚嫌不足，有待深入考证。

《说楚襄王》因被载录于史书《战国策》中，故历来虽为人所称道，但大都被人视为纵横家之说辞和史家之笔墨而忽视了它作为独立篇章的文学价值和文学意义。实际上，它虽然反映了纵横家说辞的风气，但它的结构形式、语言特征和铺叙方式则更接近于文赋，与宋玉和唐勒的文赋属于同一格调的作品。正是有鉴于此，清人姚鼐选编的《古文辞类纂》将它与宋玉赋一起收在辞赋类中。《新序》所收此作的文辞稍异，而且更见散文化，风格则与宋玉《对楚王问》相近，这种差异可能是由于《新序》与《战国策》所据的流传文章不同所致。庄辛原作被纵横家作为可资借用的言行事迹而在广为流传过程中，不可避免地会有不同程度的增饰润色。但无论如何，其基本的内容和风格一般不会改变。以《战国策》和《新序》所载录的庄辛此作相互对照，也正说明了这一点。

庄辛这篇文赋，大概作于楚顷襄王迁都陈城之后不久。赋文开头追述了郢都被秦国攻陷之前庄辛直谏楚顷襄王无效而不得不去赵国避难，以及楚顷襄王逃奔陈城后有所悔悟而征召他归来的始末，然后铺叙了庄辛向楚顷襄王痛陈君王贪图眼前享乐之危害的说辞。其说辞则从小至大、由物到人、自外及内，款款道来似婉而不骤，渐渐逼入却砭之尤

① 赵逵夫．庄辛——屈原之后楚国杰出的散文作家［J］．西北民族学院学报，1990（4）．

深，最终使得楚顷襄王闻之而“颜色变作，身体战栗”。赋文那生动奇妙的譬喻、曲折委婉的文情、宏放恣肆的气势、丰富绚丽的词藻，都是先秦诗文中不可多见的。

就其文体特征而言，此赋除了有“客主以首引”、铺采摛文以叙事状物以及韵散结合这些楚赋的一般特征之外，还有着宋玉、唐勒的文赋所不具有的特征，这就是赋文的主体部分采用了几段在铺叙事理的内容上平行并列、但在铺叙事理的程度上却递层推进的结构形式和表现方式。此赋这种独具的特征，虽在先秦文学史上寥寥寡合，可至汉初即有枚乘的《七发》步其后尘。而体式与之相似的《七发》，正是有汉一代之文学的汉大赋的发端之作。不言而喻，此赋与宋玉赋同为汉赋的滥觞。它反映了庄辛的文学才华和文学成就，也显示了庄辛在楚文学史乃至中国文学史上应有的地位。

第三节　荀况辞赋

辞赋大兴的战国晚期之楚国，不仅生于楚而长于楚的文人竞相好辞作赋，而且流于楚而寓于楚的学士也效辞拟赋。其时“爰锡名号”，以赋命篇者，除了楚人宋玉之外，还有一位生长于赵而终老于楚的北方鸿儒荀况。

荀况（约前 313—前 238），字卿，又称孙卿，赵国人，曾游学于齐国，以博学多识、能言善辩而三次担任会聚天下贤士的齐国稷下学宫的祭酒（学宫之长），学术声望很高。他又曾到楚、秦、赵诸国论政、议兵或出仕，后来再度入楚依春申君黄歇为兰陵（今山东兰陵县兰陵镇）令。春申君被杀，荀况也因此失官，便定居兰陵，著书至死。他是先秦时期最后一位儒学大师，也是春秋战国时代诸子百家思想文化的集大成者。他的哲理散文巨著《荀子》，以结构严谨、气势宏富、逻辑缜密、譬喻生动、论证全面、说理透辟、文意显豁、语言平实见长，体现了博雅沉实的儒学大师的本色，也反映了质朴凝重的北方散文的成就。相对而言，他晚年居楚而作的“辞赋”，就带有较多的楚文学色彩了。

《汉书·艺文志》著录荀况的“辞赋”有“成相杂辞十一篇”“孙卿赋十篇”。今传《成相》3篇56章，《赋》5篇（《礼》《智》《云》《蚕》《箴》），以及“实亦赋”[①]的《佹诗》2篇。

《成相》被朱熹收入《楚辞集注·楚辞后语》中，列为楚辞后继者第一。朱熹解题说：“《成相》者……杂陈古今治乱兴亡之效，托声诗以风时君，若将以为工诗之诵、旅贲之规者，其尊主爱民之意，亦深切矣。相者，助也，举重劝力之歌，史所谓五羖大夫死而舂者不相杵是也。”此语说明，“相”本指劳动人民在筑土或舂米等劳动中随着劳动的自然节奏而歌唱的民歌。荀况乃借鉴这一民歌形式述古论今，宣扬其政治主张。从歌辞形式看，它的语句参差错落而有定格、韵律富有变化而有成规：

> 请成相，世之殃，愚暗愚暗堕贤良。人主无贤，如瞽无相何怅怅！
>
> 请布基，慎圣人（叶倪），愚而自专事不治。主忌苟胜，群臣莫谏必逢灾（叶滋）。

可见，它的句式是三言、七言、四言交错运用，但每章的句式皆统一而有定格；它的节奏则长短不一、声韵也变化自由，但每章内的韵律又统一而有成规。这样的歌辞，显然不类楚辞格调，而是荀况剪取南方楚文学之枝以嫁接北方中原文学之树的创制。就其每章的句式和韵律的统一而形成整篇作品的齐截规范形态而言，尤其是从整篇声韵都大体合于《诗经》声韵的特点来看，荀况有着深厚的北学素养，故“拟工诵箴谏之词”[②]而作的《成相》，实以中原诗歌为本。就其一章之内的句式多

① 鲁迅.汉文学史纲要［M］// 鲁迅全集：第9册.北京：人民文学出版社，1981：374.

② 朱熹：《楚辞集注·楚辞辩证》。

变、节奏不一而形成的整篇作品的生动之感而言，荀况居于楚而作于楚的《成相》，又明显地受到楚地民歌的影响。朱熹将它列为楚辞后继者第一，不仅仅是因为它“颇有补于治道”[1]，而首先是“以其词亦托于楚而作”[2]，故带有楚风。

包括五篇小赋在内的《赋》篇，诚如刘勰《文心雕龙·诠赋》所说：“观夫荀结隐语，事数自环。”荀况作《赋》，意在借鉴战国时代朝野盛行的隐语形式以含蓄地表达其思想感情。《礼》《知》两篇通过赋形以明志而歌颂了隆礼重法、修身好洁的君子，《云》《蚕》《箴》三篇通过状物以喻志而赞美了精神广大、功被天下的贤人。隐语也即谜语，北方的三晋之地和东齐之士，都有盛作隐戏的传统和好为隐语的风尚。《说苑·正谏》记载晋平公任有隐官，《新序》记载齐宣王阅读《隐书》。相对而言，南方楚地的好隐之风尚和传统也不亚于中原。《史记·楚世家》《新序》记载了楚庄王好隐戏而伍举以隐语进谏之事，《左传·宣公十二年》记载了楚大夫互为隐语之事，《列女传》则记载了楚庄姬以隐语谏楚王之事。因此，生于赵、游于齐而老于楚的荀况，想必也是熟读《隐书》和精于隐语的，故能在适宜的时代气候和文化土壤上巧借隐语方式以喻道明志，使作品具有举类迩而见义远、言在此而意在彼的艺术效果，这不能不说是一种文学创制。荀况在结撰隐语而作“事数自环”的艺术表现时，又受楚人好辞尚赋的风气影响，故亦有意识地铺采摛文以夸饰谜面，通过体物之细微以寄寓情志之深广，于是就变质朴之隐语而为雅丽之文赋了。如《云》中状云之形、摹云之态的文字，最能代表荀赋的特色：

有物于此：居则周静致下，动则綦高以钜。圆者中规，方者中矩。大参天地，德厚尧禹。精微乎毫毛，而充盈乎大宇。忽兮其极之远也，攭兮其相逐而反也，卬卬兮天下之咸蹇也！德厚而不

①② 朱熹：《楚辞集注·楚辞后语》。

捐，五采备而成文。往来惛憊，通于大神，出入甚极，莫知其门。天下失之则灭，得之则存。弟子不敏，此之愿陈。君子设辞，请测意之。

赋文采用骈文俪辞、散体韵语，极尽铺排、渲染之能事，鲜明生动地表现了“云”的外形与内质俱美的形象，同时也象征性地表现了作者的理想和追求。与宋赋相比较，荀赋的渲染夸饰和铺采摛文显然稍逊一筹，但荀赋在“体物写志”方面却并无不及。这在于荀赋因承和借鉴了屈骚的咏物托志、比兴象征的表现手法，故篇幅虽小而旨意甚大。近代学者魏源就将荀赋与屈骚并论，指出它们的创作精神相通而表现手法相同：“《离骚》之文，依诗取兴，引类譬喻。善鸟香草，以配忠贞；恶禽臭物，以比谗佞。词不可径也，故有曲而达焉；情不可激也，故有譬而喻焉。……荀卿赋蚕非赋蚕也，赋云非赋云也。诵诗论世，知人阐幽，以意逆志，始知三百篇皆仁圣贤人发愤之所作焉，岂第藻绘虚车已哉！”[①]

《佹诗》两篇也是慷慨陈辞以见志、发愤抒情以达意之作。其直陈其辞、直抒其情的特点与《成相》相同，其抨击时政、明辨治乱、标举礼义的内容也与《成相》相近，只是其艺术表现多用四言韵语兼带参差错落的散文句式，铺叙方式也略显赋体特征，可谓承袭了屈骚精神、沾染了楚赋色彩又保持了中原诗歌的风貌。朱熹《楚辞后语》收录其中一篇，即《战国策·楚策》和《韩诗外传》所谓荀况“遗春申君赋”。鲁迅评论此篇说：“词甚切激，殆不下于屈原，岂身临楚邦，居移其气，终亦生牢愁之思乎？”[②]

总的来说，荀况的“辞赋”虽袭楚风，却终究不类楚人辞赋的格调。究其原因，主要还是荀况的文化根柢不同于楚人所致。荀况本为一

① 《诗比兴笺序》。

② 汉文学史纲要［M］// 鲁迅全集：第 9 册 . 北京：人民文学出版社，1981：374.

代北学宗师，入南居楚的文学创作尽管受到楚风熏陶，但所成“辞赋”依然是以中原文学兼融楚文学的产物，而与楚人所作的那些以楚文学兼融中原文学的辞赋相去较远，哪怕是创作精神可以一脉相通但艺术形式也难以一体相随。荀况陈“辞”作“赋”缺乏楚人那样的审美趣味和审美追求，所成“辞赋”也不具有楚人辞赋那种惊采绝艳、精美富丽的审美效应。因此，当中国文学的发展进入自觉时代以后，荀况“辞赋”虽然独标一格而颇有风采，但世人却略而不重，历代叩其端而振其绪者也不多。

第四节　《卜居》和《渔父》

东汉王逸《楚辞章句》注解《卜居》和《渔父》，题解都首称“屈原之所作也”。可是，王逸在《渔父》题解末尾又称“楚人思念屈原，因叙其辞以相传焉”，从而表达出未敢确定该篇作者的犹疑和矛盾。

南宋朱熹撰《楚辞集注》和洪兴祖撰《楚辞补注》，则毫不含糊地肯定两篇都是屈原的作品。

朱、洪语出，即成权威之论。明代，张京元《删注楚辞》才首先“疑为伪作”。清代，崔述在《考古续说》卷一《观书余论》中，断其“亦必非屈原之所自作”。尽管如此，张之疑和崔之断，在明清屈学界犹似平静的湖面上偶尔吹出的涟漪，丝毫未能撼动绝大多数学者信从的朱、洪之论。至现当代，怀疑和否定屈原著作权的学者才逐渐增多。经陆侃如、游国恩、郑振铎、郭沫若、马茂元等人证其伪后，虽然仍有许多坚持传统说法和徘徊于信疑之间的学者，但不少学者已经认定两篇不大可能是屈原的作品，而是“屈原既死之后”的楚人根据屈原的生平事迹和思想人品写成的作品。

现当代学者否定两篇是屈原作品的理由，主要有如下几点：

一、两篇的体裁与公认的屈原作品不类，即都是以客主问答构成的散体韵文，“句法既极其参差，用韵又很随便”[①]。“它是介乎诗歌与散文之间的一种新的体裁，是‘不歌而诵’的汉赋的先导，是从《楚辞》演化为汉赋的过渡期间的产物。”[②]

二、公认的屈原作品，大都是以第一人称抒情陈辞。此两篇则是以第三人称叙事对话，“显然是旁人的记载”[③]，“只是第三者设想屈原处境，对屈原心理一般的揣测与综合的表现”[④]。

三、两篇叙事简单直捷，达意明朗清楚，而公认的屈原作品“所表现的思想感情无不蕴藉深厚，曲折而复杂”[⑤]。

四、“司马迁在《史记·屈原贾生列传》里载《怀沙》时，说明是屈平所作；载《渔父》时，却没有说明。他只把它当作别人作品般的采用，正如他采用淮南王的《离骚传》似的。”王逸的《渔父》解题中的自相矛盾之语，表明“他不认它为屈平自作”[⑥]。

坚持两篇为屈原所作之传统说法的学者，认为上述证伪理由皆难成立。陈子展在《楚辞直解》中，对证伪的各种论点一一予以驳斥。当今的“屈作说”者，大都认为陈子展论说全面、论据充分而申述和发挥其论点。

不过，“屈作说”者并不否认两篇在文体形式和表现方式与公认的屈原诗歌的不同，也认定“它们毕竟不是诗，而是散文，最多可以说它们是散文诗”[⑦]，“它们代表着辞赋文体由诗而散文化、外在化的开端和转折，成为楚辞到汉赋这两大时代文体的重要结合点和出发点”[⑧]。“屈作说”者只是强调：“对于一个伟大的作家，他的艺术形式和风格，不是一成不变的，是会有多样化的，他是有继承性同时又有独创性的……到了屈宋时代，散文多种多样，其间产生了大量问答体的散文，即所

① 游国恩．楚辞概论［M］．北京：商务印书馆，1933：201.
②④⑤ 马茂元．楚辞选［M］．北京：人民文学出版社，1958：215.
③ 游国恩．楚辞概论［M］．北京：商务印书馆，1933：200.
⑥ 陆侃如，冯沅君．中国诗史［M］．北京：作家出版社，1957：130.
⑦ 汤漳平．楚辞译注［M］．郑州：中州古籍出版社，2005：191.
⑧ 杨义．杨义文存：第七卷［M］．北京：人民出版社，1998：528.

谓‘战国文体’；并且已经发展到了一个高峰……为什么我们独怀疑于屈子应时崛起，而有《卜居》《渔父》一类以问答为主的散体韵文的发生？”[①]

既然持真伪两说的学者对于两篇的文体性质有了共识，那么，在资料阙如、尚无确证的情况下，判别其真伪的方法，就主要根据深入分析战国时代的历史文化背景和文学发展状况、屈原的身世和创作、辞和赋的文体特征及演变规律、汉人关于屈原及其作品的记述等来做出切合事实的推断。

确如陈子展等人所说，散文发展到孟子、庄子和屈原、宋玉的时代，已经达到了先秦散文的高峰，出现了多种多样的形式。可是，就以主客问答形式、以铺排词令方式来述志达意的这种散体韵文，也即被公认“成为楚辞到汉赋”的过渡阶段的文体形式（或称赋体雏形），依据文体演进的规律，应当是在楚辞创立并成熟的基础上化诗为文、变骚成赋的产物，故刘勰在《文心雕龙·诠赋》中总结说：“然赋也者，受命于诗人，而拓宇于楚辞也。”古今对此说，皆无甚异议。

屈原是楚辞的奠立者，屈骚也体现了楚辞的成熟形态和高度成就。以屈原“博闻强志……娴于辞令”之才，据屈原时代文学发展的状况，屈原并非没有奠立楚辞又进而奠定韵散结合的楚赋的能力和条件。但应认识到，屈原是“明于治乱”的楚国大臣而为实现“美政”理想奋斗终生，屈原创作楚辞并非有心于要做诗人和新体诗的奠立者，屈原成为伟大诗人乃是“时代玉成了他”。诚如司马迁所言：“屈平之作《离骚》，盖自怨生也。”最能体现楚辞的成熟形态和高度成就的屈原代表作《离骚》，以及屈原所作严格意义上的楚辞体作品《九章》，是屈原“发愤以抒情”“兹历情以陈辞”的产物，而屈原“陈辞”，又是为着“娇以遗夫美人”。概言之，屈原陈辞赋诗，并非为了消闲自娱或娱人耳目，而是他那爱国爱民的真诚之心、存君兴国的忠贞之志不但不为人所理解，反

① 陈子展．楚辞直解［M］．南京：江苏古籍出版社，1988：676—677.

而遭到群小的谗害和壅君的放逐，以致愤慨之感和悲怨之情长期郁积在胸而无以舒泄，故陈辞赋诗“发愤以抒情”，并希望借此寄言于楚王而使之醒悟，且聊以排遣心中痛苦。愤激而情烈，出于充分抒发思想感情的需要，屈原乃在战国早中期初兴的楚辞体诗歌感染下，充分借鉴民歌，主要是楚地民间祭祀乐歌的形式，凭借自己高度的文学素养，创造性地扩大以往诗歌的体制，汇融以往诗歌的各种句式，发展以往诗歌的表现手法，创作出以第一人称抒情而便于充分表现自我为起点、以丰富奇伟的想象和幻想为基础、以系列比兴象征的艺术表现为特征的形式奠立一体、成就卓绝一世的屈骚。可以想知，屈原“虽放流，眷顾楚国，系心怀王，不忘欲反，冀君之一悟，俗之一改也”，在忧愁幽思之中陈辞赋诗、抒情诉怨，既企盼“遗夫美人”，又舒泄心中悲愤，故自然也必然会采用第一人称以便于抒发心中那掩抑不住、犹似火山爆发一般的激切强烈之情。放流之中的屈原，“愁郁郁之无快兮，居戚戚而不可解”。以其“劳苦倦极”的状态和“疾痛惨怛”的心境，屈原是不大可能平静下来以第三人称叙事记言的。《卜居》和《渔父》，既非“遗夫美人”之作，亦非抒己愁怨之作，显然是记叙屈原言行而示诸世人、“高其行义”之作，与屈原在放流之中陈辞赋诗的动因、目的皆不合。

《卜居》首引云：“屈原既放三年……往见太卜郑詹尹。”《渔父》开篇亦云：“屈原既放，游于江潭……渔父见而问之。”早有学者意识到，屈原见太卜、渔父之事和太卜、渔父其人皆不可考。王逸以为，其事其人皆真。朱熹则不敢确定《渔父》所叙，而称“或曰亦原之设词耳”。洪兴祖乃断言：“《卜居》《渔父》，皆假设问答以寄意耳。”宋代以来治骚者，仍有不少力图坐实，但迄今劳而无功。值得注意的是，经过长期辨析考证后今已被学术界基本认定为宋玉之作的《风赋》《高唐赋》《神女赋》《登徒子好色赋》《对楚王问》，都是与《卜居》《渔父》文体类同的构以问答、韵散相间而拓辞为赋之作。尤其是《风赋》《对楚王问》，与之结撰方式更为近似。然而，宋玉赋作中叙及的人物却无不可考，如楚襄王、景差、登徒子等。以宋赋证之，屈宋时代擅长楚辞者所作构为主客问答之词的散体韵文，皆缘事而成文，文中主客皆为真实人物而非寓言人物。倘若两篇真是“屈原之所作”，屈原自叙言行事迹，又何来必要在文中虚构一客呢？如果文中之客不是虚构人物，文中的难解之处就多了。“太卜”本为商代官名，西周因之为卜官之首。查传世文献和出土文献，楚国只见设“卜尹”一职。“郑詹尹”其人，究竟是“郑之詹氏尹于楚者”还是“其在楚为太卜，尝在郑为詹（占）尹”，令人疑惑。即使“太卜郑詹尹”实有其人其官，其人则在楚国居于高位而侍奉楚王身边，那么屈原又怎能在流放三年后往见他呢，是返回故都相见的么？可是，屈原在《九章·哀郢》中明言：“惟郢路之辽远兮，江与夏之不可涉。忽若不信兮，至今九年而不复。”“渔父”无名无姓，而《庄子·渔父》记叙了孔子遇渔父的故事。这屈原所遇见的渔父与孔子所遇见的渔父，竟然有着同样的身份，即都是具有道家思想的隐者。更为巧合的是，渔父“鼓枻而去”时唱给屈原听的歌，乃《孟子·离娄上》记叙的孔子所闻楚之《孺子歌》(《沧浪歌》)。显然,《庄子》中的“渔父”是寓言人物,《楚辞》中的“渔父”也为虚构形象无疑。太卜郑詹尹，恐怕也是虚构的人物。这郑詹尹和渔父，不会是屈原虚构的人物形象，而当是楚人早已虚构出并在楚地广泛而经久传扬其故事且具有典型性的人物形象。

两篇中的一些遣词用语，明显与屈骚中的用语习惯不合。如“宁与黄鹄比翼乎？将与鸡鹜争食乎？”屈骚则不用“黄鹄”一词，而是习用“虬龙鸾凤，以托君子”，即《怀沙》云：“凤凰在笯兮，鸡鹜翔舞。”又《涉江》云：“鸾鸟凤皇，日以远兮。燕雀乌鹊，巢堂坛兮。”楚人崇凤，屈原乃突出地、反复地歌咏凤凰以寄意托志、况已喻贤。再如，“千里驹”一词，也不见于屈骚。屈骚中以良马喻贤才，习用“骐骥”一词。“哫訾栗斯，喔咿儒儿”“突梯滑稽，如脂如韦”这类语词，显然是战国楚地民间的口语俗词，更是不为屈骚采用。屈原赋诗，虽然大量采用民间口语，但予以选择和锤炼。正是有感于民间祭祀乐歌“其词鄙陋，因为作《九歌》之曲”。还有，词句“新沐者必弹冠，新浴者必振衣。安能以身之察察，受物之汶汶者乎”，在屈骚中既不见用其词语，也不见用其句意，其词其句却分别见于《老子》《荀子》《韩诗外传》等书中：

《老子》第二十章：“俗人察察，我独闷闷（通汶。《楚辞补注》：‘汶，音门。’）”

《荀子·不苟》：“故新浴者振其衣，新沐者弹其冠，人之情也。其谁能以己之潐潐，受人之掝掝者哉？”

《韩诗外传》卷一：“故新沐者必弹冠，新浴者必振衣，莫能以己之皭皭容人之混污然？”

诚如陈子展批驳胡适之说时所言：“倘论见解与技术，难道《卜居》《渔父》高于《离骚》？”[①]的确，两篇在思想性和艺术性上远不及屈原的代表作。就遣词用语的情况来看，两篇大不像出自“楚之同姓”且“娴于辞令”而求“文辞丽雅”的诗人屈原之手。

《史记·屈原贾生列传》记叙：“屈原既死之后，楚有宋玉、唐勒、景差之徒者，皆好辞而以赋见称。”此语实已明确指出，屈原的创作是辞，即楚辞体诗歌。屈原之后的宋、唐、景之徒，虽然好辞而能作楚辞，却因大量创作拓辞为赋的散体韵文而“以赋见称”。韵散结合的楚赋这种新文体，乃宋玉等人“好辞”而拓宇于楚辞的创造。

或许就是根据司马迁的记叙和传世有宋玉的同体赋作，一些学者认为《卜居》《渔父》大概是宋玉等人的作品。郭沫若曾在1941年写成的《屈原的艺术与思想》一文中说：“（两篇）恐怕是屈原的后辈宋玉、唐勒、景差之徒做的。”

宋玉、唐勒、景差之徒，应该说都有写作两篇的条件和才华。不过，以他们的身份，他们恐怕不会做也不敢做这样两篇记叙屈原言行、表现屈原志节的赋。因为三人都是楚顷襄王身边的文学侍从之臣，主要

① 陈子展．楚辞直解［M］．南京：江苏古籍出版社，1988：669.

职责就是伴顷襄王宴游时吟诗作赋以助欢娱，谨小慎微地侍奉君主而唯恐遭弃，故吟诗作赋“皆祖屈原之从容辞令，终莫敢直谏”，哪里还会、还敢于言称被“顷襄王怒而迁之”的屈原！

当然，宋玉也有愤世嫉俗的感慨、怀才不遇的悲怨和处穷守高的心志，而且最终还是没能保住小臣之位，失职沦为贫士，在穷困潦倒之中“发愤以抒情”，写成楚辞名篇《九辩》。为何不能推想，宋玉能在失职后作成《九辩》，又怎么不可以在失职后追怀屈原而作有《卜居》和《渔父》呢？但是，据可认定的宋玉作品来看，这种可能性不大。前面已经指出，宋玉的赋作，主客人物皆实有而非虚构，以主客问答之词构成的赋作，当经过了主客由真实到虚构，主客之词由敷陈衍叙到铺采摛文、体物写志的发展。《卜居》和《渔父》，诚然是宋赋之后、汉赋之前的过渡阶段的作品。再说，上述两篇中的遣词用语，既不见于公认的屈原作品中，也不见于可认定的宋玉作品中。宋玉作品中喻贤况己，也仿效屈原而习称“凤凰”和“骐骥”。《九辩》云：“谓骐骥兮安归？谓凤皇兮安栖……骐骥伏匿而不见兮，凤皇高飞而不下。”《对楚王问》云：“故鸟有凤而鱼有鲲。凤凰上击九千里，绝云霓，负苍天，翱翔乎杳冥之上。夫蕃篱之鷃，岂能与之料天地之高哉？”

宋玉、唐勒、景差主要活动于楚顷襄王时代，两篇产生的具体时段就应在其后的楚考烈王时代。其作者是紧承屈原、宋玉的后辈，而且了解屈原的身世、熟读屈原的诗歌。因此，他们可以根据屈原的生平和屈原在其诗歌中的自我抒写，“假设问答以寄意”。也有学者推测，两篇是秦末汉初的作品。但如许多学者所指出的，两篇既然采用了先秦古韵，就不能否认它们是战国末年的楚人之作。

不知是否基于犹同笔者上述的考虑，郭沫若在1953年写成的《〈屈原赋〉今译》的后记中，改变了先前的看法，说明：

> 《卜居》和《渔父》两篇，很多人怀疑不是屈原的作品。特别是《渔父》那一篇应该是后人的著作。但作者只是把屈原作为题材

> 而从事创作，并无存心假托。它们之被认为屈原作品，是收辑《屈原赋》者的误会。这两篇由于所用的还是先秦古韵，应该是楚人的作品。作者离屈原必不甚远，而且是深知屈原生活和思想的人。

郭氏此说，被今日许多学者认为“较合情理”而欣然赞同。遗憾的是，郭氏虽然推定两篇应该是屈原死后不远且深为了解屈原的楚人所作，却未进一步阐发作者的身份、写作两篇的动因和目的以及两篇产生的社会意义。今之学者也对此探讨不够。

两篇作者的生平，诚然已经无从考证。但由两篇虚构的客之形象及其表达的思想倾向，可以推定其作者身份应是屈、宋之后隐居楚国民间的道家人物。《卜居》的作者虚构的客之形象是一位卜者。“詹尹乃释策而谢”的答屈原问卜之辞，虽然表达出对屈原高洁廉贞品格和正道直行精神的肯定，却也反映出“尺有所短，寸有所长”的道家朴素辩证法认识论和“用君之心，行君之意”的道家因顺自然人生观。《渔父》的作者，虚构的客之形象是一位渔翁。渔翁所言所歌，亦反映出“不凝滞于物”“与世推移”的道家处世态度和“水清濯缨，水浊濯足”的道家行为方式。自春秋末年至战国末年，道家思潮兴盛于南方楚地，楚地士子大都深受道家思想影响。由于楚国地域辽阔、山水秀丽、物产丰富、经济发达、文化繁荣和灭国多发展快而阶级变化大、政治日趋腐败黑暗而“谗人高张，贤士无名”等原因，楚国深受道家思想影响的文人学士乃潜隐宜于适己逍遥的民间为卜者、渔父或农夫。因此，孔子适楚所遇长沮、桀溺、接舆，庄子本人及其描叙的老莱子、南荣趎、黄缭、渔父，以及鬼谷子、鹖冠子等，都是隐居楚国民间的道家人物。楚道家人物隐于民间而多为卜者，至汉初犹然。《史记·日者列传》记载，贾谊和宋忠同在长安为官，一日“相从议论，诵易先王圣人之道术，究遍人情，相视而叹。贾谊曰：‘吾闻古之圣人，不居朝廷，必在卜医之中。’”两人乃访“司马季主者，楚人也，卜于长安市东”。司马季主与弟子“方辩天地之道，日月之运，阴阳吉凶之本”，见两人则引老子、庄子之说而阐明“君子处卑隐以辟众，自匿以辟伦，微见德顺以除群害，以明天性，助上养下，多其功利，不求尊誉”的道家处世原则。由两篇中描叙的客之形象及言辞，可以推测其作者就是在楚国民间或卜或渔的“处卑隐以辟众”、顺自然以应德的道家人物。也正因为作者是这类道家人物，两篇中才有这种客之形象和这样的道家言辞。

至于战国末年何以会产生这样两篇作品，隐处楚国民间的道家人物又何以会创作这样两篇作品，这就应结合战国时代的历史文化背景作深入探讨了。

屈原死后，楚国国势如江河日下。顷襄王亡羊补牢，实为晚矣。考烈王经营东土，勉撑残局。可是，秦国破三晋而败五国联军，兵锋直指楚国最后的都城寿郢。可想而知，在这楚国将亡、六合可扫的危急关头，有着悠久而光荣的爱国传统的楚人，必然会有发扬传统以表达卫国救亡意识的强烈反应。在屈原时代，因楚国是由极盛转衰，一般民众大概对国家的这种巨大变故缺乏心理准备而反应未及，故屈原悲叹“众人皆醉我独醒”而独为之鸣。可是，屈原之后秦国长驱直入而楚国复强无望、危在旦夕的现实，则会越来越强烈地激发出楚国民众的爱国救亡意识。更重要的是，国家之间的较量，最终还是文化之间的较量。楚、秦两国公开的、你死我活的争斗，实际上也是楚、秦文化直接的、水火难容的冲突。楚国的兴盛，依靠的是长期推行了一条“抚有蛮夷，奄征南海，以属诸夏”的发展路线。随之而兴盛的楚文化，也自然是以华夏文化为主导、兼容蛮夷文化而融会创新的体系完备、博大精深的文化。楚国的政治文化，可以说是发展了华夏政治文化传统的尊尚王道而兼用霸道、富有人道精神而兼具法治精神的王道文化。相对而言，秦国的兴盛，依靠的是长期奉行一条武力征服、霸有天下的发展路线。随之而形成的秦文化，也只会是固守本域文化和杂取他域文化的混合体。由秦人奉行的发展路线所决定，秦国的政治文化，可以称之为一种功利主义的霸道文化。在楚、秦长期的政治和军事的斗争中，楚人越来越清楚地认识到楚式王道文化和秦式霸道文化的格格不入，因而形成为结合爱国救亡意识的文化自卫意识。屈原是楚文化的代表人物，屈原在楚、秦展开生死存亡的白热化斗争之际创作的诗歌又集中体现了楚人的爱国精神和“美政”理想（即楚式王道文化理想），故楚人在战国末年宣扬楚文化传统，首要和必然地是传颂屈原事迹、诵读屈原诗作。于是，屈原虽死犹生，屈骚未能上达君主却下传民众而不朽，成为自战国末年在楚地“世相教传”的爱国模范和文学经典。

战国末年“世相教传”屈原及其作品者，当然不可能是被屈原抨击的楚国腐朽的贵族集团和“瓮牖绳枢之子，甿隶之人”，而应是楚国士人，主要是具有道家思想的隐士。因为其一有文化，二通合屈原思想而向往实现“美政”，三赞赏屈原志行而仰慕屈原为人。须知战国时代繁盛于楚地而风行于天下的道家学说，并非主张“天下无道，则修德就闲”、逍遥避世的老庄学派，而是以老子学说为本而摄融诸家学说精华、着重阐发政治主张的黄老之学。黄老之学在总结历史、明察现实的基础上瞻望未来，主张尚德而不弃力、隆礼而兼用法，可谓是在新的历史条件下，结合楚国及列国的兴亡经验而对华夏政治文化的发展。而屈原的政治抒情诗，反映的正是黄老学派阐述的和楚国贤明的统治者信奉的政治主张和社会理想。信奉黄老之学而隐居楚国民间的道家人物，多有能诗擅文之士，自然好辞爱骚。他们既在政治主张上基本同于屈原思想而向往实现“美政”，又在追求上大致同于屈原志行而高举葆真、廉洁自清。加之他们虽然愤世嫉俗而潜隐避世，实际上则如朱熹说庄子那样，是外表极冷而心肠极热，怀有高昂的政治热情和积极的入世精神，身体力行地“微见德顺以除群害，以明天性，助上养下，多其功利，不求尊誉”。因此，在楚国将亡、秦国即吞灭六国的战国末年，他们出于爱国救亡和文化自卫意识，自觉地和热衷于“教传”屈原事迹和屈原诗歌以激励楚人奋起抗秦卫国，并且在“世相教传”过程中，因“深知屈原生活和思想”而出现据之创作标榜屈原志行的《卜居》和《渔父》的作者，则在情理之中。

两篇诚如王逸题解《渔父》所说，是“楚人思念屈原，因叙其辞以相传焉”。这一具体情况，尤其是以上推断的战国末年具有道家思想的楚国隐士创作两篇的具体情况，今已于文献无征。之所以如此，当是秦人统一天下后焚毁楚籍以企图消弭楚人的爱国意识所致。司马迁为屈原作传，引录《渔父》以叙屈原志行，显然并未将之视为屈原的作品，否则不会不仅引录《怀沙》而“说明是屈平所作”，而且在所附《贾生列传》中引录《吊屈原赋》《鹏鸟赋》也都说明是贾谊所作，却独不说明《渔父》的作者。司马迁未予说明，想必他虽知其非屈原所作，但不知其真实作者。他引录《渔父》以为实录，则如洪兴祖所言“非也”。《卜居》和《渔父》，都是思念屈原的楚人设为问答、假托屈原以“叙其辞”。另外，《屈原列传》中引录的《渔父》，与《楚辞章句》中收录的《渔父》在文词上略有差异，既表明其非屈原所作，又表明其在战国至汉代广为教传而有多种版本。否则，屈原自作《渔父》，岂说“宁赴常流”而不说“宁赴湘流”？收录在《楚辞章句》中的版本，恐怕还难免经过汉人的润色。王逸解题首称两篇为“屈原之所作也”，当因从编辑《楚辞》的前人之说，很可能是因从“典校经书，分为十六卷”而编定《楚辞》的刘向之说。此说的来由，则大概是两篇传教已久、影响巨大，且直接叙述屈原言行，汉人景仰屈原而多将其著作权归于屈原名下。但是，王逸是故楚之地人，故楚之地仍有“楚人叙其辞以相传”的传说。“两说不同，他因不豫存一家的‘偏见’，就直把两说并存起来。”[①]

战国末年至汉初，“楚人高其行义，玮其文采，以相教传”屈原其人其诗，是毋庸置疑的。蒋天枢在《论〈楚辞章句〉》一文中指出：“其（屈骚）所以经百余年兵火厄难而不至毁灭，且进而获得‘通邑大都’之流传，必有为其学者师师相传，持守以呵护之，始能如是。王逸‘世相教传’之言，当有大量事实为之依据也。”想必就是在兵火厄难的战国末年，隐处楚国民间的道家学者在“教传”屈原其人其诗的过程中，据屈原言行志节而创作出《卜居》和《渔父》。

① 陈子展．楚辞直解［M］．南京：江苏古籍出版社，1988：662.

《卜居》通过对屈原在放逐期间“心烦虑乱，不知所从”而往见太卜决疑故事的生动描述，通过对屈原述疑之辞的奔放铺叙，反映了屈原时代楚国政治的黑暗状况，突出了屈原高举葆真、廉洁正直的光辉品格。《渔父》则通过对屈原在放逐期间行吟泽畔而遇渔父故事的生动描述，通过对屈原答渔父所问之辞的流畅铺叙，反映了屈原时代楚国社会的尚隐之风，突出了屈原苏世独立、九死无悔的高尚精神。两篇作品都表示了对屈原的深切同情和高度尊崇。

两篇的产生，意义重大。它表明，战国末年的楚人对屈原其人已经有了深刻的认识和高度的评价，即屈原是一位竭智尽忠、高举葆真、廉洁正直、爱憎分明、疾恶如仇、刚贞不阿、坚毅执着而绝不肯屈心抑志、苟且偷生、同流合污、蒙垢染尘的爱国诗人、秉德贤士，是楚人爱国典范、世间的人格楷模。两篇中的叙屈原之语，在相当程度上是对屈骚塑造的屈原自我形象体现出的精神品格的概括。这样的认识和评价，可以说是后世人们认识和评价屈原的重要基础。司马迁在《屈原列传》中引录《渔父》以彰显屈原志行，即充分表明了两篇产生的重大意义和巨大影响。汉代以来，人们歌颂屈原，推崇其志洁行廉而“虽与日月争光可也”，进而尊奉屈原为中国的诗魂、国魂和民族之魂，并且使得中国传统三大节日之一的端午节成了纪念屈原的节日，也与两篇叙屈原之辞而树立起屈原光辉峻洁的形象有很大关系。

两篇的产生，是战国末年楚人思念屈原的结果，反映了屈原在战国末年的巨大社会影响。两篇产生之后，进一步增强了屈原的社会影响，从而激励楚人的抗秦救亡乃至反秦兴楚的爱国精神。楚人在秦末奋起亡秦兴楚的过程中，屈原的精神激励作用不可低估。[①]

在中国文化史上，两篇对于树立屈原这位影响深远的伟人形象具有很大作用；在中国文学史上，两篇对于楚赋的产生和汉赋的形成则具有

① 蔡靖泉.《卜居》《渔父》的产生与屈原的影响［J］. 华中师范大学学报，2007（5）.

较大意义。今日学术界普遍认为，它们是由楚辞演进到汉赋的过渡性作品，虽然不及宋玉赋那样成熟，但其问答形式、铺排方式和韵散兼用特征也都自成一格并且为汉赋所因袭和弘扬。

属于楚赋的《卜居》和《渔父》，与宋玉、唐勒、庄辛的赋作一起，共同构成了汉赋的源头。不过，这些作为汉赋上源的楚赋尽管有着基本相同的特征，却又有着各具风貌的特点。楚赋大同小异而姿态横生的面貌，也正是赋体作为一种独立的文学样式在刚脱胎于楚辞、润泽于古诗、沐浴于散文和说辞而初成之际尚未定型的表现。

第十章　楚文余绪——《鹖冠子》

战国晚期，当楚诗歌创作向着诗文结合的方向发展，并且逐渐形成由辞演化为赋的文学主潮时，楚散文创作虽受这一潮流影响，但还是保持了自身的独立性，继续因随前期散文发展的惯性而产生新作。

传世的战国晚期楚散文著作，只有一部楚人言理论道的《鹖冠子》。由于以往学者大都认为《鹖冠子》是后人的伪作，它也就像《文子》一样长期被打入“冷宫”而很少为人提及。马王堆帛书的出土证实了它的真实性和可信性，它才又与《文子》一起得到了学术界的重视。

第一节　《鹖冠子》的真伪

《汉书·艺文志》和《隋书·经籍志》都著录有《鹖冠子》一书，并且将它列在道家类中，注明为楚人之作。由此可知，它在唐代以前一直被人视为先秦楚地的道家著作。

最先提出《鹖冠子》的真伪问题并认定它是伪书者，是唐代文学家柳宗元。他在《辨鹖冠子》一文中说：

> 余读贾谊《鹏赋》，嘉其辞，而学者以为尽出《鹖冠子》。余往来京师，求《鹖冠子》，无所见。至长沙，始得其书。读之，尽鄙浅言也，唯谊所引用为美，余无可者。吾意好事者伪其书，反用《鹏赋》以文饰之，非谊有所取之，决也。
>
> 太史公《伯夷列传》称贾子曰：“贪夫殉财，烈士殉名，夸者死权。”不称《鹖冠子》。迁号为博极群书，假令当时有其书，迁岂不见耶？

此说一出，便使世人对其书另眼相看。宋代一些学者如晁公武、陈振孙、王应麟等都附和此说，或称“宗元之评盖不诬”[①]，或赞“柳子之辨，其知言哉”[②]。经宋人推波助澜，“伪书说”便深入人心，后世一些学者又据此作了更深入的证伪工作。今人张心澂编著《伪书通考》，明标其为“伪书”；黄云眉撰《古今伪书考补证》，确认“是书决为后人伪托”。这样一来，在一般人心目中，《鹖冠子》就成了一部不受重视的伪书了。

当然，也不是所有的学者都主柳说。明代的宋濂就据《鹖冠子》所述内容和所记楚制而在当时独主其真。他在《诸子辨》中指出世人误信“伪书说”的原因：“第其书晦涩，而后人又杂以鄙浅言，读者往往厌之，不复详究其义。”此说虽然不一定正确，但启发了学者们去重新审视《鹖冠子》。其后胡应麟便盛赞“景濂之论卓矣”[③]。《四库全书总目提要》在对《鹖冠子》的大旨及其源流作了全面考察之后，乃彻底否定了柳说，指出柳说是“以单文孤证，遽断其伪”，而“其文亦博辩宏肆，自六朝至唐，刘勰最号知文，而韩愈最号知道，二子称之。宗元以为鄙浅，过矣”。

可是，由于柳说影响深远，一些学者虽然认为不可全从柳说，却也不敢肯定《鹖冠子》的真实性，而是对它抱着似信非信、似疑非疑的信疑莫断态度。梁启超即说：“今书时含名理，且多古训，似非出魏、晋以后人手。……然则此书经后人窜乱，附益者多矣。”[④]

就传世的文献资料来考证，的确难以证明《鹖冠子》的真伪。但随着考古发现的新资料的出土，情况就大不一样了。马王堆帛书的出土，终于证实了它的可信性，从而否定了前人的误断，也扫除了学者的疑思。

---

① 晁公武：《郡斋读书志》。

② 王应麟：《困学纪闻》。

③ 《四部正伪》。

④ 《〈汉书·艺文志·诸子略〉考释》。

学者们在整理马王堆帛书时，发现《鹖冠子》的许多语句与帛书相合，尤其是与帛书《老子》乙本卷前古佚书《黄帝书》中相合的语句甚多，仅与其《经法》篇大致相同的语句就多达20余处。《黄帝书》是战国中期的楚人著作（见本编第四章），《鹖冠子》与之语句和文意相合处甚多，显然不会是伪作其书者与之神通意会，而只能说明它们都是流行于先秦至汉初之世且性质一致的古籍。因此，学者们肯定了《鹖冠子》的真实性，以为“由整理马王堆帛书而认识《鹖冠子》的真实性，是一个意外的发现”[①]。

有了这一新发现，确证了《鹖冠子》的真实性，再反观以往学者断定它是伪作的推论，就更容易看出其谬误所在了。以往学者断定它是伪作的主要根据，就是以为它有几处与别书相合的文字显出抄袭之迹，黄云眉对此作了较为全面的归纳和十分详尽的校核。实际上，这些根据都是站不住脚的。

《鹖冠子·世兵》中的许多文字与贾谊《鹏鸟赋》相同，但这并非前者抄袭了后者，而应该说是后者引用了前者。出土帛书的马王堆三号汉墓的墓主，葬于汉文帝元年（前179）左右，这说明帛书在文帝时代的故楚腹地长沙是十分流行的。而与帛书《黄帝书》性质相同的《鹖冠子》，也当与之同时在长沙一带流行。贾谊在文帝时代被贬谪长沙，得此书而读之，加上其时心境与此书宣扬的“纵驱委命”思想相通，故作赋袭用此书语句则合情合理。况且，贾谊至长沙3年才作《鹏鸟赋》，显然其赋是他读过此书之后作的。此书的文字重在说理，有较强的逻辑性，虽然讲究对偶和用韵，但并不精工细密。贾赋则重在抒情，不大受逻辑的规范，故表意随情感的波动起伏而有跳跃性，其中与此书相合的语句则尽管文字无异，但次序颠倒错乱，这正是贾赋袭用此书的表征。因为这是一种对此书烂熟于心之后的随意引用，古人诗文袭用他人语句时大都如此。另外，贾赋对偶工整、用韵密致，

① 李学勤．新出简帛与楚文化［M］// 楚文化新探．武汉：湖北人民出版社，1981.

文字经过精心锤炼，在文字运用技巧上高于此书，显然是出于蓝而胜于蓝。柳宗元与贾谊异代同感，嘉贾赋之辞而凭感情用事，不作细察，结果颠倒事实，贻害深远。

《战国策·燕策》中“郭隗说燕昭王”的一段文字，以及《战国策·齐策》中“鲁连遗燕将书”的一段文字，分别见于《鹖冠子》的《博选》和《世兵》两篇。《战国策》成书当在秦汉之际，最后又经西汉刘向重新编定。倘若认定《鹖冠子》抄袭了《战国策》，那么它毫无疑问就是伪书。不过，《战国策》成书虽晚，但其所记战国诸事想必在战国时代盛传于世，而且也会有杂记诸事的多种写本在社会上流传。《战国策》既是史籍，又是纵横家说辞的汇集。马王堆帛书中就有《战国纵横家书》，其性质同于《战国策》，但其内容却大部分不见于《战国策》。由此可以想知，在纵横家风行的战国后期，这类记述纵横家言行的书籍文章恐怕也盛传于世。郭隗与鲁连（即鲁仲连）都是战国中晚期的著名人物，他们的事迹在战国后期恐怕是无人不知，有关他们言行的文字记载恐怕也不会少。《鹖冠子》的作者的生活时代稍晚于他们，在其著作中引录流传的有关他们言行的记述文字，则是在情理之中的。引录前人著作的文字、吸取前人思想的成果，是战国至西汉的普遍著述风气，《文子》《黄帝书》《韩非子》《吕氏春秋》《史记》《淮南子》《说苑》等无不如此，《鹖冠子》当然也不会例外。况且就是《战国策》所记的郭隗之言，其大意早已见于《黄帝书·称》。郭隗之言当是引自《黄帝书》并加以发挥而成，以致成为天下名言，故为学者竞相称引。贾谊《新书》、刘向《说苑》及《韩诗外传》，都引述了此言。《鹖冠子》本就是承《黄帝书》而发挥其说的著作，引述此言就更不足为怪了。

《国语·齐语》中述管子立制的一段文字，在《鹖冠子·王铁》中也见引述。《国语》的成书方式类同于《战国策》，是辑录流传于世的单篇文章而成，但其成书时间则可能早于《战国策》。在战国时代，管仲这位名臣贤相的事迹肯定传播极盛，记述他的言行的文章当也流传甚广，《管子》一书即当时学人假托其言的著作。引“管子之言”、用“管子之事”以阐明其政治思想，这正是战国时代的思想汇融、学术综合之趋势的反映，也正是《鹖冠子》杂糅诸说而发明己意之特征的反映。就《国语》和《鹖冠子》所述管子立制的文字对照观之，后者显然为借用管子之事而阐发己见，是在参考前者所述的基础上、适应时代发展的需要而设计出的体系完备的国家行政制度。这一制度，看来在很大程度上还是根据所在地区行政建制的实际情况而提出的，其中提到的伍长、里有司、扁长、乡师、县啬夫、郡大夫这些官名，有些就是楚国官名。据文献记载，楚国县及县以下的行政长官皆可称啬夫。《王铁》中言及的楚官名，还有令尹、柱国等，故《周氏涉笔》据此而认为《鹖冠子》不似伪作：“按《王铁》篇所载，全用楚制，又似非贾谊后所为。”以往学者以《鹖冠子》与《国语》互校而证其伪，实在不足为据。恰恰相反，两者互校则证明了它的真实性。

《鹖冠子》在《汉书·艺文志》中著录为一篇，在《隋书》及新、旧《唐书》中著录为三卷，韩愈《读〈鹖冠子〉》又称其为16篇，宋代的《崇文总目》和《郡斋读书志》则作3卷15篇，传世的陆佃注本乃为3卷19篇。这种古今篇目大不相合的情况，也是致使前人怀疑它为伪书的重要原因。但是，马王堆帛书出土之后，帛书的体例则为此提供了合理的解释。它的原本可能也类同于帛书《黄帝书》，在标有总名的一篇之内，又有若干标有小题的子篇。后人在辗转传抄之中，将其割裂开来而使之独立成篇了。当然，这里也不能排除有因后人增益而使篇幅扩大、篇章增多的可能。先秦古书在流传过程中被窜乱和增益，是一普遍现象。就《鹖冠子》而言，增益的文字不会太多。诚如吕思勉《经子解题》所说：“然今所传19篇，皆词古义茂，决非汉以后人所能为。”

第二节 《鹖冠子》的作者及成书年代

《鹖冠子》作者的姓名已无从得知，其事迹也不可详考。

《汉书·艺文志》说，作者乃“楚人，居深山，以鹖为冠”。《风俗通义》佚文又述："鹖冠氏，楚贤人，以鹖为冠，因氏焉。"《艺文类聚》引袁淑《真隐传》所记稍详：

> 鹖冠子，或曰楚人，隐居幽山，衣敝履空，以鹖为冠，莫测其名，因服成号，著书言道家。冯谖常师事之，后显于赵。鹖冠子惧其荐己也，乃与谖绝。

由文献中这些材料来看，早在汉代，人们已不详知鹖冠子的生平事迹了。《真隐传》所述，恐怕还是本汉人之说又添加了根据《鹖冠子》书中内容而作的推测。

鹖冠子乃楚人，这是不成问题的。其书不仅言及楚制、提到楚国特有的官名，而且用语也带楚风。如《近迭》中有"逌下蔽上"句，产生于楚地的帛书《伊尹·九主》中写作"虘下蔽上"。逌、虘相通，当为楚地的通用的语言文字。另外，其书的文字多与马王堆帛书相合，而马王堆帛书"代表了战国到汉初楚文化的传流，反映着原为楚文化中心的长沙在汉初的文化面貌"[①]。其书又一直在长沙地区流传，柳宗元在长安求其书而不可得，至长沙才读到其书，这也表明其书是产生于楚地、由楚文化孕育出的一部楚人之作，故始终被后世深受楚文化传统影响的南方人喜爱。

《后汉书·舆服志》记载，"鹖者，勇雉也。其斗对一死乃止，故赵武灵王以表武士"，汉代袭之，以插有鹖尾羽之冠为武冠。学者据此推定，"鹖冠子乃是一位先习武而后隐居的楚国学者"[②]。这一推论诚然有理，《鹖冠子》书中多论兵事，即表明作者尚武。另外，从考古发现来看，战国楚墓的墓主只要是成年男子，无论贵族还是平民，大都有青铜剑乃至其他兵器随葬，可见楚人尚武之风尤盛。因此，鹖冠子因尚武

① 李学勤．马王堆帛书与《鹖冠子》[J]．江汉考古，1983（2）．

② 谭家健．《鹖冠子》试论[J]．江汉论坛，1986（2）．

而习武，当是情理之中的事。但还可补充的是，楚人尊崇凤鸟，将凤鸟视为自己的精神象征和人格体现，往往以凤鸟自喻，出土的楚文物和传世的楚文献都大量地表现凤鸟和颂扬凤鸟，凤鸟也因此成了楚文化的象征。鹖则是凤的原型，在古代也被看成凤鸟。《禽经》即说："青凤谓之鹖。"这么说来，鹖冠子隐居深山之中，仍然"以鹖为冠"，恐怕不仅仅是出于以往的习武职业所形成的习惯，而更可能是一种以凤鸟自命的高远心志和孤傲心理的表现。

"冯谖"当为"庞煖"之误，《太平御览》引《真隐传》作"援"，也即《鹖冠子·世贤》中的"庞煖"。冯谖并未显于赵，而是齐国孟尝君门下食客。庞煖则大显于赵，曾接替廉颇出任赵国将军，大破燕军，杀燕将剧辛，其事迹在《史记》的《燕世家》、《赵世家》和《廉颇蔺相如列传》中均有记载。庞煖杀剧辛是在赵悼襄王三年（前242），其活动年代当在此前后五六十年间。《鹖冠子》中记有赵悼襄王与庞煖的问答，也说到剧辛败于赵而自刎之事，可知其作者的生活年代确与庞煖大致相当。《鹖冠子》的行文多用问答体，而且凡用问答体的篇章，除了《世贤》和《武灵王》两篇之外，都是"庞子问"而"鹖冠子答"，其问答方式和内容就如《文子》所记"文子问而老子答"那样显然为师生间的问答，故前人说鹖冠子是庞煖的老师，诚为言之有据。由此推测，鹖冠子当年长于庞煖，生活年代约在前320年至前240年这七八十年间。

《鹖冠子》一书，恐怕不是出自鹖冠子一人之手，也不大可能是一时之作。书中有些论说体的篇章，大概是鹖冠子本人自著。但书中那些记庞子与鹖冠子问答之语的篇章，则可能是鹖冠子或庞煖的弟子整理成文的。至于庞煖答赵悼襄王问的《世贤》和庞焕（庞煖的兄长或父辈）答赵武灵王问的《武灵王》，就更可能是出自庞煖弟子之手了。或许由于庞煖和庞焕都与鹖冠子有密切的关系，其思想也与鹖冠子一致，故其言论被人辑录在《鹖冠子》书中。《鹖冠子》的成书，自然是在鹖冠子去世之后，但也不会晚至汉初，应该是在战国末年。因为书中借用战国时事论证观点、针对战国世情而阐述见解，体现出强烈的用世精神和鲜明的时代特点。倘若时过境迁，恐怕就不会有其书问世了。

关于《鹖冠子》的思想内容和学术价值，历代学者有着比较一致的看法。韩愈称："其词杂黄老刑名。"[①]陆佃说："其道踳驳，著书初本黄老，而末流迪于刑名。……而要其宿时若散乱而无家者，然其奇言奥旨，亦每每而有也。"[②]吕思勉则指出："全书宗旨，原本《道德》，以为一切治法皆当随顺自然。所言多明堂阴阳之遗，儒、道、名、法之书皆资参证，实为子部瑰宝。"[③]诚然若是，《鹖冠子》的思想体系属于战国时代的黄老之学。它是继《文子》《黄帝书》之后的又一部黄老之学的重要著作，也是先秦诸子之书中的一部比较优秀的著作。其《学问》篇概括圣人的学问为"九道"：

> 一曰道德，二曰阴阳，三曰法令，四曰天官，五曰神征，六曰技艺，七曰人情，八曰械器，九曰处兵。

今日一些学者认为这实际上就是《鹖冠子》的学术纲领，反映了其兼容并包的思想特征。不过，它尽管有"九道"并包的思想内容，却并非"九道"并重。就它们阐述的思想来看，它主要是根据战国晚期的社会形势，特别是楚国的政治状况而发挥黄老之学，着重阐明统一天下之道和"君人南面之术"。它以《老子》的"道论"为哲学基础，明确提出"泰一（道）者，执大同之制"，强调刑名法术也本于道，同时又主张举贤授能、重视动武用兵、反对专任法制，宣扬厚德隆俊。总之，它有意识地综合了黄老之学的思想成果，同时在综合的基础上较好地将诸家学说融洽在黄老之学的理论体系之中，并且每每还有比较深刻的理论阐发。在黄老之学的发展史上，它在理论的丰富性和创造性上似乎还没有超过《文子》和《黄帝书》，但在阐述黄老之学的基本理论的明晰性和

① 《读〈鹖冠子〉》。

② 《〈鹖冠子〉解·序》。

③ 《经子解题》。

深刻性上却似乎有所过之。刘勰说它“亟发深言”[①]，陆佃说它每每有“奇言奥旨”，诚然为平允之论。

第三节　《鹖冠子》的文学性

有如《文子》一样，《鹖冠子》在20世纪90年代以前的思想史论著和文学史论著中都没有一席之地，这不能不说是一大疏误。研究先秦思想史若忽略了《鹖冠子》，那么就不可能全面了解黄老之学在战国楚地形成和发展的过程，于是也难以确切知道黄老之学在先秦思想史上的地位和汉初奉行黄老思想的历史原因。同样如此，研究先秦文学史若忽略了《鹖冠子》，就不可能全面了解散文在战国楚地演变和发展的始末，于是也难以确切知道楚文学在先秦文学史上的地位和汉代文学的历史渊源。

尽管柳宗元、晁公武、陈振孙等人都鄙夷《鹖冠子》之文，但历史上也有许多学者并不以其言为然。刘勰肯定它行文恣肆、论辩博雅，故称“《鹖冠》绵绵”[②]。《四库全书总目提要》也认为“其文博辩宏肆”。明代归有光在《诸子汇函》中辑录了文人品味它的称道之语，民国张之纯在《评注诸子菁华录》中，对它的谋篇行文和构架造语等详加分析并且大为推崇。当然，一些学者的褒美之词也有言过其实之嫌，但这些评论却说明了它的确有着较强的文学性和不可忽略的文学地位。

如第一节所述，《鹖冠子》的文体是语录体和论说体的杂合。不过，19篇之中只有7篇是采用问答形式的语录体散文，论说体的专题议论文占其绝大多数。它的文学成就主要反映在专题议论文方面，但它的语录体篇章也具有一定的文学价值。

《鹖冠子》首篇《博选》，专门论述为君者应以礼贤下士、博选贤能为本，是一篇为前人称道不已的优秀议论文。文章并不是开宗明义地点明主旨，而是看似漫不经心地随手拈来一句：“王𫓧非一世之器者，厚德

①② 《文心雕龙·诸子》。

隆俊也。”此句乍看来好像与题旨无关，但实际上正是针对当时甚嚣尘上的法家学说而申论黄老之学的基本观点，即治国不能专任法制，还必须实施德政。因此，它既因有现实的针对性而能引起读者的关注，又为后文对主旨的阐发作了理论铺垫。句中将法制比作王鈇（帝王的斤斧），既形象又贴切。语句因是作者有感而发、深思而成，故似从空中破云而降、从胸中破闸而出，分量重而情感浓。接着，作者将笔一转，由“道凡四稽”一一论述下去，循理顺势归结到主旨：实行德政必须有赖于贤士，而求得贤士则必须以礼待人，以德感人，所谓：

> 人者，以贤圣为本者也；贤圣者，以博选为本者也；博选者，以五至为本者也。故北面而事之，则伯己者至；先趋而后息，先问而后默，则什己者至；人趋己趋，则若己者至。凭几据杖，指麾而使，则厮役者至；乐嗟苦咄，则徒隶之人至矣。故帝者与师处，王者与友处，亡主与徒处。故德万人者谓之隽，德千人者谓之豪，德百人者谓之英。

这段文字，是据《黄帝书·称》和郭隗之言的发挥，博辩宏论，如春水之涣然；深推细究，似剥笋之分明。焦竑《历子品粹》说：“把常理来说，有不求奇而奇处。而文字递下，有一泻千里之势。”《诸子汇函》录王世贞语：“文章须要说得拈筋刻骨方是奇思绝人，此论深入物理，曲尽事情，最有跌宕处，三复便得之。”紧承这段文字，作者又再作生发，强调君王之德音令闻的重要，指出“信符不合，事举不成”。最后呼应首句而总结说：“计功而偿，权德而言。王鈇在此，孰能使营？”全文结构完整，照应周全，层次清晰，论理透辟，观点鲜明，主旨突出。前人概括说：“此篇以王鈇为眼目，以‘四稽五至’为股法，以君为主宰，以人与圣贤为血脉，而统归于选贤为本。”[1]

① 皆见《诸子汇函》卷七。

《博选》这样的艺术特征，在其他诸篇议论文中都有反映。如《环流》，其题旨乃若张之纯所说："天之道'一'，圣人法天，其道亦'一'，一即法，法即道，循环不穷，故曰'环流'。"[1]然而，它"立法虽奇，但条理自在"[2]。王世贞也说："此篇文势有许多转，然意旨直贯，每转愈深。"[3]又如《天权》，其首句"挈天地而能游者，谓之还名"便破空而来，令人感到不可捉摸，其后的论说则可谓放言不惮宇宙之大、持论不拘天地之远，但行文虽散却主旨甚明；结尾又归于"天权"，突出题旨。故王世贞评说："此篇是《淮南子》散漫之体，逐句逐段开说，立个主意，而意思玄奥，步骤紧严。"[4]

即使是采用问答形式的语录体篇章，也都是不离题旨的对话、围绕题旨的问答，有着很强的论辩色彩，故实际上是问答形式的论说文。其中最为典型的莫如《学问》篇了。它那开篇的问答就提出"九道"之说，使得一篇主旨灿然而明、一篇之纲豁然而见。以下，问者就"九道"之内涵发问，答者在逐一阐述何为"九道"的基础上，又"推本九道归于心上，词一正一反"[5]，论说十分深透。在阐明"九道"之后，问答者却意犹未尽，进而再探究"礼乐仁义忠信"与道的关系及其作用，说明"圣人以此六者卦世得失逆顺之经"，而"夫离道，非数不可以绪端"，这样就补充了"学问"的内容，丰富了"九道"的含义。前人因此赞叹："此篇问答，超伟奇古，条列有法，词简意尽。"[6]《近迭》篇也有似《学问》，其问答乃围绕作为一篇之眼目的"法"字纵意开说，"文自布势弄巧，卓不可及"[7]。

《鹖冠子》虽然都是说理文字，但继承了楚文学偏重抒情的传统，其字里行间都充溢着比较深沉而丰厚的情感。前面言及《博选》首句就是饱带情感的文字。又如《著希》中泛论贤人的文字，诚然可谓句句含情意、字字寄感慨：

①② 张之纯：《评注诸子菁华录》。

③④⑤⑥⑦ 皆见《诸子汇函》卷七。

> 故贤者之于乱世也，绝豫而无由通，异类而无以告，苦乎哉！贤人之潜乱世也，上有随君，下无直辞，君有骄行，民多讳言，故人乖其诚能，士隐其实情。心虽不说（悦），弗敢不誉；事业虽不善，不敢不力；趋舍虽不合，不敢弗从。故观贤人之于乱世也，其慎勿以为定情也！

这段文字将身处乱世的贤者那徒有济天下之志而不能施展的痛苦，徒怀忠贞之情而无法表露的孤独，以及违心奉君、乖意效力的无限悲哀，抒写得淋漓尽致。而这些发自作者心底，带着沉重叹息的辞句，则将作者的真情实感充分表达出来。类同于这样感情充沛的文字，在其他篇章里也可以见到。《天则》开篇即云："圣王者，有听微决疑之道，能屏谗权实，逆淫辞，绝流语，去无用，杜绝朋党之门，嫉妒之人不得著明，非君子术数之士莫得当前。"这乃告诫圣王明君当近君子、远小人的一番议论，显然是针对现实有感而发，言语之中包含着无限感叹。此篇结尾，作者再也控制不住开头凭理性而压抑住的感情，于是为生于浊世的贤士那乖蹇的命运而大鸣不平："先王之盛名，未有非士所立者也。过生于上，罪死于下，浊世之所以为俗也！一人乎，一人乎，命之所极也！"此言此语，亦可谓悲怆愤慨之极、沉痛惨怛之至，读之令人想到屈原那控诉"世溷浊而嫉贤兮，好蔽美而称恶"、悲叹"忠不必用兮，贤不必以"的诗句。于是也可以想知，作者与屈原同为楚人，都生活在佞臣党人把持朝政的楚国，并且都怀有佐圣王以治天下的理想，而屈原被疏见放，作者亦不得不隐匿山中，两人的情感自然有相通之处。正是如此，作者之文虽然不及屈原之辞雅丽，却也因是"为情而造文"，故也具有屈骚那种艺术感染力。

运用对句、杂以韵语，是战国散文的共同特征。而在诗化散文《老子》基础上演变发展的楚散文，这一特征就更加鲜明突出。《鹖冠子》虽然是继《黄帝书》之后的又一部阐发黄老之学的哲理散文，但由于它的作者在阐发哲理的同时倾注了强烈的情感，又由于它受到了风行于当时的辞赋和纵横家说辞的影响，它就不仅在一定程度上保持有“对字协韵”的特征，而且还在一定程度上显示出铺张扬厉的色彩。在《道端》《度万》《泰鸿》诸篇之中，都可以见到带有这种特征和色彩的文字。不过，反映出这种特征和色彩的最为典型的文字，还是为柳宗元所谓“唯谊所引用为美”的一段：

> 水激则旱，矢激则远。精神回薄，振荡相转。迟速有命，必中三五。合散消息，孰识其时？至人遗物，独与道俱。纵驱委命，与时往来。盛衰死生，孰识其期？俨然至湛，孰知其尤？祸乎福之所倚，福乎祸之所伏。祸与福，如纠缠，浑沌错纷，其状若一。交解形状，孰知其则？芴芒无貌，唯圣人而后决其意。斡流迁徙，固无休息。终则有始，孰知其极！一目之罗，不可以得雀。笼中之鸟，空窥不出。众人唯唯，安定祸福？忧喜聚门，吉凶同域。失反为得，成反为败。吴大兵强，夫差以困。越栖会稽，勾践霸世。达人大观，乃见其可；椭枋一术，奚足以游？往古来今，事孰无邮？舜有不孝，尧有不慈，文王桎梏，管仲拘囚。坱轧鑫垠，孰煙得之？至得无私，泛泛乎若不系之舟。能者以济，不能者以覆。天不可与谋，地不可与虑。圣人捐物，从理与舍。众人域域，迫于嗜欲。小知立趋，好恶自惧。夸者死权，自贵矜容。烈士徇名，贪夫徇财。至博不给，知时何羞？①

这段文字，基本上是用四言成句，句式较为整齐；虽然不是句句押韵，但用韵较为密致；讲究对偶，一些对句偶语工巧而严谨；尤其是论事铺张、辩理宏放，汩汩兮有山泉喷涌之状、涣涣兮有春水泻地之势；故可以说是文学性很强的诗化散文，具有诗、文结合的特点和变辞为赋的倾向。推想那贾谊诵读这段文字时，不仅因其说理深刻而心通神会，大概

① 《鹖冠子·世兵》。

也因其文辞之美而心醉神迷，以至于烂熟于心而时诵于口。他在作《鹏鸟赋》以抒发与其作者异代同感的情志之际，便自然而然地大量袭用其文字，并且按自己抒情达意的需要而打乱这段文字的次序，又添加语助词“兮”而使之成了骚体赋的形式。贾谊此赋的文学成就较高，被认为是“致辨于情理”[①]“宏阔雄肆”[②]“体现了从楚辞到汉赋发展过程中的中介形式的某些特点”[③]。不言而喻，它的成就在很大程度上可以说正是借鉴了《鹖冠子》而取得的。

论事说理富于形象性，是《鹖冠子》的文学性的鲜明体现。《博选》中对“五至”的论说，就颇富形象性。如“凭几据杖，指麾而使”八字，便将君主待人那种颐指气使之态描绘得真切而又生动。又如《世兵》中引用曹沫事迹以论述君主的知人善任与臣僚的忠勇明智：

> 是以曹沫为鲁将，与齐三战而亡地千里。使曹子计，不顾后，刎颈而死，则不免为败军擒将。曹子以为败军擒将，非勇也；国削名灭，非智也；身死君危，非忠也。夫死人之事者，不能续人之寿，故退与鲁君计。桓公合诸侯，曹子以一剑之任，劫桓公于坤位之上，颜色不变，辞气不悖，三战之所亡，一旦而反，天下震动，四邻惊骇，名传后世。扶杖于小愧者，大功不成。故曹子去忿悁之心，立终身之功；弃细忿之愧，立累世之名。故曹子为知时，鲁君为知人。

这段文字通过对曹沫败军亡地之过和劫桓公而维护国家尊严之功的对照描述，将不以个人名誉是计、唯以国家利益为重、能够“去忿悁之心”而“立累世之功”的英雄曹沫形象生动地展现在读者面前。尤其是对曹沫孤身单剑挟持齐君而迫使其缔盟还地的描述，仅寥寥数语，就使人读

① 刘勰：《文心雕龙·诠赋》。

② 张之纯：《评注诸子菁华录》。

③ 古文鉴赏辞典［M］. 南京：江苏文艺出版社，1987：222.

之仿佛亲历其境，若见曹沫刚毅威武之状，若闻曹沫激昂慷慨之声。正由于这作为论据的事例被描述得如此生动感人，作者所要说明的“扶杖于小愧者，大功不成”的道理，作者所要表达的存君兴国是衡量忠、勇、知的标准的观点，也就透彻而明确、深刻而有说服力。或许，《鹖冠子》这一思想因此而影响甚大。稍后，秦末的韩信忍得胯下之辱而辅佐楚人刘邦成就灭秦立汉之功，就好似奉其言而行之。

《文子》和《黄帝书》都善于通过引物连类、取譬设喻来说明哲理，从而使抽象的哲理形象化、深奥的哲理浅显化。《庄子》则将简单的引物连类、取譬设喻方式直接说明哲理的艺术表现手法，发展成为以复杂的寓言故事来间接显示哲理的艺术表现手法。继它们之后产生的《鹖冠子》，则综合运用了这两种艺术表现手法。简单的比喻性文字，在前面的引录中已大量可见。《学问》中的“中流失船，一壶千金”之语，即以浅显而形象的比喻说明了深刻而抽象的道理，故为韩愈所大为称道。再如：“天下之事，非一人所能独知也。海水广大，非独仰一川之流也。是以明主之治世也，急于求人，弗独为也。”[①] 前人认为，李斯《谏逐客书》中那段比喻贴切、说理深刻的名句，即“是以泰山不让土壤，故能成其大；河海不择细流，故能就其深；王者不却众庶，故能明其德”，就脱胎于此。以寓言故事显示哲理的象征性文字，则见诸《世贤》。文中通过讲述扁鹊向魏文侯说明治病方法的故事，来喻明治国犹若治病、应当防患于未然之时而除患于无形之际的道理，故事生动而寓意深刻。

《鹖冠子》的篇幅和体制都不大，最短的《夜行》篇仅 135 字，比起宏篇巨制的《庄子》来，已别是一种模样了。之所以会如此，除了作者个人爱好、创作条件和成书方式与《庄子》不同等种种原因之外，其产生的历史条件和文化背景与《庄子》有异则恐怕是一重要原因。《庄子》产生于楚文化发展的鼎盛时期，是鼎盛时期的楚文化的结晶，因此带有鼎盛时期的楚文化那种与天地争大比美的气度和特征。《鹖冠子》

① 《鹖冠子·道端》。

产生于楚文化由盛转衰之后的滞缓时期，是滞缓时期的楚文化的果实，因此反映了失去往日之雄风和豪气的滞缓时期的楚文化的孱弱面貌，显示出审美风尚由以宏大为美向以小巧为美的转变。《夜行》即短则短矣，却也美哉奂哉。前人乃指出："王世贞评此文，以为简奥绚然。文仅有百余言，而幽奥绝伦，是能以少许胜多许者。"[①]

将《鹖冠子》与产生于其前的楚散文代表作《庄子》相北，确实差距较远；就是将它与产生时代大致相当的诸子散文杰作《荀子》和《韩非子》相比，也显然稍逊一筹。但是，它的思想性虽较之有所不及，却每每可见超乎其上的"奇言奥旨"；它的艺术性虽然较其有所逊色，却往往不乏出于其右的独创之处。它反映了楚文学发展至战国晚期的散文创作状况，显示出先秦文学向秦汉文学演变的某些特点，对中国文学在秦汉时代的发展有所影响。

① 张之纯：《评注诸子菁华录》。

第十一章　文学嬗变——西汉前期诗文

从楚国灭亡之时到汉武帝统治中国之际，中国文学的发展在很大程度上表现为楚文学的继续和嬗变。诗赋在因承楚辞楚赋的基础上蜕变，散文也在因承楚文学的遗意遗风的过程中演进，故这段时期的中国文学，大体上可以称之为嬗变期的楚文学。

第一节　诗赋

楚国灭亡之后，显然是迫于秦人的高压政策，屈骚那种郁愁积怨、“发愤以抒情”的楚辞之作便一度歇音寝声、莫有继响。只是民间楚歌，则恐怕音声难绝，余响未断。

秦代15年，诗赋作品不多。《汉书・艺文志》著录有“秦时杂赋九篇”，但都未流传下来。不过，据此可知，秦代文学受楚文学影响较大。秦代杂赋无论是类于宋玉赋还是类于荀况赋，其体式格调则当源自楚赋。尚在战国末年，世人的积怨蓄愤动于中而形于言，长于抒情言志并且早已传唱南北的楚歌便尤为人们偏爱。卫人荆轲辞别燕太子而前去行刺秦王时所作的那首著名的《易水歌》，就是一首体式较为规范的楚歌。秦末，江湖激昂之士更是多好楚声。当楚人作为反秦的主力军而北捣秦宫时，当刘邦和项羽逐秦失鹿而争战四方时，楚歌便风靡天下了。

楚汉战争中，项羽被刘邦的军队困于垓下（今安徽灵璧），夜闻“四面皆楚歌”[1]，不禁感慨伤怀而歌：

① 《史记・项羽本纪》。

力拔山兮气盖世。时不利兮骓不逝。骓不逝兮可奈何！虞兮虞兮奈若何！

这首具有楚歌特有的韵律和情调的抒情短歌，慷慨悲壮，情真意切，充分展示了作者那豪气盖世又优柔寡断的个性和英雄末路而无限悲戚的心境。

汉高祖刘邦（前247—前195）“乐楚声”[①]，虽然不事诗书却擅长楚歌。他晚年有感于太子“羽翼已就”、废立不成而作的楚歌“鸿鹄高飞”，其形式虽为四言体，其咏唱则作楚音楚调，当与屈原《橘颂》的咏唱方式相近，其偶句的句末应有的语助词“兮”，或为文字记录者省略。它巧用比兴，借助象征手法以表情达意，故深微婉曲而饶有韵味，可谓楚辞余绪。不过，更令后人称道的，还是他在平息淮南王英布的叛乱之后，回到故乡沛县（今属江苏），在与“故人父老子弟纵酒”时“击筑自为歌诗”[②]的《大风歌》：

大风起兮云飞扬。威加海内兮归故乡。安得猛士兮守四方！

这首楚歌的气魄宏大，感情深沉。作者在这慷慨悲凉的咏唱之中，抒发了帝王忧国、游子思乡和老人嗟时的丰富复杂的思想感情。朱熹因而赞叹说：“千载以来，人主之词，亦未有若是之壮丽而奇伟者也。呜呼雄哉！”[③]

出身于市井、得天下于马上的刘邦，缺少文化又不爱文学，所好楚乐多为家乡小调，所作楚歌也只是寥寥短章。可是，刘邦的楚歌之作，则反映了战乱刚止、百业待兴之际的文学创作开始恢复时的面貌。刘邦的子孙，因过着优裕的生活，受到良好的教育，便不满足于民间楚歌，

① 《汉书·礼乐志》。

② 《史记·高祖本纪》。

③ 《楚辞集注·楚辞后语》。

进而喜爱体制宏大、文辞富丽的楚辞了。刘邦之子、赵王刘友所作的《幽歌》，便是用楚辞体式写成的篇幅稍长的诗歌。其诗比较充分地抒发了作者对吕后迫害庶子的愤懑之情，可谓字字饱含血泪，句句充满幽怨。它的艺术性虽然远远不能与屈骚相比，甚至也不及刘邦的楚歌，但基本上类于楚辞格调。它显然是对楚辞十分熟悉的作者自觉仿效楚辞的产物，反映出汉初诗歌创作开始走上继承楚辞传统而向前发展的道路。

社会的安定和经济的恢复，使得文化教育可以正常进行，文学创作随之逐渐活跃。楚文学的高度成就和楚文化的主导作用，又使得汉初文人好辞而爱赋。于是，汉初社会便形成了读楚辞、作辞赋的风气，汉初的诗歌创作也很快在继承楚辞传统的基础上取得了卓越的成就。显示出这一成就的作品，乃是贾谊的骚体诗。

贾谊（前 200—前 168），洛阳人，“年十八，以能诵诗属书闻于郡中”[①]，20 余岁时，应召为文帝博士，向文帝进革除时弊以济苍生、改易旧制以利国家之良策，孰料壮志未酬却遭谗被疏，贬为长沙王太傅，后任梁怀王太傅，不久郁郁而死，年仅 33 岁。其生活的时代，正是文教兴发和楚辞风行的惠文之世。其成长过程，既受到中原故里河洛文化（中原文化）的熏陶，又从学于楚人吴公和入楚师从荀况的张苍，而受到楚文化的滋润。因此，贾谊成为才调绝伦的汉初文化英杰。[②]贾谊的生活遭际与屈原颇为相似，思想感情与屈原息息相通，文章风格也与屈原一脉相承。司马迁正是有鉴于此，在《史记》中将他与屈原合写为一传。后人公认贾谊嗣响屈原，乃将他与屈原连称为“屈贾”。

《汉书·艺文志》著录“贾谊赋七篇”，但现存其可信且完整的篇章只有《惜誓》、《吊屈原赋》和《鵩鸟赋》。它们都是汉代骚体诗名篇。

《惜誓》当作于贾谊被疏之后、任长沙王太傅之前，亦即文帝二年

---

① 《史记·屈原贾生列传》。

② 蔡靖泉．贾谊才调与楚风侵染［J］．职大学报，2011（3）；蔡靖泉．“屈贾”思想略论［J］．职大学报，2010（1）．

（前 178）年末。[1]其题意乃悲哀远逝。贾谊作《惜誓》，旨在代屈原立辞，抒写屈原被放逐而离别国都的悲愤和欲高蹈远游却牵念故乡的情怀，同时寄寓了自己被疏离而将远去的愤慨。《惜誓》共 75 句，可分为前后两大段。在思想内容上，《惜誓》主要体现爱国情感、愤世心绪和见疏哀怨。前段抒写诗歌主人公在天国神游中享得仙人之乐，却依然念念不忘“反余之故乡”，虽是代屈原立辞抒发其热爱故国的情感，也寄寓了贾谊将远离国都而难以解脱的思怀国都、报效国家的情感。后段的抒写则借表达屈原的忧愤，托出诗人遭到权臣嫉忌、被迫远离帝王的愤世心绪和见疏哀怨。在艺术表现上，《惜誓》主要体现骚体诗风、瑰玮境界和奔放气势。典型的骚体诗即如《离骚》和《哀郢》《惜往日》等《九章》的主要诗篇，基本句式为“三三”节奏的六字句，语助词“兮”附于单句之尾。《惜誓》正是模仿屈骚而袭用的典型骚体诗形式。其前段对诗歌主人公神游天国的描绘，境界奇丽瑰玮，颇有《离骚》后半部分描写的境界奇丽和《远游》描写的境界瑰玮之妙。其后段的抒写，将失意烈士的忧愤，通过反复咏叹和比兴象征强烈地表达出来，气势奔放而无滞无碍。《惜誓》又是现存汉人骚体辞赋的最早创作，体现出汉人早先模仿屈骚创作骚体辞赋的风貌。《惜誓》开创了汉人拟骚诗的传统，即抒写屈原情志，或代屈原立辞以抒悲愤，或咏屈原悲情以表伤悼，在内容和形式各方面都依托和仿效屈骚。

《吊屈原赋》和《鹏鸟赋》都作于贾谊被贬之后。前者是贾谊赴长沙而涉湘水时，为吊屈原而作。他在赋中将屈原之哀与自己之悲相交流，将屈原之愤与自己之怨同倾诉。赋文既是吊逝者，又是悼生者，感情深沉而激切、丰厚而强烈。后者是他居长沙 3 年，为排遣心中郁闷而作。他在赋中据道家委命乘化、与道浮游之说，故作旷达之语而聊以自慰，与屈原作《远游》的出发点相同而内容不尽一致。两篇作品都采用骚体句式以成诗、都借助比兴象征以抒情，从形式到内容都是屈骚的

① 蔡靖泉．伤逝惜原，抒愤托骚——贾谊《惜誓》综论［J］．江汉论坛，2012（10）．

流风余韵。前人评论说："贾生以命世之器，不竟其用，故其见于文也，声多类骚，有屈氏之遗风。若其雄伟卓荦，冠于一代矣。"[①]不过，它们虽然是师法屈骚之作，却又反映了汉初的时代精神和文化面貌，反映了楚文学向汉文学转变的迹象和趋势。《吊屈原赋》中对屈原眷顾楚国而不去的非议，正是站在大一统帝国的立场上形成的看法。《鹏鸟赋》中的道家之语，正是道家思想盛行于汉初社会的反映。两者都有着铺张扬厉和铺采摛文的艺术表现，而且前者的句式要比屈骚散文化，后者讲究语句的整饬又采用了问答形式，这便显示出其在新的历史条件下"拓宇于楚辞"、比照于楚赋而向汉赋过渡的特点和转化的倾向。

文帝、景帝奉行无为之道，崇尚俭朴之德，无心于辞赋，淡漠于文学，但分封在各地为藩王的皇家诸子，则大都罗致文人学士，鼓励诗文创作。他们招揽天下文人学士，固然是出于收买人心、壮大势力的政治需要，却也与其好辞爱赋、重视文学不无关系。吴王刘濞、梁孝王刘武和淮南王刘安是汉初招士最力的三个诸侯王，当时的许多著名学者和辞赋家都依附他们。邹阳、枚乘、严忌仕吴又至梁，司马相如因景帝不好辞赋而借病辞官、客游于梁以大造辞赋，爱好诗书、善为文辞的刘安则与众门客"各竭才智，著作篇章，分造辞赋"[②]。这样一来，他们统治的地区便自然地成了先后出现的三个学术文化中心和文学创作中心，他们的举措在客观上促进了文学在汉初的振兴和繁荣。由于汉初的经济处于恢复之中而社会尚未普遍形成愉目悦耳的审美需要，故以审美愉悦为主要目的的赋作也未大量产生。"缘情而绮靡"的骚体诗作是汉初辞赋创作的主流，藩国君臣创作的辞赋，同样多为骚体诗。《汉书·艺文志》著录了先秦西汉的辞赋若干篇，并将其分为四类。第一类以"屈原赋"冠之，当即骚体诗类，而枚乘、司马相如、淮南王及其群臣等的赋作皆录在此类。尽管班固的分类并不很恰当，第一类中未必全是骚体诗，但

① 程廷祚：《骚赋论》。

② 王逸：《楚辞章句·招隐士序》。

之所以如此著录，则恐怕正是因为其作家的赋作以骚体诗为主。严忌、司马相如、淮南王臣又都有骚体诗传世。

严忌，本姓庄（东汉时避明帝讳改），会稽吴（今江苏吴县）人。《汉书·艺文志》著录其辞赋 24 篇，仅存骚体诗《哀时命》一篇，见于《楚辞章句》。王逸认为，此诗是“忌哀屈原受性忠贞，不遭明君而遇暗世，斐然作辞，叹而述之，故曰‘哀时命’也”。此诗诚然主要是感屈原身世、掇屈原哀愁之作，但联系严忌仕吴又游梁而都不尽如意的经历来看，显然也是缘情而作，抒发了作者自己那“夫何予生之不遘时”之哀。在艺术形式上，它是学屈原之文辞的典型拟骚诗，尽管袭成屈骚之幽深，猎得屈骚之华艳，但模拟之迹大显，创造之意无多，因而古今都评价不高。

据《汉书》著录，汉初创作“屈原赋”类作品最多者是淮南王及其群臣。淮南王有赋 82 篇，其群臣有赋 44 篇，但几乎亡佚殆尽，仅存一篇题为淮南小山所作的《招隐士》，见于《楚辞章句》。王逸说：“小山之徒闵伤屈原，又怪其文升天乘云，役使百神，似若仙者。虽身沉没，名德显闻，与隐处山泽无异，故作《招隐士》之赋，以章其志也。”前人多从此说。但王夫之认为：“义尽于招隐，为淮南招致山谷潜伏之士，绝无闵屈子而章之之意。”[①] 今日一些学者觉得这两说皆未妥，乃据诗中呼唤“王孙”之语而认为是招淮南王刘安之作。详其诗意，推想其创作背景，似乎仍以王夫之的说法有理。汉初从高祖至景帝这几代帝王都不重文士，文士没有仕进之途，隐匿民间、潜伏山林乃为自然之事。淮南王刘安“博雅好古，招怀天下俊伟之士”[②]，故小山之徒作此诗以表明刘安招怀隐士之意、渴求俊彦之思。“王孙”一语，即非特指“与楚同姓”的屈原[③]，亦非特指刘邦之孙刘安，而在汉初已用为对人的尊称。此诗虽然也属典型的拟骚之作，却是师法屈骚以寄托真情，并非模拟屈

① 《楚辞通释》。

② 《楚辞章句·招隐士序》。

③ 《楚辞章句·招隐士》注：“五臣云：‘原与楚同姓，故云王孙。’”

骚而无病呻吟，因而能借鉴楚辞艺术创造出奇崛清丽的境界。它在参照屈原以及宋玉的作品中关于山林溪谷的描写基础上，发挥艺术想象，生动地描绘了高峻而险恶、幽深而恐怖的山谷景象，通过对环境的形象表现和气氛的强烈渲染，乃将对隐士的思念和渴望之情含蓄又充分地表达出来了。因此，古今学者对它的艺术成就都给予了充分的肯定。《楚辞章句》中收录的汉人拟骚之作有 7 篇，但人们公认"此篇视汉诸作最为高古"[①]。明人许学夷在《诗源辨体》中甚至说："屈宋'楚辞'本千古辞赋之宗，而汉人摹仿盗袭，不胜厌饫，惟小山《招隐士》一篇，声既峻绝，而语复奇警，在屈宋后佼佼独胜。"此篇反映了淮南君臣的博雅才学和创作成就，不愧为汉代骚体诗的代表作之一。

经济大发展、文化大繁荣的汉武帝时代，也是汉代骚体诗创作的极盛阶段。雄才大略、多欲喜功的武帝刘彻（前 156—前 87），虽然在政治思想上因国强世变而毅然摈弃楚道家的黄老之学，但在文学艺术上却因醉心辞赋而大力弘扬楚文学的传统。楚文学的经典作品"楚辞"，于是得到了前所未有的高度重视。能读"楚辞"、作辞赋的文士，也因此享有了前所未有的高贵地位。武帝不仅命堪称当时的楚辞专家刘安作解说楚辞作品的《离骚传》，而且广为招纳和十分宠信辞赋家。上有所好，下必甚焉；下有风起，上必感之。武帝对楚辞的酷爱，当然与受到汉初社会兴起的读楚辞、作辞赋之风的感染分不开，同时又大大促成了这一风气在全国的盛行。于是，"楚辞"被视为同《春秋》一样的"六艺"经典而成为世人必读之作，楚辞作品当也随之被编辑成书，楚辞体的诗歌则源源不断地成于帝王之口、出自文士之手而形成创作高潮。《汉书·艺文志》著录的"屈原赋"类 20 家 361 篇作品中，相当一部分都是武帝时代的作家和作品。其作品流传下来者，即有武帝、司马相如、东方朔、董仲舒、司马迁等人。

武帝好艺文而喜创作，传世诗作几乎全为骚体诗，其《瓠子歌》和

① 朱熹：《楚辞集注》。

《秋风辞》为世人所称道并被朱熹收入《楚辞后语》。特别是《秋风辞》，可谓成就较高的骚体佳作。此诗的句式明显仿效了《九歌》，但其表现方式则直接借鉴了《九辩》。它通过因景抒情、融情入景的艺术描写而抒发了感秋叹老的悲情，境界朗丽而情意动人。它上承《九辩》而在中国文学史上泛起了“悲秋”之作的波澜，因而影响较大，后人即称武帝为“秋风客”。

司马相如（前179—前118），字长卿，蜀郡成都人，以辞赋和文才受到武帝的赏识。《汉书·艺文志》著录其赋29篇。今存其完整的骚体诗作，仅有《长门赋》、《哀秦二世赋》和《大人赋》，全作于武帝时代。《长门赋》相传是司马相如为失宠于武帝的陈皇后所作。它通过对宏大而空寂、豪华而幽深、富丽而凄冷的宫室的详尽铺写，通过对哀鹤、枯杨、黄昏、孤月等景象的刻意表现，通过对登台遥望、抚琴寄愁、蹝履彷徨、寝床梦想等后妃的各种举动的细致刻画，在环境的烘托、气氛的渲染和人物的描绘之中将失宠后妃的万般悲苦、无限哀怨表达得淋漓尽致，诚然为汉代骚体诗中的佳作，故为后人所赞赏。朱熹即称：“然此文高妙，最近《楚辞》。”[①]《哀秦二世赋》和《大人赋》，都见于《史记》本传。前者是司马相如过秦朝离宫——宜春宫时，有感于秦二世被杀于此而作，虽含讽谏武帝当以秦二世为鉴戒之意，但铺写景观之辞多而总结教训之语浅，因而不为人所看重。后者是司马相如晚年为讽谏武帝好仙而作，但其辞袭取屈原《远游》而对天国列仙大加夸饰，结果适得其反，武帝读后，竟然“飘飘有凌云之气，似游天地之间意”[②]，因此受到后人的批评。

诙谐机智的东方朔（前154—前93），也是武帝时代的著名辞赋家。但保存在《楚辞章句》中的其骚体诗《七谏》，则纯为学屈原之文辞而掇屈原之哀愁的模拟作品，因殊无特色而不为朱熹《楚辞集注》所

① 《楚辞后语·长门赋序》。

② 《史记·司马相如列传》。

收录。儒学大师董仲舒（前 197—前 104）不以辞赋名世，但沾溉世风也有所染指，其《士不遇赋》为《艺文类聚》节录而流存至今。此作虽采用骚体却不机械模拟，语句长短变换自由而又有对字协韵之致，辞藻唯求达意而不尚华艳，诚然是有感而发的缘情之作，但又显怨而不怒的儒者文风。史家巨擘司马迁虽然以散文卓然名世，但在辞赋创作上也翘然成家。《汉书·艺文志》著录其“赋八篇”，今传其《悲士不遇赋》，亦见于《艺文类聚》。与董作相比，此篇虽也同抒生不逢时之悲愁，但更多愤世嫉俗之语、疾痛惨怛之言，发愤以抒情而出礼义之藩篱，恣肆以适己而入自然之终极，实有屈子遗风、庄子意绪。在艺术形式上，它与董作有相似之处，但四言句式运用得更多，既见北学根柢，又带宋赋笔调。

综观西汉前期的诗歌创作情况可知，骚体诗之所以独擅诗坛而蔚为大观，其主要原因则在于，首先是崛起于战国后期的楚辞乃先秦诗歌发展到最高阶段的产物和丰碑，也必然成为汉代诗歌发展的基础和典范；其次是汉初社会尚处于经济恢复和文化重建时期，诗歌创作也自然以仿骚为起点而复兴；第三则因汉朝是楚人建立的王朝，楚人对楚歌楚辞的喜爱和对传统文化的承袭，也就直接促成了文尚楚风而诗主骚体的局面。不过，时代毕竟不同了，世情毕竟改变了，作为楚辞余绪的骚体诗创作在汉代前期尽管对楚辞艺术有所丰富和发展，但在总体成就上还不能说达到了屈原、宋玉的楚辞作品那样的高度，而且不可避免地随时代世情的变化而变化。社会经济在“文景之治”的年代里得到全面恢复，汉初的骚体诗创作也随之达到高峰。在其后经济、文化高度发展的武帝时代，骚体诗创作虽然更加繁荣，但其作品的成就却没有出于《吊屈原赋》和《招隐士》之右者。这表明骚体诗的形式已不太适应反映新的社会生活的需要了，它的历史使命已经基本结束了。致使骚体诗形式结束其历史使命的重要原因之一，大概是国家的安定和富强使得社会苦难减轻了，而长于抒情言志的楚辞多是处于黑暗社会和苦难现实中的人们所发出的不平之鸣、所吟唱的悲怨之歌。当社会环境改变之后，人们也就不大自觉地采用旧有的骚体诗形式“发愤以抒情”了。与之密切相关的另一重要原因或许是，诗歌创作从来就是全民的文艺活动，失去全民创作之基础的诗歌形式也势必失去其强大生命力。当年楚辞就是由楚地全民的文化生活所孕育而成的。统一的汉朝发展了六七十年以后，不仅北方不存在原楚地的文化生活，而且南方的文化生活也改变较大。当文化生活改变之后，人们也就不大习惯采用旧有的骚体诗形式反映新的生活了。骚体诗形式在西汉逐渐成为少数文人所采用的诗体，这就必然不会长盛下去。作为旧时文化生活之重要内容的骚体诗创作，也必然随着社会文化生活的日新月异而让出其诗坛主角的地位。事实也正是如此，武帝时代以后，骚体诗虽然代有继作，不绝如缕，但再也未能成为诗歌创作的主流，而且其中多有无病呻吟的游戏之作。

从一定意义上说，骚体诗创作在西汉前期的兴盛，也就是楚辞在特定历史条件下的复兴，但这并非是楚辞的重现，而是楚辞在复兴之中的嬗变。骚体诗让出其诗坛主角的地位，即意味着楚辞完成了它的嬗变，并且滋生出取而代之的新文体，这就是成为西汉后期文学创作之主要样式的乐府诗和汉大赋。

乐府诗源出于民间，是汉代社会里南北文化融合发展的产物，是适应一统社会的生活变化和语言演进而形成的新体诗，因而是具有全民创作之基础的文学样式。乐府民歌的句式丰富多样，往往是二言、四言、六言等相间杂用而不拘一格，三言、五言、七言等相互并存而错落有致，这一特点在楚歌、楚辞中就已具有。不过，它不带作为楚歌、骚体诗之突出特征的语助词“兮”，又比楚歌、骚体诗更加口语化，故在音韵节奏和情调风格上与楚歌、骚体诗有了明显的不同。这表明它无疑也是在楚歌、骚体诗基础上适应社会生活的变化而形成的，两者的不同主要表现为由楚语楚声到汉语汉声的嬗变。乐府诗中的《安世房中歌》和《郊祀歌》的产生，即比较清楚地反映了楚歌、楚辞影响乐府诗形成的方式和过程。据文献记载，汉高祖乐楚声，其唐山夫人作楚声《房中乐》，惠帝时更名《安世乐》，“武帝时，诏司马相如等造《郊祀歌》诗十九章，五郊互奏之。又作《安世歌》诗十七章，荐之宗庙”①。今存17首《安世房中歌》，当本楚声《房中乐》而作，其句式基本上是三言和四言，今日学者乃指出其用以成诗的三言句式即从《九歌》的典型句式脱胎而来，只不过是删去了《九歌》七字句中的“兮”字的变种。四言是《诗经》的典型句式，但已为楚歌、楚辞所汲取。至于《郊祀歌》，则如鲁迅所说：“（武帝）复立乐府，集赵代秦楚之讴，以李延年为协律都尉，多举司马相如等数十人作诗颂，用于天地诸祠，是为《十九章》之歌。延年辄承意弦歌所造诗，谓之‘新声曲’，实则楚声之遗，又扩而变之者也。”②其形式乃如今日学者所指出的那样，比较明显地是由楚歌、楚辞演变而成。乐府民歌，是在兴盛于汉初社会的楚歌、骚体诗的影响下，在赵、代、秦等各地歌谣相互传播和融通的过程中，自然而然地扩楚声而变之的产物。《安世房中歌》和《郊祀歌》这样的文人乐府诗，则是本于楚声而糅合民歌，有意识地扩楚声而变之的产物。一种诗体的兴起，正是由于这种诗体有了较为广泛的群众创作基础，又有着文人援俗入雅、推陈出新的努力完善，才得以最后定型并且大行于世。此前产生的四言诗、骚体诗是这样，此后产生的、成为中国古典诗歌主要形式的五言诗和七言诗也是这样。而五言诗和七言诗的句式，同样可以追溯到楚辞。《九歌》中典型的六字句，若删去句中的“兮”字即成五言句式；《招魂》乱辞中的八字句，若删去句中的“兮”字即成七言句式。就中国古典诗歌体裁的演变而言，楚辞亦可谓开源拓流而功莫大焉。

汉大赋的前身——楚赋，在宋玉、唐勒等人手里已形成了独具一格的体制，成了继楚辞之后称雄于战国后期文坛的新文体。但从楚国灭亡以至汉初，赋体之作虽未中断，却也没能与复兴的骚体诗相颉颃，据传世作品和文献著录的情况看来都是如此。究其缘由，则大致因为：楚赋

① 《乐府诗集·郊庙歌辞序》。

② 汉文学史纲要［M］// 鲁迅全集：第9册 . 北京：人民文学出版社，1981：406.

虽然兴于楚国衰落之际，却是楚国的经济、文化发展到鼎盛阶段孕育出的文体，是拓宇于楚文化达到顶峰的标志之一的楚辞的产物，是文学的社会价值被认识、专业作家已出现而适应人们的审美需要所产生的雕饰文字。秦代“焚书坑儒”，文士不能自保，故仅有杂赋。汉初社会凋敝，休养生息、恢复经济是第一要务，人们恐怕没有心思、也没有条件以文字赏心悦目，故“竞为侈丽闳衍之词”的楚赋之继作便不昌，而抒写己情己性的楚辞之继作则大盛。

然而，在文帝、景帝时代，情况已逐渐发生了变化。文帝“专务以德化民，是以海内殷富，兴于礼义”①。景帝遵业，于是经济得到全面恢复，文化也随之趋于繁荣。“衣食不足则不暇治礼义”②，衣食充足则有心求艺文，文学的社会价值便日益受到重视，文人的社会地位便逐渐得到提高。藩国诸侯竞相延揽文士，即说明了这一点。文士依附于藩王，可以不愁生计而潜心治文。他们一者为了显示才华而以文章名世求通达，二者为了取悦主上以满足其“声色”之娱的需要，三者亦为大汉帝国欣欣向荣、强大富丽的气象所鼓舞，四者又因社会已具备了犹似宋赋拓宇于屈骚那样的条件，即骚体诗创作的兴盛为汉赋的形成并称雄于文坛创造了条件。于是也就虽好辞却致力于造赋，使赋得以在汉代重新崛起，并且在楚赋的基础上扩充完善而奠定了汉赋的体制。汉初的骚体诗创作，随着文景时代的社会发展加快而演变加快，贾谊的作品就已有了较明显的赋体因素。吴王门客、梁孝王门客和淮南君臣都善属辞赋，他们的变辞成赋之作，也就因势而促使了汉赋的形成。标志着汉赋正式形成的第一篇作品，就是仕吴又客梁而辞赋水平尤高的枚乘所作之《七发》。此文则如刘勰所说：“枚乘摛艳，首制《七发》，腴辞云构，夸丽风骇。”③它因承庄辛赋而并陈诸事以壮其势，仿效宋玉赋既铺张夸饰以宏其体，又博取前代辞赋的华辞艳藻而摛文敷采以丽其色，比较充分地

① 《汉书·文帝纪》。

② 朱熹:《四书集注》。

③ 《文心雕龙·杂文》。

显示出汉赋多用客主问答以行文、专事以韵入散而铺写的文体特征和体物写貌而穷尽形容、蔚似雕画而缤纷华丽的艺术特色。

武帝即位之后，西汉社会进入了全盛时期。其经济发展的程度乃如《史记·平准书》所记载："非遇水旱之灾，民则人给家足，都鄙廪庾皆满，而府库余货财。京师之钱累巨万，贯朽而不可校。太仓之粟陈陈相因，充溢露积于外，至腐败不可食。"人们有了如此富庶的经济生活，自然也会追求充实的文化生活。而文化生活的丰富，又使人们的审美意识得以提高和审美欲望更为增强，于是，雕章琢句而可以满足人们的审美需要的汉赋，就有了昌盛的客观要求。加之其时的骚体诗创作达到极盛阶段，骚体诗的嬗变已基本完成，一些骚体之诗与赋体之文已难分彼此（由董仲舒的《士不遇赋》即可看出），这便为汉赋的最终成熟提供了客观条件。武帝正是在雄厚的经济力量的基础上产生了好大喜功的欲望，也正是因对文化生活的追求而形成了好艺文、爱辞赋的习尚。因此，他不仅醉心于武功，而且致力于文治，他将天下著名辞赋家罗致宫廷，并且大都以俳优畜之，让其侍奉左右而主事作辞造赋、吟诗属文。东方朔、枚皋等即此类人。有了这样一批事实上主要是以文学娱人的专业作家，汉赋成熟和繁盛的主观条件也就具备了。另外，武帝虽然爱好楚辞并且擅长作骚体诗，但他也特别喜欢能够比较全面和充分地反映大汉帝国面貌，尤其需要能够更加直接和具体地润色大汉王朝鸿业的散体赋。他在巡狩、游观、弋猎等活动之中，若有所感，辄使身边文士赋之，这就很快地促成了汉赋的成熟和繁盛。在这种历史条件、文化背景以及社会诸多因素的交合作用之下，汉赋终于成熟并且因之确立了其在文坛上的地位而开始繁盛了。显示了汉赋的高度成熟和确立了汉赋在文坛上的地位的作品，便是汉代最为著名的赋家司马相如献给武帝的《子虚赋》和《上林赋》（合称《子虚上林赋》或《天子游猎赋》）。

据史籍记载，武帝读到了司马相如的《子虚赋》原作后，大为赞赏并且浩叹不能见到相如，狗监杨得意乘机推荐，相如应召入宫后乃改赋天子游猎之事，以成传世之作。此赋虽然被分成两篇，但文意连贯而实为一时之作，学者考证当作于建元六年（前135）左右。[1] 此赋通过极力铺写天子上林苑之宏丽和极力夸饰天子游猎之壮观，反映了空前统一和昌盛的大汉帝国景象；通过“赋家之心，苞括宇宙”[2] 的恢宏艺术描绘，体现了雄豪踔厉的时代精神。比照《七发》，它的内容更加丰富和充实，由对藩国诸侯之情事的描写和声势的歌颂，变为对帝国皇帝之情事的描写和威势的歌颂，由对一地一域之局部的审美观照和审美表现，到对天下海内之整体的审美观照和审美表现，都充分展示出大汉帝国文学的气魄和风貌。它的形式则较之《七发》有所完善和发展，不仅更进一步地拓宇于楚辞、扬厉于楚赋，而且综合了诗文的多种文体因素、融会了诗文的各种表现技法和修辞技巧，从而形成了以相互问答成文、以铺张扬厉成势，以骋辞蔚藻成色，能够全面而细致地描摹客观世界，具有诗体所不及的艺术功能的大赋体制。它鲜明地突出了楚文学的“以大为美”“以丽为美”的审美特征，集中地反映了汉人继承和发展楚人的审美意识和美学观念所达到的思想高度，而且比较充分地显示了文学的社会价值和审美作用。因此，它的出现，是楚文学终结和汉文学形成的主要标志，同时也是楚文化终结和汉文化形成的标志之一。嗣后，汉赋便作为有汉一代之文学而称雄文坛，文人大都以相如赋为圭臬而扬其波。

楚辞兴而楚赋成，骚体兴而汉赋成。战国后期的楚文学发展与西汉前期的汉文学发展看来颇有相似之处，之所以会如此，则在于两者的历史背景和社会条件有着相似之处，在于后者可以说是前者的余绪和演变。但还需要指出的是，中国文学自战国晚期被楚文学推入独立发展的自觉时代之后，还有着随西汉的社会统一而在全国范围内巩固其独立地位的过程。西汉前期这看似反复的文学发展历程，正是中国文学进入自觉时代之初的必要发展阶段，实质上为中国文学在更高层次上的螺旋形演进，是文学发展规律的客观表现。汉赋在反映社会生活的广度上，在

---

① 龚克昌．司马相如论［J］．社会科学战线，1983（3）．

② 《西京杂记》记司马相如语。

语言艺术化的程度上，都对楚辞楚赋有所超越，从而突出了文学的社会价值和审美作用，使得因世人对辞赋诗文的重视和评论而产生了系统文学理论。正是如此，中外一些学者认为，中国文学的自觉时代的来临，应以汉赋代表作《子虚赋》为标志。如日本著名汉学家吉川幸次郎在《中国诗史》中说："（司马相如）其代表作《子虚赋》……是纯粹的语言文学作品。……如果说，以表现艺术美感为目的的语言作品才是文学的话，那么，正式揭开中国文学史真正的序幕的，就只能是司马相如。"当代汉赋专家龚克昌也强调"汉赋——文学自觉时代的起点"这一看法，认为文学的自觉时代始于司马相如生活年代。[①] 不过，如前所述，在中国文学史上，首先将文辞蜕变为文学并且由此确立了文学的社会价值和独立地位的作品，应是"庄骚"；第一批自觉地、主动地以审美愉悦为目的而进行语言艺术创作者，乃为宋玉、唐勒、景差之徒。尽管如此，汉赋及其代表作家司马相如则弘扬了楚文学传统，使得文学的价值和地位得以更加突出和最终巩固，这一历史贡献实在不可低估。相当长的时期里，人们本于古人关于汉赋是所谓"辞人之赋丽以淫""劝百讽一""文丽用寡"等说而对它评价很低，20 世纪 80 年代以来学者才对它的历史地位作出了实事求是的肯定。宏观地审视中国文学的历史发展，显赫繁盛一时的汉赋的确有着古今人们所指出的种种弊病，以至于畸形发展而"遂使繁华损枝，膏腴害骨"[②]，背离了文学的根本性质而用之不长、行之未久。然而，汉赋之所以显于世，自然有其客观必然性，这就是它乃文学进入独立发展的自觉时代之初，显示文学之为文学的独特价值和独立意义的必然表现，是人们的文学价值观已经形成之后的文学发展的必然产物。文学的独立发展，也必然是按照始文而后质、进至文质统一的规律而发展的。没有弘丽的汉赋，也就没有秀雅的魏晋文学，也就没有文质彬彬的唐代文学。因此，由楚辞楚赋嬗变而成的汉赋之兴

① 龚克昌 . 汉赋——文学自觉时代的起点 [J] . 文史哲，1988（5）.

② 刘勰：《文心雕龙 · 诠赋》。

盛，是在楚文学开辟的道路上，在中国文学独立发展的历史上出现的第一个文学高潮。

第二节 散文

秦代的诗赋几乎完全没有流传下来，但秦代的散文还保存有几篇，它们又大都出自生于楚而仕于秦的李斯之手。人们因此说，李斯是秦代文学的唯一作家。

李斯（？—前208），楚国上蔡（今河南上蔡西南）人，曾师事荀况，入秦为客卿，佐秦始皇统一天下后，出任丞相。秦二世时，为赵高所诬而被杀。世传一些秦代的刻石文字，如《泰山刻石》《之罘刻石》《琅玡台刻石》等，大都是他的手笔。《史记》本传中还录有他的几篇奏疏文字。在他的作品中，为人所称道的只有他作于统一前为秦王客卿时的《谏逐客书》。此文引史于远，取譬于近，摛藻敷采，铺文排句，颇具屈骚、宋赋之风，而且其中一些文字也直接脱胎于《鹖冠子》。之所以如此，显然是因为此文作于李斯入秦未久之时。他在统一后的作品，大概是受北方文化浸润已深，就不再十分讲究文采了，但其铺排的特征仍存，依然可以看出楚文学传统的影响。他的刻石之文，皆为四言句式，是仿效《诗经》中的商周颂诗形式而为秦始皇歌功颂德之作，但其用韵又与颂诗不同，多以三句协韵，亦有以两句或四句协韵的，显示出宋玉赋之流风。

汉高祖刘邦，虽然原不事诗书也不重诗书，但是为了求长久之术，在听了陆贾所言治道之后也欲知古今成败之理。同时，秦亡汉兴，乱世甫定，有识之士痛定思痛，也自觉地进行历史的反思，思考国家的前途。于是，总经历史经验、阐发治国之道的政论散文便适时而兴，并且成了汉初散文的主体。其首倡者，乃是楚人陆贾。

陆贾，生卒年不详。他能言善辩，以客从高祖定天下后，时时向高祖称说《诗》《书》，但高祖却骂之曰：“乃公居马上得之，安事《诗》

《书》！”陆贾则直言回答：“居马上得之，宁可以马上治之乎？”并以一番述古今成败史实之言说得高祖“不怿而有惭色，乃谓陆生曰：‘试为我著秦所以失天下，吾所以得之者何，及古今成败之国。’陆生乃粗述存亡之征，凡著十二篇。每奏一篇，高帝未尝不称善，左右呼万岁，号其书曰《新语》”[①]。《新语》总结秦亡的教训，针对社会的现状，阐发了道家黄老之学的无为而治、广行仁义和文武并用的政治思想，为高祖称善而奉行之，从而奠定了汉初统治思想的基础。其文虽然显示出陆贾作为辩士而长于雄辩的特点，却也表现了陆贾作为楚人而雅好文采的本色。它杂用诗文句式，讲究用韵和对偶，时而引譬以说理，时而取象以见意，铺叙有恣肆之势，摛藻有华艳之美，在一定程度上融会了楚文之手法、楚辞之情采、楚赋之体式，较为鲜明地体现了楚文学的风格。

文景之世，经济得以恢复，文化亦趋繁荣，散文作品因而增多。贾山、贾谊、晁错、邹阳、枚乘等人，纷纷撰文以论古今、说治术、陈时事、述义理，使得政论散文大行于世。且贾山之文疏直激切、贾谊之文气势奔放、晁错之文沉实深刻、邹阳之文激昂慷慨、枚乘之文情采并茂，以致其时的散文多姿多态而斐然可观。其中最有先秦遗意、最明显地体现了楚文学传统者，则是贾谊之文。

贾谊的骚体诗作，冠于西汉诗坛；贾谊的散文，也被公认为是西汉鸿文。其散文代表作《过秦论》和《陈政事疏》，都是千古传颂的名篇。尤其是《过秦论》，最为古今人士所称誉。此文洋洋洒洒，大气磅礴，有似《庄子》之汪洋恣肆；纵横论说，尽所欲言，有似战国纵横家说辞之淋漓酣畅；又多铺排之语、骈丽之词，颇得屈骚宋赋的韵致。而且其行文饱含情感，写秦始皇“奋六世之余烈，振长策而御宇内，吞二周而亡诸侯，履至尊而制六合，执敲朴以鞭笞天下，威振四海”，乃流露出钦羡之感；写秦始皇“废先王之道，燔百家之言，以愚黔首，堕名城，杀豪俊”，乃表示出憎恶之情；写秦王朝“一夫作难而七庙堕，身

① 《史记·郦生陆贾列传》。

死人手，为天下笑者”，乃浮涌出嘲讽之意。这种缘情造文、以文达情的艺术表现，正是楚文学的优良传统。另外，它虽然是一篇总结历史经验的论说文，却不拘限于战国后期发展成熟的论说文所通常采用的逻辑论证方式，而是借助铺张渲染、对照映衬等多种艺术表现方式以突出论点，使得论点因其高度的艺术表现而更加深刻警人，这亦可谓继承和发扬了楚文学不拘成法、熔冶诸家各类艺术的创新精神。因此，它既有楚文学之遗风，又显示出楚文学在汉初与中原文学融合发展中的嬗变，从而表现了一些汉代散文的特征。《陈政事疏》开篇即震撼人心：“臣窃惟事势，可为痛哭者一，可为流涕者二，可为长太息者六，若其他背理而伤道者，难遍以疏举。进言者皆曰天下已安已治矣，臣独以为未也。”这完全是积郁已久的忧国之情的破闸涌出，这完全是“国无人莫我知”的忠贞之心的恳切表白。此文制巨而篇长，在直抒胸臆、放言无惮地指陈时政弊病的字里行间，都充溢着这种强烈的忧国之情，都展示出这种峻洁的忠贞之心，读之令人感到其犹如屈原之再生。前人因此说：“屈、贾宜合，则司马子长已有定论。盖两君子俱以文儒赅通政事，有名世王佐之业，故‘楚辞’上配‘六经’，而贾疏悉著汉史。遗文宝贵，洵堪比美。”[①]

武帝时代，文学创作随西汉社会进入全盛时期而达到高潮。这不仅由辞赋创作的繁荣所反映出来，也由散文创作的繁荣所反映出来。武帝“延文学儒生以百数，而公孙弘以治《春秋》为丞相，封侯，天下学士靡然乡（向）风矣”[②]。荟萃在武帝左右的文学之士，大都辩知宏达，溢于文辞，为空前强盛的帝国气象所鼓舞和昂扬进取的时代精神所激励，因而具有饱满的政治热情和强烈的功名欲望。他们除了倾心于存讽谏于辞赋、托情志于诗文之外，还致力于献筹谋于奏议、达见识于论辩、发己意于传疏、述古今于史志，散文创作自然也就盛极一时。鲁迅

① 王闿运：《屈贾文合编序》。
② 《汉书·儒林传》。

撰《汉文学史纲要》，专置一篇论述“武帝时文术之盛”。此篇虽是以论述其时诗赋创作盛况为主，但对其时散文创作的盛况也概而述之。其时的文学之士有散文作品传世者也较多，如刘安、董仲舒、司马相如、司马迁、东方朔、吾丘寿王、主父偃、严安等。从他们作品的内容来看，其时散文已不再是政论散文一花独艳，而是政论散文、哲理散文和历史散文等繁花齐放而蔚为大观。从他们作品的风格来看，既有董仲舒《举贤良对策》的醇正典雅，又有东方朔《答客难》的宏放疏朗；既有吾丘寿王《议禁民不得挟弓弩对》的朴实峭直，又有司马相如《喻巴蜀檄》和《难蜀父老》的温润畅达……诚然可谓缤纷多彩而令人目眩。比较而言，又以《淮南子》和《史记》最为鲜明地体现了楚文学传统。刘熙载评论汉代文章时即说：“贾长沙、太史公、《淮南子》三家文，皆有先秦遗意。”[①] 所谓先秦遗意，即指先秦文学的风格和传统，而先秦文学又以“庄骚”为代表。贾谊之作已如上述。《淮南子》一书，也在中编第二章里有专节介绍。此书由于产生在楚国故都之地，多出自淮南王门客中的楚人之手，其主旨又在于弘扬楚文化精神，故尤具楚风。其浪漫特征、奔放气势、形象表现、华艳色彩等，都是对楚文学的继承，同时也反映出楚文学随时序世情之变而在汉代的转化。不过，此书毕竟是掇拾百家学说却未能很好地融会而显得庞杂，毕竟是汇集众人文章却未能很好地通合而显得参差，故尽管奇伟宏富、瑰玮绚丽，也依然失之于散漫疏阔。对照观之，太史公司马迁的《史记》，虽然不具有《淮南子》那种颇肖先秦楚文学之形色，却全面地继承和发扬了先秦楚文学的精神，因而能够熔铸前代散文艺术并使之达到了一个新的高度。

《史记》是史家宗师和文学大师司马迁承先父遗志、耗毕生心血写成的皇皇巨著，其内容之繁富、体制之宏伟、结构之严密、体系之完整，都是前所未有的。而且它是论事与记言相结合、抒情与叙事相结合、议论与描写相结合、状物与绘人相结合而融会诸体、活用各法，可

① 刘熙载：《艺概·文概》。

谓集先秦汉初散文之大成并扩而变之、创而新之的杰作。关于它的成就和地位，古今人士作有充分的肯定和高度的评价，现代学者乃公认鲁迅的“史家之绝唱、无韵之《离骚》”[①]之说概括得最为精当。谓之为《离骚》，正是明确指出《史记》与楚文学的代表作《离骚》一脉相承，并且具有其悬日月、辉天地的伟大成就和崇高地位；谓之为“无韵之《离骚》”，则是强调说明《史记》并非形式上仿效《离骚》之作，而是继承和发扬了屈骚精神的作品，即“惟不拘于史法，不囿于字句，发于情，肆于心而为文”[②]的“发愤以抒情”的作品。

确实，司马迁虽生于北土（今陕西韩城），其思想却继承了楚文化的传统，其文章则继承了楚文学的精神。其父司马谈崇尚楚道家的黄老之学，司马迁作《史记》也“论大道则先黄老而后六经”[③]。正因为他的哲学思想是以顺其自然、兼采百家学说为特征的黄老之学为基础的，他所作《史记》才没有屈从当时被统治者定其为独尊的儒学，而是秉承了道家的尚道求真精神，不带偏见地“网罗天下放失旧闻，考之行事，稽其成败兴坏之理”[④]，尽其所能而客观地记述了我国上古至汉初的历史发展过程，成为不为尊者讳、不因贱者贬、“其文直，其事核，不虚美，不隐恶，故谓之实录”[⑤]的“史家之绝唱”。司马迁读屈原的作品而“悲其志”，又“适长沙，观屈原所自沉渊，未尝不垂涕，想见其为人”[⑥]。一篇《屈原列传》，竟然大异于《史记》中诸篇传记的“寓论断于叙事”之格调，独“以议论行叙事体”，强调说明屈原精神之高尚和人格之伟大的议论文字几乎占到了全篇的一半以上，这固然有因屈原生平事迹的材料不多而难以通过叙其事来全面地反映其人的缘故，但更主要的还是他“发于情，肆于心而为文”。篇中那些充溢着对屈原仰慕之思、推崇之意和哀怜之情的议论文字，全是从他心中自然流出，汩汩而

①② 汉文学史纲要［M］// 鲁迅全集：第 9 册 . 北京：人民文学出版社，1981：420.

③⑤ 《汉书 · 司马迁传》。

④ 司马迁：《报任少卿书》。

⑥ 《史记 · 屈原贾生列传》。

难止，由此清楚地表明他与屈原异代同感、神通志合。他既是为屈原立传，也是在为自己明志。他从屈原“发愤以抒情”“忧愁幽思而作《离骚》”[①]，联系到传世名作的产生，得出了影响巨大的作品“大抵贤圣发愤之所为作”[②]的结论，并且以此激励自己写作《史记》。他作《史记》，意在“述往事，思来者”[③]，所显示出的对国家、对民族的高度责任感，与屈原鉴古察今以欲存君兴国、实现美政所显示的责任感无有二致；他作《史记》，力求“究天人之际，通古今之变，成一家之言”[④]，与屈原“路曼曼其修远兮，吾将上下而求索”的探索真理的精神完全一样；他作《史记》，“是非颇谬于圣人”[⑤]，善恶同见于帝王，与所谓屈原“显暴君过”[⑥]的实事求是的态度没有区别；他作《史记》，借叙事写人以托己情，因说理论道以达己意，而且感情强烈而莫可掩抑，意思明晰而一览无余，与所谓屈原“露才扬己”[⑦]的表现己情己性，表达己见己识的自我表现同出一辙。因此，乃如刘熙载所说：“学《离骚》得其情者为太史公。”[⑧]

由于司马迁深得屈骚之情，缘于其情、肆于其心而作的《史记》，便能够因情师心而“兼括六艺百家之旨”[⑨]，融会六艺百家之文以成巨著，在叙述的生动性、议论的深刻性方面，在语言的文学化、描写的形象化方面，尤其是在塑造人物、讲述故事、安排情节、设置冲突等方面，都有着创造性的成就，将散文艺术发展到一个前所未有的高度，使得散文真正显示出了能够反映人类社会生活全貌的艺术功能，为中国文学的发展作出了巨大贡献。其最为突出而意义重大的贡献则在于，它在传记文学上的高度成就，使得中国文学从以往重在叙事状物以间接地表

---

① 《史记·屈原贾生列传》。
②③ 《史记·太史公自序》。
④ 司马迁:《报任少卿书》。
⑤ 《汉书·司马迁传》。
⑥ 颜之推:《颜氏家训·文章》。
⑦ 班固:《离骚序》。
⑧⑨ 《艺概·文概》。

现人而开始转向了重在写人绘人以直接表现人，这就使得可以称之为“人学”的文学更为充分地显示了其本质特征和社会价值，也因此更进一步巩固了文学的独立地位和展现了文学的发展前景。不言而喻，《史记》是散文发展到一个新的高度的里程碑，也是汉代文学的代表和中国文学的典范。它对后世的影响和对文人的泽被，则是难以尽言的。

刘熙载论及司马迁深得《离骚》之情的同时，又说：“（学《离骚》）得其辞者为司马长卿。长卿虽非无得于情，要是辞一边居多。离形得似，当以史公为尚。”[①] 此说显然有其道理。比较观之，司马迁文更见神似于屈骚，司马相如赋则更见形似于屈骚；司马迁文主要是屈骚之情的弘而扬之，司马相如赋主要是屈骚之辞的扩而变之。正由于两司马在情与辞两方面，在散文与诗赋两领域全面地继承了楚文学传统并且大有发展创造，才使得楚文学完全嬗变为汉文学，才使得汉文学最终从楚文学中蜕化出来而展现新貌、彪炳一代。不过，得其辞的司马相如赋虽然在汉代文坛上成为一时宗主，但尊位不固而未能久长；得其情的司马迁文则历久弥尊、垂范百世。司马迁之文，乃在一个更高的层次和境界上继承和发扬了楚文学的传统，从而显示了楚文学传统影响中国文学发展的巨大作用，确定了楚文学传统影响中国文学发展的主导地位。

汉代以后，历代大凡有成就、有影响的文学家，可以说都少不了或菀楚文学之鸿裁、或猎楚文学之艳辞而从事创作。而在文学史上开一代之风气的文学大师，就得楚文学之情尤多，承楚文学之意尤深。曹植、陶渊明、李白、杜甫、苏轼、辛弃疾、陆游、汤显祖等人的作品，无不鲜明地体现出忧国忧民而“发愤以抒情”、求真求美而肆心以适己的楚文学传统。

“庄骚两灵鬼，盘踞肝肠深。”[②] 开近代文学风气之先的龚自珍这一著名诗句，很有代表性地说明了楚文学沾溉后世文人的巨大影响。尽管

① 《艺概·文概》。

② 龚自珍：《自春徂秋，偶有所触，拉杂书之，漫不诠次，得十五首》之一。

楚文学传统因不合儒家“发乎情，止乎礼义”的要求和规范而不为历代统治者提倡，但实际上却始终主导着古典文学的发展。由于楚文学合乎文学艺术的本质特征并且以其巨大的成就而使中国文学跨入了独立发展的自觉时代，独立发展的古典文学也必然会沿着楚文学开辟的道路，弘扬楚文学传统而不断演进。

后　记

1982年初，我从武汉大学毕业而至新成立的湖北省社会科学院文学所报到时，负责人张啸虎先生便向我介绍了该所以地方文学研究为重点的发展设想，并希望我能够优先从事以楚辞为主的先秦楚文学研究。从此，我即以习研楚辞起步，进而扩及对所有楚文学遗产的探讨。然而，当我扑入浩瀚无垠的屈学领域、涉足博大精深的楚辞世界之后，当我面对难以读尽的古今论著、审视治丝愈棼的众多论题之后，当我知晓成就卓著的前辈学者、拜识才学超轶的同代师友之后，我一度惶惑了、畏葸了，自思驽钝疏浅，难有所成，又时值作为传统学科的古典文学研究日益受到社会的冷遇，故而萌生了弃古就今、另寻出路的想法。啸虎先生以其言诲我，以其行导我，使我终于咬定“青山”未放松，而且在此世人多谓之“狭途”的路上坚持走了下来。我参与撰写的《楚文化志》一出版，啸虎先生即在《读书》上发表书评。其文对我写的“文学”一章作了较多评述，称“作者的视野，已超越传统文学史中所论列的藩篱，而扩展为先秦时代南方楚地各族人民所创造的文学……这样构成楚文学的独立体系，可说是别开生面的”。我深知，自己意之所求虽如此言，但力实未逮，正所谓“暨乎篇成，半折心始”。啸虎先生此言，乃是对后学的奖掖，因此也给我以莫大的鞭策。我不揣浅陋，撰写本书，亦怀有对啸虎先生的期望和厚爱有所交代和报答之意。孰知，啸虎先生在本书撰写过半时便溘然仙逝。今拙著煞笔付梓，但愿能够以此告慰啸虎先生的在天之灵。

撰写本书的念头，动于1987年参与撰写张正明先生主编的《楚文化志》之际。其书的“文学”章本限定在两万字内，但我为了写得扎实一点，对楚文学作了较为系统的考察，以至于意倍于辞而下笔难收，初稿竟写了近十万字，几番删改才成书中那纲要式的模样。正明先生在审阅拙稿时肯定了我的做法，并且鼓励我日后在此基础上扩充深化以成一部专著。于是，我才有了撰写本书的决心和信心，并且立即着手准备。不久，正明先生又将我调至楚国历史文化研究所。我因而在直接参加楚文化的各种课题研究和学术活动中，对楚文化的历史成就和研究现状有了更为全面的了解，也大大加深了对楚文学的认识。在撰写本书过程中，我便更自觉、更着力地联系楚文化乃至整个中国上古历史文化来描述文学现象。

多少朝夕，几度寒暑，反复修订，数易其稿，本书终于得以完成。撰写本书的个中甘苦并不值得一提，唯难忘怀的是正明先生对我的具体指教，而且尤其令我铭刻于心的是正明先生在人生道路和人生意义上对我的引导。当一度天下攘攘、争赴商海之时，来访友人见我依然如故地守清贫、耐寂寞、坐冷凳、伴孤灯，还是以“爬格子”为乐事，善意地嘲讽我不识时务、不谙人生。这也曾让我心生犹疑，反躬自问。正明先生及时告诫说，人为财死，实在不值，况且赚钱永无限度，也永远不能使人满足，唯有坚持不懈地从事一项对人类有益的事业，比如我们现今从事的某一领域的科学研究，才有可能登上一个时代的高峰。正明先生说这番话时虽然语轻言婉，我听来却如雷贯耳，警悟至深。此后，这番话时时回荡在我的耳边，促使我更加潜心于本书的撰写，也激励我保持着知难而上的奋进之志。

在广泛汲取古今学者的研究成果基础上阐发一孔之见，是我撰写本书的愿望。虽知力所难及，却心向往之。所以，我在撰写本书时，对有关论著多有参阅，对实获我心的有关论点也有所引述和发挥。可以说，没有古今学者的启发和影响，也没有本书的产生。因此，我对前辈学者深怀敬意，对同代师友深表感谢。

书稿杀青之时，理当因似胎儿出生而喜形于色，可是我却早无搦管之初的磅礴意气，犹如站在地狱的大门口一样忧惧不安，唯恐本书因自己才学所限而错舛过多，以致贻笑大方，有误读者。诗圣有言：“文章千古事，得失寸心知。”我从来未敢奢望本书传之千古，但的确是将本书的撰写视作千古之事来严肃认真地对待的。稿成书就，依然感到得者有限而失者尚多，如观点似乎不够稳妥、材料似乎不够翔实、论证似乎不够缜密等，总之好像书中处处都存在缺憾。但是，现今只有如此功力的我，也只能斗胆付梓，期待着博洽师友和热心读者的匡正。

本书的责任编辑徐耀明，是我切磋学问的同道和相交已久的朋友，曾发表楚辞论文数篇，亦为有所成就的学者。更可称道的是，他多年来在本职岗位上鼎力襄助楚辞及楚文化的学术论著出版，惠及学者而有益学界。我与啸虎先生合译的《楚国狂人屈原与中国政治神话》一书，就是经他之手得以问世的。本书经他严格审编，纠谬正误，令我心轻神安，也倍增感荷。同时，谨向出版本书的湖北教育出版社致以谢忱。

蔡靖泉

1993年12月15日

于武昌东湖之滨寓舍

再版小记

本书原为张正明先生主编《楚学文库》18 种之一，首次出版至今已逾 20 年。湖北省编纂出版大型历史文献丛书《荆楚文库》，本书被遴选其列而得以再版，可谓荣幸之至。

20 多年来，楚文化考古的重大发现络绎不绝，具有文化元典价值的楚简文献也不断面世，楚文学暨楚文化的研究更是硕果累累。本书有幸再版，笔者极愿利用新资料、借鉴新成果对原著做大量增补和全面修订。可是，本书的增订需要假以时日，《荆楚文库》的编纂出版有其统筹计划。反复审读原著，笔者深感原著的主要内容至今依然重要，基本观点至今依然成立。因此，再版的本书并未做较多的内容增删和文字改动，基本保持了首版的原著面貌，只是按照《荆楚文库》的编纂要求做了必要修订，调整了部分章节，补充了少许 20 多年来面世的相关资料和笔者的相关研究成果，融入了笔者因新资料的发现和研究的深入而形成的新认识。

修订之际，当年撰写本书和正明先生主编《楚学文库》的情景历历在目。白驹过隙，正明先生故去忽然而已十年。每每忆及，悼念不已。《楚学文库》诸种全都列入《荆楚文库》而成为传世荆楚文献，作为楚学研究主要开创者和奠基者的正明先生在天之灵若有知，定会感到欣慰。

蔡靖泉

2016 年 11 月 15 日

于武昌东湖之滨兰居

新版小记

张正明先生主编、湖北教育出版社于20世纪90年代中期出版的《楚学文库》18种，全景观地向世人展示了波澜壮阔、丰富多彩的楚国历史文化画卷，可谓20世纪楚文化研究成果的大汇集、大总结和大呈现；又因其中的论著都充分利用考古、文献及民俗等资料进行多学科、多层次、立体交叉研究而自成一家之言，富有创新性和开拓性。《楚学文库》面世，广受读者好评，先后荣获第十届中国图书奖和第三届国家图书奖。1997年3月，在北京举行的"《楚学文库》与楚学研究讨论会"上，与会的学界名家对《楚学文库》编撰出版的重要意义给予了高度评价。

《楚文学史》是《楚学文库》18种之一，出版后也受到学界的关注和社会的肯定。1997年5月1日的《文学报》第二版，刊发了《文学报》记者陈俊撰写的《开拓性的一种尝试——〈楚文学史〉作者蔡靖泉访谈录》。文章开篇写道："由湖北教育出版社新近出版、去年底荣获第十届中国图书奖的'楚学文库'中，四十万字的《楚文学史》第一次对楚文学的发生、繁荣和嬗变进行了完整、细腻、全新的描述，引起了学术界和社会的关注……"

时入21世纪，湖北省编纂出版大型历史文献丛书《荆楚文库》，《楚学文库》诸种专著大都遴选其中。按照《荆楚文库》的编纂要求，《楚文学史》于2016年完成必要的增补和修订，于2020年9月由湖北教育出版社再版。

湖北教育出版社为满足社会需要、方便读者全面了解先秦楚文化暨楚学研究现状，决定汇辑原版《楚学文库》诸种已经修订的专著并有所增益而推出《楚学文库》新版。本人欣然响应，乐助其成。

楚文化考古发现层出不穷，楚学研究也不断拓展和深入。本人近年虽对楚文学发展的认识又有所深化，但由于出版时间紧迫，未及对《荆楚文库》版的《楚文学史》再作增订。《楚学文库》新版中的《楚文学史》，即为2020年版的重版。

蔡靖泉

2023年11月15日

于武昌东湖之滨兰居